ullstein

## Das Buch

Der Tanz hat Ruth Cohen schon als junges Mädchen begeistert. Nach einer klassischen Ballettausbildung entdeckt sie ihre Liebe zum Ausdruckstanz und zum magischen Theater. Bei einem Auftritt in Venedig lernt sie die junge japanische Tänzerin Naomi kennen und nimmt ihre Einladung nach Japan sofort an. Denn Ruths eigene Familiengeschichte ist eng mit Naomis Heimat verknüpft: Im Zweiten Weltkrieg hatte der japanische Konsul in Litauen Ruths Mutter mit einem Visum das Leben gerettet. Nun begibt sich Ruth auf Spurensuche, macht sich mit der fremden Kultur vertraut und verliebt sich in den jungen Lehrer Kunio. Doch plötzlich erlebt sie merkwürdige Dinge. Als sie in einem Schrein einen japanischen Ausdruckstanz aufführt, wird sie von beklemmenden, rätselhaften Visionen überwältigt. Ruth spürt, daß die Vergangenheit ein schockierendes Geheimnis birgt ...

## Die Autorin

Federica de Cesco wuchs in verschiedenen Ländern mehrsprachig auf. Sie hat über sechzig Romane geschrieben, darunter große Erfolge wie *Die Tibeterin* und *Wüstenmond*. Heute lebt sie mit ihrem Mann, dem japanischen Fotografen Kazuyuki Kitamura, in der Schweiz.

Von Federica de Cesco sind in unserem Hause bereits erschienen:

*Die Tochter der Tibeterin*
*Die Traumjägerin*
*Das Vermächtnis des Adlers*

Federica de Cesco

# Seidentanz

Roman

Ullstein

Besuchen Sie uns im Internet:
www.ullstein-taschenbuch.de

Umwelthinweis:
Dieses Buch wurde auf chlor- und säurefreiem Papier gedruckt.

Ungekürzte Ausgabe im Ullstein Taschenbuch
1. Auflage September 2007

Umschlaggestaltung: HildenDesign, München, und Büro Hamburg
Titelabbildung: © Jupiterimages und © Getty Images/Charles Gullung
Satz: Franzis print & media, München
Druck und Bindearbeiten: Ebner & Spiegel, Ulm
Printed in Germany
ISBN 978-3-548-26691-6

Für Amalia Hadass, Jerusalem, die am Anfang des Romans steht.
Für Tomihisa Hida, Priester im Ichihime-Schrein, und Shinichi Fujimura, Priester im Yasaka-Schrein in Kyoto.
Ganz besonders für Sadatoshi Gassan, den Meister des Feuers.
Und wie immer für Kazuyuki.

*Einige Personen, die in diesem Buch vorkommen, existieren. Der japanische Konsul Chiune Sugihara ist eine historische Figur. Ich habe mich bei einigen Passagen auf Yukiko Sugiharas Autobiographie »Visa für sechstausend Leben« (Editions Philippe Picquier) gestützt. Dennoch ist es wichtig zu betonen, daß die hier geschilderten Ereignisse zumeist frei erfunden sind.*

*»O sprich ein Gebet, inbrünstig und echt*
*Für die Seher der Nacht, das gequälte Geschlecht.«*

Annette von Droste-Hülshoff

*»Eine rote Libelle auf der Hand meiner Großmutter.«*

Yoko Morishita

# *Prolog*

Hör zu, das war im vergangenen Winter; wir kannten uns noch nicht. Die Menschen sind zahlreich wie die Sterne. Ein Wunder, nicht wahr, daß unsere Wege sich kreuzten? Ein Wunder, oder vielleicht auch nicht. Da ist oft etwas, das wir nicht erkennen, und ein Zusammenhang, den wir erst später sehen. Das Licht eines Sterns erreicht uns erst Millionen Jahre, nachdem er erloschen ist, und in kleinen Dingen geht es ebenso, bloß finden wir es selten der Mühe wert, uns über Zweck und Ursache den Kopf zu zerbrechen.

Aber ich bin eine Tänzerin; das ist eine Eigenschaft, die mich klarsichtig macht. Tagträume sind wunderbar gespenstisch. Man kann sie zu Inszenierungen verarbeiten, alle möglichen Gedanken in Gang bringen, aus Abstraktionen Emotionen machen. Die szenische Fabel gibt die Voraussetzung dafür.

Vor drei Jahren hatten Alwin, Pierre und ich eine kleine Tanzgruppe gegründet: Wir nannten uns »Nachtflug«. Der Name ging auf einen – verschämt vorgebrachten – Vorschlag von Pierre zurück und auf eine weit zurückliegende Schwärmerei für Saint-Exupéry; damals war er zwölf gewesen und vorbildsbedürftig. Ich verstand unter »Nachtflug« etwas anderes, aber meinetwegen. Der Name warf mich in kein geistiges Dilemma. In gewisser Weise fand ich ihn sogar virtuos. Auch Alwin war sofort einverstanden gewesen.

Im Frühjahr hatte man uns für eine Tanztherapie mit geistig und motorisch Behinderten vorgeschlagen. Die Klinik »Wacholderhaus«, bei Lausanne, war auf diesem Gebiet sehr fortschrittlich. Die Stiftung beherbergte etwa hundert Patienten, Jugendliche zumeist, aber auch Erwachsene. Manche saßen im Rollstuhl, andere waren völlig gelähmt. In der neurologischen Abteilung hatte man mit Bewegungstherapien Erfolg gehabt. Mein Vater war ein bekannter Neurologe gewesen, und Alwin befaßte sich mit Sportmedizin; deswegen, nehme ich an, hielt man uns für geeignet. Ich hätte gewiß nicht sagen können, was ich mir von dieser Arbeit erhoffte; anfänglich ging es mir darum, meine choreographischen Recherchen zu vertiefen. Dazu kam, daß wir Geld brauchten und um jedes Engagement froh waren. Doch allmählich entdeckte ich anderes. Diese Welt war wie ein Spiegel, ich steckte mitten drin. Als Tänzerin ging ich nicht sachbezogen vor, wie eine Ärztin. Ich hatte schnell bemerkt, daß ich den Patienten keine Methode aufzwingen konnte und auch keinen raschen Heilerfolg erwarten durfte. Die Besserung – wenn überhaupt – trat unerwartet ein. Alwin, Pierre und ich sind besonnene Menschen; wir haben die Begabung dazu. Das sprichwörtliche Im-Kreis-Herumlaufen machte uns nichts aus. Manche Patienten waren schwer geistig behindert, andere stießen mit wachem, wißbegierigem Geist gegen die Wände ihres Körpers an, den sie als apathisches Fleisch empfanden. Sie hatten Gedanken, die vielleicht ganz anders waren als alles, was wir uns vorstellen konnten. In der Liebe gibt es diese Wahnvorstellung, daß wir unsterblich sind. Für die Menschen in der Klinik gab es die Wahnvorstellung, daß sie lebend tot waren. Daran starben viele, an dieser Gewißheit. Sie hofften, wiedergeboren zu werden, mit allen Erfahrungen und Errungenschaften, aber in neuer Schönheit und Freiheit. Die Beschleunigung ihrer geistigen Fortschritte ließ sie daran glauben. Oft schienen ihre Augen ins Leere zu blicken, nach einem in der Luft hängenden Nichts; oder sie schienen zu hören, ohne auf etwas zu lauschen. Ihnen entging nichts, bloß faßten sie es anders auf. Und vieles, was sie taten, blieb für uns unerklärbar.

Ich mußte Abstand zu ihnen halten, zwangsläufig. Ich fühlte mich ihnen zu nahe. Sie brauchten kein Mitleid. Auch keine Herablassung, keine gekünstelte Fröhlichkeit. Das hätten sie sofort erkannt und zurückgewiesen. Sie brauchten Freude. Wir lachten viel. Und ich kannte sie inzwischen gut und ging auf ihre Reaktionen ein. Bei manchen mußte ich vorsichtig sein. Sie waren in mich verliebt. Der Körper lebt sein eigenes Leben.

Und siehst du, so nach und nach, entstand zwischen uns ein seltsames Einverständnis. Denn diese Menschen, in ihrer schwerfälligen Hülle verborgen, traten aus ihren Verstecken heraus; ihr Geist zeigte sich in ihren Augen. Ich sah ihn auftauchen, wie eine Wasserpflanze aus tiefen Gewässern, an der Oberfläche schimmern, dann wieder verschwinden. Und wenn es auch nur ein Ergebnis furchtbar konzentrierten Denkens und Wiederholens war, auch wenn sich am Ende kaum etwas tat, wir hatten doch etwas bewirkt. Wir waren zufrieden.

Aber ich will dir eine ganz bestimmte Geschichte erzählen. Es ist eine besondere Geschichte, nicht so sehr, was die äußeren Umstände betraf – sie gehörte zur Therapie –, sondern in der Art, wie sie sich zutrug. Es war am Weihnachtsabend. Wir hatten mit den Behinderten ein Spiel einstudiert. Die Aufführung fand in der Aula statt; ich hatte darauf bestanden, daß alle mitmachten. Wir hatten mit Kissen und Matratzen eine Art Podium aufgebaut. Das Pflegepersonal hatte uns geholfen, die Gelähmten auf bunte Stoffe zu betten. Sie würden – während der halben Stunde der Aufführung – mit ihnen eine Gruppe formen. Es sollte, siehst du, schön sein. Und das war es auch, auf eine ganz merkwürdige Weise. Denn die Kranken waren sich ihrer Rolle bewußt, wollten sie so gut wie möglich spielen, man fühlte es durch ihre Haut hindurch. Die Idee stammte von Alwin, der Sinn für Symbole hatte. Das lebende Bild nannte er »Das Herz der Welt«. Wir hatten mit den anderen Patienten, den leichteren Fällen, ein Krippenspiel einstudiert. Alles war denkbar einfach und stereotyp: Die Weisen aus dem Morgenland besuchten das Jesuskind. Hirtinnen und Hirten bildeten einen Reigen um das »Herz der Welt«, wobei sie die Besucher mit einbezogen. Draußen war die Beleuchtung ausgeschaltet, der Weg vom Parkplatz bis zur Aula mit Fackeln gesäumt. In völliger Dunkelheit gingen die Gäste – Angehörige, Freunde, Erzieher, Sozialarbeiter und Vertreter der Kirche – an diesen Fackeln vorbei. Ein Tannenbaum, mit Äpfeln und Kerzen geschmückt, leuchtete in der Mitte der Aula, verzauberte den häßlichen Betonraum in ein magisches Reich der Flämmchen und Schatten. Nun wurden die Gäste gebeten, um das »Herz der Welt« einen Kreis zu bilden. Ein Halbwüchsiger las mit heiserer Stimme die Worte der Bibel vor:

»Als Jesus geboren war in Bethlehem in Judäa zur Zeit des König Herodes, siehe, da kamen Weise aus dem Morgenland nach Jerusalem und sprachen: Wo ist der neugeborene König der Juden? Wir haben seinen Stern gesehen im Morgenland und sind gekommen, ihn anzubeten.«

Schweigen. Der Junge, rot im Gesicht, verschluckte sich vor Aufregung. Ein paar Atemzüge rührte sich keiner; nur die Kerzen knisterten. Dann brach der Klang einer Flöte die Stille. Schwarzgekleidet, lautlos wie ein Schatten, wanderte Pierre barfuß durch den Saal. Er spielte auf der *Shakuhachi*-Flöte, wie er es in Japan gelernt hatte. Und da war es, als ob die Luft in Bewegung geriet, als ob etwas Unsichtbares von weit her herangeweht kam. Die Flöte, aus dem Baumherz geschnitzt, sang wie ein jubelnder Vogel. Sie war die Stimme des Windes und der Erde, ein Echo jenseits der Zeiten, eine Botschaft aus dem Paradies. Pierre ging mit langsamen Schritten. Sein geschmeidiger Oberkörper wiegte sich im Takt. Und wie von der Musik angelockt trat ich ihm aus dem Dunkel entgegen, auch ich barfuß, schwarz verhüllt bis zu den Augen. Keiner sollte sehen, ob ich Frau oder Mann war; ich war ein Schemen, der einen Menschen spielte. Ich wollte eine Empfindung konkretisieren, in den Handlungsablauf bringen, ein Gefühl darstellen, das alles enthielt. In der Hand hielt ich ein Knäuel weißer, lockerer Wolle. Diese Sache hatte ich vorher nicht geprobt; ich hatte den Behinderten nur den Faden gezeigt und erklärt, was ich damit machen würde. Ich dachte, mal sehen, wie sie reagieren, und ließ es darauf ankommen. Und so ging ich nun von einem zum anderen und knotete ganz behutsam die Wolle um das Handgelenk eines Gesunden und um das Handgelenk eines Kranken. Zum Klang der Flöte bewegte ich mich völlig geräuschlos, wie im Traum. Und das Wunder geschah: Auf den Gesichtern spiegelte sich die Erkenntnis. Einige Kranke lächelten, ihre Augen leuchteten. Andere zuckten vor Erregung, lachten wie übermütige Kinder, stießen unartikulierte Laute aus. Ein Mann schluchzte laut, als ich sein Handgelenk mit dem einer jungen Frau im Rollstuhl verband. Die Gäste standen da, wortlos und ergriffen; manche lächelten den Behinderten zu, ein paar weinten still vor sich hin, während der weiße Faden sein Wundergebilde aus Liebe webte, von Mensch zu Mensch die Idee vermittelte: Wir sind alle gleich.

Plötzlich und unerwartet schwieg die Flöte. Es entstand eine kleine Pause, doch die Gäste unterhielten sich nur flüsternd, noch halb benommen von der Verzauberung, der sie sich hingegeben hatten, bemüht, ihr Bewußtsein in die Wirklichkeit zurückzuführen. Erschöpft und aufgeregt, glanzäugig noch von der Verzückung, spielten die Behinderten mit den Wollfäden.

Inzwischen legte Pierre eine Kassette auf: Vivaldis »Winter« brach in Kaskaden von Eisperlen die Stille. Maria wiegte eine Puppe aus Zelluloid in den Armen. Josef preßte unbeholfen den Bart an sein Kinn. Die drei Könige stolperten über die Falten ihres Umhangs. In überschwenglicher Freude, hüpfend und tanzend, führten die Hirten den heiligen Reigen an, den Reigen um das Herz der Welt.

# *1. Kapitel*

Die zahllosen Betrachtungen, die ich über Alwin im Laufe unserer gemeinsamen Proben und Arbeiten anstellte, liefen immer auf die gleiche Schlußfolgerung heraus: Er war unsagbar geduldig. Alwin, vier Jahre jünger als ich, hatte einen angeborenen Hang zum Devoten, was sich in seiner Haltung mit den auf dem Rücken verschränkten Händen ausdrückte. Er war für mich eine lebende Puppe, eine blonde Wachsfigur, die ich drehte und wendete und formte. Im Bett war es dann manchmal ähnlich, aber das störte weder ihn noch mich. Wer mit dem Körper arbeitet und seine Beschaffenheit kennt, wer gelernt hat, wie das Fleisch selbst, aus jeder Zelle heraus, eine Art Intelligenz entwickelt, dem kommt das übliche Rollenverhalten so unsinnig und langweilig vor, daß er es am besten gar nicht beachtet. Konventionen waren mir schon als Kind verhaßt – ein Grund, warum ich zweimal von der Schule flog. Alwin, in seiner sanften Art, teilte diese Auffassung, und so wohnten wir eine Zeitlang in einer schwebenden, mühelosen Welt. Als Pierre dazu kam, entstand eine kurze Phase der Unaufrichtigkeit. Aber ich war stets eine, die durch das Netz schlüpfte.

Alwin Vogt stammte aus Den Haag. Seine Mutter war Physiotherapeutin, sein Vater Ingenieur. Er hatte noch zwei ältere Brüder. Als Kind war er zu schnell gewachsen und oft krank gewesen. Die Mutter wollte, daß er Sport trieb. Beide Brüder waren in der Fußballmannschaft. Alwin hatte für Gruppensport nichts übrig. Eine Freundin der Mutter war Ballettlehrerin und nahm ihn in den Unterricht. Alwin tanzte fünfmal in der Woche, nach Schulschluß. Er hatte eine gute Körperbeherrschung, war schnell und beweglich, hatte ein hübsches Pagengesicht.

Irgendwann kam ihm der Gedanke, daß das Tanzen ein Beruf sein könnte. Ein paar Jahre auf den Brettern, dann würde er Sportmedizin studieren, das war das Richtige für ihn. Er liebte die Kulissen, diese Scheinwelt aus kreidigem Licht und tiefen Schatten, die geheimnisvolle Weite der Bühne, in der sich der Mensch in anderer Gestalt begegnet. Er gab das Studium auf, fand eine Truppe in Basel, deren Repertoire ihm lag und die gerade einen Tänzer brauchte. Dort blieb er ein paar Monate – lange genug, um zu merken, daß er in einem Ensemble als störendes Element auffiel. Er sah zu alters- und geschlechtslos aus, seine körperliche Präsenz war zu eigenwillig. Dazu gab ihm sein technisches Niveau als Solist wenig Chancen. Die Muskeln auszubilden, auf die es ankam, fiel ihm schwer. Eine Zeitlang fühlte er sich ausgestoßen, schluckte Ecstasy und wurde immer dünner, bevor er seine Begabung für die Pantomime entdeckte. Er fuhr ins Tessin und nahm Stunden bei Dimitri. Im Gestisch-Mimischen fand er endlich das, was er suchte: eine sichtbar gewordene Zeichensprache der Gefühle, eine Kunst absoluter Hingabe, klösterlich und total.

Meine erste Begegnung mit ihm war in Lausanne, beim »Festival de la Cité«. Alwin inszenierte eine Freiluft-Aufführung. Weißgekleidet und kalkig geschminkt, spielte er den Jean-Gaspard Deburau, bewegte er sich unter dem nächtlichen Himmel wie ein Geist. Ich trat im »Théâtre de Poche« als Persephone auf. Ich trug ein purpurnes Gewand, mit golddurchwirkten Falbeln, und einen Schnürleib. Die Spitzen meiner Brüste waren rot gefärbt. Nach der Vorstellung kam Alwin zu mir.

»Als ich dich auf der Bühne sah, brauchte ich ziemlich lange, bis ich merkte, daß dieser seltsame Gesang, diese Tonfolge, aus deinem Mund kam. Du lagst auf dem Boden oder drehtest den Zuschauern den Rücken zu, ich konnte nicht sehen, daß sich deine Lippen bewegten.«

»Ich bewege kaum die Lippen.«

»Ja, ich weiß. Du hast eine besondere Methode.«

Alwin wollte, daß ich ihn unterrichtete. Ich willigte ein, nahm ihn ziemlich hart in die Zange. Alwins weiße Haut, sein schimmerndes Haar, seine Eleganz machten ihn zu einer wundervollen Bühnenfigur. Sein schwacher Punkt war seine Verträumtheit, die dem Eigensinn eines Kindes sehr nahe kam. In all seiner Sanftheit konnte er störrisch wie ein Bock sein.

»Alwin, ich habe es satt, mir den Mund fusselig zu reden. Fährt ein Moped vorbei, bist du abgelenkt. Du mußt die Außenwelt vergessen. Es genügt, daß du es willst.«

»Ich verstehe«, sagte Alwin, der gar nichts verstand.

Er lächelte mit klarem, ernstem Blick. Wie ein Engel sah er aus, geschmeidig und das Haar fast silbern. Ein Engel, dem ich die Hüftspirale beibrachte.

»Also los!«

Er tat, was ich wollte; er tat es gewissenhaft. Ich arbeitete viel mit »tiefem Gehen«. Da erfährt man am besten die Länge und Dehnbarkeit der Muskeln. Eine Auswärtsdrehung, die, wenn sie langsam ausgeführt wird, an den langen, schleichenden Gang einer Katze erinnert. Alwin war gut in diesen Dingen; seine Bewegungen waren flüssig, aber nicht sinnlich. Alwin war kein sinnlicher Mensch; er hatte, trotz seiner 23 Jahre, die erotische Ambivalenz eines Kindes. Nicht, daß er impotent gewesen wäre, keineswegs, aber er benutzte seinen Körper in diesen Dingen rein mechanisch. Er hätte Mönch sein können. Gott begegnete er in vielerlei Gestalten; eine davon war ich, aber das gestand er mir erst später.

Im Prinzip arbeiten die Tänzer mit nach außen gedrehten Beinknochen; ich übte lieber mit gespreizten Zehen, die Knie geöffnet. Eine Negation des klassischen Balletts.

»Stell dir vor, du bist ein Körper, am Boden festgeklebt. Du willst mit aller Leidenschaft auf die Beine kommen. Du wehrst dich gegen die Elemente, den Sturm, die Wasserströmung. Kämpfe! Richte dich auf!«

Er versuchte es; manchmal gelang es ihm, den Rhythmus zu finden. Das war wunderschön, das konnten nur die wenigsten. Gleichwohl gestand er mir, daß er oft seine Haut wie eine Mauer empfand.

»Weißt du, Ruth, das macht mir Kummer. Ich möchte auch

innerlich schön sein. Was aber drückt der Körper aus? Und was ist innere Schönheit?«

Ich beantwortete seine Frage ziemlich schroff.

»Der Körper ist kein Instrument der inneren Schönheit. Der Körper zeigt Grausamkeit.«

Meine Mutter hatte über dieses Gespräch sehr gelacht.

»Der Ärmste! Er tappt im dunkeln herum.«

»Ich habe eine Taschenlampe.«

»Bist du eigentlich in ihn verliebt?«

Jetzt war es an mir gewesen, zu lachen.

»Siehst du, Lea, wenn ich in jemanden verliebt sein müßte, dann vielleicht in Pierre.«

Von Lausanne und seinen Hügeln schweift der Blick über den Genfer See: eine Postkartenlandschaft. Die Stadt, mit ihren Buckeln, Treppen, Vertiefungen ist nicht unbedingt schön – dafür liegt alles in Reichweite. Im Zentrum führen zwei Brücken über eine Gegend, die hier als ungewöhnlich auffällt. Es ist der »Flon«, ein ehemaliges Industrie-, Fracht- und Lagerviertel mit Eisenbahngleisen. Später hatten sich dort Druckereien und Fabriken angesiedelt. In den achtziger Jahren entwickelte die Stadtverwaltung kostspielige Projekte: Man wollte die alten Lagerhäuser abreißen, den »Flon« in ein elegantes Wohn- und Geschäftsviertel verwandeln. Doch dann kam die Rezession: Die Bauprojekte verschwanden in den Schubladen, die Künstler nahmen von dem Viertel Besitz. Provokative Graffiti bedeckten die Wände, große Lagerräume wurden als »Lofts« eingerichtet. Alternative Boutiquen und schrille Nachtklubs fanden im »Flon« eine vorläufig dauerhafte Bleibe. Im »Flon« hatte ich bekommen, was ich suchte: zwei Zimmer, eines davon groß genug, daß wir es als Übungs- und Requisitenraum benutzen konnten. Ich hatte eine große Spiegelwand angebracht. Das Haus war verkommen, aber nicht zerfallen. Im Erdgeschoß hatte ein Kleidergrossist sein Lager, in der erste Etage war die Werkstatt eines Glasmalers. Die Wohnung hatte große Fenster, eine Decke mit Stuckverzierungen und einen wundervollen, honigfarbenen Parkettfußboden, glatt wie Seide. Die Möbel hatten wir auf dem Flohmarkt erstanden. Wir schliefen auf Matratzen, die wir tagsüber mit einer Berberdecke in eine Couch verwandelten. Dusche und Toilette lagen eine Etage tiefer und waren im Winter eiskalt. Die Kücheneinrichtung war dürftig, wir benutzten den Spülstein auch als Waschgelegenheit. Wir besaßen einen kleinen Gaskocher, einen Eisschrank, etwas Geschirr und eine Kaffeemaschine. Im Winter schalteten wir den elektrischen Heizofen an, im Sommer sorgten die Fenster für genügend Durchzug.

»Künstler leben genügsam«, meinte Pierre und grinste. »Es ist ein Privileg, nichts zu besitzen. Ich bin gegen alles, was zum Atmen nicht nötig ist und den Körper nicht freimacht.«

Pierre de Morane. Früher: Paris, die Haute Bourgeoisie. Sein Vater leitete ein Chemieunternehmen. Seine Schwester Aline, ein ehemaliges Fotomodell, hatte einen arrivierten Politiker geheiratet – einen korrupten Gesellen, wie Pierre sagte. Er selbst wollte studieren. Geschichte, Griechisch, Französisch. Und Professor an der Sorbonne werden, wie der Bruder seiner Mutter, der auch Pierre hieß. Nach sechs Monaten wußte er, daß er dort nichts zu suchen hatte. Er wurde Journalist bei »Libération«. Nicht sehr lange, dann ging er auf Reisen. In Madrid lernte er Paco de Lucia kennen, der ihm eine Gitarre in die Hand drückte und ihn üben ließ. Die nächste Etappe war Nordafrika. Über die Türkei, Iran und Pakistan trampte er nach Indien. Dort lernte er, wie man die Sitar spielt, ein Saiteninstrument, das an Kompliziertheit und Tonfülle mit der Orgel verglichen wird. Er lernte auch, wie die »Talas« – die Rhythmen – auf der Doppeltrommel erzeugt werden. Er verdiente etwas Geld, indem er für einen erkrankten französischen Diplomaten in Bombay Urkunden in den Computer speicherte. In Japan lebte er ein halbes Jahr in einem Kloster – ohne Heiligenschein, wie er betonte – und konzentrierte sich auf das Flötenspiel. Als Kind mußte Pierre Klavierstunden nehmen; er hatte eine solide Abneigung gegen dieses Instrument entwickelt und die Nerven etlicher Lehrerinnen strapaziert. Erst die fremden Klangarten sprachen bei ihm eine seelische Schicht an, die seine ursprüngliche Begabung ans Tageslicht brachte. Ohrenbeschwerden, unter denen er seit seiner Schulzeit gelitten hatte, verschwanden. Pierre war nie ungeduldig gewesen, er hatte das nicht nötig. Er bekam alles, was er wollte, ihm fiel das Glück ganz mühelos in den Schoß. Die Frauen waren verrückt nach ihm. Da er jedoch klug war, ließ ihn Firlefanz kalt.

»Das wichtigste war die neue Kraft, die ich in mir spürte.« Wie man eine Partitur liest, hatte er längst vergessen. Er beherrschte jedes Instrument, das er spielen wollte – das Klavier ausgenommen –, stand fest auf Improvisation und ging in seinen Freiheiten bis an die Grenzen der Effekthascherei.

Ich hatte Pierre in Avignon kennengelernt, während des Tanzfestivals. Wir saßen vor dem »Palais Neuf«, auf den warmen Steinstufen, schleckten Nougateis und unterhielten uns. Eine kleine Narbe ging quer durch seine Oberlippe. Die Art, wie er die Zungenspitze über das Eis gleiten ließ, war sehr aufregend. Ich starrte ihn unentwegt an. Er sprach von seiner Musik, ich von meinem Tanz.

»Ich trete als Solistin auf. Oder mit einem Partner, wenn ich gut mit ihm auskomme. Ich war mal in einem Ensemble. Ein Jahr lang. Dann war ich plötzlich nicht mehr da. Stell dir mal dreißig Leute vor – alle mit Seelenzuständen.«

»Du siehst nicht aus wie eine Frau, die das aushält.«

»Nein.«

Meine Augen ließen nicht von ihm ab. Es regt mich physisch auf, etwas Schönes zu sehen. Mit seinen Locken, blauschwarz wie Trauben, seiner dunklen Haut, den Zähnen, weiß und gesund, entsprach er völlig meiner Vorstellung von Dionysos: ein heiterer Götterknabe, eine Gestalt aus einer archaischen Welt, voller Jugend, Leben und Licht. Er gab nicht viel auf Rhetorik, war jedoch vielseitig interessiert und lief vor künstlerischen Abstraktionen nicht davon. Er wollte wissen, wie ich arbeitete. Ich erklärte es ihm.

»Die Atmungstechnik steht bei mir im Vordergrund. Mich

interessiert das Zusammenspiel von Tanz und Gesang. Ich meine, eine Tänzerin sollte nicht nur stumm sein, sondern ihre Stimmbänder einsetzen.«

»Singst du beim Tanzen?«

»Nein, eigentlich nicht. Ich produziere Töne. Manchmal hört es sich wie Gesang an. Aber es ist eher ein Klangablauf, der sich mit den Bewegungen vollzieht.«

»Das interessiert mich. Wo wohnst du?«

»In Lausanne. Ich habe dort ein Studio.«

»Kann ich dich mal besuchen?«

Sein Mund mit der Narbe war etwas feucht, wie eine Frucht. Ich hätte ihn gerne in die Lippen gebissen. An diesem Abend kam es nicht dazu. Er war mit einem Mädchen verabredet, und ich fuhr am nächsten Tag in die Schweiz zurück. Ich gab ihm meine Adresse – weg war er. Ich dachte, Scheiße, da habe ich etwas verpaßt. Drei Wochen später klopfte es morgens früh um acht, als Alwin und ich beim Training waren. Alwin ging an die Tür. Ich hörte ein Stimmengemurmel; der Luftzug brachte einen Geruch, der mir vertraut vorkam. Im Spiegel erblickte ich einen schwarzgelockten jungen Mann mit einer Gitarre. Er nickte mir zu, ließ die Sandalen von den Füßen gleiten und setzte sich lautlos. Sein Instrument legte er neben sich auf den Boden.

Ich war für den November für drei Vorstellungen im »Théâtre de Poche« verpflichtet worden und probte gerade eine neue Choreographie. »Die Entpuppung« war ein Stück über die Befreiung der Frau, ein Thema, das ich nüchtern und distanziert anging. Die Gefahr, weibliche Duldsamkeit mit Einfalt zu verwechseln, lag bei mir immer drin. Aber Frauen können Schmerzen überzeugend darstellen, auch wenn sie diese Schmerzen niemals am eigenen Körper empfunden haben.

»Sie sind genetisch dazu vorprogrammiert«, sagte Lea, die in gewissen Dingen zynisch war. »Die kollektive Erinnerung steckt in jeder Zelle. Du kannst diesen Schmerz der Jahrhunderte herausholen, ihn sichtbar werden lassen. Du brauchst nicht einmal viel Konzentration dazu.«

An diesem Morgen arbeiteten wir ohne Musik. Während ich vor dem Spiegel übte, bemerkte ich, wie Pierre sich behutsam bewegte. Er stimmte einige Akkorde auf seiner Gitarre und begann zu spielen, zuerst elegisch und versunken, dann explosionsartig und strahlend. Der volle, sinnliche Klang zog mich in eine Stimmung hinein, die meinen innersten Kern ergriff und mitschwingen ließ, so daß ich eine Zeitlang ganz ekstatisch tanzte.

Nach der Probe umarmten wir uns. Ich lachte ihn an.

»Schön, daß du gekommen bist.«

»Ich war neugierig.«

Alwin steckte die Kaffeemaschine an. Ich beugte mich über das Spülbecken, spritzte mir kaltes Wasser ins Gesicht, ließ es über die Arme laufen. Pierre sagte:

»Es hört sich seltsam an, was du mit deiner Stimme machst.«

Ich tastete nach dem Handtuch.

»An einem Tag gewöhnt man sich nicht daran. Aber morgen wirst du dich schon daran gewöhnt haben.«

»Bestimmt«, sagte er.

Ich trocknete mich ab.

»Man kann das Tanzen mit allem möglichen verbinden, was?«

»O ja«, erwiderte er, »das kann man. Vielleicht gewöhnst du dich an meine Musik.«

»Vielleicht.«

Wir sahen uns an; Alwin fing diesen Blick auf und schwieg. Der Kaffee blubberte in der Maschine. Alwin stellte wortlos drei Tassen auf den Tisch, holte Zucker aus dem Schrank.

»Deswegen bin ich gekommen«, sagte Pierre. »Weil ich das Gefühl hatte, daß du dich an meine Musik gewöhnen kannst. Ist bisher noch nie jemand auf die Idee gekommen?«

Ich goß Kaffee ein.

»Von Zeit zu Zeit gab es Anwärter.«

An diesem Abend schliefen wir zusammen. Alwin schleppte seine Matratze in den Übungsraum. Er erhob nie Einspruch, wenn ich mich für einen anderen Mann interessierte. Er fürchtete lediglich, daß es Pierre mißfiel, wenn er im gleichen Zimmer blieb. Nach ein paar Nächten wurde ihm klar, daß Pierre sich nicht daran störte, und schob seine Matratze wieder an den alten Platz.

Im Traum oder auch wachend, tagsüber, wenn ich mich nicht konzentrieren konnte, hatte ich an Pierres Körper gedacht. Den ich nun in dieser Nacht, mit eigenen Händen, in Besitz nahm. Ich legte den Finger auf seinen Mund.

»Die Narbe. Woher stammt die?«

»Ein Andenken an eine kleine Meinungsverschiedenheit. In Tabriz. Der Arzt hat die Wunde nicht richtig genäht. Sieht nicht besonders gut aus, oder?«

»Ich fand sie erotisch. Vom ersten Augenblick an.«

»Was war denn daran so erotisch?«

Ich legte beide Hände auf seine harten, braunen Hüften.

»Weil ich wissen wollte, wie dein Mund schmeckt. Lippen, die sich öffnen, bedeuten, daß auch der Körper sich darbietet.«

Er schüttelte den Kopf. Seine Locken fielen ihm über die schräg stehenden Augenbrauen.

»Eigentlich habe ich nie darüber nachgedacht, wie Frauen das empfinden. Wenn ich zu dir sage, du hast schöne Titten, einen tollen Arsch, kommt mir das normal vor. Aber wenn du so zu mir sprichst, werde ich rot.«

»Das sehe nur ich. Komm!«

Ich öffnete die Schenkel, den Kopf zurückgeworfen, während er mich küßte. Sein Mund war heiß und ungestüm, genau wie ich es mir vorgestellt hatte. Er tauchte in mich ein, geschickt und mühelos, bewegte sich langsam in mir. Ich zeigte ihm alles, was ich wollte, er war sehr geübt in diesen Dingen, beherrschte sich perfekt. Keine Eile, nein, Pierre mochte das nicht. Sein Körper pulsierte mit meinem Herzschlag, im gleichen, tragenden Rhythmus, schwerelos und wunderbar.

»Du hast unglaubliche Bewegungen«, sagte er später, als wir in schwebender Ruhe nebeneinander lagen. »Wie du den Bauch bewegst, meine ich.«

Ich rekelte mich, roch den Geruch seiner Haut.

»Das habe ich geübt.«

»Mit anderen Männern?«

Diese Eifersucht kam für mich unerwartet. Ich lachte.

»Manchmal auch an der Stange. Ich habe eine klassische Ausbildung, dafür hat meine Mutter gesorgt.«

Er streichelte meine Brüste. Sie waren klein, straff und rund geformt, wie Kelche. Die Spitzen waren von Natur aus sehr rot. Sobald ich nackt tanzte, starrten alle Zuschauer auf meine Brüste, das wußte ich genau.

»Ist sie auch Tänzerin?«

»Sie heißt Lea Cohen. Sie war mal berühmt. Jetzt ist sie über siebzig und Archivarin im Tanzmuseum.«

Er setzte sich auf und strich über meinen Bauch. Unsere Körper waren heiß und klebrig, aber wir hatten beide keine Lust, uns zu waschen.

»Dann willst du also, daß ich Musik für dich mache.«

»Improvisieren, ja. Das gefällt mir.«

»Meinst du, daß ich es bei dir aushalte?«

Seine Hand wanderte über meinen Schoß, schob sich behutsam zwischen meine Schenkel. Ich hob leicht das Gesäß, um ihm das Eindringen zu erleichtern.

»Wenn du dich anpaßt.«

Ich legte meine Hand auf die seine, lenkte sie zwischen meinen Schenkeln auf und nieder, zuerst sehr entspannt, dann schneller und genau dort, wo ich es haben wollte. Seine Finger träumten in mir, phantasierten in heimlichem Fieber. Heiße pulsierende Flämmchen flackerten in meinem Rückenmark. Ich streckte mich flach auf der Matratze aus, bewegte das Becken wie einen langsamen Kreisel. Pierre beugte sich über mich, vor Schweiß glänzend. Sein Schatten bedeckte mich ganz. Die Hitze, die von ihm ausging, hüllte mich ein.

»Ich sehe schon, du willst dominieren.«

Sein Gesicht kam näher zu mir herunter. Träge betrachtete ich seine Augen, langbewimpert und wie poliert, die breite Stirn, den Nasenbogen. Die Kerbe an der Oberlippe leuchtete weiß im Nachtlicht. Ich hob die Arme, hing mein Gesicht an seine Schultern. Er ließ sich ein ganzes Stück ziehen, tiefer hinab und tiefer. Mein Mund wanderte über seinen Hals, trocknete seine feuchten Lippen, fand die Narbe, zögerte zwischen Biß und Kuß.

»Du mußt dich gut dabei fühlen«, flüsterte ich. »Sonst hat es keinen Sinn, daß du bleibst.«

# 2. Kapitel

Nach der »Entpuppung« hatte ich eine neue Choreographie geschaffen: »Die Verwandlung«. Sie stand mit der ersten in logischer Folge. Im Februar war ich im »Théâtre de Poche« für fünf Vorstellungen verpflichtet. Clarissa Monnier, die Leiterin, setzte meine Inszenierungen jedes Jahr auf den Spielplan. Ihr ging es um weltanschauliche Fragen und um Feminismus. Es war ihr besonderes Talent, diesen in den mehr oder weniger individuellen Geschichten, welche Choreographen zu Bühnenereignissen formen, aufzuspüren und aus ihnen hervorscheinen zu lassen. Die Phantasie, bei all ihrer Magie, ist ein zerbrechliches Ding. Ich sortierte die Elemente sehr sorgfältig. Mein Kostüm bestand aus einem schwarzen, hochgeschlossenen Rüschenkleid. Dazu gehörten lange Handschuhe und ein echtes Korsett, das ich auf dem Flohmarkt von Avignon gefunden hatte. Alwin mußte die Bänder so eng schnüren, bis ich kaum noch atmen konnte. Ich trug ein rotes Untergewand, ein dünnes Achselhemd, eine weite bauschige Hose und darunter einen winzigen schwarzen Schurz, wie eine Night-Club-Artistin. Zum Kostüm gehörte ein breitrandiger Stoffhut, den ich mit großen Nadeln feststeckte, und ein langer Schleier mit kleinen Kügelchen.

Zuerst waren meine Bewegungen verhalten, fast gehemmt. Sie sollten aber auch innere Auflehnung und Zorn darstellen. Die schwarzgekleidete Frau litt unter dem Gebot der Verhüllung, dieser Form von Gewalt, die man ihrem Körper zufügte. Sie stand vor einem verschlossenen Tor, ihre Hände wanderten hilflos über die eingeschnürte Taille, sie warf den Kopf zurück und stöhnte. Das Stöhnen wurde zum Wehklagen, zum herzzerreißenden Singsang. Sie schlug sich ins Gesicht, klatschte sich im Rhythmus ihres Kummers auf die Schenkel. Manchmal blickte sie mit der Wut der gefangenen Kreatur umher. Dann wieder beugte sie sich tief nach hinten, so daß sie mit dem Nacken fast die Fersen berührte. Ihr Kleid schien unter der Hitze ihrer Auflehnung zu knistern. Plötzlich entdeckte sie, daß der Schlüssel zu ihrer Befreiung an ihrem Hals hing. Sie wagte sich vorwärts, befangen und furchtsam, denn das Gefängnis ist auch ein mächtiger Schutz. Da sprang das Tor auf: Licht fiel in den Raum. Draußen sang eine Gitarre, wie ein lockender Vogel. Jetzt zog die Frau Stück für Stück die langen Nadeln heraus, die ihren Hut befestigten. Sie schüttelte ihr Haar. Der Schleier, der auf dem Boden schleifte, verlängerte im Schatten ihr Bild. An der Schwelle der Freiheit trat ihr der Mann entgegen – der Gebieter, Wächter einer Ordnung, der die Frau sich entzog. Sein Gewand schillerte kupfern, ein silberner Helm umrahmte sein Antlitz, und er hielt ein Schwert in der Hand. Er versperrte der Fliehenden den Weg. Doch die Frau ließ sich nicht durch seine Drohgebärde einschüchtern. Rasch und entschlossen entzog sie ihm das Schwert, schenkte ihm dafür eine Irisblüte. Nun schnitt sie mit der Schwertspitze ihr Kleid entzwei, ließ das seidene Unterkleid über ihre Schultern gleiten. Ein paar schnelle Bewegungen: das Korsett fiel zu Boden. Die nackte Frau verweilte einen Augenblick lang, nach Osten gewandt, in die aufsteigende Sonne blickend. Mit erhobenem Kinn, das Schwert dem Licht entgegengestreckt, stand sie zehn Sekunden lang bewegungslos. Dann trat sie auf den Mann zu. Lachend, spielerisch, fegte sie seinen Helm vom Kopf, schnitt sein Gewand in Streifen. Die Gitarre erscholl jetzt sehr laut. Der Mann brachte die Frau zu Fall. Eine Weile balgten sich beide auf dem Boden, geschmeidig wie Schlangen; sie rangen miteinander, ohne zu kämpfen, und die Zuschauer sahen, worauf es ihnen ankam. Schließlich lag der Mann auf dem Rücken; die Frau, auf ihm, mimte die Ekstase der Vereinigung. Während sich der Mann zusammenrollte wie ein Fötus, stieg sie über ihn hinweg, behutsam und leichtfüßig. Zum Klang der Gitarre tanzte sie mit dem Schwert, schlang die Arme in Biegungen und Schleifen übereinander, aus ihrem

Mund kamen merkwürdige Töne. Dann legte sie das Schwert neben den schlafenden Mann und bekränzte ihn mit Irisblüten. Er erwachte, blickte in die Klinge wie in einen Spiegel, sah die Blumen in seinem Haar und lächelte. Die Frau reichte ihm die Hand, zog ihn zu sich empor. Er reichte ihr das Schwert. Sie trugen es beide, dem Licht entgegen: Es war das Symbol ihrer Befreiung.

Am Abend der Premiere saß Clarissa Monnier unter den Zuschauern. Sie beobachtete die Vorgänge sozusagen über den Zaun hinweg, mit finsterem Gesicht. Ein mächtiger Schutzengel voll unheimlicher Energie und erschreckender Einfühlungskraft. Nach der Vorstellung fegte sie in die Kulissen, aufgelöst und erhitzt. Ihr schwarzes Gewand schleifte über die Bretter. Sie umarmte mich, echt ergriffen und mit glänzenden Augen.

»Ach, das war wunderbar! Du hast ja den Applaus gehört. Ich bin richtig stolz auf dich. Einige Machos furchen die Stirn – das war vorauszusehen. Die Niederlage des Helden stört ihre Eigenliebe. Aber sämtliche Frauen sind begeistert.«

Sie hob sich auf die Zehenspitzen, drückte Alwin an ihre wogende Brust und küßte ihn auf beide Wangen.

»Wie schön das alles ist, mein Junge! Auch du siehst die Dinge nicht mehr, wie du sie bisher gesehen hast, nicht wahr? Lancelot, von Ginevra in Eros verwandelt! Das war eine wirklich große Leistung, Alwin. Das hast du fein gemacht.«

»Ach, finden Sie?« stammelte Alwin, der grundsätzlich über wenig Witz verfügte und nach einer Vorstellung immer benommen war. Er konnte in den ständigen Wortschwall Clarissas nicht einen einzigen Satz einschalten. Sie ließ ihn stehen, hängte sich bei Pierre ein und tätschelte seinen Arm, überfreundlich, aber mit weniger Ungestüm.

»Chéri, deine Improvisationen – ich habe noch nicht Zeit gehabt, es dir zu sagen –, sie gehen mir unter die Haut. Nein wirklich, ich fühle mich schwindlig!«

»Das mache ich nicht mit Absicht«, erwiderte Pierre in seiner lächelnden, nachlässigen Art. Clarissa war ihm wohlwollend gesonnen, wußte jedoch nie, woran sie mit ihm war. Künstler leiden oft an Selbstzweifeln oder brechen aus wie scheuende Pferde. Man muß sie trösten, loben, je nach Neigung mit Whisky oder Kamillentee verpflegen. Pierre war allzu selbstbewußt, auf eine stille Weise sarkastisch. Unzugänglich.

»Die reinste Klangakrobatik!« sagte Clarissa. »Man weiß nie, was kommt, und es ist immer genau das, was mitten ins Herz trifft.«

Er nickte, mit einem unergründlichen Glitzern in den Augen.

»Es ist mir sehr angenehm, daß du es so empfindest, Clarissa. Ich spiele nie aus dem Verstand heraus.«

»Nein, natürlich nicht, Chéri. Du bist ein Genie!«

»Ich bin ein Ziegenbock!« sagte Pierre.

Ich hatte schon geduscht, trug meinen Jogginganzug und schminkte mich ab, als Denis Berger in die Garderobe kam. Ich deutete mit dem Kinn auf einen Stuhl. Er setzte sich.

»Nichts Neues unter den Scheinwerfern, Ruth. Die sinnlich triumphierende Frau, dein ewiges Leitmotiv. Aber gut inszeniert, muß ich sagen. Das bringen nicht alle fertig.«

»Danke. Einige psychopathische Triebe spielen natürlich mit.«

Denis lächelte. Man munkelte, daß er eine Perücke trug. Als Tanzkritiker hatte er in der Lokalpresse den Ruf eines Kenners. Er arbeitete auch für das Radio. Wir waren nicht verfeindet. Wir waren sogar gute Freunde.

»Deine Symbole sind sehr eindeutig.«

»Sie sollen nicht elitär sein.«

Denis rollte beide Daumen, wobei er die Richtung ständig umkehrte.

»Weißt du, ich verfolge deine Kreationen mit Vergnügen. Die Neutralisierung männlicher Aggressivität durch weibliche Sexualität ist ein unübliches Thema. Das Schwert als idealisierter Ausdruck des männlichen Instinkts ... ein phallisches Symbol?«

»Komm mir nicht mit Freud«, sagte ich. »Freud ist nicht erotisch!«

Denis lehnte sich zurück und lachte. Sein Lachen war angenehm und keineswegs überheblich.

»Ich hatte eigentlich Egon Schiele im Kopf.«

Ich wandte mich wieder dem Spiegel zu.

»Der gefällt mir schon besser. Jeder, der etwas auf die Bühne bringt, inszeniert seine erotischen Phantasien.«

»Du bist dabei nicht zimperlich.«

»Nein. Blutarme Vorstellungen lassen die Zuschauer kalt. Die Bilder des Tanzes müssen etwas aussagen.«

»Eine Poesie im Raum? Eine Sprache, die alle Sinne entfaltet?«

Ich trug Lippenstift auf und lächelte ihn an. Wir verstanden uns.

»Und das Denken. Eine Sprache, die das Denken entfaltet.«

»Die Kritiker zeigen Milde«, stellte Lea fest. »Ihr Moralempfinden ist etwas überfordert, aber im allgemeinen erntest du Lob.«

»Clarissa ist entzückt. Alle vier Vorstellungen waren ausverkauft. Alwin und ich sind völlig ausgepumpt. Außerdem war die Inszenierung kompliziert. Mein Kleid hatte einen besonderen Verschluß, aber Alwins Kostüm wurde wirklich zerschnitten. Er mußte jeden Abend ein neues haben. Und ich habe ganz Lausanne abgeklappert, bis ich einen Blumenladen fand, der im Februar weiße Schwertlilien hat.«

Lea zeigte ihr Mona-Lisa-Lächeln.

»Warum mußten es ausgerechnet Schwertlilien sein?«

»Ich weiß es nicht. Es war eine absolute Notwendigkeit.«

»Dafür gibt es eine Erklärung«, meinte Lea.

»Du hast immer für alles eine Erklärung bereit.«

»Psychologie«, antwortete Lea.

Sie hatte mich mit vierzig Jahren in die Welt gesetzt. »An der äußersten biologischen Grenze«, wie sie sagte. Kaiserschnitt. Sie wollte erst tanzen und dann eine Tochter haben. Ein Sohn interessierte sie nicht. In ihren vehement vorgebrachten Begründungen zeigte sich ihre Neigung zum Widerspruch. Mein Vater, als er noch lebte, amüsierte sich darüber.

»Lea, wer dich nicht kennt, mag denken, daß du die Männer haßt. In Wirklichkeit bist du blind für ihre Fehler und taub für die Mahnungen der Vernunft.«

Wir saßen im Wohnzimmer, knabberten Mandelplätzchen, selbstgebacken von Lea, und tranken Tee, der nach Zimt duftete. Lea hatte einen Samowar. Draußen fiel Schnee. Im weißen Licht sah ich, wie sorgfältig ihr Gesicht gepflegt war. Die Haut war von dünnen Fältchen überzogen, in den Augenwinkeln verliefen die Linien tiefer, aber die Konturen blieben straff, die Halsmuskeln fest. Über ihrem Gesicht lag ein seidenweicher Schimmer. Von Lea ließ sich nicht sagen, daß sie klein war, weil ihre Anwesenheit soviel Intensität ausstrahlte. Sie hatte dichtes Haar, früher dunkelblond, heute silbern und kurzgeschnitten. Wenn sie lachte, klang es, als ob man Muscheln schüttelte. Ihre Augen, die ein wenig schräg standen, sahen mit leichtem Silberblick spöttisch auf diese Welt. Sie waren von wechselnder Farbe: mittags grau, fast durchscheinend, abends beinahe violett. Jetzt, im Schneelicht, leuchteten sie wie Kristall.

»Du siehst müde aus«, stellte ich fest.

»Körperlicher Zerfall«, erwiderte sie heiter. »Dagegen hilft nur Massage. In geistiger Hinsicht, meine ich.«

Ich schlürfte den Tee, der zu heiß war.

»Du wolltest mir etwas über Schwertlilien erzählen.«

»Deine Großmutter trug den Namen Iris.«

»Ich sehe nicht unbedingt den Zusammenhang.«

»Aber ich. Jedesmal, wenn sich in meinem Leben etwas Besonderes ereignen wird, träume ich von ihr.«

»Und wann hast du das letzte Mal von ihr geträumt?«

»Heute nacht um halb vier«, sagte Lea.

Meine Mutter wohnte oberhalb von Lausanne, wo das Bauland langsam in Ackerland übergeht. Das Haus war groß, viel zu groß für sie, nachdem Michael, mein Vater, gestorben war.

Aber Lea hatte das Problem gelöst: Im ersten Stockwerk

wohnte eine spanische Familie mit zwei erwachsenen Söhnen. Gratis.

Die Bedingung war, daß Señora Perez ihr zweimal in der Woche den Haushalt machte, und daß sich ihr Mann in seiner Freizeit um den Garten kümmerte. Die Abmachung lief seit Jahren zur beiderseitigen Zufriedenheit. Meine Mutter gehörte zu diesem Haus, war mit ihm verwachsen. Jedes Möbel, jeder Gegenstand lebte sein eigenes Leben: schön verzierte, unbenutzte und liebevoll gehegte Einzelstücke, geschnitzt, poliert, sorgfältig abgestaubt. Selbst die Vasen, Obstschalen, Statuetten schienen eine eigene Geschichte zu erzählen. An den Wänden hingen Ölgemälde und Lithographien aus der Welt des Balletts sowie eine Anzahl asiatischer Rollbilder, von denen einige alt und kostbar waren.

Der Wohnraum war groß. Auf der einen Seite stand ein runder Eßtisch mit hochlehnigen Stühlen, auf der anderen ein bequemes Sofa aus abgeschabtem Leder. Auch die Teppiche waren alt und abgetreten; Lea meinte, es lohne sich nicht mehr, neue zu kaufen.

Durch die Fensterfront sah man die Veranda mit dem alten Kaffeetisch und den Korbstühlen, die jetzt, in Plastik eingepackt, auf den Frühling warteten. Der ferne See schimmerte grau; zwei Bauernhäuser, mit wuchtigem Schrägdach, duckten sich hinter die verschneiten Hügel.

Hier war mein Zuhause. Mein Zimmer stand immer bereit, das Bett war bezogen. Alles war wie früher: die Vorhänge aus geblümtem Chintz, die passende Stehlampe, die grüne Tagesdecke und die Lithographie von Chagall, am Kopfende des Bettes. Sie stellte eine schwebende Figur dar – eine Fee oder eine Tänzerin, die mir angeblich ähnlich sah. Michael hatte mir das Bild zu meinem vierzehnten Geburtstag geschenkt. Er hatte die Lithographie im Schaufenster einer Genfer Galerie gesehen und sich gesagt, das ist Ruth. Es war mein erstes wirklich wertvolles Bild – und vorläufig mein letztes. Ich führte ein Leben, das anders war.

»Und wie hast du von Iris geträumt, Lea?«

»In Symbolen, natürlich. Aber ich werde schon klug daraus. Die Erinnerung an diese Träume ist sehr klar.«

Beim Sprechen drehte und bog sie die Hände in jenem lebhaften Spiel, das auch zu meinen Eigentümlichkeiten gehörte. Zwischen uns war ein rätselhaftes Band, ein Schwingen der Nerven. Wir waren Mutter und Tochter, wir gehörten zusammen.

»Meine Schulbildung war, den damaligen Verhältnissen entsprechend, fragmentarisch«, sagte Lea. »Gleichwohl, das biologische System wie eine Bakterienzelle mit ihrem Informationsgehalt abzuschätzen, ist verhältnismäßig einfach. Das kann sogar ich. Und ich brauche dazu nicht die Schätzungen von Morovitz oder Linschitz. Das Leben ist, verdammt noch mal, nicht zufällig entstanden, ebensowenig wie die Moleküle eines beliebigen Enzyms. Leben ist Zuwachs an Ordnung, nicht an Unordnung.«

»Und was hat das mit deinem Traum zu tun?«

»Was dir fehlt, ist Geduld. Laß mich ausreden. Was ich dir zu erklären versuche: Es besteht eine Verbindung zwischen deinem und meinem Organismus. Und wenn ich etwas träume, bist du auch in diese Sache verwickelt, ob du willst oder nicht.«

Ich griff nach einem Mandelplätzchen.

»Also gut.«

»Das fing damals in Münster an«, begann Lea. »Als Hitler an die Macht kam. Dein Großvater war ja Deutscher. Daß deine Großmutter aus einer jüdischen Familie kam, fiel erst später ins Gewicht, zumal sie konvertiert war und meine Eltern evangelisch getraut worden waren. Später, als sie meinen Vater holten und wir fliehen mußten, lernten wir, daß es Augenblicke gibt, wo die ganze Erde zu klein scheint.«

Leas Gegenwart schuf eine Art Magnetfeld; ihre Mitmenschen kreisten fasziniert um sie herum. Wie kam das? Ich wußte es nicht. Und doch lag in ihrem Charme eine Selbstironie, eine Abwesenheit, als sei sie in ihrem tiefsten Innern »nicht da«, obwohl sie so lebendig schien. Sie befand sich gleichsam im Zentrum und draußen, in einer anderen Welt.

Zuweilen sah sie aus wie eine Frau ohne Verstand. Das war sehr irritierend.

»Hitler redete zu viel«, sagte Lea. »Solange Politiker den Mund halten, ist alles bestens. Andernfalls muß man argwöhnisch sein. Laotse sagte: ›Herrscht ein ganz Großer, so weiß das Volk kaum, daß er da ist. Die Werke werden vollbracht, die Geschäfte gehen ihren Lauf und die Leute denken alle, wir sind frei!‹ Merke dir das, Ruth. Achte auf die Zeichen, sie sind heute wie vor viertausend Jahren gültig.«

Lea stellte ihre Tasse behutsam auf den Tisch.

»Hitler also redete. Zu viel und zu laut. Ich war ein Kind, aber seine Stimme beunruhigte mich. Eine Gefahr schwang in seinen Worten, ich spürte es wie ein nahendes Gewitter in der Luft. Damals hatte ich gerade mit Lesen begonnen und liebte Grimms Märchen. Wir hatten ein großes Buch mit schönen, sehr naturalistischen Illustrationen. Weder Hexen noch Ungeheuer raubten mir den Schlaf. Der Kinderfresser aus dem ›Kleinen Däumling‹ brachte mich zum Lachen, Hitler nicht. Mein ganzer Körper krümmte sich vor Angst, sobald ich seine Stimme hörte.«

Pause. Lea war etwas rot geworden. Sie wedelte sich mit der Papierserviette Luft zu.

»In dieser Zeit hatte ich den Traum zum ersten Mal. Iris und ich gingen an einem Seeufer spazieren. Ich nehme an, daß ich dabei den kleinen Aasee, bei Gremmendorf, im Kopf hatte, aber das ist unwichtig. In meinem Traum war der See grenzenlos weit, ein zartes Azur, mit weißlichen Reflexen. Iris sang dabei ein Lied, eine lustige, kindliche Weise, die du auch kennst: ›Ene mene ming mang, ping pang, zing zang, ene mene mek – und du bist weg!‹ Auf einmal brach Lärm die Stille: die Stimme eines Mannes, der durch einen Lautsprecher schrie. Ich erinnere mich noch heute, wie mein Herz damals raste. Es war das Böse, das durch meinen Traum schrie und tobte und kreischte. Viele Male auf Erden – und in vielen Ländern – hat der Teufel redegewaltig seine Herrschaft bekundet; die Stimme, die ich hörte, war eine dieser vielen Stimmen. Während ich vor Grauen erbebte, tauchte im Wasser eine Insel auf, eine Insel mit blühenden Schwertlilien – wunderbar und fern. Erreichten wir diese Insel, waren wir gerettet. Iris nahm meine Hand: Wir wanderten auf dem Wasser, wie über einen weichen Teppich. Doch die Strömung nahm zu und zog uns in die Tiefe. Ich schrie vor Angst, doch Iris sagte: ›Sei ruhig, wenn ich tot bin, werde ich eine Schwertlilie sein, auf der Insel wachsen und in jedem Frühling blühen.‹ Sie lächelte; die Wellen überspülten sie. Ich sah ihre Gestalt unter Wasser gleiten, wie eine Nixe. Und dann war sie fort, und ich schwamm verzweifelt auf die Insel zu. Doch sie löste sich weit draußen in Nebel auf, unerreichbar und unsichtbar. Die Wasser schlugen über mir zusammen …«

Lea schwieg so plötzlich, daß die Stille in meinen Ohren vibrierte. Sie hatte es mal wieder geschafft, mich zu betören. Während ich sie anstarrte, hob ein Atemzug ihre magere Brust unter dem schwarzen Pullover.

»Das ist der Augenblick, wo ich jedes Mal erwache. Dieser Traum läßt mich nicht los. Auch heute nicht. Inzwischen habe ich gelernt, ihn zu beachten. Er wird mir als Signal geschickt.«

Ich bemühte mich um einen sachlichen Ton.

»Stand dieser Traum vielleicht mit Japan in Verbindung, wo du später mit Iris Asyl fandest? Ein Vorgefühl?«

Sie hatte wieder diese Art, mich anzusehen, als beobachte sie mich mit großer Sympathie, aber aus einem anderen Land. Doch gleichzeitig waren da noch Stolz, Eigensinn und Mut, lauter Eigenschaften, die ich schätzte.

»Eigentlich seltsam, wenn man es so bedenkt, daß meine Großmutter auf einem japanischen Friedhof liegt.«

Ein bitterer Zug grub sich um ihre Mundwinkel.

»Du kennst ja die Umstände.«

Ich wollte nicht sentimental werden.

»Im großen und ganzen. Du warst ja nie sehr mitteilsam. Sobald es persönlich wurde – stop. Vielsagendes Schweigen. Ich durfte hin und her raten. Du hättest mir wirklich etwas helfen können. Diese Geheimniskrämerei, wozu eigentlich?

Was mit den Juden im Zweiten Weltkrieg geschah, weiß inzwischen jedes Kind. Na schön, vielleicht fahre ich mal nach Japan und gehe der Sache nach.«

Ihre Lider zuckten.

»Das scheint mir unausweichlich. Und ich möchte sogar sagen, daß es allmählich Zeit wird.«

Ich sah in das glatte Gesicht. Sie war für mich immer ein großes Rätsel gewesen.

»Ist das schon wieder eine deiner Intuitionen?«

»Ja.«

Eine leichte Gänsehaut strich mir über die Arme. Sie beobachtete mich scharf und sagte:

»Es macht allerhand aus, wenn man diese Dinge beachtet.«

»Aber vorläufig habe ich andere Pläne.«

Da wir jedoch beim Thema waren, setzte ich hinzu:

»Übrigens, wie steht es eigentlich mit deiner japanischen Freundin? Hast du nie wieder etwas von ihr gehört? Ich frage nur so nebenbei, Lea. Du brauchst mir nicht zu antworten, wenn du nicht willst.«

»Sie hieß Hanako«, sagte sie. »Blumenkind. Ein schöner klassischer Name. Ihre Mutter Fumi war Ärztin und hatte eine Privatpraxis. Der Vater war gestorben.«

»Hat sie dir niemals geschrieben?«

»Damals? Ausgeschlossen! Die Welt war ein einziges Chaos.«

»Und später?«

Sie fuhr mit den Fingern durch ihre Frisur, und ließ ihre Gedanken schweifen.

»Nach dem Krieg habe ich versucht, Verbindung mit ihr aufzunehmen. Ich habe mich bei der japanischen Botschaft erkundigt. Die Praxis in Kobe existierte nicht mehr. Ich habe Hanako ein Dutzend Briefe geschrieben. Von New York, später von Israel und Hongkong. Einige kamen mit dem Vermerk ›Empfänger unbekannt‹ zurück, die meisten blieben verschollen. Als Michael 1987 zu einen Kongreß in Tokio fuhr, begleitete ich ihn. Wir reisten nach Kobe und gingen zur Stadtverwaltung.

Die Beamten waren sehr zuvorkommend, aber alle Bemühungen führten in eine Sackgasse. Die Familie war nicht mehr aufzufinden.«

»Wie alt mag Hanako jetzt sein?«

»Sie war zwei Jahre älter als ich, also sechzehn. Sie wird verheiratet sein, den Namen gewechselt haben ...«

Ich zögerte, stellte dann aber trotzdem die Frage:

»Ob sie wohl noch lebt?«

Lea schwieg eine Weile, bevor sie sagte:

»Weißt du, in Kobe erfuhren wir eine merkwürdige Geschichte. Als wir das Grab deiner Großmutter besuchten, erzählte uns der Friedhofswächter, daß einmal im Jahr, im Juni, eine Dame kommt und eine Schwertlilie auf den Grabstein legt. Ich schrieb meine Adresse auf und bat den Wächter, sie der Unbekannten bei ihrem nächsten Besuch zu geben. Der Wächter war schon alt und sagte, er sei nur noch für kurze Zeit da. Er versprach, seinen Nachfolger über die Sache in Kenntnis zu setzen. Inzwischen sind neun Jahre vergangen. Nichts! Keine Nachricht ...«

Ich war betroffen.

»Das hast du mir nie erzählt.«

»Muß ich dir denn alles erzählen?«

»Du bist wirklich unglaublich!«

Sie hielt den Kopf hoch, mit der Überheblichkeit einer jungen Frau. Ihr Lächeln war verschmitzt, fast gönnerhaft. Lea war um Jahrhunderte älter als ich, und doch empfand ich niemals bei ihr die Verantwortung der Jugend, die ältere Generation zu schützen.

Ihre Gesundheit war unverwüstlich, ihre lebenslang einstudierte Haltung bewahrte sie nicht nur auf der Bühne. Sie besaß im vollen Maße das, was Oliver Sacks ein »Körperbild« nennt. Aber jetzt war ich beleidigt.

»Ich erzähle dir auch nicht alles, glaube das ja nicht.«

Sie ließ sich nicht beeindrucken und lachte leise.

»Du bist alt genug, um mich mit gewissen Dingen zu verschonen.«

Schachmatt. Ich ließ es mir gesagt sein. Im Kamin platzte ein Scheit, Funken sprühten auf. Lea ging geschmeidig in die Knie, stocherte mit einem Schürhaken in der Glut.

»Eigentlich bist du noch gut in Form«, stellte ich fest.

»Trotz des körperlichen Zerfalls.«

Sie erhob sich, eine schnelle, fließende Bewegung.

»Ich übe noch täglich. Zwei Stunden an der Stange, das hält jung. Möchtest du noch Tee?«

Das bedeutete, daß ich sie zu bedienen hatte. Ihre Starallüren würde sie niemals aufgeben. Sie hatte in New York bei Jerome Robbins getanzt, bei Martha Graham und Katherine Dunham. Die Choreographin hatte sie in ihrer Truppe aufgenommen, obwohl sie keine Schwarze war. Leas Haut nahm in der Sonne einen olivfarbenen Ton an; ihr dunkelgelocktes Haar, mit Öl eingerieben, gab ihr das Aussehen einer Mestizin. Dann zogen meine Eltern nach Hongkong, wo mein Vater eine Praxis eröffnete. Ein halbes Jahr später hatte Lea chinesisch gelernt – nur so zum Vergnügen, wie sie behauptete – und eine Ballettschule gegründet, die noch heute bestand. In Israel, wo ich zur Welt kam, griff Lea bei Sara Levi-Tannai auf die jemenitische Tanztradition zurück. Noch mit achtundfünfzig Jahren trat sie als Solistin am Stockholmer Stadttheater auf. Sie tanzte die Titelrolle in Mats Eks »Bernardas Haus« – eine Kreation, die große Beachtung fand. Nach Michaels Tod zog sie sich eine Zeitlang zurück, brachte ihre Sachen in Ordnung und trauerte. Später unterrichtete sie in Lausanne. Als das Tanzmuseum gegründet wurde, betreute sie das Archiv, stöberte seltene Fotos, Partituren und Bücher auf, die nur noch antiquarisch erhältlich waren. Sie unterrichtete immer noch – wenn auch nur aushilfsweise – und gestaltete Choreographien für ein Kindertheater in Pully, was ihr einen Riesenspaß machte.

Sie gab mir ihre Tasse; ich goß den Tee mit perfekten Bewegungen ein, reichte ihr Zucker, Zitrone. Das schlampig-flüchtige Berühren von Gegenständen hatte sie stets verpönt. Ich zeigte mich sehr geschickt in diesen Dingen. Sie registrierte es, blinzelte amüsiert, bevor sie wieder auf Japan zu sprechen kam.

Aber sie hatte eine Menge Absonderlichkeiten. Und ihr Erzählen scherte sich nie um Systematik.

»Es war eine Zeit, wo ich sehr tief empfand, alle Dinge wie in einer doppelten Wahrnehmung erlebte. Das Gute und das Böse. Ich habe das alles aufgeschrieben. Eine Art Tagebuch.«

Es war das erste Mal, daß ich das hörte.

»So? Das würde ich gerne mal lesen.«

»Es ist weg, nicht mehr da. Auf irgendeiner Reise verlorengegangen. Ist ja auch unwichtig.«

»Warum redest du denn davon?«

»Einfach so, weil es mir in den Sinn kam.«

»Ich frage mich«, seufzte ich, »ob du lügst oder die Wahrheit sagst.«

»Ich lüge. Ich sage die Wahrheit. Wie es mir gerade paßt.«

»Du bist eine anstrengende Frau.«

Sie knabberte ein Mandelplätzchen.

»Das haben schon andere vor dir festgestellt. Merkwürdig ist das, ich habe öfter Menschen sehr gemocht. Aber ich glaube nicht, daß ich viele Menschen geliebt habe, abgesehen von Michael und Hanako. In einem ganzen Leben ist das ziemlich wenig, findest du nicht auch?«

»Und was ist mit mir?«

Sie lächelte jetzt, sehr zärtlich: ein Lächeln, das ihr Gesicht verwandelte.

»Ich liebe dich, wie ich mich selbst liebe. Und das will etwas heißen.«

»Wie auch das Gegenteil vorkommen könnte?«

»Das auch, ja. Ich habe ziemlichen Druck auf dich ausgeübt. Die Allmacht der Mutter und so weiter. Ich war selten kompromißbereit.«

»Du hast mich nicht schlecht erzogen. Ich bin sogar zum kritischen Denken fähig.«

»Dafür habe ich frühzeitig gesorgt.«

»Hast du oft solche Menschen getroffen?«

»Einige.«

Ich wandte die Augen ab. Auf einer Kommode stand eine

Fotografie in einem ledernen Stehrahmen. Es war ein Porträt von Michael, in Israel aufgenommen. Mein Vater war blond gewesen, hellhäutig, mit breiten slawischen Zügen. Ich hatte nicht die geringste Ähnlichkeit mit ihm. Lea fing meinen Blick auf. Der winzige Silberlöffel klirrte an ihre Tasse.

»Es gibt Tage, da fehlt er mir sehr ...«

»Mir auch«, sagte ich leise.

Draußen im Flur begann die Standuhr zu schlagen. Fünf langsame, glockenklare Schläge. Es dämmerte bereits. Hellblaue Schatten wanderten über den Schnee. Lea nippte an ihrem Tee.

»Und was sind nun deine Pläne?«

Ich lächelte.

»Wir gehen nach Venedig.«

»Zum Karneval?«

»Wir haben kein Engagement«, sagte ich. »Wir wollen ein Stück auf der Straße aufführen. Nur so zum Spaß. Alwin findet es aufregend, eine ganze Stadt als Kulisse zu haben.«

»Alles schon dagewesen!« Lea bewegte ihr Handgelenk, an dem ihr einziger Schmuck – ein goldener Reifen – funkelte. »Trisha Brown stellte ihre Tänzer und Tänzerinnen auf Hausdächer in Manhattan und ließ bestimmte Gesten sich von Gruppe zu Gruppe auf den einzelnen Dächern fortsetzen. Auf der Straße sammelten sich die Zuschauer an und hatten bald alle Genickstarre. Wie kommt ihr nach Venedig?« fragte sie.

»Mit dem Zug.«

Alwin hatte keinen Führerschein, Pierre rauchte Joints, und ich saß ungern am Steuer.

»In Italien sind Eisenbahnfahrten nicht traurig.« Lea rührte gemächlich ihren Tee um. »Habt ihr schon ein Zimmer?«

»Vielleicht finden wir eine Pension.«

Sie schüttelte den Kopf.

»Ich kann dich nicht daran hindern, unpraktisch zu leben. Ich beanspruchte immer ein Badezimmer. Und ein Frühstück, um den Tag zu beginnen. Ich denke, du fährst nicht umsonst nach Venedig«, setzte sie hinzu, und ich erkannte sie ganz und gar in diesem Satz.

Während sie sprach, wurden ein dumpfes Trommeln, ein Schnauben hörbar. Draußen jagte plötzlich ein schwarzes Pferd durch die Schneeschleier. Die schwarze, geschmeidige Gestalt löste sich aus dem Nebel, wie eine Erscheinung. Ein sich dehnender, sich zusammenziehender, kraftvoller Körper. Gleich neben dem Haus befand sich eine Koppel. Der Nachbar hatte ein kleines Gestüt und vermietete Reitpferde. Im Winter, wenn die Hecke kahl war, schienen die Pferde in unserem Garten zu weiden. Nun schwebte das Pferd vorbei, wie ein dunkler Dämon, Schneestaub aufwehend. Ich betrachtete das Tier, gebannt, sprachlos, mit dem geradezu körperlichen Gefühl, daß sich etwas ereignen würde. Die Mähne und der Schweif wirbelten in der Luft. Die Schönheit des flüchtig geschauten Bildes schmerzte mich in der Brust. Dann Stille, wie nach einem Sturm. Das Geisterpferd war verschwunden, hatte sich in Nichts aufgelöst. Meine Augen kehrten zu Lea zurück. Sie saß aufrecht da, schmal und gebieterisch. Ein kleines Lächeln umspielte ihre Lippen, gekräuselt wie feines Seidenpapier.

»Das Pferd holt deine Seele«, sagte sie. »Jetzt, gerade! Jetzt ist sie gegangen!«

Ich lachte auf, befangen und etwas sarkastisch. Sie dramatisierte mit Vorliebe, und manchmal über die Maßen. Entdeckte sie ein Modell, wußte sie in einer Sekunde, was sie damit machen konnte. Die Verflechtung war blitzartig und synoptisch. Aber ich durfte sie nicht allzu ernst nehmen.

»Und weißt du auch, wohin sie geht, Lea? Kannst du mir das sagen?«

»Weit weg in die Zukunft«, erwiderte sie. »Dorthin, wo sie die Vergangenheit trifft.«

Ein Schauer überzog meine Haut. Sie hat es mal wieder geschafft, dachte ich. Sie balancierte ihre Tasse, gelassen, und trank ihren Tee. Ihr Lippenstift hinterließ eine rote Spur auf dem Rand. Die Inszenierung war bis in die Einzelheiten perfekt. Großartig, Lea! *That's entertainment*. Ich stellte ihr keine weiteren Fragen; sie würden unbeantwortet bleiben.

# 3. Kapitel

Das karminrote Stoffpferd wanderte am Kanal entlang, an der Kirche vorbei. Der lange flache Schädel hatte etwas Grausames an sich, das geöffnete Maul mit den weißen Zahnwürfeln zeigte ein verzerrtes Grinsen. Ich ging über den Platz, trat in eine Stehbar. Die Bar war leer, nur mit ein paar Masken dekoriert, die über der Tür wie abgeschnittene Köpfe hingen. Hinter dem Perlenvorhang erschien ein verschlafener Ober und bediente die Kaffeemaschine. Ich zahlte an der Kasse, gab zwei Löffel Zucker in den Cappuccino. Dazu aß ich einen kleinen Panettone, der nicht mehr frisch war. Im Spiegel hinter der Theke sah mein Gesicht wie ein dunkler Fleck aus, und daneben tänzelte das rote Pferd, sich hin und her wiegend, über eine Brücke. Kinder liefen mit vergnügten Schreien hinter ihm her.

»*Carnevale*«, sagte der Ober.

Ich nickte lächelnd. Der Ober erzählte mir, daß es in Venedig seit fünf Monaten nicht mehr geregnet habe. Der Wasserspiegel sank. Ob ich nicht den Gestank bemerkt habe? Es sollte endlich mal wieder regnen, seufzte der Ober. Aber nicht ausgerechnet am *Carnevale*, setzte er pragmatisch hinzu.

In der Morgenstille schlug die Glocke des nahen Campanile. Neun Uhr. Ein Taubenschwarm wirbelte durch die graue Luft. Vom Kanal her dröhnte das rauhe Getucker eines Motoscafos. Der Campo San Stefano war ein kleiner Platz, trübe wie ein alter Spiegel, gesäumt von Häusern in verblichenen Farben. Auf den schmalen Eisenbalkonen standen Blumentöpfe mit vertrockneten Pflanzen. Es roch nach Dieselöl und nach frischem, ungesalzenem Brot.

Die Pension »Donatella« mußte bessere Zeiten gekannt haben; das Tor und die Spitzbögen der Fenster zeigten noch

Spuren einer sehr alten Marmoreinfassung. Im Eingang waren die Fliesen eingesunken, und die Rezeption befand sich in einem grottenartigen Loch voller Ramsch. Die Besitzerin saß dort, sie hatte eine gebieterische Nase und dunkle Ringe unter den Augen. Signora di Lombardi trug ein Kleid aus Kunstseide, darüber eine Strickjacke, und tauchte Zwieback in eine große Schale Milchkaffee. Sie neigte huldvoll den Kopf, als ich den Fuß auf die schwach beleuchtete Treppe setzte. Volle Mülleimer standen entlang der Wand. Im Treppenstock staute sich der Geruch nach Fäulnis, Dreck und verstopften Kanalisationen.

Unser Zimmer im dritten Stock war riesengroß und ungeheizt. Die Wände waren vor Feuchtigkeit grau, die Tapete hing an manchen Stellen in Fetzen. Auf den ersten Blick schien es, als habe man in diesen Raum sämtliches Gerümpel des alten Hauses gestopft, für das man anderswo keine Verwertung mehr fand. Pierre und ich schliefen in einem riesigen *Letto matrimoniale*, unter dem Kruzifix mit dem Ölzweig. Alwin, in Decken eingerollt, lag auf einem zerschlissenen roten Sofa, das muffig roch. Außerdem befanden sich im Zimmer zwei ausgebeulte Sessel, ein überdimensionaler runder Tisch, dessen Sockel, mit Löwenköpfen versehen, von einem Seil zusammengepreßt wurde; ferner ein wurmstichiger Wandschrank, zwei Stehlampen – eine davon ohne Birne –, ein abgeschabter Läufer. Ein extravaganter Frisiertisch mit einem fleckigen Aufsatz aus rotem Veroneser Marmor und zwei Putten aus Bronze zu beiden Seiten des Spiegels war das Prunkstück des Raumes. Das Waschbecken daneben war winzig klein und mit einem altmodischen Kaltwasserhahn versehen, der aus einer gekachelten Wand ragte und tropfte. Der Duschraum befand sich ein Stockwerk tiefer. Die Laken waren eiskalt, die Steppdecke viel zu dünn. Pierre und ich hatten unsere Daunenmäntel über das Bett gebreitet, aber in der Nacht waren wir mehrmals mit kalten Füßen aufgewacht. Das paßte irgendwie dazu; der Mangel an Bequemlichkeit störte uns nicht.

Der alte Boden knarrte, als ich das Zimmer betrat. Beide

Männer schliefen noch. Pierre atmete tief, Alwin schlief friedlich wie ein Kind, das arglose Gesicht zur Decke gekehrt. Ich setzte mich mit meinem Make-up-Köfferchen vor den Schminktisch, betrachtete mich eine Weile im Spiegel. Das Licht war schlecht, aber das machte nichts. Irgend jemand hat mal gesagt, das Spiegelbild einer Frau ist ihre Maske. Gut. Diese Maske würde ich jetzt zeigen.

Ich öffnete Döschen und Tuben, wählte sorgfältig Augenstifte, Pinsel und Puderquasten. Die Verwandlung geschah ganz allmählich. Ich nahm mir Zeit. Die Farben, die ich auftragen würde, bedeuteten etwas. Die eine Hälfte des Gesichtes schminkte ich rot, die andere schwarz, auch die Lippen. Ein seltsames Gefühl, eine Mischung aus Erwartung, Euphorie und Traurigkeit ließ mein Blut schneller kreisen. Ich wußte nicht, durch welche Zeichen ich erfahren hatte, daß heute etwas geschehen würde.

Mit kleinen Spangen befestigte ich Efeublätter in meinem Haar. Vom Campanile läutete zehnmal die Glocke. Ich betrachtete mich im Spiegel mit der Genugtuung, etwas vollbracht zu haben, das nahe an das heranreichte, was ich anstrebte. Voilà, die Maske war vollkommen. Rot und schwarz: die Kraft des Lebens gegen die Kraft des Todes, und beide hielten sich im Gleichgewicht. Hinter mir knarrte das Sofa. Alwin wühlte in seinem verstrubbelten Haar, fröstelte in der Morgenkälte.

»Wie ist die Dusche?« murmelte er.

»Lauwarm. Der Boiler funktioniert schlecht.«

Pierre lag auf dem Rücken, die Arme weit auseinandergeschlagen; seine Lider zuckten. Ich setzte mich auf die Bettkante, fast ohne die Matratze niederzudrücken, legte die Fingerspitze auf die kleine Narbe. Sein Atem roch nach Schlaf. Er blinzelte im Licht, warf sich träge herum. Die Locken hingen ihm zerzaust in die Stirn. Seine Hand streckte sich nach mir aus, schloß sich um mein Handgelenk.

»Komm!« flüsterte er.

»Ich bin schon geschminkt.«

Es kam vor, daß Alwin mitmachte, wobei Pierre ihn mehr

anzog als ich. Jetzt stand er am Fenster, putzte sich die Zähne und beachtete uns ebensowenig, wie wir ihn beachteten. Ich beugte mich über Pierre, strich mit den Lippen über seine nackte, sanft behaarte Brust. Mein Mund hinterließ eine rote Spur auf seiner Haut. Er zog mich tiefer zu sich hinab, führte meine Hand seinen Körper entlang. Die Wärme, die von ihm ausging, war aufreizend genug, aber augenblicklich hatte ich anderes im Kopf. Er schlug die Decke zurück, hob mir die Hüften entgegen.

»Steig auf!« sagte er leise.

»Jetzt nicht.« Ich machte mich los. Außerdem trug ich schon mein Trikot unter dem Kleid. »Gleich gegenüber ist eine Bar. Der Cappuccino ist gut.«

Vielleicht war Venedig eine Illusion. Die Fundamente steckten auf Pfahlrosten im Schlamm, die Häuser waren schief und krumm, die Fassaden unregelmäßig, die Brückenpfeiler vermodert. Gerüche nach faulen Früchten und Urin, nach Dieselöl und Rauch verpesteten die Meeresluft. Krebse klebten an den Hauswänden wie kleine bleiche Gespenster. Unter Nebelschwaden saugte das schmutzigbraune Wasser mit schmatzenden Geräuschen an den Steinen. Manchmal schimmerte der Himmel wie fernes Porzellan, die Türme und Kuppeln und Bögen von San Giorgio Maggiore und Maria della Salute tauchten wie aus dem Nichts auf, flimmerndes Gold blendete die Augen. Dann wehten die Nebel empor; die Traumbilder verschwanden.

Auf dem Campo San Stefano stand wieder das rote Pferd, von Schaulustigen begafft. Die vier Männer, die sich unter dem Wachstuch verbargen, wohnten hier. Eine Frau brachte ihnen Kaffee in einer Thermosflasche. Verkleidete Kinder rannten einander nach, sie kreischten lauthals, sie stießen und drängten sich zwischen den Zuschauern. Nach einer Weile krochen die Männer wieder unter die Attrappe, zogen das Wachstuch über Körper und Kopf. Das Pferd setzte sich in Bewegung, hüpfte und tänzelte mit groteskem Stampfen. Wenn man an einem Stock zog, warf es den Kopf zurück und klapperte mit dem

Maul, was die Kinder entzückte. Wir schlossen uns dem Gedränge an, ohne besondere Absicht. Unsere Pläne waren sehr vage, wir ließen uns von der Eingebung führen. Über dem schwarzen Trikot trug ich ein rotes Kleid, bodenlang und mit Rüschen. Um meine Schultern hatte ich einen schweren, buntgestrickten Fransenschal geschlungen: den Schal einer Flamencotänzerin aus Granada. Pierre hatte seine Gitarre bei sich und war in Jeans, wie üblich. Er trug nichts anderes – im Winter kam ein griechischer Hirtenpulli dazu. Seine nackten Füße steckten in pakistanischen Sandalen. Alwin, ganz in Schwarz, hatte den Mantelkragen hochgeschlagen, hielt die blaugefrorenen Hände tief in den Taschen. Baumlang, wie er war, schien sein nordisches Gesicht mit dem bleichen Haar über den Köpfen der Menge zu schweben.

Wir sollten nicht glauben, daß der *Carnevale* echt sei, hatte uns Signora de Lombardi erklärt. Der echte sei seit Jahrhunderten tot. Dieser neue stamme aus den achtziger Jahren, eine Idee vom Verkehrsverein, um die Touristen im Winter nach Venedig zu locken. Die Jugend spielte mit, wie einstudiert, aber »questo è per la Televisione – das ist bloß für das Fernsehen«, meinte die Dame mit geringschätzigem Achselzucken. Eine Illusion? Venedig?

Der Markusplatz war menschenüberfüllt, ein Malstrom wirbelnder Farben, Klänge und Bewegungen, kreisend wie ein Sternennebel. Tausende von Verkleideten wogten heiter lärmend auf und ab, warfen Papierschlangen und Konfetti. Die Pracht der Kostüme war überwältigend. Gewänder aus Tüll, Seide und Spitzen, Umhänge aus schwerem Samt, mit Fäden aus Silber und Gold durchwoben, oder perlenbestickt. Perücken leuchteten giftgrün, purpurn, zitronengelb, perlrosa. Unter großen Schlapphüten ringelten sich goldene Locken, bunte Feenschleier schleiften über Marmorfliesen. Musik – Pop oder klassisch – schallte aus Tausenden von Lautsprechern. Es duftete nach Vanille und Zimt, nach Rosenwasser, Moschus und Tuberose, nach gebratenem Öl und den süßen Leckereien, die man „Fritelli“ nennt. Und immer mehr Menschen kamen, geschminkt und kostümiert, behangen mit funkelndem und klingendem Phantasieschmuck. Sie hielten Fächer oder versilberte Trompeten in der Hand, rasselten mit Schellen, wiegten sich im Takt und bewegten sich mit gezierten Schritten, elegant und graziös wie Tänzer auf der Bühne. Sie zeigten sich, wie sie sein mochten. Sie kehrten ihre Seele nach außen. Das Kostüm war keine Verkleidung, sondern ein Sich-zur-Schau-Stellen, deutlicher, als ob sie nackt wären. Im Gedränge saßen Mädchen und Jungen auf dem Boden, ihre schweren Gewänder hochgerafft, und bemalten sich gegenseitig die Gesichter. Sie trugen die Farben mit Hingabe auf, ihre Hände waren geschickt, ihr Geschmack verblüffend sicher. Sie sahen wunderbar aus. Doch auch die Masken waren überall, glatt wie Elfenbein, goldgesprenkelt oder bronzebraun, die meisten aus Pappmaché, einige aus Leder, wundervoll geformt. Ihr Ausdruck war lieblich oder heiter, manchmal auch pervers. Und obwohl sie selten dämonische Züge trugen, erzeugten sie jene unerklärliche, rein metaphysische Ehrfurcht, die jeder Maske eigen ist. Eine Ehrfurcht, nicht durch den optischen Eindruck hervorgerufen, sondern aus einer geistigen Vorstellung entstanden. Mit Vernunft kam man nicht gegen diese Gefühle an, die im Unterbewußtsein lauerten. Signora di Lombardi sah die Dinge falsch: Der alte Karneval war nur scheintot gewesen; jetzt war er auferstanden, strahlend schön wie früher. Er hatte sich dem neuen Zeitalter angepaßt, schmückte sich mit Gewändern aus Viskose und Polyester, führte Walkman oder Transistor mit sich, trug schwarz-weiße Nike statt Schnabelschuhe. Doch das Merkmal des Vergänglichen war ihm geblieben, die Selbstzerstörung kündigte sich an. In dieser Verbindung lag vielleicht der Grund für die niemals rohe, derbe, vielmehr stets zärtliche Gebärdensprache dieses Karnevals, für seine Melancholie. Weil der Tod immer präsent war, weil unter Flitter und Tand Verderben und Verwelken lauerten und sich das Sterben der Blume bereits in ihrer Prachtentfaltung ahnen ließ. Wo Lebensfreude herrscht, ist der Tod niemals fern. Die Malaria hatte in den vergangenen Jahrhunderten in Venedig schrecklich gewütet. Die Seelen kamen als Masken auf die Erde zurück, vom Wasser getragen. Und welche Stadt war dem Wasser näher als Venedig?

»Der innere Impuls als sichtbare Reaktion!« Pierre deutete auf Alwin, der unter einer Karyatide kauerte, einem schwarzen, stillen Vogel ähnlich. Er rührte sich kaum, fiel trotzdem auf, durch seine bloße Art zu sein, das Gesicht im silbrigen Nebel langsam zu heben und zu wenden. Die Passanten musterten ihn, verstohlen oder ganz offensichtlich. Er spielte, dafür war er ja gekommen. Ich sagte zu Pierre:

»Manche behaupten, ein Künstler ohne Engagement sei kein Künstler. Das ist ein Nonsens. Es gibt Menschen, die sich selbst als Kunstwerk betrachten. Es ist eine Art Konfrontation mit dem Leben. Warum auch nicht?«

Er grinste.

»Vielleicht ist hier der richtige Ort dafür. Aber ich bin nicht morbid genug. Die einzige künstlerische Schöpfung, die mich interessiert, ist mein Leben.«

Am Uhrturm der Basilika, auf dem leuchtendblauen Email des Ziffernblatts, sprang der Zeiger auf elf. Mit langen Hämmern schlugen die »Mohren« auf die große Glocke ein. Ein Taubenschwarm wirbelte empor, ein Rauschen wie von Meereswogen kreiste über den Platz. Die »Colombina«, die hübsche Barockfigur, Begleiterin des Arlecchino, hatte ihren großen Auftritt: In ihrem eleganten, mit gelb-schwarzen Rauten geschmückten Kleid, eine schwarze Maske über den Augen, schwang sie sich an einem Seil vom Campanile hinüber zum Dogenpalast. Ihre Beine strampelten in ihrer langen weißen Spitzenhose, die Menge kreischte vor Vergnügen. Eine Gasse tat sich auf: Der Erzengel, mit goldenen Flügeln und goldenem Sonnengesicht, schleifte den Teufel am Seil hinter sich her. Einer nach dem anderen traten die klassischen Figuren der »Commedia del l'arte« in Erscheinung: Il Capitano, grell, arrogant und gespreizt wie ein Streithahn; der ewig lüsterne Pantalone; der Avvocato (der Rechtsanwalt), Sinnbild des schockierten Bürgers; Arlecchino, hüpfend, in seinem Rautenkostüm, mit schwingender Pritsche. Und schließlich Pulcinella, der heilige Narr, der Frühlingstänzer, mit seinem mächtigen Stoffhorn auf Rücken und Brust als deutlich erotisches Signal. Selbstdarstellungen aus dem Unbewußten, mit menschlichen Fehlern und Schwächen beladen, prachtvoll kostümiert und der Menge vorgeführt, die sich in ihnen erkannte. Karneval kehrt das Innere nach außen: Der Narr ist niemals ein Dummkopf, sondern das große Symbol der Unschuld und Einfalt – der Mensch in seinem Urzustand, der von dem Sündenfall weiß.

Das rote Pferd! Da war es wieder, tapsend und schleifend. Wir folgten ihm, es zeichnete uns den Weg vor. Wir wanderten den Kanal entlang, blickten zur »Seufzerbrücke« empor, die Dogenpalast und Gefängnis verband, zum Marmorrelief des »trunkenen Noah«, im keuschen Schlaf befangen. Über schmale Fußgängersteige und winzige Plätze kamen wir an Bergen von Plastiksäcken voller Müll vorbei, an den Werkstätten von Perlenstickern, Spitzenklöpplerinnen, Glasbläsern. Im Wasser schaukelten halbverfaulte Barken, trostlos und verlassen. Manchmal tauchte unter den Brücken eine Gondel auf, prunkvoll und düster wie ein schwarzer Drache, auf dessen Flügeln Fabelwesen Weinflaschen schwenkten. Zwei Dominos wanderten im Gleichschritt daher, mit Augenmasken aus schwarzem Satin; unter ihren finsteren Umhängen schillerte Seide, gelb und blutrot. Ein starker Duft nach Sandelholz wehte uns entgegen. Kleine Arlecchini, flatternd und zwitschernd wie Kolibris, warfen sich Konfetti zu; unbeirrbar setzte das rote Pferd seinen Weg fort, zog an verborgenen Gärten und Arkaden vorbei, an Eisengittern, an dunklen Hauseingängen; in einem engen Gassengewirr verloren wir es aus den Augen. Ein Durchlaß führte an der Querseite der Häuser entlang. Mit einem Mal war es, als ob die Nebel sich lichteten. Um uns herum flimmerte eine ganz zarte Aura in den Farben des Regenbogens. Wir bekamen den Geruch des Meeres in die Nase, salzig, mit Öl und Teer vermischt. Die Sirene eines Frachtschiffes heulte ganz nahe. Von Augenblick zu Augenblick veränderten sich die Nebelschwaden. Vor uns, zwischen zusammengedrängten Häusern, vier, fünf Stockwerke hoch und in schäbigen Tönungen, wo es nach Nudeln, Gewürzen und gebratenem Fisch roch, erschien eine »Piazzetta«, hufeisenförmig und völlig unsymmetrisch, in deren Mitte ein marmorner Springbrunnen plätscherte. Ein seltsamer Goldglanz lag über dem Platz, feine Strahlenbüschel, die sich zu verdichten schienen. Im flimmernden Licht standen Menschen, fast hundert Personen, und bildeten einen Kreis. Keiner sprach oder bewegte sich; selbst die Kinder standen still, wie gebannt. Als wir näher traten, sahen wir eine nackte, weißbemalte Frau, die sich wie ein träger Kreideschmetterling langsam um sich selbst drehte.

# 4. Kapitel

Sie war eine *Butoh*-Tänzerin, ich sah es auf den ersten Blick. *Butoh* – der japanische »Tanz der Finsternis«, aus der Welt der Bauern geboren, irrational und erotisch, ein magischer Akt der Schamanen, gleichzeitig revolutionär und zeitgenössisch in seinem Widerstand gegen jede herkömmliche Theorie. Karneval ist das Ritual der Egozentriker; jeder betrachtet sich selbst, sieht sich in Verbindung mit dem anderen, wie in einem Spiegel. Doch hier standen die Menschen völlig selbstvergessen, die Augen auf diese Frau gerichtet, die gedankenschwer und musiklos tanzte. Bis auf einen winzigen weißen Lendenschurz war sie nackt. Und dennoch bot sie das Schauspiel einer vollkommenen Unnahbarkeit. Von Kopf bis Fuß mit weißer Schminke bedeckt, schien sie seltsam körperlos, irreal, ein vogelgleicher Schatten. Selbst Augenbrauen und Lippen sowie das Haar, kräftig und federnd, waren weiß gepudert. Sie trug es am Hinterkopf hochgesteckt mit einem roten Band. Dieses Band und ihre kurzen, blutrot lackierten Fingernägel bildeten die einzigen Farbtupfen an ihrem Körper. Auch die blitzartig aufleuchtenden Augen waren dunkel, doch der Blick blieb gespenstisch fern: Die Tänzerin verdrehte die Augen, so daß ihre Pupillen völlig verschwanden und nur der Augapfel unter den flatternden Lidern schimmerte. Jetzt ging sie in die Knie, anmutig, bedächtig, kauerte auf den Steinen. Als sie sich plötzlich auf den Rücken warf, lief ein leises Raunen durch die Menge. Die Zuschauer begannen zu drängen und zu schieben, um besser zu sehen. Die Tänzerin lag, auf Hinterkopf und Gesäß gestützt, nur die Arme und Schultern bewegten sich, während die gestreckten Beine eine Handbreit über den Boden schwebten. Die Kälte schien ihr nichts auszumachen. Ihre

Bewegungen, langsam und schlangengleich, gingen allmählich in Zuckungen über. Sie wirkte wie ein Klumpen Materie, der gegen eine starke Druckwelle kämpft, sich löst, wieder zurückfällt. Jedes Schütteln und Beben der Gliedmaßen ließ unter der mattweißen Haut lange, feine Muskeln hervortreten, die geschmeidig und doch von äußerster Stärke waren. Schlagartig wurde mir klar, daß der Rhythmus ihrer Bewegungen dem Plätschern und Tropfen des Brunnenwassers folgte. Ihre Körperbeherrschung war unglaublich, außergewöhnlich. Nur eine Berufstänzerin, die gleichsam über das Können einer Athletin verfügte, war zu einer solchen Leistung fähig. Und während sie den Kampf gegen die Schwerkraft mimte, sich mit unendlicher Mühe – wie es schien – endlich aufrichtete, zeigte sie eine mächtige, unbesiegbare Kraft: die Lebenskraft der sich drehenden Schlange, die ihr verbrauchtes Winterkleid abwirft, ihren muskulösen Leib zum Licht emporhebt. Ich sah die Beschaffenheit dieser Haut, die Form der Knochen darunter, die straffen Sehnen. Die blinden Augen leuchteten wie Marmor; die Macht, die von ihnen ausging, war körperlich spürbar. Aber was hatte diese Macht mit mir zu tun? Wenn ich etwas Befremdendes in mir spürte, so war es nur das Gefühl, daß ich sie schon früher gekannt hatte, auf der vergangenen Seite meines Lebens; so, als hätten sie und ich eine gemeinsame Erinnerung. Das Gefühl war nicht zu benennen, ich bezweifelte seine Echtheit und erlag gleichwohl seinem Zauber. Und mit einem Mal war mir, als ob auch sie mich durch ihre Lider sah und erkannte. Die dunklen Pupillen zeigten sich hinter dem Wimpernschleier, bewegten sich, hefteten sich an meine Augen. Ein paar goldene Funken schwammen in den matten Tiefen und verschwanden, während sie ihre Bewegungen zeichnete, eindringlich und anmutig und so sanft wie ein Frühlingshauch. Das Blut begann mir in den Ohren zu rauschen, dröhnte mir im Kopf. Langsam, wie unter einem inneren Zwang, ließ ich den Schal von meinen Schultern gleiten. Hob beide Arme. Zog den Reißverschluß im Rücken auf. Sofort glitt das Kleid zu meinen Füßen herab. Ich stieg aus dem roten Kreis, den der

Stoff auf dem Boden bildete, und bemerkte kaum, wie Alwin ihn aufhob und über seinen Arm warf. Ich trug jetzt nur noch mein schwarzes Trikot und weiche Tuchschuhe. Mein Top war weit ausgeschnitten, doch ich spürte ebensowenig die Kälte, wie die Fremde sie spürte. Unvermittelt erschrak ich: Tatsächlich war ich im Begriff, ihr die Show zu stehlen, etwas, das sich nicht gehört. Vorher hatte ich das nicht bedacht, jetzt war ich unglaublich verlegen. Doch die Unbekannte schien in meinen Gedanken zu lesen. Ein kaum sichtbares Lächeln spielte auf ihren Lippen. Sie hob die rechte Hand. Mit einer leichten Geste winkte sie mir. Die Finger bewegten sich wie ein durchscheinendes Gewebe. Ich ahmte die Geste nach. Unsere Hände näherten sich einander, berührten sich jedoch nicht. Zwischen ihnen blieb eine Luftschicht, ein transparentes Feld der Energien. Langsam umkreisten wir uns, stimmten unseren Rhythmus aufeinander ab. Ihre Gestalt war klein und straff, die Brüste kaum angedeutet, die Schenkel rund und etwas nach außen gekehrt, die Hüften so schmal, daß zwei Hände sie bedecken konnten. Ich beherrschte meinen Körper, wie sie den ihren beherrschte. Die Sache war eigentlich einfach; wir brauchten nur unsere Bewegungen in Einklang zu bringen. Da wir nie miteinander geprobt hatten, mochte der Versuch vom technischen Standpunkt her nicht unbedingt überzeugen, aber das spielte hier keine Rolle. Und so tanzten wir dann auf dem Platz, im Angesicht der schweigenden Zuschauer. Bis einige dumpfe, volle Akkorde die Stille brachen: Pierre, auf den Marmorstufen kauernd, hatte die Gitarre gestimmt. Eine kleine Pause entstand, die Zuschauer hielten den Atem an. Dann pulsierte die Musik, nicht hart und straff, sondern an- und abschwellend, ein bebendes Brummen, stetig wie ein Herzschlag. Zu diesem Rhythmus umkreisten wir uns, unbewegten Gesichts, wie Kämpferinnen. Doch es war kein Kampf, den wir austrugen, sondern eine behutsame Suche nach Übereinstimmung; behende bewegten wir uns dahin und dorthin, jede einzelne Regung, sogleich verdoppelt, zeichnete ein zaubriges Filigran, gab uns ein Gefühl, als wären wir Liebende, die mit einem Blick oder einer Berührung der Fingerspitzen zu reden wissen. Aus den Augenwinkeln sah ich bemalte Gesichter, Masken in allen Formen und Schattierungen, wie Farbkleckse auf einer Leinwand. Ich nahm sie kaum wahr. Ich beobachtete den beweglichen weißen Schatten vor mir, diese Augen, die, immer noch auf meine gerichtet, im Licht so dunkel schimmerten. Auf dem gepuderten Gesicht schwebte ein Lächeln, von geheimnisvollem Glück gespeist. Es war kindlich, dieses Lächeln, und zugleich das einer selbstbewußten Frau. Unwiderstehlich zog es mich in seinen Bann. Eine Ewigkeit lang bewegten wir uns langsam, wie im Traum. Immer noch verklärte dieses Lächeln ihre Züge, dann sog die Tänzerin auf einmal die Luft ein, atmete sie mit volltönendem Lachen wieder aus. Und in dem Augenblick, da ich ihr Lachen erwiderte, blieb sie stehen – so plötzlich, daß es wie ein Bruch wirkte. Sie lachte jetzt immer heftiger, legte die Hand auf ihre schnell atmende Brust, als wollte sie diesem Lachen Einhalt gebieten. Ich vermochte die winzigen Fältchen in den zusammengezogenen, weißgepuderten Warzen zu sehen. Der Bann war gebrochen; die Zuschauer spendeten kräftig Beifall. Zurufe, Pfiffe und Händeklatschen brandeten über den Platz. Pierre sandte einen letzten Akkord, ließ den Tragriemen von einer Schulter gleiten. Die Venezianer riefen einander zu und lachten, bevor sie sich in lebhaften Gruppen verstreuten. Einige warfen Münzen und sogar Geldscheine auf die Kleider der Tänzerin, die zerknüllt auf den Marmorstufen lagen. Das Lachen der jungen Frau ließ nach, und sie sah mir ernsthaft ins Gesicht. Aber dann fing sie wieder an zu lachen und legte den Finger auf ihre Nasenspitze.

»Naomi«, sagte sie.

Ich deutete auf mich.

»Ruth.«

»Wo kommst du her?« fragte sie auf englisch.

»Aus der Schweiz. Und du?«

»Aus Japan.«

Ich schaute sie gedankenverloren an. Das alles paßte irgendwie zusammen. Theatralik ist niemals auf die Bühne beschränkt. Sie und ich hatten unser Leben geführt, abgesondert voneinander, bis zu diesem Tag, an diesem ganz bestimmten Platz, neben dem Brunnen, wo sich unsere Schicksale wie eine schnurgerade Linie trafen. »Du gehst nicht umsonst nach Venedig«, hatte Lea, die Magierin, gesagt. Wunderbar, dachte ich, sie wird sich sicher darüber freuen. Mir wurde schwindlig, ihr nicht.

»Bist du zum ersten Mal in Italien?« fragte ich.

Der Kopf mit dem weißgepuderten Haar gab ein Zeichen der Bestätigung.

»Zum ersten Mal, ja.«

»Der Winter«, sagte ich, »ist nicht unbedingt die beste Jahreszeit.«

Englisch war eine Sprache, die wenig meinen Gefühlen entsprach; sie war nichts als ein Hilfsmittel, wie Worte es ja sind.

»Nein.« Sie lachte jetzt wieder und kreuzte die Arme über ihre nackten Brüste. »Dir ist kalt«, stellte sie fest.

»Dir auch«, sagte ich. »Wir sollten uns anziehen.«

Alwin brachte mir mein Kleid; ich zog es über Hüften und Schultern; er schloß hinten den Reißverschluß. Die Berührung mit dem kalten Stoff ließ mich frösteln. Selbst der spanische Schal vermochte mir keine Wärme zu schenken.

»Setz dich«, sagte Alwin.

Ich ließ mich auf den Stufen des Brunnens nieder. Alwin kauerte hinter mir, massierte meine Schultern und Arme mit kreisenden Bewegungen. Naomi sammelte die Münzen ein, bückte sich nach ihren Kleidern. Sie trug jetzt einen Trainingsanzug mit Kapuze, weiß, aus zerknitterter Kaschmirwolle.

»Meine Partner«, stellte ich vor. »Pierre und Alwin.«

Zwischen Künstlern entsteht sofort ein Gefühl innerer Zusammengehörigkeit; sie suchen, ganz instinktiv, ihresgleichen. Und alle haben die gleiche Schnelligkeit der Beurteilung.

»Ich habe dich schon einmal gesehen«, sagte Pierre zu Naomi. »In La Rochelle, kann das sein?«

Sie nickte und schien erfreut.

»Ja. Ich gehe jedes Jahr nach Europa. Ich bin für Festivals verpflichtet oder nehme an Performances teil. Und manchmal trete ich als Straßenkünstlerin auf.«

»Wenn der Rahmen paßt, macht das Spaß«, warf ich ein.

»Ja, sonst hat es wenig Sinn. Aber wir lernen immer etwas dabei.«

Pierre ließ einen Akkord klingen.

»Genau. Die Arbeit von heute ist besser als die von gestern.«

Ein kleines Lächeln zuckte um ihre Mundwinkel. Hinter den gepuderten Brauen war ein Flaum von weichem Haar sichtbar.

»Im Tanz lernen wir gehen, uns bewegen, atmen. Wenn wir es auf der Bühne schaffen, können wir es auch im Leben.«

Ich legte den Kopf in den Nacken, bewegte wohlig den Hals hin und her.

»Das tut gut!« sagte ich zu Alwin.

Naomi nickte ihm anerkennend zu.

»Du massierst gut.«

Wie immer bei ihm, kam die Antwort schwerfällig und sachlich.

»Wenn du massierst, sobald der Muskel sich härtet, wird es sofort besser. Du spürst unter den Händen, wie die Wärme in das Gewebe dringt. Das ist ein besonders schönes Gefühl, finde ich.«

»Ja, ich weiß«, erwiderte sie ernst.

Die Nebel hatten sich verdichtet; vom offenen Meer kam eisiger Wind. Nach dem Tanz muß man aufpassen, daß man sich nicht erkältet. Ich wickelte mich enger in meinen Schal.

»Ich brauche einen Pullover.«

Naomi machte einen Vorschlag: »Ich wohne ganz in der Nähe. Du kannst bei mir duschen. Und ich gebe dir etwas Warmes zum Anziehen.«

»Großartig!«

Das Hotel, ein ehemaliges Handelshaus, besaß noch eine Anlegetreppe für die Boote. Die früheren Räume fürs Wagenlager waren in eine Trattoria umgewandelt worden. Im Obergeschoß wurden Zimmer an Touristen vermietet. Während die

Männer im überfüllten Restaurant einen Tisch suchten, stieg ich hinter Naomi eine Treppe hinauf. Korridore waren durch Kurven, Schrägecken und Stufen miteinander verbunden. Der Ton der Schritte wechselte von Teppichboden zu Fliesen, zu abgetretenen Holzdielen und Linoleum. Das Zimmer, klein und düster, lag am Ende des Flurs. Eine Schiebetür führte in einen winzigen Duschraum, mit einem Waschbecken und einem WC, alles so eng, daß man mit Ellbogen oder Knien an die Wand stieß. Naomi lächelte mir zu.

»Du zuerst.«

Sie gab mir Watte und Cold Cream zum Abschminken. Ich zog mich aus, steckte mein Haar hinter die Ohren und entfernte sorgfältig jede Spur von Farbe. Dann stellte ich mich unter die Brause. Das Wasser roch nach Chlor, doch kam es mir wunderbar heiß vor. Ich ließ es auf meine Haut prasseln, bis sie krebsrot wurde. Als ich, in ein Laken gewickelt, aus dem Duschraum kam, hielt mir Naomi einen Trainingsanzug hin, das gleiche Modell mit Kapuze, nur in Schwarz.

»Der sollte gehen«, meinte sie.

Ich schlüpfte in mein Trikot und zog darüber die Wollsachen an. Inzwischen ging Naomi ins Badezimmer. Sie blieb dort eine ganze Weile. Als sie herauskam, war sie völlig nackt. Am Körper war der Unterschied nicht groß; ihre Haut war so hell, als ob sie die Schminke kaum abgewischt hätte. Doch nun sah man ihre Brustwarzen, rosa und klein, fast ohne Aureole. Die Schamhaare kaum ein Flaum; ich nahm an, daß sie sich rasierte. Naomi war nicht mehr ganz jung – jetzt, wo sie abgeschminkt war, sah man das, ich schätzte sie auf knapp über dreißig. Sie hatte eines dieser großflächigen Gesichter, die erst im Rampenlicht ihre Schönheit zeigen. Die Haut war straff und makellos, die Lippen traten leicht vor, mit einen Zug von Schwermut. Ihre langbewimperten Augen waren eher rund als mandelförmig; die Pupillen sahen einen nicht gerade an, sondern ein wenig von der Seite. Ihre Brauen schienen mir die schönsten, die ich je bei einer Frau gesehen hatte: wie Vogelfedern, bläulich schimmernd, und an den unteren Enden flaumig.

Ihr Haar, das sie ausgebürstet und beim Duschen unter eine Haube gesteckt hatte, fiel in Wellen auf die sehnigen Schultern. Es war nicht vollkommen schwarz, sondern kastanienbraun.

Jetzt blickten wir uns an. Sie sagte:

»Die Schminke verändert einen sehr.«

Ich nickte.

»Man ahnt es nicht.«

Sie ging an mir vorbei, zog einen Baumwollslip an, weiß und züchtig wie der eines Kindes. Dann ein Sweatshirt und darüber ihren Trainingsanzug.

»Du magst Kaschmir«, stellte ich fest.

Sie zeigte ihr helles, lebhaftes Lächeln.

»Pullover aus Kaschmir sind nur abgetragen schön, oder? Ich trage sie, bis sie Löcher haben.«

»Ich auch. Manchmal vergesse ich mich auszuziehen, wenn ich zu Bett gehe, und schlafe mit Pullover.«

»Kaschmir kratzt nicht auf der Haut.«

Ihre Stimme war klar und volltönend. Der japanische Akzent, der kaum zwischen R und L unterscheidet, verlieh dieser Stimme einen besonderen Reiz, etwas Kindliches. Sie drückte Creme aus einer Tube in ihre Handfläche.

»Da, möchtest du auch?«

Theaterschminke trocknet die Haut aus. Wir cremten uns sorgfältig das Gesicht ein. Ich bemerkte, wie ihre Augen mich im Spiegel beobachteten.

»Was treibst du so im Leben, außer Tanzen?«

»Bewegungstherapie. Ich unterrichte Behinderte. Aber manchmal fühle ich mich selbst als Patientin. Ich will sagen, daß ich mich einerseits auf die gleiche Stufe mit den Patienten stellen muß. Andererseits muß ich mich hüten, als echte Patientin zu erscheinen.«

»Schaffst du es?«

»Weißt du, es ist ein Balanceakt. Als Tänzerin habe ich den Vorteil, daß ich die Dinge nicht analytisch auslege wie eine Ärztin.«

Sie betrachtete mich sehr intensiv.

»Störst du dich an der analytischen Methode?«

»Ich finde, man darf den Behinderten keine Methode aufzwingen, das wäre ganz verkehrt. Man muß sehr menschlich mit ihnen umgehen.«

Sie senkte ihre Augenlider auf eine sonderbare Weise. Ich spürte eine Ergriffenheit in ihr, die ich nicht deuten konnte. Sie hatte sich plötzlich zurückgezogen, in ein fernes Land, ein Land noch ungesprochener Worte, ungeteilter Gedanken.

»Glaubst du, daß man Patienten mit dieser Therapie heilen kann?«

Die Frage klang vorsichtig, und gleichzeitig sehr bestimmt. Es interessierte sie. Ich schüttelte den Kopf.

»Niemand kann genau sagen, wo die Krankheit beginnt und wo sie endet. Letztlich hängt viel von der Gesellschaft ab, in der wir leben.«

Sie entwirrte ihr Haar mit beiden Händen, und immer noch lag der abwesende Ausdruck auf ihrem Gesicht. Nach einer Weile fragte ich:

»Und du, hast du auch einen anderen Beruf?«

Sie warf ihr Haar aus der Stirn, drehte es am Hinterkopf fest und befestigte es mit dem roten Band. Die leichte Betrübtheit war von ihr gewichen. Sie sah wieder ganz heiter drein.

»Früher war ich Klavierlehrerin. Das Tanzen kam so nach und nach.«

»Ja, irgendwann merkt man, daß es immer wichtiger wird.«

Sie erzählte ein wenig. Sie stammte aus einem Dorf in der Nähe von Nara. Miwa hieß der Ort. Ihr Vater, ein Nudelfabrikant, war gleichzeitig Bürgermeister. Die Nudeln, *Somen* genannt, waren aus Weizen gemacht und als besondere Spezialität bekannt.

»Mein Vater war sehr streng. Ich durfte die Musikhochschule besuchen, weil er dachte, ich heirate ja doch. Er fand auch gut, daß ich unterrichtete. Dann habe ich zu tanzen begonnen. Zuerst heimlich, bis es herauskam. Jemand hatte über mich geklatscht. Mein Vater tobte, als er erfuhr, daß ich nackt auftrat und Eintrittskarten auf der Straße verkaufte. Damals hatte *Butoh* einen schlechten Ruf. Ich gab keine Erklärungen, das wäre Zeitverschwendung gewesen. Ich ging nach Tokio – und schlug mich durch. Ein paar Jahre später, als mein Vater krank in der Klinik lag, sagte er zu mir: ›Du mußt doch viel von meiner Charakterstärke haben!‹ Es gefiel ihm irgendwie, daß ich Widerstand geleistet hatte. Wir versöhnten uns, kurz bevor er an Leberverhärtung starb. Er war schon immer ein Trinker gewesen. Nach seinem Tod zog meine Mutter in das Haus ihrer Eltern, nach Kobe. Sie mochte Miwa nicht, der Ort war ihr zu ländlich.«

Sie saß auf dem Bett, die Füße leicht gespreizt, im Gleichgewicht. Sie hielt die Hände ineinander verschränkt; sie lagen ganz locker in ihrem Schoß. Es war eine sehr anmutige Gebärde. Sie wirkte einstudiert und doch ganz natürlich.

»Meine Großmutter«, sagte ich, »wurde in Kobe bestattet. Auf dem Ausländerfriedhof.«

Sie sah mich an, nicht übermäßig erstaunt.

»Hat sie in Japan gelebt?«

»Der Krieg hatte sie dorthin verschlagen.«

»Dann ist es schon lange her«, sagte Naomi.

Wir tauschten ein Lächeln, doch mir war nicht ganz wohl. Ich spürte wieder diese Unruhe in mir. Ich hatte das widersinnige Gefühl, daß unsere Begegnung von größter Bedeutung war. Sie rührte etwas in meiner Vorstellungswelt, etwas, das ich nicht identifizieren konnte. Ich fühlte mich der Situation nicht gewachsen. Das war neu.

Im Restaurant schlug uns Lärm entgegen. Es roch nach Bratenfett, Rauch, Qualm und feuchten Kleidern. Alwin und Pierre waren schon beim Essen. Wir hatten Hunger und bestellten Polenta – den steifen Maisbrei, der eine gute halbe Stunde lang gerührt werden muß und in Form von Tortenstückchen auf den Teller kommt. Dazu Tintenfische mit einer stark gewürzten Sauce. Wir unterhielten uns über *Butoh*. Alwin wunderte sich, daß es im *Butoh* keine Schule gibt, nicht einmal eine Organisation.

»Ohne künstlerische Regeln kommt man nicht aus. Es gibt doch bestimmte Dinge wie Form, Stil, Übungen, die gelernt werden müssen.«

»Man kann sie sich auch selbst beibringen«, sagte Pierre, mit vollem Mund.

»Aber daraus wird doch nichts«, ereiferte sich Alwin. »Jeder Schüler ist von der Erfahrung des Lehrers abhängig.«

Pierre trank sein Glas aus.

»Alwin hat einen Guru-Komplex.«

Naomi nickte Alwin zu, mit ernstem, freundlichem Ausdruck.

»Es ist einerseits schwierig, ohne Form und Stil zu tanzen. Andererseits ist es ganz einfach. Man muß nur auf die innere Stimme hören. Heute hat der *Ankoku Butoh* – der »Tanz der Finsternis« – ein anderes Gesicht bekommen, aber anfangs gehörte die Bewegung zum Underground. Die Tänzer ließen sich an den Füßen aufhängen, trugen blutverschmierte Metzgerschürzen, Operationsbestecke und ähnliche Sachen. Sogar Hühner wurden auf der Bühne erdrosselt. In Japan legt man viel Wert auf Schönheit. Die Leute fanden die Aufführungen *kimochi-warui* – also ekelhaft oder gruselig. Sie wollten solche Dinge nicht sehen.«

»Diese Tanzform hat sich ja auch zuerst in Europa und Amerika durchgesetzt«, ergänzte ich.

»Da war man offener«, gab Naomi zu. »Bei uns herrscht ein extremer Formwille; das Prinzip, alles Einfache schwierig zu machen. Sogar Sitzen, Aufstehen, Schreiten läßt sich zur komplizierten Kunstübung gestalten. Butoh ist völlig frei davon.«

Pierre gefiel das sehr.

»Warum immer nur die Ästhetik? Das Geschehen auf einer Bühne sollte auch das Chaos zeigen.«

»Japaner spielen gerne den Bürgerschreck«, sagte Naomi. »Wir verspotten die Strenge und Grausamkeit des Lebens, das hat bei uns Tradition.«

Ihr Lächeln war fern und etwas traurig.

»Die Welt ist entsetzlich, das wissen wir doch alle. Tanz ist unser Werkzeug, der Ausdruck unseres Verhaltens zu dieser Welt. Wir sind eine Gruppe von extremen Individualisten. Aber wir halten zusammen. Zwischen uns gibt es ein Familiengefühl, eine Art Bündnis. Wir helfen uns gegenseitig, wo wir können. Frei zu sein, ist eine harte Arbeit.«

Pierre goß frischen Wein ein.

»Im Grunde seid ihr große Moralisten.«

Sie lehnte sich zurück, blickte ihm amüsiert ins Gesicht.

»Weißt du, man könnte uns fast nachsagen, wir wären religiös, so moralisch sind wir!«

Naomi und ich tanzten noch zweimal in Venedig. Das erste Mal mitten auf dem Markusplatz. Naomi streute Salzkörner auf die Fliesen, zog mit feierlicher Ruhe einen glitzernden Kreis. Das Salz kam aus dem Meer, der Wiege des Lebens, und hatte eine reinigende Kraft. Die Venezianer spürten diese Magie; auch wenn sie keine Erklärung für etwas Seltsames, Ungewohntes finden mußten, achteten sie die Zeichen, aus dem Instinkt heraus. Unter den Tausenden, die sich auf dem Platz drängten, wagte keiner, den Ring zu übertreten. Auch Pierre und Alwin standen außerhalb, vom Tanz ausgeschlossen; sie beobachteten, hielten den Atem an. Pierre hatte seine Gitarre dabei, doch spielte er diesmal nicht. Naomi und ich tanzten in diesem Kraftfeld, in dem wir alleine waren. Weiß und rot bemalte Schemen, die sich umkreisten, sich ergänzten, sich Blicke zuwarfen, wie in einem Spiegel. Schemen, greifbar aus einer anderen Welt gekommen, mit einem Leuchten von Quecksilber in obsidiantiefer Nacht. Und noch später saßen wir müde auf den Fliesen, Naomis Kopf lag an meiner Schulter. Die Kuppeln der Basilika schimmerten wie poliert, der Campanile, von Scheinwerfern angestrahlt, ragte in den Nebel. Mir kamen die hunderttausend Stämme in den Sinn, die bei seiner Erbauung in den Boden gerammt wurden, um die Fundamente zu stützen. Ein Wald war damals gestorben; die Lagune hatte seine Seele verschluckt, die Sümpfe waren von ihr gefüllt, ihre Lungen zogen den Geruch des Meeres ein.

Ich spürte unter den Bodenplatten das ferne Vibrieren ihrer Träume.

Das letzte Mal tanzten wir vor dem zerstörten Teatro La Fenice. Naomi hatte darauf bestanden; sie höre die Ruinen klagen, sagte sie, und wollte sie mit ihrem Tanz erfreuen. Sie sagte das ganz ernst, und mir kam das nicht ungewöhnlich vor. Es gehörte zu unserer gemeinsamen Art von Logik. Das schönste Theater Italiens, kurz vor Carnevale niedergebrannt! Ein Unfall? Die Mafia? »*Ma chi lo sa?*« seufzte Signora di Lombardi, »es gibt immer welche, die daran verdienen.« In Italien ist der Skeptizismus stabil. Das Opernhaus, dieser Schmuckkasten in Rot und Gold, war bereits 1836 schon einmal den Flammen zum Opfer gefallen. Man hatte es aufgebaut, manche hatten daran verdient, und der Name »Phoenix« klang wie eine Beschwörungsformel. Und nun tanzten Naomi und ich vor dem absurden Gebilde aus verkohltem Schutt. Nackt und schmal und weiß geschminkt, streckte Naomi ihre Kinderhände den rußgeschwärzten Balken entgegen, eine tröstende, zärtliche Geste; die Menschen sahen zu, schweigend. Und da spürte ich es, dieses Zittern der Steine. Es war, als ob das Dunkel unter der Erde sich regte. Das Gefühl kam von nirgendwoher. Mir brach plötzlich der Schweiß aus. Die Gegenstände in meiner Nähe waren scharf und klar erkennbar, aber in der Ferne sah ich bloß undeutliche Schatten, weil Leuchtkäfer vor meinen Augen schwirrten. Ich hatte die Empfindung, auf einer Bühne zu stehen, zwischen bizarr geformten Trümmern und roten Vorhangfetzen, und ich vernahm von irgendwoher ferne Klänge, halb verweht über die Dächer; Klänge von irgendwelcher Musik, erfunden oder tatsächlich vernommen, doch meine Lippen öffneten und schlossen sich ununterbrochen, eine Aufgabe, der ich nur mit größter Mühe nachkam. Nicht in diesem Augenblick und auch nicht später wußte ich, ob die Töne aus meinem Munde kamen. Sie hörten sich manchmal heiser und schrecklich erstickt an, dann wieder wie das Quäken einer Kindertrompete, ein schriller Mißklang, der alles übertönte. Die Zuschauer starrten mich an; ich fragte mich, was sie wohl sehen mochten. Dann war mir, als ob ich Sodbrennen hätte. Es stank nach kaltem Rauch, nach Kloake und Schlamm, mir wurde übel. Aus meinen Poren drang kalte Nässe, und irgendwo tropfte Wasser. Dazu kam, daß ich an den Füßen gefesselt war, mein Gleichgewicht suchen mußte, wie eine Artistin auf einem Seil. Meine Glieder fühlten sich steif an, ich war wie beschwipst, wollte einen Fuß heben und stolperte über einen Gegenstand, was einer Tänzerin nie passieren darf. Irgend etwas ging hier nicht mit rechten Dingen zu, aber ich konnte das nicht mehr beurteilen, weil ich hundemüde war. Ich versuchte die Augen offenzuhalten, aber es gelang mir nicht, meine Lider waren bleischwer. Das Letzte, was ich fühlte, war, daß ich schwankte und taumelte. Der Boden, dunkel und naß, kam mir entgegen. Ich vernahm den Schock wie von weit her; es klang, wie wenn ein bronzener Türklopfer auf Holz schlägt; ein dumpfes, etwas krachendes Geräusch. Dann Finsternis und Stille.

Doch nicht lange. Ich fühlte mich hochgehoben und gestützt, sah Gesichter, hörte Stimmen. Sie klangen fern und hohl, wie in einer Halle voller Echos. Eine Handvoll eisiger Körnchen traf mein Gesicht. Es regnet, dachte ich, wie merkwürdig! Die Venezianer hatten den Regen herbeigesehnt, jetzt war *Carnevale,* es hätte ruhig noch ein paar Tage schön bleiben können. Durch den Regenvorhang schimmerten Masken, weiße und goldene und solche aus Aluminium, die wie Metall wirkten, sie waren in diesem Jahr große Mode. Ich blinzelte, hob den Kopf und sah Augen vor mir, dunkle Augen in einem weißen Gesicht: Naomi. Ihre Hände, hart und fest wie eben die Hände einer Tänzerin, umklammerten meine Hände. Mir lief ein Schauer über den nackten Körper. Ich hörte Naomi ein paar Worte rufen. Man zog mir einen Pullover über. Die Wärme tat gut. Andere Hände griffen mir unter die Arme, hoben mich hoch. Endlich stand ich aufrecht, wenn auch nur auf schwankenden Füßen. Es war Pierre, der mich festhielt, seinen Arm unter den meinen schob. Er atmete heftig und schien wie unter dem Eindruck irgendeines persönlichen Ärgernisses. Ich stammelte:

»Ich bin schon wieder in Ordnung.«

»Du siehst nicht danach aus«, erwiderte er in knappem Ton.

Ich befühlte meine schmerzende Stirn. Eine Beule begann sich zu bilden, nichts Schlimmes. Hinter den verkohlten Mauerresten schoben sich Wolken hinauf. Der Sprühregen ging in Prasseln über. Das Wasser tropfte von unserem Haar, von den Gesichtern, von den Kleidern. Wir waren bis auf die Haut durchnäßt. Der Regen würde die Kostüme in nasse Lumpen verwandeln, den Flitter löschen, die Schminke verwischen; er würde die Kanäle zum Anschwellen bringen, die Leitungen verstopfen, fauligen Schlamm an die Hauswände klatschen.

»Komm, gehen wir. Sonst holst du dir eine Erkältung.«

Alwins Stimme klang sanft und vernünftig, wie immer. Er hüllte mich in seinen Mantel ein, der viel zu groß war und wie ein Hundefell roch.

»Ich will nicht naß werden«, sagte ich.

»Wir laufen da durch«, sagte Pierre und nahm meinen Arm. Naomi sah ich nicht mehr; wahrscheinlich war sie gegangen, um ihre Kleider zu holen, sie hatte ja fast nichts an. Der Wind blies Regen durch die Gassen wie einen Wasserstrahl aus einem Feuerwehrschlauch. Regenschirme spannten sich auf, unter Kreischen und Gekicher schleiften Frauen ihre langen Röcke durch die Wasserlachen. Fröstelnd, aufgelöst, durchnäßt liefen wir über einen Platz. Ich fing plötzlich an zu lachen.

»Was ist denn los mit dir?«

»Ich bin in eine Pfütze getreten.«

»Los, weiter!«

Ich sah eine Tür näher kommen, schummriges Licht und Treppenstufen, abgetreten und so hoch, daß mir jeder Schritt in den Kniekehlen weh tat. Dann eine zweite Tür, die aufgestoßen wurde. Man machte Licht. Ich sah ein großes Doppelbett, ein rotes Sofa, einen alten Spiegel, mit Bronzeputten dekoriert. Wie kitschig, dachte ich. Im Raum herrschte das übliche Chaos: alte Turnschuhe, Handtücher, Mineralwasserflaschen, zur Hälfte ausgetrunken, Schminkzeug, zusammengeknüllte Pullover. Es war kalt und feucht, der Regen schlug an die Scheiben. Ich machte zwei Schritte bis zum Bett und ließ mich hineinfallen, als könnte ich mein Gewicht nicht mehr tragen. Formen und Gesichter verschwammen vor meinen Augen, wie in einem unruhigen Film. Ich fühlte, wie Alwin mir behutsam die Schuhe von den Füßen zog.

»Ich hole dir etwas Heißes zum Trinken, da wirst du dich gleich besser fühlen.«

Meine Zähne klapperten. Ich wickelte mich in seinen Mantel, zog die Knie ganz fest hoch.

»Unnötig!«

»Willst du nicht Fieber messen?«

»Schlafen«, murmelte ich.

»Na dann …«

»Laß sie doch in Ruhe, wenn sie nicht will«, hörte ich Pierre mit spürbarer Ungeduld sagen. Er löschte das Licht. Ich merkte kaum, wie sie leise die Tür schlossen und die Treppe hinunter davongingen. Ich war schon weit weg in einem Traum. Ich schlief und träumte von meiner Großmutter. Ich hatte nur ein einziges Bild von ihr gesehen, alt und vergilbt. Auf dem Bild hielt Iris ein kleines Mädchen an der Hand, das vielleicht sieben Jahre alt sein mochte: ihr Töchterchen Lea. Iris trug ein wadenlanges weißes Kleid und Schuhe mit Schnallen. Ihr blondes Haar war geflochten und kranzartig aufgesteckt. »Gretchenfrisur« nannte man diese Haartracht. Das Gesicht war oval und klar, Nase und Kinn waren gerade gemeißelt. Sie lächelte mädchenhaft und offen; ihre ganze Haltung drückte Selbstvertrauen und Fröhlichkeit aus. Das Kind an ihrer Hand machte ein ernstes Gesicht, blickte neugierig zum Fotografen, der vermutlich ihr Vater war.

Das war das Bild, das ich kannte; in meinem Traum jedoch hatte Iris ihre Flechten gelöst. Sie trug nur ein Unterkleid und strich mit einem Kamm durch ihr Haar. Es war leicht gewellt, braungold wie Herbstlaub. Eine geschmeidige Fülle, die ihr bis zu den Hüften hinabfiel, so daß mir die Illustration eines alten Märchenbuches in den Sinn kam: Die eingesperrte Königstochter lehnte sich aus einem Turmfenster; ihr Haar fiel die Mauer entlang, und der Prinz hielt sich an diesem Haar fest, um zu seiner Geliebten zu gelangen.

»Wenn wir von den Toten träumen, gibt es Regen«, pflegte Lea zu sagen. Im Schlaf hörte ich Tropfen an die Scheiben prasseln, und irgendwo über meinem Kopf war das monoton-rauschende Geräusch einer Dachrinne. Das Tosen der Windböen, das Klappern von Fensterläden weckten mich schließlich. Ich öffnete die Augen, drehte den Kopf zur Seite. Im Licht einer Straßenampel sah ich eine dunkle Gestalt am Fenster. Ganz ruhig stand sie da und blickte auf mich herab. Ich konnte ihr Gesicht nicht sehen.

»Naomi?« fragte ich.

Sie nickte, trat näher. Sie trug einen Trenchcoat. Ihr Haar, im Nacken zusammengebunden, war unter den hochgeschlagenen Mantelkragen gesteckt. Ich streckte den Arm aus, knipste die Nachttischlampe an und rieb mir die Augen. Sie setzte sich auf den Bettrand, die Hände tief in den Manteltaschen vergraben. Ihr Gesicht sah jung und verletzlich aus. Die Haut, mit Creme eingerieben, glänzte matt.

»Bist du schon lange da?« fragte ich.

»Seit ein paar Minuten.«

»Wo sind die Männer?«

»In der Bar.«

Auf dem Kopfkissenbezug waren rote Flecken. Blut? Nein. Die Schwellung an meiner Stirn schmerzte kaum noch. Die Schminke hatte abgefärbt, weiter nichts.

»Ich muß mich waschen. Ich kam noch nicht dazu.«

»Wie fühlst du dich?« fragte Naomi.

»Ich habe einen Krampf im Arm.«

»Hast du keinen Hunger?«

»Doch.«

Ich schüttelte mein Haar, fuhr mit gespreizten Fingern hinein, um es zu lockern. Ein paar vertrocknete Efeublätter fielen heraus. Ich fegte sie mit der Handfläche vom Bett hinunter auf den Teppich.

»Es tut mir leid«, sagte ich schließlich. »Es ist das erste Mal, daß mir das passiert.«

»Du kannst ja nichts dafür.«

»Was hältst du denn davon?«

»Ich?«

»Ja, ich frage dich ja gerade.«

Sie schaute mich von der Seite an. Ich konnte auf ihrem Gesicht kein Erstaunen erkennen, außer vielleicht einen kaum angedeuteten Ausdruck von Schalk.

»Es kommt selten vor. Und nie auf der Bühne. Das Publikum hat gezahlt, um uns tanzen zu sehen.«

»Aber nicht hier. Wir haben es gratis getan.«

»Ja, das war der Unterschied. Hier konntest du es dir leisten.«

Wir lächelten beide gleichzeitig – und wurden im selben Atemzug wieder ernst. Naomi saß da, gleichmütig und kerzengerade. Im dämmrigen Schatten wirkten ihre Augen tiefdunkel. Schließlich brach sie das Schweigen.

»Ich reise morgen ab. In zwei Tagen tanze ich in Turin. Die Gage ist miserabel. Aber der Regieassistent ist ein Freund, sonst wäre ich nicht gegangen.«

»Und dann?«

»Ich habe einen Workshop in Budapest. Drei Wochen lang. Im April tanze ich in Aix-les-Bains und Grenoble. Anfang Mai gastiere ich in Luzern, für eine Vorstellung. Dann gehe ich nach Japan zurück. Und wie steht es mit dir?«

»Wir tanzen in Salzburg und Innsbruck. Dann in Mulhouse, Basel und Ascona. Daneben arbeiten wir im ›Wacholderhaus‹. Für den Herbst inszeniere ich wieder eine Choreographie.«

Sie warf mir einen scharfen Blick zu, wachsam, distanziert und zugleich voller Wärme.

»Möchtest du etwas Neues dazulernen?«

»Immer«, erwiderte ich, voller Aufrichtigkeit. »Ich bin regelrecht versessen darauf.«

»Es gibt da verschiedene Möglichkeiten ...«

Sie zog eine Hand aus der Tasche. Ihr graziler Finger mit

dem roten Nagel zeichnete das rautenförmige Muster der Decke nach.

»In Kyoto wohnt ein Onkel von mir. Er ist ein hoher Shinto-Priester. Er kennt einen Lehrer, auch ein Priester, der ein *Bugaku*-Ensemble leitet. *Bugaku* ist eine der ältesten Tanzformen der Welt, weit über tausend Jahre alt. Viele Lehrer halten sich strikt an die Tradition. Aber Sagon Mori – so heißt er – sperrt sich nicht fremden Einflüssen. Er glaubt an die Notwendigkeit einer Wiederbelebung.«

Ich lauschte dem Echo ihrer Worte.

»Ja, und?«

Naomis Pupillen schimmerten im Licht. Sie sagte:

»Er nimmt auch ausländische Schüler.«

Ich spürte ein seltsames Prickeln im Nacken; wie eine Feder, die mir über die Kopfhaut strich.

»Würde er mich unterrichten?«

»Er nimmt nicht jeden x-beliebigen.«

»Ich kann nicht Japanisch«, entgegnete ich.

»Das bringst du dir schnell bei.«

Ich schwieg eine Weile. Dann sagte ich:

»Meine Mutter hat Geld. Ich nicht. Ich bitte sie nie um Geld, das ist eine Abmachung zwischen uns. Ich sehe selbst, wie ich zurechtkomme. Ist der Unterricht teuer?«

Ein kleines Lächeln hob ihre Mundwinkeln.

»Sagon Mori würde dich umsonst unterrichten.«

»Ach!« rief ich. »Warum sollte er bei mir eine Ausnahme machen?«

Sie erwiderte meinen Blick, wobei sie das Lächeln auf den Lippen behielt.

»Vielleicht, weil es ihm Spaß macht. Und du kannst billig in Japan leben, wenn du nicht als Touristin gehst.«

Langsam verschwand die Betroffenheit, die mich lähmte. Ein anderes Gefühl ergriff mich. Viele andere Gefühle. Sie zogen durch mich hindurch wie Wolken. Es schien mir, daß ich ein Recht hatte, Dinge auszusprechen, die mir auf der Seele lagen.

»Eigentlich denke ich nicht viel über meine Großmutter nach, nur manchmal.«

»Die Großmutter, die in Japan starb?«

»Ja. Sie hieß Iris und entstammte einer Familie polnischer Juden. Mein deutscher Großvater war gegen Hitler. Als er verhaftet wurde, ging Iris zu ihren Eltern zurück. Beim Einmarsch der deutschen Truppen in Polen versuchte sie das Land zu verlassen. Ihre Rettung verdankte sie dem japanischen Konsul in Kaunas, damals die Hauptstadt von Litauen, die von den Sowjets besetzt war. Der Konsul stellte ihr ein japanisches Transitvisum aus, bevor die Sowjets ihre Grenzen schlossen.«

Naomi sagte nichts. Sie fuhr fort, mich ruhig, nachdenklich und sehr genau zu betrachten. Ich erzählte weiter:

»Iris war damals schon krank. Die Reise verbrauchte ihre letzten Kräfte. Ihr Ziel war Amerika. Sie wollte ihre Tochter Lea in Sicherheit wissen.«

»Lea?« unterbrach mich diesmal Naomi.

»Meine Mutter«, sagte ich.

Sie nickte.

»Ich verstehe.«

Der Wind ließ die Scheiben klirren. Ich lauschte auf das Geräusch. Der Sturm war wirklich stark.

»Und dann?« fragte Naomi.

»Iris traf todkrank in Japan ein. In Kobe wurde sie von einer japanischen Ärztin aufgenommen und gepflegt. Die Ärztin hieß Fumi Ota. Sie hatte eine Tochter, Hanako. Lea und Hanako wurden Freundinnen. Dann starb Iris. Meine Mutter verließ Japan, ein paar Wochen bevor der Krieg mit Amerika ausbrach.«

Ich erzählte ihr die ganze Geschichte.

»Eigentlich seltsam, nicht wahr?«

Das Lächeln, das so plötzlich, offen und voller Charme war, kam abermals auf Naomis Lippen.

»Wieso seltsam?«

»Diese Treue, meine ich, nach so vielen Jahren.«

Jetzt zeigten ihre Züge einen Anflug von Spott.

»Man schreibt und spricht viel über Japan. Vieles ist falsch. Ich bin objektiv, weil ich Vergleichsmöglichkeiten habe. Wir Japaner brauchen lange, bis wir unsere Freundschaft schenken. Und dann bewahren wir sie – bis in den Tod.«

»Und manchmal über den Tod hinaus«, sagte ich leise.

Ein leerer Ausdruck trat in ihre Augen. Sie erwiderte, noch leiser und sanfter:

»Es ist schwierig, das alles zu erklären.«

Ich schüttelte lebhaft den Kopf.

»Nein, sag nichts! Diese Dinge will ich selbst empfinden.«

Unsere Blicke hielten einander für kurze Zeit fest. Die Matratze federte leicht zurück, als sie sich erhob.

»Wir treffen uns in Luzern«, sagte sie.

# *5. Kapitel*

Wir gaben unsere Vorstellungen in Österreich, in Frankreich und im Tessin. Mit gutem Erfolg. Inszenierungen müssen mit Macht sprechen. Es ist wie in der Liebe. Man kann sich an der eigenen Erotik befriedigen, aber auf die Dauer braucht man mehr: eine Abmachung mit dem Partner, dem Publikum also. Tanzen ist ein Liebesakt, eine Darbietung des Körpers, ein Entblößen der Emotionen. Alwin und ich sahen das so. Unser Tanz wurde nicht einfach als Bewegung in die Welt geschickt, sondern von uns als Impuls ausgestrahlt. Für Pierre, der die Musik dazu schuf, blieb es wohl mehr eine Form der Selbstverwirklichung. Überspitzt ließe sich sagen, daß er seine eigene Psychoanalyse machte. Er spielte mit viel Neugier, tat emotionslos immer das Richtige. Seine Musik wurde nie durch körperliche Einwirkung hervorgerufen, sondern durch geistige Konzentration, das war der Unterschied.

Ich brachte mir Japanisch bei; nicht sehr zielstrebig, aber regelmäßig. Ich achte auf den Klang einer Sprache, und Japanisch ist sehr vokalreich. Ich befaßte mich zuerst mit der Theorie, entdeckte, daß die Sprache außerordentlich vielseitig und reich an anschaulichen oder verkürzten Redensarten ist, deren Sinn intuitiv zu erfassen ist. Das gefiel mir. Als Kind hatte ich die Schule gehaßt, mir jeden Morgen die gleiche Frage gestellt: Soll ich gehen oder lieber schwänzen? Ich geriet darüber sehr in Verlegenheit und war schon erschöpft vom vielen Nachdenken, bevor ich überhaupt das Klassenzimmer betrat. In der Schule fiel ich auf, zwangsläufig. Ich gehörte zu einer unangenehmen Sorte, zu den einseitig Überbegabten. Überbegabt in Sprachen, im Auswendiglernen, im Zeichnen und Basteln. Verbohrt in allen anderen Gebieten, nicht erziehbar. An mich war nicht heranzukommen, weil ich niemanden an mich heranließ. Daß ich mich später mit Behinderten befaßte, hatte seinen guten Grund. Bevor ich zur Schule kam, hatte mir Lea viel vorgelesen. Das war die einzige Art gewesen, mich ruhig zu halten. Dann, von einem Tag zum anderen, war Schluß damit gewesen. »Ich lese dir nichts mehr vor, ich habe keine Lust und keine Zeit mehr. Lesen ist eine ganz einfache Sache, die Buchstaben kennst du ja.« Und da ich Freude an den Geschichten hatte, begann ich, nach einigen Tagen tiefster Verwirrung und Frustration, selbst zu den Büchern zu greifen. In dem Alter, in dem andere Kinder »Das Apfelmäuschen« lesen, las ich Shakespeare, Homer und Dickens und verstand von alldem nichts, was nicht die geringste Rolle spielte. Im sechsten Schuljahr las ich Rabelais, Boccaccio und die »Divina Commedia« – in ungekürzter Ausgabe. Und Hemingway, Colette, Lamartine, Mary W. Shelley, Walter Noble Burns. Und Mark Twain, Theodor Dreyser und Mayne Reed. Und den Talmud und die Bibel. Als meine Lehrerin von diesen Lektüren hörte, ließ sie meine Mutter kommen.

»Na ja«, meinte Lea, »wir haben eine umfangreiche Bibliothek, und das Kind liest so ungefähr alles, was ihm in die Finger kommt.«

»Auch Erotik?«

»Bei uns gibt es keine Zensur«, erwiderte Lea. »Ich nehme an, daß Ruths Gehirn eine vernünftige Auslese trifft.«

Daraufhin hatte sich die überforderte Lehrerin einen Spruch geleistet, über den sich Lea noch jahrelang amüsierte:

»Aber Madame, wie soll das Kind denn lernen, wenn es nur liest?«

Und Lea, achselzuckend:

»Wie soll es denn lernen, wenn es nicht liest?«

So war es damals gewesen. Das Credo meiner Eltern war: Du kannst dir alles selbst beibringen, du bist intelligent genug.

»Die Schule ist wie ein Restaurant«, pflegte Michael zu sagen. »Der Unterricht ist die Speisekarte. Suche dir die Gerichte aus, die du magst und laß alle anderen stehen.«

Darin lag ein besonderer Sinn. »Dein Beruf muß dir gefallen«, erklärte mir Michael, »sonst bist du nicht erfolgreich. Befasse dich also nur mit Dingen, die dir liegen. Dafür aber gründlich.«

Das hörte sich tolerant an, war aber im Grunde harte Disziplin. Und auf die wirksamste Art, ohne Fuchtel von außen. Das Wesen der Selbständigkeit ist keine Fähigkeit, die wir in uns tragen: Wir müssen sie erwerben. Die meisten Menschen benötigen eine Hierarchie. Sie fühlen sich dabei wohler. Meine Eltern hatten erlebt, wohin das führt.

»Ich will nicht, daß du gehorsam bist«, sagte Lea ohne Umschweife. »Protestiere, wenn dir etwas nicht zusagt. Gehorsam ist eine gefährliche Eigenschaft.«

Aus solchen Überlegungen heraus lernte ich also Japanisch. Und befolgte dabei wieder einen Grundsatz von Michael: »Um das Gehirn funktionstüchtig zu erhalten, soll man es nicht mit unwichtigen Dingen belasten.«

Ich übte mit Kassetten, murmelte Worte vor mich hin, ließ mich von dem Rhythmus tragen. Ich arbeitete viel mit Wortmalereien und Gedankenverbindungen, prägte mir die Sätze für das tägliche Leben ein und natürlich auch das Vokabular des Tanzes. Vorläufig genügte das. Darüber hinaus gibt es eine andere Sprache, die Sprache des Herzens. Und später würde ich weitersehen.

Alwin war nicht glücklich. Er gewöhnte sich schlecht an den Gedanken, daß ich fortging. Er sagte: »Ich bin deprimiert«, und der abgedroschene Ausdruck klang bei ihm sehr echt. Er wurde immer stiller, brachte kein Lächeln mehr zustande, und auf sonderbare Weise teilte sich seine Traurigkeit auch mir mit.

»Warum gehst du eigentlich, Ruth?«

»Ich weiß es nicht.«

»Du mußt doch einen Grund haben.«

»Da gibt es verschiedene.«

»Mir scheint, in Venedig ist eine Menge passiert.«

»Ja«, sagte ich.

Worte nützten da nicht viel. Alwin und ich waren uns zu

nahe. Wie ein großer Puppenjunge lag er neben mir, weich und gelenkig, als wäre er aus Stoff. Ich hielt seine sensiblen Hände zwischen den meinen und streichelte sie.

»Wie lange wirst du fortbleiben?«

»Nicht für sehr lange, aber schon für drei oder vier Monate, nehme ich an. Inzwischen kannst du bei mir wohnen.«

»Das hast du gesagt. Aber alleine?«

»Schaff dir ein Mädchen an! Oder einen netten jungen Mann, wenn dir das lieber ist.«

Alwin stand nicht der Sinn nach Scherzen. Ich sprach weiter:

»Wie wär's, wenn du an meiner Stelle im ›Wacholderhaus‹ unterrichten würdest?«

Ich wußte zwar nicht genau, was er erwartet hatte, dies jedenfalls nicht. Seine blaßbewimperten Augen belebten sich.

»Im Ernst?«

»Das wolltest du doch schon immer«, sagte ich.

»Vielleicht«, sagte er mechanisch.

»Ich dachte, du wolltest auf jeden Fall.«

»Hast du schon mit Dr. Graf gesprochen?«

Dr. Graf war der Leiter der Abteilung für Neurologie.

»Noch nicht. Ich wollte zuerst deine Zustimmung.«

Er ließ sich zurückfallen, starrte zur Decke. Eine Spur von Angst zuckte um seinen Mund.

»Meinst du, Dr. Graf sagt ja?«

»Davon bin ich überzeugt.«

Er rekelte sich unruhig.

»Glaubst du, daß ich es schaffe? Immerhin bin ich erst seit einem Jahr dabei.«

Ich legte meine Beine zwischen seine Schenkel, streichelte sein Haar, das hell wie Weizen war. Ich empfand für ihn eine große Zärtlichkeit.

»Keiner macht es besser als du.«

Mit Pierre verhielt es sich anders. Unsere Gefühle füreinander im Bett waren kein Grund, daß ich ihm nachweinte. Nicht, daß er schlecht zu mir paßte, aber zwischen uns war nie etwas Tiefes gewesen. Pierre war ein guter Liebhaber, der beste, den ich bisher hatte, und er war auch nicht pervers. Seine Bedürfnisse waren einfach, sein Körper kräftig und gesund. Doch ich hatte längst festgestellt, daß alles ihn nur deshalb interessierte, weil er beschlossen hatte, es interessant zu finden. Es gab in seinem Leben keine Feinheit, die seine Stimmung spannend machte. Wir waren nicht von derselben Art. Ich entdeckte, daß er vielleicht schon lange gehen wollte. »Wir sind doch nicht aneinandergenagelt, obwohl es mir manchmal so scheint«, scherzte er anzüglich, aber ich hatte feine Ohren. Noch etwas entdeckte ich, nämlich, daß er sich nicht gerne verwirren ließ. Die Sache mit Venedig beschäftigte ihn sehr.

»Soll ich dir etwas sagen? Ich will mit diesen Dingen nichts zu tun haben, sie sind mir unheimlich. Es gibt Grenzen, die ich nicht überschreiten will. Ich weiß nicht, ob du mich verstehst, aber es ist nun mal so.«

Ich glaube, daß ich gelächelt habe. Pierre fürchtete das Unsichtbare. Ja, nach dem Erlebnis hatte er begonnen, sich von mir zu trennen; er fiel von mir ab, ganz allmählich, wie ein absterbendes Gewebe sich vom Körper löst, sobald die Zeit gekommen ist. Ich verstand ihn gut und war ihm nicht im geringsten böse. Er sagte, daß er nach Australien gehen würde.

Lea stand im Garten, in Jeans und Hemdbluse, und betrachtete mißgelaunt die ersten Knospen der Pfingstrosen.

»Sie sind klein in diesem Frühling, es hat zu viel geregnet.«

Ein junger Labrador sprang hinter einem Busch hervor und legte Lea eine tote Feldmaus zu Füßen. Tino gehörte einer Freundin, die ihn bei Lea ließ, wenn sie für ein paar Tage verreiste.

»Igitt!« seufzte Lea.

Sie holte eine Zeitung, hob den zerdrückten kleinen Knochenhaufen vorsichtig auf und warf ihn in den Abfalleimer. Tino wedelte stolz und sah zu, wie Lea sich die Hände wusch.

»Das ist ein Liebesbeweis«, sagte ich.

»Ich verzichte gerne. Komm, gehen wir auf die Terrasse. Möchtest du ein Glas Wein? Der Nachbar hat eine Rebe. Er hat mir eine Flasche *vin flétri* geschenkt. Mal sehen, wie der schmeckt.«

Ich nahm die Flasche und zwei Gläser. Lea holte das vergoldete Feuerzeug von Michael, das die Marke Richard Hudnut trug, und einen Aschenbecher. Wir setzten uns in die Korbstühle. Ein großer Strauß Osterglocken stand in einer Vase, die einen Sprung hatte. Der Labrador legte sich zwischen uns auf die Fliesen. Lea entkorkte gekonnt die Flasche, goß ein. Bevor sie trank, näherte sie das Glas ihrer schmalen Nase und atmete den Duft des Weins ein.

»Oh, der ist stark!«

Der *vin flétri* war von der Trockenbeerenauslese, der sogenannten zweiten Ernte. Die Trauben blieben hängen, bis sie vom Grauschimmelpilz befallen wurden, der den Beeren Wasser entzog und die gewünschte Edelfäule hervorrief. Der Wein hatte eine seltsame, fast violette Farbe. Ich nahm einen kleinen Schluck, dann einen zweiten. Lea nickte mir zu.

»Gut, nicht war?«

»Er schmeckt nach Biskuit.«

»Trink nicht zuviel, sonst wirst du beschwipst.«

Wir tranken schweigend, die Stille war bedeutungsvoll und wohltuend. Eine Wespe summte vor meinem Gesicht. Nach einer Weile nahm Lea eine Zigarette, schlug das Feuerzug im beweglichen Spiel ihrer gelenkigen Hände. Die Wespe zog einen Kreis und flog weg. Mir fiel auf, daß Leas Hand leicht zitterte, so daß ihr Armreif winzige Fünkchen warf.

»Dann gehst du also?«

»Ja.«

»Wann?«

»Übermorgen. Naomi tanzt in Luzern. Wir fliegen gleich am nächsten Tag, von Zürich aus. Naomi hat mir die Flugkarte besorgt. Ich gebe ihr das Geld in Luzern zurück.«

»Und wo wohnst du in Japan?«

»Bei Naomi. Sie hat ein Studio, in Kyoto.«

»Wenn du diese Chance nicht wahrnähmst, könntest du gleich ganz aufgeben«, meinte Lea.

»Das denke ich auch.«

Lea hielt die Zigarette hoch, stieß den Rauch elegant durch die Nase. Früher war sie Kettenraucherin gewesen.

»In Japan leben. Das hätte ich vor ein paar Jahren gerne mal gewollt«, sagte sie.

»Und jetzt nicht mehr?«

Sie stemmte die Ellbogen auf den Tisch.

»Ich komme mir so schwerfällig vor.«

»Hast du noch im Kopf, wie es war?«

»Damals? Im Krieg?«

Ich nickte. Lea kniff die Augen zusammen. Sie war wie immer tadellos zurechtgemacht, ihre schwarzen Wimpern glänzten.

»Es war eine stupide Zeit, sei froh, daß du sie nicht miterlebt hast. Viele Männer habe ich nicht gesehen. Entweder nur ganz alte oder junge. Die Männer waren fast alle an der Front. Sie taten das, was sie für ihre Pflicht hielten. Dafür habe ich viele Frauen und Kinder gesehen. Ich habe die Geduld gesehen, den Schmerz, die Stärke, das Mitleid. Frauen verfügen über ein ganz beachtliches Maß an Selbstlosigkeit. Das liegt wohl daran, daß sie Kinder in die Welt setzen. Sie sind reifer als Männer. Und ordnen sich unter. Warum, weiß der Kuckuck, mir würde das nicht im Traum einfallen. Aber Japan ist ein merkwürdiges Land: Alles macht den Eindruck, so zu sein, wie man es sich vorstellt. Und ist in Wirklichkeit ganz anders. Aber ich drücke mich unklar aus, das ist auch eine Alterserscheinung«, schloß sie verdrießlich.

»Und heute? Du kennst es ja.«

Sie hob ihr Glas an ihre Lippen.

»Heute ist alles anders. Und auch wieder nicht. Als ich das letzte Mal mit Michael da war, fiel mir auf, daß alle Leute rannten. Himmel, dachte ich, was ist bloß mit den Japanern los? Dieser Streß! Wieder in Zürich, stellte ich fest, daß das Leben in der Schweiz viel hektischer ist. Die Japaner hatten bloß einen schnelleren Gang.«

»Ich lerne Japanisch«, sagte ich.

Sie musterte mich mit kühler Ruhe.

»Was ist schon dabei? Ich habe mir Chinesisch beigebracht. Japanisch ist leichter. Ich nehme an, daß du sie treffen wirst«, setzte sie hinzu.

»Wen?«

»Hanako.«

Ihre Stimme hatte plötzlich einen rauhen Klang. Ich starrte sie an. Zeitweise schien sie eine Gewißheit zu besitzen, die nichts mit den Gewohnheiten der Vernunft zu tun hatte. Sie bewegte sich außerhalb und jenseits aller Logik. Und machte sich nicht einmal die Mühe, es zu erklären.

»Wieso bist du dessen so sicher?«

»Ich habe in die Tasse geschaut, Du stehst im Mittelpunkt von etwas Besonderem.«

Das tat sie manchmal: Sie las im Kaffeesatz, wie eine Beduinenfrau. In mir begann ein Beben, ein feines Beben wie von einem vibrierenden Draht. Aber ich wollte nicht verstört wirken und zeigte ein schnoddriges Lächeln.

»Ausgezeichnet. Ich wollte schon immer groß herauskommen.«

Sie setzte ihr Glas ab. Ihr rotgeschminkter Mund war feucht. Die ungewöhnliche Farbe des Weins verlieh ihren Lippen eine seltene Leuchtkraft, fast indigoblau.

»Alle Dinge sind zu überschauen. Setze dein Gehirn in Bewegung und nicht nur deine Füße!« Sie lächelte plötzlich. Ihr Mund ließ an eine purpurne Nelke denken. »Mein liebes Kind, es ist ebenso falsch, über alles zu spotten wie über alles zu weinen. Aber in unserer Familie sind wir alle ein bißchen ungewöhnlich. Und warum sollen wir uns davon abbringen lassen, hm?«

Ein Schweigen folgte. Auf einmal wurde mir kühl. Die Haut meiner Arme fühlte sich kalt an. Was wußte Lea? Die Sache mit Venedig hatte ich ihr verschwiegen. Vermutlich war mir nur ganz einfach schlecht geworden. Ganz bestimmt sogar. Da lohnte es sich nicht, darüber zu reden. Und andere Gedanken dürfte ich eigentlich gar nicht denken. Ich beugte mich über den Tisch.

»Du weißt sehr gut, Lea, daß ich nicht borniert bin, was ich auch sonst sein mag, möglicherweise sogar phlegmatisch. Aber es ist nicht so einfach, wie du dir das vorstellst. Mach dir keine Illusionen, und gib mir bitte nicht die Schuld, wenn ich sie nicht finde. Und außerdem, woran sollte ich sie erkennen?«

Sie blinzelte. Ihre Augen schimmerten klar wie Aquamarin.

»Der Friedhofswächter hat mir die Frau beschrieben.«

»Und?«

»Er sagte, daß sie einen Kimono trug. Und eine Hand wie der Buddha hatte.«

Leas eigene Hand machte unvermittelt eine ruckhafte Bewegung. Ich starrte sie an, schluckte und antwortete dann:

»Wollte er damit sagen, daß sie ein besonderes Zeichen machte?«

Sie drückte ihre Zigarette im Aschenbecher aus. Ziemlich heftig.

»Ich weiß es nicht. Er zeigte auf seine Finger und sagte, sie hat eine Hand wie der Buddha.«

»Das war wahrscheinlich nur so eine Redensart.«

»Vielleicht. Vielleicht auch nicht.«

Ich lehnte mich zurück und gähnte. Der Wein machte mich schläfrig. Lea hatte schon recht, ich sollte nicht zuviel davon trinken.

»Gut. Ich werde zum Friedhof gehen und den Wächter ausfragen. Und wenn es jetzt ein anderer ist, lasse ich mir die Adresse von dem Alten geben, falls er noch lebt.«

»Grüße Iris von mir.«

Ich zuckte zusammen.

»Was hast du gesagt?«

Sie streichelte den Labrador, geistesabwesend. Ihr Armreif blinkte.

»Daß du sie grüßen sollst. Erzähl ihr ein wenig, wie es hier so ist. Was du im Leben treibst, und ähnliches, du weißt schon. Tote interessieren sich für solche Dinge. Dummerweise sind die Menschen nicht redselig, wenn sie die Gräber besuchen. Sie trauern bloß, und die Verstorbenen langweilen sich. Iris liegt schon seit fünfzig Jahren da, außer Hanako besucht sie ja keiner.«

# 6. Kapitel

Der Mai war schwül und regnerisch. In Luzern verbarg eine Dunstglocke die Stadt und die Berge. Nebel umhüllte den Wasserturm, wallte um die Mauern des Musegg. Vom Horizont wälzte sich eine Wolkenbank heran, eine Regenbö fegte über den See, der plötzlich schiefergrau glänzte. Inmitten eines weißen Möwenschwarms löste sich ein Passagierdampfer vom Ufer. Auf dem Quai schüttelten Schwäne ihr Gefieder. Das »Kleintheater«, wo Naomi ihre Vorstellung gab, befand sich unweit des Bahnhofs, auf einer der geradlinigen, verkehrsreichen Straßen. Ich betrachtete die Fotos im Schaukasten. Naomi wirkte fremd und seltsam dramatisch in ihrer Bühnenaufmachung. »Der Flug der Vogelfrau« hieß das Stück, das sie tanzte. Schon im Foyer hörte ich die Musik. Naomi war beim Proben. Ich nannte meinen Namen an der Kasse. Von der jungen Frau, die dort saß, erfuhr ich, daß die Vorstellung schon fast ausverkauft war. Ich stieß die Tür zum Theaterraum auf. Die Wände waren mit Malereien dekoriert, großflächige, kraftvolle Farbmotive, die Bühne war ganz in Schwarz gehalten. Verschiedene Geräusche schallten aus dem Hinterbühnenraum. Ich hörte Naomi Japanisch sprechen. Ich wußte, daß ein Assistent aus Tokio gekommen war, um ihr bei den Aufführungen behilflich zu sein. Ich zog einen Klappstuhl heran und setzte mich. Proben bestehen aus einer Unmenge Einzelheiten: Szene und Vorbühne müssen abgeschätzt werden; man muß sich Zugänge und Nebenräume im Gedächtnis einprägen, weil manche Stücke es vorsehen, daß die Tänzer im Dunkel die Bühne betreten oder verlassen. Die Lichtintensität wird erprobt, der Sound definiert. Ich wartete gelassen und rührte mich auch nicht, als Naomi plötzlich auf der Bühne erschien. Sie trug ihren weißen Trainingsanzug und wirkte aus der Entfernung wie eine Halbwüchsige. Sie prüfte die Position der Scheinwerfer mit einem Techniker, dem sie ihre Anweisungen gab. Das Bühnenbild stellte eine Art geschlossenen Raum aus Backsteinen dar, mit einem zugemauerten Fenster. An einem Kabel hing eine Leuchtkugel. Von einer Seitentür aus führten vier Stufen auf die Bühne. Ein rotes Band zog sich dort entlang, führte auf die Wand zu – ins Nichts. Naomi ging dem Band nach, langsam und sehr nachdenklich, als ob sie die Schritte zählte. Auf einmal hob sie den Kopf. Unsere Blicke trafen sich. Ein Lächeln huschte über ihr Gesicht, bevor sie sich wieder ihrer Arbeit zuwandte.

Die Probe dauerte bis um sieben Uhr. Um acht begann die Vorstellung. Im Foyer befand sich ein kleines Café. Ich saß allein an einem Tisch, als eine lebhafte Frau zu mir trat. Ihr Haar war nach hinten gekämmt und zu einem schweren Knoten geschlagen. Ihre Augen waren geschminkt, und sie trug zu einem grauen Pullover eine schöne Türkiskette. Sie stellte sich als Susanne Vogt, die Leiterin des Kleintheaters, vor. Naomi sei oben, in der Künstlergarderobe, und wolle mich sehen. Susanne sprach mit tiefer Stimme, warmherzig und humorvoll. Ob ich Naomi und ihrem jungen Assistenten einen Imbiß bringen würde? Die Ärmsten hätten acht Stunden lang geprobt, nur Bananen gegessen und Wasser getrunken. Und machten jetzt Gesichter wie die Zombies.

»Das kann ich nicht verantworten, so dünn, wie die sind. Gleich haben wir ein volles Haus, und beide fallen in Ohnmacht!«

Sie bestellte Sandwiches: Hühnerfleisch, Salat und Ei. Und dazu zwei Tassen Kaffee. Hinter der Bar führte eine halsbrecherische Holztreppe zur Künstlergarderobe. Mit dem Tablett balancierte ich die Stufen hinauf.

»Naomi?« rief ich.

Ein junger Japaner in Drillichhose und schwarzem Pullover kam an die Tür. Er verneigte sich lebhaft, dankte erfreut und nahm mir sofort das Tablett aus den Händen. Naomi saß vor dem Spiegel, steckte ihr Haar auf und lächelte mich an. Sie trug einen dünnen Bademantel aus Frottee. Neben ihr, in einer Vase, standen drei weiße Gladiolen.

»Danke für die Verpflegung!« rief sie.

»Nichts zu danken. Die Idee stammt von Susanne.«

Naomi deutete auf den jungen Mann.

»Yoshito-san, mein Tontechniker. Er kam direkt nach Budapest.«

Yoshito zeigte eine Reihe weißer Zähne. Er war kleiner als ich, mit zimtbrauner Haut und feinem, lebendigem Haar, das sich am Hinterkopf aufrichtete. Er wirkte wie ein beflissener Schüler. Doch an der Art, wie er den Sound mixte, hatte ich längst gemerkt, daß er ein Profi war. Ich sagte zu Naomi:

»Du siehst müde aus.«

Sie seufzte.

»Da, siehst du nur? Ich habe Ringe unter den Augen.«

»Die kann man vertuschen.«

Sie aß ihr Sandwich und hielt die Hand unter dem Brot, um die Krumen aufzufangen.

»Und dir, wie geht es dir?«

»*Nihongo naraimasu*«, sagte ich. »Ich lerne Japanisch.«

Yoshito ließ einen überraschten Laut hören, hielt sofort die Hand vor den Mund. Naomi nickte mit vollem Mund.

»Ich habe meinem Onkel geschrieben, daß du kommst.«

»Dem Priester?«

»Ja. Es ist wichtig, daß du ihn triffst, bevor wir zu Mori-Sensei gehen.«

Sie hatte das Wort *Sensei* – Meister – gebraucht. Ich sagte:

»Im Grunde habe ich für Priester wenig übrig.«

Sie schmunzelte.

»Laß es mal darauf ankommen.«

Über einem Stuhl lag ein Kimono ausgebreitet; ein schweres, wattiertes Gewand aus Brokat, mit purpurnem Seidenfutter. Das Muster zeigte auf hellgrünem Grund lachsfarbene Pfingstrosen und schwarze, golddurchwirkte Sonnenräder. Ich strich mit der Hand darüber. Durch die eingewobenen Goldfäden fühlte sich der Stoff eigentümlich rauh an.

»Das ist ein Hochzeitskimono aus dem neunzehnten Jahrhundert«, erklärte Naomi. »Man findet in Kyoto noch solche Dinge. Er war billig zu haben. Er ist schon zerschlissen, siehst du?«

Sie zeigte mir einige Stellen. Ich fragte:

»Kann man die nicht ausbessern lassen?«

Sie schüttelte den Kopf.

»Das wäre viel zu teuer! Man müßte ihn ganz auseinandernehmen, neue Goldfäden einsticken und wieder zusammennähen. Künstler, die das fertigbringen, arbeiten heute nur noch für die großen *Kabuki*-Bühnen und für Museen. Es lohnt sich nicht! Der Kimono wird schon noch halten, solange ich die Vogelfrau tanze!«

Anschließend bat sie mich, ihr beim Schminken behilflich zu sein. Sie holte einige Tuben aus ihrem Sportsack. Es sei die gleiche Grundierung, sagte sie, mit der sich die Geishas schminkten. Ich probierte die Farbe auf dem Handrücken, sie trug sich leicht und gleichmäßig auf. Inzwischen hatte Naomi eine Duschhaube aufgesetzt, die ihr Haar schützte. Sie löste die Kordel, ließ mit einer Schulterbewegung den Morgenmantel fallen. Darunter war sie, außer ihrem Lendenschurz, nackt. Während Yoshito gleichmütig in einer Illustrierten blätterte, begannen wir mit der Prozedur. Vom Haaransatz bis zum Hals trug sie die Farbe selbst auf. In dem weißen Geistergesicht leuchteten die Augen wie Bernstein, bevor sie die Lippen kirschrot färbte und somit die ganze Aufmerksamkeit auf den Mund lenkte. Dann hielt sie mir den bloßen Nacken mit leicht gesenktem Kopf hin. Ich schminkte sie von den Schulterblättern abwärts, den starken, biegsamen Rücken entlang, bis zu der schmalen Taille und über die Hüften hinaus. Dann die Achselhöhlen, die Brüste, den flachen Bauch. Ihre Haut roch weder nach Tabak noch nach Parfum, noch nach irgendeinem Deodorant, sondern ganz einfach nach Sauberkeit. Der zierliche Körper war in den Proportionen perfekt. Schenkel und Waden kräftig, die Füße breit und sehr klein, mit einem hohen Rist und gelenkigen Zehen. Ich fühlte unter den Fingerkuppen die glatte, warme Haut, wächsern und zart wie ein Blütenblatt. Sie stand da, gelassen und mit unbewegtem Gesicht, sie genoß die Berührung, ich spürte es an dem unmerklichen Vibrieren ihrer Nerven. Der Druck meiner Hände gegen ihren Körper verstärkte sich leicht. Ihr Atem, der im Bauch begann, strömte langsam und gleichmäßig aus ihr heraus. Mir war, als ob jetzt ein anderer Glanz in ihre Augen trat. Doch auf besondere Weise galt dieser Glanz nicht mir, ihre Augen richteten sich auf ein fernes Bild, ein Phantom. Dabei summte sie traumbefangen ein Lied vor sich hin, ein Lied in französischer Sprache.

»*Mon amour, mon cher amour, ma déchirure, je te porte en moi comme un oiseau blessé …*«

Der Flaum auf meinen Armen richtete sich auf. Ich unterbrach sie mit rauher Stimme:

»Du sprichst aber gut Französisch.«

Sie lächelte mich an. Ihre Antwort klang unbeschwert.

»Nur das Nötigste.«

»Das Lied ist nicht nötig.«

»Nein, aber schön. Und so traurig, oder?«

Ein plötzlicher Luftzug ließ mich erschauern. Das Gefühl war mir unsympathisch und ergab keinen Sinn. Es wird kalt, stellte ich fest, irgendwo muß ein Fenster offen sein. Ich fragte Naomi:

»Frierst du nicht?«

Sie verneinte mit sanfter Kopfbewegung. Doch sie hatte zu singen aufgehört. Ich war aus irgendeinem Grund froh darüber. Mein Unbehagen ließ nach; bloße Einbildung, dachte ich, und öffnete eine zweite Tube Grundierung. So, die Beine jetzt. Und die Lenden. Das Innere ihrer Schenkel war warm, das äußere kalt. Ihr Gesäß fühlte sich ebenfalls kühl an. Ihre Muskeln erbebten unmerklich, als ich mit beiden Händen über die elastischen Rundungen strich. Ihre Haut leuchtete nun wie Marmor, fast bläulich. Yoshito sagte etwas und ging hinaus. Die Tür schwenkte auf; wir vernahmen ein Raunen von Stimmen. Die Zuschauer strömten in den Saal. Ich blickte auf die

Uhr. Noch fünfzehn Minuten. Naomi sah mich über ihre Schulter hinweg an. Ich nickte ihr zu.

»Fertig!«

Sie nahm die Duschhaube ab, schüttelte ihr Haar und befestigte es mit dem roten Band. Während ich mir in dem kleinen Lavabo die Hände wusch, wickelte sie ein sarongartiges rotes Baumwolltuch um ihre Hüften. Danach schlüpfte sie in ein weißes, rüschenbesetztes Tüllkleid, das mit ein paar Bändern im Rücken gehalten wurde. Erst danach zog Naomi den Kimono an, nachdem sie ihn ausgebreitet und ausgeschüttelt hatte. Das Geräusch hörte sich kräftig und feierlich an, geheimnisvoll wie ein Flügelrauschen. Sie brachte die Falten in die richtige Lage und schlang eine breite Gürtelschärpe, *Obi* genannt, um ihre Taille. Dabei blickten mich ihre Augen unverwandt an. Ihre Hände bewegten sich mühelos und sicher. Es war, als ob sich die Schärpe von selbst, wie eine tiefrote Flüssigkeit, um ihre Hüften legte. Nun warf sie die schweren Brokatärmel zurück, knotete mit einigen geschickten Griffen den *Obi* im Rücken fest. Sie brauchte nicht einmal in den Spiegel zu schauen.

»Der *Obi* ist nicht stilecht«, meinte sie. »Ich mußte Zubehör weglassen, damit es auf der Bühne nicht zu kompliziert wird.«

Sie zog die drei Gladiolen aus der Vase, wischte sie schnell mit einem Kleenex trocken. Dann entnahm sie ihrem Toilettenbeutel einige große Spangen. Gelassen und ruhevoll befestigte sie die Blumen in ihrem braunschimmernden Haar, und zwar so, daß die Stiele die eine Seite ihres Gesichtes, die Blüten die andere Seite umrahmten. Erst jetzt wandte sie sich dem Spiegel zu, füllte langsam ihre Lungen mit Luft, wie eine Taucherin, bevor sie in die Tiefe springt. Die Verwandlung geschah in diesem Atemzug. Es war nicht bloß ein Gefühl, sondern ein Vorgang von spürbarer Realität. Sie straffte die Schultern, hob leicht das Kinn: Sie war bereit.

Ich trat zurück, hielt ihr wortlos die Tür auf. Sie sah mich nicht an, erkannte mich nicht mehr. Der Saal mit seinen Sitzreihen war stockdunkel. Die Zuschauer räusperten sich, scharrten mit den Füßen. Dann wurde es vollkommen still, die Spannung war fast greifbar. Nahezu geräuschlos bewegte sich Naomi die schmale Treppe hinunter. Noch sah sie keiner. Ihren überlangen Kimono raffte sie nicht mit den Händen hoch. Nein, sie ging sehr langsam, fast im Zeitlupentempo, ohne den Blick abwärts zu kehren, und hob den Kimono, bei jeder Stufe, mit einer kaum merkbaren Bewegung ihres sich hinabtastenden Fußes. Ganz allmählich erfüllten Geräusche den Saal, fremde Geräusche, von weither herangetragen: zuerst ein fernes Gemurmel, das Schleifen von Schritten. Undeutliche Stimmen, Rufe und Gelächter. Die Geräusche kamen näher, wurden lauter, Trommelwirbel prasselte im gleichmäßigen Rhythmus. Und mit einem Mal brodelte die Musik, brach in all ihrer Klangfülle aus: Posaunen, Trompeten, Zymbeln. Ein Trauermarsch, gewaltig, feierlich und auf pathetische Weise fröhlich – aufgenommen, wie ich es später erfuhr, bei einer Karfreitagsprozession in Bolivien. Eine Musik voller Leben und Farben, dabei von bewegender Tragik. Und mit ihr, mit dieser Musik, auf die Sekunde genau, flammten Scheinwerfer auf. Die Dunkelheit zerriß, die Leuchtkugel drehte sich, ein ständiger Wirbel bunter Flecken. Der Saal kreiste mit ihm, mit dem ziehenden Lichtschwarm, splitterte sich in Zeitlupe auf, zerfiel in sich selbst. Auf der Bühne leuchtete das rote Band, wie eine Blutspur. Da sprang die Seitentür auf: Die Vogelfrau erschien, überlebensgroß und strahlend, im Licht eingefangen wie ein Bild hinter Glas. Ein Fabelwesen von außerirdischer Schönheit, mit dem Antlitz eines Phantoms und Augen aus flüssigem Gold; Augen, die ohne ein Wimpernzucken die Zuschauer berührten, die nichts sahen und alles wahrnahmen. Und während die Leuchtkugel flimmerte, die Musik in voller Lautstärke schmetterte, belebte sich das Bild; das Prachtgewand glänzte im wechselnden Spiel der Falten und des aufgefangenen Lichtes. Die Erscheinung bewegte sich mit atemberaubender Ruhe. Eine Fingerspitze zeigte sich, eine Hand, zart wie ein Flügel, kroch aus dem Ärmel hervor. Sie hob einen Fuß, dann den anderen, tastete sich traumwandlerisch die vier Stufen zur

Bühne hinauf. Die Blumen in ihrem Haar, unmerklich zitternd, warfen an die Wand einen Schatten von riesiger Größe.

»Das Publikum war hingerissen«, sagte Susanne Vogt. »Im Theater habe ich selten eine solche Stille erlebt.«

Sie bot mir eine Zigarette an, die ich ablehnte. Wir standen im Foyer mit einer Journalistin, die auf Naomi wartete. Evelyn kam aus Zürich. Sie schrieb für eine Zeitschrift, die ihr Hauptthema auf »Modern Dance« richtete. Sie war eine attraktive Frau, die jetzt etwas verstört wirkte und das Stück als »schonungslos« bezeichnete.

»Eine Schocktherapie«, meinte sie.

Susanne zeigte ihr lebhaftes Lächeln. »Meistens weiß ich erst am nächsten Tag, ob mir das Stück gefallen hat oder nicht.«

»Ich werde wohl ein paar Tage brauchen, das zu verarbeiten«, antwortete Evelyn.

Ihr Gesicht hatte sich ein wenig gerötet. Ich wunderte mich nicht über ihren leicht provokativen Ton.

»Eine Bühnenfigur«, sagte ich, »sollte auch ohne Erklärung sinnlich erfahrbar sein.«

»Aber was zeigt dieses Stück genau?« fragte Evelyn.

Susanne rauchte entspannt.

»Ein Körper, der sich seiner Kleider entledigt und einen Todeswunsch ausspricht. Das erschüttert.«

Mir wurde es wieder kalt im Nacken; ich dachte, schon wieder, dieses Theater ist ja voller Luftzüge.

»Ja, ihre mimische Begabung hat mich beeindruckt«, gab Evelyn zu. »Da stellen sich unterschiedlichste Assoziationen ein. Aber kann ich denn gewollt haben, daß etwas über mich kommt?«

»Natürlich nicht«, sagte ich.

Sie sah mir fest in die Augen, ihr Blick schien sachlich, doch ich sah darin den Schatten ihrer fernen Gedanken.

»Wie sieht sie eigentlich aus?« fragte sie, mit plötzlicher Neugierde.

Da kam Naomi die Treppe herunter, im weißen Trainingsanzug, den Trench über die Schultern geworfen. Ihr Gesicht war glatt und heiter. Evelyn gab ihr die Hand und schien betroffen. Naomi lächelte zerstreut. Susanne legte ihr den Arm um die Schultern, sie wollte mit ihr das Finanzielle erledigen. Sie setzten sich abseits an einen Tisch. Susanne gab Naomi eine Quittung. Sie unterschrieb, gähnte ein paarmal, spielte mit ihrem Pferdeschwanz. Evelyn starrte sie an.

»Sie sieht wie ein Schulmädchen aus, das hätte ich nicht gedacht.«

»Sie hat viel Lebenserfahrung«, sagte ich.

Yoshito kam, etwas atemlos. Er hatte den Technikern geholfen, den Bühnenboden von den Flecken von Schweiß und weißer Schminke zu säubern. Ich beglückwünschte ihn zu seinem perfekten Sound. Yoshito lächelte erfreut. Alwin kam mir plötzlich in den Sinn. Seine Existenz war mit meinem Leben verknüpft, ein Schmerzgefühl zog durch mich hindurch und verschwand. Vorbei, dachte ich.

Susanne brachte uns mit ihrem Wagen ins Hotel. Evelyn kam auch. Im Restaurant war ein Tisch reserviert. Künstler nach der Vorstellung sind aufgedreht und hungrig, froh, daß sie es geschafft haben. Naomi und Yoshito langten kräftig zu: Pilzsuppe, Geflügelsalat, dann Lammfleisch mit Reis und Fenchel. Naomi trank Wein, und sie trank ziemlich viel. Die Stimmung war etwas steif: Evelyn versuchte Naomi in ein Gespräch zu ziehen, doch Naomi war mit dem Essen beschäftigt und antwortete ausweichend. Erst beim Kaffee ging sie, wenn auch nur widerwillig, auf die Fragen ein, sprach mit leiser, zurückhaltender Stimme. In ihre Augen trat allmählich ein Lächeln, eine Ruhe. Über die »Vogelfrau« sagte sie wenig aus. Je schwieriger eine Aufgabe sei, desto intensiver müsse man sich auf sie einlassen. Selbst wenn das Publikum nicht jede Geste und jede Bewegung verstehen würde, so übertrage sich doch die Kraft und die Konzentration, die von der Tänzerin ausgingen. Naomi bat Susanne um eine Zigarette und zündete sie an, während Evelyn über das Stück sprach. In Wirklichkeit sprach sie nur über sich selbst.

»Von Beginn an war ich sehr irritiert. Aber ich finde jede Irritation positiv, sogar, wenn sie zuviel wird. Zuerst diese unglaubliche Pracht und Erotik. Und auf einmal die Verwandlung! Da war doch ein Skelett, oder? Glaube ich, jedenfalls. Ich fand die Sequenz erschreckend. Und was bedeutete die Vogelfrau? Mir scheint, daß Anfang und Ende nicht im Zusammenhang standen.«

Naomi rauchte verträumt, den Ellbogen auf den Tisch gestützt.

»Wir leben in den Grenzen zwischen Geburt und Tod. Unser Körper weiß von diesem Schicksal. Als Tänzerin bin ich luzid. Ich schöpfe das Denken meines Körpers aus, so lange, bis es verbraucht ist.«

»Aber woher kommt dieses Denken?« bohrte Evelyn weiter. »Aus dem Milieu Ihrer Kindheit vielleicht?«

»Aus dem Schlamm«, antwortete Naomi.

Evelyn sah sie genau an, versuchte zu verstehen.

»Sie meinen, aus dem Urschlamm?«

Naomi trank einen Schluck. Ein Funken von Schalk tanzte in ihren Augen.

»Nein, aus dem Schlamm der Reisfelder.«

Für die Schauspieler, die in ihrem Theater auftraten, pflegte Susanne die »Suite« zu reservieren. Es handelte sich um eine Etagenwohnung in einem Neubau. Künstler gehen meistens mit einer Crew auf Tournee. In der »Suite« konnten sechs bis acht Leute schlafen. Sogar eine kleine Küche war vorhanden. Restaurants sind teuer, die Schauspieler zogen es oft vor, selbst zu kochen.

In der Wohnung war alles ruhig; durch das Fenster fiel der Blick auf die schwarzen Umrisse der Berge. Die Uferlichter glitzerten, ein blasser Mondsplitter hing über dem See. Yoshito entschuldigte sich, verschwand im Badezimmer. Die Dusche plätscherte lange. Er ging nicht mit Naomi nach Japan zurück, sondern wollte frühmorgens um sechs den Zug nach Barcelona nehmen.

»Er hat jetzt etwas Geld, und er will sich Europa ansehen«,

sagte Naomi. Sie zog ihren Trench aus, schüttelte ihr Haar.

»Müde?« fragte ich.

Sie hob beide Arme, streckte sich.

»Nein, jetzt nicht mehr. Nach dem Tanzen fühle ich mich jung.«

»Ist die Inszenierung von dir?« fragte ich.

Hinter uns brannte Licht, unsere Umrisse waren in der dunklen Scheibe sichtbar. Naomi senkte langsam die Arme. Sie hielt die Augen auf ihr Spiegelbild gerichtet. Ihr Gesicht war plötzlich steinern geworden.

»Nein, nicht von mir.«

Yoshito trat in T-Shirt und Pyjamahose aus dem Bad, murmelte gute Nacht. Er verzog sich lautlos in sein Zimmer und schloß ebenso leise die Tür.

»Es ist spät«, sagte ich.

Ich lag schon im Bett, als Naomi aus dem Bad kam, ihr gelbes Frotteetuch auf einen Stuhl warf und neben mir unter die Decke schlüpfte. Ihr heller Körper wirkte braun auf dem weißen Laken; in meinen Gedanken war sie stets weiß geschminkt, auf eigentümliche Art von mir abgegrenzt. Hinter der Schminke war sie unsichtbar. Auch jetzt, als ich ihren schmalen, biegsamen Körper in den Arm nahm, lag eine Distanz zwischen uns; sie war woanders. Ich betrachtete ihr Gesicht im Lampenlicht. Sie hielt die Augen halb geschlossen, die Pupillen waren nur ein goldener Faden. Sie schaute mich an und irgendwie durch mich hindurch. Die Lippen waren leicht geöffnet. Unter dem Mund hatte sie ein winziges Muttermal. Ich streichelte ihren Körper, der zierlich und vollkommen war. Alles sanft, klein, wie nur angedeutet: eine Gemme, aus feinem Elfenbein geschnitten. Keine ausladenden Kurven, keine Fleischpolster, nichts als zarte Konturen und feste, warme Muskeln. Ich atmete den Geruch ihrer Haut ein, die nach nichts roch als ein wenig nach Seife. Ich küßte ihre Lippen; ihr Mund schmeckte nach Zahnpasta, mit einem kleinen Nachgeschmack nach Tabak. Sie erwiderte meinen Kuß mit der Zungenspitze, streckte sich an meinem Körper entlang und lächelte.

»Du magst Frauen, nicht wahr?«

»Manchmal.«

Sie wandte das Gesicht ab; ihr Profil lag auf dem Kissen, von ihrem rötlich schimmernden Haar halb verhüllt. Sie bot mir nur ihre Wange an, die ich küßte.

»Heute abend bin ich traurig«, sagte sie.

»Warum?«

»Immer, wenn ich die ›Vogelfrau‹ tanze, bin ich traurig.«

Ich lehnte mich auf den Ellbogen zurück, um sie anzusehen.

»Gibt es einen besonderen Grund?«

Ihr Gesicht zog sich leicht zusammen.

»Es ist das letzte Stück, das Keita inszeniert hat.«

»Keita?«

»Mein Mann«, sagte sie.

»Ach«, rief ich, »bist du verheiratet?«

Sie lächelte; es war ein seltsames Lächeln, schalkhaft und schmerzlich zugleich.

»Ja, und ich habe einen Sohn. Er lebt bei meiner Mutter in Kobe.«

Ich dachte, sie wird mich immer in Erstaunen setzen.

»Du? Einen Sohn? Wie alt ist er?«

»Bald vierzehn.«

»So groß schon? Mit welchem Alter hast du denn geheiratet?«

»Mit zwanzig. Mein Vater war natürlich dagegen. Aber ich erwartete Seiji und wollte nicht abtreiben.«

»Und wo ist dein Mann jetzt?« fragte ich.

Sie schwieg. Ihr Blick glitt an mir vorbei in die Ferne.

»Du willst es nicht sagen?«

Sie seufzte.

»In Tokio«, erwiderte sie. »Ich habe ihn verlassen. Ich wollte nicht mit ihm denselben Käfig bewohnen.«

»Was war denn mit ihm?«

Sie streichelte meine Schulter, sehr zärtlich.

»Er war wahnsinnig. Am Anfang nicht. Ich meine, nicht so, daß es ihn krank machte. Niemand außer mir ahnte etwas. Er war ein wunderbarer Tänzer. Er sagte, der Tanz sei die älteste Form menschlichen Ausdrucks. Die Menschen tanzten schon vor zwanzigtausend Jahren. Er sagte auch, das hinterläßt Spuren im Gehirn. Der Tanz mache die Menschen hell wie Feuer, aber die Besten mache er schwarz und dunkel wie die Nacht. Er kam in eine Heilanstalt.«

Ich entsann mich ihrer Fragen. Und auch der Art, wie sie auf manche Dinge einging, die ich erzählte.

»Ich sehe schon«, murmelte ich.

Sie ließ ein kindliches Stöhnen hören.

»Das war sehr schrecklich.«

»Unerwartet, vielleicht, oder?«

»Vielleicht, ja ... aber ich hätte es wissen müssen. Im Gesicht sah er manchmal abgespannt aus, aber er tanzte wie früher, besser sogar. Seine Auftritte inszenierte er selbst. Sie wurden immer intensiver. Er schockierte das Publikum, überbot sich im Provozieren, aber das gehörte dazu. Ich war beunruhigt, aber ich bewunderte ihn. Ich liebte seine Paradoxe, seinen Humor, seine Sinnlichkeit, seinen völligen Mangel an Vorurteilen. Und er war schön, wenn du nur wüßtest! Eine Haut wie Gold, prachtvolle Zähne, Augen wie warmes Obsidian. Und sein Haar! Rostbraun, üppig und gewellt. Es reichte ihm bis über die Hüften, hing ihm geschmeidig und lose herunter. Ich bürstete es ihm. Er mochte, daß ich das tat. Wenn er tanzte, peitschte es die Luft. Niemals steckte er auf der Bühne sein Haar hoch. Um sich mehr Bewegungsfreiheit zu verschaffen, hielt er es mit einem Stirnband zusammen.

Er war fünfzehn Jahre älter als ich. In den siebziger Jahren hatte er viel in Europa getanzt. Als er nach Japan zurückkam, war er berühmt. Wir liebten uns und heirateten, ich brachte meinen kleinen Sohn zur Welt. Eine Zeitlang schien es ihm besserzugehen. Wir waren glücklich zusammen, unsagbar glücklich.

Die Veränderung trat ganz allmählich ein, auf heimtückische Weise. Nie konnte ich wissen, wann der Wahnsinn sich rührte und hinterhältig zuschlug. Wir traten zusammen auf, weil wir uns dadurch näher fühlten. Und irgendwann wurde der Tanz immer wichtiger für mich. Ich war jung und stark. Meine Kräfte erwachten in dem Maße, in dem die seinen nachließen. Die Bühne wurde mein Himmel und sein Abgrund. Wie konnte er nur des Tanzes so müde werden? Was machte ihn so alt, so verbraucht? Er sagte, er empfinde seinen Körper als einen matten, herabhängenden Zweig. Er bekam Wutanfälle, zerstörte Bühnenbilder, zerfetzte Kostüme, brachte sich mit einem Rasiermesser Wunden bei. Er inszenierte Stücke für mich und tobte, wenn ich es nicht zu seiner Zufriedenheit machte. Er war nie zufrieden. Ich gehorchte, wie man einem Naturereignis gehorcht. Er schlug mich mit Worten wie mit einer Peitsche. Dann stand er in den Kulissen, wenn ich tanzte, und litt Qualen. Denn seine Bedrückung wuchs, je mehr er sah, wie ich das wurde, was er aus mir machen wollte. Ich versuchte ihm zu widerstehen, aber es ging über meine Kräfte: Jede Gegenwehr endete immer wieder mit dem Liebestaumel in seinen Armen. Ich habe ihn nicht zerstört, nein, er zerstörte sich selbst, sehr bewußt, sehr methodisch. Er begann zu trinken, nahm Drogen. Am Anfang nur Marihuana oder LSD, später härtere Sachen. Er sagte, er brauche Drogen als Medikament gegen die Schizophrenie. Drogen gäben ihm die Erkenntnis, nicht wie eine Maschine zu handeln, sondern wie ein funktionierender Körper. Es wurde immer schlimmer. Unser Sohn wurde fünf und mußte bald in die Grundschule. Er sollte ein gutes Bild von seinem Vater haben. Heimlich faßte ich den Entschluß, Seiji zu meiner Mutter nach Kobe zu bringen. Als ich ohne das Kind nach Tokio zurückkam, schlug er mich ins Gesicht. Hätte ich mich geduckt, hätte er vielleicht nicht so hart zugeschlagen. Ich war so überrascht, daß ich mich nicht wehrte und auch nicht aufstand, als er mich zu Boden warf und mit den Füßen trat. So viel Haß, dachte ich verwundert, so viel Haß hat er im Leib. Am nächsten Tag verließ ich ihn. Ich mietete ein Studio in Kyoto, damit ich näher bei Seiji sein konnte. Zwei Tage später war Keita da. Wir tranken Sake, umarmten uns weinend. Es war ein Dahintreiben auf dem Strom der Leidenschaft, ein Wegschwemmen unseres Zorns in dieser gemeinsamen Lust. Mein Begehren weckte seine Lebenskraft so, daß eine Besserung eintrat und er eine Zeitlang wieder war wie früher. Daß Seiji bei meiner Mutter aufwuchs, akzeptierte er inzwischen; er sah ein, daß es das Beste für unser Kind war.

Wir gingen auf Tournee mit einer neuen Inszenierung. Die Premiere fand im Place-Theater in London statt. ›Der Flug der Vogelfrau‹ wurde ein Erfolg. Ich spürte die Elektrisierung im Publikum. Ich hatte das Gefühl, nicht Einstudiertes und Angelerntes darzustellen, sondern ganz aus dem Bewußtsein der Situation und des Augenblicks zu tanzen. Es war das erste Mal, daß ich es auf diese Weise erlebte. Doch nach der Vorstellung war Keita verschwunden. An diesem Abend goß es in Strömen. Wir suchten ihn überall und fanden ihn schließlich, niedergekauert und weinend im Hinterhof des Theaters. Er hatte sich irgendein Zeug in die Venen gespritzt. In einer Art Tobsuchtsanfall verbot er mir, die ›Vogelfrau‹ ein zweites Mal zu tanzen. Ich hätte ihn erwürgen können. Ich schrie ihn an, er sei nicht reif genug, um meinen Triumph zu ertragen. Die ›Vogelfrau‹ sei meine beste Rolle, ich wollte mir seiner verdammten Eifersucht wegen den Erfolg nicht nehmen lassen. Da wurde er plötzlich ganz ruhig. Ach, sagte er, glaubst du wirklich, daß du besser tanzt als ich? Und am folgenden Abend kleidete er sich in den Hochzeitskimono, steckte sich Gladiolen ins Haar und tanzte die Vogelfrau. Er war unvergleichlich, fast überirdisch schön. Ich stand in den Kulissen und weinte vor Liebe, wenngleich in meinem Innern alles dunkel war. Ich hatte das Gefühl, daß er nur für mich tanzte. Daß er in meine Gestalt schlüpfte, nicht, um mich zu verhöhnen, wie ich befürchtet hatte, sondern um mich vor einem Unglück zu bewahren. Er tanzte in einer Aura weißen Lichtes, voller Verzückung. Als ob er die Todesmacht herausforderte, sie von mir abwendete, sich selbst zum Opfer anbot: Da, nimm mich, ich bin bereit! Dieses Gefühl war unbeschreiblich, aber es war da. Ich kann es bis heute nicht erklären. Und in der letzten Sequenz, als sich sein ausgezehrter Körper in einen Kranich verwandelt und auf einer Lichtsäule ins Jenseits schwebt, da taumelte er plötzlich, stürzte und brach sich den Fuß. Ein erschrockener Laut stieg aus dem Publikum. Zwei Techniker halfen ihm, sich aufzurichten. Er befreite sich aus den Armen, die ihn hielten, und trat vor die Zuschauer. Tiefe Stille, dann ein schweres, ehrfürchtiges Murmeln. Und dann setzte der Beifall ein. Die Zuschauer waren von ihren Sitzen aufgestanden, applaudierten wie Wahnsinnige. Manche weinten. Keita fand noch die Kraft, sich zu verbeugen, bevor er, von den Technikern gestützt, in die Kulissen humpelte.

Der Fuß war an zwei Stellen gebrochen. Keita bekam einen Gips, konnte sich nur noch auf einer Krücke fortbewegen. Und auf dieser Krücke humpelte er durch seine Alpträume. Er begann wieder zu trinken. Seine Wutanfälle nahmen zu, er legte mir alles zur Last. Es war, als hätte er den Magen voll von Gift und könnte es nicht herausspucken. Er wird jeden Tag älter, dachte ich. Wenn ich ihn doch wenigstens umarmen könnte. Aber er würde mich von sich stoßen, dabei wäre es das einzige Mittel gewesen, ihn zu beruhigen. So ging es nicht weiter. Ich setzte die Tournee alleine fort, und er flog nach Tokio zurück. Ein paar Wochen später erhielt ich die Nachricht, daß er von einem vorbeifahrenden Auto erfaßt worden war, als er ohne Gips und völlig betrunken auf der Straße tanzte. Er wurde ins Krankenhaus eingeliefert und verbrachte anschließend zwei Monate in der Nervenheilanstalt. Jetzt geht es ihm wieder besser. Sein Fuß ist geheilt, und er hat auch das Trinken aufgegeben. Unsere gemeinsame Wohnung hat er aufgelöst und ein Studio gemietet. Er arbeitet an einem neuen Stück und gibt Workshops an drei Abenden pro Woche. Ich erfuhr, daß er immer mehr Schüler hat. Viele arrivierte Tänzer ziehen ihn bei ihren Bühnenwerken zu Rate. Das ist gut. Das braucht er jetzt. Er ist schließlich immer noch der beste *Butoh*-Darsteller Japans. Was er braucht, ist jemand, der sich seiner annimmt, mit viel Zärtlichkeit, und ihm seinen Schlaf zurückgibt. Ich glaube, ich kann es. Er hat sich immer gewünscht, in meiner Gegenwart zu sterben. Und wenn du mich jetzt fragst, Ruth, welche Gefühle ich für ihn habe, so kann ich dir nur sagen, daß ich ihn liebe; daß ich ihn in mir fühle, in jeder Zelle und in jedem Blutstropfen. Wenn ich die Augen schließe, träume ich nur von ihm. Tot oder lebendig, ich werde nie aufhören, ihn zu lieben.«

# 7. Kapitel

Die Triebwerke summten gleichmäßig. Ich sah aus dem Fenster; unter mir wehten Wolken. Ich bin abgereist, dachte ich, es ist wirklich soweit. Ich reiste mit dem Gefühl, daß es so kommen mußte, daß alle Linien meines Lebens auf diesen unsichtbaren Punkt in der Ferne zustrebten. Irgendwo, in Raum und Zeit, gestaltete das Schicksal sein Gewebe; das Schiffchen glitt durch bunte Fäden, formte ein Muster. In ihm waren alle Menschenbilder enthalten, die in meinem Leben etwas bedeuteten: Iris, Lea und Michael, Hanako, Naomi und andere, die noch kommen würden. Ich trug Erinnerungen in mir, die nicht die meinen waren. Dunkle Wesenheiten und Geheimnisse, ein wirrer und unbefestigter Traumstoff, regsam, lebenswarm. Ich würde diese Dinge unter vielerlei Gesichtspunkten erleben. Vorläufig begnügte ich mich damit, zu beobachten und zu lernen.

Zwischenlandung in Frankfurt. Uns blieb eine Stunde Zeit, um das Flugzeug zu wechseln. Die Lufthansa mit Direktflug nach Osaka ging kurz nach fünf. Ein Bus brachte uns zur Abflughalle für die Interkontinental-Flüge. Gepäck und Paßkontrolle. Wir stellten uns an. Es roch nach Kerosin, Tabak und Kaffee. Flughafengeruch. Die künstliche Luft machte träge und durstig. Hinter chromglänzenden Theken sprudelte Orangensaft in großen Behältern. Zwischen Rucksäcken und Taschen lagerten müde Transit-Reisende auf den Bänken. Gongsignale ertönten, ein Start folgte dem anderen. Halb fünf: Die Passagiere wurden aufgerufen. Flug 740 nach Osaka. Angeschnallt warteten wir auf den Start. Die Maschine war voll besetzt; Naomi und ich saßen zusammen. Den Fensterplatz hatte ein

Amerikaner, der gleich nach dem Start eine Fachzeitschrift aufschlug. Ich rieb mir die Augen: Müdigkeit, wie immer beim Fliegen. Auch Naomi hielt die Lider geschlossen. Das Flugzeug schoß durch leuchtende Wolken, auf denen sein Schatten vor- und zurücksprang. Dann fiel die Wolkenwand ab. Wir gewannen Höhe, waren bald nur noch von Himmel umgeben, tiefblau und unendlich. Schon roch es nach Essen. Die schmalen Metallwagen wurden durch den Mittelgang geschoben. »Western or Japanese Meal?« fragte die Stewardeß. Naomi und ich waren hungrig und aßen mit Appetit. Mit Stäbchen umzugehen hatte ich in etlichen China-Restaurants bereits geübt. Japanische Gerichte waren mir weniger vertraut. Ich mochte die grünen Nudeln, die in einer kalten Brühe schwammen, die Dampfeier in ihrem hübschen Schälchen aus Porzellan, die Geflügelstückchen, nach Karamel duftend und so weich, daß sie auf der Zunge schmolzen.

Nach dem Essen zeigte man einen Film, dann noch einen. In der Dunkelheit nahm ich Naomis Hand zwischen meine Hände und preßte sie an die Wange. Sie streichelte mein Gesicht mit den Fingerspitzen. Später schlief sie, den Kopf an meine Schulter gelehnt. Im Flugzeug war alles friedlich; hin und wieder ging eine Stewardeß durch den Gang, brachte Wasser und Orangensaft, beruhigte ein nervöses Kind.

Naomi und ich wachten ein paarmal auf, weil uns die Glieder schmerzten. Wir gingen im Gang auf und ab, um uns Bewegung zu verschaffen. Dann wurde es Tag, der Himmel leuchtete orangerot. Man servierte das Frühstück. Die Brötchen waren knusprig, der Eierkuchen schmackhaft und locker. Der Fruchtsalat war aus frischen Früchten, nicht aus der Dose. Naomi lächelte mich an.

»Der Kaffee ist gut, oder?«

Ich lehnte mich zurück, seufzend vor Wohlbehagen.

»Ich glaube, ich brauche noch eine zweite Tasse!«

Später standen die Fluggäste vor den Toiletten Schlange. Wir wuschen uns, so gut es ging, putzten uns die Zähne. Die Müdigkeit straffte Naomis Haut, statt sie zu zerknittern, wie es bei manchen Frauen der Fall ist. Sie war unendlich anziehend. Wir unterhielten uns über Gastspiele und Workshops, über die Reaktionen des Publikums, über Kritiken. Unsere Stimmen klangen matt und hohl im Summen der Triebwerke. Wir flogen bereits über dem japanischen Meer. Es gab noch einen Imbiß, eine kalte Platte. Naomi und ich aßen, um die Zeit zu vertreiben. Etwas später knisterte die Stimme des Kapitäns durch den Lautsprecher. Die Landung würde planmäßig um zwölf Uhr fünfundvierzig erfolgen. Für die Kansai-Gegend war schönes Wetter angesagt. Es wehte ein leichter Wind, der die Temperatur angenehm machte. Der Flughafen, im südlichen Teil der Bucht von Osaka, war auf einer künstlichen Insel erbaut. Eine Eisenbahnbrücke verband ihn mit dem Festland. Als sich das Flugzeug über die Landepiste senkte, schien der Asphalt, flirrend im Sonnenlicht, auf dem tiefblauen Meer zu schwimmen.

Der Flughafen selbst schien nicht aus Glas und Beton, sondern aus irgendeiner anderen Substanz geschaffen, klar wie Eis, umgeben von den Kondensstreifen der steigenden Maschinen. Auf Rolltreppen schwebten wir durch hohe, luftige Hallen, baumbewachsen und lichtdurchströmt. Endloses Blau auf allen Seiten. Ich merkte kaum, daß ich mich bewegte, einen Fuß vor den anderen setzte. Schlafmangel, Müdigkeit, das Schwanken zwischen vertrauten Gefühlen und verwirrenden Bildern. Neue Schriftzeichen, unverständliche Ansagen. Ich war von Erregung erfüllt. Freude? Ja, auch das. Mich überkam der verrückte Wunsch, hier zu tanzen, in diesen Hallen und Räumen, die so strukturiert waren, daß sie unstrukturiert wirkten. Alle Elemente des Übergangs brachten meine Gedanken in Schwung. Ich ließ mich treiben.

Ein Brückenbogen, schwindelerregend windig, zwei große Rolltreppen. Vor uns die Bahnhofshalle. Der Zug wartete bereits, blitzsauber, mit samtbezogenen Bänken. Die Reisenden drängten sich herein, mit Koffern und Taschen beladen. Der Zug fuhr ab, gleichmäßig summend, pünktlich auf die Sekunde genau. Er bohrte sich durch kühle Hallen, durch künstliches Licht, und plötzlich explodierte der Sonnenschein, der Zug schoß in blendendes Azur. Unter uns gab es keine Erde; nur Brückenpfeiler, und darunter, daneben, schäumend und glitzernd, das Meer. Dann näherte sich der Horizont, weiße Hochhäuser schwangen sich in den Himmel. Das Festland. Die Bahnlinie, auf Betonpfeilern gebaut, schwebte über Straßenschluchten, zog an Parkanlagen, Bürotürmen und Warenhäusern vorbei, an Garagen und Tankstellen. Dann wieder Holzhäuser und glitzernde Ziegeldächer; mikroskopisch kleine Gärtchen; bunte Daunendecken, auf Balkonen in der Sonne ausgebreitet, wie die Farbkleckse der Kubisten.

Osaka. Der Hauptbahnhof: eine Stadt in der Stadt. Säulenhallen, Treppen, unterirdische Gänge, mit hellen Fliesen überzogen, die sich kreuzten, sich teilten, in neue Treppen mündeten. Ein Café reihte sich an das andere. Hunderte von Imbißstuben und Restaurants, unzählige Läden voller Krimskrams füllten die labyrinthische Struktur. Und Menschen überall, alle hastend. Gesichter flogen uns entgegen, dunkle Haarschöpfe wippten auf und ab im eiligen Rhythmus. Eine Art dumpfes Brummen erfüllte die Gänge. Ich hatte Kopfschmerzen. Wir schleppten unser Gepäck eine Treppe hinauf, dann die nächste. Auf dem Bahnsteig standen die Leute dicht hintereinander Schlange. Ein vollbesetzter Vorstadtzug donnerte vorbei. Naomi zeigte auf eine Tafel: Der *Shinkanzen*-Zug, der Super-Expreß nach Kyoto, fuhr gleich ein. Bald wurde die weiße Riesenschlange, lautlos gleitend, an der Kurve sichtbar. Die Türen teilten sich. Eine Menschenmenge stieg aus, fast genau so viele stiegen ein. Kein Sitzplatz mehr, wir mußten stehen. Der Zug setzte sich in Bewegung, beschleunigte die Fahrt. Die Vororte zogen vorbei. Bald waren wir draußen auf dem Land. Der *Shinkanzen* erreichte seine volle Geschwindigkeit mit kaum spürbarem Schaukeln. Naomi und ich dösten vor uns hin. Die Fahrt dauerte kaum eine halbe Stunde.

Jede Stadt hat ihre eigene Farbe: Lausanne ist blau, Mailand bronzebraun, Paris silbern und manchmal schwärzlich grau. Kyoto im warmen Spätnachmittag erschien mir rosa flirrend, wie eine Seifenblase. Wir warteten mit unserem Gepäck auf einem großen Platz. Zeitverschiebung. Ich blinzelte, rieb mir die Augen. Wir sprachen nur das Nötigste. Ein altmodischer Bus kam, wir kletterten hinein; er würde uns in die Mitte der Stadt bringen. Müde und schwitzend lehnten wir uns in unsere Sitze. Ich erhaschte Kyotos Bilder wie in einem Kaleidoskop, ein verwirrendes Wechselspiel von Licht und Schatten. Verstopfte Straßen, Gedränge auf den Fußgängerstreifen. Hochhäuser aus Beton und Marmor, überdeutlich in der klaren Luft. Daneben alte Fassaden mit Balkonen; elegante, kühle Boutiquen wechselten ab mit altmodischen Drogerien, mit Schaufenstern voller Fotoapparate und Stereoanlagen. Kühlschränke und Waschmaschinen, mit Werbesprüchen beklebt, standen auf dem Gehsteig. Und dann wieder Schiebetüren aus Holzlamellen und Reispapier, Hängerolläden, fast bäuerlich; Bambuszäune, zum Schutz gegen den Straßenverkehr vor den Hauswänden angebracht. Und hier und da, hinter einer Mauer aus Bruchstein, das Dach eines Tempels, von Bäumen umgeben, still, vergessen von der brodelnden Hetze der Stadt.

Die Sonne sank. Der Abendhimmel schillerte lila, wie ein Seidentuch. Von den Wohnblöcken schimmerten Lichter herüber. Neonfarben blinkten und zuckten vor meinen Augen.

»Die Dämmerung ist viel kürzer als bei uns«, stellte ich überrascht fest.

»Wir sind gleich da«, sagte Naomi.

Der Fahrer, der weiße Handschuhe trug, kündigte die Haltestellen über Lautsprecher an. Jetzt drosselte der Bus die Fahrt, hielt an einer Kreuzung, im dichtesten Stau. Naomi nickte mir zu, stand auf. Wir zwängten uns durch den Gang. Naomi gab dem Fahrer ein Ticket, bevor wir nach draußen sprangen. Wir warteten, bis die Ampel auf Grün wechselte und das kleine Musiksignal für die Blinden ertönte. Dann liefen wir über den Fußgängerstreifen, an Stoßstangen und Scheinwerfern vorbei. Meine Reisetasche schlug schmerzhaft an meine Schenkel, der Tragriemen rieb mir die Schulter wund. Naomi ging voraus, ihren Rucksack schien sie mühelos zu schleppen. Wir kamen an einer Tankstelle vorbei, bogen um eine Ecke, dann um eine andere. Von dem Verkehrschaos auf der Hauptstraße trennten uns keine zwei Minuten, aber hier war eine andere Welt. Puppenhäuser aus Holz, Eisenblech und Ziegel säumten die Straßen ohne Gehsteig. Wir kamen an Dutzenden von Werkstätten vorbei, in denen ältere Männer, ein weißes Schweißtuch um die Stirn geknotet, etwas zimmerten, hämmerten, sägten oder nähten. Früchte und Gemüse, sorgfältig in geflochtenen Körben aufgestapelt, leuchteten unter Planen. Reisgebäck und bunte Süßigkeiten wurden in aquariumgleichen Gläsern angeboten. Gerüche nach gegrilltem Fisch, nach Sojasauce und Ingwer drangen auf die Straße. Kichernde Teenager führten Rucksäcke in Form von Teddybären oder Pandas spazieren. Schüler in schwarzer Uniform drängten sich vor einem Schnellimbiß-Wagen und schlürften heiße Nudeln. Über den Straßen hing ein dichtes Netz von Elektrizitäts- und Telefonleitungen, das den Eindruck einer skurrilen, liebenswerten Unordnung noch verstärkte. Sie paßte zu den wirren Bildern, die mir dieser Tag hinterließ. Die Stadt rückte mir plötzlich ganz dicht auf die Haut. Wie eine Umarmung war das, eine Verheißung. Ich fühlte mich müde, geborgen und glücklich. Nun schlurfte Naomi auf ein Holzhaus zu, merkwürdig geformt, einstöckig, mit einem Dach aus Ziegeln. Hinter einer Betonmauer verbarg sich ein Garten, kaum drei Schritte groß, in dem ein paar rundgeschnittene Buchsbäumchen und verblühte Azaleenbüsche wuchsen. In einem Kakistrauch war ein Vogelhäuschen angebracht. Eine schmale Außentreppe führte in den ersten Stock. Naomi wühlte in der Gesäßtasche ihrer Jeans, brachte ein Schlüsselbund zum Vorschein.

»Im August muß ich hier raus«, sagte sie. »Die Tochter der Besitzerin zieht ein. Schade!«

Die Tür schlug hinter uns zu. Wir stellten das Gepäck ab, schlüpften aus unseren Turnschuhen. Naomi machte Licht, schob eine Trennwand aus Holz und Reispapier beiseite. Das Zimmer war klein, die eingeschlossene Luft roch stickig. Matten aus Reisstroh, ziemlich abgetreten, federten angenehm unter meinen müden Füßen. Naomi öffnete die Glastür zum Balkon; das Nachbarhaus stand dicht davor, aber die Fenster hatten blinde Scheiben, so daß ich nur zwei erleuchtete Rechtecke sah. Das Studio war dürftig möbliert: ein niedriger Tisch, ein paar Sitzkissen. Regalfächer waren mit Büchern, zerlesenen Zeitschriften, mit Krimskrams und Souvenirs beladen. Die Bettmatratzen wurden tagsüber in einem Wandschrank aufbewahrt. Ein kurzer *Noren* – ein Batikvorhang – verdeckte den Eingang zur Kochnische. Ich sah einen Kühlschrank und einen Gasherd; ein billiger Schrank für Vorräte und Geschirr war an der Wand angebracht. Naomi schaltete den Kühlschrank ein, warf einen Blick in die Regale.

»Wir müssen einkaufen. Außer Pulverkaffee und Trockenmilch ist nichts da.«

»Wenn man drei Monate weg war ...«, sagte ich.

Ich massierte mir die Schläfen. Sie nickte mir zu.

»Kopfschmerzen?«

»Ja, ein wenig.«

»Nimm ein Bad. Ich lasse sofort Wasser einlaufen.«

Das Badezimmer befand sich hinter einem winzigen WC-Raum. Über die kleine, sehr tiefe Wanne war eine Abdeckung aus blauem Plastik gerollt. Ein Abflußrohr war in die abgenutzten Bodenfliesen eingelassen. Der Wasserhahn ragte direkt aus der Wand. Der Strahl rauschte. Die Wanne füllte sich schnell, bald war der Raum mit Dampfschwaden erfüllt.

»Nicht zu heiß!« warnte mich Naomi. »Das strengt das Herz an, wenn man es nicht gewohnt ist.«

Sie hatte mir erklärt, wie man in Japan badet. Neben der Wanne standen ein niedriger Hocker und eine Schüssel, beide aus blauem Plastik. Ich füllte Wasser in die Schüssel, ließ es über mich rieseln. Zuerst wusch ich mir das Haar, massierte die Kopfhaut in sanften, kreisenden Bewegungen. Dann seifte ich mich ein, rubbelte mich mit einem Waschlappen, bevor ich mich mit einigen Wasserladungen begoß, die letzten duftenden Schaumreste wegspülte. Vorsichtig tauchte ich den Arm in das Wasser. Zu heiß! Ich drehte den Hahn auf, ließ kaltes Wasser einlaufen, bis das Bad die richtige Temperatur hatte. Erst jetzt stieg ich in die Wanne, tauchte ganz langsam in das Wasser. Ich lehnte mich mit angezogenen Knien zurück. Die Wärme drang mir bis ins Mark, lockerte und entspannte meine verkrampften Muskeln. Da mir der Schlaf fehlte, war mein Denken langsam. Ich schloß die Augen, halb wachend, halb träumend. Nach einer Weile hörte ich ein Geräusch, schlug träge die Lider auf. Naomi, völlig nackt, lehnte an der Tür und hielt zwei kleine Schälchen in der Hand.

»Ich habe noch eine Flasche Sake gefunden.«

Sie kniete neben der Wanne, hielt mir das Schälchen hin. Ich bewegte mühsam den Kopf, hob schlapp beide Hände aus dem Wasser. Sie waren rot von der Hitze.

»*Arigato* – Danke!«

»*Kampai!*«

Sie hob ihr eigenes Schälchen, lächelte mich an und trank. Ich sah auf ihre Hände; Kinderhände, sehr klein und beweglich. Die roten Nägel waren wie fünf blutige Tropfen. Ich fühlte ein Kribbeln im Nacken, blinzelte, nahm einen Schluck.

»Gut?« fragte Naomi.

»Ich werde nie mehr aus der Wanne steigen«, seufzte ich.

Sie lachte; wir lachten beide. Das Kribbeln verflog.

»Wie fühlst du dich?« fragte sie.

Ich bewegte den Hinterkopf am Wannenrand hin und her.

»Am liebsten möchte ich schlafen.«

Sie kniff schelmisch die Lider zusammen.

»Unter keinen Umständen! Du mußt dich jetzt an die japanische Uhrzeit gewöhnen. Bei uns fängt der Abend erst an. Jetzt gehen wir aus. Essen, und dann in eine Disco. Du wirst schon wieder wach werden.«

Ich richtete mich auf.

»Klingt verlockend!«

Sie trank, ihre Augen auf meine gerichtet; ich trank auch. Der lauwarme Sake schmeckte wie süßer Branntwein. Ich streckte die Hand aus, berührte mit den Fingerspitzen ihren Mund; ließ meine Hand über ihren zarten Hals gleiten, über die Brüste. Ihre Haut zog sich leicht zusammen, die rosigen Spitzen richteten sich auf. Ich spürte ein Ziehen in mir, tief in der Bauchgrube. Sie sah unwillkürlich an sich herunter. Ihr Haar fiel über ihre Brust. Sie warf es mit einer Kopfbewegung zurück. Ihre Wangen waren eine Spur dunkler geworden; ihre Augen leuchteten matt und feucht, eine Art Schleier trübte ihre Pupillen. Unsere Blicke flackerten, hielten einander fest. Es ließ sie nicht unberührt, aber Selbstbetrug lag ihr nicht. Sie lachte kurz auf, rückte ein paar Zentimeter von mir ab. Sie war im Bann einer Geschichte, von der sie sich nicht freimachen konnte. Liebe ist eine anspruchsvolle Plagerei; der Versuch, sich ironisch abzugrenzen, ist zwecklos. Zu dem Preis, den man zahlen muß, gehört auch der Schmerz, das ist gerecht. Der Gedanke, diesem Schmerz ein Ende machen zu können, war verführerisch. Und es war zu schwierig, sie zu fragen, welchen Preis sie bereit war zu zahlen. Die Antwort würde zwangsläufig ausbleiben. Und so stellte ich ihr diese Frage nicht, weder an diesem Abend noch an einem anderen.

# 8. Kapitel

Daisuke Kumano, der jüngere Bruder von Naomis Mutter, war *Kannushi* – Hoherpriester – im Yasaka-Schrein. Das Stadtviertel Gion, zu dem das Heiligtum gehörte, war ganz in der Nähe. Das Gelände bildete eine Art Bauminsel mitten in der Stadt; einen Ort der Ruhe, des Innehaltens. Eine Anzahl Steinstufen führte zu einem hölzernen Torbogen, weiß und zinnoberrot bemalt und mit vergoldeten Schnitzereien verziert. Die Farben leuchteten frisch, ohne überladen zu wirken. Flankiert wurde das Tor von zwei Pfosten, auf denen verschnörkelte Steinlöwen grimmig die Lefzen bleckten. Als ich durch das Portal schritt, achtete ich unwillkürlich darauf, daß mein Fuß nicht die Schwelle berührte. Ein Weg schlängelte sich unter Bäumen hindurch. Die Luft war getränkt vom Duft der Harze und warmen Blätter. Hier und da befanden sich andere Torbögen – *Torii*, wie sie genannt wurden. Sie waren zumeist aus Stein gebaut, alt und moosbewachsen. Sie führten zu einer Anzahl kleiner Heiligtümer, ähnlich wie Kapellen auf einem Kreuzgangweg, die alle die gleiche zinnoberrote Farbe zeigten. Die Bäume hatten ihre Zweige verwoben, bildeten ein Netz, in dem Krähen hüpften. Sie wirbelten flügelschlagend wie schwarze Tücher herum, ihr Krächzen erfüllte die Luft.

»Warum diese Krähen, Naomi?«

Sie blickte empor.

»Ach, das sind Götterboten. Man sagt, daß die Krähen, die in den Baumkronen schlafen, sich wie die Weisen für ein höheres Leben entschieden haben. Sie verkörpern auch die Elternliebe. Es gibt ein Lied, das wir in der Schule lernen.«

Sie sang es mir vor, mit hoher, etwas kindlicher Stimme:

»Warum singt die Krähe?

Weil in ihrem Nest, in den Bergen,
Ein Kind, sieben Jahre alt, auf sie wartet.
Die Krähe singt:
Kaa, kaa, mein Liebes,
Warte, bald bin ich da ...«

Die schwingende Melodie bezauberte mich. Ich lächelte Naomi an.

»Hübsch!«

Sie hob die Hand, bewegte sie lebhaft verneinend hin und her.

»*Gomennasai,* ich singe falsch, das hört sich entsetzlich an!«

Unter den Büschen plätscherte ein kleiner Brunnen, an dessen Rand eine Anzahl Schöpflöffel aus Bambus lagen. An den Steinen wuchsen Moose, die dem Wasser seine smaragdgrüne Färbung verliehen. Naomi tauchte einen Schöpflöffel in das Wasser, goß es über meine Hände; dann reichte sie mir den Löffel; ich wiederholte für sie die gleiche rituelle Handlung. Wir gingen weiter; der Kiesboden knirschte unter unseren Schritten, und auch unter den Schritten anderer Besucher, die kamen und gingen. Bald lichtete sich der Hain. Der *Honden* – das Heiligtum – mit seinen Nebengebäuden kam in Sicht. Das Holzbauwerk wirkte wuchtig und rein, prunkvoll wie ein Gemälde und gleichsam urtümlich wie eine Hütte; es war, als wäre er der Erde entwachsen, als Teil der Bäume, Büsche und Felsen. Ein vergoldetes Sims zog einen schwungvollen Bogen, dem Bug eines Schiffes ähnlich. Eine Reihe großer Laternen, mit Schriftzeichen versehen, bildete eine dichte Girlande. Vor einer palisadenartigen Umzäunung stand ein kastenähnlicher Opferstock, in den die Besucher einige Münzen warfen, bevor sie an einem der drei mächtigen Strohseile zogen, an dem eine Schelle aus Messing hing. Die Schelle bimmelte laut; die Besucher senkten den Kopf, schlugen zweimal in die Hände und beteten. Über die ganze Länge des Heiligtums war die *Shimenawa* – die Schnur der Läuterung – gespannt, ein Tau aus Reisstroh, an dem weiße Papierzacken hingen. Das Tau, in einer Spirale gedreht, wirkte seltsam lebendig, wie ein Schlangenleib. Im Helldunkel dahinter befand sich ein Altar aus schlichtem Holz. In polierten Opferschalen waren Orangen und Reiskugeln zu Pyramiden aufgeschichtet. Eine Anzahl Reisweinfässer, mit Strohgeflecht umwickelt und mit den Namen der Stifter versehen, standen beiderseits des Altars.

»Der Sake wird bei den Schreinfesten ausgeteilt«, erklärte Naomi. »Er schenkt uns den heiligen Rausch.«

Man kann ihn auch auf der Bühne erleben, dachte ich, schwieg jedoch, denn ich wollte ihr nicht die Heiterkeit nehmen. Auf dem Altar stand ein flammenähnliches Gestell, ebenfalls aus Holz geschnitzt. Zwei Flammen – oder waren es Schwingen? – züngelten seitwärts empor. Aus einem runden Spiegel, in der Mitte angebracht, strömte Helligkeit wie aus einem Scheinwerfer und blendete die Augen. Tiefer im Schatten flimmerten ein paar Sonnenstrahlen. Staubteilchen tanzten im Licht, verschleierten das Innere des Schreins, den Mittelpunkt, das Geheimnis. Mein Mund wurde plötzlich trocken; ich wandte mich ab.

Gleich gegenüber dem Heiligtum, nach Westen hin, erhob sich eine Art Pavillon. Die Holzbühne, von schlanken Säulen getragen, war mit einer doppelten Reihe Laternen geschmückt.

»Das ist der *Haiden*«, sagte Naomi. »Hier wird musiziert und getanzt. Japanische Götter mögen keine Opfer. Sie wollen unterhalten werden.«

Mein Blut kreiste schneller. Ich spürte wieder diese seltsame Unruhe in mir, als ob mein Herz wie ein gefangener Vogel aufhüpfte und flatterte. Der Gedanke durchzuckte mich: »Hier werde ich tanzen!«

Naomis Stimme riß mich aus meiner Versunkenheit.

»Möchtest du ein Gebet sprechen?«

Ein Gebet? Ja, dachte ich, das wird hier wohl nötig sein.

Wortlos nahm ich das Geldstück, das Naomi mir reichte, warf es in den Opferstock. Ich hörte das Klirren der fallenden Münze, zog an dem Seil. Zu verzagt, schien mir, die Schelle gab nur ein schwaches Bimmeln von sich. Doch Naomi nickte mir aufmunternd zu. Ich klatschte zweimal in die Hände, neigte die Stirn und flüsterte:

»Wer immer du bist, mach, daß ich nicht versage.«

An wen oder was richtete ich mein Gebet? An die Leere? Nein, hier war die Luft von Geheimnissen erfüllt, von alten und mächtigen. Und ähnlich wie im jüdischen Glauben waren sie nur als Symbole sichtbar.

»Was du fühlst, das ist das Wesentliche«, sagte Lea. »Und alles Drum und Dran kannst du vergessen.«

Ein Weg unter Bäumen führte zu der Residenz des Hohenpriesters. Hier wurden auch Verwaltungsarbeiten erledigt und Privataudienzen gegeben. Über die Trittsteine, die durch einen kleinen Garten führten, gelangten wir zu einem Geländer aus dunklem Holz. Ich trat hinter Naomi in einen kleinen Vorraum mit Schuhregalen. Ein paar Stufen führten zu dem eigentlichen Wohnbereich. Der Boden war glänzend poliert, fast spiegelglatt. Alle Räume waren mit Schiebetüren aus Holz und Reispapier verschlossen. Als Naomi ein paar Worte rief, glitt eine dieser Schiebetüren auf einer hölzernen Gleitschiene auf. Eine junge Frau erschien. Sie trug das Gewand der Priesterinnen: einen langen karminroten Hosenrock und ein weißes Obergewand mit Flügelärmeln. Das glatte Haar war im Nacken zu einem Knoten zusammengehalten. Ihre Augen leuchteten fröhlich auf, als sie Naomi erblickte. Beide Frauen kannten sich, wechselten einige herzliche Sätze. Naomi stellte mich vor. Die Priesterin verneigte sich; ich erwiderte ihren Willkommensgruß. Wir stiegen aus unseren Turnschuhen, schlüpften in Pantoffeln aus grünem Plastik, welche die Priesterin uns reichte. Sie führte uns in einen Raum am Ende des Flurs, zur Hälfte Empfangszimmer, zur Hälfte Büro, mit Faxgerät und Computeranlage. Es war ein warmer Tag, und die Tür zum Garten stand offen. Das grüne Licht der Büsche und Bäume fiel in den Raum. An den Wänden hingen Fotos von Brautpaaren, japanisch und europäisch gekleidet, alle auf die gleiche Weise zurechtgemacht. In einem Schaukasten waren verschiedene, aus Wachs oder Plastik nachgebaute Gerichte ausgestellt, die ich amüsiert betrachtete.

»Hochzeiten sind bei uns ein bedeutender Industriezweig«, kommentierte Naomi, nicht ohne Ironie. »Die Schreinverwaltung kümmert sich um alles und kassiert das Geld. Hier kann das Brautpaar sogar das Hochzeitsmenü auswählen.«

Ich lachte. Die Priesterin deutete auf die niedrigen Sessel, entschuldigte sich und ging hinaus. Wir setzten uns vor einen Tisch mit Glasplatte, auf dem ein weißes Spitzendeckchen lag. Kaum zwei Minuten später glitt die Schiebetür mit schleifendem Geräusch zur Seite, ein Mann im weißen Priestergewand erschien. Naomi und ich erhoben uns. Er verbeugte sich, wir verbeugten uns auch. Ich war in Japan gerade erst angekommen, aber ich beobachtete scharf, das war bei mir eine Begabung. Ich hatte schon bemerkt, daß die Japaner sich nicht auf dieselbe Weise vor den Eltern, den Geschwistern, den Freunden oder den Vorgesetzten verbeugen. Japaner verbeugen sich schnell und ohne viel Aufmerksamkeit. Sie scheinen in Sekundenschnelle zu erfassen, wie sie dies zu tun haben. Die Unterschiede in der Verbeugung zeigen alle Schattierungen von Höflichkeit, Respekt, Zuneigung oder Vertrautheit. Kompliziert? Schon möglich, aber diese Dinge schulen die Wahrnehmung. Die menschlichen Beziehungen reduzieren sich nicht auf eine Gleichmacherei, die – wenn es wirklich darauf ankommt – ohnehin nicht beachtet wird.

Daisuke Kumano war hochgewachsen und schlank, von mattgetönter, ganz gleichmäßiger Hautfarbe. Sein Haar leuchtete fast bläulich. Die untere Hälfte seines Gesichtes, zart mit seinen geschwungenen Lippen, dem runden Kinn, stand im Gegensatz zu der kräftigen Nase, den dunklen, von auffallend langen Wimpern beschatteten Augen. Sie leuchteten pechkohlenschwarz, diese Augen, ungeheuer jugendlich, klar und funkelnd.

Er begrüßte Naomi mit der herzlichen Nachsicht, die man einem außergewöhnlichen Kind entgegenbringt, von dem man weiß, daß es – was immer auch geschieht – seine eigenen Wege gehen wird. Seine Stimme war tief und sanft wie das Grollen eines Panthers – und ebenso fesselnd. Naomi überreichte ihm eine Schachtel Reisgebäck, denn in Japan gehört es sich, ein Geschenk mitzubringen. Inzwischen kam ein jugendlicher Priester, der befangen grüßte und drei Schalen mit dampfendem grünen Tee brachte. Er stellte sie auf den Tisch, bevor er sich mit tiefer Verbeugung und eingeschüchterter Miene verzog.

Daisuke Kumano forderte uns mit einer Handbewegung auf, Platz zu nehmen, und setzte sich uns gegenüber. Seine scharfen Augen glitten zu mir herüber, seine Stimme klang tief und freundlich.

»Verstehen Sie etwas Japanisch?«

Ich antwortete, daß ich es lernte. »Mit Kassetten und Wörterbuch.«

Ein Lächeln kräuselte die dunklen Lippen. »Das ist gut. Aber die Übung im täglichen Sprachgebrauch ist besser. Öffnen Sie Augen, Ohren, Herz, und Sie werden schnell Japanisch lernen. Und keiner wird es Ihnen verübeln, wenn Ihre Satzstellung nicht stimmt oder Sie das falsche Wort gebrauchen.«

Ich erwiderte sein Lächeln.

»Vielen Dank. Ich werde Ihren Rat befolgen. Und am Anfang dastehen wie der Ochse vor dem Berg.«

»Das macht nichts.«

Er schüttelte den Kopf. Sein Englisch war trotz seiner merkwürdigen Aussprache leicht zu verstehen, weil er sich ohne Schnörkel ausdrückte.

»Ausländer, die unsere Sprache zu gut verstehen, zeigen, daß sie wenig von Intuition halten. Dafür wissen sie alles über Japan. Wir haben keinen Ehrgeiz, zu widersprechen, weil uns die Konfrontation nicht liegt. Ich sage das nicht, um mich zu rechtfertigen, es ist unsere Schuld. So kommt es, daß wir sie – nicht ohne Herablassung, gebe ich zu – in ihren Trugbildern bestätigen. Das japanische Geheimnis, nicht wahr?« Er grinste jungenhaft. »Aber ich sage Ihnen, es gibt kein Geheimnis. Es ist nur eine andere Art, die Dinge zu erfassen. Sie ist mit etwas Geduld sehr leicht zu verstehen. Und Künstler haben im Gegensatz zu Journalisten einen wesentlichen Vorteil: Sie halten sich nicht an Irrtümer, die sich auf Wunschdenken gründen. ›*Le poète a toujours raison*‹«, zitierte er, bevor er einen Schluck Tee nahm. Ich starrte ihn verblüfft an.

»Aber Sie sprechen ja Französisch!«

Er schüttelte sich vor Lachen, so daß er fast seinen Tee verschüttete.

»Das ist mein ganzes Französisch, dieser Vers! Ein Freund hat ihn mir beigebracht. Ja, ja, Künstler sind Seher, das wissen Sie besser als ich. Politiker sehen die Dinge, wie sie sein sollen, Künstler, wie sie sein werden. Ich – ich bin nur Priester, und die Logik ist mir im Weg.«

Er blinzelte mir über den Rand der Schale spöttisch zu. Es hörte sich an, als ob er mich neckte; aber er hatte mich bereits durchschaut und richtete keines seiner Worte ins Leere.

Naomi schwieg, was bei ihr nicht ungewöhnlich war. Anmutig saß sie da; eine Versonnenheit löschte jeden anderen Ausdruck auf ihrem Gesicht aus. Sie zuckte leicht zusammen, als der Priester ihr auf einmal eine Frage stellte. Sein Ausdruck war unergründlich. Sie antwortete lebhaft; da war eine seltsame Regung von Trotz in ihrer Stimme und auch in ihrem Gesicht zu erkennen. Ihre Augen wurden plötzlich dunkler, ihre Lippen lebendiger. Wenn ich auch vieles nicht verstand, gewöhnte ich mich doch langsam an den Sprachrhythmus. Ich horchte weniger auf die Bedeutung der Worte als auf ihren Klang. Es lag eine besondere Dynamik in dieser Sprache. Plötzlich traten Pausen ein, die den Satz zergliederten und fälschlicherweise glauben ließen, er sei zu Ende. Sie konnten zu unhöflichen Unterbrechungen führen. Ich wollte nicht, daß mir so etwas passierte. Solange ich die Sprache noch nicht beherrschte, mußte ich genau auf den Atemrhythmus achten. Die Haltung des Körpers half mir auch.

Inzwischen hörte Daisuke zu, was Naomi sagte, und nickte vor sich hin; auf seinem Gesicht spiegelte sich der Kummer und das Verständnis eines Menschen, der um eine schwierige Situation weiß und nichts dagegen tun kann. Schließlich sprach er ziemlich lange; Naomis Atem ging rascher, ihre Hände verkrampften sich ineinander. Auf einmal schüttelte sie heftig den Kopf. Sie ergriff ihre Schale Tee, leerte sie in einem Zug, wandte sich von Daisuke ab. Sein Gesicht verfinsterte sich, ein Seufzer dehnte seine breite Brust. Er lehnte sich in seinen Stuhl zurück. Schweigen. Ich erkannte an seinem Blick seine große Zuneigung zu ihr – eine Verbundenheit, mit Zärtlichkeit und tiefer Besorgnis vermischt. Doch die Stille wirkte wie ein Bruch, sie hatte etwas Endgültiges an sich. Nach einer Weile blinzelte der Priester, als ob er sich innerlich einen Ruck gab, bevor er wieder das Wort an mich richtete. Seine Stimme klang sanft wie zuvor.

»Sie sind also hier, um bei Mori-Sensei Unterricht zu nehmen?«

»Wenn er mich aufnimmt, wäre es mein größter Wunsch.«

Er richtete sich leicht auf. Mir war, als ob sich der scharfe Blick wie eine Pfeilspitze in meine Seele bohrte.

»Wenn er Sie aufnimmt, ja. Naomi hat er sozusagen zum Teufel gejagt.«

Ich wandte ihr erstaunt das Gesicht zu. Das hatte sie mir nicht erzählt.

»Ach, warum nur?«

Ihr Ausdruck war wieder heiter; sie verbiß sich ein Lächeln. Die Antwort kam von dem Priester.

»Im Exzentrischen liegt eine Gefahr. Ihr Geist war nicht im Gleichgewicht.«

»Sie hat es aber trotzdem geschafft«, entgegnete ich.

Er blinzelte amüsiert.

»Das war ja vorauszusehen. Den Eigensinn hat sie von ihrem Vater. Aber Mori-Sensei war der Meinung, daß er Naomis Eigensinn nicht brechen durfte. Eigensinn ist in ihrem Fall – eine Tugend. Manchmal muß ein Lehrer einen anderen Weg gehen, sogar fort von seinen Schülern.« Daisukes Augen funkelten mich an. Machte er Witze oder meinte er es ernst? Innerlich spürte ich, daß er die Wahrheit sprach. Der Lehrer hatte Naomis innerstes Wesen erkannt und ihr auf diese Art gezeigt, daß er sie schätzte. Meine Achtung vor ihm stieg, meine Neugierde ebenso.

»Wann kann ich ihn sehen?« fragte ich.

Auf dem Tisch lag ein Handy. Der Priester wählte eine Nummer. Er diskutierte eine Weile, ohne die Augen von mir zu lassen. Als das Gespräch beendet war, nickte er mir zu.

»Mori-Sensei erwartet Sie um drei, im Ichihime-Schrein.«

Er erhob sich, das Gespräch war beendet. Der Priester begleitete uns bis zur Tür; er war wieder ganz heiter und scherzte mit Naomi, als ob er sie aufmuntern wollte. Sie antwortete einsilbig. Mein letztes Bild von ihm war an diesem Tag, daß er auf der Schwelle kniete und zusah, wie wir unsere Schuhe anzogen. Ich bewunderte die Anmut und Würde seiner Haltung und störte mich daran, daß ich noch an den Formen tüftelte. Ihm lagen diese Formen im Blut, ich mußte sie mir erst aneignen. Für mich war die Körpersprache etwas eminent Wichtiges, der Ausgangspunkt meiner Beschäftigung mit dem Tanz. Beim Abschied verneigte Daisuke sich, und jede Spur Fröhlichkeit war wie weggewischt, nur ein von der Sonne erzeugter Schimmer leuchtete in seinen Augen, ein Fünkchen, das mich sekundenlang an den Glanz einer Träne erinnerte.

Wir gingen den Weg zurück, den wir gekommen waren. In der Lichtung hallte es von Vogelgezwitscher und hoch oben in den Bäumen schrien die Krähen. Naomi sagte kein Wort; ganz sachte ging sie, hielt die Augen auf die Trittsteine gerichtet. Nach ein paar Schritten brach ich das Schweigen.

»Worüber hast du mit deinem Onkel gesprochen?«

Ich stellte die Frage, obwohl ich die Antwort bereits kannte. Und beim Anblick ihres Gesichtes, das sich unter der Wirkung des Kummers zusammenzog, empfand ich leise, zusehends, eine steigende Unruhe und Schmerz.

»Über Keita«, antwortete sie, mit ruhig gewordener Stimme. »Daisuke fragte nach ihm. Ich sagte, daß ich bald zu ihm nach Tokio gehe.«

Ich starrte sie an: »Warum hast du mir nichts davon gesagt?«

»Es eilte doch nicht.«

Unter den Bäumen waren die Schatten grün und wäßrig. Ich fröstelte leicht.

»Weiß er, daß du kommen wirst?«

»Ja, ich habe es ihm mitgeteilt. Er weist mich ab. Er deutet böse Dinge an, die eintreten werden. Ich weiß, daß er verletzlich ist, und ich möchte etwas für ihn tun. Ich bin überzeugt, daß ich ihn heilen kann.«

»Was hat dein Onkel dazu gesagt?«

Diesmal zitterte ihre Unterlippe, und ihre Stimme wurde spürbar rauher.

»Er hat mir davon abgeraten. Er sagte, wir hätten uns beide auf einen schmalen, gefährlichen Grat begeben. Wir brauchten Zeit, um jeder für sich unsere eigene Welt wiederaufzubauen. Und das könnte nur in der Einsamkeit geschehen.«

Meine Kehle wurde eng.

»Ja, ich verstehe. Und was nun?«

Um mir gerade in die Augen zu schauen, hob sie ihren Blick empor, der jetzt eine unbeirrbare Entschlossenheit ausdrückte. »Ich will ihn sehen«, sagte sie. »Das Studio überlasse ich dir. Die Miete ist bis Ende August bezahlt.«

»Glaubst du wirklich, daß du ihm helfen kannst?«

Sie neigte den Kopf und senkte die Augenlider fast völlig.

»Wir lieben uns, Ruth. Wir lieben uns genug, um den Schmerz zu fühlen, den jeder von uns dem anderen zufügt. Und ich kann ihn nicht länger ertragen.«

»Du bist wirklich sehr eigensinnig.«

Sie lächelte traurig.

»*A honto* – ja! Aber wenn ich das nicht alles zutiefst empfinden würde, könnte ich dann überhaupt begreifen, was dieser Mann für mich bedeutet? Nach einer Atempause wie dieser, die wir jetzt eben erleben, halte ich sofort wieder alles für möglich ...«

Wir waren wieder vor dem Heiligtum angelangt; einige Reisegruppen standen jetzt auf dem Platz, Japaner zumeist: Frauen und Männer älteren Jahrgangs, mit Schirmmützen und umgehängten Taschen, die sich mit lebhaften, höflichen Verbeugungen gegenseitig fotografierten. In einem Pavillon verkauften junge Priester kleine Talismane aus Brokat; auch Orakel wurden gezogen. An Bäumen und Büschen hingen weiße, zum Teil zerfetzte Papierstreifen, wie kleine Schneebüschel anzusehen. Ich fragte Naomi mit den Augen. Sie gab schnell und zerstreut eine Erklärung:

»Wenn wir wollen, daß sich ein Wunsch erfüllt, knüpfen wir den Zettel an einen Zweig. Der wachsende Baum trägt den Wunsch zu den Göttern.«

Ich sah Naomis gespanntes Profil. Ihr Ausdruck war schwer zu deuten. Auf einmal gehörte sie völlig dem an, was sie umgab. In einer Art erregter Geistesabwesenheit zog sie einen Geldschein hervor. Eine der Priesterinnen reichte ihr einen Zylinder aus dunkelpoliertem Holz. Naomi schüttelte und drehte den Zylinder mit beiden Händen. Unten befand sich eine Öffnung. Ein kleines Holzstäbchen, mit einer Ziffer versehen, fiel heraus. Naomi gab es der Priesterin, die aufstand und aus einem Schrank mit zahlreichen kleinen Regalfächern einen Papierstreifen brachte. Naomi faltete das Orakel auseinander. Meine Anwesenheit schien sie vergessen zu haben. Ich sah zu, wie sie las. Ihr Gesicht war ruhig und glatt, aber die Lippen bewegten sich sehr rasch. Nach einer Weile hob sie den Blick, doch er war in die Ferne gerichtet. Welche Vision mochte das sein, die Leidenschaft auf ihrem sanften Gesicht erwachen ließ? Ich war davon überzeugt, daß ein besonderes Band der Seelenverwandtschaft zwischen uns bestand, daß sie meine Gefühle teilte. Doch plötzlich war sie weit weg, entrückt in eine Gedankenwelt, in die ich ihr nicht folgen wollte. Ich hatte Angst; nicht nur, davon zu reden, sondern auch, daran zu denken. Sie indessen straffte die Schultern. Ihre Augen blitzten herausfordernd, ihre Lippen wurden weiß und hart. Mit aufreizend verächtlicher Miene zerriß sie den Orakelzettel langsam in kleine Stücke und warf ihn in einen Abfallkorb.

# 9. Kapitel

Der Ichihime-Schrein befand sich in einer Straße ohne Gehsteige, zwischen einem fünfstöckigen Betonklotz und einer Garage. Auf den ersten Blick: keine Spur von Beschaulichkeit. Doch wie so häufig in Japan schmolzen Modernes und Altertümliches übergangslos ineinander. Der kleine Weg zwischen den Mauern aus Bruchsteinen war mit Gräsern bewachsen. Der Wind bewegte die »Schnur der Läuterung« unter dem verwitterten Portal, die weißen Votivstreifen waren alt und zerfetzt. Zwischen glitschigem Gestein perlten Wassertropfen in einen Brunnentrog. Auch hier lagen die Schöpflöffel bereit. Naomi und ich wuschen uns, wie es Brauch war, die Hände und gingen über einen sauber geharkten Pfad. Der Schrein war alt und schimmerte bronzefarben. Stellenweise bedeckte Moos das Dach aus gepreßtem Lehmstroh. Der Garten schien kühl, versunken in unantastbaren Frieden. Die Bäume wuchsen hoch, wurden bevölkert von Vögeln; im dichten grünen Schatten erblickte ich ein älteres Ehepaar und einen Mann im Priestergewand; sie waren in eine leise Unterhaltung vertieft. Ein wenig abseits stand, von zartem Licht und beweglichen Schatten umspielt, ein Holzhaus. Heiße Sonne und tropischer Regen hatten die niedrigen Balken verwittert. Das Haus wirkte spukhaft und zugleich poetisch, wie ein Haus auf einer verblichenen Fotografie. Zwei Holzstufen führten zu einer großen Veranda. Schiebetüren aus mattem Reispapier, über die schmale Holzleisten liefen, bildeten die Außenwand. Eine Anzahl japanischer Sandalen und Schuhe westlicher Machart waren vor der Treppe in Reih und Glied aufgestellt.

Kaum standen wir vor dem Haus, als eine Schiebetür mit schleifendem Geräusch geöffnet wurde. Auf der Schwelle kniete eine noch junge, anmutige Frau. Sie verneigte sich graziös, berührte dabei mit den Fingerspitzen den Boden. Kurzgeschnittenes, blauschwarzes Haar umrahmte ihr Gesicht. Sie hatte eine zierliche Nase, schön gewölbte Augenbrauen und Lachgrübchen. Sie trug eine Bundfaltenhose und einen weißen Sportpullover, zeigte die energische, federnde Haltung einer Turnlehrerin. Sie stellte sich als Aiko Mori vor; eine einladende Handbewegung begleitete ihre freundlichen Worte. Naomi übersetzte.

»Mori-San bittet uns, einzutreten und uns einen Augenblick zu gedulden. Ihr Mann wird gleich kommen.«

Wir stellten unsere Schuhe zu den anderen und folgten Aiko Mori, die für uns die Tür zu einem kleinen, hellen Raum zurückschob. Sie kniete auf dem Boden, wartete, bis wir eingetreten waren und kniete auf der anderen Seite der Tür erneut nieder. Jedesmal war die Bewegung ungezwungen, gelöst und voller Eleganz. Die dicken, brokatgeränderten Binsenmatten dufteten nach warmem Sommergras. Um einen niedrigen Glastisch lagen einige Sitzkissen aus blauweiß bedruckter Baumwolle. In der *Tokonoma* – der Bildnische –, die in keinem traditionellen Haus fehlen durfte, hing zwischen glänzend polierten Holzpfeilern ein Rollbild mit einer Kalligraphie. Die Schriftzeichen, von erstaunlicher Dichte, stellten eine Art Spirale dar, in zwei Säulen eingeschlossen. Aus den verschiedenen Schattierungen von Schwarz strömte eine wilde, rebellische Kraft. Die Spirale schien wie eine Hornisse zu beben und zu pulsieren. Mir war, als ob ich sie brummen hörte. Ich suchte Naomis Blick.

»Was bedeuten diese Schriftzeichen?«

Die freundliche Antwort kam von unserer Gastgeberin.

»Verzeihung, ich spreche ein wenig Englisch. Sie fragen nach der Kalligraphie? Sie ist von einer berühmten Künstlerin und stellt das Schriftzeichen *Ma* – der Raum – dar.«

In einer irdenen Vase, wie Perlmutt schimmernd, steckten einige Zweige und eine violette Schwertlilie. Tief in meinem Bewußtsein flammte ein fernes Licht auf. Aiko sah, wie ich die

Blume betrachtete, und nickte mir lächelnd zu. Sie duftete nach einem sehr eleganten französischen Parfüm.

»Die letzte Schwertlilie unseres Gartens.«

Ich lächelte zurück. »Irisblüten sind die Lieblingsblumen meiner Mutter.«

Ihr dunkler Blick leuchtete voller Herzlichkeit. »Auch die meinen. Wenn sie welken, ist der Frühling vorbei. So schade, nicht wahr?«

Sie entschuldigte sich, verließ den Raum. Auf der Veranda wurden Schritte und Stimmen laut; man vernahm das Schleifen der Schiebetüren, gefolgt von einem leichten Knall, wenn die Türen wieder zurückglitten. In einem der Nebenzimmer hatten sich Leute versammelt. Durch die dünnen Wände aus Holz und Reispapier hörten wir sie sprechen und lachen. Inzwischen kam Aiko zurück, in der Hand ein Lacktablett. Grüner Tee dampfte in zwei schönen Schalen. Sie stellte winzige Teller vor uns mit kleinen Süßigkeiten, in Form von Blüten und Blättern, rosa und smaragdgrün. Sie schienen wie für Kinder gemacht und schmeckten nach Himbeer und Engelwurz. Jetzt hörten wir auf der Veranda rasche Schritte herankommen. Ein Mann stand auf der Schwelle. Auf den ersten Blick erkannte ich in ihm den Priester, den ich im Garten gesehen hatte. Er trug ein weißes, weitärmeliges Gewand, darüber eine marineblaue *Hakama* und ebenfalls weiße *Tabi*-Füßlinge. Seine Verbeugung war kurz, energisch und stramm. Er hielt die Hände an die Oberschenkel und beugte sich steif aus der Hüfte nach vorn, bevor er sich ebenso schnell wieder aufrichtete. Wie ein Tänzer nahm er sofort den Raum in Besitz, machtvoll und mit vollendeter Eleganz. Ich spürte seine Gegenwart wie einen Pulsschlag, der sich auf den meinen übertrug. Sagon Mori war mittelgroß, stämmig und sogar schwerfällig. Gleichwohl machte er einen stattlichen Eindruck, weil seine körperliche Fülle die Schnelligkeit und Geschmeidigkeit seiner Bewegungen in keiner Weise behinderte. Aus der festen Substanz seiner Muskeln strömte eine jugendliche Kraft, obwohl sein Haar an den Schläfen bereits ergraut war. Die Haut war mattbraun, elastisch, die Stirn sehr hoch, die Augen leicht vorgewölbt und glänzend. Der Mund hatte üppige, weit geschwungene Lippen, mit einem Zug von Wohlwollen und Spott. Er betrat mit zwei schweren Schritten den Raum, fing die Lebhaftigkeit seines Schwunges mühelos ab und kniete am Tischende nieder, wobei er den Hosenrock zwischen seinen Knien leicht zusammenraffte. Mir schien die Atmosphäre im Raum plötzlich dichter, als ob sie vor Spannung und Kraft nur so vibrierte. Und doch schien dieser Mann völlig unbefangen.

»Es tut mir leid«, sagte er auf Englisch. »Ich bin aufgehalten worden. Priester werden zu jeder Tages- und Nachtzeit aufgehalten. Ich will damit nicht sagen, daß sie der Heiligkeit zustreben; sie sind einfach geduldig. Und manchmal auch nicht.«

Er sprach nachlässig und amüsiert. Seine Stimme war wohlklingend, tief im Ton, mit einer heiseren Aussprache, die zu seiner Erscheinung paßte. Nachdem ihm Naomi gesagt hatte, wer ich war, lehnte er sich bequem zurück und betrachtete mich in aller Ruhe. Dabei verbarg er die Hände in den Ärmeln seines Gewandes und massierte seine nackten Arme, was ein kratzendes Geräusch verursachte.

»Soviel ich weiß, haben Sie Kumano-San sehr beeindruckt. Da ich ein neugieriger Mensch bin, war ich sehr gespannt auf Sie.«

»Hoffentlich sind Sie nicht enttäuscht«, entgegnete ich.

Er blinzelte verschmitzt.

»Noch nicht.«

Aiko stellte eine Schale Tee vor ihn. Der Hauch ihres Parfüms wehte zu uns herüber. Sagon warf die Ärmel zurück, hob die Schale mit beiden Händen und nahm sehr laut einen Schluck. Dann wandte er sich Naomi zu, stellte ihr einige Fragen auf Japanisch; die dunklen Augen, die scherzhaft-herzliche Art, gewisse tiefe Schwingungen in seiner Stimme zeugten von warmherziger Teilnahme. Sie sprach ziemlich lange. Soviel ich verstand, berichtete sie von ihrem Aufenthalt in Europa und von den Gastspielen. Der Priester und seine Frau lauschten aufmerksam, nickten eifrig, stießen Laute in den verschiedenen Abstufungen von Überraschung und Anerkennung aus. Als eine Pause im Gespräch eintrat, nickte Sagon mir feierlich zu, als bitte er mich um Nachsicht.

»Sie hat einen dicken Schädel, Ruth-San. Ich wollte sie nicht als Schülerin. Sie hatte zwar den richtigen Vorsatz, brachte jedoch nicht das richtige Bemühen auf. Traurig.«

Naomi senkte mit gespielter Verlegenheit die Augen, und Aiko setzte eine betrübte Miene auf. »Sie tat ständig Dinge, mit denen er nicht einverstanden war. Sie hätten sich nur gekatzbalgt.«

Sagon brach in Lachen aus, wobei er seinen Rücken an einem der Pfosten der Wandnische rieb.

»Viel Energie wäre dabei verlorengegangen.«

Naomi äußerte sich nicht dazu. Ich sagte: »Man kann sie besser verwenden.«

»Ja, ich denke schon.«

Ich wollte antworten, doch die Worte blieben mir in der Kehle stecken. Hinter der Papierwand ertönte Gesang. Im Bruchteil eines Atemzuges wurde meine ganze Wahrnehmung von der Musik gefesselt. Die langgezogenen, getragenen Klänge, gleichzeitig brummend und glockenklar, gehorchten einem ganz merkwürdigen Atemrhythmus. Nun fiel eine Flöte ein, folgte der gesungenen Tonleiter. Die Stimme bildete sich aus einem fast unsingbaren Urton heraus, wandelte den Flötenklang ab, leitete ihn in eine Melodie über. Jedes Motiv hörte sich wie eine Probe an, bis Musik und Gesang sich verstanden und zu einer Klangfülle entfalteten, die alle Töne auf geheimnisvolle Weise enthielt. Ich fühlte die Anziehungskraft dieser Musik, ihre Vollkommenheit. Mir war, als berührte ein Finger meinen Hals. Ich keuchte fast; als ob sich ungesungene Klänge wie Tropfen in meiner Kehle ansammelten.

Verrückt, dieses Gefühl. Der Priester hatte mich nicht aus den Augen gelassen. Nach einer Weile nickte er mir zu.

»Was Sie da hören, ist *Gagaku* – wörtlich: elegante Musik. Zwei Schüler sind gerade beim Unterricht.«

Schlagartig kehrte ich in die Wirklichkeit zurück. Ich schluckte würgend.

»Wer hat die Musik komponiert?«

Er deutete schelmisch auf seine Nasenspitze.

»Ich. In erster Linie bin ich Komponist, in zweiter Linie Tanzlehrer.«

Ich holte tief Luft.

»Wie arbeiten Sie? Nach Noten?«

Sein ungestümes Lachen explodierte. Er schüttelte den Kopf.

»Ich kann keine einzige Note lesen. Die Musik des *Gagaku* wird nicht niedergeschrieben. Der Komponist singt die Weise vor; der Schüler singt sie nach oder setzt sie auf seinem Instrument um. Das ist ganz einfach.«

»Ich verstehe.«

»Sie verstehen das?«

Die Frage klang scherzhaft, war es aber wohl nicht. Ich erwartete von ihm keine Rücksichten.

»Ich nehme an, daß etwas beachtet wird, das nicht erlernt werden kann. Aufbau und Komposition, es geht auch ohne.«

Er schlürfte geräuschvoll seinen Tee, wobei er wieder blinzelte.

»Ist das wirklich Ihre Meinung?«

Ich rieb mir die Augen. Die Musik schläferte mich ein, auf ganz eigentümliche Weise. Doch ich mußte wach bleiben; ich wurde hier einer Prüfung unterzogen.

»In Europa analysiert man zu viel. Das gewöhnt man sich schnell ab, wenn man mit Behinderten arbeitet.«

»Ach, Sie arbeiten mit Behinderten? Schon lange?«

»Ich bin noch in der Phase erster tastender Versuche. Aber als Tänzerin fühle ich mich ihnen sehr nahe.«

Sagon saß kerzengerade da und beobachtete mich. Es war, als löste sich eine Kraft aus ihm, beginne mich zu umkreisen. Wie unsichtbare Flämmchen, die zwischen uns einen Bogen spannten. Auf einmal beugte er sich leicht vor.

»Was fühlen Sie beim Tanz?«

»Fühlen?« Ich zögerte. »Ich ordne meine Gedanken und höre auf meinen Körper.«

Er nickte mit jenem seltsamen Lächeln, aus dem ich kein eindeutiges Gefühl, weder Ernst noch Ironie, erkennen konnte.

»*A honto!* Und was sagt Ihnen Ihr Körper?«

»Wie ich meine Schritte zu lenken habe. Den Linien nach.«

Er kniff leicht die Augen zusammen.

»Gehen Sie manchmal im Kreis?«

Ich gestattete mir die Andeutung eines Lächelns.

»Meistens.«

»Im Uhrzeigersinn?«

»Ja, natürlich«, erwiderte ich schnell. »Das kommt ganz automatisch. Und nach einer Weile ...«

Ich stockte, biß mir leicht auf die Lippen. Er zog fragend die Brauen hoch.

»Nun?« fragte er sanft.

Ich holte tief Luft. Es war das erste Mal, daß ich von diesen Dingen sprach.

»Nach einer Weile muß ich aufpassen.«

»Warum?«

Die Frage klang brüsk. Ich spreizte die Finger geistesabwesend.

»Auf der Bühne – und auch bei den Behinderten – darf ich keine ungewöhnlichen Reaktionen zulassen. Deswegen habe ich eine besondere Vokalmethode entwickelt.«

Ein seltsamer Ausdruck trat auf Sagons Gesicht. Er sah zu seiner Frau hin, die aufmerksam nickte und die nächste Frage stellte:

»Sie singen beim Tanzen? Wie machen Sie das?«

Ich schüttelte den Kopf.

»Ich würde es nicht als Gesang bezeichnen. Es kommen auch keine richtigen Worte darin vor, nur Silben. Aber es ist ein bestimmter Rhythmus, dem ich zu folgen habe ...«

Beide fuhren fort, mich scharf und sehr genau zu betrachten. Aikos rosiges Gesicht zeigte jetzt eine lebhafte Färbung. Ich zögerte immer noch; denn obwohl sie eindeutig interessiert wirkten, hatte ich nicht die geringste Ahnung, ob sie vielleicht betroffen waren und ich mir jetzt alles verscherzte. Ich sprach trotzdem weiter, wie aus einer inneren Notwendigkeit heraus.

»Es hört sich ungefähr an wie das, was gerade der Mann im Nebenzimmer singt.«

Der Priester neigt ruhig den Kopf. »Und was geschieht dann?«

»Dann tanze ich nicht mehr. Da ist etwas in mir, das tanzt.«

Aiko ließ langsam ihren Atem aus den Lungen strömen. Sie bewegte sich, suchte eine bequemere Stellung. Ihr Lächeln berührte mein Herz mit Wärme. Sagon warf sich ein paar Bonbons in den Mund, sprach kauend weiter.

»Der Tanz wird oft als mysteriös angesehen. Und das ist er ja auch: ein Mysterium. Er ist mit dem Menschen verbunden, wie das Blut mit dem Organismus. Ich lehre *Bugaku,* die älteste Tanzform der Welt. Wir improvisieren nicht. Jeder Schritt, jede Bewegung ist vorgeschrieben. Sie dient als Vehikel. Das Herz der Tänzer strömt in die Gestik, die sie die Überlieferung lehrt.«

»Das führt sehr weit zurück«, entgegnete ich. »Manchmal bis an die Grenze der Belastbarkeit. Aber was dann?«

Er antwortete ernst:

»Dann kann es vorkommen, daß die Gottheit von dem Tänzer Besitz ergreift.«

Ich blinzelte leicht. Hinter meinen Pupillen bewegten sich verschwommene Bilder, die sich mit meinen fünf Sinnen nicht erfassen ließen. Als seien sie nicht wirklich genug. Ich dachte, ich bin Ruth, aber was bedeutet das? Ich kann alles mögliche sein oder werden. Ich habe das schon mehrmals erlebt. Und ich finde das eigentlich nicht unheimlich.

»Ich werde Sie unterrichten«, sagte Mori-Sensei.

Im Nebenzimmer war die Musik verstummt. Ich straffte mich ein wenig. Ich war also angenommen. Irgendwie hatte ich keinen Augenblick daran gezweifelt. Ich hatte die Macht nicht umsonst angerufen. Ich wußte, sie war mir wohlgesonnen; Lea hatte mir beigebracht, diese Dinge zu spüren. Und so verneigte ich mich und dankte ihm, ohne besondere Freude oder besondere Überraschung zu zeigen. Der Meister sprach nun weiter, in sachlichem Ton. Er hatte bereits Ausländer unterrichtet. Das machte ihm Spaß, und einige blieben bis zum Schluß, wobei er nicht immer das Gefühl hatte, daß er ihnen etwas beibringen konnte. Sagon sagte, ihn störe das wenig; sein Anliegen entstamme seinem persönlichen Interesse. Im ersten Monat, erklärte er mir, würde er mir an drei Abenden pro Woche, von 19 bis 21 Uhr, Einzelunterricht erteilen und bald sehen, woran er mit mir war. Ich wollte ihn nicht glauben machen, daß ich ihn ausnutzte, und fragte nach den Kosten. Er schüttelte den Kopf mit ein paar ungeduldigen Grunzlauten. Es ging ihm nicht um Geld, sondern schlicht und einfach ums Experimentieren. Er sah im Tanz einen zyklischen Gedanken und zugleich eine Entwicklungsfähigkeit.

»Ich breche gerne mit alten Gewohnheiten. Kein Tanz hat puristische Ansprüche zu bedienen, von welcher Seite auch immer. Ich bin unvoreingenommen.«

Ich schwieg und fragte mich, was er darunter verstand. Sein schwarzes Auge sah mit spöttischer Heiterkeit zu mir hin.

»Ich sage das nicht aus Prahlerei, sondern weil ich möchte, daß Sie unbefangen sind. Lassen Sie sich das aber nicht in den Kopf steigen.«

Er streckte den Rücken, gähnte und erhob sich mit einer leichten, federnden Bewegung. Die Unterhaltung war beendet. Als wir an die Tür gingen, setzte er scherzhaft hinzu:

»Natürlich können Sie mir jederzeit Fragen stellen.«

Ich verneigte mich.

»Das werde ich tun, Mori-Sensei.«

Das Lächeln des Priesters erlosch nicht ganz, während er ironisch zurückgab:

»Manche Antworten müssen Sie schon selbst herausfinden.«

# *10. Kapitel*

Weil Naomi bald nach Tokio ging, schlug sie vor, mit mir am Samstag nach Nara zu fahren. Sie wollte die Schule aufsuchen, wo sie Klavierunterricht gegeben hatte, und einige Freunde wiedersehen.

»Am Samstag? Ist da nicht schulfrei?«

Naomi schüttelte den Kopf. Nein. Es handelte sich um eine Privatschule. Die Kinder kamen nach dem täglichen Klassenunterricht. Das Schulprojekt wurde von einer Elterngruppe geleitet und gehörte einer Stiftung. Einmal im Monat, an einem Samstag, war »Tag der offenen Tür«. Die Gründerin, Chiyo Sakamoto, war Autorin eines Buches, das in den Medien viel Staub aufgewirbelt hatte. Darin beschuldigte sie die Spielzeugindustrie, Aggressionen zu schüren und die Kinder auf ungesunde Weise anzupassen. Das hatte ihr bereits zwei Prozesse eingebracht. Aber Chiyo Sakamotos Anliegen, kindliche Aggressionen in Kreativität umzuwandeln, wurde von den Eltern und den mächtigen japanischen Frauenverbänden unterstützt. Ihr Schulprojekt fand in Fachkreisen solchen Anklang, daß die Kinder auf eine Warteliste kamen. Schulen nach diesem Muster waren bereits in anderen Städten gegründet worden. Sakamoto hatte in Archiven gestöbert, aus der japanischen Spieltradition alte Spiele, Gesänge und Kinderreigen herausgekramt. Großeltern, die sich noch an diese Spiele erinnerten, wurden eingeladen, sie den Kleinen beizubringen. Erzieher und Kindergärtner opferten ihre Freizeit, um mit den Kindern alle möglichen Spielzeuge nach alten Vorlagen zu basteln. Auch wurden Musik, Tanz und kindgerechtes Theater intensiv gefördert. Das interessierte mich, und so fuhren wir also nach Nara. Am Samstag war Ruhetag, die Büros waren geschlossen. Im Zug fanden wir sofort einen Sitzplatz. Alte Männer mit eingesunkenen Zügen, zumeist kleingewachsen, trafen sich zum Pferderennen. Hausfrauen unterhielten sich leise, Großmütter trugen schlafende kleine Kinder auf den Rücken. Daneben standen lebhafte Mädchen und Jungen mit schönem schwarzem Haar, alle nach dem letzten Modetrend gekleidet, alle ungeniert schwatzend und aus vollem Hals lachend. Ich beobachtete diesen Kontrast, der mir nicht fremd war. Auch in Israel hatte ich das erlebt, diesen Unterschied zwischen der Bescheidenheit einer entbehrungsgewohnten älteren Generation und der kraftvollen Selbstbehauptung der Jugend.

Hinter den Fenstern zogen Vororte vorbei, kastenartige kleine Häuser aus Holz oder Eisenblech, dichtgedrängte Mietskasernen, Autoschlangen, Parkhäuser, Brücken auf Betonpfeilern. Der Zug schepperte auf einer Eisenbrücke über einen breiten, wasserarmen Fluß; Männer beim Fischen bewegten behutsam ihre langen, dünnen Angelruten. Dann wurde das Land flach und grün, in den bräunlichen Flächen der Reisfelder spiegelte sich der Himmel. Die dünnen Schößlinge blitzten im Wasser wie kleine Messer. Zu beiden Seiten der Bahnlinie dehnte sich die Yamato-Ebene aus, gleißend im Licht. Hier und da erhoben sich bewaldete Hügel, ebenmäßig geformt wie grüne Kissen. Es war eine geheimnisvolle Landschaft, herb und kräftig. Die Reise war nur kurz; schon bald ging die Weite der Landschaft in die Randbezirke der Stadt über. Bald drosselte der Zug seine Geschwindigkeit, der Schaffner kündigte den Bahnhof von Nara an. Wir stiegen aus, bewegten uns im Gedränge auf den Hauptausgang zu. Der Bahnhof war klein, unmodern und nahezu ländlich. Wir gingen über eine Hauptstraße, dann durch eine Einkaufspassage mit allen möglichen Boutiquen, Bars, Restaurants, und erreichten nach ein paar Minuten ein Städtchen wie aus einem Bilderbuch.

Ein schieres Wunder! Ein Ort außerhalb der Hektik, ein Stück Ruhe unter der heißen Frühlingssonne. Die Straßen waren akkurat gepflastert, die Häuser sahen aus wie Puppenhäuser, klein und hell und freundlich. Hinter Toren aus schönem Holz oder Gußeisen leuchteten liebevoll gepflegte Gärtchen mit Büschen und Ziersträuchern. Manchmal war ein Steinblock in den Boden gerammt. Die obere Fläche war ausgehöhlt, damit sich das Regenwasser darin ansammelte. Bambusse bewegten sich im Wind mit seidenweichem Geräusch. Der Verkehr war gedrosselt; Autos fuhren nur im Schrittempo vorbei. Nur das Klingeln von Fahrrädern brach die Stille. Manchmal wurde hinter einem Holzportal ein karminrot gefärbter Schrein oder ein buddhistischer Tempel sichtbar. Über Läden und Boutiquen senkten sich schattenspendende Strohmatten. Mir fielen die merkwürdigen Talismane auf, die an einer Kette vor Haustüren oder Gartentoren hingen: kugelartige Tiersymbole aus verblaßtem Satin, in verschiedener Größe, mit leichtem Klingeln im Wind baumelnd.

»Was ist das?«

Naomi zeigte ihr seltenes, fröhliches Lachen.

»Ach, das sind Glücksäffchen, die Maskottchen von Nara. Als Helfer Buddhas ist der Affe bei uns eine segenspendende Figur.«

Wie nett, hier ein Kind zu sein, dachte ich. Zwischen der Welt der Kinderstube und der Welt der Realitäten klafften zu große Unterschiede. Hier schien die Welt nach den Maßen von Kindern gemacht. Alles war übersichtlich, bunt und verspielt. Am Ende einer rechtwinkligen Straße streckte Naomi die Hand aus. Sie zeigte nicht mit dem Finger, wie eine Europäerin es tun würde, sondern mit der offenen Hand.

»Da sind wir schon!«

Das weiße Haus mit dem hellen Ziegeldach zeigte ein betontes Zusammenspiel aus altem Empfinden und neuzeitlicher Statik, eine Mischung aus klotzigem Grundriß und schwungvoller Fragilität. Ein paar Wagen und eine große Anzahl Fahrräder standen auf einem Parkplatz. Andere Autos kamen, Wagentüren schlugen zu, Kinder hüpften voller Ungeduld; buntgekleidete, quirlige Persönchen, mit Seidenhaar und cremefarbenem Teint. Auf dem Rasen, vor dem Eingang, ruhte ein Felsblock mit drei eingemeißelten Schriftzeichen, vor dem ich kurz haltmachte.

»Was steht da?«

»*Onjôkan* – das Haus der Lieder und Klänge«, übersetzte Naomi.

Wir betraten eine mit hellen Fliesen ausgelegte Halle. Pfingstrosen und weißer Flieder standen in einer jadegrünen Keramikvase.

Der Strom der Besucher riß uns mit sich, ein paar Steinstufen hinunter. Kinder drängten sich zwischen den Erwachsenen hindurch. Auf rot und schwarz lackierten Bänken saßen ältere Leute, tranken Tee, fächelten sich Kühle zu, hüteten Babys. Sie lächelten heiter, neigten den Kopf zum Gruß. Wir gingen einen Flur entlang, dem Lärm und Gelächter entgegen, das aus dem hinteren Teil des Gebäudes schallte, wo der Boden mit Binsenmatten bedeckt war. Ich lachte über die riesige Zahl von Kinderschuhen, die dort in größter Unordnung lagen. Für die Besucher standen die üblichen Pantoffeln zur Verfügung. Die Vorhalle führte in eine Anzahl weiterer Räume, alle mit Matten ausgelegt. Sie waren groß und doch zu klein für die Zahl der Besucher. Erwachsene und Kinder, Jugendliche und Großeltern, umringten lange Tische voller Spielsachen aus Stoff, Holz, Pappmaché oder buntbemalten Steinchen. Die Kinder drängten, hüpften und schubsten, um besser zu sehen, während sich die älteren Leute still zufrieden und geduldig an den Tischen entlang schoben.

»Das Spielzeug haben die Schüler gebastelt«, rief Naomi mir durch den Lärmpegel zu. Wir kamen nur langsam vorwärts. Die Kleinen schwatzten wie ein Vogelschwarm, liefen begeistert von einem Spielzeug zum anderen. Einige warfen sich kleine, bunte Stoffbälle zu, sagten mit dünner, fröhlicher Stimme Reime dazu auf. Andere beobachteten ein Mäuschen aus Holz, das, von einer Schnur gezogen, flink eine hölzerne Leiter hinaufkletterte. Ein Junge brachte einen Holzkreisel in Schwung, indem er um den zylindrischen Teil eine Schnur wickelte und mit scharfem Ruck daran zog. Ein paar kleine

Mädchen hielten sich Kaleidoskope vor die Augen, stießen entzückte Rufe aus. Alle möglichen Mobiles in Form von Tieren, Blumen oder Schmetterlingen bewegten sich im Luftzug. Eine ganze Gruppe Kinder saß auf dem Boden vor einem Schattentheater, in dem gerade gezeigt wurde, wie ein schlaues Äffchen sich vor einem Krokodil rettete. Stimmen, Gelächter und Kreischen bildeten ein vielfaches Echo in den Räumen, so daß man sein eigenes Wort nicht verstand.

In einem anderen Zimmer waren die Kinder beim Basteln. Junge Frauen und auch einige junge Männer, alle in Jeans und weißem T-Shirt, halfen beim Kleben, Falten, Zimmern und Modellieren. Inzwischen hatten ein paar Frauen Naomi erkannt, winkten ihr lebhaft zu, verbeugten sich zwanglos, umringten sie mit Rufen und Gelächter. Ich stand etwas abseits, lächelnd, ließ die Blicke umherwandern. Eine Tür führte nach draußen, in den Garten. Eltern saßen im Schatten der Büsche, während die Kinder herumtollten. Einige hielten ein Stäbchen in der Hand, ließen eine Kugel mit einer Öffnung hüpfen. Beide Teile waren mit einer Schnur miteinander verbunden. Die Kinder schleuderten die Kugel in die Luft, fingen sie geschickt wieder auf, so daß die Kugelöffnung fest auf dem Stäbchen landete. Zwei Mädchen schwangen ein Sprungseil, wobei sie große Kreise schlugen, so daß drei oder vier Mädchen gleichzeitig springen konnten. Sie sangen dabei eine fröhliche, beschwingte Weise. Ihre Stimmen waren erstaunlich geschult, völlig im Takt. Der Rhythmus rief mir meine eigene Kindheit in Erinnerung; ich entsann mich an ein Seilhüpfen, daß ich in Israel gespielt hatte. Auf einmal erwachte in mir der Wunsch, an der Freude dieser Kinder teilzuhaben und ihnen vielleicht auch etwas von mir zu geben. Es war dieses Bedürfnis, was mich nach draußen treten, meine Pantoffeln von den Füßen streifen ließ. Barfuß trat ich auf die Kinder zu. Sie merkten sofort, daß ich ihnen etwas zeigen wollte. Ihre Augen wurden groß und neugierig. Sie ließen das Seil sinken. Ich lächelte und begann zu singen, ein vertrauter Abzählvers meiner Kindheit.

»Ene mene, ming mang, ping pang, zing zang ...«

Dabei gab ich den Kindern ein Zeichen, das Seil zu schwingen. Sie taten es sofort. Ich begann zu hüpfen, wobei ich eine Stoffpuppe nachahmte, die Knie hochzog, den Kopf ruckartig hin und her drehte, mit den Armen schlenkerte. In Sekundenschnelle erfaßten die Mädchen den Rhythmus. Die Erwachsenen sahen zu, wohlwollend und interessiert. Ich wußte, daß sich unter der kindgerechten Improvisation die Körperbeherrschung und der Balancesinn der Berufstänzerin zeigten. Jetzt sprang ich ein paar Achter, drehte mich in der Luft um, klemmte das Seil zwischen die Beine und brachte es zum Stillstand. Dann wirbelte ich zurück, stampfte kurz mit den Füßen auf.

»Ene mene, ming mang ...«

»Ping pang, zing zang«, schrien die Kinder übermütig im Chor. Ich trat zurück, gab einem Mädchen ein Zeichen. Sie sprang sofort über das Seil, hüpfte gelenkig und mit bezaubernder Anmut. Zwei andere Mädchen gesellten sich zu ihr. Ich blieb außerhalb des Seils, gab mit den Händen den Takt an.

Plötzlich kam ein Mädchen aus dem Rhythmus. Im selben Atemzug verloren alle den Takt, stolperten gegeneinander wie bunte Kegel. Alle brachen in Lachen aus, hielten sich die Hand vor den Mund. Ich stimmte in ihr Gelächter ein, als ich einen jungen Mann sah, der im gleichen Augenblick gelacht hatte. Seine hübschen Zähne glänzten im Licht. Unsere Augen trafen sich. Mir kam es vor, als sei plötzlich ein Schatten über mich gefallen. Oder stand ich im Schatten, während sein Licht zu mir hinüberschien? Von ihm ging ein Leuchten aus, daran war kein Zweifel; ein sanftes Feuer, das nach innen brannte.

Er stand vor mir, schlank, aber kräftig, mit langen Armen, sehnig und gelenkig. Er hatte auffallend breite Schultern und schmale Hüften. Sein Haar, das er vorne kurz und hinten lang trug, fiel blauschwarz und glänzend über den braunen Nacken. Das Gesicht war ebenmäßig, die Nase wohlgeformt. Die Brauen waren lang und dicht, und der Schnitt seiner Augen war außerordentlich klar. Durch das weiße T-Shirt, das er – wie alle Mitarbeiter der Schule – zu engen Jeans trug, wirkte die Haut dunkler, als sie eigentlich war. Sie erweckte in mir den Wunsch, sie zu berühren und zu streicheln.

Ich brach als erste das Schweigen.

»Es hat mir Spaß gemacht. Hoffentlich habe ich die Eltern nicht erschreckt.«

Ich hatte Englisch gesprochen, auf gut Glück. Er antwortete in der gleichen Sprache. Seine Stimme war leise und tief; er sprach jedes Wort deutlich aus, sprach sozusagen die Interpunktion mit, wie ein Schüler, der aus lauter Angst vor dem falschen Wort jede Unbekümmertheit unterdrückt. Er wirkte auf geradezu komische Art befangen, aber die Herzlichkeit seines Ausdrucks glich diese Steifheit wieder aus.

»Nein, es hat ihnen gefallen. Sie sind eine Tänzerin.«

Es war eine Feststellung, keine Frage. Ich nickte lächelnd.

»Mein Name ist Ruth. Ruth Cohen. Ich wohne in der Schweiz, aber ich bin in Israel geboren.«

Er zögerte, doch nur einen Atemzug lang.

»Kunio Harada«, stellte er sich vor, wobei er noch leiser sprach und eine Verbeugung andeutete. Seine Wangen waren eine Spur dunkler geworden. Ich konnte ihm kein Alter geben. Was so faszinierend an ihm wirkte, war diese Mischung zwischen Selbstsicherheit und Scheu. Er hatte etwas von den Hirtenjungen an sich, denen man in der afrikanischen Wüste begegnet. Sie lachen schüchtern und strahlend, ihre Augen leuchten, sie tragen Geheimnisse im Herzen. Ihr Wissen ist ein Geschenk der Wüste. Hier gab es keine Wüste; hier gab es Reisfelder, Wälder und uralte Berge. Vielleicht war der Unterschied nur gering.

»Sie arbeiten hier?« fragte ich.

»Nur als Volontär. Ich mag Kinder.«

»Und was treiben Sie so im Leben?«

»Bisher nicht viel. Ich habe in Geschichte und Philosophie promoviert.«

Es klang, als ob er sich dafür entschuldigte.

»Was kann man damit machen?« fragte ich. »Ich meine … wie stehen Ihre Berufsaussichten?«

Er verzog spöttisch die Lippen.

»Ich kann an einer Universität lehren. Zuerst als Assistent, später als Dozent, sofern ich es aushalte.«

»Und dann?«

»Ich weiß es nicht. Bücher schreiben, wenn ich nicht allzu ernüchtert bin.«

»Finden Sie das langweilig?«

Fältchen zeigten sich in seinen Augenlidern. Er schien doch älter zu sein, als ich dachte.

»Wenn ich mir eine Katze anschaffe, geht es vielleicht.«

Er lachte; ich lachte auch.

»Ja, eine Katze wäre nicht schlecht.«

Unser Lachen erlosch fast gleichzeitig. Wir blickten uns an.

»Sind Sie zum ersten Mal in Japan?« fragte er.

»Zum ersten Mal, ja.«

»Und wie finden Sie Japan?«

Ich dachte über die Frage nach, die weniger banal war, als sie schien, weil er sie in einem ganz bestimmten Ton stellte.

»Das kann ich Ihnen nicht genau sagen. Immerhin glaube ich, es würde mir schwerfallen, es nicht zu lieben.«

»Man sagt vieles über Japan.«

Ich zog die Schultern hoch.

»Die Leute deuten gerne zum Schlechtesten, nie zum Besten. Es ist alles so alltäglich.«

»Ich würde sagen, langweilig. Und wozu sind Sie in Japan?«

Ich deutete auf Naomi, die mit einer lebhaften, dunkel gekleideten Frau an der Tür stand und sprach.

»Ich wohne bei meiner Freundin, in Kyoto.«

Er blickte sie aufmerksam an.

»Ist das nicht Naomi Araki?« Er nannte sie bei ihrem Mädchennamen und schien erfreut, sie zu sehen.

»Ja. Kennen Sie sie?«

»Aber sicher. Wir wohnten im gleichen Dorf und gingen zusammen zur Schule. Später gab sie im *Onjôkan* Klavierstunde, aber da war ich schon weg. Sie ist *Butoh*-Tänzerin geworden, nicht wahr?«

Ich nickte.

»Sie hat mich mit Sagon Mori, einem *Bugaku*-Lehrer bekannt gemacht. Er wird mich unterrichten.«

Seine Augen zogen sich überrascht zusammen.

»Sie lernen bei Mori-Sensei? Seit wann?«

»Ich bin am Dienstag zum ersten Mal bei ihm. Ich soll vortanzen. Kennen Sie ihn?«

»Nicht sehr gut. Meine Großmutter kennt ihn besser. Dann sind Sie also für eine Weile hier?« setzte er hinzu. »Ohne festen Zeitplan?«

»Ich nehme an, ja.«

Sein Gesicht war glatt, fast ausdruckslos, aber seine Augen glänzten stärker.

»Ich bin froh, Ihnen begegnet zu sein.«

Wir lächelten einander zu. Zwischen uns war plötzlich eine Befangenheit entstanden. Mir fiel auf, daß er nur wenig größer war als ich. Er stand so nahe, daß ich den Baumwollduft seines T-Shirts riechen konnte, und darunter den Geruch seiner glatten, zimtfarbenen Haut.

»Es wäre wirklich schade gewesen, wenn Sie bald abgereist wären«, meinte er.

Ich sah ihm in die Augen.

»Kyoto ist sehr schön. Und ich habe noch vieles nicht gesehen.«

Er nickte und fragte in beiläufigem Ton:

»Wann sind Sie am Dienstag bei Mori-Sensei?«

»Am Abend. Er unterrichtet mich bis neun.«

»Haben Sie anschließend etwas vor?«

»Ich denke, daß ich dann wohl Hunger haben werde.«

Er lachte und wollte etwas sagen, als Naomi mit der Frau im blauen Kostüm auf uns zutrat. Sie war klein, elegant und hatte leichte O-Beine. Ihr Gesicht drückte Stolz und Güte aus. Das fast maskuline Kinn und die hoch angesetzten Backenknochen zeigten jene ausdrucksvolle, herbe Anmut, die man oft bei Flamenco-Tänzerinnen beobachtet. Sie hatte eine schmale Nase, blitzende Augen und schön geformte, großzügige Lippen. Ihr tiefschwarzes Haar trug sie nach hinten gekämmt und zu einem perfekten Knoten geschlungen. Naomi und Kunio tauschten einen erfreuten, aber zurückhaltenden Gruß, bevor Kunio sich mit höflicher Verbeugung entfernte und Naomi mich der Dame vorstellte.

»Sakamoto-San hat dich mit den Kindern spielen gesehen. Sie wollte dich kennenlernen.«

Ich wurde ein bißchen rot.

»Es tut mir leid, daß ich mich eingemischt habe.«

Chiyo Sakamoto bewegte lebhaft verneinend die Hand, wobei sie lächelnd ein paar Worte sagte. Naomi dolmetschte.

»Man sähe sofort, daß du in diesen Dingen Erfahrung hast.«

»Ich arbeite mit geistig Behinderten«, erklärte ich. »Dabei stütze ich mich auf Kindheitserinnerungen. Sie helfen mir, den Patienten näher zu sein. Die Therapie muß den Patienten Spaß machen.«

Chiyo Sakamoto nickte konzentriert. Ihre schwarzen Augen sprangen aufmerksam zwischen Naomi und mir hin und her. Schließlich sprach sie ausführlich. Ich folgte den schönen, knappen Gesten, mit denen sie ihren Worten Nachdruck verlieh, bis sich Naomi wieder mir zuwandte.

»Sakamoto-San fragt, ob du Freude hättest, den Kindern Spiele und Pantomimen aus anderen Ländern beizubringen. Die Schule ist offen für alle Anregungen und empfängt nicht selten Gäste aus dem Ausland.«

Ich lächelte; aus den Augenwinkeln sah ich, wie Kunio einem Kind half, eine Schnur um einen Kreisel zu wickeln.

»Mit Vergnügen. Aber ich will zuerst mein Japanisch verbessern.«

Die Rektorin sprach heiter ein paar Worte. Naomi lachte.

»Sakamoto-San sagt, daß die Kinder gute Lehrer sind.«

Nun zog die Dame im blauen Couture-Kostüm eine schlichte, aber erlesene Visitenkarte aus ihrer Handtasche und überreichte sie mir. Ich sollte sie anrufen, ein Treffen abmachen, um alles Weitere zu besprechen. Ich verbeugte mich dankend. Sie verabschiedete sich nach einer Verbeugung, die sehr herzlich wirkte. Wir sahen ihr nach.

»Sie ist wirklich sehr sympathisch«, meinte ich.

»Ich habe ein bißchen von dir erzählt«, sagte Naomi. »Sie scheint große Stücke auf dich zu halten.«

»Und ihre Prozesse?«

»Das bringt sie nicht aus der Ruhe. Sie stammt aus einer sehr angesehenen Familie, ein ehemaliges Samurai-Geschlecht. Sie hat Reserven.«

Kunio trat wieder zu uns. Jetzt, wo die Rektorin nicht mehr dabei stand, wurde die Unterhaltung sofort zwanglos. Beide schienen glücklich, sich wiederzusehen. Sie sprachen lebhaft, stellten sich gegenseitig Fragen. Nach einer Weile sagte Kunio zu mir: »Entschuldigen Sie, daß wir Japanisch sprechen. Aber Naomi und ich haben uns jahrelang aus den Augen verloren. Ich wußte nicht einmal, daß sie verheiratet ist und einen Sohn hat.«

»Er ist vierzehn und fast schon so groß wie ich«, sagte Naomi stolz. »Weil wir so viel unterwegs sind, lebt er bei meiner Mutter in Kobe – du kennst sie ja. Morgen gehe ich zu meinem Mann nach Tokio und im Herbst wieder nach Europa. Keita hat im Ausland viel Erfolg. Jetzt wollen wir ein neues Stück inszenieren.«

Sie hob ihr Gesicht zu ihm empor, strich ihr Haar aus der Stirn, das der Wind zerzauste. Ich betrachtete den heiter lächelnden Mund, die goldbraunen, ungetrübten Augen. Ihre Worte hatten keinen falschen Klang. Mich überkam ein seltsames Gefühl, eine Mischung aus Nachsicht und Schmerz. Es war eine Verteidigung und zugleich eine Exhibition. Sie wußte, daß sie ein Märchen spielte. Aber sie wollte glücklich erscheinen, und es gelang ihr auch. Gab es für sie irgendeinen anderen Trost?

Eine junge Frau kam an die Tür und rief nach Kunio, der zurückwinkte und lächelnd seufzte.

»Es tut mir leid, aber die Kinder verlangen nach mir. Sie malen Bühnenbilder und haben offenbar ein Problem.«

Wir lachten und verabschiedeten uns. Er ergriff meine Hand, hielt sie mit einem sanften, sehr persönlichen Druck.

»Vielleicht bin ich am Dienstag in Kyoto.«

»Das würde mich freuen.«

Er ließ meine Hand nicht gleich los. Ich fühlte sein unsichtbares Zittern und auch, daß die Handfläche etwas klamm war; daran merkte ich, daß er ebenso aufgewühlt war wie ich. »Also, bis bald«, sagte er und wandte sich ab. Ich sah ihm nach, mit einer Empfindung plötzlicher Kühle.

»Weißt du, wer er ist?« brach Naomi nach einer Weile das Schweigen.

»Er hat mir seinen Namen gesagt.« Meine Stimme hörte sich belegt an. »Wer ist er denn? Nicht irgendwer, scheint mir.«

»Nein, nicht irgendwer. Sein Vater ist Kunihiko Harada.«

Sie machte eine bedeutsame Pause, bemerkte, daß mir der Name nichts sagte und fügte eine Erklärung hinzu:

»Er ist Schwertschmied. Heutzutage wohl der berühmteste in Japan. Eine Art lebendiges Denkmal. Man kann ruhig sagen, ein Anachronismus. So etwas findet man nur noch bei uns.«

Meine Kehle wurde plötzlich eng.

»Und er? Kunio, meine ich.«

Sie zeigte ihr seltenes Lächeln.

»Er gefällt dir, nicht wahr?«

»Ich weiß nicht genau, warum«, sagte ich.

Sie nickte, halb belustigt, halb ernst.

»Du brauchst dir keine Gedanken zu machen, so etwas merken die Männer.«

»Natürlich. Wie alt ist er eigentlich?«

»Ein halbes Jahr jünger als ich. Wir gingen in die gleiche Klasse. Er sollte das Handwerk des Vaters übernehmen, aber daraus wurde nichts. Er ist der einzige Sohn, seine jüngere Schwester lebt in Kyoto. Der alte Herr soll eine Zeitlang krank gewesen sein. Aber Kunio erzählte mir, daß er im Februar im Museum für schöne Künste, in Philadelphia, ausgestellt hat. Offenbar ist er wieder auf dem Damm.«

»Soviel ich weiß, will Kunio unterrichten«, sagte ich. »Geschichte und Philosophie.«

»So? Hat er sein Studium abgeschlossen? Er sagte, daß er ziemlich lange in Amerika war. Ich weiß noch, da war irgend etwas mit ihm, als wir zusammen zur Schule gingen. Die Sache kam sogar in die Zeitung.«

Ich lächelte, wenn auch nur flüchtig. »Hat er eine Dummheit gemacht?«

»Eine Dummheit? Nein. Nicht in diesem Sinne. Er soll für ein paar Tage verschwunden gewesen sein. Es wurde eine konfuse Geschichte daraus, der Vater hatte inzwischen die Polizei verständigt. Weil er eine Berühmtheit war, schalteten sich die Medien ein. Was eigentlich los war, kann ich dir nicht sagen, es ist schon zu lange her. Jedenfalls blieb Kunio nicht in Miwa. Die Eltern schickten ihn zu Verwandten, nach Tokio. Seitdem habe ich nie mehr etwas von ihm gehört. Ich war sehr überrascht, ihn hier anzutreffen.«

Was steckt dahinter? überlegte ich. Du bist nicht wie andere Männer; ich könnte schon einige nennen, die anders waren, aber nicht so wie du. Du bist – irgendwie – ein gezeichneter Mann. Unbestimmt, instinkthaft wußte ich, daß eine Verbindung zwischen uns bestand. Der Anfang war gemacht; der Faden begann, sich abzuspulen und den Traumstoff zu festigen. Ich nahm dieses Gefühl wahr, beobachtete es neugierig und freudig erregt, aber ohne Ungeduld. Alles, was geschehen mußte, würde geschehen. Ich wußte das so sicher wie sonst nichts.

# *11. Kapitel*

Am Sonntag abend packte Naomi ihren Rucksack, ging stumm durchs Zimmer, suchte ihre Sachen zusammen. Gewohnt, mit wenig Gepäck zu reisen, nahm sie nur das Nötigste mit. Sie war in Tagträume entrückt, als ob sie in die Vergangenheit griff, nach der Schminke und den Kostümen einer alten Inszenierung suchte.

Der wunderbare Hochzeitskimono, den sie als »Vogelfrau« getragen hatte, hing zum Auslüften über einem lackierten Rahmen. Naomi nahm ihn ab; sie brauchte ihn jetzt nicht mehr. »Keita wird mit anderen Requisiten arbeiten.«

Sie neigte sich mit einem Ausdruck zärtlicher Trauer beinahe lasziv über die Robe, faltete sie sorgsam zusammen und legte sie in eine Kommode aus Weißholz. Ich fand es schade, daß das Prachtgewand in einer Schublade verschwand; eine grünschillernde Sonne schien plötzlich erloschen. Doch meine Gefühle waren zwiespältig; aus irgendeinem Grund war ich froh, den Kimono nicht mehr zu sehen.

Naomi war plötzlich müde und gähnte. Wir breiteten die Futons auf der Matte aus. Sie bestanden aus einer etwa zehn Zentimeter dicken, wattierten Matratze, die mit Baumwollstoff überzogen war. Ein zweiter, leichterer Futon, mit Daunen gefüllt, diente als Decke. Diese Daunendecke glich die Temperaturen aus, so daß es uns nie zu warm oder zu kalt wurde. Morgens hängten wir sie zum Auslüften auf den Balkon, bevor wir sie wieder in den Wandschrank zurücklegten. Bevor wir zu Bett gingen, trank Naomi ziemlich viel Sake und blieb lange im Bad; als sie unter die Daunen schlüpfte, schlief sie fast augenblicklich ein. Naomis ganze Stärke schien mir darin zu liegen, daß sie sich die Illusion bewahrte, ihr Leben mit Keita habe noch irgendeinen Sinn. Die Nacht war lauwarm. Im kleinen Garten zirpte eine Glockenzikade: ein seltsames Schwirren und Sirren, einer schnell geschlagenen Harfe gleich, ein Klang, der auf der Haut perlte. Naomi lag auf der Seite, ihr fülliges Haar breitete sich auf dem Kissen aus. Es fühlte sich, durch den Dampf feucht geworden, schwer an. Es machte mich ergriffen, sie in meinen Armen zu halten, ihren Atem an meiner Schulter zu spüren. Sie war so feinknochig, so zierlich. Doch etwas war in ihr – etwas Unnachgiebiges, Rücksichtsloses. Sie liebte die Herausforderung; für manche Menschen konnte sie bedrohlich werden. Mich ängstigte sie nicht.

Ich schlief kaum in dieser Nacht. Immer wieder packte mich der Schmerz. Im Grunde war es kein richtiger Schmerz, sondern eher die Furcht, Schmerzen zu empfinden, die noch gar nicht da waren. Woher dieses Gefühl kommen mochte? Ich wußte es nicht, aber ich spürte es ganz deutlich. Diese vage Unruhe hielt mich wach, und ich zuckte bei jedem Geräusch zusammen, beim fernen Heulen eines Feuerwehrwagens, beim Schrei eines Nachtvogels oder auch nur beim Schleifen eines Zweiges an der Balkonbrüstung. Erst lange nach Mitternacht fiel ich endlich in den Schlaf. Und wie jeden Morgen weckte uns der Nachbar, der punkt halb sieben mit Getöse seine Schiebetür aufriß.

Milchige Helle strömte in das Zimmer. Naomi regte sich, blinzelte und sah auf die Uhr. Der *Shinkanzen* nach Kobe fuhr um acht. Wir duschten uns; ich machte die Kaffeemaschine an, schüttete Cornflakes in eine Schüssel und stellte die Milch daneben. Der Toaster klingelte. Naomi zog mit einer Pinzette zwei Schnitten geröstetes Brot heraus. Das grelle Morgenlicht beleuchtete ihr Gesicht. Ich bemerkte einige Falten um ihre Lippen, und unter ihren Augen hatte sie Flecken.

»Ich hoffe, dir gefällt es hier«, sagte sie.

»Da bin ich ganz sicher.«

»Im August mußt du etwas anderes finden.«

»Ja, ich weiß.«

Sie trank ihren Milchkaffee, die Augen ins Leere gerichtet.

Sie dachte ihre Gedanken, welche auch immer, und ich dachte meine Gedanken. Im Grunde hatten wir uns nicht mehr viel zu sagen. Ich wollte sie zum Bahnhof begleiten, doch sie meinte, das hätte keinen Sinn: Stoßzeit und ein Riesengedränge. Sie würde mit dem Bus fahren, und ich sollte sie nur bis zur Haltestelle bringen.

Es wurde Zeit, daß sie ging. Sie federte geschmeidig in die Knie, warf ihren Rucksack über die Schulter und schnallte ihn an. Wir verließen die Wohnung mit den noch ungemachten Betten; Naomi händigte mir die Schlüssel aus. Wir stapften die Außentreppe hinunter; die Luft war noch kühl. Naomi schleppte mühelos ihren Rucksack.

»Paß gut auf dich auf«, sagte ich.

»Das werde ich tun, Ruth.«

»Du wirst mir fehlen.«

Sie lächelte vielsagend.

»Das glaube ich nicht.«

Ich lachte; wir lachten beide.

»Ich rufe dich an«, versprach sie.

Mir kam in den Sinn, daß sie mir nicht ihre Adresse gegeben hatte. Aber das war im Moment unbedeutend.

Der Bus kam, vollbesetzt. Wir umarmten uns rasch. Ein paar Halbwüchsige in schwarzen Schüleruniformen drängten sich vor. Naomi wartete, bis sie eingestiegen waren. Sie kletterte rücklings in den Bus, fand keinen Platz mehr und mußte stehen. Ihr Rucksack steckte zwischen den Schülern fest, die, wie alle Schüler, nur sich selbst beachteten und mit viel Gelächter debattierten. Wir schauten uns an, auf ihren Lippen zuckte ein kleines, trauriges Lächeln. Der Bus stieß ein zischendes Geräusch aus, die Türen schnappten zu. Ich betrachtete ihr Gesicht, ich wollte es mir ganz genau einprägen. Sie legte die Hand an die Scheibe. Ich drückte meine Hand von der anderen Seite flach an die Tür. Sie bewegte ganz leicht ihre Finger, als ob sie meine Handfläche kraulte. Der Fahrer legte den Gang ein, schwerfällig setzte sich der Wagen in Bewegung, fuhr die breite Straße hinunter, entfernte sich immer weiter, dann war er verschwunden. Ich keuchte, meine Zähne klapperten, das ganze Frühstück kam mir hoch. Ich wandte mich ab, taumelte bis an den Rinnstein und erbrach beinahe das Herz aus dem Leib.

Am Dienstag abend stopfte ich ein paar Sachen in einen kleinen Sportsack, den ich über der Schulter trug. Der Verkehr brauste, ein korallenroter Schimmer hob die Umrisse der Hochhäuser hervor. Kyoto funkelte und strahlte, dröhnte und vibrierte. An der Tankstelle waren Männer damit beschäftigt, ihre Wagen zu waschen und mit einem Wedel aus Straußenfedern abzustauben. Ein Motorrad setzte mit ohrenbetäubendem Knattern zum Start an. Ich ließ einen Lieferwagen vorbei, bog in den kleinen Weg ein, der zum Schrein führte. Hier schluckten die Mauern alle Geräusche, die Welt unter dem Laubdach war sanft und ruhig. Die am Torbogen angebrachten Votivbänder schimmerten lila in der Dämmerung. Grillen zirpten in den Büschen. Ich blieb vor dem Brunnentrog stehen, hielt meine Hände unter den kleinen Strahl und bewegte sie, um sie zu trocknen. Im Haus des Priesters brannte Licht. Ein Schein schimmerte durch die Papiertüren, hinter denen sich Schatten bewegten. Ich trat aus meinen Sandalen, kratzte an der Schiebetür, wie es die Japaner taten. Die Tür ging sofort auf. Aiko, in Jeans und schwarzem Baumwollpulli, schenkte mir ihr aufgeräumtes Grübchenlächeln und wünschte mir einen guten Abend. »Schön, daß du da bist! Du wirst schon erwartet.«

Sie führte mich in einen winzigen Umkleideraum mit einem Spiegel; Kleider hingen an den Haken. Ich war bereits im Trikot und brauchte nur meinen Wickelrock aufzuknoten. Mein Haar steckte ich mit ein paar Klammern fest, die gut hielten. Als ich bereit war, folgte ich Aiko durch den Gang. Ich hatte inzwischen bemerkt, daß das Erdgeschoß aus einem einzigen großen Raum bestand, den man in mehrere Zimmer aufgeteilt hatte. Nun öffnete Aiko die Schiebetür, durch die ich den Übungsraum betrat. Das Zimmer war geräumig und mit Strohmatten ausgelegt. Aus einer Neonröhre kam helles Licht, und es roch süßlichherb nach Weihrauch. Eine Ansammlung verschiedener Musikinstrumente nahm fast die ganze Breite des Raumes ein. Mir fielen sofort zwei karminrote Hängetrommeln auf; sie kamen mir riesengroß vor. Lichtfunken tanzten auf dem Lack. Die Fässer, mit gußeisernen Nägeln beschlagen, wiesen flammenartige Ornamente auf, türkisblau, jadegrün oder vergoldet. Das Trommelfell, mit dem schwarzen, abgenutzten Symbol der *Kaminari* – der Windschraube – versehen, wirkte wie ein Antlitz, von dunklem Gold umgeben. Während ich die Trommeln betrachtete, hörte ich draußen Schritte. Sagon Mori stapfte in seiner schwerfälligen Art in den Raum und schloß schwungvoll die Tür hinter sich. Er trug das weiße Priestergewand, darüber die übliche *Hakama,* doch diesmal war sie dunkelbraun. Die Kleidung ließ die kräftigen Linien seines Körpers hervortreten, und sein lächelnder Mund rief in mir ein merkwürdiges Glücksgefühl hervor. Ich verneigte mich; mein Gruß wurde mit knapper, aber freundlicher Kopfneigung erwidert. Hier war ich kein Gast mehr, sondern eine Schülerin.

»Nun, wie ist's dir inzwischen ergangen? Keine Probleme mit dem Essen?«

Mir war bereits aufgefallen, daß die Japaner sich beharrlich erkundigten, ob die Ausländer mit ihrem Essen zufrieden waren. Dabei zeigten alle einen besorgten, zweifelnden und leicht zerknirschten Ausdruck. Und genau dieser Ausdruck lag jetzt auf dem Gesicht des Priesters, so daß ich ein Auflachen mit knapper Mühe unterdrückte.

»Nein, überhaupt nicht.«

Er musterte mich, als ob er mir nicht ganz traute.

»Wirklich?«

»Ich finde japanisches Essen vorzüglich.«

Nachdem er diese schwerwiegende Angelegenheit zu seiner Zufriedenheit geklärt hatte, schlurfte er über die Matte, um mir die Instrumente zu zeigen.

»Ich lasse sie von einem Meister anfertigen. Unsere Gruppe ist klein, nur zwanzig Musiker und Tänzer; wir sind auf die

Spenden des Schreins angewiesen. Aber bei den Instrumenten schaue ich nicht auf die Kosten. Die Instrumente müssen Spannung enthalten. Es gibt solche, die diese Spannung gar nicht haben und auch nicht übertragen können. Damit kann ich nichts anfangen.«

Im Raum befanden sich noch zwei Zylindertrommeln, einige Sanduhrtrommeln (die auf der Schulter geschlagen wurden) eine kupferne Riesenpauke, Zimbeln sowie eine Anzahl Blas- und Saiteninstrumente, sorgfältig in fließenden Purpurcrêpe eingewickelt. Nun kniete Sagon vor einer kommodenartigen Holztruhe nieder, mit Eisenbeschlägen versehen. Behutsam zog er eine Schublade auf; zum Vorschein kamen Gewänder, alle sorgfältig gefaltet. Mir fiel die Farbpalette auf: Ein Teil der Gewänder schimmerte in warmen Erdtönen: rostrot, zitronengelb und golden; der andere zeigte kühle Töne, vom tiefen Kobaltblau zum hellen Aquamarin. Ich fragte nach der Bedeutung der Farben. Der Meister gab bereitwillig Auskunft.

»Das ist die *Komagaku*-Tradition; ursprünglich stammt sie aus China. Rot ist die vornehme Farbe, die Farbe der Götter und Könige. Ihr Auftritt auf der Bühne erfolgt immer von links, von der Seite des Herzens. Alle grünen Töne sind Ergänzungsfarben, wie sie ja in der Natur auch sind. Ihr Auftritt erfolgt von rechts.«

Vortanzen bedingt eine Art Abmachung, eine gegenseitige Bereitschaft. Die Zusammenarbeit zwischen Sagon und mir war seltsam, denn keiner wußte etwas vom anderen. Aber ich hatte Vertrauen zu ihm; er würde mich jetzt erst einmal machen lassen und dann versuchen, etwas Neues aus mir herauszuholen und zu gestalten. Und dieses Neue war es, das mich interessierte.

Sagon fragte, ob ich Musik brauchte. Ich schüttelte den Kopf. Nein, es ging auch ohne. Stand- und Bodentraining hatte ich schon zu Hause gemacht. Und ein fertiges Bild hatte ich eigentlich nie von einer Choreographie. Es kam immer wieder anders, auch wenn ich die Rolle schon zehnmal getanzt hatte. Der Priester ließ sich auf der Strohmatte nieder, verschränkte die Arme in der ihm eigenen Geste und wartete. Das Neonlicht beleuchtete die breiten Nasenflügel, die leicht hochgezogenen Brauen, die festen Lippen. Undurchdringliche Ruhe lag auf seinem Gesicht. Das Weiß seiner Augen glänzte und gab seinem Blick die Magie eines Marmorauges.

Ich atmete ein paarmal tief ein und aus; die Stille war nun vollkommen. Eine Weile nahm mich das Dehnen und Einziehen meiner Lungen völlig in Anspruch. Das Herz im Zentrum flatterte aufgeregt, bevor es sich langsam beruhigte. Aus irgendeinem dunklen Gefühlsgrund stieg der Rhythmus in mir auf, zuerst verschwommen, dann deutlicher. Ich überschritt in unbeweglicher Haltung einen Punkt, an dem die Zeit aufhörte und ich kaum noch die Dinge sah, die mich umgaben. Als die Formen der Hängetrommeln sich auflösten und zu schweben begannen, rührte ich mich. Alles kam ganz von selbst; ich bewegte mich seitwärts, als befreite ich mich von etwas. Ja, das war es auch, dachte ich mit einem Rest von Klarheit; ich habe die Form in mir befreit, und diese Empfindung verschaffte mir sofort Erleichterung. Wie es vor sich ging, daß die Bewegungen entstanden, warum mein Körper sie genau im richtigen Rhythmus erfaßte, hätte ich nicht erklären können. Allein die Tatsache war wichtig, daß es so geschah. Immer, wenn ich mich von allem löste, wenn kein Gedanke mehr in mir war, wurde alles leicht und köstlich. Ich öffnete die Lippen und stieß die Töne aus, mit denen ich gewohnt war, meine Gesten zu begleiten. Steigende Vokallaute, tiefanhebend und volltönend. Nach einer Weile erfaßte ich, daß ich beinahe keinen Atem mehr in mir hatte, daß mein Kreuz sich bog, mein Hinterkopf fast die Matte berührte. Schlaff sank ich zurück. Erschöpfung. Doch nur kurz. Der Raum drehte sich, und über dem Raum drehte sich die schöne Holzdecke und weit darüber hinaus, in ständiger Kreisbewegung, drehte sich der Himmel. Wieder hörte ich den Sington, doch er kam nicht mehr aus mir heraus; er kam von irgendwoher, von draußen. Es war ein leitendes Echo, eine langsam dahinschreitende Beschwörung. Manchmal schwieg sie; dann wieder spürte ich sie um mich herum, wie ein in der Luft vibrierender Tonfaden, ein stets wiederkehrendes Thema. Ich war nie der Meinung gewesen, daß es problematisch ist, ohne Vorbereitung auf der Bühne zu stehen. Improvisation bedeutet ja keineswegs, daß man bei Null anfängt. Gewisse Muster waren mir schon lange vertraut. Also ließ ich sie durch mich hindurchschwärmen, wie sie wollten. Die Bewegungen, die sich in meinem Körper ansammelten, drangen durch meine Arme und Beine nach draußen. Mein Körper weitete sich grenzenlos. Die unsichtbaren Dinge in mir verbanden sich mit den Klängen, mein Herz gehorchte einem Rhythmus, meine Lunge einem anderen, meine Gliedmaßen einem dritten, und doch bildete alles eine Einheit. Das dauerte eine gewisse Zeit, bis ich ermüdete. Ich merkte es an unsichtbaren Zeichen, an einem Zittern in den Kniekehlen, an einem leichten Ziehen im Nacken. Eine Solonummer dauert kaum mehr als eine Stunde – der Körper hat seine innere Uhr. Um die schwebende, kreisende Welt zum Stehen zu bringen, richtete ich meine Augen auf die Windschraube auf dem Trommelfell, sah, wie sie sich langsam vibrierend beruhigte. Ich ließ die Bewegungen auslaufen, der breite Klang draußen wandelte sich ab, zögerte, senkte sich, verweilte ein paar Atemzüge lang, bis nur noch ein einziger, sehr tiefer Ton bestand. Ich hörte ihn leiser und leiser werden, empfand fast einen Schmerz, daß er schwieg, es tat mir in der Brust so weh. Ein plötzlicher Luftzug wehte vorbei. Dann plötzliche Stille. Ruhe, Benommenheit wie nach einem Schlag. Ich blickte verwirrt auf den Priester, der unbeweglich vor den Trommeln kniete. Ich sah, daß er fast gleichzeitig mit mir Atem holte und begriff, daß er es war, der mich mit seiner Stimme begleitet hatte.

Ich hörte mein eigenes Keuchen. Mein Haar hatte sich gelöst und fiel mir ins Gesicht. Ich tastete nach den Spangen und steckte es fest. Meine Haut hatte sich mit einem leichten Schweißfilm überzogen.

»*Dômo Arigato* – vielen Dank«, stieß ich mit mattem Lächeln hervor.

Ohne sich mit den Händen abzustützen, richtete sich Sagon

mit einer einzigen Bewegung auf. Er öffnete die Tür und rief ein paar Worte. Dann kam er wieder zurück. Er hatte ein kleines, weißblau gemustertes Tuch in der Hand, das er mir reichte.

»Trockne dich ab. Paß auf, daß du dich nicht erkältest.«

Ich dankte, rieb mir Gesicht und Stirn trocken. Er nahm drei Sitzkissen, die in einer Ecke aufgestapelt waren, und warf sie auf den Boden. Mit einer Handbewegung forderte er mich zum Sitzen auf und betrachtete mich amüsiert, während ich in gerader Haltung vor ihm hinkniete. An der Tür ertönte ein Geräusch. Aiko brachte ein Lacktischchen mit drei großen Teeschalen. Dazu reichte sie uns zwei winzige Tellerchen mit braunem Bohnenquark. Sie ließ sich auf einem Sitzkissen nieder, wobei sie mir freundlich zunickte. Dankbar nahm ich die Schale, die größer war als üblich und nur bis zu einem Drittel mit einem tiefgrünen, dickflüssigen und schaumigen Tee gefüllt. Ich ließ den Tee im Munde zergehen. Er schmeckte lauwarm, bitter, wie ein Zaubertrank, energiespendend, magisch und einzigartig.

Aiko lächelte mir zu.

»*Oishii?* – Gut?«

»Wunderbar!« seufzte ich.

»Diese Teesorte wird bei der Tee-Zeremonie verwendet«, sagte Sagon. »Sie vertreibt Müdigkeit, erquickt die Seele und erfrischt den Geist.«

Er deutete schmunzelnd auf seine Frau.

»Aiko zog es vor, beim ersten Mal nicht dabeizusein. Sie wollte mich nicht beeinflussen. In Wirklichkeit urteilt sie besser als ich. Sie assistiert mir bei der Regie, ist für Kostüme und Requisiten verantwortlich.«

Aiko lachte, schüttelte den Kopf und sagte einige Worte. Sagon ließ ein amüsiertes Grunzen hören.

»Sie sagt, was immer ich tue, ist wohlgetan. Natürlich macht sie sich über mich lustig. Es ist schwierig, mit einer Frau auszukommen, die sich über ihren Mann dauernd lustig macht, glaubst du nicht auch, Ruth-San?«

Er zwinkerte schalkhaft; sie deutete lachend eine Verbeugung an. Ihre spaßhafte Miene zeugte von gegenseitiger Achtung und tiefem Einverständnis. Ich lächelte sie an; der Tee hatte Wunder gewirkt; meine Müdigkeit war verschwunden; ich fühlte mich voller Kraft.

Sagon stellte seine Schale behutsam auf das Tablett, forderte mich auf, die Süßigkeit zu kosten. Dann setzte er sich bequem zurecht, legte beide Hände auf die Schenkel.

»Reden wir, Ruth-San. Ich bin kein Freund langatmiger Erklärungen, aber einige Dinge müssen gesagt werden. *Bugaku* – wörtlich ›Tanz und Musik‹ – hat seit über 1300 Jahren eine ständige Verfeinerung und Stilisierung durchgemacht. Die Form, die wir heute ausüben, besteht seit dem elften und zwölften Jahrhundert. Die Frage, ob man tanzen und gleichzeitig singen kann, ist in diesem Fall unwichtig. Der Körper findet seine eigene Ausdruckskraft. Für dich wird die Schwierigkeit sein, daß im *Bugaku* alles kodifiziert ist. Der Tanz preßt dich in eine Form wie in einen Panzer. Ich weiß schon, das liegt dir nicht. Aber persönliche Schöpfungskraft kann uralte Konventionen sprengen. Wir haben einen Ausdruck dafür: Der Tänzer zertrümmert seine *Kata* – seine Form. Traust du dir das zu?«

Er ließ eine kurze Pause verstreichen, und sagte dann:

»Du kannst dir die Sache überlegen.«

Ich schüttelte den Kopf.

»Wozu?«

»*Yoroshii* – Gut!« knurrte er.

Aiko hielt ihre locker verschränkten Hände auf dem Schoß. Ihr Gesicht war wunderbar ruhig. Ich konnte in ihren Augen einen hellen, funkelnden Schalk erkennen. Ich merkte plötzlich, daß sie nicht nur meine Zusage erwartet, sondern sogar nicht einen Moment an ihr gezweifelt hatte.

Der Priester erhob sich; er trat zu den hölzernen Schachteln, die an einer Wand aufgestapelt waren, nahm eine heraus. Es war eine Schachtel aus Weißholz, leicht und kostbar, mit einer violetten Seidenschnur, deren Knoten zu einer besonderen Schlinge geformt war. Er kniete nieder, stellte die Schachtel vor sich hin. Geschickt öffnete er die Kordel, hob den Deckel. Seine Hände griffen behutsam hinein, schlugen ein weißes Seidentuch auseinander und hoben eine Maske empor. Mir stockte der Atem, nicht nur, weil sie so schön war: ein Wunderwerk aus dunklem Holz, prachtvoll geschnitzt und vergoldet, mit rotem und schwarzem Lack bemalt. Die Maske zeigte eine furchterregende Kriegerfratze; das bewegliche Kinn hing an seidenen Schnüren, die Augen bestanden aus hervorstehenden, goldenen Kugeln. Sie bewegten sich mit der Maske, sobald sich diese nach der einen oder anderen Seite neigte. Die Fratze hatte große, flügelförmige Ohren, perückenartiges Haar. Der Kopfputz bestand aus einem Greifen mit offenem Schnabel, der seine Krallen in die vergoldete Lockenfrisur rammte. Ich wußte nicht, was ich empfand, ob Erregung oder Beklommenheit, vermutlich eine Mischung aus beidem. Und gleichzeitig war in mir eine Art Zorn, der mich unverfroren machte. Mich hatten Abgründe immer angezogen. Sagon hielt die Maske hoch, drehte sie leicht hin und her, damit ich sie besser sehen konnte.

»Einer unserer Tänze erzählt die Legende des Königs Ranryô-ô. Dieser Herrscher im alten China liebte die Natur, die Musik und die Künste. Doch Feinde bedrohten das Land; der König war genötigt, sein Reich auf dem Schlachtfeld zu verteidigen. Er beherrschte vollendet jede Kriegskunst. Doch seine Seele zeigte sich auf seinem Gesicht, das von fast weiblicher Anmut war. So verbarg er sein Antlitz unter der Maske eines Dämons, versetzte seine Feinde in Schrecken und rettete sein Reich.«

Ich starrte die Maske an; sie glühte rotgolden, wie in Feuer getaucht. Die beweglichen Augen sprachen zu mir, in einer unbekannten, drohenden Sprache. Ich blinzelte leicht. Auch jetzt kehrte der Schauder wieder.

»Die Partie des Ranryô-ô«, fuhr der Priester fort, »ist die auffallendste und eleganteste unseres Repertoires. Du wirst diese Rolle übernehmen, die Bühne maskiert betreten und später, beim Tanz, dein nacktes Gesicht zeigen. Diese Widersprüchlichkeit kommt deiner doppelten Natur entgegen. Die

Zuschauer werden in der Lage sein, über die Gestalt des Königs nachzudenken. Dein Tanz wird die Herzen treffen. Du wirst die Erde wecken. Das wird von dir viel Kraft verlangen.«

Ich nickte, den Blick auf die Maske gerichtet. Ich konnte sie nicht beherrschen, wie man ein Spielzeug beherrscht. Gewisse Masken lassen das zu, diese nicht. Sie weckte in mir ein tiefes Unbehagen, gemischt mit einem Adrenalinschub, der mich zornig und anmaßend machte. Ich hatte das Ganze begriffen, mit den Einzelheiten würde ich mich später befassen. Ziemlich sicher würde es zu einem Kampf kommen. Also gut. Du wirst die Erde wecken, hatte der Priester gesagt. Diesen Satz würde ich mir merken müssen. Er hatte eine ganz besondere Bedeutung.

Langsam, ehrfurchtsvoll legte Sagon die Maske in ihre Holzschachtel zurück. Er wickelte sie in das Seidentuch, der Dämon wurde unsichtbar. Doch ein roter Fleck blieb vor meinen Augen zurück, ein paar Atemzüge lang, als ob sein Gespenst in der Luft hing und nur langsam verblaßte. Inzwischen legte Sagon den Deckel auf die Schachtel, knotete die Seidenschnur zusammen und formte mit ein paar geschickten Griffen seiner gelenkigen Finger die gleiche Schlinge.

Dann hob er die Augen.

»Du lernst schnell. Aber wir haben wenig Zeit. Das Fest findet im Oktober statt. Ich werde viel Kraft von dir fordern.«

»Ich habe nie gedacht, das es einfach sein würde«, erwiderte ich. »Und ich werde auch nie sagen, nein, das kann ich nicht.«

Er lächelte auf einmal, aufgeräumt und herzlich, und bezog mich mit in sein Lächeln ein.

»Natürlich nicht, Ruth-San. Du hast dein Versprechen gegeben.«

# *12. Kapitel*

Die Bäume und Büsche, undurchdringlich schwarz, trugen den fahlen Schimmer verwelkenden Jasmins; im Gras funkelten Glühkäferchen wie winzige blaue Edelsteine. Die Mauer dämpfte den Lärm der Großstadt, alle Geräusche erklangen richtungslos und fern. Nur Zikaden sirrten in der vom Duft warmer Blumen und stark riechender Kräuter erfüllten Finsternis. Lautlos ging ich über die Trittsteine, setzte schlafwandlerisch einen Fuß vor den anderen. Der kleine Brunnen plätscherte. Auf einmal vernahm ich in der Nähe ein Geräusch, erblickte vor der Schattenwand der Bäume einen Schatten, der noch dunkler war. »Guten Abend, Ruth-San«, sagte die sanfte, kehlige Stimme, die ich sofort erkannte. Mein Herz bekam einen freudigen Stoß.

»Guten Abend, Kunio-San«, erwiderte ich, ebenso höflich.

»Wartest du schon lange?«

»Das macht nichts, ich habe Zeit.«

Er saß auf den Steinen, am Brunnentrog. Jetzt erhob er sich, trat mir entgegen. Ein dünner Lichtschein fiel auf sein Gesicht. Seine Wangenlinie, die Wölbung seiner Schultern wurden plötzlich sichtbar und gleichzeitig der silberne Spalt seiner Augen.

»Es war leicht, dich wiederzuerkennen«, sagte er.

Ich lachte glücklich auf.

»Auch im Dunkeln?

»Ich sehe gut im Dunkeln. Und du gehst nicht wie eine Japanerin.«

»Ach nein?«

»Nein.«

Langsam schritten wir nebeneinander her.

»Japanerinnen drehen die Fußspitzen einwärts. Das kommt von früher. Der eng geschlungene Kimono veranlaßte sie dazu.«

»Ja, das habe ich beobachtet. Du hast schon recht, ich gehe mit den Zehen nach außen, wie eine Ente.«

»Wie eine Tänzerin«, verbesserte er. »Nun, wie war's bei Mori-Sensei?«

»Anstrengend. Ich hatte noch nie solche Angst.«

Er kicherte. »Du bist keine Frau, die Angst hat.«

»Nein. Ich werde den Ranryô-ô tanzen. Zuerst mit der Maske, dann ohne.«

»Hat er das vorgeschlagen?«

Ich verzog leicht das Gesicht.

»Ich hoffe, er weiß, was er tut.«

»Mori-Sensei versteht jede Interpretation als zeitgemäße Verarbeitung der Tradition. Das ist gut. Wir brauchen solche Leute in Japan. Sonst erschöpft die Form ihr Potential und versteinert.«

»Ich sehe, du kennst dich aus.«

»Nein. Ich komme mir albern vor. Ich habe mich eine Zeitlang mit diesen Dingen befaßt. Heute weiß ich nicht mehr genau, warum eigentlich. Ist ja egal. Tanzt du schon lange?«

»Ich glaube, ich war vier oder fünf, da stand ich schon vor dem Spiegel, hüpfte und drehte mich nach den Klängen von ›Die Nacht auf dem kahlen Berg‹. Das war damals meine Lieblingsmusik. Weil sie so dramatisch ist. Meine Mutter war auch Tänzerin. Sie hat mich in die Ballettschule geschickt. Eine Zeitlang war ich in Frankfurt, auf der Hochschule für Musik und Darstellende Kunst. Dann habe ich einen anderen Weg eingeschlagen.«

Er schob die Hände in die Jeanstaschen; ein kleiner Rucksack baumelte auf seiner Schulter. Ich fühlte mich wohl neben ihm in der Dunkelheit, umgeben von Tropfen und zersplitterten Lichtern. »Hast du Hunger?« fragte er.

Ich lachte ihn an.

»Nach dem Tanzen, da habe ich großen Hunger. Vorher bleibt mir jeder Bissen im Hals stecken.«

»Magst du Fisch?«

»Fisch mag ich am liebsten.«

Er berührte meine Hand.

»Komm!«

Gemächlich schlenderten wir weiter. Sobald wir den Garten verlassen hatten, schlug uns der Verkehrslärm entgegen. Im Farbenspiel der Straßenbeleuchtung, der Autoscheinwerfer und Neonlichter sahen wir uns an. Er war so, wie ich ihn in Erinnerung hatte: kaum größer als ich, schlank, aber kräftig. Er lächelte leicht, hatte etwas Seltsames im Gesicht, traurig und heiter zugleich. Etwas, das nicht zusammenpaßte. Es war, so stellte ich fest, ein Gesicht von großer Melancholie.

In einer Nebenstraße waren noch einige Imbißstuben offen. Ich folgte Kunio durch einen winzigen Vorgarten, in dem eine Bambusstaude sanft im Wind knisterte. Ein dreiteiliger Vorhang aus blauer Baumwolle, mit einem großen Schriftzeichen versehen, verdeckte die Schiebetür. Der Eßraum war klein. Für japanische Begriffe war es spät, das Lokal fast leer. Decke und Wände waren aus mattpoliertem Holz. Auf einer Art Estrade, mit den üblichen *Tatami* – Binsenmatten – ausgelegt, standen niedrige Lacktische. In der Mitte gab es einen mit Fliesen ausgelegten Gang. Dort zogen wir unsere Schuhe aus, bevor wir uns auf den flachen, roten Baumwollkissen niederließen. Kunio setzte sich im Schneidersitz; gelenkig wie ich war, machte es mir nichts aus, nach japanischer Art zu knien; die Stellung fand ich sogar ziemlich bequem. Eine Kellnerin im blauroten Sommerkimono kam mit einem Lacktablett, stellte vor jeden ein Glas Wasser mit Eiswürfeln und zwei kleine, in Zellophan gewickelte Frotteetücher. Wir rissen das Zellophan auf. Ich drückte das heiße Tuch auf mein Gesicht und seufzte voller Wohlbehagen.

»Ach, herrlich!«

Er hielt mir die Menükarte hin.

»Was möchtest du essen?«

»Was du willst. Du bist hier der Einheimische.«

Er lachte.

»Etwas Sake dazu?«

»Gerne.«

Er ließ die Kellnerin kommen, gab die Bestellung auf. Der Koch machte sich hinter der Theke zu schaffen. Ich fischte die Eisstückchen aus dem Wasser und trank einen Schluck.

»Bist du öfter in Kyoto?«

»Ein paarmal in der Woche. Aus Zeitvertreib.«

»Weil es dir keinen Spaß macht, Geschichte zu lehren?«

»Weil es mir nicht den geringsten Spaß macht.«

Die Kellnerin brachte ein Tablett, auf dem ein schön geformtes Kännchen und zwei Keramikschalen standen. Kunio befühlte das Kännchen, überzeugte sich, daß der Wein die richtige Temperatur hatte und füllte die Schalen. Wir stießen an, sagten *Kampai!* und lachten.

»Trinkst du gerne Sake?« fragte er mich.

»Ich mag Sake. Lieber als Wein. Whisky kann ich überhaupt nicht vertragen.«

»Ich auch nicht. Wenn ich Whisky trinke, werde ich sofort benommen.« Ich trank den Sake schnell und mit großem Behagen.

Ich hielt Kunio meine Schale hin. Er füllte nach.

»Wie kommt es eigentlich«, fragte ich, »daß du Sagon Mori kennst?«

»Sagons Bruder, der in Nagasaki lebt, wurde von meiner Großmutter in Schönschrift unterrichtet. Sie ist ziemlich bekannt auf diesem Gebiet. Hast du die Kalligraphie im Empfangszimmer gesehen? Die stammt von ihr. Jetzt wohnt sie bei uns, in Miwa, und nimmt keine Schüler mehr an.«

Das Essen kam. Die Kellnerin stellte zwei Lacktabletts mit verschiedenen Schüsseln und Schälchen auf den Tisch. Ich hob behutsam die Deckel, welche die Speisen in den Schüsseln warm hielten.

Er sah zu und lächelte mit den Augen.

»Manche Ausländer sagen, daß unsere Gerichte mehr zum Anschauen als zum Essen sind.«

»Japaner essen nur rohen Fisch«, ergänzte ich. »Und am liebsten, wenn er giftig ist.«

»Und schlafen in Kapsel-Hotels, zeigen keine Empfindungen, sind amerikanisiert, firmentreu bis in den Tod und haben jede Tradition verloren. Die ›Yakuza‹ – die Unterweltbosse – kontrollieren die Wirtschaft, sie verkaufen zu viele Autos, ihr Schulsystem ist mörderisch, und sie wollen die Welt beherrschen. Habe ich etwas vergessen?«

»Die Frauen.«

»Ach so, natürlich, die Frauen! Also, die Frauen haben in diesem Land nichts zu sagen.«

»Ich fühle mich entsetzlich benachteiligt.«

»Die Japanerin ist eine bedauernswerte Sklavin, das weiß jeder *Gaijin* – Ausländer. Das merkst du doch auch, oder?«

»Auf Schritt und Tritt.«

»Klischees sind beharrlich.«

»Und bequem noch dazu.«

»Sie halten sich, weil wir nicht laut genug protestieren. Wir neigen dazu, unsere eigenen Anschauungen für uns zu behalten. Wir wollen andere nicht beleidigen und pflegen lieber die hohe Kunst der Unklarheit, was mitunter ein großer Fehler sein kann.«

»Kommt es nie vor, daß du laut protestierst?«

»Es hat eine Zeit gegeben, da schrie ich durch ein Megaphon.«

Auf einer flachen Schale aus Steingut lagen knusprige Fischfilets. Die braune Sauce duftete nach Karamel.

»Das sieht mir nicht nach rohem Fisch aus«, meinte ich. »Und giftig scheint er auch nicht zu sein.«

»Das ist *Unagi no kabayaki* – gegrillter Aal. Er ist besonders nahrhaft und kräftigend … also gut für dich! Probier mal!«

Ich zog meine Stäbchen aus der Papierhülle, löste ein Stückchen des weißen Fleisches und der braunen Kruste und probierte. Der Aal schmolz auf der Zunge, weich und duftend. Es schien mir das Köstlichste, was ich je gegessen hatte. Ich sagte es Kunio, der zufrieden nickte.

»Eigentlich beginnt die Aal-Saison erst im Sommer, aber dieses Lokal ist für seine gute Zubereitung bekannt. Der Aal wird mit Sojasauce und Kandiszucker angerichtet und mit Bergpfefferpulver bestreut. Und es kommt auch darauf an, wie der Reis gekocht wird. Er muß seinen eigentlichen Geschmack behalten.«

»Ich mag japanischen Reis.«

»Wir essen auch Nudeln«, sagte er amüsiert. »In Miwa, meinem Heimatort, wird eine besondere Nudelsorte hergestellt. Ursprünglich wurde sie für die Wanderer zubereitet, die den alten Pilgerweg *Yamanobe no michi* – den Pfad am Bergrand – besuchten. Naomis Vater hatte eine solche Nudelfabrik.«

»Ja, ich weiß. Sie hat es mir erzählt. Ich mag auch Nudeln«, antwortete ich, lehnte mich zurück und brach in Lachen aus.

»Ach, Kunio, ich glaube, ich hab zuviel Sake getrunken. Warum reden wir eigentlich nur über das Essen?«

Er zwinkerte mit beiden Augen fast gleichzeitig.

»Das ist ein Thema wie jedes andere. Worüber reden eine Frau und ein Mann, die sich gerade erst kennengelernt haben?«

»Über Politik, zum Beispiel?«

»Ja, darüber kann man auch reden.«

Er hob das Kännchen. Ich hielt ihm die Schale mit beiden Händen entgegen. Ich hatte beobachtet, wie man das in Japan machte: Die Geste war so schön.

»Nein, Kunio! Nicht zu viel! Bist du politisch tätig?«

»Als Student war ich es ein wenig. Eine Zeitlang.«

»Und jetzt nicht mehr?«

»Ich habe die üblichen Fragen gestellt. Und die üblichen Antworten erhalten. Und jetzt blicke ich durch und frage nicht mehr. Ich will weder manipuliert werden noch andere Menschen unter Kontrolle bringen. Ich bin nicht dafür gemacht.«

»Wozu, glaubst du, bist du gemacht?«

Er stützte das Kinn in die Hand. Eine Haarsträhne fiel ihm über die Augen. Seine Stimme klang plötzlich belegt.

»Ich habe eine sehr deutliche Vorstellung von dem, was von mir verlangt wird. Und bringe nicht die geringste Bereitschaft dafür auf, es zu tun.«

Der Sake machte mich locker und gelöst.

»Wenn wir nicht mehr über Politik reden, dann vielleicht über Gefühle?«

»Du weißt doch, Japaner reden nicht über Gefühle.«

»Du könntest vielleicht eine Ausnahme machen?«

Er seufzte.

»Über Gefühle zu reden ist noch schwieriger, als über das Leben im allgemeinen. Man muß einen besonderen Grund dazu haben.«

»Haben wir einen?«

»Ich weiß es nicht. Ich bin etwas durcheinander. Sag, wie lange bleibst du in Japan?«

»Im Oktober ist das Schreinfest. Weiter denke ich nicht. Und wie steht es mit dir?«

»Im *Onjôkan* arbeite ich nur als Volontär. Ich bin in einer *Gakushû-Juku*, einer Nachhilfeschule, angestellt. Das sind Privatschulen für den Zusatzunterricht. Das gestreßte Schülerleben, du weißt schon.«

»Als Schülerin mußte ich auch auf eine Privatschule.«

»Warum?«

»Ich konnte schon mit vier lesen und schreiben. Im Unterricht langweilte ich mich zu Tode. Ich weigerte mich nicht, etwas zu lernen. Ich weigerte mich bloß, zur Schule zu gehen.«

Er brach in leises Lachen aus. Er schien über Dinge zu lachen, die weit zurücklagen und ihn persönlich angingen.

»Ich kenne das. Man kann sich alles selbst beibringen, *ne*?«

Er gebrauchte den familiären Ausdruck für »nicht wahr«.

»Absolut«, erwiderte ich.

»Deine Lehrer … hast du sie überfordert?«

»Zur Verzweiflung gebracht. Oder zur Weißglut. Meine Eltern schickten mich in diese Privatschule, wo die Kinder individuell gefördert wurden. Dort machte ich mit, irgendwie.«

Er nickte.

»Wie du haßte ich es, zur Schule zu gehen. Wie du wurde ich gezwungen, in den Unterricht zu gehen. Wie du habe ich meine Lehrer zur Weißglut gebracht.«

»Aber japanische Kinder sind gehorsam. Und diszipliniert. Das sagt man doch, oder?«

Er warf sein schönes schwarzes Haar aus der Stirn.

»Ich machte wertvolle Erfahrungen, bloß nicht in der Schule. Ich hatte nicht den geringsten guten Willen, ich muß es zugeben. Meine Mutter war zornig und strafte mich. Aber dadurch änderte sich nichts. Ich war sehr beharrlich.«

»Schlug sie dich?«

»Nur, wenn ich es wirklich verdient hatte, aber nie sehr fest. Ich war stark genug, davonzulaufen. Und mich danach wieder zurückzuholen, das ging nicht mehr ...«

Er stockte, seine Augen zogen sich leicht zusammen. Ich schwieg. Ich dachte an das, was Naomi mir gesagt hatte und besonders an das, was sie mir nicht hatte sagen können.

»Und dein Vater?«

»Er ließ mich gewähren. Es war seltsam; er hat nie versucht, mich anders zu machen, als ich war. Er ist der sanfteste Mann, den ich jemals gekannt habe. Wenn ich ihn so ansehe, jetzt, da er krank ist, zeigt sich diese Empfindsamkeit auf seinem Gesicht. Aber er liebte andere Dinge. Er liebte sie mit einer beständigen Hingabe, die mich veranlaßte, auf ihn böse zu sein. Ich nehme an, daß ich eifersüchtig war. Grundlos eifersüchtig, wie Kinder es sein können. Erst später habe ich begonnen, ihn zu verstehen. Und jetzt glaube ich, daß ich ihn ziemlich gut verstehe.«

»Dein Vater ist Schwertschmied, nicht wahr? Ein ungewöhnlicher Beruf!«

Er schien nicht erstaunt, daß ich es wußte, sondern nickte nur.

»Ich kann mich an manche Dinge schlecht gewöhnen. Zum Beispiel daran, daß ich der Sohn eines Schwertschmiedes bin. Mein Vater gehört zu den Handwerkern, die vom Staat finanziell unterstützt werden. Von dieser Sorte gibt es nicht einmal mehr fünfzig. Die meisten sind jetzt zwischen siebzig und achtzig, wie mein Vater. Merkwürdig, nicht wahr?«

»Und irgendwie bewundernswert.«

»Irgendwie bewundernswert, ja. Überall, wo ich hinkomme, höre ich, ach, sind Sie der Sohn von Kunihiko Harada? Das ist kein Vergnügen, wirklich nicht. Das ist eine verdammte Bürde.«

»Weil alle von dir erwarten, daß du wie dein Vater wirst?«

»Die bloße Vorstellung davon verursacht mir Magenkrämpfe. Ich nehme an, man genießt es, Anerkennung zu finden, bewundert, beneidet und nachgeahmt zu werden. Dazu muß man naiv oder passiv veranlagt sein. Oder weltfremd, wie mein Vater. Der bleibt sich treu. Unerschütterlich.«

»Was ist er für ein Mensch?«

»Sein Vater war Schwertschmied, und davor sein eigener Vater und auch seine Vorfahren. Seit achthundert Jahren. Er hat sein Leben und sein Werk, im Grunde alles, diesem Bewußtsein geopfert. Wir sind eine Dynastie. Und wenn ich denke, wie die Zeit dahinfließt, wie die Erde weitergeht, von Jahreszeit zu Jahreszeit, und wenn ich um die lange Kette meiner Vorfahren weiß, dann kommt mir dieser Gedanke eigentümlich vor.«

»Ich finde ihn schön.«

Er lächelte. Ich lächelte zurück; zwischen uns war Begehren im Spiel, das vergaßen wir beide nicht, keinen Atemzug lang.

»Die Fäden, die meinen Vater mit der Vergangenheit verbinden, sind stark. Ich kann nicht genau sagen, wann ich dieses Gefühl verloren habe. Es geschah so nach und nach, als ich erwachsen wurde, zwangsläufig, als ich ins Ausland ging. Eine Zeitlang war meine Großmutter, die oft zu Besuch kam, der einzige Mensch, der etwas mit mir anfangen konnte. Sie sagte zum Beispiel: ›Kunio-chan, komm, erzähl mir, was du heute gesehen hast.‹ Und ich sagte zu ihr: ›Obaa-chan, ich habe einen Grashalm beobachtet. Und von diesem Grashalm aus habe ich über alle anderen Pflanzen nachgedacht, und dann über die vier Jahreszeiten und die ganze Landschaft. Und über die Tiere und zum Schluß über die Menschen.‹ ›So, so‹, sagte meine Großmutter, ›und was hast du dabei entdeckt?‹ Ich antwortete: ›Alles sieht anders aus, aber alles ist gleich.‹ Meine Großmutter lachte. ›Was tut dieses Kind in der Schule?‹ fragte sie meine Mutter. Dann nahm sie mich bei der Hand. ›Komm, gehen wir in den Wald. Laß uns zusammen die Gräser ansehen!‹ Meine Mutter meinte, daß sie mich verzog. Aber keiner widersprach ihr, mein Vater schon gar nicht.«

Er hielt kurz inne.

»Meine Mutter starb vor einem Jahr. Krebs«, erläuterte er kurz, als Antwort auf meine unausgesprochene Frage. Er wurde jetzt nachdenklich, sein Gesicht war auf besondere Art traurig. Ich wandte die Augen ab und sagte:

»Meine Großmutter Iris ist in Kobe gestorben.«

Er hörte zu, das war gut, es brachte ihn auf andere Gedanken.

»Wie kam das?«

»Sie war eine polnische Jüdin und mußte vor den Nazis fliehen.«

Ich erzählte ihm die Geschichte.

»Einzelheiten weiß ich kaum. Meine Eltern hatten eine irritierende Unfähigkeit, über diese Dinge zu reden. Als ob es sich nicht gehörte.«

»Die meisten Menschen denken ungern an schwere Zeiten zurück.«

»Sie schützten mich in unsinniger Weise vor dem Leben, früher empfand ich es als Beleidigung, heute verstehe ich sie besser. Den Namen Hanako kannte ich natürlich. Aber Lea wollte mir nie sagen, warum sie noch heute so oft an sie denkt.«

»Hanako, so heißt auch meine Großmutter«, erwiderte er. »Dieser Name war in den vierziger Jahren sehr verbreitet. Ihr Vater was übrigens Arzt und ihre Mutter in der Geburtshilfe ausgebildet. Ob sie allerdings eine eigene Praxis hatte, weiß ich nicht, es war damals sehr unüblich für eine Frau. Ich kann Hanako ja mal fragen, und gleichzeitig auch nach dem Vornamen ihrer Mutter. Aber die Familie hat immer in Nagasaki gewohnt, In Kobe. Nein, davon ist mir überhaupt nichts bekannt.«

»Dann ist sie es nicht«, seufzte ich. »Die Mühe kannst du dir sparen.«

»Und was geschah dann?« fragte er.

»Iris wurde auf dem Friedhof für Ausländer beigesetzt. Meine Mutter fuhr nach Amerika. Sie traf dort einen polnischen Studenten wieder und heiratete ihn. Später hat sie vergeblich versucht, ihre japanische Freundin wiederzufinden. Es scheint, daß eine alte Dame manchmal das Grab besucht. Ich will versuchen, etwas über sie zu erfahren. Aber da muß ich mit dem Friedhofswächter reden, und mein Japanisch ist stümperhaft.«

»Vielleicht kann ich dir behilflich sein?«

»Ja, das wäre gut.«

Ich nippte an meinem Sake.

»Dein Vater ist krank, sagtest du. Schlimm?«

Er holte gepreßt Atem.

»Ich denke, daß er sich nie von dem Kummer erholt hat, den er beim Tod meiner Mutter empfand. Seitdem hatte er schon zwei Schlaganfälle.«

»Wer sorgt jetzt für ihn?«

»Meine Großmutter. Und meine Schwester Rie arbeitet nur nur noch halbtags. Sie ist Buchhändlerin, hier in Kyoto. Ich selbst wohne in Nara, ganz in der Nähe. In Japan wird erwartet, daß sich die Kinder um die betagten Eltern kümmern. Mein Vater arbeitet täglich in der Schmiede. Zum Glück hat er zwei Gehilfen, die keine Anfänger mehr sind.«

»Er fertigt Schwerter an? Noch heute?«

Er lehnte sich zurück, stützte sich auf beide Hände auf.

»Schwerter dienten jahrhundertelang der japanischen Kriegerklasse. Es waren keine Waffen für Feiglinge. Mit einer Schußwaffe kann jeder Idiot umgehen. Die Schwertkämpfer damals – Männer und Frauen – trugen eine Verantwortung. Sie waren von großer Selbstherrlichkeit. Sie konnten es sich leisten, es galt eher als eine Tugend. Sie beherrschten alle feinen Künste, die Teezeremonie und das Blumenstecken, und angesichts des Todes verfaßten sie ein Sterbegedicht. Sie lebten an der Grenze der Wirklichkeit, es machte ihnen nichts aus, über den Nullpunkt zu gehen. Total verrückt, wenn man sich das vorstellt.«

»Und irgendwie bewundernswert.«

»Und irgendwie bewundernswert, ja. Während einer kurzen Zeitspanne in der Geschichte dieser Welt haben sie eine Legende geboren, ein Ideal geschaffen. Eine Verkörperung von Adel, Ehre und Mut. Die Zeiten sind vorbei. Und ich kann nicht einmal sagen ›zum Glück‹. Kriege waren immer abscheulich, jetzt sind sie pervers. Ich meine, weil unsere hehre Gattung sie längst überwunden haben sollte.«

»Du bist ein Idealist, Kunio. Kriege halten die Wirtschaft in Schwung, sichern Arbeitsplätze und dienen der Forschung. Und es gibt keine Kämpfer mehr. Nur Technokraten und Terroristen. Globale Vernichtung? Ein Video-Game.«

»Das alles ist hoffnungslos ordinär«, seufzte er.

Der Sake war uns ein wenig zu Kopf gestiegen. Ich stützte meine heiße Wange in die Hand.

»Und wozu werden heute die Schwerter gebraucht?«

»Sie werden von Liebhabern gekauft, die bereit sind, für kostbare Sammelobjekte viel Geld auszugeben. Aber die Sammler sind selten; mein Vater braucht ein Jahr, nur um fünf Schwerter herzustellen. Eins davon ist würdig, seinen Namen zu tragen. Er ist ein anspruchsvoller Mensch. Wenn man ihn machen ließe, würde er nur alle zehn Jahre eins verkaufen.«

»Man muß ihn machen lassen«, sagte ich.

Er lächelte mit den Augen.

»Ein solches Schwert, siehst du, ist nicht nur ein Werkzeug. Es hat eine sittliche und geistige Bedeutung. Es tötet kein lebendes Geschöpf, sondern vernichtet unsere eigene Gier, Zorn und Torheit. So wird es zum Sinnbild des Lebens, nicht des Todes, und erfüllt sein wahres Amt als Spiegelbild der Seele. Mein Vater sagt: Ein blutbeflecktes Schwert ist scharf; ein reines Schwert ist vollkommen. Ich mache nur reine Schwerter.« Kunio warf mir einen raschen Blick zu. »Ich erzähle dir das nicht, um dir zu imponieren. Mein Vater redet wirklich so. Das ist ein großes Problem für mich.«

Ich legte die Stäbchen hin.

»Du liebst ihn, nicht wahr?«

»Japaner reden nicht über Gefühle, das weißt du doch.« Dann, nach einer Pause: »Ja, ich liebe ihn.«

»Hast du es ihn fühlen lassen?«

»Nicht genug.«

»Will er, daß du seine Nachfolge übernimmst?«

»Das ist sein Herzenswunsch. Aber er sagt, ich soll machen, was ich will.«

»Zum Beispiel, Geschichtslehrer sein?«

»Das ist immerhin eine Möglichkeit.«

»Wie langweilig, nicht wahr, den Schülern immer das gleiche zu erzählen?«

»Unvorstellbar langweilig«, seufzte er.

»Die Arbeit, die man macht, ist doch wichtig«, meinte ich.

»Man kann doch nicht nur irgend etwas machen.«

»Ich könnte Schwerter schmieden.«

»Du hast mir noch nicht gesagt, warum du nicht willst.«

»Ich habe Angst, daß ich nicht so gut bin wie mein Vater.«

»Und ihn dabei enttäuschst?«

»So etwa.«

»Hast du es niemals versucht?«

Er lächelte, diesmal sehr selbstsicher.

»Ich war von Anfang an dabei. Immer bei meinem Vater, in der Schmiede. Wie das vor sich geht, habe ich nie vergessen. Schmiede sprechen mit dem Eisen, wußtest du das?«

Ich schüttelte den Kopf.

»Das ist etwas, das viele nicht wissen. Sie schmeicheln dem Eisen mit Koseworten oder flehen es an. Es kommt auch vor, daß sie es beschimpfen. Sie verfluchen es niemals. Eisen muß man mit Hochachtung behandeln. Eisen ist heilig.«

Ich blickte auf seine nackten Arme und sah, daß sie mit einer Gänsehaut überzogen waren.

»Was noch?« fragte ich.

»Man kommt zu der Überzeugung, so nach und nach, daß das Eisen Sympathie oder Abneigung zeigt. Man merkt es an der Art, wie das Erz auf dem Amboß schmilzt, wie es willig ist oder sich sträubt, wie es singt oder schreit. Ja, so etwas ist sehr klar zu erkennen …«

Er stockte, sah plötzlich etwas betreten aus. Was für einen eigentümlichen Blick er hat, dachte ich. Manchmal scheint er zu träumen, seine Gedanken auf einen ganz bestimmten inneren Kern zu richten. Es ist, als ob er einen Kreis zieht, in dem er wohnt. Dann wieder sieht er mich an, als ob er sich selbst verspotten würde.

»Ich sehe schon«, sagte ich, »du kennst dich gut aus.«

»Ich experimentiere gerne«, erwiderte er, wieder ganz ruhig.

»Zeig mal deine Hände!«

Er streckte sie mir hin. Ich betrachtete sie. Lange, gelenkige Hände, sehr glatt, mit gepflegten Nägeln. Er schüttelte belustigt den Kopf.

»Nein. Man sieht es den Händen nicht an. Mein Vater nimmt brennendes Erz in die Handfläche. Und seine Haut ist zart wie ein Blumenblatt.«

»Deine auch …«

Ich nahm seine Hand in meine und drückte sie. Er umschloß meine Hände mit seinen.

»Seltsam, wie froh ich bin, dir begegnet zu sein.«

Ich erwiderte sein Lächeln.

»Mir scheint, wir reden hier doch über Gefühle.«

»Die ganze Zeit schon. Wir reden ja über nichts anderes.«

»Über irgend etwas muß man schließlich reden«, sagte ich.

# 13. Kapitel

Ich wollte mit dir schlafen«, sagte ich. »Vom ersten Augenblick an.«

Seine Lippen bewegten sich an meiner Wange.

»Ich auch.«

Ich schnupperte an seiner Haut wie an einer Frucht. Er hatte einen ganz besonderen Geruch an sich, nach Holzkohle und frischen Gräsern. Keine Ahnung, ob er ein besonderes Rasierwasser nahm oder ob es der natürliche Geruch seiner Haut war.

»Man kann sich hierin nicht eine Sekunde lang täuschen«, sagte ich. Er lachte leise, ein wenig verwirrt.

»Ich wußte nicht, daß ich eines Tages dazu fähig sein würde.«

Ich schob meine Hände an seinen Hüften entlang; sein Körper war warm und dicht, er hatte eine ganz gleichmäßige goldene Tönung und bebte leicht unter meinen Fingern. Dieser Körper war mir noch nicht vertraut; es war wundervoll, ihn zu entdecken.

»Du … wie schön du bist«, flüsterte ich.

Er umfaßte mich mit beiden Armen, so fest, daß er meinen Atem aus dem Gleichmaß brachte.

»Eine Frau sollte einem Mann niemals sagen, daß er schön ist. Sonst glaubt er am Ende noch, daß sie in ihn verliebt ist.«

»Darauf lasse ich es ankommen.«

»Wir Japaner nehmen die Leidenschaft sehr ernst, Ruth-San.«

»Großartig!«

Es war dunkel im Zimmer, doch nicht ganz: Die zunehmende Mondsichel warf blaue Schatten, gemischt mit dem Neonlicht der Straßenbeleuchtung. Die Schatten bewegten sich, während wir uns auf dem Futon umarmten. Er streichelte meine Hüften, die so hart waren wie seine – die Hüften einer Tänzerin eben – und dann mit den Fingern die Innenseite meiner Schenkel aufwärts. Wir küßten uns lange, schlossen nicht die Augen dabei; wir sahen uns an, und ich spürte seine Hand in mir, sanft und geübt, bis ich aufstöhnte. Schon möglich, daß ich nicht in ihn verliebt war; aber ich war von ihm angezogen, verzaubert. Er war nicht abgebrüht, das war es, was mir so an ihm gefiel. Noch hatte sich bei ihm eine große Unbefangenheit erhalten. Und gleichzeitig hatte ich nie einen Mann in den Armen gehalten, der feinfühliger gewesen wäre als er. Er hatte sofort gemerkt, daß es für mich nichts Schöneres gab als Verzögerung, Zärtlichkeit, das gleichzeitige Erkunden zweier Körper, die sich begehren. Er beschleunigte nichts, seine Finger nahmen sich Zeit, entdeckten meinen Schoß, das lebendige innere Fleisch. Ich genoß diese schwachen Traumbewegungen seiner Finger in mir, manchmal leicht wie das Streicheln einer Feder, manchmal stärker, fast schmerzhaft; ein Schmerz, der höchste Lust war. Wir sprachen jetzt nicht mehr; unsere Körper sprachen für uns eine deutliche Sprache. Ich preßte die Beine fest ineinander, hielt seine Hand mit meinen Schenkeln fest. Er sollte spüren, wie ich beschaffen war – klein und hart und eng, mit den festen Muskeln, die einen Mann zur Ekstase bringen. Das kann man trainieren, wie alles andere auch. Ein Mann, der Erfahrung hat, spürt diese Dinge. Meine Hände, die am Anfang sehr kühl gewesen waren, wurden plötzlich fordernd und heiß. Ich berührte ihn an den richtigen Stellen, mit der richtigen Intensität, bis seine Brustwarzen hart und klein wurden und ich ihn leise keuchen hörte. Da wälzte ich mich auf ihn, preßte meine Knie an seine Hüften. Er stieß in mich hinein, stöhnte leise, während ich ihn immer fester in mich hineinpreßte. Ich genoß es, einen Mann vollkommen zu besitzen, ihn mit meinem Körper festzuhalten, einen Schmerz zu empfinden, der so natürlich war. Ich schaukelte langsam auf ihm, fühlte mich ganz von ihm ausgefüllt. Ich verfügte über viel Geschicklichkeit, es gelang mir, mich noch tiefer zu öffnen, ihn noch vollständiger zu umfangen. Er seufzte kaum hörbar, seine Augen leuchteten bläulich; er legte beide Hände auf meine Lenden, drückte sie sanft, dann stärker, schneller, zeigte mir, wie er es haben wollte, bis ein tiefer Schauer ihn durchbebte, sein Körper sich mir entgegenhob. Ich ließ mich auf seine Brust sinken, das Gesicht an seinen warmen Hals gedrückt, fühlte das Pochen seines Blutes in der Schlagader, die ich zärtlich mit der Zunge berührte. Eine Zeitlang lagen wir da, in der Feuchte der eigenen Ermattung; wahrscheinlich schliefen wir sogar eine Weile. Als wir aufwachten, war alles still; nur das hypnotische Zirpen der Glockenzikade strömte durch den offenen Türspalt. Ich hob den Kopf, im selben Augenblick, da auch er sich bewegte, die Augen auf meine richtete. Die Mondsichel schwebte tief und schräg vor dem Fenster. Es mußte etwa vier Uhr morgens sein.

»Kunio«, fragte ich leise, »was ist mit uns?«

Die Muskeln seiner Schultern zitterten leicht, als ich sie mit meinen Lippen streichelte.

»Ich verstehe nicht, was ich fühle. Ich fühle es zum ersten Mal.«

»Du auch?«

Er nickte.

»Es ist seltsam, nicht wahr? Ich habe es noch nie empfunden, aber möglicherweise ...«

Er stockte, sprach den Satz nicht zu Ende.

»Ja?«

Ein Seufzer hob seine Brust.

»Es könnte sein, daß wir uns lieben.«

Meine Hände strichen seine Unterarme entlang, umfaßten die Ellbogen, glitten über die Oberarme, fühlten die starken Muskeln unter der zarten Haut.

»Das war nicht vorauszusehen«, flüsterte ich.

»Möchtest du darüber sprechen?«

Ich sog den Geruch seiner Haut ein, die leichte Feuchtigkeit, die aus seinen Poren drang. Unsere Körper klebten aneinander; ich rieb meinen Bauch an seinem Unterleib, eine ganz leichte, kreisende Bewegung.

»Also gut. Ich habe so etwas noch nie erlebt. Und du bist wirklich nicht der Erste, weißt du.«

»Eine Zeitlang«, erwiderte er, »war ich nicht sehr wählerisch. Und ich fragte mich bereits ...«

»... ob es nicht die bequemste Art zu leben ist?«

Er strich mir das Haar aus dem Gesicht, bog meinen Kopf etwas weiter zurück, um mir in die Augen zu sehen.

»Mit viel Übung und etwas Glück funktioniert das. Man kann die Liebe auf bloße Spielereien reduzieren.«

»Wir sind sehr geübt, Kunio. Und inkonsequent. Wo ist dein Gummi, verdammt? Wir täten besser daran, uns zu trennen.«

»Daran habe ich nicht gedacht, aber du hast recht«, sagte er.

»Wann fährt der erste Zug nach Nara?«

»Um halb sieben.«

»Gibt es auch einen späteren?«

»Jede Stunde«, sagte er. »Jede Stunde fährt ein Zug nach Nara. Aber was nützt das schon? Sag mal ...«

»Ja?«

Meine Augen waren leicht verklebt: Ich fühlte seine Atemzüge auf meinen Wimpern.

»Wie kommt es, daß wir so sicher sind, du und ich? Ich meine ... da wir so große Übung haben, verwirren uns vielleicht die Gefühle? Vielleicht ist der Irrtum deutlich sichtbar?«

Ich antwortete nicht sogleich, ließ meine Finger über seine Brust gleiten, und in der spielerisch zarten Bewegung fühlte ich wieder dieses sinnliche Entzücken. Ein fremder Mann, ein neuer Liebhaber. Solche Männer waren für mich immer die idealen Bettpartner gewesen, ich genoß ihre Gesellschaft und grübelte nicht. Konnte Leidenschaft etwas dermaßen Überwältigendes werden, daß sie das Denken vernebelte? Wußte ich bisher vielleicht gar nicht, was Leidenschaft ist? Träume nicht soviel, Ruth. Mach dir nichts vor. Alles hat einmal ein Ende.

»Und selbst in diesem Fall ...«, sagte ich – und stockte. Sein Blick ging zu mir, sehr lebhaft, mit einem Aufleuchten.

»Du willst wohl sagen, es wäre dumm, zu früh voneinander zu lassen?«

Ich lachte, weil er den Satz, den ich hängengelassen hatte, so geschickt auffing und zu Ende brachte; an diesem Echo erkannte ich, wie stark er in mir lebte. Bei allen anderen Männern zuvor war ich allein geblieben. Er sprach weiter; und wieder schien er in meinen Gedanken zu lesen, was mich sehr verwunderte.

»Als ich dich sah, da hatte ich ein merkwürdiges Gefühl. Mir war, als ob sich meine Aura von mir löste, um dich zu umkreisen. Ich blieb zurück, ein Mensch ohne Licht. Alle Bilder in mir erloschen. Das Ganze dauerte vielleicht einen Atemzug lang; dann war alles wieder wie vorher. Und ich dachte, kaum zu glauben, da reise ich um die halbe Welt, suche dich in vielen Frauen und finde dich genau dort, wo ich geboren bin.«

Ich streichelte sein Gesicht.

»Ich würde gerne etwas von ihnen hören.«

»Von den Frauen?«

»Ist es dir unangenehm, von ihnen zu erzählen?«

»Nein, aber warum soll ich davon sprechen?«

»Weil ich glauben möchte, daß ich einzigartig bin.«

Er drückte das Gesicht an meine Schulter.

»Es gab viele Frauen, o ja.«

»Und du hast mich in ihnen gesucht?«

»Es ist nicht wahr, daß ein Mann eine Frau besitzt, das ist nur eine idiotische Redensart, biologisch falsch noch dazu. Es ist die Frau, die den Mann in sich aufnimmt. Der Mann, der eine Frau dazu nötigt, wird von ihr gehaßt. Ich rede von dem Akt des Gebens. Der Mann gibt sich der Frau, gibt ihr seinen Samen. Das ist ein Zwang. Er kann nicht anders, wenn er potent ist. Er gibt, um etwas zu empfangen.«

»Was denn, Kunio?«

»Sein Ebenbild. Der Mann sucht sich selbst, in der Erfahrung echter Liebe.«

»Und die Frau?«

»Sie sucht das gleiche: ihr Ebenbild – wäre sie als Mann geboren. Beide, Frau und Mann, suchen sich selbst im anderen.«

»Dann liebst du mich also.«

»Habe ich das gesagt?«

»Seit einer Stunde sagst du nichts anderes.«

»Ich möchte mit dir verbunden sein.«

»Komm!« flüsterte ich rauh.

Seine Augen, in denen sich der Mond spiegelte, sahen in meine Augen. Wir fühlten unsere Hände in fiebriger, flatternder Bewegung. Wir kneteten unsere Haut wie nassen Ton, formten unsere Glieder neu, mit jeder Bewegung und mit jedem Atemzug. Wir fanden den Rhythmus, mit hämmernden Herzen, verbunden mit unseren atmenden Leben, unserem Schweiß, unserem Speichel. Wir sagten kein Wort, wir keuchten nur, und das Herz stieß das Blut durch den Körper, wieder und wieder, eine Strömung, die uns herumwarf und fortspülte. Der Mondsplitter schien klar und grell; Lichtfünkchen schimmerten auf unserer Haut, jede Geste, jede Bewegung entsprang dem Wissen, daß das Schicksal uns lenkte, bis wir zwischen unseren Körpern nicht mehr den leisesten Unterschied erkannten. Da erlebten wir einen Augenblick der Einbildung, als ob unsere Herzen, unser Puls im gleichen Rhythmus klopften und das Blut des einen in den Adern des anderen kreiste, wie das Blut zwischen der Mutter und ihrem noch ungeborenen Kind. Unser Atem hing als Dunst über unseren erhitzten Körpern, unser Flüstern erfüllte die Luft. Dann glitten Wolkenschleier über die Mondsichel; das Licht wanderte über ein Gesicht, einen Arm, eine Hand. Und noch später senkte sich Dunkelheit von der Zimmerdecke herab wie eine dichte schwarze Wolke, die uns einhüllte. Die Straßen waren still, und auch die Zikaden schwiegen. Wir schliefen und träumten von unseren schlagenden Herzen. Und in unseren Träumen, lebenswarm und geheim, regte sich eine Geschichte, die lange vor unserer Geburt begonnen hatte, die jetzt neu begann. Aber das wußten wir noch nicht, in dieser ersten Nacht unseres neuen Lebens.

# 14. Kapitel

Weißes Licht traf meine geschlossenen Lider; ich blinzelte, kniff die Augen wieder zu. Ich spürte Kunios warmen Körper neben mir, schmiegte mich an ihn und versuchte, in die Geborgenheit des gemeinsamen Schlafes zurückzusinken. Aber es ging schon nicht mehr; Zweige tanzten hinter dem Moskitonetz, ein Luftzug ließ die Scheiben klirren, der Morgenverkehr brauste. Langsam kehrte das Gefühl meines eigenen Körpers zurück, erfüllte mich mit prickelnder Lebensfreude. Ich streckte den Arm aus, tastete nach meiner Uhr. Halb acht. Kunio rührte sich nicht; sein Atem ging tief und regelmäßig. Sein Gesicht war entspannt, fast kindlich; auf dem weißen Bezug leuchtete seine Haut wie dunkles Gold. Eine Regung kehrte zurück, weich und träge, winzige Flämmchen in meinem Unterleib, welche die Lenden hinaufflackerten. Vorsichtig schob ich die Beine über den Rand des Futons, kniete kurz auf der Binsenmatte und richtete mich auf. Im Vorübergehen ergriff ich meine *Yukata* – das bequeme japanische Hauskleid aus Baumwolle. Leise ging ich ins Badezimmer, schloß die Tür hinter mir. Ich ließ das Wasser nicht zu laut laufen, regulierte die Brause, duschte mich zuerst warm, dann kalt, auch die Haare. Ich putzte mir die Zähne, wusch mein Haar mit Pfirsichshampoo. Dann drehte ich das Wasser ab, schüttelte die Tropfen aus dem Haar, trocknete mich ab und schlüpfte in die marineblaue *Yukata*. Mit strubbeligem Haar ging ich in das Zimmer zurück; Kunio bewegte sich, hielt die Hand vor die Augen. Ich machte mir in der Küchennische zu schaffen, machte die Kaffeemaschine an, holte Geschirr aus dem Schrank. Ich lehnte an der Tür, eine Tasse in der Hand, als Kunio blinzelnd erwachte. Er stützte sich auf den Ellbogen auf, verzog leicht das Gesicht und lächelte mir zu. Ich erwiderte sein Lächeln.

»Kaffee?«

Er nickte. Ich kniete neben dem Futon, reichte ihm die Tasse.

»Ich habe ihn soeben eingeschenkt.«

Er nahm die Tasse; wir sahen einander an. Sein schwarzes, zerzaustes Haar leuchtete in der Sonne. Ich strich es ihm aus der Stirn. Es fühlte sich glatt, kräftig und lebendig an. Wir tauschten ein Lächeln. Seine Hand wanderte zu meinem Nacken, unter mein Haar. Seine Finger spreizten sich, er schien die Berührung mit der nassen Kopfhaut zu genießen.

»Ich war schon unter der Brause.«

Er reichte mir die Tasse; wir nahmen abwechselnd einen Schluck. Wir ließen uns nicht aus den Augen.

»Wie gut du riechst!« sagte er.

»Pfirsichshampoo.«

»Nein, du selbst. Du riechst nach jungem Morgen.«

»Wie schön du das gesagt hast, Kunio.«

Sein Lächeln verschwand.

»Wie spät ist es?«

»Noch früh. Erst acht. Möchtest du Toast?«

Er warf eilig die Decke zurück.

»Keine Zeit! Um neun fährt mein Zug.«

»Du hättest den Wecker stellen sollen.«

»Ich hatte anderes im Kopf.«

Ich lachte, während er seine verstreuten Sachen aufhob und im Bad verschwand. Kaum fünf Minuten später war er wieder da, geduscht und rasiert, aber immer noch ungekämmt. Der Toaster warf gerade geröstetes Brot aus. Ich legte eine Schnitte auf Kunios Teller, stellte Butter und Marmelade dazu, goß Milch auf die Cornflakes und brachte ihm das Tablett.

»Du kannst nicht mit leerem Magen unterrichten. Laß es dir schmecken.«

Er nahm mir das Tablett aus den Händen, stellte es auf den Tisch.

»Alles in der richtigen Reihenfolge!«

Er lehnte seine Stirn an meine. Ich schlang die Arme um seinen Hals. Meine Zunge drang in seinen Mund ein, der einen Nachgeschmack nach Zahncreme hatte. Seine Hand glitt in den Ausschnitt meiner *Yukata*, schloß sich sanft und schmeichelnd über meiner Brust. Die Spitzen richteten sich sofort auf, spannten sich, wie von Magneten angezogen. Ich keuchte leicht und erschauerte. Wir spürten die Wolke der Lust, die tief in unserem Körper begann, den Unterleib erfaßte, immer mächtiger und erregender wurde. Sein Haar fiel auf mein Gesicht, er öffnete meine Schärpe, indem er nur leicht an den Knoten zog und die Ärmel zurückschob. Das Gewand fiel auseinander. Ich schmiegte meinen Körper an seine Jeans, rieb meinen nackten Bauch an seiner Gürtelschnalle. Wir küßten uns, innig und stöhnend, bis er sich fast gewaltsam losriß und ich ihn anstarrte und lachte.

»So geht es nicht, Kunio!«

»Nein, so geht es nicht.«

Ich zog meine *Yukata* zu, knotete die Schärpe fest.

»Du solltest jetzt frühstücken. Es ist halb neun.«

Er stieß einen Zischlaut aus.

»Was hast du gesagt, Kunio?«

»Ich habe ›Scheiße‹ gesagt.«

»Du bereicherst meinen Wortschatz. Ich lerne gerade Japanisch.«

Er schlürfte eilig seinen Kaffee, stopfte sich Cornflakes in den Mund.

»Mir ist noch nicht aufgefallen, daß du nicht Japanisch sprichst.«

Ich strich Butter und Marmelade auf Kunios Toast.

»Wir haben also beide zu tun.«

»Ja, bis heute abend. Und dann haben wir einiges nachzuholen.«

Ich hielt ihm den Toast hin, den er hastig verschlang. Seine Augen glitzerten im Sonnenlicht; sie waren nicht schwarz, sondern haselnußbraun, mandelförmig, mit sehr großen Pupillen. Dann sah er wieder auf die Uhr, schluckte den letzten Bissen Toast, trank hastig seine Tasse aus.

Ich begleitete ihn an die Tür. Ein letztes Mal riß er mich an sich. Wir küßten uns so heftig, daß unsere Zähne aneinanderschlugen. Dann wandte er sich ab; die Türfeder schlug hinter ihm zu. Ich sah nur noch flüchtig seinen Schatten und weg war er. Den Rucksack hatte er dagelassen.

Am Nachmittag machte ich mich auf den Weg zum Yasaka-Schrein. Ich wollte Naomis Onkel danken, daß er die Begegnung mit Mori-Sensei in die Wege geleitet hatte. In einem exklusiven Geschäft hatte ich einige besondere Teesorten gekauft; Japaner legen viel Wert auf elegante Verpackung. Die Schachtel, mit erlesenem Papier umwickelt und mit kunstvoll geknüpften Zierknoten versehen, entsprach den höchsten Ansprüchen. Ich fand Daisuke Kumano in einem kleinen Obst- und Gemüsegarten hinter seinem Haus. Er trug sein weißes Priestergewand, darüber eine marineblaue *Hakama* und Gummistiefel. Er kauerte unter einem Baum, stocherte mit einem Spaten herum und rupfte mit der freien Hand Unkraut aus dem Boden. Er schwitzte in der prallen Nachmittagssonne, seine glatte Haut schien wie mit Öl eingerieben. Der junge Priester, der mich in den Garten geführt hatte, verneigte sich und zog sich zurück. Ich ging auf den knienden *Kannushi* zu.

»Bitte entschuldigen Sie«, sagte ich höflich auf Japanisch. »Ich möchte mich bei Ihnen bedanken.«

»Oh, Ruth-San! Wie schön, dich zu sehen!«

Daisuke Kumano sah lebhaft auf, raffte seine *Hakama* zusammen und erhob sich. Seine kohleschwarzen Augen blinzelten kaum im Sonnenlicht. Hinter ihm ragte der Baum empor: Er sah aus wie ein Bruder, der den Priester beschützte.

»Nun, wie gefällt dir dein Leben in Japan?«

»Es läßt sich nicht mit irgend etwas vergleichen«, antwortete ich. »Man muß es erleben.«

Er blinzelte verschmitzt.

»An einem Tag gewöhnt man sich nicht daran. Aber morgen wirst du dich schon daran gewöhnt haben. Und an manche Dinge gewöhnt man sich schneller als an andere, *ne*?«

»*So desu* – es stimmt« sagte ich auf Japanisch.

Er nickte mit zufriedener Miene.

»Du hast Fortschritte gemacht. Deine Aussprache ist gut.«

Ich lachte. »Wäre ich ein Vogel, könnte ich die Gipfel überfliegen.«

»Statt dessen krabbelst du wie eine Ameise und findest den Weg zu lang.« Seine Zähne leuchteten hinter den weichen Lippen. »Hab Geduld, Ruth-San. Der Vogel überfliegt den Weg, aber die Ameise kennt ihn, das ist der Unterschied.«

Ich überreichte ihm das Geschenk.

»Gemessen an dem, was Sie für mich getan haben, ist es nur eine Kleinigkeit.«

Er steckte schwungvoll den Spaten in die Erde, bevor er die Schachtel mit einer tiefen, sehr zeremoniellen Verbeugung entgegenahm, die auf deutliche Weise auch Zärtlichkeit ausdrückte. Durch das Erlernen der Entstehung einer Bewegung werden Tänzer geschult, auf Instinkte und Gefühle zu achten. Worte sagen dieses oder jenes, aber die Sprache der Bewegungen bringt tiefere Empfindungen ans Licht. Sie sind ein Flüstern von Herz zu Herz.

»Übrigens hat Sagon Mori angerufen«, nahm der Priester das Gespräch wieder auf. »Er ist von deinem Können beeindruckt.«

»Ich habe ja nur vorgetanzt. Heute abend unterrichtet er mich zum ersten Mal. Ich weiß nicht, was mich dabei erwartet.«

»Nichts zu wissen, ist besser«, sagte Daisuke. »Vorgefaßte Meinungen müssen beseitigt werden, bevor man empfänglich für Neues wird. Diese Arbeit kann man sich sparen.«

»Das finde ich auch.«

Er warf den Kopf zurück und lächelte; sein jugendliches Lächeln war ganz bezaubernd. Dann wurde sein Gesicht plötzlich ernst.

»Naomi?« fragte er in knappem Tonfall.

»Sie ist nach Tokio gegangen.«

Schlagartig veränderte sich sein Ausdruck. Er verzog die Mundwinkel nach unten.

»Hat sie nichts gesagt?«

Ich schüttelte den Kopf.

»In der Schweiz hat sie angefangen, dieses und jenes zu erzählen. Aber hier in Japan, nein, nichts mehr. Ich habe auch nicht versucht, mehr zu erfahren.«

Ein Seufzer hob seine Brust.

»Sie ist eine ungewöhnliche Frau. Und Keita ein ungewöhnlicher Mann. Aber sie kann nicht bei ihm sein, ohne sich zu zerstören und damit auch ihn ...« Es klang, als ob er zu sich selbst sprach. Ich faßte mich an den Kopf und spürte etwas in meinem Haar. Es war eine Biene, die sich dort verfangen hatte. Ich befreite sie behutsam, ohne daß ich gestochen wurde.

»Sie wollte nicht, daß ich mit ihr zum Bahnhof ging. Als der Bus abfuhr, habe ich – das muß ich Ihnen sagen –, habe ich erbrochen. Ich habe mich schon manchmal übergeben, aber aus anderen Gründen als diesem. Immer aus anderen Gründen, verstehen Sie? Ich war nicht krank, keine Spur. Aber der Magen kam mir hoch, als ich ihre Hand sah.«

Er runzelte die glänzenden Brauen.

»Ihre Hand?«

»Immer, wenn ich ihre Hand sah, hatte ich Lust, mich zu übergeben.«

»Welche Hand, Ruth? Die rechte oder die linke?«

Ich versuchte, mich zu erinnern.

»Ich glaube, die linke. Und wenn ich ihre roten Nägel sah, dachte ich an Blutstropfen. Jedesmal. Finden Sie das nicht merkwürdig?«

Er nickte langsam vor sich hin. Ich hatte nicht einmal den Eindruck, daß er sehr überrascht war. Seine Augen schimmerten traumbefangen und düster.

»Doch, Ruth, das finde ich sehr merkwürdig.«

Sekundenlang starrte er mich an, doch in Wirklichkeit dachte er durch mich hindurch, abwesend und gramvoll. Schließlich brach ich mit einem tiefen Atemzug das Schweigen.

»Womit das zusammenhängt, das kann ich Ihnen nicht sagen.«

»Nein, natürlich nicht. Und auch von mir kannst du keine Antwort erwarten. Wieviel lernen Menschen in einem Menschenalter?«

Eine Krähe hüpfte unter den Büschen hervor, suchte Insekten in der lockeren Erde. Der Priester fand plötzlich aus seinem Wachtraum zurück. Er straffte sich, falls man das von einem Mann sagen kann, der sich kerzengerade hält.

»Arbeitest du im Garten, Ruth?«

»Ich nicht. Aber meine Mutter.«

Er fuhr mit seinem muskulösen Arm über die schweißnasse Stirn.

»Eines Tages solltest du dir einen Garten anschaffen. Das wird dir Frieden schenken.«

Er bat mich, die Teeschachtel einen Augenblick für ihn zu halten, während er den Spaten in einen Schuppen brachte und das Unkraut in einen Plastiksack stopfte. Am Schuppen war eine Pumpe angebracht. Der Priester wusch sich Hände und Gesicht über einem Plastikbehälter, trocknete sich mit einem kleinen Handtuch ab. Er schüttelte sein Haar, in dem Wassertropfen funkelten, und lächelte mich an, wieder ganz heiter. Die Sonne sank. Nur das Krächzen der Raben, das Knirschen unserer Schritte im Kies brach die Stille. Ich dachte über die Worte des Priesters nach – schaff dir einen Garten an, Ruth – und spürte auf einmal die süße und wohltuende Vertraulichkeit in der Natur, ein Befreundetsein mit allen Dingen, die mich wie eine stärkende Lebensluft umfangen hielt. Die Bäume standen am Himmel, wie große grüne Wolken, und darunter leuchtete korallenrot der Schrein. Hatte ich je etwas Schöneres gesehen? Nein, so glaubte ich. Auf ganz eigentümliche Weise war das Heiligtum schön, so, als sei es schon immer dort gewesen. Warum? Vielleicht, weil die Erbauer ein so großes Einvernehmen, eine so große Erfahrung mit der Natur hatten, daß sie diese Harmonie genau getroffen hatten. Anders konnte ich es nicht erklären. Unwillkürlich lenkte ich meine Schritte auf das Heiligtum zu. Vor dem Bauwerk blieben wir stehen. Tauben gurrten, und aus dem Helldunkel drang Kühle; das war sehr beruhigend. Der Priester stand neben mir. Seine hohe Gestalt warf, einer Säule gleich, einen langen Schatten in der Sonne. Nach einer Weile seufzte ich entspannt auf.

»Wie schön der Schrein ist!«

Er sah mich an, lebhaft und sehr glücklich, als ob meine Bemerkung seinen eigenen Gedanken entsprochen hätte.

»Nicht wahr? Ich bin froh, daß du endlich bemerkst, wie schön unser Schrein ist.«

»Er sieht so lebendig aus.«

Er nickte.

»Das ist er auch. Es gibt im Schrein weder Draußen noch Drinnen. Er ist eine Verflechtung von Mensch und Natur, die Verbindung zu jener Kraft, die man üblicherweise als Gott bezeichnet.«

Er schob gemächlich beide Hände in die Ärmel, wie die Priester es taten.

»Soviel ich weiß, gibt es nichts in unseren Schreinen, das nicht irgendeinem Zweck dient; doch alles, was man sieht, sind Symbole. Mir gefällt es, den Schrein mit einem menschlichen Körper zu vergleichen. Das Gebälk ist der Knochenbau; die Architektur entspricht den Muskeln und der äußere Verputz der Haut.«

»Und das Herz?« fragte ich.

Er warf mir einen tiefen Blick zu.

»Das Herz ist die Frau. Genauer gesagt, das weibliche Prinzip. Die Sonnengöttin – Amaterasu omikami – steht über allen anderen Gottheiten, den irdischen und den himmlischen.«

Ich lächelte flüchtig.

»Ich sehe nur einen Spiegel.«

»Der Spiegel – *Kagami* – ist ihr Auge und reflektiert die Welt. Ich bin ein Priester, aber ich bin nur ein Mann und stoße an meine Grenzen. Die Begegnung mit der Gottheit ist der Frau vorbehalten.«

Er blinzelte mir verschmitzt zu, doch ich merkte, daß es ihm ernst dabei war. An dergleichen hatte ich nicht gedacht. Ist es das, was hier anders ist? überlegte ich. Ich entsann mich an die

Vertrautheit, die ich empfunden hatte, als ich den Fuß auf japanische Erde gesetzt hatte. Ich hatte geglaubt, es wäre so, weil es neu und amüsant war. Das war es aber nicht. Vielleicht hatte ich hier etwas gefunden, das dem ähnelte, was ich ersehnte. Aber was wurde von mir als Gegengabe verlangt? Ich antwortete ruhig:

»In den meisten von uns sind zwei Naturen. Wenn ich eine Männermaske aufsetze, bin ich ein Mann.«

Ein tiefer Sonnenstrahl traf sein Gesicht; das widerspiegelnde Licht veränderte seine Züge. Er lächelte immer noch, aber mit ernsten Augen.

»Du kannst erkennen, was das heißt. Sagon erzählte mir, daß du den Ranryô-ô spielen wirst. Wie denkst du darüber, Ruth?«

Ein kurzer Angstschauer fuhr mir durchs Herz; gleich folgte ein Gefühl von Trotz. Wenn man mit zwölf gelernt hat, auf einer Bühne Ruhe zu bewahren, so wird man das nie vergessen.

»Es ist ja alles nur ein Tanz«,.sagte ich, betont gleichgültig.

Er wölbte die Brauen.

»Aber natürlich. Die Schöpfung selbst ist ein Tanz.«

Etwas kroch an mir hinauf, von den Füßen bis zum Herzen, und flatterte dort wie Schwingen. In meinem Magen wurde es plötzlich kalt. Das Zittern wuchs, und um es zu unterdrücken, verschränkte ich fest die Arme. Bei gewissen Dingen wollte ich lieber auf Distanz bleiben.

»Man kann nicht in solchem Maße verstehen.«

Er lächelte wiederum, mit großer Offenheit und Wärme.

»Was ist denn daran so schwer?«

# 15. Kapitel

Ich kniete im Trikot im Übungsraum und hörte zu, was Sagon mir zu sagen hatte. Tänzerinnen, die sich in ein Ensemble einordnen müssen, sind Erklärungen gewohnt. Jeder Lehrer gibt eine Einleitung in seine Arbeit, sozusagen einen Kurzunterricht in der Methode. Doch Sagon hielt sich nicht an die übliche Art, sondern sprach von den Elementen des *Bunraku*, von seinen Konventionen, Themen und Motiven. Mit den mir bisher bekannten hatten sie keine Ähnlichkeit. Sagon war an diesem Abend ganz in Weiß gekleidet, und die rituelle Schlichtheit seines Gewandes verlieh seiner Erscheinung eine besondere Dichte. Aiko saß neben ihm auf einem Kissen, nickte mir still und aufmunternd zu. In ihren Augen schimmerte Unruhe, eine Art fragende Besorgnis. Sie mochte denken, daß ich eingeschüchtert war; ich erweckte oft diesen Eindruck, wenn ich mich konzentrierte. Alwin kam mir in den Sinn. »Dein Gesicht wird ganz eng, als trockne es zusammen«, hatte er unlängst dazu bemerkt. Ach, Alwin, dachte ich, mit einem flüchtigen Stich im Herzen, sieh nur, wie ich dich vergesse …

Draußen raschelte Wind; die Papierwände bebten in dieser stetigen, huschenden Berührung. Die Neonröhre verströmte senkrechtes Licht, als regne es Helligkeit; alle Instrumente traten überdeutlich hervor, mit ihren Formen und Farben und Vergoldungen. Weihrauchgeruch mischte sich in die Ausdünstung der Binsenmatten, warm wie ein Atem. Ich nahm das alles sehr genau wahr. Der Raum, in dem man tanzen wird, ist eine besondere Welt. Inzwischen lauschte ich auf Sagons tiefe, wohlklingende Stimme; seine Erläuterungen spulten sich in meinem Gehirn ab. Er sprach unbefangen und sachlich. Manchmal erschien es, als ob er die Worte mit den Händen formte. Diese Gesten waren sehr schön, und die scharf umrissenen Schatten seiner Ärmel fielen auf die weiche Fläche der Matten. Seine Einführung war knapp, warf jedoch einen Lichtschimmer auf das, was mir bevorstand. *Bugaku*, erklärte er, enthält Einflüsse aus dem ganzen asiatischen Festland, aus Korea, der Mandschurei, Indien und Südostasien. Die Tänze werden in Schreinen, buddhistischen Tempeln und am kaiserlichen Hof aufgeführt. Im Laufe der Zeit hat sich *Bugaku* Elemente des Theaters angeeignet, jedoch in rudimentärer Form.

»Die Musik stammt aus China. Sie beruht auf der pentatonischen Tonleiter. Die fünf Töne entsprechen den fünf Himmelsrichtungen – das Zentrum eingeschlossen – und den fünf Elementen: Feuer, Wasser, Holz, Metall, Erde; den fünf Tugenden und den fünf Lastern, den fünf Farben und den fünf Planeten.«

Alles war anders als die Welt, aus der ich kam. Und auch wieder nicht. War es möglich, in diese neue Welt hineinzuwachsen? Ihr im Tanz Ausdruck zu geben? Ich würde es Berufsrisiko nennen, dachte ich, mit einer Spur von Ironie, gerade als Sagon wissen wollte, ob ich noch eine Frage hätte. Vorläufig nur eine, und die war sehr konkret.

»Ich würde gerne wissen, wie groß die Bühne ist.«

»Sie mißt sieben mal sieben Meter, unabänderlich.« Die Antwort kam von Aiko. Sie sprach Japanisch, aber so klar und einfach, daß ich jedes Wort verstand. »Die meisten Tänze lassen sich mit zwanzig Minuten berechnen.«

Ich sagte nicht, das ist wenig. Ich wollte mich nicht lächerlich machen. Es gibt Tänze, auf fünf Minuten reduziert, die jeden Muskel zu Brei kneten.

Der Unterricht begann mit einigen Grundübungen. Aiko trug ebenfalls ein Trikot, dazu Beinstulpen. Als sie mir die ersten Schritte zeigte, bewunderte ich die Muskelkraft ihrer kleinen, drahtigen Gestalt. Ich lernte zuerst, meine Bewegungen zu drosseln, mich dem Rhythmus anzupassen, den Sagon mir angab. Seine Stimme war ganz erstaunlich, ein tiefgestimmter, wuchtiger Ton, dem eine besondere Anspannung der

Kehlkopfmuskeln noch stärkere Resonanz verlieh. Sein Brustkorb übertrug die Schwingungen, schuf ein Klanggewebe, vibrierend und dröhnend, das mich eher an eine Flöte als an eine menschliche Stimme erinnerte. Dabei gab er den Takt an, ein langsames, sehr kräftiges Händeklatschen, dem Trommelschlag ähnlich. Zuerst empfand ich den Rhythmus als irritierend, merkte aber bald, daß in seiner Förmlichkeit eine geballte innere Kraft steckte, eine angestaute Energie wie im Auge eines Zyklons. Jede Bewegung war genau vorgeschrieben, sogar die Position der Hände durfte nicht um einen Fingerbreit abweichen – und das seit tausend Jahren!

Nach einer Weile rebellierte mein ganzer Körper dagegen; jeder Muskel, jede Sehne litt Qualen unter diesem Zwang. Es war ein Tanz, der nicht die geringste Improvisation zuließ; und doch lag dahinter etwas anderes, etwas Großes und Fremdes. Es machte mich benommen wie starker Wein und reizte meine Neugierde. Aus der ältesten Hofkunst der Welt, zu purer Abstraktion versteinert, flackerte – für den Bruchteil eines Atemzuges nur – eine Zaubermacht hervor, die bis in die Ursprünge der Menschheit zurückreichte. Sie war irgendwo, vielleicht sogar in mir, aber noch blieb sie flüchtig und gegenstandslos wie ein Lichtfunke. Routine war hier nicht anwendbar. Ich mußte bei Null anfangen, alles vergessen, was vorher dagewesen war. Nicht denken, Ruth. Dein verflixtes Gehirn ausschalten. Der Gesang kann dich leiten …

Sagons Stimme stieg und sank, stieg höher, sank tiefer; sie webte eine Brücke, auf der ich emporwanderte, den schlafenden Göttern entgegen. Ich schwebte auf dieser Brücke wie ein Insekt, das sich auf einem Faden in wechselnde Luftzonen schwingt, und sah in einer Schattenhaut die Sterne kreisen. Manche Menschen vermögen alte Formen und Gedanken durch Jahrtausende weiterzugeben. In ihnen leben Rituale aus der Vorwelt. Sagon Mori kannte den Zauber. Ich vertraute mich ihm an. Rückhaltslos. Er würde mich zu den Ursprüngen führen, zu dem verborgenen Kraftkern in mir. Eine Art Ekstase durchflutete mich; da fühlte ich einen heftigen Stoß, ein

Schaudern. Die Stimme erlosch wie ein berückender Traum, aus dem man zu einem neuen Tag erwacht. Der Faden, auf dem meine Seele balancierte, war gerissen. Der Schock ließ mich taumeln, der Schweiß lief mir am ganzen Körper herunter. Sagon kniete in aufrechter Haltung auf der Matte. Sein Gesicht war unergründlich. Die Schiebetür stand auf; Aiko war verschwunden. Ich hatte einen Blutdruck von bestimmt zweihundertfünfundvierzig, konnte mich nicht mehr auf den Beinen halten und setzte mich, genauer gesagt, ich sank auf die Matte. Eine Zeitlang waren meine keuchenden Atemzüge das einzige Geräusch in der Stille, bis der Priester mit ruhiger Stimme das Schweigen brach.

»Das genügt für heute. Du siehst ja selbst, wo die Schwierigkeit liegt.«

Der Ton seiner Stimme gab mich dem Gefühl der Realität und der Gegenwart zurück, doch nur halb. Mein Atem flog. Ich schmeckte die salzigen Schweißtropfen an meinen Mundwinkeln. Endlich konnte ich sprechen. Ich sagte:

»Ich dachte nicht, daß es so schwer sein würde ...«

Er beugte sich leicht nach vorn, die Hände auf den Oberschenkeln.

»Du beherrschst den Rhythmus gut. Was du nicht beherrschst, ist die Form. Du mußt die Form wahren, Ruth. Das ist ganz ungemein wichtig. Die meisten Menschen haben das Problem in umgekehrter Richtung. Sie lernen die Form mit Akribie und vergessen den Geist. Die Form, Ruth! Es geht um die Form!« betonte er mehrmals, mit großem Nachdruck, wobei er mit der Faust auf seine kräftigen Schenkel schlug.

Aiko kam zurück und brachte ein Tablett. Der körnige grüne Tee schäumte in den Schalen. Heiße Frotteetücher lagen für alle bereit. Wir tupften uns den Schweiß von Gesicht und Armen. Erst jetzt fiel mir auf, wie müde Sagon und Aiko aussahen. Der Unterricht mußte sie viel Kraft gekostet haben. Angewidert dachte ich an meine Leistung, die nach meiner Überzeugung von Anfang bis Ende schlecht gewesen war.

»*Gomennasai!*« murmelte ich kleinlaut. »So geht es nicht.«

»Und warum nicht?« knurrte Sagon.

»Ich war lausig.«

Jetzt schmunzelten beide nachsichtig, um nicht zu sagen amüsiert, was mich noch betroffener machte. Aikos rosiges Gesicht glänzte im Licht, während sie mir mit großem Mitgefühl widersprach.

»Das ist nicht schlimm, Ruth. Wirklich nicht! Dein Körper regt sich auf, das ist ganz normal. Er beschwert sich, er schmerzt. Er möchte am liebsten davonlaufen. Du mußt freundlich und streng zu ihm sein, ihn trainieren wie einen jungen Hund.« Sagon nickte mit zustimmendem Brummton. Der Vergleich mit dem Welpen traf zu. Ich dachte, hier wirst du noch dein blaues Wunder erleben.

»*Bugaku* ist keine unfertige Struktur«, sagte der Priester. »*Bugaku* ist längst da und sollte bloß reproduziert werden. Wir wollen mehr: Wir wollen *Bugaku* zum Leben erwecken. Das kostet viel Kraft. Und auch viel Geduld.« Er wedelte mit der Hand. »Trink deinen Tee jetzt. Und beruhige dich.«

Ich sah ihm ins Gesicht; diesmal barg es kein Geheimnis. Für jemanden wie mich war es ein offenes Gesicht, in dem ich jede Regung las. Beide gaben sich große Mühe, mich aufzumuntern und brachten es irgendwie sogar fertig. Dabei fühlte ich mich gerührt und zugleich beschämt. Die ganze Zeit hindurch war mir, als wäre ich schlafgewandelt und entdeckte erst jetzt, wo ich war und was von mir verlangt wurde. Ich dachte: So fühlt man sich, wenn man schlecht tanzt. Nun, ich selbst war daran schuld, das würde sich bald ändern. Ich trank die Schale leer und dankte Aiko, die mir verschmitzt zublinzelte.

»Schmeckt dir der Tee?«

Ich lächelte sie an.

»Der beste Tee, den ich je getrunken habe!«

Die Wirkung spürte ich bereits; sie durchlief mich wie frisches, warmes Blut. Sagon schnalzte mit der Zunge.

»Friedlich, Ruth?«

»Friedlich, ja.«

»Morgen trainieren wir weiter. Vielleicht kannst du deinen Körper dazu bringen, daß er dir nicht davonläuft.«

Der Priester und seine Frau gaben sich jetzt herzlich; ich stimmte in ihr Lachen ein, und in dem befreienden Ausbruch dieses Gelächters verwandelte sich die Welt wie ein Bühnenbild: Verdrossenheit und Schamgefühl lösten sich auf. Diese Sache, für die ich im Augenblick keine Erklärung hatte, sie bedrückte mich nicht mehr. Daisuke Kumano hatte mich nicht umsonst gewarnt, vorgefaßten Meinungen aus dem Weg zu gehen. Dieser Mann war wirklich ganz erstaunlich. Schluß jetzt! Ich würde es nicht mehr zulassen, daß mein Körper mich zum Narren hielt. Richtig angewendet konnte ich diese Energie sogar nutzen. Dazu gehörte, daß ich mir eine Strategie ausdachte. Ich war zäh und ehrgeizig und gab niemals auf. Das hatte Lea mir vererbt.

Unter den Bäumen leuchtete der Weg wie ein heller Pinselstrich. Feuchte Luft, von harzigen Gerüchen getränkt, kühlte angenehm meine erhitzten Wangen. Die Grillen zirpten, und der Wind wehte Fetzen von Rockmusik über die Mauer. Ich ging auf das grau schimmernde Portal zu, und da war er, saß neben dem Brunnen und hatte auf mich gewartet. Ein Gefühl von froher Leichtigkeit durchdrang die Dunkelheit um mich herum – jene Dunkelheit, die so dicht war, daß ich nur sein bläulich schimmerndes T-Shirt sah.

»Da bist du ja«, sagte ich.

Er stand auf, kam mir entgegen.

»Nun, wie war's?«

Ich legte meine Hand in die seine.

»Entsetzlich!«

»Das kann ich mir vorstellen.«

Ich lehnte das Gesicht an seine Schulter, spürte in mir den weichen Klang seiner Stimme. Am Morgen hatten wir uns getrennt. Der Tag war zerronnen wie eine Wolke, aber der Traum war geblieben; nun suchten sich unsere Hände in einem kommenden Traum. Wir erkannten uns mit frischen, neu erwachten Sinnen. Neu und bekannt, ja, so war es, und ungeheuer verheißungsvoll.

»Was möchtest du essen?« fragte er.

»Eigentlich nichts.«

»Auch nach dem Tanzen nicht?«

»Ich habe frische Erdbeeren.«

»Erdbeeren«, flüsterte er, »die mag ich sehr gerne.«

Wir gingen nebeneinander durch die klare Nacht, in der das Pflaster unter unseren Füßen seine Hitze ausströmte. Die Geschäfte waren geschlossen. Durch die lange, enge Straße fuhren vereinzelte Wagen vorbei; das Scheinwerferlicht blendete. Unsere Schatten huschten über die Hauswände, dehnten sich aus, überholten uns.

»Ich war heute etwas konfus«, sagte er. »Ich konnte mich nicht konzentrieren.«

»Ich auch nicht. Es gibt solche Tage.«

»Weil wir zu wenig geschlafen haben?«

»Wir werden auch in dieser Nacht wenig schlafen.«

Wir stiegen die Treppe hinauf. Ich suchte mit zitternden Fingern den Schlüssel, verfehlte das Schloß. Der Schlüssel fiel auf den Boden. Kunio hob ihn auf, steckte ihn ins Schloß. Barfuß trat ich in die Mitte des Zimmers, hörte, wie er die Tür abschloß. Er streifte die Turnschuhe von den Füßen, legte von hinten beide Arme um mich und schob mein Trikot über die Schultern. Wir zogen uns aus, ohne ein Wort, warfen unsere Kleidungsstücke auf den Boden. Wir starrten uns an, überschwemmt und mitgerissen von der Gewalt unserer Leidenschaft. Dann umschloß Kunio mit beiden Händen meine Taille, hob mich leicht empor. Mit einem einzigen Schwung kauerte er sich nieder und legte mich auf die Matte. Wir hielten einander umklammert, ich schlang die Beine um seinen Rücken; er drang sofort in mich ein, ohne Vorspiel, ohne Verzögerung: Wir wollten nur das eine und konnten keine Sekunde mehr warten. Es war eine Art zweifacher Schock, der uns schüttelte. Sein Eindringen in mich entfachte ein Feuer, rührte im tiefen Inneren meines Körpers einen Tumult auf, aufsteigend, brennend und betörend. Ein tiefes Beben erfaßte mich, weil Kunios Bewegungen, vorwärts, rückwärts, sich genau den meinen anpaßten. Wir sprachen nicht, wir sahen uns nur an; ließen uns nicht aus den Augen. Seine Wärme war gefangen in mir, jetzt nahmen wir uns Zeit; das Feuer brannte niedrig. Wir beherrschten das Zittern unserer Hüften; ließen es in ein kaum spürbares Kreisen übergehen. Wir streichelten uns mit tastenden Gesten. Sein Rücken war kräftig und geschmeidig, eine weiche lebendige Glätte, von inneren Vibrationen wie von Wellen durchflutet. Ich nahm seinen Nacken in beide Hände, er fühlte sich so zart an. Er rieb sein Gesicht an meinem und lächelte dabei. Ich schmeckte seinen Geruch, seinen Speichel, ich atmete seine Luft ein, pumpte sie in meine Lungen. Unsere Bewegungen waren nur noch ein Schaukeln und Schweben, wie im Traum. An einem Ende, das so weit vom Anfang entfernt war, daß wir nicht mehr wußten, wann alles begonnen hatte, entfachten wir das Feuer stärker. Seine Arme glitten unter meine Hüften, hoben mich hoch. Man sagt, in der Vereinigung wird die Lust von einer geraden Linie getrennt; jeder ist einsam, so heißt es, taucht mit entmachteter Persönlichkeit in das Unbewußtsein hinab. Doch nein, nicht immer. Gelegentlich macht der Körper eine Verwandlung durch, erlangt ein verdoppeltes Fühlen. Was das Feuer betraf – wir hatten es in der Gewalt, doch nicht bis zum Schluß. Wir empfanden das gleiche Ziehen in den Schenkeln, das gleiche Brennen im Unterleib, bis der Schmerz hochschoß, zerriß und sich dann mit langsamem Pulsschlag beruhigte. Danach atmeten wir noch flach; der Körper war erschöpft, ausgeglüht. Kunio lag auf mir, ich sah hinunter auf das wirre schwarze Haar, den schlanken Nacken, den naßgeschwitzten Rücken. Nach einer Weile streckte ich mich unter ihm wie unter einer Decke, streichelte sein Haar, seine Schultern, seine harten, klammen Hüften. Die kleine Papierlampe schimmerte vor meinen verklebten Augen wie ein erleuchtetes Bild an einer Wand. Da bewegte er sich, rollte sich mit einem Seufzer leicht herum, legte seine Stirn auf meinen Arm. Ich wandte das Gesicht zu ihm hin, fuhr mit der Zungenspitze über seinen Mund, leckte sanft seine Lippen. Ich spürte seinen Atem, schloß die Augen und hörte ihn sagen:

»Ich liebe dein Gesicht, wenn du die Augen schließt.«

Ich blinzelte.

»Wie sehe ich denn aus?«

»Wie ein kleines Mädchen.«

»Ich schiele.«

Er nickte ernst.

»Ja. Als ob du zwei Dinge auf einmal betrachtest.«

Ich richtete mich auf.

»Komm, wir baden.«

Ich ging ins Badezimmer, rollte die Abdeckung zurück und vergewisserte mich, daß das Wasser noch heiß genug war. Ich nahm zwei Handtücher aus dem Schrank.

»Zuerst du«, rief ich Kunio zu.

Inzwischen ging ich in die Küche, wusch und zuckerte die Erdbeeren und richtete sie mit Rotwein und Zitronensaft an. Nach einer Weile kam Kunio aus dem Badezimmer; er trug eine *Yukata* von Naomi, die viel zu klein für ihn war. Er stellte sich dicht hinter mich, rieb sein Kinn an meiner Schulter.

»Erdbeeren mit Wein?«

»Du wirst sie mögen.«

»Und was gibt es vorher?« fragte er.

Ich hielt es für das beste, ihm die Wahrheit zu sagen.

»Du, ich kann nicht kochen. Ich esse Obst oder hole mir Fertiggerichte. Die sind gut hier in Japan.«

Er prustete vor Lachen.

»Ich sehe schon, das werde ich übernehmen müssen.«

Ich bedankte mich zufrieden.

*»Dômo arigato!«*

Während er im Eisschrank nachschaute und mit Töpfen hantierte, ging ich ins Bad. Ich seifte mich ein und wusch mich. Dann döste ich eine Weile in den Dampfschwaden, wischte mir mit dem kleinen weißen Handtuch den Schweiß von Stirn und Hals. Das heiße Wasser lockerte und entspannte die Muskeln. Nach einer Weile stieg ich aus der Wanne; die Hitze auf meinem Körper verdunstete fast augenblicklich, so daß ich mich kaum abzutrocknen brauchte. Ich zog die *Yukata* an und ging in die Küche, aus der es jetzt verlockend duftete. Keine Viertelstunde war vergangen, aber der Deckel des elektrischen Reiskochers war schon feucht, und Kunio hatte Thunfisch, Tomaten und Gurken, japanische Pilze und Wakame – eine Art von Seekraut – in eine Pfanne geschüttet. Die Eßwaren hatte Naomi eingekauft, das Gemüse war nicht mehr ganz so frisch, den Salat hatte Kunio nicht verwerten können. Nun brutzelte das Gericht auf der Gasflamme, und in kleinen, zugedeckten Holzschalen dampfte Suppenbrühe. Ich sah ihn verblüfft an.

»In so kurzer Zeit?«

Er antwortete, während er Rettich schälte und rieb.

»Als Kind trieb ich mich ständig in der Küche herum und sah zu, wie meine Mutter kochte. Das gefiel ihr nicht. Sie sagte, an dir ist ein Mädchen verlorengegangen, verschwinde, du bist mir bloß im Weg. Aber ich ließ mich nicht davonjagen, und heute ist Kochen mehr oder weniger das einzige, was ich kann.«

»Jetzt übertreibst du aber.«

Er warf mir einen verschmitzten Blick zu.

»Wenn es mir keinen Spaß machte, wäre ich nicht gut. Großmutter sagte immer: ›Kunio, aus dir wird mal ein guter Koch!‹ Sie amüsierte sich über Dinge, die meine Mutter nur mäßig oder überhaupt nicht komisch fand. Akemi sagte oft, sie fühlte sich um Jahre, um Jahrhunderte älter als ihre eigene Mutter. Und das stimmt, Hanako ist im Herzen ewig jung geblieben. Ihr Gang, ihre Bewegungen haben etwas aus der Kindheit bewahrt. Und ihr Gesicht wurde nicht im geringsten entstellt.«

Seine Worte glitten auf besondere Art an mir vorbei, als ob ich sie nicht erfaßt hätte. Aber sie wisperten in mir wie ein Echo aus widerhallenden Weiten.

Der Reis war inzwischen fertig gekocht. Kunio wischte die Feuchtigkeit unter dem Deckel ab, damit der abgekühlte Dampf nicht in den Reis tropfte. Er lockerte den Reis mit einem

Bambuslöffel und füllte ihn in die Schälchen. Mir fiel auf, daß er die Tellerchen und Schalen nicht mit Speisen überfüllte; er hantierte geübt mit den Stäbchen, formte Fisch und Gemüse zu einem hübschen Muster und achtete auf die Farben. Alles geschah völlig mühelos, wie aus einem Instinkt heraus. Rasch und geschickt ordnete er Schüsseln und Schalen auf ein Tablett, während ich zwei kleine Flaschen Bier aus dem Eisschrank nahm. Wir setzten uns an den niedrigen Tisch, beide im Schneidersitz. Kunio legte die Eßstäbchen parallel zur Tischkante, links dahinter das Reisschälchen, rechts dahinter das Suppenschälchen und mitten auf den Tisch das Hauptgericht. Dann hob er den Blick und grinste wie ein Schuljunge.

»Fertig!«

»Uff!« sagte ich. »Das schaffe ich nie! Zum Glück habe ich bisher immer Leute gefunden, die für mich kochten.«

Er zwinkerte mir zu.

»Auch jetzt wieder.«

Ich füllte unsere Gläser mit Bier. Kunio zeigte mir, wie die Sojasauce in eine kleine Schale gegossen, mit geriebenem Rettich gemischt und mit den Stäbchen umgerührt wurde. Wir hatten beide großen Hunger und aßen mit Appetit.

»Es ist wahr«, stellte ich fest. »Du bist wirklich ein guter Koch.«

»Eine Zeitlang habe ich in einem Restaurant gearbeitet.«

»Deswegen bist du so gut.«

»Oh«, sagte er, »das ist keine so große Sache.«

Wir lachten beide; dann lachte ich nicht mehr und drückte das kühle Glas an meine Wange. Ich zermarterte mir das Gehirn nach der Erinnerung an eine Gefühlsregung, die Kunios Worte ein paar Minuten zuvor in mir ausgelöst hatten.

»Du hast etwas von deiner Großmutter gesagt, Kunio. Was ist mit ihr?«

Sein Gesicht verkrampfte sich leicht.

»Es ist schon lange her.«

»Ein Unfall?«

Er zog bitter die Mundwinkel herab.

»Man kann es so bezeichnen. Sie war neunzehn und jung verheiratet, als die Atombombe Nagasaki zerstörte. Nach der A-Bombe auf Hiroshima wollten die Amerikaner ihre Plutonium-Bombe testen, bevor Japan kapitulierte. Hanakos Mutter und die Schwiegereltern kamen ums Leben. Sie selbst wurde auf der ganzen rechten Seite ihres Körpers verbrannt. Die Narben hat sie heute noch.«

Ein Schauer überlief mich. Ich starrte ihn an, wortlos und erschüttert. Kunio trank einen Schluck Bier.

»Hanako spricht selten darüber. Sie sagt, die Schatten der Vergangenheit sollte man ruhen lassen. Sie könnten sonst jene Kraft zerstören, die uns befähigt, zu überleben.«

»Selbstschutz«, sagte ich leise. »Meine Mutter sagt das gleiche, genauso ...«

Kunio wischte sich mit dem Handrücken über den Mund.

»Hanakos Mann überlebte. Aber er wurde nie wieder ganz gesund und starb, bevor ich zur Welt kam. Damals, als die Bombe fiel, erwartete Hanako ihr erstes Kind. Ihr Sohn wurde mit einer Hasenscharte und ohne Augen geboren. Er lebte nur wenige Tage. Man stellte fest, daß sein Gehirn nicht größer als eine Walnuß war. Entschuldige«, setzte er schnell hinzu, »ich sollte das vielleicht nicht erzählen. Aber es war nun einmal so.«

Du meine Güte, dachte ich, was für eine entsetzliche Geschichte.

»Sprich weiter.«

»Vier Jahre später wurde Hanako wieder schwanger. Sie erwog eine Abtreibung. Doch sie liebte ihren Mann und wollte an das Leben glauben. Und dann kam Akemi, meine Mutter, zur Welt, ein starkes, gesundes Baby. Sie war ein entzückendes Kind, wie ich auf Bildern gesehen habe, und später eine bildschöne junge Frau. Als mein Vater ihr begegnete und auf einer Liebesheirat bestand, was damals sehr unüblich war, geriet er in heftigen Streit mit seinen Eltern. Man wollte keine Schwiegertochter im Haus, deren Bruder als Monstrum auf die Welt gekommen war.«

Kunio hielt kurz inne, um Atem zu schöpfen. Ich wartete still, bis er weitersprach.

»Mein Vater drohte, mit der Familie zu brechen. Seine Mutter war eine herrische Frau, sehr halsstarrig. Sein Vater Kunitoshi war intelligenter: Er wußte, daß sich sein Sohn niemals fügen würde. In den schwierigen Jahren der Nachkriegszeit wollte er die Tradition der Harada-Schwertschmiede um jeden Preis erhalten. Sein Sohn war sein einziger Nachfolger. Kunitoshi gab nach. Mit seiner Frau war es nicht einfach, das muß eine große Aufregung gewesen sein. Aber schließlich fand die Hochzeit statt.«

»Deine Mutter, wie war sie?« fragte ich.

Er schloß kurz die Augen und lächelte dann.

»Sie war schön, Ruth. Ich sage nicht, sie war hübsch oder nett oder anziehend, sie war ganz einfach schön. Ihr Haar, ihr Lächeln, ihr Gang, alles war schön; sie war vierzehn Jahre jünger als ihr Mann. Für sie war es belastend, in eine Familie zu kommen, in der sie nicht erwünscht war. Die Schwiegereltern waren sehr überheblich. Aber Akemi besaß eine ganz besondere Vitalität, eine Art elektrische Kraft. Sie brachte alle dazu, das zu tun, was sie wollte und sogar Freude dabei zu empfinden. Eine Zeitlang versuchten die Schwiegereltern, ihre Autorität zu wahren, wurden aber schnell durch den geheimnisvollen Einfluß beschwichtigt, den Akemi unbestreitbar auf sie ausübte. Niemand hat je wirklich großen Eindruck auf sie gemacht, nur mein Vater. Sprühend vor Energie übernahm sie gewissenhaft jede Pflicht und das mit so gutem Erfolg, daß sie binnen kurzer Zeit die Schwiegereltern fest um den schlanken kleinen Finger gewickelt hatte.«

»Das muß für sie eine persönliche Genugtuung gewesen sein.«

»Sie ließ es sich niemals anmerken. Auch nicht, als sie zwei gesunden Kindern das Leben schenkte und ihr Sieg vollkommen war.« Wir räumten die Schüsseln und Teller zusammen, ich holte die Erdbeeren, die ich inzwischen in den Eisschrank gestellt hatte. Ich sah leicht beunruhigt zu, wie Kunio probierte.

»Mit Wein, das wäre mir nie in den Sinn gekommen.«

»Und etwas Zitrone. So machen es die Italiener.«

»Schmeckt toll!« sagte er. Ich setzte mich zu ihm.

»Erzähl mir mehr von ihr.«

Fältchen zeigten sich in seinen Augenwinkeln.

»Von Akemi? Sie war, denke ich, in ihrer altmodischen Art sehr gerissen.«

»Was verstehst du unter altmodisch, Kunio?«

»Nun, sie ließ meinen Vater im Haushalt keinen Finger rühren – angeblich, weil er ihr nichts gründlich genug machte. Sie zeigte sich perfekt im Kochen und Nähen, betreute die Finanzen und beherrschte ebenso das Blumenstecken und Teeservieren. Ausländer konnten dabei den Eindruck gewinnen, daß sie sich der Familie unterwarf. In Wahrheit hielt sie die Zügel fest in der Hand. Sie wurde im Laufe der Jahre mit Haut und Haaren Teil der Familie ihres Mannes. Unser dreifaches Vollmond-Wappen ›Mangetsu‹ wurde in die Seide ihrer Kimonos eingewebt. Dieses Wappen wird an fünf Stellen getragen: je einmal auf den Schultern, zweimal auf der Brust und einmal auf dem Rücken. Bei offiziellen Anlässen erschien Akemi nie anders als in japanischen Gewändern. Ihr Kyoto-Schick war berühmt. Das Fernsehen brachte sogar eine Sendung über sie. Und jeden Morgen kniete sie vor dem Altarschrein, schlug den kleinen Bronzegong und betete zu den Toten.«

»Das mußt du mir erklären«, sagte ich.

»Der Altarschrein fehlt in keinem japanischen Haus. Der unsrige ist aus rotem Sandelholz, sehr kostbar. Unter dem kleinen Bronzebuddha und der Ewigen Lampe aus Messing stehen die Fotos der Großeltern und Ur-Großeltern. Der Schrein enthält auch die Täfelchen mit ihren Totennamen in der Sanskritsprache. Die Hausfrau füllt jeden Morgen eine kleine Silberschale mit frischem Wasser – das Symbol der Reinheit – und zündet ein Weihrauchstäbchen an.«

»Auch heute noch?«

Er nickte.

»Ja, mir wurde es beigebracht, die Toten zu ehren. Ich werde es meine Kinder lehren – falls ich eines Tages welche habe. Nicht, weil ich aus einer traditionellen Familie komme, nein, das ist es nicht. Ich habe da meine persönlichen Vorstellungen. So denke ich zum Beispiel, daß die Einsicht vorheriger Generationen unsere individuelle Erfahrung beeinflußt. Wie das vor sich geht, weiß ich nicht, ich kenne mich in der Physik nicht aus. Aber ich glaube, daß eine Art Kraft in uns wirkt, die von den Vorfahren kommt und in unseren Zellen weiterlebt.«

Ich antwortete nachdenklich:

»Meine Mutter sagt, daß wir Glieder einer langen, sehr langen Kette sind. Unsere Vorfahren gehören dazu, ebenso wie unsere Kinder. Sie sagt, unsere Vorstellungen und Gedanken sind Wellen aus versiegelten Erinnerungen. Die meisten Menschen denken nicht daran. Schade! Ich finde das schön. Die Sache mit dem Altarschrein, meine ich. Der Geist der Ahnen ist nicht nur auf dem Friedhof; er ist überall, am fühlbarsten jedoch in dem Haus, in dem sie gewohnt haben.«

Er lächelte mit großer Wärme.

»Du verstehst diese Dinge.«

»Ich bin eine Tänzerin, Kunio. Was ich auf der Bühne sehe, ist nicht das, was die Zuschauer sehen.«

»Du mußt ihnen ja den Weg zeigen.«

Wir lächelten beide gleichzeitig. »Und Hanako?« fragte ich. »Wie akzeptierte sie die Heirat?«

»Sie versuchte nicht, den Lauf der Dinge zu beeinflussen. Daß es am Anfang … etwas frostig sein würde, war ihr klar. Zuerst ging sie wie auf rohen Eiern, lebte sehr zurückgezogen und widmete ihre Zeit kulturellen Aufgaben. Zu Familienfeiern erschien sie immer im Kimono, damit ihre Behinderung nicht auffiel. Als Rie und ich geboren wurden, da kam sie oft. Kinder sind gute Vermittler. In ihren alten Tagen bewohnten die Schwiegereltern ein kleines Nebenhaus. Nach ihrem Tod richtete sich Hanako dort ein Atelier ein. Seit der Erkrankung meiner Mutter wohnt sie endgültig bei uns.«

Nach einer Pause sagte er:

»Hanako mag Rie sehr gern. Aber sie steht Hanako nicht so nahe wie ich. Rie ist nüchtern, sehr unverblümt und zeigt nie, wenn sie eingeschüchtert ist. Zwischen Hanako und mir besteht mehr als Zuneigung. Ich kann nicht genau sagen, was es ist. Sie hat meine Unruhe in einem Netz gefangen und aus dem, was am schwächsten in mir war, eine Stärke gemacht. Rie? Wir sind uns nicht sehr ähnlich, sie und ich. Sie weiß genau, was sie will, sie macht alles gut und richtig.«

»Wie sieht sie aus?«

»Selbstbewußt und sehr sexy, du wirst sehen. Sie ist Buchhändlerin.«

»Ja, das weiß ich von Naomi.«

»Der Besitzer wollte den Laden verkaufen. Rie und ein paar Freundinnen haben eine AG gegründet und eine Frauenbuchhandlung daraus gemacht. Das Geschäft läuft gut.«

»Ich sehe schon, sie gleicht deiner Mutter.«

»Zumindest, was die Energie betrifft. Mein Vater hätte es nie gewagt, eine ihrer Entscheidungen in Frage zu stellen.« Er stockte kurz, seine Augen blickten über mich hinweg, ins Leere, bevor ein Seufzer seine Brust hob.

»Und siehst du, für ihn war Akemis Tod eine Tragödie, die er nie überwinden wird. Daran stirbt er, an diesem Verlust …«

Ich drückte die Lippen auf seine Schulter.

»Ich verstehe.«

Er legte eng den Arm um mich.

»Ich weiß, daß meine Eltern sich sehr liebten. Als Akemi in die Klinik kam, ging er täglich zu ihr – außer an drei Tagen, an denen er erkältet war. Sie blieb vier Monate im Krankenhaus. Mein Vater saß an ihrem Bett, sprach leise zu ihr. Er hielt ihre Hand, wenn sie Infusionen bekam, was ihr große Schmerzen bereitete. Er war bei ihr in der Nacht, als sie starb. Und jetzt sehe ich, wie er täglich ein wenig mehr stirbt, wie er seinem Schmerz Kräfte entgegenstellt, weil er bald wieder bei ihr sein will. Und ich spüre seinen Schmerz, Ruth, als wäre er mein eigener …«

Er schwieg nun; ich streichelte sein Haar. Es floß stark und geschmeidig durch meine Finger. So lebendig, dachte ich. Schließlich brach ich das Schweigen.

»Warum erzählst du mir das alles?«

Er rückte leicht von mir ab, um mich zu betrachten.

»Einer anderen Frau hätte ich diese Dinge nicht gleich erzählt.«

»Warum mir?« wiederholte ich.

Er hob die Schultern.

»Ja, warum eigentlich? Ich kann es nicht sagen, Ruth. Ich habe nur so das Gefühl, daß du auf irgendeine Weise zu meiner Lebensgeschichte gehörst. Aber ich habe keine Erklärung dafür.«

»Zerbrich dir nicht den Kopf darüber«, murmelte ich. »Wir können diese Dinge nicht ändern.«

»Hast du auch diesen Eindruck?«

»Im großen und ganzen.«

Wir sahen uns an; wir waren aus Müdigkeit in eine leichte Traurigkeit gefallen. Der Gedanke, daß wir uns gefunden hatten, war neu. Es war ein stabiles Gefühl, der Schlüssel zu vielen Rätseln, eine heitere Gewißheit. Schattenhaft, noch ungenau definiert, wurzelte sie im Dämmer unserer Träume, eine geheimnisvolle Saat, die in uns reifte und eines Tages Früchte tragen würde.

# 16. Kapitel

Ich bekam einen Brief von Lea. Den ersten. Sie warf mir ohne viel Überzeugung Schreibfaulheit vor.

»... Nur eine Postkarte! Du hättest ruhig etwas ausführlich werden können. Aber du bist erblich belastet, Ruth darling, dein Vater war nicht anders: selten einen Brief und meistens in Stichworten. Dafür gab er für Ferngespräche ein Vermögen aus. Nach deinem Schweigen zu schließen geht es dir gut. Japan ist so herrlich vieldimensional, daß du dich nicht langweilen wirst. Vor ein paar Tagen war Agnes hier. Agnes, du kennst sie doch, sie arbeitete mit Kilian und Béjart, bevor sie Choreographin beim Ballet de l'Opéra de Nice wurde. Jetzt hat sie die wahrhaft geniale Idee, die Schöpfungen der ›Ballets Russes‹ in der Originalfassung aufzuführen. Zu Beginn will sie ›Petrouchka‹, ›L'Après-midi d'un Faune‹ und ›Le Sacre du Printemps‹ bringen. Die Suche nach den Partituren, die Neuschaffung zeitgenössischer Kostüme, die Wiederherstellung der Bühnenbilder von Bakst erfordert – wie Agnes betonte – archäologische Akribie; ich sei nahezu prädestiniert, die nötigen Recherchen zu leiten. Agnes begründete das durchaus überzeugend, so daß ich mir zum Schluß unentbehrlich vorkam. Kurz, ich habe mir einen Stellvertreter gesucht und gehe jetzt für ein halbes Jahr nach Nizza. Ich werde bei Agnes wohnen, ich gebe dir die Adresse. Außer Spesen kann sie mir nichts zahlen, aber du weißt ja, ich greife in die Tasche, wenn es mich packt – und diese Sache gebe ich nicht wegen ein paar läppischen französischen Francs aus der Hand. Meine Kniearthrose? Kein Anlaß zur Besorgnis, ich lande höchstens für vier Wochen in der Klinik (und anschließend zur Kur), aber erst im nächsten Jahr. Vorerst werde ich in Museen und Bibliotheken stöbern, mir alte Filme anschauen und in Archiven wühlen. Wunderbar! Zum Glück fahre ich noch ziemlich gut Auto. Es kann also sein, daß ich auf längere Zeit unerreichbar bin. Brauchst du Geld, wende dich an die Bank. Sonst gilt wie immer: Keine Nachricht, gute Nachricht! Wie steht es mit deinem Japanisch? Natürlich bist du nicht bei Iris gewesen, du wirst anderes im Kopf haben, aber denke gelegentlich mal daran. Sonst habe ich keinen Wunsch. Sushi gibt es auch in Frankreich, der Fisch ist frischer als in der Schweiz, aber ich werde stoisch davon Abstand nehmen: Eine Salmonellen-Vergiftung kann ich mir jetzt nicht leisten. Ich umarme dich. *Sayonara*!«

Ich las schmunzelnd den Brief. Ja, die Aufgabe war für Leas Tatendrang wie geschaffen. Ihre Energie würde dort das richtige Ventil finden. Ich dachte, schreib ihr sofort zurück, dann hast du es hinter dir. Ich schrieb gerne Gedichte und Essays, aber nicht Briefe und vor allem nicht an meine Mutter. Worte auf dem Papier erregten mich; ihrer Macht waren keine Grenzen gesetzt, sie wurden selbständig und beschrieben ganz andere Dinge – für die Lea ein allzu feines Gespür hatte. Es war eigentlich keine Frage, ob ich diese Dinge für mich behalten wollte, sondern bloß eine Frage des Wie und des Wann. War ich bei mir, in dem, was ich schrieb? Oder mischte ich alles? Die Sache mit der Maske zum Beispiel. Ja, die Maske war von großer Bedeutung. Mit dieser Erfahrung hatte ich nicht gerechnet.»Da läßt sich was draus machen«, würde Lea sagen.

Jedesmal, bevor ich tanzte, zündete Sagon ein Weihrauchstäbchen an. Dann nahm er die Maske aus der Schachtel und hängte sie an ihrer Schnur auf. Da hing sie nun an der Papierwand, und ihr gespenstischer Blick aus zwei beweglichen Kugeln ging über meinen Kopf hinweg. Ich hatte mich in ihre Betrachtung zu vertiefen, das war die Regel: In eine Maske muß man sich hineindenken, bevor man sie aufsetzt. Ich sollte das richtige Gefühl kriegen. Na schön, wir würden ja sehen. »Das Fesselnde ist der Umstand, daß sie ein Geheimnis birgt«, erzählte ich Lea in meinem Brief (den ich inzwischen begonnen hatte).

»Wenn ich die Augäpfel bewege, dreht sie ihre Augäpfel nach rechts oder links, dieser Eindruck ist sehr deutlich. Zudem – aber dabei muß es sich um eine optische Täuschung handeln – scheint die Maske sich so gegen den Hintergrund abzuheben, als schwebe sie auf mich zu. Ich habe schon Masken getragen und mich ihnen nie überlegen gefühlt: Sie sind Kultgeräte. Die Begegnung mit ihnen ist nicht auf die Bühne beschränkt. Ist dir aufgefallen, Lea, daß die Maskenträger fast ausschließlich Männer sind? Auf der ganzen Welt ist das so. Die Frage ist: Warum? Ich stelle sie mit Nachdruck und ziemlich ironisch, Lea, weil ich die Antwort schon kenne. Männer verlassen sich zu sehr auf ihren Verstand, ihnen liegt auch zu viel an der Moral – an irgendeiner Moral. Sie brauchen die Maske, um jenseitige Wesen zu mimen. Die alten Worte: ›Du kennst das Leben nicht, noch weißt du, wer du bist‹, sind ihnen unheimlich. Hier wird ein Zustand angedeutet, von dem sie nichts wissen wollen. Sie haben Jahrtausende gebraucht, um sich abzuhärten; sie verabscheuen Schatten, die sie nicht unterwerfen können. Sie sind im Grunde unstabile Geschöpfe. Frauen sind stärker, bewegen sich unbefangen im Dunkel der Magie, seit Anbeginn der Zeiten.

Du und ich sind sehr intuitiv, Lea darling. Bleibt noch die Frage, warum Sagon bei mir eine Ausnahme macht. Ich finde das sehr interessant, aber ich kann mir nicht vorstellen, was ihn dazu bewegt. Will er ein Tabu brechen? Oder ist er angezogen vom Kontrast?«

Ich las den Brief durch, dann zerriß ich, was ich geschrieben hatte. Den Kugelschreiber warf ich dazu. Es war unfair, Lea mit unlogischen Vorstellungen zu belasten. In mir steckte eine Fülle von Assoziationen, ich trug bloß meine Widersprüche aus. Es war keine Fertigkeit oder ein Talent, sondern ein Instinkt, schlicht und einfach. Irgendwann würde etwas beginnen, etwas, von dem ich nicht wußte, was es war. Geduld, Lea! Das Geheimnis ist noch nicht entschlüsselt. Und du hast genug anderes im Kopf.

Tänzerinnen arbeiten vor dem Spiegel und benutzen ihn als

kühles, unparteiisches Auge, um ihre Haltung zu verbessern. Bei Sagon war kein Spiegel in Reichweite, mich selbst konnte ich nicht sehen. Die Arbeit, die er von mir verlangte, erforderte eine Konzentration, die ich nicht erlangen konnte, wenn ich abgelenkt wurde. »Warum ist kein Spiegel da?« hatte ich Sagon am Anfang gefragt. Seine Antwort: »Der Spiegel bin ich«, hatte mich kaum überrascht; noch weniger, daß er dabei auf seine Augen deutete. Da war kein Trick. Der Lernprozeß sollte sich in der Spannung, im Austausch, im Hin- und Herfluten der Kräfte zwischen Meister und Schülerin vollziehen; der Wille mußte entlastet werden, das Ichbewußtsein verschwinden, statt sich zu verdoppeln. Was wäre ein Spiegel also? Nichts als ein sperrender Gegenstand. Die Grundform hatte ich inzwischen gelernt, sie bestand aus einem kräftigen Hochheben der Füße, aus einem fast reglosen Stampfen und Drehen, die Knie gebeugt, was auf die Dauer die Muskeln derart beanspruchte, daß meine Beine zitterten. Der Tanz umschwang eine unsichtbare Achse, aus der die Erdkraft wie eine Säule emporwuchs. Die Arme seitwärts gestreckt, langsam schwingend, das Gewicht auf die Knie verlegt. Das Verfahren bestand darin, den Schwerpunkt des Beckens auf die Außenseite beider Beine zu verlegen und deren Innenseite anzuheben, wobei die Knie sich öffneten und der Rumpf gesenkt wurde. Wichtig dabei war, daß der Oberkörper gerade blieb, so daß eine feierliche, gebieterische Haltung entstand. Diese Haltung wirkte ungeheuer majestätisch, als ob ich sitzend schwebte. Der Körper in Bewegung, wahrgenommen von der Körpermitte aus, versuchte ich mir diese Position einzuprägen. Die Haltung richtig hervorzubringen, kostete mich eine fast unerträgliche Anstrengung. Ich glaubte die Erdkraft zu spüren, die sich unter meinen Füßen ansammelte, und leitete sie in umgekehrte Richtung, wie ein Magnet: ein langsamer Blitz aus der Tiefe, der durch den tanzenden Körper in den Himmel floß. Derweil gab Sagon das Tempo an, indem er mit der Hand auf den Schenkel schlug und gleichzeitig mit dumpf suggestiven Lautmalereien modulierte:

»Don, don, don, don!«

In Wirklichkeit konnte ich mir den bewußten Akt des Zuhörens kaum leisten. Mein Körper machte dieses und jenes, dazu war er in der Lage, es war eine Sache des Trainings, der Koordination. Es bedurfte Übung, nicht mehr und nicht weniger. Unterdessen befaßte ich mich mit der Maske, und zwar sehr intensiv. Sie hing an der Papierwand, ein roter Fleck im Neonlicht, während mich der Blick aus ihren pendelnden Augen unablässig verfolgte. Meine Sinne warnten mich: Der Geist des Ranryô-ô war tückisch. Ohne einen festen psychischen Schild durfte ich mich der Maske nicht anvertrauen. Nicht nur, daß es Komplikationen geben konnte – beispielsweise ein Schwindelgefühl oder eine Schwäche in den Beinen –, ich riskierte dazu noch, krank im Kopf zu werden. Da mußte ich wirklich sehr aufpassen, das verflixte Ding war gefährlich. Das Schlimmste war, daß sie zu mir sprach. Es war keine Stimme, die ich vernahm, eher eine Klangvibration, ein Durcheinander von Lauten, die mich zu Anfang beträchtlich verwirrten. Nach etlichen Male hörte ich sie deutlicher, bis ich die einzelnen Klangfrequenzen unterschied und ganz automatisch in Worte umsetzte. Die Stimme, die keine Stimme war, begann zur Obsession zu werden, ein Zustand, der mir nicht gefiel. Sie sagte in logischen Sätzen höchst unlogisches Zeug. Zum Beispiel, daß sie seit tausend Jahren auf mich wartete. Unwillkürlich nahm ich den Dialog auf, weil mir die Sache so abstrus vorkam.

»Ich will mit dir nichts zu tun haben!«

»Ich kann ruhig noch ein paar Tage warten«, sagte der Ranryô-ô.

»Verschwinde, du Biest! Ich halluziniere nicht.«

»Dir fehlt es an Respekt«, sagte der Ranryô-ô. »Siehst du, ich besitze einige Fähigkeiten, die mir nichts nützten, solange nur Männer mein Gesicht trugen. Die männliche Kraft reicht nicht aus, um die Träger zu bewegen, ich benötige dazu noch die weibliche Kraft. Jetzt steht sie mir zur Verfügung. Du wirst sehen, was du sehen mußt, und mit meiner Zunge sprechen.

Sei ruhig, ich mache dich nicht krank, es sei denn, du versagst. Hör zu, ich will dir ein Geheimnis sagen. Es gibt ein mächtiges Wort, das dich schützt. Ein Zauberwort. Vergiß es nicht, sonst bist du in Gefahr.«

Der Ranryô-ô sagte mir das Wort. Er sagte noch andere Dinge, aber ich konnte sie nicht hören und wußte deshalb nicht, was es für Dinge waren. Die beiden Kugeln regten sich im flackernden Luftzug, das Zypressenholz hatte ungewöhnlich dichte Stellen, düstere Tönungen angenommen, um Stirn und Nase entdeckte ich bewegliche Schatten. Der Ranryô-ô lebte; ich glaubte zu hören, wie er atmete, flach und schnell. Rückte das Geheimnis näher? Jetzt schon? Was würde ich mit dieser Maske tun, wenn ich sie aufsetzte? Ich brauche mehr Zeit, ich hatte nicht genug Abwehrkräfte. So ein renitentes Ungeheuer, dachte ich, hängt einfach da, redet Unsinn und macht mich nervös.

»Don, don, don!«

Das vibrierende Echo in meinen Ohren: Sagons Stimme. Ich zuckte in einem plötzlichen, nervösen Krampf. Meine Wahrnehmung war in dem Zustand der letzten paar Sekunden steckengeblieben. Die Stimme kam von einem Ort, der irgendwo existierte. Sie war immerhin da und brachte mich zur Vernunft.

»Die Füße hoch! Was ist los, Ruth? Tanzt du oder schläfst du im Stehen ein?«

Ich fing an, mich wieder in der Welt zurechtzufinden. Ich würde mit Sicherheit lernen müssen, meine Vorstellungen besser unter Kontrolle zu halten. Ich hatte eine wirklich störende Schwäche dafür, ihnen nachzugeben. Sagon fuhr fort, den Rhythmus zu bestimmen; sein Oberkörper schaukelte leicht hin und her, wie ein Taktmesser.

»Don, don ...«

Nichts zu machen: Ich taumelte wie ein Mensch, der von einer starken Strömung erfaßt wird und keine Kraft aufbringt, ihr Widerstand zu leisten. Und es war nicht völlige Einbildung: Die Luft war von leisem Rascheln, von Plätschern und Tropfen erfüllt. Meine Verwirrung dauerte nur einen Atemzug, während eine Art flackernder roter Kreis mich verließ; da klärten sich meine Sinne. Die Schiebetür stand leicht offen. Der herbe Geruch feuchter Erde drang in den Raum. Es regnete, ziemlich stark sogar. Und gleichzeitig sah ich Sagon auf der Matte knien, die Hände auf den Schenkeln, und mich stirnrunzelnd anstarren.

»Alles in Ordnung, Ruth?«

Mein Körper klebte vor Schweiß. Ich strich mein klammes Haar aus der Stirn.

»Es tut mir leid. Das war diesmal etwas merkwürdig ...«

Er nickte, geistesabwesend auch er.

»Ja. Vielleicht liegt es daran, daß es regnet.«

Eine Pause trat ein, Sagon ließ mich nicht aus den Augen. Er kannte mich gründlicher als ich dachte, aber das störte mich nicht. Das tiefinnerliche Schaudern war nicht abgeklungen. Noch zitterten mir die Knie, von meinen pochenden Schläfen ganz zu schweigen. Da – ein Schleifen an der Tür: Ich zuckte zusammen, übertrieben, wie mir schien. Ich war plötzlich auf Geräusche empfindlich geworden. Doch es war nur Aiko, die den Tee nach dem Unterricht brachte.

»Es regnet ziemlich stark!« meinte sie. »Ich werde dir einen Schirm geben.«

Ich schüttelte den Kopf.

»Das ist nicht nötig. Ich liebe den Regen.«

Ich kniete auf dem Kissen nieder, nahm die schöne Teeschale in Empfand und bedankte mich. Der Maske wandte ich den Rücken zu; doch sie war noch da, starrte mich aus rollenden Augenkugeln an; es war gar nicht notwendig, daß ich mich umdrehte. Ich spürte ihre Anwesenheit wie einen kalten Finger im Nacken. Aiko nickte mir besorgt zu.

»Müde, Ruth?«

»Nein, eigentlich nicht.«

Sagon sah auf seine Armbanduhr und grunzte betreten.

»Doch, du bist müde und hast ein Recht, es zu sein. Wir haben die Zeit um zwanzig Minuten überzogen. Es ist meine Schuld, *Gomennasai!*«

»*Iie* – nein, durchaus nicht!» Ich bewegte verneinend die Hand, wie die Japaner es tun. Die Bewegung hatte ich schnell gelernt. Doch ich hörte nicht richtig zu. Die ganze Zeit war die Stimme in mir, die dasselbe Wort wiederholte, jenes Wort, das sich aufgelöst hatte und verschwunden war, in Vergessenheit geraten. Aber nicht ganz. Es sickerte durch meine Wahrnehmung wie der Regen, der jetzt dünner fiel. Inzwischen schlürften wir den Tee. Sagons Ausdruck war unbewegt. Nach einer Weile sagte er:

»Ich werde dich bald mit der Gruppe zusammenbringen. Den Bewegungsablauf hast du gut im Kopf. Und dann kannst du die Maske tragen und dich an sie gewöhnen.«

Der Becher fiel mir fast aus der Hand. Irgendwas in mir brach an die Oberfläche, wie eine Wasserblase, die lautlos zerplatzt. Ich hörte mich ein Wort aussprechen; ein Wort, von dem ich nicht wußte, ob ich es vielleicht bloß erfunden hatte.

»*Iwasaku!*«

Dann – plötzliche Stille. Ein paar Atemzüge lang knieten Sagon und Aiko auf ihren Kissen, unbeweglich wie Bilder in einem Rahmen. Doch ich erhaschte den Blick, den sie tauschten, bevor Aiko betont ruhig das Schweigen brach.

»Was hast du gesagt, Ruth?«

»*Iwasaku* ...« wiederholte ich mechanisch. »Das Wort fiel mir jetzt gerade ein ...«

Aikos Stimme klang rauh.

»Einfach so?«

»Nein, nicht ganz ...«

Niemand auf der Welt dürfte so von sich erfüllt sein wie eine Tänzerin, wenn sie ihre eigenen Traumbilder schafft. Aber das war noch lange kein Grund. Mein Kopf war wieder klar. Ich lachte verlegen auf, ein wenig verstört durch ihre Reaktion auf das, was ich gesagt hatte, und gleichzeitig beschämt, daß ich mich so schlecht beherrschen konnte. Ich deutete auf die Maske.

»Mir war, als ob sie das zu mir gesagt hätte ...«

Aiko zog mit leisem Zischen die Luft ein. Sagons Augen glitzerten eigentümlich scharf. So unbewegt war sein Gesicht, als wäre es aus Granit gemeißelt. Ich spürte ein Kribbeln und sah zur Maske hin, in nervöser Unruhe. Doch nichts geschah. Der Ranryô-ô hing an der Wand, schief, wie mir auffiel, die Farbe war an manchen Stellen abgenutzt, und obendrein wirkte das Hängekinn grotesk. Die Maske war ein schönes Schnitzwerk, mehr nicht, und gab keinerlei Anlaß zur Besorgnis, sonst könnte man ja kein Museum besuchen, aus lauter Angst, von alten Gegenständen behext zu werden. Ich sagte:

»Das war natürlich nur Einbildung. Es tut mir leid.«

Wieder der Blickwechsel. Wieder der gleiche Ausdruck von Ungläubigkeit und Bestürzung. Dann stellte Sagon langsam die Schale auf das Tablett zurück. Ich bemerkte, wie seine kräftigen Hände leicht zitterten.

»Ruth, weißt du, was dieses Wort bedeutet?«

Der körnige Tee mit dem starken Aroma hatte mich wieder belebt. Ich sagte:

»Nein. Mir fiel es beim Tanzen ein. Ich war unaufmerksam, Mori-Sensei. Es wird nicht wieder vorkommen.«

»Bist du ganz sicher, daß du es vorher nie gehört hast?« fragte der Priester. Doch bevor ich antworten konnte, murmelte Aiko mit leisem Vorwurf in der Stimme: »Woher denn, Sagon?«, und da wiegte er schwer und unsicher den Kopf. Ich sah, daß sich seine Arme mit einer Gänsehaut überzogen hatten. Als er dann sprach, klang seine tiefe Stimme noch tiefer.

»Ich glaube kaum, daß Fremde jemals ein Wort gehört haben, das sogar die meisten Japaner nicht kennen. Es handelt sich um ein *Oharai* – einen Exorzismus. Das Ritual wurde vollzogen, um eine Seele daran zu hindern, den Körper zu verlassen, oder um die Seele eines Toten zurückzurufen, oder auch, um die Lebenskraft zu stärken. Und noch etwas mußt du wissen ...«

Er stockte kurz, bevor er dumpf hinzufügte:

»Die Beschwörung ist uralt. Sie geht auf das Todesjahr der Kaiserin Suiko – 628 – zurück. Und ist seit über zwei Jahrhunderten in Vergessenheit geraten.«

Aiko nickte, zustimmend und besorgt. Ihr Gesicht schimmerte, ich roch ihr elegantes Parfüm, das so wenig zu der Situation paßte.

»Wir wissen, daß es früher vollzogen wurde. Aber wir wissen nicht mehr, wie es ausgeführt wird.« Und leise fügte sie hinzu: »Es tut uns leid ...«

Ich trank meinen Tee aus. Also doch. Was war geschehen vorhin, als ich geglaubt hatte, die Maske sprechen zu hören? Hier passieren ja die eigentümlichsten Dinge, dachte ich. Unangenehm war, daß ich nicht klar zu erkennen vermochte, wohin das alles führte. Aiko und Sagon sprachen jetzt miteinander in schnellem, gedämpftem Tonfall. Der Priester hatte sich auf die Fersen zurückgesetzt, sein Gesicht zeigte wieder die gewohnte Ruhe, doch die straffe, goldene Haut war um eine Schattierung blasser geworden. Ich blickte von einem zum anderen. Wenn sie langsam sprachen, verstand ich sie, aber dieses Gespräch war zu ausführlich für mich. Schließlich nickten beide und wandten sich mir zu. Der Priester überließ es seiner Frau, mir die Lage zu erklären. Aikos Brauen wölbten sich wie zarte Weidenblätter über die dunklen Augen.

»Entschuldige Ruth, aber es fällt uns manchmal leichter, nicht Englisch sprechen zu müssen. Die Situation ist sehr außergewöhnlich, das mußt du verstehen.«

Ein Zittern durchlief mich. Ich spürte erneut, wie mein Nackenhaar sich sträubte.

»Es tut mir leid, wenn ich Komplikationen mache. Das war nicht meine Absicht. Womöglich habe ich mir alles bloß ausgedacht?«

Sagon schüttelte den Kopf. Sein Tonfall war düster.

»Nein. Ich habe dich beobachtet: Etwas hat dich berührt. Eine fremde Wesensart war dabei, sich zu formen. Sie war noch nicht ganz da; aber sie war bereit zu kommen. Sie ist nicht bösartig, sie ist mächtig. Wir dürfen ihre Warnung nicht mißachten.«

Ich dachte, wenn ich verrückt bin, dann ist er es auch, und ich bin in bester Gesellschaft.

»Ja, und was nun?« seufzte ich.

»Es gibt verschiedene Aspekte der Wirklichkeit. Die Nähe der Geister, die Sagen von ihrem Schicksal, das Spielen damit bringt Gefahren mit sich. Du darfst ihnen nicht schutzlos ausgeliefert sein. Es beschämt mich sehr, dir einzugestehen, daß ich das Ritual für dich nicht ausüben kann. Wir werden Daisuke Kumano aufsuchen. Vielleicht weiß er Rat.«

Als ich das Haus des Priesters verließ, fielen die Tropfen dichter und schneller. Die Straßen glänzten wie Gummi. Meine Füße patschten in den nassen Turnschuhen. Die Luft war stickig und reglos; ich schaute in die Dunkelheit, in die aufleuchtenden Lichter der entgegenkommenden Wagen. Die Passanten starrten mich verwundert an, denn alle außer mir hatten einen Regenschirm aufgespannt. In Naomis Studio brannte Licht. Eine Welle freudiger Erregung durchlief mich. Kunio war schon da! Er war heute bei seinem Vater in Miwa gewesen und hatte mir gesagt, daß es spät werden könnte. Ich lief die Außentreppe hinauf und klopfte. Ich sah Kunios Schatten hinter dem blinden Küchenfenster; durch den Spalt zwischen Tür und Fußboden hörte ich seine Schritte. Er öffnete die Tür, sah mir ins Gesicht und sagte mit teilnahmsvoller Bestürzung:

»Hast du keinen Schirm?«

»Ich kann Schirme nicht leiden.«

»Du bist ja ganz naß!«

»Das macht nichts.«

Er starrte mich an; ich schleuderte mit einer Fußbewegung meine durchweichten Turnschuhe ab. Er stand vor mir, sah zu, wie ich den Wickelrock aufhakte, mein Trikot von den Schultern gleiten ließ, es langsam über meine Hüften rollte. Der nasse Stoff klebte an meiner Haut. Kunio trat dicht an mich heran, umfaßte mich mit beiden Armen. Er legte die Hand auf meine Stirn, nahm mein Gesicht in beide Hände, küßte mich. Sein T-Shirt wurde sofort naß, als er mich an sich preßte, und die Haut schimmerte hindurch.

»Zuerst ein Bad«, flüsterte er. »Sonst erkältest du dich.«

Im kleinen Badezimmer schwebte eine Dampfwolke. Ich seifte mich ein, rieb mich mit dem Schwamm aus Seegras ab. Kunio rollte die Abdeckung der Badewanne zurück. Er füllte Wasser in die Plastikschüssel, vergewisserte sich, daß es die richtige Temperatur hatte und goß es mir über den Kopf. Ich blinzelte, während mir der Seifenschaum über die Augen lief. Schon goß mir Kunio eine zweite Ladung über den Kopf. Dann ließ ich mich langsam in das heiße Wasser der Wanne gleiten. Die Klimaanlage summte leise. Wohlige Hitze lockerte meine Muskeln. Kunio saß auf dem Rand, streichelte meine Brust, umkreiste sanft die Spitzen mit den Fingern. Schließlich seufzte er.

»Es tut mir leid. Wir werden uns ein paar Tage lang nicht sehen.«

Ich sah ihn fragend an. Er sagte:

»Ich gehe mit meinem Vater nach Tokio. Das Kunstmuseum Ueno plant für nächstes Jahr eine Retrospektive seiner Werke. Dazu kommt ein Interview, das er einer Zeitschrift versprochen hat. Er will auch einige Verwandte und Freunde besuchen. Mein Vater ermüdet schnell. Ich möchte nicht, daß er alleine reist.«

»Natürlich nicht. Wann fährst du?«

»Morgen schon.«

Ich stieg aus der Wanne, trocknete mich flüchtig ab und knotete die Schärpe meiner *Yukata* zu, die vom Tragen schon ganz weich geworden war. Inzwischen machte sich Kunio in der Küche zu schaffen. Einen Augenblick später stellte er ein Tablett auf den Tisch. Ich hob behutsam die verschiedenen Deckel, welche die Speisen in den Schüsseln warm hielten.

»Ach Kunio, das sieht ja köstlich aus.«

Er lachte mit weißen Zähnen.

»Du weißt doch, ich bin ein guter Koch!«

Es gab frischen Tofu, dünne Rindfleischscheibchen, dazu eine geleeartige Pflanzenwurzel, *Konnyaku* genannt, die ich besonders mochte, blumenförmig geschnittene Karotten und Gurkenscheibchen, die in einer pikanten Sauce aus Soja und

Ingwer angemacht waren. Und Reis. Eine Suppenbrühe mit »Konbu«, getrocknetem Seekraut, dampfte in den Schalen. Kunio öffnete eine Flasche Kornbier, goß mir ein Glas ein. Wir stießen an. Ich nahm meine Eßstäbchen und fragte:

»Wann wirst du zurück sein?«

»In einer Woche.«

»Und die Schule?«

Er grinste.

»Ich habe frei bekommen. Als Sohn eines ›lebenden Denkmals‹ hat man auch einige Vorteile.«

Wir lachten beide, ich weniger als er. Mit dem Bad war Müdigkeit über mich gekommen; aber es war eine seltsame, schwer verständliche Müdigkeit, und sie hing mit anderen Dingen zusammen. Das Essen fiel mir schwer. Er fragte nicht, ob es mir nicht schmeckte; er hatte gemerkt, daß ich kaum Appetit hatte.

»Traurig?« fragte er zärtlich.

Ich stellte die Schüssel auf den Tisch, legte die Stäbchen behutsam daneben.

»Traurig, ja. Aber es ist nicht nur das. Obwohl ... Entschuldige, Kunio, ich bin etwas durcheinander!«

Er nahm einen Schluck und wartete, daß ich sprach. Ich holte tief Luft.

»Es ist wegen der Maske«, sagte ich. »Sie hat zu mir gesprochen.«

Stille. Der Regen schlug an die Scheiben. Kunios braune Augen sahen mir gerade ins Gesicht. Ich dachte, wenn er lacht, ist alles vorbei. Doch er lachte nicht. Er stellte sein Glas auf den Tisch, rutschte auf den Knien zu mir hin. Ich nahm seine Hand zwischen meine beiden Hände und preßte sie. Er hatte einen Gesichtsausdruck wie damals, als er mir von seiner Kindheit erzählte. Sehr aufmerksam, sehr ernst. Und die Frage, die er nun stellte, war eine ganz andere, als jene, die man logischerweise hätte erwarten können. Und doch war es genau die richtige Frage.

»Was hat sie dir gesagt?«

In mir wurde es plötzlich hell. Jetzt würde ich frei sprechen können, ohne Furcht, mißverstanden zu werden. Und sprechen wollte ich; ich wollte die Gedanken, die mich bedrängten, mit jemandem teilen.

»Es war seltsam, weißt du …«

»Solche Dinge sind immer seltsam.«

Ich spürte die Resonanz seiner Stimme in mir, wie ein Echo.

»Wenn ich tanze«, sagte ich, »vernehme ich oft Geräusche oder Stimmen. Das klingt wie ein Flügelschlag oder wie ein Chor, von dem ich nur das Echo höre. Die Töne, die ich dann singe, sind eine Nachahmung. Sie geben mir Kraft. Verstehst du?« Er streichelte mein Haar, das noch feucht vom Bad war.

»Du tanzt am Rande der Welt, zwischen den Lebenden und den Toten. Ja, ich verstehe.«

Woher weiß er das? fragte ich mich. Ich merkte plötzlich, daß ich Kopfschmerzen hatte.

»Auf der Bühne stelle ich eine Figur dar. Sie ist bloß ein Phantom. Ich bin es, die ihr Gestalt und Leben verleiht. Mit meinem Atem, mit meinem Blut. Ich werde zum Medium. Ein Medium muß ertragen können, daß eine fremde Wesensart von ihm Besitz nimmt. Klingt das idiotisch?«

»Sicher nicht.«

»So ist es eben.«

»Ja.«

Ich schwieg. Der Kopf tat mir zum Verrücktwerden weh.

»Sprich weiter«, sagte Kunio.

Seine ruhige, wärmende Kraft stand in seltsamem Gegensatz zu seinem schwerelosen, geschmeidigen Auftreten, zu seinem Gesicht, das manchmal so kindlich wirkte, zu seinem offenen, arglosen Lächeln.

»Und plötzlich geschieht eine Verwandlung, Kunio. Ich bin nicht mehr ich selbst. Daß die Natur nicht nur auf der Ebene unserer Wahrnehmung existiert, sondern auch auf einer anderen Ebene, ist mir klar.«

Er antwortete gleichmütig:

»Irgendwer hat mal gesagt: Nichts kann gedacht werden, was nicht existiert oder existieren könnte. Der Ranryô-ô sprach also?«

Die Kopfschmerzen wurden stärker. Ich fühlte das Blut in meinen Schläfen pochen.

»Er sprach. Sehr eindringlich sogar. Ohne daß ich ein Wort hörte. Bilde ich mir das ein?«

»Ich glaube nicht.«

»Nein, nicht wahr? Ich hörte ihn mit dem Kopf, und nicht mit den Ohren. Wirklich komisch, nicht wahr?«

»In gewisser Weise. Und was verlangte er von dir?«

»Meine Kraft. Das verdammte Fossil verlangte meine Kraft für sich selbst!«

»Er muß gleichzeitig Mann und Frau sein. Ohne die androgyne Einheit kann er das Reich der Schatten nicht verlassen. Das ist nur logisch.«

»Logisch?« murmelte ich. Daß er ausgerechnet dieses Wort benutzte, schien mir rätselhaft. Ein starkes Glücksgefühl durchströmte mich. Ich rieb meine Stirn an seinem Arm:

»Ich war sehr bestürzt, Kunio. Das ... Gespräch kam mir so widersinnig vor! Ich redete mir ein, daß es Einbildung war.«

»Hat er noch etwas anderes gesagt?«

»Warte, laß mich nachdenken ...«

Ich versuchte mich zu entsinnen. Ein Teil der Geschichte war erzählt. Was jetzt noch? Ach ja, das Allerwichtigste: das Ritual. Die Erinnerung war einfach weg, verschwunden – wie war das möglich? Sie saß in einem tiefen Winkel meines Hirns, wo sie manchmal, wie der Schein einer Taschenlampe, unruhig flackerte. Das machte mich ganz wirr. Ich sprach davon, schnell und leise, um ihm ein Winziges von alldem mitzuteilen, was ich hätte sagen müssen und nicht sagen konnte. Doch er verstand mich.

»Daisuke Kumano ist *Kannushi* – Hohepriester. Er weiß über diese Dinge Bescheid. Ich glaube, daß er dir helfen kann.«

»Und wenn nicht?«

»Hast du Angst?« fragte er.

Ich rollte den Kopf hin und her, um die Halsmuskeln zu lockern.

»Eigentlich nicht. Es ist allerdings kein Vergnügen.«

Er lächelte.

»Wenn du Angst hättest, müßte ich mir Sorgen machen.«

»Angst hilft uns auf der Bühne nicht weiter«, entgegnete ich. »Höchstens Lampenfieber, aber das vergeht, sobald die Musik einsetzt. Nein, Kunio. Angst habe ich nicht.«

»Dann ist ja alles gut.«

»Ist noch Kornbier da?« seufzte ich.

Er löste sich von mir, goß neues Bier ein und reichte mir das Glas. Ich leerte es in einem Zug. Er sah mich besorgt an.

»Besser?«

Ich drückte das Glas an meine heiße Stirn.

»Entschuldige, Kunio. Ich habe Kopfschmerzen.«

»Soll ich dir die Schultern massieren?«

Er glitt hinter mich, lockerte den Kragen meiner *Yukata*, legte die Schultern frei. Als er begann, meine Hals- und Rückenmuskeln durchzukneten, merkte ich sofort, wie gut das tat.

»Wunderbar!« seufzte ich. Seine Finger waren geübt, kräftig; sie lockerten jeden Muskel, versetzten mich in einen Zustand wohliger Schläfrigkeit. Allmählich verschwanden die Schmerzen, aber ich fühlte mich wie ausgelaugt. Ich rieb den Nacken an Kunios Brust.

»Ich habe mich da in eine vertrackte Situation gebracht, oder?«

Seine Finger hielten an, doch nur kurz, dann ein flinkes, gleichmäßiges Trommeln mit den Handballen, nicht zu leicht, nicht zu stark. Genau richtig. Jeder Muskelknoten wurde warm und geschmeidig. Er sagte ruhig:

»Für mich, mußt du wissen, ist diese Sache nicht außergewöhnlich.«

Ich spürte plötzlich eine Welle freudiger Erregung.

»Ach, hast du auch schon so etwas erlebt?«

»Ähnliches.«

»Erzählst du mir davon?«

»Ja. Aber heute nicht. Meine Geschichte würde dich ablenken, das wäre nicht gut. Du mußt dich jetzt entspannen.«

»Hilfst du mir dabei?«

Er kicherte leise. Seine Lippen berührten meine Schulter; seine Zähne glitten über meine Haut, eindringlich und immer wieder. Schauer, durch die Liebkosung ausgelöst, liefen über meinen Körper. Ich drückte den Hinterkopf an seine Brust. Langsam schob er die *Yukata* über meine Arme; ein paar schnelle Bewegungen, und mein Oberkörper war nackt. Ich drehte mich, zog sein T-Shirt aus den Jeans, half ihm, es über den Kopf zu streifen; meine Finger tasteten zu seiner Gürtelschnalle. Ich knöpfte seine Jeans auf, schob sie über seine Hüften und Schenkel. Sein sehniger Körper, warm und glatt, schien mit dem meinen zu verschmelzen; seine Haut duftete nach Sauberkeit, nach frischer Baumwolle. Wir umarmten uns mit offenen Augen, phantasierenden Händen, einem Salzgeschmack im Mund, den Atem völlig im Gleichklang. Zusammengehörend. Das war es, was uns mit so viel Überraschung und Entzücken erfüllte – daß wir uns wiedererkannten, als hätten wir uns schon vor unserer Geburt geliebt, als nähmen wir nur einen Faden wieder auf. Sein Leben, diese Hülle aus Zärtlichkeit, schien sich aus ihm zu lösen, um mit mir zu leben; bei allen anderen Männern zuvor war ich allein geblieben. Im Grunde waren wir neugierig, auf eine unbefangene, leichtsinnige Art, wie Kinder es sein können, angesichts einer Sache, die aufregend, aber nicht absonderlich ist.

# 17. Kapitel

Juni in Kyoto. Regenzeit. Dichte Wolken senkten sich über die Stadt; die Sonne, blaß und fern, schwebte wie eine weiße Kugel im Nebel. Kyoto füllte sich mit grauer Schwüle, roch nach verstopfter Kanalisation. Das Zischen der Reifen auf dem Asphalt wurde zu einem Dauergeräusch. Ein Wogen bunter Regenschirme erfüllte die Straßen. Die Menschen hasteten vorbei; manchmal prallten die Schirmspitzen für einen kurzen Moment gegeneinander, und man entschuldigte sich. Der Regen prasselte ununterbrochen. Das abendliche Farbenspiel der Straßenbeleuchtung, der Verkehrsampeln und der Autoscheinwerfer zersprang in zuckenden Lichtfetzen; jeder Tropfen zersprühte in Pünktchen und Funken, jede Pfütze flackerte in leuchtenden Wellenlinien.

Regenzeit ohne Kunio. Dämmerung, Morgen und Tag verschwammen ineinander. Graue, düstere Stunden, die kein Ende nahmen; einsame Nächte, von Plätschern erfüllt und so kalt, daß ich einen elektrischen Heizofen anstellte. Regenzeit ohne Kunio, gleichmäßig und langweilig; ein blinder Fleck vor den Augen, eine Sehnsucht im Herzen. Kein Augenblick, an dem er nicht bei mir war; immer, die ganze Zeit. Kunio liebte es, lange neben mir zu liegen und mich, den Kopf auf meiner Schulter und meinem Hals, umschlungen zu halten. In meinem Traum lag er reglos da, und mein Verlangen wurde immer intensiver. Ich ließ die Hände über meinen Körper gleiten, berührte und streichelte die richtigen Stellen. Nach einer Weile legte er sich auf mich, drang tief und stoßweise in mich ein, bewegte sich in meiner Wärme. Ich spürte sein Leben in mir, spürte es wirklich und wahrhaftig, preßte beide Hände auf meinen Unterleib, krümmte mich zusammen, um es festzuhalten. Ich durchlebte meine Phantasien, füllte Konturen aus, fügte Gefühle hinzu. Ich meinte, Lea sprechen zu hören.

»Lea, ich verstehe mich nicht mehr.«

»Du liebst ihn also.«

»Ich weiß es nicht. Tatsächlich liebe ich ihn beinahe. Und es ist nicht nur körperlich, obwohl ...«

»Er ist verdammt gut im Bett, das willst du doch sagen, oder?«

»Ja. Aber dahinter steckt mehr.«

»Das war ja vorauszusehen.«

»Du bist sehr überheblich, Lea. Das warst du schon immer. Und jetzt bin ich hilflos.«

»Doch wohl kaum hilflos.«

»Lea, es ist manchmal nicht leicht, deine Tochter zu sein.«

»Und die Maske? Wie willst du mit ihr fertig werden, wenn du nicht ganz bei der Sache bist, hm?«

»Laß mich in Ruhe, Lea. Gib mir keine Ratschläge.«

Ich hatte mir meine Tage genau eingeteilt. Ich baute mein Grundtraining aus, paßte es der Enge des Wohnraumes an. Daneben lernte ich Japanisch; zu Beginn war Kontinuität der wichtigste Faktor. Manche sagen, Japanisch sei die schwerste Sprache der Welt. Für mich war sie nicht schwerer als jede andere Sprache; die akustische Vieldeutigkeit war bloß eine Sache der genauen Aussprache, ich begriff das alles, mehr oder weniger jedenfalls. Was das andere betraf, so ersetzte die schwingende Phantasie die sachliche Information. Erspüren war mir wichtiger als Verstehen, und der nötige Raum blieb offen. Nachmittags, wenn der Regen etwas nachließ, sah ich mir die Stadt an. Jetzt war die beste Zeit für Tempel- und Museumsbesuche, abseits vom Gedränge der Touristen. Sagon hatte mir Kassetten mit seinen Kompositionen gegeben; ich steckte sie in den Walkman; die Musik begleitete mich auf meinen Spaziergängen, Trommeln und Schlaginstrumente skandierten die Zeiteinheiten; die rhythmischen Strukturen pulsierten in mir; sirrende Fäden, von Flöte und Oboe gesponnen, legten sich um meine Seele. Ich rief mir die Schritte und Drehungen in Erinnerung, berechnete jede Sequenz, wobei ich mit den Händen den Takt schlug, wie Tänzer es beim Training tun. Wer mich auf der Straße gestikulieren sah, mußte denken, ich sei nicht ganz bei Verstand. Nach einer gewissen Zeit schaltete ich die Kassette aus; ich sehnte mich wieder nach Stille, nach den natürlichen Geräuschen des Regens. Im grünen Dunst wanderte ich um den Teich, in dem sich der *Kinkakuji* – der goldene Pavillon – spiegelte. Alles war in smaragdenes Dämmerlicht getaucht, sogar das Gold schillerte grünlich; das grazile Bauwerk wirkte seltsam beseelt. Ein Murmeln und Tropfen erfüllte die Luft, Karpfen glitten wie farbige Schatten durch das dunkle Wasser. Es roch nach Moos, Schlamm und Holzkohle. Ich begegnete nur einem älteren Ehepaar, beide dunkel gekleidet, beide unter schwarzen Regenschirmen. Sie blickten mich an, verklärt, als sähen sie eine Erscheinung. Ich verneigte mich höflich; sie erwiderten den Gruß. Wir wechselten keine Silbe. Ich besuchte den Heian-Schrein mit seinen wuchtigen roten Balken, seinen geschweiften Dächern im chinesischen Stil. In dem kleinen Teich quakten Frösche, und hoch oben in den Bäumen saß wie ein Wächter ein Storch. Ich besichtigte den Daitokuji-Tempel mit seinem wundervoll schlichten Zen-Garten, den Kamigamo-Schrein mit den zwei großen weißen Sandhügeln vor der Haupthalle. Unter Tausenden von rotbemalten Portalen wanderte ich den Pfad zum Fushimi-Inari-Schrein am Berghang empor. Über den hohen Baumwipfeln kreisten Raben. Auf einmal wurde der Himmel durchsichtig blau wie Porzellan; weiße, warme Sonnenstrahlen fielen auf die *Tsuka*-Erdhügel, die Altäre für die Naturgeister. Ich betrachtete das sich verändernde Licht, die aufleuchtenden und verblassenden Farben; in Japan waren die Schleier nur dünn. Ich besichtigte den »Schrein der Seidenraupen« mit seinem dreifachen Steintor inmitten des Hains. Die Bäume waren alt, so alt, daß sie versteinert wirkten. Von den verschlungenen Ästen tropfte Regen, Wurzelknäule ragten aus der durchweichten Erde. Das Dickicht war undurchdringbar, dunkel; der ganze Hain schien aus Augen zu bestehen; wir starrten einander an. Mir war, als ob die Luft Wellen warf, die kühl und hauchfein meine Haut berührten. Hinter den Bäumen aber schimmerten Wolkenkratzer aus Stahl, Marmor und Glas; kein Widerspruch, nein, sondern ein Brückenschlag von Zeitalter zu Zeitalter, eine Synthese des menschlichen Werdens. Atemberaubend.

Mittwoch abend: ein Anruf von Sagon. Ich sollte mich morgen um vier im Yasaka-Schrein einfinden. Wir würden mit Daisuke beraten, was zu tun sei. Anschließend würde Sagon mich unterrichten.

Der Donnerstag kam; die Luft war kühl und feucht und mit dem herben Duft des versiegenden Regens getränkt. Über das Trikot zog ich einen Pullover aus Baumwolle, knotete meinen Wickelrock fest. Barfuß in Sandalen machte ich mich auf den Weg. Erregung verspürte ich kaum. Aus Wißbegier ließ ich mich gerne ins Leere hineinhängen und machte mir um die Folgen nur wenig Gedanken.

Ich traf pünktlich ein, doch im Vorraum erblickte ich Sagons Schuhe; er war also schon früher eingetroffen. Ich klopfte; der scheue junge Priester begrüßte mich mit einer tiefen Verneigung; ich schlüpfte aus meinen Sandalen und folgte ihm. Vor dem Empfangszimmer kniete der junge Mann nieder, zog die Schiebetür vor mir auf. Sagon und Daisuke saßen vor dem niedrigen Tisch unter der Vitrine mit den nachgebildeten Hochzeitsmenüs aus Plastik. Im Nebenzimmer telefonierte eine Sekretärin mit zirpender Stimme. Beide Männer erhoben sich, um mich zu begrüßen. Sagon hielt eine Zigarette in der Hand. Mir entging nicht, daß die Verbeugung des Hohenpriesters diesmal noch tiefer, nahezu feierlich, ausfiel. Er bot mir einen Sessel an, wobei er mich verdutzt anstarrte.

»Du bist ja völlig durchnäßt!«

»Sie hat nie einen Regenschirm bei sich«, seufzte Sagon bekümmert. »Eines Tages holt sie sich eine Lungenentzündung!«

Der Hohepriester ließ den Grunzton hören, mit dem die Japaner Überraschung ausdrücken.

»Keinen Regenschirm?«

Ich lächelte.

»Ewig kann der Regen ja nicht dauern.«

Er hielt mir ein Päckchen Zigaretten hin. Ich lehnte dankend ab. Daisuke knipste ein Feuerzeug an, nahm einen kräftigen Zug. Der junge Priester trat wieder in Erscheinung, stellte eine Schale grünen Tee vor mich. Ich bedankte mich; der junge Mann schlurfte hinaus; Daisuke rauchte schweigend, bis die Schiebetür zugezogen wurde. Er hielt die Zigarette zwischen den gelenkigen Fingern. Es lag viel Beherrschung in diesen Händen, viel Zartgefühl auch.

»Die Regenzeit wird hier *Tsuyu* genannt, das heißt ›Regen der Pflaumenbäume‹, da im Juni die Pflaumen wachsen«, sagte er.

»Ich liebe den Regen.«

»Tatsächlich? Und wie findest du Kyoto?« fragte er mich. »Kyoto ist schön, *ne*?«

»O ja«, erwiderte ich ernst. »Kyoto ist schön.«

»Aber jetzt ist die schlimmste Zeit des Jahres«, sagte Sagon. »Erst im Juli wird das Wetter wieder sonnig und klar.«

Daisuke nickte mir bedeutungsvoll zu.

»Du solltest dir wirklich einen Regenschirm kaufen.«

»Wenn es schlimmer wird, vielleicht«, sagte ich, um ihn zu beruhigen.

»Ich meine, du mußt es bald tun.«

Lächelnd nippte ich an meinem Tee. Die Höflichkeit verlangte, daß wir zuerst Konversation machten. Also wartete ich geduldig, bis der Kannushi zum eigentlichen Thema kam. Als er den Aschenbecher zu sich heranzog und die Zigarette ausdrückte, merkte ich, daß der Augenblick gekommen war. Die schwarzen, scharf glänzenden Augen richteten sich auf mich.

»Ich bin bereits unterrichtet, Ruth. Aber würdest du mir bitte die Sache noch einmal erklären? Du kannst ruhig Englisch sprechen, wenn es dir lieber ist.«

Ich seufzte.

»Ja, vielen Dank. Es geht wohl nicht anders.«

Gewisse japanische Sätze und Redewendungen waren mir bereits geläufig, aber sobald es kompliziert wurde, fehlten mir die Worte. Selbst das Englisch war hier unzureichend; ich sah mich gezwungen, die ganze Empfindungsskala auf eine andere, persönlichere Weise zusammenzufassen. Das Ganze war mit seltsam gesteigerten Gefühlen verbunden; Gefühle, die ich irgendwie loswerden wollte. Während ich sprach, sah mir der Hohepriester unverwandt ins Gesicht und nickte zu dem, was ich sagte. Als ich ausgeredet hatte, bemerkte ich, daß sich an seinen äußeren Mundwinkeln einige senkrechte Falten zeigten. Er trank einen Schluck Tee, machte dann mit der Zunge am Gaumen ein schnalzendes Geräusch.

»Als Priester frage ich mich, ob ich immer, in jeder Situation, das Richtige verstehe. Ich denke, dies ist nicht der Fall; und ich staune manchmal darüber, daß wir mit so viel Selbstsicherheit und so wenig wirklichem Wissen eine Anzahl Interpretationen zulassen. Im Kulturbewußtsein der Völker begegnet uns ein jeweils besonderes Verhältnis zu der Welt der Erscheinungen. Es gibt Wahrscheinlichkeiten, die ebenso stark sind wie Gewißheiten. Doch wer gibt sich damit zufrieden?«

»Besser die Augen öffnen als Angst haben«, seufzte ich.

Sagon hob beide Handflächen empor, eine Geste ironischer Zustimmung.

»Sie meint genau, was sie sagt.«

»Ich glaube an viele Möglichkeiten«, sagte ich.

Daisuke nickte.

»Wir Japaner sagen, die Geister denken an uns, wenn wir an sie denken. Teilweise sind wir noch Menschen vor der Geburt der Unruhe. Auch Dämonen haben zwei Gesichter.«

Ich lächelte, wenn auch nur flüchtig.

»Ich weiß. Wir beten, statt zu denken.«

Daisuke lächelte jetzt auch.

»Nicht wahr? Man kann sich nicht am Wasser festhalten, um zu schwimmen; man muß ihm vertrauen.«

»Ich tauche entsprechend tief.«

Beide Männer lachten; Sagon sogar stoßweise. Plötzlich begann ich ihre Nähe sehr deutlich zu spüren; ein tiefes Gefühl für das geteilte Geheimnis ergriff mich. Schon der Gedanke daran war erregend. Schließlich sagte Daisuke:

»Ja nun, Ruth, du siehst klar. Und ich will dir sogleich etwas sagen, was du selbst erst verstehen wirst, wenn du für längere Zeit unter uns gelebt hast. Japan ist ein altes, sehr altes Land. Der Gedanke, daß sich unsere Kultur im abgeschlossenen Raum entwickeln konnte, ist absurd, obwohl diese Fehlvorstellung immer wieder aufgegriffen und politisch mißbraucht wurde. Die von Tokugawa Iemitsu angeordnete Isolierzeit dauerte bloß zweihundert Jahre, geschichtlich gesehen eine kurze Zeitspanne. In Wirklichkeit war unsere Kultur seit uralten Zeiten eine Kultur des ständigen Aufbruchs, kosmopolitisch und visionär. Jahrtausendelang führten alle Wege zu Wasser und zu Land nach Osten. Die Ureinwohner Japans waren Eiszeitjäger; ihre Ahnen stammten vom Nordstern, und der Bär, den sie im Kampf erlegten, ist ihr Schutzgeist. Später kamen Seefahrer auf Pirogen aus der Südsee; Bauern aus den Monsunländern bauten Reis an. Assyrien, Griechenland und das oströmische Reich formten unsere Kosmogonie. Die geistige Begegnung mit Indien, Tibet und Siam brachte neue religiöse und philosophische Impulse. Die Verbindung zwischen China und dem Orient erfolgte über die Seidenstraße. Asiatische Steppenreiter lehrten uns das Schmelzen von Eisen, persische Seidenweber und Kupferschmiede ihre Kunstfertigkeit.«

Daisuke nahm einen Schluck Tee. Sagon rauchte schweigend. Ein Regenschauer prasselte an das Fenster; ein paar Zweige schlugen gegen das Dach. Der Kannushi sprach weiter:

»Was ich damit sagen will, Ruth: Unsere Theaterkunst ist uralt. Sie erwuchs aus dem magischen Tanz der Geister, der Totemtiere und Dämonen. Unsere besondere Gabe mag sein, daß wir in der Bewahrung dieses Brauchtums eine außerordentliche Beharrlichkeit zeigen. Wohl kann die Idee, der Sinn, sich verflüchtigen. Die Kraft aber bleibt.«

Ich begann zu zittern; das Zittern hatte nichts von einer tatsächlichen Bewegung, es glich eher einem schwachen elektrischen Strom, der mich durchfuhr. Ich tat nichts dagegen. Der Kannushi sah mich genau an und nickte.

»Der Ranryô-ô stammt aus China und ist eine mehr oder weniger historische Gestalt. Die Maske, obwohl neuerer Machart, hat ihr ursprüngliches Energiefeld – das Mana – unverändert bewahrt. Wie das geschieht, werden wir nie erklären können, da unser Gehirn nicht dazu geschaffen ist. Wie auch immer, gewisse Tänzer mögen die Maske unbehelligt tragen. Ihre Kraft reicht nicht aus, um die Kraft der Maske zu wecken. Ein gewöhnlicher Mensch hat diese Fähigkeit nicht. Nun aber gibt es Menschen, die für außergewöhnliche Dinge begabt sind. Eine flutende Gewalt treibt ihre Gedanken und Gefühle empor. Durch sie wird die Maske zum Sitz, zur Inkarnation des Totengeistes. Sie reißt die Spieler empor, setzt ihre Seele einem gefährlichen Schock aus. Was hier hilft, ist ein *Oharai* – ein Exorzismus. Die erforderliche Zeremonie wird im *Engishiki* – ein Zeremonialbuch aus dem neunten Jahrhundert – erwähnt. Das Ritual beschwor den Gott Iwasaku, den ›Felsenzerstörer‹, dem gefährdeten Spieler seine Kraft zu schenken. Was abhanden kam, ist die Methode. Es tut mir leid, Ruth: Wir haben das Muster, die Wegkarte verloren. Wir wissen nicht mehr, wie es gemacht wird.«

Ein wenig fröstelnd wandte ich den Kopf und sah Sagon an. Er drückte seine Zigarette aus, wobei er den Kopf schüttelte, als ob er sich Selbstvorwürfe machte. Draußen rauschte der Regen. Ich rieb mir die Stirn. Daisukes Erklärungen kamen mir wie die Objekte vor, die Dali schuf, um einen Zustand äußerster Unsicherheit hervorzurufen; weder konnte man sie halten noch hinstellen. Vielleicht kam diese Unruhe aus mir selbst, und das Ganze war nur ein verschrobener Zustand. Nach einer Weile brach Daisuke das Schweigen.

»Sofern du die Technik beherrschst, wird der Tanz aktive Imagination. Dein Unterbewußtsein meditiert. Wie leicht Flöte und Trommel in Trance zu versetzen vermögen, brauche ich dir nicht zu sagen. Gehst du weiter auf diesem Pfad, ist eine Beschädigung möglich. Ich kann nicht für dich wählen, Ruth.«

Ich lehnte mich zurück und holte tief Luft. Ich durfte jetzt nicht mein inneres Gleichmaß verlieren.

»Nein, natürlich nicht. Es ist schon in Ordnung.«

Ein Seufzer hob Daisukes Brust.

»Ich weiß, was du denkst, Ruth. Und auch du kennst die Wahrheit, wenn du sie hörst. Ich erzähle ohnehin keine Lügen. Ich kann eine Beschwörung für dich ausüben, die dich schützt. Nicht aber das Ritual, dessen du bedarfst, um völlig gefeit zu sein. Es tut mir leid«, wiederholte er.

Ich blickte erneut zu Sagon hin, und da mochte eine etwas stärkere Spannung auf seinem Gesicht sichtbar sein. Seine Augen flackerten, dann fanden sie wieder Halt und sahen mich an.

»Wir können den Unterricht jederzeit abbrechen, Ruth. Und ich habe völliges Verständnis, wenn du nicht mehr willst.«

Ich fühlte ein Schaudern, tief in der Gegend des Herzens. So standen also die Dinge. Ich durfte die Warnung beider Männer nicht in den Wind schlagen. Ich hatte das beklemmende Gefühl, daß ich negativen Kräften ausgesetzt sein würde, denen ich vielleicht nicht gewachsen war. Also gut. Tänzer holen sich ihre Inspiration überallher. Sie deuten ihre eigenen Bewegungen von innen, und manchmal geraten sie dabei in eine Sackgasse. Es steht ihnen dann frei, einfach aufzuhören und irgendwo anders neu anzufangen. Aber soll denn der Tanz niemals ein Risiko sein? Woraus bist du gemacht, Ruth Darling? würde Lea jetzt fragen (und anzüglich dabei kichern). Aus dem Fleisch junger Eidechsen?

Eine Art nervöser Krampf durchlief mich.

»Ich werde weitermachen«, sagte ich.

Sagon zog die Stirn kraus. Seine dunklen Augen waren seltsam umwölkt.

»Hast du es dir auch reiflich überlegt?«

Welche Antwort sollte ich ihm geben?

»Ich habe etwas begonnen, das ich zu Ende führen will. Und ich traue mir zu, daß ich es kann.«

Daisuke hatte mich nicht aus den Augen gelassen. Er schien zu lächeln, doch nur in Gedanken, ohne das Gesicht zu verziehen. Nun erhob er sich; eine geschmeidige, fließende Bewegung. »Komm morgen um sieben zum Schrein. Ohne Frühstück. Verrichte deine Notdurft, nimm ein Bad. Trage keinen Schmuck. Und auch kein Band, Gürtel oder Schnalle. Keine einzige Schnur darf an deinem Körper verknotet sein.«

Ich empfand für einen Augenblick Unruhe; es schien mir eine Demonstration dessen zu sein, was sich vielleicht zutragen würde, wenn ich mich nicht in der Gewalt hatte. Ich mußte jetzt eine klare innere Linie finden, eine genaue Route des Verhaltens. Ich konnte mir nicht leisten, innerlich zerrissen zu sein. Wenn der Anblick der Maske mich so in Aufruhr versetzte – wie würde sie dann erst auf mich wirken, wenn ich sie trug? Der Gedanke erzeugte Schwindel in meinem Kopf; auf einmal begann mein Herz flügelgleich zu flattern: Es war wie beim Tanz, ich wußte nicht, welche Empfindungen das waren, Hochspannung oder Ermatten, ob ich schwebte oder versank. Wenn Daisuke mir half, gelang es ihm vielleicht, mich genügend zu stärken. Und wenn nicht? Mir kam der Gedanke, daß ich mit dieser Unruhe jetzt leben mußte. Sie konnte noch eine Weile andauern und würde vielleicht niemals enden.

# *18. Kapitel*

Bei Tagesanbruch machte ich mich auf den Weg zum Schrein. Der Verkehr war noch ruhig; Geschäfte und Warenhäuser öffneten erst um zehn. Nur die ersten U-Bahnen donnerten durch die Tunnel, rasselten über Eisenbahnbrücken. Ich ging an nassen Hauswänden, an triefenden Hecken, an Pfützen entlang. Ich trug ein weites T-Shirt über meiner locker sitzenden Hose. Keinen Büstenhalter, keinen Slip. Aus den Turnschuhen hatte ich die Bänder gezogen. In den Cafés zischten die Kaffeemaschinen, es duftete nach frischem Brot. Ohne Frühstück war ich nur ein halber Mensch. Ich fühlte mich mißmutig und passiv, mein Gehirn funktionierte im Schongang. Es war noch kühl; eine blasse, zartrosa getönte Sonne schwebte durch den Nebel. Für den Abend war wieder Regen angesagt. Am Ende der Straße schlossen sich die Bäume wie eine dunkelgrüne Wolkenbank um den Schreinbezirk. Ich ging an der hohen Steintafel vorbei, die Stufen empor. Als ich durch das Tor trat, über die hohe Schwelle hinwegsteigend, war mir, als ob der Straßenlärm schlagartig verstummte. Unter dem Laubdach waren nur noch die Stimmen unzähliger Vögel zu hören. Sie zwitscherten in jedem Baum, sangen in jedem Gebüsch, hüpften im Gras, flatterten erregt durch das Dickicht; Wildtauben gurrten, und über den Baumkronen segelten die Krähen, erfüllten die Luft mit metallrauhem Kreischen. Der Boden war feucht, an manchen Stellen aufgeweicht. Nebel hingen an tropfenden Zweigen, eine silberne Lufthülle funkelte auf den Gräsern. Vor dem steinernen Brunnentrog blieb ich stehen, füllte einen Schöpflöffel. Ich goß Wasser über meine Hände, spülte mir den Mund aus. Das Wasser war wunderbar kalt und schmeckte nach Pflanzen.

Ich holte tief Atem, folgte im grünen Dämmerlicht dem gewundenen Pfad, bis ich den Platz erreichte, wo das Heiligtum stand. Außer dem hallenden Vogelgezwitscher war das Knirschen meiner Schritte auf dem Kies das einzige Geräusch. Ich ging auf den *Honden* zu. Die gewaltigen, eisenbeschlagenen Tore standen offen; die Säulen leuchteten karminrot, und die mächtigen Deckenbalken schimmerten wie Bernstein. Kerzen brannten in kupfernen Ständern. Die Lichtpunkte flackerten in der diesigen Luft. Schwer vor Nässe hing die *Shimenawa,* die Schnur der Läuterung, über dem Opferstock. Die Papierzacken waren grau und durchweicht. Langsam schritt ich die Stufen hinauf. Der hölzerne Altar stand im Schatten, Einzelheiten waren kaum erkennbar. In den glänzenden Opferschalen türmten sich Früchte und große Reiskugeln zu Pyramiden auf. Über den Reisweinfässern mit den großen Schriftzeichen schimmerte fahles Licht. Stoffbahnen in Violett und Weiß, mit einer purpurnen Seidenkordel zusammengerafft, hingen über dem Altar. Sie waren mit dem doppelten Wappen des Yasaka-Schreins bedruckt: der Windschraube und der Kirschblüte. Neben dem Altar erblickte ich, auf einem Ständer, ein *Gohei,* eine Rute aus Weißholz, an der ein Wedel aus heiligen Papierstreifen befestigt war. Jetzt, wo ich ihn aus der Nähe sah, kam mir der *Shintai* – der »Heilige Gegenstand« –, recht groß vor. Der flügelumrahmte Spiegel in der Mitte funkelte im Frühlicht. Erneut überkam mich das seltsame Gefühl, daß der Spiegel zuckte und pulsierte, daß sich unter der gleißenden Fläche ein Lebewesen regte. Irgendwie beschränkte sich die Sonnenglut nicht nur darauf, den Spiegel zu erleuchten, sondern schwoll heran, ein goldener Lichtsee, greifbar wie Wasser, der jeden Gegenstand umspülte. Das lebhafte Wesen dieses Lichtes verbarg eine unergründliche Welt, ein Reich der Schemen und Schatten. Formen und Strukturen weit zurückliegender Zeiten flossen hier zusammen, trafen sich in diesem feurigen Kreis – dem Spiegel. Blinzelnd schaute ich nach links und dann nach rechts und bemerkte in den flimmernden Lichtwellen die Gestalt eines knienden Mannes.

Ein paar Sekunden vergingen, ohne daß er sich rührte. Auf einmal erhob sich der Mann, anmutig und leicht, löste sich aus dem Schatten wie eine Erscheinung. Mein Atem setzte kurz aus, denn Daisuke Kumano trat mir nicht als Freund, sondern als Hoherpriester entgegen. Ich hatte ihn zuerst als Bild wahrgenommen; ein Bild, das nahezu von allein Konturen angenommen hatte. Jetzt sah ich ihn deutlicher. Über einem Hosengewand aus steifer weißer Seide trug Daisuke einen ebenfalls weißen Überwurf, violett gefüttert, dessen Ärmel über den Boden schleiften. Seine Kopfbedeckung war schwarz, aufragend mit zwei herunterfallenden Stoffstreifen, und mit einer weißen Kordel unter dem Kinn befestigt. Er trug mit beiden Händen das fächerartige Zepter der japanischen Priester. Das Zepter war aus Eibenholz, dem ältesten und härtesten Holz dieser Erde. Daisuke hielt dieses Zepter in der vorgeschriebenen Haltung vor sich, unterhalb der Gürtellinie, wie einen erigierten Phallus. Mit kaum merkbarer Kopfbewegung bedeutete er mir, näher zu kommen. Ich ließ meine Turnschuhe von den Füßen gleiten, erklomm die zwei Stufen und betrat den *Honden*. Es duftete nach Weihrauch, Orangen und Holzkohle, eine intensive Duftmischung, vertraut und auf besondere Art feierlich; so riecht es in den Kirchen Südfrankreichs nach der Mitternachtsmesse. Der Boden aus wundervoll poliertem Zedernholz fühlte sich glatt und seidig an, wie ein lebender Körper. Er war kalt unter meinen Fußsohlen; ein Frösteln stieg mir in die Glieder. Ich näherte mich dem Priester auf zwei Schritte. Daisukes Gesicht war starr und entrückt. Mit Augen, glänzend wie schwarze Gemmen, sah er mich an und durch mich hindurch. Fast schien er mich nicht zu erkennen. Nun schob er seinen Fächer in die Gürtelschärpe. Mit einer Handbewegung, die gerade nur die Finger aus dem Ärmel hervorschauen ließ, hieß er mich niederknien. Dann wandte er sich um, trat langsam in den Hintergrund des *Honden*. Er trug *Tabis* – weiße Fußstutzen; bei jedem Schritt versetzte er mit einer Bewegung der Zehen seinem Gewand einen kleinen Stoß, so daß der Saum sich hob und er ausschreiten konnte. Vor einem kleinen Tischchen aus hellem Naturholz ging er geschmeidig in die Knie; verneigte sich. Dann erhob er sich mitsamt dem Tischchen und trug es lautlos und mit ausgebreiteten Armen zu mir herüber. Er kniete sich abermals hin, stellte das Tischchen genauso lautlos zwischen uns auf den Boden. Auf einem weißen Tuch lagen verschiedene Kultgegenstände: eine Trommel aus Birkenholz, ein Trommelschlag, ein dünner Papierfächer, ein sichelförmiges Messer; eine schön polierte silberne Schale enthielt kleine Hobelspäne, offenbar Baumrinde. Daneben stand eine Schale mit Wasser. In einem kleinen Räuchergefäß glühte eine Handvoll Holzkohle. Daisuke verneigte sich erneut, federte auf die Fersen zurück, bevor er den Papierfächer aufspringen ließ und über die Kohlen bewegte. Die schmalen, glatten Hände, deren Knöchel unter der Haut spielten, strahlten seltsame Beherrschung und Kraft aus. Bei jeder Bewegung rauschte die schwere Seide seiner Gewänder. Nun leuchtete die Kohle orangerot auf. Daisukes weite Ärmel glitten über den Boden, als er die Baumrinde in das Räucherbecken warf. Ein trockenes Zischen, ein Knistern: Kleine Funken sprühten auf; ein süßlich-herber Geruch stieg mir in die Nase. Daisuke ergriff nun das Messer; mit den Fingerspitzen winkte er mich näher an sich heran. Ich senkte den Kopf; schattenhaft schwebte seine Hand über mein Haar; so leicht und geschickt, daß ich die Berührung kaum merkte, schnitt er eine Locke ab. Er legte die Locke auf seine Handfläche; mit der Fingerspitze der anderen Hand schob er sie behutsam in die Glut. Sofort stieg ein leichter Horngeruch auf, gemischt mit dem Duft der Rinde. Während das Feuer langsam verglühte, nahm Daisuke die kleine Trommel, schlug mit dem Trommelschlag einen weichen, gedämpften Ton und sang dazu. Seine tiefe, kehlige Singweise gehörte einem Bereich an, der sich der Macht der vertrauten Rhythmen entzog und der ewigen Bewegung jener Dinge entstieg, die den Menschen unbewegt erscheinen, weil ihr eigenes Leben nur kurz ist: dem Wachsen und Absterben der Bäume, dem Zerfall der Gebirge, dem Atem des Meeres. Ich schloß halb die Augen, ließ mich von dem dumpfen Pochen, der rauhen Modulation dieser Stimme tragen. Bald vermeinte ich, daß meine eigene Haut wie das Trommelfell bebte, daß mein Blut schwer und heiß durch die Adern kreiste. Die Kohle, rot wie ein Herz, pochte und atmete; ein Rauchfaden wanderte höher, durch das Helldunkel, dem Spiegel entgegen. Ich versank in träge Schwere wie am Rande des Schlafs. Als die Kohlen fast verglüht waren, erstarb auch die tiefe Stimme des Priesters; er legte ehrfurchtsvoll die Trommel nieder und schüttete Wasser über die Glut. Ein dünner Rauchschleier wehte empor, zischend schrumpften die letzten Flämmchen zusammen. Nun erhob sich Daisuke, trat vor den Altar und wiederholte dreimal eine Abfolge von Verneigungen. Das Senken des Kopfes, das Nachgeben der Schultern, das Niedersinken auf die Fersen, die Verbeugung schließlich, alles war von sakramentaler Langsamkeit und vollendeter Eleganz. Er rührte sich wie ein Tänzer, in Verzückung und doch ganz da, konzentriert und jenseits aller Konzentration. Er bewegte sich nicht, er wurde bewegt. Jetzt stand er wieder auf den Füßen; in dem gleichen, wundervollen Bewegungsablauf ergriff er die Rute aus Weißholz. Viermal schwang er die Rute über meinem Kopf, immer aus einer anderen Richtung, und sprach ein Gebet dazu. Seine tiefe Stimme wehte wie ein schwerer Brummton über mich hinweg. Ich kniete, den Kopf auf die Brust gesenkt, die Hände im Schoß verschränkt, vollkommen still. Ich vernahm das leise Rascheln der Papierstreifen, spürte ihren Luftzug in meinem Haar. Dann stellte Daisuke die Rute zurück an ihren Platz, verneigte sich vor dem *Shintai*. Er ging abermals in die Knie, nahm das Tischchen mit den heiligen Gegenständen und trug es in einen Raum hinter dem Altar. Das Ritual war beendet, doch ich blieb ruhig sitzen, bis Daisuke wieder zum Vorschein kam. Diesmal ging er in seiner gewohnten Art, schnell und energisch, so daß der Holzboden dröhnte. Er nickte mir kurz zu.

»Wir sehen uns in meinem Büro.«

Ich verneigte mich stumm, erhob mich. Als ich den *Honden*

verließ, sah ich, wie der Priester die Kerzen löschte; er blies die kleine Flamme nicht aus, sondern erstickte sie mit einer raschen Fingerbewegung. Ich schlüpfte in meine eiskalten Turnschuhe, stieg die Stufen hinunter und stapfte über den Platz. Besucher waren noch nicht da. Nur ein alter Gärtner bewegte sich unter den Bäumen. Er trug die Pluderhosen der japanischen Arbeiter und eine Schirmmütze, fegte lose Blätter auf eine Schippe und schüttelte sie in einen Plastiksack. Er grüßte mit tiefer Kopfneigung, und ich grüßte zurück. Der Nebel, mit der Sonne vermischt, machte mich ganz benommen. Auf der anderen Seite fühlte ich mich seltsam beschwingt, in Hochstimmung. Ich ging auf das Verwaltungshaus zu. Als ich am Eingang aus meinen Schuhen stieg, erschien der junge Priester und verneigte sich tief, wobei er kräftig rot wurde. Mit gesenkten Augen vor mir hergehend, führte er mich in Daisukes Büro. Ein paar Minuten später kam er mit einer Schale grünem Tee, den ich mit Behagen schlürfte. Es war das erste warme Getränk, das ich an diesem Morgen zu mir nahm. Ich hatte kaum die Schale geleert, als ich im Gang schnelle Schritte hörte. Die Schiebetür wurde schwungvoll aufgestoßen, und Daisuke erschien, wieder ganz der alte, mit einem amüsierten Schmunzeln in den Mundwinkeln. Er hatte sich umgezogen, trug den üblichen Hosenrock aus gestärkter Baumwolle. Sein schwarzes Haar war gekämmt und glänzte fast bläulich. Er bedeutete mir, sitzen zu bleiben, und ließ sich mir gegenüber in den Sessel fallen.

»Kaffee?« fragte er aufgeräumt. »Und wie wär's mit etwas zu essen?«

Ich lehnte mich zurück, erlöst lachend.

»O ja, Frühstück wäre gut.«

Er nahm eine Zigarette, bat mich durch einen fragenden Blick um Erlaubnis und steckte sie an. Zufrieden lehnte er sich zurück, stieß den Rauch durch die Nase.

»Nun, wie fühlst du dich?«

Ich erwiderte sein Lächeln.

»Gut, nehme ich an. Sehr gut sogar. Euphorisch wäre wohl der richtige Ausdruck.«

Er nickte.

»Der Rauch, den du eingeatmet hast, mag diese Wirkung hervorrufen. Kirschbaumrinde. Wir verwenden sie seit altersher für den Schreindienst.«

Die Tür ging auf; herein kam eine junge Priesterin mit einem großen Tablett. Darauf standen Tassen und Teller, eine Kaffeekanne aus schönem Porzellan. Eine Anzahl dünner Weißbrotschnitten, mit Hühnerfleisch und Ei belegt, waren in Zellophan eingewickelt. Die Priesterin stellte alles auf den Tisch, legte kleine Papierservietten dazu und zog sich mit einer Verbeugung zurück.

»Großartig!« seufzte ich.

Wir aßen die Sandwiches und tranken Kaffee.

Daisuke sagte:

»Wie du weißt, Ruth, war das Ritual nicht ganz angemessen. Doch wird es deine Lebenskraft stärken. Du brauchst das jetzt. Mori-Sensei unterrichtet *Bugaku*. Seine Schüler, Profis und Amateure, sind Künstler, manche sogar hochbegabt. Aber sie sind nicht wie du. Sie sind keine Schamanen.«

Er war der erste, der mich so nannte. Eine Gänsehaut überlief mich; Daisuke bemerkte es.

»Macht dir das Angst?« fragte er ruhig.

Die Frage war nicht unberechtigt. Ich überlegte. Es tat mir wohl, so unvoreingenommen und nüchtern über die Sache zu sprechen.

»Die meiste Zeit denke ich nicht daran. Da bin ich wie jeder andere Mensch. Aber manchmal, wenn ich tanze, geschehen merkwürdige Dinge.«

Er fragte nicht, welche, sondern nickte nur.

»Dann erlebst du eine Entgrenzung. Du wirst, wie man sagt, hinweggerafft.«

Ich lächelte.

»Im Mittelalter hätte man mich als Hexe verbrannt. Daß ich Jüdin bin, macht die Sache nicht besser.«

»Bei uns bist du eine ›Oshira Sama‹, eine ›Ehrenwerte Helle‹ – eine Weise Frau also. Und das spüre nicht nur ich. Alle, die einen Sinn dafür haben, fühlen sich von dir berührt. Einige natürlich auch abgestoßen.«

Ich mußte auf einmal lachen.

»Ich habe schon oft erlebt, daß mich manche auf Anhieb nicht ausstehen können.«

»Das gehört dazu. Noch etwas Kaffee?«

Er füllte mir die Tasse.

»Menschen wie du werden verehrt und gemieden. Du hast mir erzählt, daß du mit Behinderten arbeitest. Das ist gut. Wer keine Scheuklappen hat, spürt deine heilende Kraft.«

Wieder erschütterte mich ein innerliches Frösteln. Ich blickte ihn fragend an. Er hob ironisch die Brauen.

»Freude machen kann auch ›heilen‹ bedeuten, muß ich dir das wirklich sagen?«

»Es wundert mich selbst.«

»Nimmst du Zucker?« fragte er.

Er reichte mir die Dose. Ich dankte und bediente mich. Der Priester sprach weiter.

»Dein Tanz ist eine magische Macht, mit der du Menschen und Götter erfreust. Die Technik wurde dir beigebracht, alles andere ist Veranlagung. Aber denk nicht zuviel darüber nach. Es ist besser, wenn du unbefangen bleibst. Und was die Maske betrifft, noch dieses: Du wirst mehr Energie als üblich brauchen. Ich habe dir geholfen, wie es in meiner Macht stand. Mehr konnte ich nicht tun.«

»So schlecht bin ich nicht, oder?«

Er nahm einen Schluck Kaffee und grinste zurück.

»Nicht übel, nein. Aber sei nicht unvorsichtig. Dieser Geist ist sehr mächtig. Er wird dir seinen Atem durch die Knochen schicken. Und vielleicht wird er dir ein Feind sein.«

Ich seufzte.

»Ich würde jetzt gerne eine Zigarette rauchen.«

Er hielt mir das Päckchen hin, gab mir Feuer, und steckte eine für sich selbst an. Ich nahm einen tiefen Zug.

»Eigentlich möchte ich über etwas ganz anderes mit Ihnen sprechen.«

»Über deinen Freund vielleicht?« fragte er lächelnd.

Er sah den überraschten Ausdruck auf meinem Gesicht und schüttelte sich vor Lachen.

»Nein, kein Hellsehen. Klatsch. In Kyoto ist es nicht anders als anderswo. Man hat euch zusammen gesehen und es mich wissen lassen. Der junge Harada, nicht wahr?«

Ich nickte, und er ließ einen Grunzton hören.

»Irgendwie paßt das alles zusammen.«

Ich spürte erneut das seltsame Flattern in der Magengrube.

»Wie meinen Sie das?«

»Die ›Harada-Tradition‹ ist hierzulande ein Begriff. Doch die Familie fühlt sich dadurch nicht in eine Zwangsjacke gesteckt. Im alten Japan war Gefolgschaftstreue ein zentraler Wert, aber die ›Meister des Feuers‹ banden nie ihr Herz an einen Pfahl. Treu waren sie nur dem Kaiser. Den Reichen und Mächtigen gegenüber nahmen sie sich Freiheiten heraus, von denen der gewöhnliche Mensch nicht zu träumen wagte. Man sagt, daß Jimmu-Tennô, einer unserer ersten Kaiser, einem Geschlecht der Schmiede entstammte. Ihr Handwerk wurde nie als Gewerbe betrachtet, sondern als heiliges Tun. Indem die Schmiede die Metalle verwandeln, setzen sie das Werk der Götter fort und vollenden es. Für uns Japaner gibt es immer eine Verlängerung der Dinge im Jenseits.«

»Ich stelle mir vor, wie es für Kunio sein muß«, sagte ich.

Der Priester lächelte mir zu, mit großer Offenheit und Wärme.

»Kunio-San trägt das Erbe seiner Väter im Blut. Eine Zeitlang hatte er wohl Mühe, sich in dieser Verbindung zu erkennen. Aber da hatte ihn die Schlange schon geküßt. Und jetzt ist es nur noch eine Frage der Zeit.«

Abends, bei Sagon. Zum erstenmal wurde ich mit der Gruppe unterrichtet. Ungefähr dreißig Musiker und Spieler, mit denen ich von jetzt ab zusammenarbeiten sollte. Das machte mir keine Angst; ich hatte schon mehrmals in größeren Ensembles mitgewirkt. Gleichwohl erstaunte mich, wie jung einige der

Künstler waren: verschüchterte Jungen und Mädchen, kaum zwanzigjährig, mit schönem glänzendem Haar, manche mit einer dicken Brille auf der Nase. Sie gaben sich die größte Mühe, keine Neugierde zu zeigen; wenn unsere Augen sich unabsichtlich trafen, sahen sie sofort weg, und die Mädchen ließen ein verlegenes Kichern hören. Sagon stellte mich vor, wobei er mir mit herzlicher Gebärde die Hand auf die Schulter legte. Über die Sache zwischen Daisuke und mir hatten wir kein Wort verloren. Sagon erklärte, daß ich den Ranryô-ô spielen würde. Die Jungen rissen die Augen weit auf, verzogen die Stirn, stießen kleine Zischlaute der Überraschung aus. Die älteren Mitglieder, vorwiegend Männer, zeigten kaum Gefühl; einige mochten sich insgeheim und leicht bekümmert die Frage stellen, wieso Sagon Mori auf diese Schnapsidee kam. Zu dem Ensemble gehörten zwei ältere Frauen; die eine spielte Oboe, die andere Zither. Beide waren klein, unscheinbar, doch mit scharfem, lebhaftem Blick. Ich störte mich nicht an ihrer anfänglichen Kühle. Die Experimentierfreudigkeit des Meisters mußte bekannt sein. Sie diente sogar als Garantie. Man würde mich an der Qualität meines Könnens messen, ohne Vorurteile, aber auch ohne Nachsicht.

Jetzt, wo das Orchester beisammen war, überkam mich stärker als zuvor das Gefühl, eingetaucht zu sein in ein anderes Bewußtsein, getragen von der gleichen Verzückung wie die Spieler und Musiker um mich herum. Das war nicht außergewöhnlich, jeder Künstler kennt dieses Gefühl. Man darf ihm nicht vollkommen erliegen. *Bugaku* mit seinen uralten Konventionen und Grundmustern beginnt mit einer völligen Entpersonalisierung. Die mußte ich mir jetzt gefallen lassen. Also vollführte ich die vorgeschriebenen Sequenzen, so bescheiden, exakt und beherrscht wie eine Ballettschülerin bei ihrem ersten Tanzwettbewerb. Ich zeigte weder Übereifer noch Unbekümmertheit; Selbstbehauptung wurde zu einem Fremdwort. Sagon inszenierte ganz aus der Musik, sang selbst die meisten Gesangsphasen. Seine starke Stimme durchlief alle Tonlagen; ich hatte das Gefühl, daß er den gesamten Körper als

Stütze benutzte, um sich ganz der Atmung hinzugeben. Die Bewegungen des Tanzes, von der feierlichen Musik getragen, waren langsam wie kleine Ewigkeiten. Korrekturen der Kopf- und Körperhaltung, der Blickrichtung nahm Sagon selbst an den Schülern vor, ohne den Bewegungsablauf zu unterbrechen. Er schmiedete Tänzer und Musiker zu einer Einheit zusammen, es kam mir wie ein Wunder vor. Und als nach zwei Stunden die Probe abgebrochen wurde, waren wir alle verausgabt, am Rande unserer Kraft. Von den jüngeren Schülern wurde erwartet, daß sie kleine Handreichungen machten; sie halfen Aiko in der Küche, brachten Tabletts mit Tee, Kaffee und Gebäck. Sie stellten Aschenbecher hin, verteilten heiße Tücher, um sich Gesicht und Hände zu erfrischen. Die Männer und Frauen saßen im Halbkreis am Boden, rauchten und tranken Tee, machten gelegentlich eine bestätigende Bemerkung oder stellten Fragen. Nach dieser ersten gemeinsamen Trainingsstunde merkte ich, wie das Eis langsam taute. Die beiden Frauen nickten mir wohlwollend zu, lächelten, zeigten sich erfreut, daß ich schon etwas Japanisch konnte. Die Männer ließen zustimmende Grunztöne hören, undurchdringlich höflich, aber weit weg. Der Bann war noch nicht gebrochen. Ich blieb eine Ausnahme, eine seltsame Erscheinung in ihrem Kreis. Aber sie akzeptierten mich. Im Augenblick durfte ich nicht mehr verlangen.

Als ich am Morgen erwachte, umfing mich graues Licht; der Wind sprühte Regen an die Scheiben, die Dachtraufe lief. Durch die wirren Geräusche hörte ich das Telefon klingeln. Zwischen Wachen und Träumen erlebte ich einen kurzen Augenblick der Verwirrung, bevor ich den Arm ausstreckte und den Hörer abnahm.

»Es tut mir leid, ich wollte dich nicht wecken«, sagte Naomi.

Ich war sogleich hellwach. Naomi! Eine vertraute Regung kehrte wieder, freudig und weich. Und gleichzeitig war da noch etwas anderes, eine tiefe, unbegreifliche Angst. Weit zurück, am Rande des Bewußtseins oder noch weiter vielleicht, wurzelte diese Angst in vagen Gefühlen, gegen die ich wehrlos war. Und diese Angst, das merkte ich deutlich, erzeugte sich immer wieder neu, sobald ich Naomi sah oder hörte. Möglicherweise ist sie in Gefahr, dachte ich, solche Dinge spüre ich ja. Vielleicht sollte ich sie warnen. Wovor? Was konnte ich ihr sagen, die ich keine Kenntnisse besaß, keine Gewißheit, nicht einmal eine genaue Vermutung? Nein. Es gab nichts, was ich ihr sagen konnte, egal, wie unruhig ich mich fühlte. Mein Herz hämmerte an die Rippen. Ich wunderte mich, wie heftig mein Zwerchfell arbeitete und dachte, es ist nichts, es wird vorübergehen. So lebhaft meine Gefühle waren, ich durfte ihnen nicht mehr trauen. Ich war nicht verantwortlich für diese Dinge, sehr häufig war bloß Einbildung im Spiel. Ich warf mein zerzaustes Haar aus dem Gesicht, versuchte mein innerliches Zittern zu beherrschen. Als ich sprach, klang meine Stimme kaum anders als sonst.

»Das macht nichts. Schön, daß du anrufst! Wie geht es dir?«

Ihre Anwort klang zurückhaltend und spröde.

»Am Anfang war es ziemlich schwierig.«

»Lebst du wieder mit ihm zusammen?«

»Ja.«

»Hast du das Gefühl, daß es geht?«

Ich hörte sie seufzen.

»Nicht immer. Ich weiß nicht.«

»Und dein Sohn?« fragte ich.

»Seiji? Ihm geht es gut. Aber er lernt schlecht in der Schule. Meine Mutter ist nicht streng genug.«

Ich drückte den Hörer an mein Ohr und versuchte, mir ihr Gesicht vorzustellen, es sah im Schlaf wie das eines Engels aus, klar und einfach in seinen Umrissen. Die Haut war zart wie ein Blumenblatt, der Mund üppig geschwungen, und er zeigte jene Andeutung eines halben Lächelns, das man zuweilen auf dem Gesicht schlafender, noch ganz kleiner Kinder bemerkt: ein in sich geschlossenes und behütetes Lächeln, von einem geheimnisvollen Glück gespeist. Ein paarmal hatte ich dieses Gesicht neben mir auf dem Kissen gesehen, es lange betrachtet, mit

Zärtlichkeit und Schmerz. Jetzt wurde mir bei der Erinnerung übel. Vermutlich, weil sie mich aus dem Schlaf gerissen hatte.

»Und Keita? Arbeitet er wieder?«

»Er improvisiert viel; er sucht neue Bewegungsabläufe. Er sagt, die Suche nach der Dunkelheit oder die Rückkehr in den Mutterleib käme für ihn nicht mehr in Frage. Es sei ihm wichtig geworden, Freude und Licht mit seinem Tanz auszudrücken.«

Ich erstickte einen Atemzug, sagte leise:

»Dann sieht jetzt wirklich alles anders aus.«

»Ja, doch«, antwortete sie. »Ihn beschäftigen verschiedene Probleme. Aber er braucht mich sehr. Und er begreift jetzt, was vorher falsch war. Wir machen einen neuen Anfang. Ich habe ihm gezeigt, daß es nicht anders geht.« Sie ließ ein kleines Lachen hören. »Ich tue alles, um ihn zu behalten, weißt du.«

In ihrer Stimme klang nicht der geringste Zweifel. Es schien sich um etwas zu handeln, was sie durch bloße Willenskraft bewirken konnte. Ihr Wille konnte nicht versagen.

»Dich kann nichts ratlos machen«, sagte ich.

»Von Zeit zu Zeit bin ich es doch.«

Ich fragte sie, ob er noch Drogen nahm oder trank.

Sie schwieg ein paar Atemzüge lang. Dann:

»Wenn man sich einmal daran gewöhnt hat, fällt es schwer, darauf zu verzichten.«

»Ich verstehe.«

»Es ist nicht leicht, über diese Dinge zu sprechen.«

»Nein.«

»Und dir?« fragte sie lebhaft. »Wie geht es dir?«

»Hier prägt sich alles, was ich sehe, tief ein.«

»Bist du froh, daß du hergekommen bist?«

»Ich habe noch viel zu lernen.«

Ich erzählte, daß ich den Ranryô-ô spielte, daß es Mori-Senseis Vorschlag gewesen war. Und auch, daß die Maske eine seltsame Wirkung auf mich ausübte. Naomi wußte um diese Dinge, den uralten Verwandlungszauber, das Grundgeheimnis des Theaters. Sie war, wie ich, mit einem Fuß im Jetzt und Hier, mit dem anderen im Bereich der Schemen und Schatten. Die Bühne ist ein weites Land. *Terra incognita.*

»Und wie hast du dich dabei gefühlt?«

»Ich wußte plötzlich nicht mehr, was mit mir geschah. So weit darf man nicht gehen, es muß immer noch ein ›als ob‹ bleiben.«

»In manchen Fällen hast du keine Wahl.«

»Nein. Daisuke-San hat ein *Oharai* für mich vollzogen.«

»Dann kannst du Vertrauen haben«, sagte sie schlicht.

An der bejahenden Einfalt dieser Worte erkannte ich, wie stark auch sie diese Schwingungen vernahm. Ich konnte ihr Gesicht nicht sehen, aber ich wußte, daß sie lächelte. Das stimmte mich froh. Die Klammern der Unruhe lockerten sich, der unerklärliche Anfall war vorüber. Naomi sagte:

»Wir fangen früh mit den Proben an. Ich muß jetzt gehen.«

»Rufst du mich wieder an?«

»Bestimmt. Ich verspreche es dir.«

»Bald?«

»Wir sehen uns im August, wenn ich die Wohnung aufgebe.« Ein kurzes Schweigen folgte. Ich fragte:

»Naomi, bist du sicher, daß alles in Ordnung ist?«

»Es könnte nicht besser sein«, erwiderte sie mit einem leichten Singsang in der Stimme. Ihre Worte klangen nachlässig und geistesabwesend. Es gelang ihr nicht, mich davon zu überzeugen, daß es ihr gutging. Was war mit ihr? Was spukte in ihrem Kopf herum? Sie sprach zu mir, wie aus einem anderen Land. Und vielleicht war es wirklich besser, sie auf Distanz zu halten.

»*Ja-ne*«, sagte sie, »bis bald!«

Ich erwiderte den zwanglosen japanischen Gruß, den Freunde untereinander tauschen. Das Wort blieb mir fast in der Kehle stecken.

»*Ja-ne!*«

Ein Klicken: Sie hatte den Hörer aufgelegt. Erst jetzt fiel mir auf, daß wir Kunio mit keinem Wort erwähnt hatten.

Abends um elf: wieder ein Anruf. Ich übte Standtraining, versuchte meinen Atem mit Sagons Komposition in Einklang zu bringen. Die Übungen waren kompliziert, die hohen, sehr lang anhaltenden Töne ließen eine regelmäßige Atemgeschwindigkeit kaum zu. Ich mußte mich mühevoll anpassen. Nun schaltete ich die Kassette aus, griff nach dem Hörer. Kunio.

»Ich bin wieder in Nara.«

Ich antwortete nicht sogleich. Unvermittelt überkam mich ein intensives Gefühl für die Dinge, die mich umgaben – die federnde Tatami-Matte unter meinen nackten Fußsohlen, die Form des Hörers in meiner Hand, das Schleifen der nassen Zweige draußen an der Hauswand.

»Wann bist du angekommen?« fragte ich.

»Vor zwei Stunden. Mein Vater war sehr müde. Rie hat ihn mit dem Wagen abgeholt. Ich möchte dich sehen.«

»Jetzt?«

»Der nächste Zug nach Kyoto fährt in zwölf Minuten.«

»Dann komm!«

»In einer Stunde bin ich da«, sagte er.

# *19. Kapitel*

Du bist anders geworden«, stellte er fest.

»Ich? Nein.«

Er stand vor mir, umfaßte mein Gesicht mit beiden Händen, sehr zärtlich, sehr bewußt, ließ die Fingerspitzen über meine Stirn, meine Wangen, meine Lippen gleiten.

»Man kann auf verschiedene Arten anders werden.«

Ich sah ihm in die Augen. Ich spürte nichts mehr von Einsamkeit, nichts mehr von der unbegreiflichen Angst dieses Morgens, die mich nach Naomis Anruf noch stundenlang verfolgt hatte. Bei ihm war Ruhe, bei ihm war Kraft. Nicht, daß ich mich schwach fühlte. Nein. Es war, als ob unsere Kräfte miteinander verschmolzen. Sein Gesicht. Mein Gesicht. Jeder betrachtete den anderen wie in einem Spiegel.

»Du bist auch anders«, antwortete ich.

»Findest du?«

Ich lächelte ihn an.

»Möchtest du Erdbeeren?«

»Wundervoll!« sagte er.

Ich ging in die Küche und holte die Erdbeeren. Ich hatte sie gewaschen und geschnitten und in Rotwein eingeweicht. Ich träufelte Zitrone auf die winzigen Scheiben und stellte die kleinen Schalen auf den Tisch.

»In Japan ißt man sie mit Schlagsahne«, sagte Kunio.

»Das ist mir zu süß.«

»Mir auch. Mit Wein sind sie am besten.«

»Da hast du etwas dazugelernt.«

Es war still im Zimmer; der Regen hatte nachgelassen. Kunio kniete aufrecht, in müheloser Haltung, entspannt. Ich betrachtete ihn im Lampenlicht.

»Es ist gut, daß du gekommen bist.«

»Ich konnte nicht mehr warten.«

»Erzähl du zuerst«, sagte ich.

Er runzelte die Stirn.

»Jedesmal, wenn ich nach Tokio komme, sehe ich eine andere Stadt. Nichts kenne ich wirklich wieder, und doch wäre es falsch, zu sagen, daß es mich beunruhigt. Städte sind wie Organismen; leben sie ganz aus der Vergangenheit, werden sie melancholisch. Ich liebe Straßen, die sich verändern, Häuser, die gebaut werden. Tokio oder Osaka sind Reisende in diesem Jahrhundert; wir Menschen reisen im eigenen Leben. Und mein Vater, siehst du, ist am Ende seiner Reise. Er wollte die Orte sehen, die er geliebt, die Menschen treffen, die er gekannt hatte. Manche seiner Freunde waren gestorben, und die Orte seiner Jugend gab es nicht mehr. Zum Glück konnte er nicht viel darüber nachdenken. Überall, wo er hinkam, war er sofort im Mittelpunkt. Oh, ja, das freute ihn, das habe ich wohl bemerkt. Er lächelte, vielleicht mit einer Spur Eitelkeit – das steht ihm zu. Wenn man alt wird, wenn man alle Kraft aufbieten muß, um zu stehen und zu sprechen, hat man das Recht, ein wenig eitel zu sein, *ne*? Auf der anderen Seite sieht er sich gerne als einfachen Mensch. Aber das ist eher zum Lachen. Einfaches ist mit meinem Vater unmöglich.«

»Nimmst du etwas Whisky?« fragte ich.

»Nur ganz wenig Whisky und sehr viel Wasser.«

Ich schenkte den Whisky ein und stellte das Glas auf den Tisch.

»Und wie ging es weiter?«

»Wir hatten Zeit zu reden, er und ich. Er hat mich gebeten, sein Nachfolger zu sein. Der Erbe der Harada-Tradition, mit allem was dazugehört.«

Ich hielt das Glas an meine Wange.

»Und wie lautete deine Antwort?«

»Daß ich mir die Sache überlegen werde.«

»Kein Versprechen oder so?«

»Das erwartete er nicht.«

»Wie ich sehe, sitzt du in der Klemme.«

»Irgendwie schon«, sagte er. »Und doch irgendwie auch nicht. Ich hasse die Vorstellung, jeden Morgen unterrichten zu müssen.«

»Da hast du dir gesagt, warum nicht?«

»Nicht ganz so kraß. Ich habe bloß mal mit dem Gedanken gespielt.«

Er legte das Kinn auf meine Schulter.

»Ich habe die ganze Zeit an dich gedacht. Im *Shinkanzen*, in der U-Bahn, im Hotel. Überall.«

»Und was hast du herausbekommen?«

»Daß es schlimm ist, von dir getrennt zu sein.«

Ein kleines Lächeln hob meine Lippen.

»Vielleicht übertreibst du.«

»O nein«, sagte er, »da bin ich mir sicher.«

Ich antwortete nicht; mit fast wehmütiger Lässigkeit knotete ich die Schärpe auf, beugte mich nach hinten, ließ die *Yukata* von den Schultern gleiten. Seine Hand zitterte leicht, als sie sich auf meine Wange legte, über meinen Hals hinunterglitt. Die Spitzen meiner Brüste wurden dunkel und schmerzhaft hart, noch bevor er sie mit den Fingern umkreiste. Unverwandt ruhten seine Augen auf mir, während er sich entkleidete. Stumm ließ ich mich auf den Futon sinken, rollte mich leicht herum und sah zu ihm empor. Seine Hände strichen über meinen nackten Körper. Ich streckte beide Arme über meinem Kopf aus, wölbte ihm sanft und fordernd das Becken entgegen. Er legte sich auf mich, umschloß mit seinen Lippen meinen Mund, schob seine Knie zwischen meine Schenkel. Nach einer Weile verließ seine Zunge meinen Mund, glitt über meine Stirn, meine Nasenflügel, folgte den Windungen meiner Ohrmuschel, als könne sie die Vibrationen auffangen, die aus meinem Gehirn drangen. Sein Herz hämmerte an meiner Brust. Als er in mich hineinglitt, öffnete sich mein Schoß wie eine Frucht, warm und feucht, bevor ein Lustkrampf ihn zusammenzog und härtete. Wir sahen uns an, bewegten uns beide sehr langsam, beherrschten die zitternde Erwartung der

Ekstase. Ich sog den Geruch seiner Achselhöhlen ein, streichelte seinen Rücken, schimmernd und hell wie Gold, auf dem ein sanfter Rhythmus Licht und Schatten zeichnete. Jede Bewegung vollzog sich ohne unser Zutun, wiederholte sich in unseren Gedanken. Unsere Hände, unsere Körper träumten. Im Hinaufschwingen unserer Herztöne spürten wir die wachsende Kurve unserer Lust; unser ganzer Körper pulsierte, bis der Strom uns fortriß; wir keuchten zusammen wie Ertrinkende.

Dann erfüllte uns eine merkwürdige Schwäche und gleichzeitig auch ein tiefes, friedliches Gefühl. Es war so schön, so ruhig zu sein, einfach die Haut zu spüren, die Wärme; ich hörte Kunios stillen Atem. Seine Hände faßten nach meinen Händen. Ich hörte ihn flüstern:

»Ohne dich bin ich nur halb.«

Ich streichelte seine Haut, die weiche, lebendige Glätte.

»Ich auch, Kunio. Das ist ein seltsames Gefühl.«

Das, was uns ergriffen hatte, war merkwürdiger als alles, was wir je erlebt oder uns in Gedanken vorgestellt hatten. Wir trugen ein Geheimnis in uns; wir wußten nicht, was es war. Es machte einen Umweg über unsere Körper, zeigte uns eine dunkle Grenze, hinter der ein Wissen leuchtete, eine ewige, stille Flamme, gehütet, um weitergegeben zu werden. Das alles mußte einen Sinn haben, auch wenn wir ihn nicht klar sahen. Und in der stummen Vertrautheit unserer Körper, die, nach der Erfüllung noch kaum voneinander gelöst, zärtlich beieinander ruhten, erzählte ich von Daisuke, von der Zeremonie, der er mich unterzogen hatte. Er hörte zu, aufmerksam, aber nicht eigentlich erstaunt. Nach einer Weile stand er auf, goß einen Fingerbreit Whisky in das Glas, das auf dem Tisch stand. Er ging in die Küche, gab viel Wasser hinzu. Dann kam er wieder, setzte sich neben mich und reichte mir das Glas. Ich nippte behutsam an der dünngoldenen Flüssigkeit. Kunio sagte:

»Daisuke-San vollzieht die schützende Magie nach bewährtem Muster. Er verfügt über eine große Erfahrung. Wir alle tragen Gestalten in uns, und manchmal ragen diese Gestalten ins Licht. Daisuke sieht sie mit geschlossenen Augen.«

Ich gab ihm das Glas.

»Die Zeremonie erfolgt mentalsuggestiv, soviel ist mir schon klargeworden.«

Er trank einen Schluck.

»Richtig angewendet funktioniert das.«

»Seitdem könnte ich Bäume ausreißen.«

Er lachte leise und etwas keuchend.

»Einstweilen wirkt sich das im Bett aus. Was hat er dir sonst noch gesagt?«

»Er hat von dir gesprochen.«

Sein Lachen erlosch; er schaute nachdenklich auf den Grund seines Glases.

»So?«

Ich ließ die Augen nicht von ihm.

»Er hat gesagt, daß du von der Schlange geküßt wurdest.«

Schweigen. Kunio rührte sich nicht. Ein Lichtschein fiel auf sein Gesicht; er wirkte wie aus Marmor gehauen. Nach einer Weile überlief ihn ein leichter Schauer. Er hob das Glas an die Lippen, nahm einen tiefen Schluck. Sein Blick war in die Ferne gerichtet. Er sagte mit ruhiger Stimme:

»Ich habe noch bis Montag Urlaub. Ich werde dir den Ort zeigen.«

# 20. Kapitel

Es war das zweite Mal, daß ich mit der Bahn nach Nara fuhr. Doch der kleine Bahnhof kam mir schon fast vertraut vor. Neben Osaka, ja selbst neben Kyoto hatte Nara etwas Kleinstädtisches, nahezu Weltfremdes an sich; selbst die Busse, die Schwärme von Touristen, Einheimischen und Ausländern beeinträchtigten nicht diese Geruhsamkeit.

»Sie besichtigen die Museen und die Heiligtümer«, sagte Kunio. Er nahm mir die Tasche ab, die ich über der Schulter trug. Wir warteten vor der Ampel, überquerten die Fußgängerstreifen im Strom der Passanten. Die Einkaufspassage war jetzt voller Menschen, doch in knapp fünf Minuten erreichten wir das Viertel »Naramachi« mit seinen engen, gepflegten Straßen, seinen Puppenhäusern, seinen winzigen Konditoreien, in denen man kleine Kuchen, wie Blätter oder Blüten geformt, aus Agar-Agar und Bohnenpaste, essen konnte. In kleinen Gärten standen unter roten Sonnenschirmen Holzbänke, die wie Tische aussahen und mit roten Tüchern bedeckt waren. Dort saß man, trank grünen Tee, atmete den frischen Duft der Büsche ein, lauschte auf das Zirpen der Zikaden, das jetzt, nach der Regenzeit, die Luft erfüllte. Ich hatte dieses Viertel auf Anhieb geliebt; es war eine Welt für sich, für friedliche Menschen gebaut. Ein Ort, wo man sich heiter und geborgen fühlte, ohne die Hektik, den Unterton verbissenen Konkurrenzkampfes, der jeder Großstadt zu eigen ist.

»Hier wohnst du also«, sagte ich zu Kunio.

Er schlug mit der Zunge gegen den Gaumen, wie er es manchmal tat, wenn er sich eine Sache überlegte.

»Tja, man kann es so sagen. Ich habe eine kleine Wohnung gefunden. Die Schule liegt ganz in der Nähe, und der Weg zum

*Onjôkan* dauert keine drei Minuten. Aber mein Vater bildet sich ein, daß ich immer noch zu Hause wohne. Ansichtssache.«

Wir gingen nach links die Straße entlang; vor den Türen schaukelten die Seidenäffchen wie bunte, verblichene Kugeln im hellen Licht. Als wir um eine Ecke bogen, zeigte Kunio auf ein weißgetünchtes Haus. Er stieß ein Tor aus hellem Holz auf. Ein Vorgarten, mit Kies belegt, diente gleichzeitig als Parkplatz für einen kleinen Nissan.

»Das ist meiner«, sagte Kunio. »Ein Gebrauchtwagen. Aber er fährt.«

Der Garten schien größer als er war, weil ihn einzig eine Buchsbaumhecke vom Grundstück des Nachbarn trennte. Kunio benutzte nicht die Haustür, sondern eine kleine Nebentür an der Seite des Hauses.

»Ich bin hier bloß Untermieter. Das Haus gehört Hiroshi Watanabe, einem emeritierten Professor der philosophischen Fakultät der Universität von Osaka. Er hat in Oxford unterrichtet und schreibt jetzt ein Buch. Seine Frau spielt Baßgeige. Es hört sich entsetzlich an. Aber man gewöhnt sich an alles.«

Eine Tigerkatze kam zwischen den Töpfen mit Tausendschönen zum Vorschein. Sie war rundlich, geschmeidig, mit großen grünen Augen. Kunio lächelte, beugte sich zu ihr hinab. Die Katze bettete ihr Wange in seine Hand, schnurrte, rieb sich an seinen Beinen. Die Art, wie diese Katze sich von ihm streicheln ließ, hatte etwas außerordentlich Zärtliches an sich.

»Wie heißt sie?«

»Tora-chan, kleiner Tiger. Sie gehört dem Professor.«

Er schloß auf; eine schmale Holztreppe führte in die erste Etage. Auf dem Boden lag eine Fußmatte, ein Regenschirm lehnte an der Wand neben einem Schuhregal. Wir ließen unsere Schuhe im Eingang stehen. Kunio ging voraus. In der Wohnung war die Luft frisch und kühl, weil das Fenster einen Spalt aufgezogen war. Es war mit einem *Shôji* – der üblichen Papierwand – versehen. Dahinter befanden sich eine Glasscheibe, die jetzt zurückgezogen war, und ein ganz feines Netz zum Schutz gegen die Insekten. Auch hier bestand der Wohnbereich aus einem einzigen Raum, der aber bedeutend größer war als meiner. Die eine Seite hatte Parkettfußboden; die andere, mit schwarzgeränderten *Tatami*-Matten ausgelegt, diente als Schlafzimmer. Das Bettzeug wurde tagsüber in einem eingebauten Schrank verstaut. An den Wänden stapelten sich Regale, vollgestopft mit Büchern, Zeitschriften und Kassetten. Der Fernseher war klein, ein altmodisches Modell. Auf dem Arbeitstisch mit dem Drehsessel stand ein Computer, daneben ein Drucker und ein Fotokopierapparat. Ansonsten war das Zimmer nur spärlich möbliert: zwei Korbstühle mit Kissen, ein niedriger Tisch. Ein ziemlich pompöses Schrankgebilde – französische Imitation – teilte die kleine Küche vom übrigen Raum ab. Alles war vorhanden: Herd, Eisschrank, Mikrowelle, Kaffee- und Geschirrspülmaschine. Gleich neben dem Eingang führte eine Glastür ins Badezimmer. Ich nickte anerkennend.

»Du hast mehr Ordnung als ich.«

Er kicherte.

»Ich habe aufgeräumt, damit du mir nicht davonläufst.«

Ich trat ans Fenster; durch den offenen Spalt sah ich ein paar Büsche und Baumbusstauden; Vögel zwitscherten.

»Wie ruhig es hier ist!«

»Solange Frau Watanabe nicht übt.«

Er erklärte mir, daß viele japanische Wohnhäuser über zwei Eingänge verfügen. Der Grundgedanke war, daß die Eltern, sobald der Sohn oder die Tochter verheiratet waren, sich in den kleineren Wohnbereich zurückzogen und der neuen Familie die größeren Räume überließen.

»Aber der Professor und seine Frau haben keine Kinder. Bloß Tora-chan.«

Er ging in die Küche, ließ Wasser in den Kessel laufen und stellte ihn auf die Platte.

»Wann hast du beschlossen, wieder nach Japan zurückzukehren?« fragte ich.

»Eines Tages bekam ich einen Brief von meiner Mutter. Ein langer, wunderschön geschriebener Brief. Sie berichtete über alles mögliche. Daß es ihr nicht gutging, erwähnte sie nur beiläufig. Aber ich merkte instinktiv, daß etwas nicht stimmte.«

Er öffnete eine Teedose.

»Magst du Pflaumentee?«

»Ich weiß nicht, wie der schmeckt.«

»Das wirst du gleich merken.«

Er holte zwei Becher aus dem Schrank.

»Übrigens … irgendwann muß ich es dir ja wohl sagen. Ich war mal eine Zeitlang verheiratet.«

Ich starrte ihn an.

»Mit einer Amerikanerin?«

Er nickte.

»Sie stammte aus Boston. Aus einer Lehrerfamilie. Wie du siehst, komme ich vom Schulwesen nicht los.«

»Und wie reagierten deine Eltern?«

»Mit Würde. Was blieb ihnen anderes übrig? Ich wollte sie provozieren. Weil sie in ihren äußeren Gewohnheiten konservativer als in ihrer Denkart waren, spielte ich den Extremisten. Die Provokation lag auch auf Marions Seite, und zwar im gleichen Maße. Sie hatte Krach mit ihren Eltern und suchte einen Eklat. Leider sind wir Japaner die denkbar schlechtesten Vorzeige-Exoten. Uns kommt es nicht einmal in den Sinn, daß wir welche sein könnten. Auf dumme Fragen reagieren wir überheblich. Mir wurden eindeutig zu viele gestellt.«

Der Kessel zischte leise. Kunio spülte die Teekanne heiß aus, schüttete das Teepulver in ein kleines Sieb und goß kochendes Wasser darüber.

»Die Ehe hielt keine zwei Jahre. Als der Brief meiner Mutter kam, wohnten Marion und ich schon getrennt.«

»Hast du Kinder?«

»Zum Glück nicht. Marion stellte auch keine finanziellen Ansprüche.«

Er stellte die Kanne und die zwei Becher auf ein Tablett. Wir setzten uns in die niedrigen Sessel.

»Und wie ging es weiter?«

»Durch die Heirat war ich in den Besitz der Green Card

gekommen. Ich hätte also in den Staaten bleiben können. Ich fragte mich, was tun? Die Sache mit meiner Mutter beschäftigte mich. Je länger ich darüber nachdachte, desto unruhiger wurde ich. So beschloß ich, nach Japan zurückzukehren, um selbst zu sehen, was ich von Boston aus nicht beurteilen konnte. Nach Jahren der Trennung sah ich also meine Eltern wieder. Es war im Dezember, und ich war von Nara aus mit einem Taxi gekommen. Ich entsinne mich, wie der Wagen im Dämmerlicht den alten, gewundenen Weg hinauf fuhr, zum Platz unterhalb des Schreins, wo unser Haus steht. Vereinzelte Schneeflocken wirbelten durch die Luft. Die Bäume waren kahl, nur ein paar Kakifrüchte hingen an den Zweigen wie kleine rote Lampions. Ich weiß nicht warum, dieser Anblick erfüllte mich mit Wehmut. Das Haus war so, wie ich es in Erinnerung hatte: weiß getüncht, mit einem Dach aus alten blauen Ziegeln und runden Giebelsparren. Daneben stand das alte, derzeit unbewohnte Haus, in dem meine Großeltern ihre letzten Jahre verbracht hatten. Das schmiedeiserne Tor hatte mein Großvater angefertigt. Die Werkstatt und die beiden kleinen Gebäude, in denen die Gehilfen im Sommer wohnten, befanden sich dem Haus gegenüber. Als das Taxi hielt und ich dem Fahrer sein Geld gab, hörte ich Taro-chan, unseren Akita-Hund, im Haus winseln und bellen. Taro-chan wohnte in der Hundehütte, aber bei Kälte ließ ihn meine Mutter ins Haus. Im Eingang wurde Licht gemacht, die Tür ging auf. Taro-chan zwängte sich durch den Spalt, sprang jaulend und zitternd vor Freude an mir hoch. Er hatte mich sofort erkannt. Ich kniete mich nieder, umarmte ihn. Das Licht fiel nach draußen auf den Schnee, und ich sah die dunklen Gestalten meiner Eltern im hellen Rechteck der Tür.«

Kunio hob die Kanne, schüttelte sie leicht und goß Tee in die Becher.

»Ich stand auf, warf meine Tasche über die Schulter, kam langsam auf sie zu. Der Übergang von der gefühlsmäßigen Wahrnehmung zum visuellen Eindruck, als beide vor mir standen, erzeugte bei mir eine Art Panik. Nicht nur, weil beide so gealtert waren, sondern weil ich auf den ersten Blick sah, wie krank meine Mutter war. Eine Wolke von Trauer hüllte mich ein. Der Schmerz war so stark, daß ich mit den Zähnen knirschte. Ich verbeugte mich tief; mein Vater nickte mir zu. Er sagte heiser:

»Da bist du ja. Es ist gut, daß du gekommen bist, mein Sohn.«

Meine Mutter lächelte, und ich sah Tränen in ihren Augen glitzern. Meine Eltern waren stets sanft und zärtlich gewesen, aber verhalten in Gefühlsäußerungen, wie es der älteren Generation beigebracht worden war. Um so mehr erbebte ich, als meine Mutter plötzlich meine Hand ergriff; eine tastende, unsichere Geste, die mich noch mehr beunruhigte als alles andere. Meine Hand war kalt. Es war ja Winter, und ich trug keine Handschuhe. Ich spürte ihre Hand in der meinen, das Fieber, das in ihr brannte. Ein paar Atemzüge lang sahen wir einander ins Gesicht; es war unleugbar, daß sie bald sterben würde. Sie wußte im selben Augenblick, daß ich es bemerkt hatte. Doch sie sagte nur:

»Du frierst ja, und du bist sicher hungrig. Komm herein, das Bad ist bereit.«

Während ich meine Schuhe auszog, huschte ein Schatten durch den Gang. Eilige Füße schlurften weich über den Holzboden. Eine junge Frau trat atemlos aus einer Tür, warf ihr Haar aus dem erhitzten Gesicht. Ich starrte sie ungläubig an. Ich hatte meine Schwester verlassen, als sie die schwarze Uniform der Schülerinnen trug und dicke Waden hatte. Jetzt stand vor mir eine gertenschlanke junge Frau in roten Leggings, die es mit jedem Laufsteg-Modell aufnehmen konnte. Rie begrüßte mich, spöttisch und leichthin. Leichtigkeit war die Eigenschaft, die sie zur Schau trug, wenn sie sich verletzlich fühlte. Aber das erfuhr ich erst später; im ersten Moment befremdete mich ihre offensichtliche Kühle.

Dann aßen wir zu Abend. Man hatte sich gemerkt, daß ich gern Süßkartoffeln mochte. Meine Mutter hatte sie auf besondere Art zubereitet, in braunem Zucker knusprig gebacken.

Draußen schneite es; wir hielten die Beine in den *Kotatsu*, das ist eine unter dem Tisch angebrachte Wärmekiste aus Birkenholz, in der ein elektrischer Ofen brennt. Heute gibt es Zentralheizung oder eine Klimaanlage, aber in traditionellen Häusern gehört der *Kotatsu* immer noch zu den unentbehrlichen Ausstattungen im Eßzimmer. Ich erzählte von den Staaten; spaßhafte Dinge zumeist, die meine Eltern zum Lachen brachten. Daß ich geschieden war, hatte ich ihnen bereits in einem Brief mitgeteilt. Die Sache war erledigt und kam nicht mehr zur Sprache. An diesem Abend taten wir so, als ob wir alle sehr glücklich waren; und ich glaube, daß meine Eltern es auch tatsächlich so empfanden. Sie wunderten sich nicht darüber, daß ich in Amerika andere Gewohnheiten angenommen hatte, mich für unsere Begriffe salopp benahm und ihnen ins Wort fiel, wenn sie sprachen. Ich nehme an, daß sie damit gerechnet hatten. Als wir nach der Mahlzeit den heißen, grünen Tee tranken, fragte mich meine Mutter, ob ich jetzt endgültig zurückgekommen sei. Ich sagte, ich hätte es jedenfalls getan, früher oder später. Dabei hatte ich nicht einmal das Gefühl, daß ich log. Und dann redeten wir über andere Dinge.«

Er hielt inne und blickte mich an, geistesabwesend. Ich nickte ihm zu.

»Der Pflaumentee ist gut.«

Er lächelte.

»Nicht wahr? Ich wußte doch, daß du ihn magst.«

»Erzähl weiter«, sagte ich.

»Wieder in Japan, empfand ich plötzlich kein Verlangen mehr, abzureisen. Dabei wußte ich überhaupt nicht, was ich mit mir anfangen sollte. Irgendwie mußte ich ja zu Geld kommen. Durch Zufall erfuhr ich, daß in Nara eine Stelle in einer Nachhilfeschule frei wurde. Ich bewarb mich und bekam die Stelle. Mir war klar, daß ich sie mehr meinem Namen als meiner Kompetenz verdankte. Immerhin, es sah so aus, als hätte ich jetzt einen Beruf. Dazu kam die Volontärarbeit im *Onjôkan*. Kindergärtnerinnen gibt es massenweise; aber den heutigen Kenntnissen entsprechend ist die Kindererziehung nicht mehr allein Sache der Frau. Seit gut zwanzig Jahren gibt es in Japan Kindergärtner und Säuglingspfleger. Ich mag Kinder sehr; mit ihnen zu spielen und zu basteln macht mir Freude. Dabei habe ich nie den Eindruck, daß ich meine Zeit verschwende, sondern daß ich etwas dazulerne. Eine Zeitlang war ich – wenn auch nicht glücklich – zumindest zufrieden. Ich fragte mich allerdings, ob ich jemals irgendwo hinpassen würde. Meine Familie glaubte, daß ich stark ausländisch geworden wäre nach acht Jahren in Amerika.«

»Bist du es nicht geworden?«

Er lehnte sich zurück, die Hände im Nacken verschränkt.

»Es ist seltsam, weißt du. Der Mangel an Vergangenheit prägt die Menschen. Aus etwas Vorhandenem läßt sich etwas machen, aus Nichts jedoch läßt sich nichts machen. Das ist mir besonders in Amerika aufgefallen. Die europäischen Einwanderer kamen nicht in unbesiedeltes Land. Rohe, habgierige Menschen, in sturen Religionsvorstellungen gefangen, fanden eine Kultur vor, die ihnen geistig weit überlegen war, materiell jedoch nicht die geringste Chance hatte: die Kultur der amerikanischen Ur-Einwohner, der Indianer. Diese Kultur wurde ausgelöscht. Achtundvierzig Millionen Tote haben sie auf dem Gewissen, so weit haben wir Japaner es im Zweiten Weltkrieg nicht gebracht. Unsere Grausamkeit wurde verurteilt – mit Recht, denn sie war schrecklich genug. Der Völkermord der Indianer wurde legitimiert. Jedoch eine tiefe, gehässige Feindseligkeit dringt wie Frost aus der Erde. Ich merkte, wie ich langsam, ganz allmählich, ausgehöhlt wurde. Mein Körper blieb gesund und kräftig, aber meine Seele spürte den boshaften Hauch. Die Indianer waren ein Volk mit starken Seelen. Ihre Totengeister rächen sich. Ihre Rache galt nicht mir; aber meine Harmonie war gestört. Es hat mir, so nach und nach, einen Schrecken eingejagt. Erst in Japan fand ich wieder Frieden. Ich weiß, und daran ist nicht zu rütteln, daß ich von jetzt ab nur hier leben kann. Das mag idiotisch klingen, aber ich muß für etwas leben, das tief in mir eine Bedeutung hat. Und warum sollte ich mich davon abbringen lassen?«

Ich trank den Pflaumentee, der geschmeidig und duftend meinen Mund füllte.

»Es ist seltsam, wenn ich dich so reden höre. Auch mir kam es oft vor, als liefen meine Gedanken in alle möglichen Richtungen. Vielleicht lag es nur daran, daß ich ihnen nicht recht folgen konnte. Wenn du jung bist, bildest du dir ein, die Welt auf dem Gewissen zu haben. Du bist schuld, das alles schief läuft, du theoretisierst. Du glaubst an die politische Lösung eines privaten Problems und merkst, so nach und nach, daß es der größte Witz auf Erden ist. Das kommt dir zuerst sehr schockierend vor. Und allmählich lernst du, über diesen Witz zu lachen.«

»Im wesentlichen haben wir das gleiche erfahren.«

»Im wesentlichen, ja. Und beim Tanzen, siehst du, da kam mir die Erkenntnis: Ich kann auf meiner eigenen Ebene etwas tun. Ich kann die Zuschauer bewegen, mit mir zu leiden oder sich zu freuen. Ich kann andere Menschen oder Tiere verkörpern. Ich kann eine Pflanze sein, oder ein Stein.«

Er fuhr leicht zusammen.

»Ein Stein?« murmelte er.

Und wieder spürte ich, daß etwas Besonderes in ihm war; daß er eine ganz bestimmte Erfahrung in sich trug, ein Geheimnis.

»Und was noch?« fragte er.

»Wenn ich mit Kindern und Behinderten arbeite, dann verändere ich die Welt auf meine Art. Das ist etwas, was ich kann, was ich gelernt habe. Auf diese Weise gehe ich meinen inneren Weg. Ich frage mich nicht mehr, warum oder zu welchem Ende. Ich lebe, aber nicht nur für mich, sondern auch für die anderen. Das brauche ich. Das gibt mir Kraft.«

Er stand auf, trat ans Fenster. Die Sonne beleuchtete ihn; es sah aus, als wäre er von innen erhellt. Ich betrachtete die breiten Schultern, die schöne Rückenlinie, die schmalen Hüften. Er hatte die Gestalt eines Tänzers, schwerelos und doch erdverbunden: geschmeidige Knochen und kräftige Muskeln, lang und straff. Die Füße waren breit, die Zehen leicht gekrümmt.

Mir kam in den Sinn, daß die Sicherheit seiner Erscheinung auf einer Erkenntnis ruhte, die tiefer reichte als irgend etwas, was angeblich klarblickende Menschen begreifen konnten. Nach ein paar Atemzügen wandte er sich um, mit einem Blick auf die Uhr.

»Wollen wir jetzt nach Miwa fahren? Mit dem Wagen sind wir in einer halben Stunde da. Ich habe meinem Vater gesagt, daß ich Besuch mitbringe.«

# *21. Kapitel*

Wir fuhren durch die engen Straßen von Naramachi, achteten auf die Radfahrer, die Hausfrauen, die spielenden Kinder. Erst als wir die Ringstraße erreichten, beschleunigte er die Geschwindigkeit. Wir fuhren an Kramläden und Gemüsemärkten vorbei. Auf den Balkonen trocknete Wäsche, wie in Italien. Elektrizitätsmaste ragten in den Himmel, Stromkabel spannten sich über altertümliche Gassen. Dann wieder weiß getünchte Mauern, Tore aus geflochtenem Bambus und Hecken aus Buchsbäumchen, alle pilzförmig geschnitten und von gleicher Größe. Über die Mauern wölbten sich grüne Ziegeldächer. Aus einem Park erhoben sich mehrstufige Tempelpagoden, seltsam anzusehen wie Fabeltürme in einem Bühnenmärchen. Mir kam das nicht fremd vor. Das Transitorische, die ausbleibende Bündigkeit, übten einen großen Reiz auf mich aus. Nichts kannte ich wirklich und doch fügte sich alles zusammen. Aus Splittern und Farbflecken formte sich ein Bild, das meiner Seele entsprach.

»Oft wird behauptet, daß das Individuum hier nicht zählt«, sagte Kunio. »Dabei ist unser Konformismus nur scheinbar. In Wirklichkeit pflegt jeder sein Ego. Als Reaktion gegen das altehrwürdige Ideal der Leere lieben wir das Chaotische, bauen irgendwas irgendwohin, tragen in unseren Wohnungen abstruse Mischungen zusammen. Und was die Sprache betrifft, sie enthält – wie du bemerkt haben wirst – eine große Anzahl Redensarten, die zwar demütig klingen, aber nur höflich sind. Wir denken uns nichts dabei, während Ausländer jedes Wort zerpflücken und die abenteuerlichsten Vermutungen über unsere Seelenzustände daraus anstellen. Hast du Bücher über Japan gelesen?«

»Viele«, sagte ich, »ich habe viele gelesen.«

Er blinzelte verschmitzt.

»Hast du sie noch im Kopf?«

»Vielleicht habe ich die falschen Bücher gelesen,« sagte ich, worauf wir beide lachten.

Wir verließen die Vororte in südlicher Richtung. Ich betrachtete die vorbeiziehende Ebene. Das Licht war wie flüssiger Bernstein, und der Himmel, tiefblau, von Wolkenstreifen durchzogen. Wir erreichten ein Gebiet, in dem die Vergangenheit lebte; ich fühlte es ganz deutlich, obwohl ich nichts von dem wußte, was vor Zeiten hier geschehen war. Das offene innere Auge glich das Fehlen von Verständnis aus. Die unendlich vielen Nuancen von Grün wirkten verschwommen und gleichzeitig gestochen klar. Als ob sich seit dem Augenblick der Schöpfung nichts verändert hatte. Als ob die Erde bisher noch nie eine Spur, einen Rauch, einen Geruch, einen Schatten kennengelernt hatte, der vom Menschen stammte. Angesichts der grellbunten Reklametafeln, der schäbigen Mietshäuser, der Getreidesilos, der altmodischen Bahnschranken war der Eindruck widersinnig, aber ich kam nicht davon los. Eigentümliche Kuppen, mit Buschwerk überwachsen, ragten wie dunkelgrüne Kissen aus der Ebene.

»Grabhügel«, sagte Kunio. »Das ganze Land da drüben ist voll von ihnen.«

»Wer wurde dort bestattet?«

»Unsere ersten Kaiserinnen und Kaiser. Diese Art von Totenkult stammt aus dem asiatischen Festland. Die Gräber haben die Form eines Schlüssellochs. Die Grabkammer wurde in den Felsen eingelassen, zugemauert und von einem Wassergraben umgeben.«

Über den Grabstätten pulsierte eine Aura, ein dunkler Schein. Einige waren näher, andere fern. Sie zogen an, wie alles anzieht, von dem man weiß, daß es ein Geheimnis birgt.

Er deutete auf einen bewaldeten Hügel, unmittelbar hinter einem Dorf. Die schräge Sonne hob die grellen oder zarten Schattierungen der Baumkronen hervor, während die Stämme wie aufgepflanzte rote Lanzen nach oben zeigten. Sie schienen die Wächter des Ortes zu sein, von blinder Energie erfüllt, erstarrt in Dauerhaftigkeit.

»Ich habe den Berg bestiegen und meinen Eltern den größten Schrecken ihres Lebens eingejagt.«

»Hast du etwas Verbotenes getan?«

Er lachte vor sich hin; doch ich sah an der Straffheit seiner Schultern, daß sein Gleichmut nicht ganz echt war.

»Der Berg trägt den gleichen Namen wie das Dorf: Miwa. Er gilt als *Himorogi* – als Wohnsitz der Götter. Er ist nur achthundert Meter hoch. Oben am Hang fließt eine Quelle aus einer Höhle und bewässert die Reisfelder im Dorf. Beim Fest des ›Setzens der Reisstecklinge‹, zu Beginn der Regenzeit, segnet der Priester das Wasser, und die Bauern singen und tanzen zu Ehren des Bachs.«

»Soll ich mit dir auf den Berg klettern?«

»Er ist ja eigentlich nur ein Hügel.«

»Heute?« fragte ich.

»Nein, lieber morgen. In zwei Stunden geht die Sonne unter.«

»Macht es deinem Vater nichts aus, wenn Besuch kommt?«

»Im Gegenteil! Er ist neugierig auf dich.«

»Ich will ihm keine Mühe machen.«

»Durchaus nicht. Rie ist am Wochenende immer bei ihm. Sie hat einen Freund in Kyoto. Eigentlich wollten sie heiraten, aber jetzt, wo mein Vater krank ist, warten sie.«

Um uns herum dehnte sich das Land, von Wasserläufen durchzogen. Wälder schmiegten sich an die Höhenzüge, und in den Obstgärten reiften Pfirsiche und Pflaumen. Das Dorf Miwa bestand aus einigen gewundenen Straßen, von alten Holzhäusern gesäumt, meist einstöckig und verwittert; einige hatten Wellblechdächer, scharfkantig und verrostet. Im ersten Stock lebte die Familie, unten befanden sich kleine Lebensmittelläden, Werkstätten oder schummrige Bratküchen mit dürftigen Tischen und Bänken. Daneben standen Getränke- und Zigarettenautomaten. Laternen aus rotem Plastik baumelten an Stangen. Ein paar alte Frauen trugen noch Getas, die traditionellen Holzsandalen, die auf dem Asphalt klapperten. Alles wirkte schmucklos, bescheiden. Das änderte sich plötzlich, als wir den Dorfkern verließen. Ein gepflasterter Weg schlängelte sich zwischen Mauern aus weißgetünchtem Mörtel. Ziegelwellen, türkisfarben oder grün, leuchteten auf wuchtig geschwungenen Dächern. Auch die Torbögen und die Mauern waren mit Ziegeln eingefaßt. Manche Torflügel aus schwerem Holz standen offen; die Sonne neigte sich schon, und das milde Licht beleuchtete große, gepflegte Gärten. Hier beschatteten Zwergkiefern moosbewachsene Zierfelsen, Sträucher und Büsche wuchsen in gewollter Form und Dichte. Sämtliche Wege waren sauber geharkt, die Garagen für zwei oder drei Wagen gemacht. Kunio sah mein verdutztes Gesicht und grinste.

»Miwa ist ein kleines Nest, aber die Nudelhersteller pflegen einen aufwendigen Lebensstil. Naomi wohnte in dem Haus da, gleich links, das inzwischen verkauft wurde. Auch die Bauern haben Geld, obwohl sie angeblich von Subventionen leben.«

Die Straße schwenkte ab; wir fuhren zwischen Obstgärten und Wiesen, bis ich zwei Häuser sah, die innerhalb einer Umzäunung unter Fichten standen. Kunio hielt am Wegrand, hinter einem kleinen Wagen. Er stellte den Motor ab; wir stiegen aus. Beide Häuser – ein großes und ein kleines – waren in einer Talsenke gebaut; ein schmaler Weg führte zu einem schmiedeeisernen Tor. Das große Haus, weiß getüncht, wirkte modern und geräumig, mit einem Vordach aus massivem Gebälk. Das Kleine war eine Holzkonstruktion, die etwas schief stand. Die Ziegel waren an einigen Stellen zersprungen oder mit Moos überwuchert. Die Dachrinne bedeckte Grünspan.

»Dort lebt jetzt meine Großmutter«, sagte Kunio. »Das Haus ist nicht sehr bequem, aber sie will es nicht renovieren lassen. Sie sagt, im Alter wird man anspruchslos.«

Ein Obst- und Gemüsegarten lehnte sich an einen Hang. Ganz in der Nähe rauschte ein Bach. Kunio zog am Riegel, stieß das Tor auf. Der Hof war mit Kies bestreut und nur mit ein paar Ziersträuchern bepflanzt. Aus einem Bambusrohr tröpfelte ein schmaler Wasserstrahl in einen kleinen, steinernen Trog. Auf der anderen Seite des Hofes befanden sich zwei schlichte, grau getünchte Gebäude.

»Die Werkstätte und die Unterkunft für die Gesellen«, sagte Kunio.

»Arbeitet dein Vater noch?«

»Jeden Tag, darin ist er entsetzlich stur. Nach zwei Schlaganfällen! Aber er hat die Gesellen entlassen. Wenn er Hilfe braucht, ruft er mich.«

Ein gelbweißer Wolfshund lag vor einer Hundehütte. Nun richtete er sich knurrend und zähnefletschend auf. Zum Glück war er an eine lange Leine gebunden.

»Warte«, sagte Kunio. Er rieb kurz meine Handfläche, als wolle er den Geruch meiner Haut mit sich tragen. Dann pfiff er auf besondere Art, trat dem Wolfshund entgegen, der sich sofort duckte und freudig winselte. Kunio ging in die Knie, legte die Arme um das Tier. Der Hund richtete sich auf, stemmte die Pfoten auf seine Schultern. Kunio rieb ihm die Ohren. Dann hielt er seine Handfläche an die Nüstern des Tieres. Der Wolfshund schnupperte und leckte die Handfläche.

»Komm!« sagte Kunio zu mir. »Aber langsam.«

Der Hund knurrte, diesmal leiser. Kunio hielt ihm wieder seine Handfläche unter die Nüstern; er murmelte mit leiser Stimme ein paar Worte dabei, immer wieder die gleichen. Nach und nach erstarb das Knurren. Der Hund wurde still, aber seine Augen ließen von mir nicht ab.

»Noch näher!« sagte Kunio zu mir.

Er fuhr fort, sanft und freundlich mit dem Hund zu sprechen. Wenn ich jetzt den Arm ausstreckte, könnte ich das Tier berühren.

»Deine Hand«, sagte Kunio.

Ich reichte sie ihm ohne Furcht. Er legte sie auf den Kopf des Hundes und lächelte mir zu.

»Jetzt reib ihm den Nacken.«

Ich tat, was er sagte. Das Fell fühlte sich rauh und warm an. Der Hund blinzelte und wedelte mit dem Schwanz. Kunio richtete sich zufrieden auf.

»Es ist gut. Ihr seid Freunde.«

Der Hund beschnüffelte mich, gähnte dann, legte sich in den Sand und kreuzte die Pfoten.

»Jetzt kennt er dich«, sagte Kunio. »Er wird nie mehr bellen, wenn du kommst, und er wird sich immer von dir streicheln lassen.«

»Du kannst gut mit Tieren umgehen«, sagte ich.

Er nickte. Das Lächeln blieb auf seinem Gesicht.

»Hanako auch, das habe ich von ihr.«

»Wo ist sie?« fragte ich. »Kann ich sie sehen?«

»Ich glaube, sie macht einen Spaziergang. Aber sie wird bald wieder da sein.«

Ein paar Trittsteine führten zum Haus. Unter dem Vordach bimmelte ein kleines Windglöckchen aus Bronze. Plötzlich ging die Tür auf, und eine junge Frau erschien. Sie mußte gehört haben, wie der Hund bellte.

»Meine Schwester Rie«, sagte Kunio. Er stellte mich vor. Rie hatte dasselbe blauschwarze Haar wie Kunio. Sie trug es schulterlang, mit einem Pony bis zur Stirnmitte. Sie hatte eine schön geformte, ausgeprägte Nase und hoch angesetzte Backenknochen. Ihre Haut war hell und außerordentlich feinporig; sie sah wie gepudert aus, dabei war sie bis auf einen Hauch von nelkenrotem Lippenstift ungeschminkt. Sie trug Shorts und eine weiße Hemdbluse; ihre Beine waren lang, glatt und wohlgeformt. Ihr Ausdruck war freundlich, aber kühl, und ich erinnerte mich an das, was Kunio mir über sie gesagt hatte. Wir verneigten uns. Ich entschuldigte mich für mein schlechtes Japanisch. Ein Schimmer von Überraschung glitt über Ries Gesicht.

»Sie sprechen sehr gut Japanisch!«

Ich winkte lachend ab.

»Nein, überhaupt noch nicht!«

»Doch, das müssen Sie mir glauben!«

Ihr Gesicht hatte seinen starren Ausdruck verloren; sie lächelte, wenn auch nur verhalten, und ich sah den weißen Schimmer ihrer Zähne. Ihre Stimme war klar und tief, und sie sprach laut.

»Bitte, kommen Sie herein! Mein Vater wird sich freuen.«

»Wie geht es ihm heute?« fragte Kunio.

Sie verzog die Lippen.

»Er sagt, blendend!«

Ich zog meine Schuhe aus und blickte zu Rie empor.

»Kunio hat mir erzählt, daß Sie Buchhändlerin sind.«

»Ja, aber nur vier Tage in der Woche, seitdem es Vater nicht gutgeht. Natürlich ist es manchmal problematisch. Das ständige Hin- und Herreisen, meine ich. Aber ich mag meinen Job.«

Wir ließen unsere Schuhe auf dem Steinfußboden stehen. Ich hatte gelernt, sie sorgfältig nebeneinander zu stellen und die Spitzen zur Tür zu drehen, damit ich beim Hinausgehen ohne umständliche Verrenkungen wieder hineinsteigen konnte. Als ich auf die Matten in dem Gang trat, fiel mein Blick auf eine Nische aus ungehobeltem Holz. Um eine wunderschön glasierte Vase, schillernd wie ein Wasserspiegel, rankten sich lila Windenblüten. Vom zartesten Rosa zu bläulichen Reflexen verdichtet, zeigten sie ein Bild von zärtlicher, fast schmerzvoller Schönheit.

»Haben Sie das Blumenarrangement gemacht?« fragte ich Rie.

Sie schüttelte lebhaft den Kopf.

»Nein, nein! Die Blumen steckt meine Großmutter. Ich habe keine Geduld dazu. Und viel zu plumpe Finger!«

Ich wollte ihr sagen, daß ihre zierlichen Finger alles andere als plump waren, doch meine Gedanken waren bereits von etwas Neuem in Anspruch genommen. Über einer Schiebetür war eine *Naginata* befestigt, ein langer, leichter Speer mit gebogenem Blatt, dessen Gebrauch früher Männern und Frauen teils zur Übung, teils zur Verteidigung gelehrt wurde. Schon kniete Rie nieder, mit unbefangener, gelenkiger Anmut, und zog die Schiebetür auf. Über die traditionelle Raumgestaltung hatte ich viel gelesen, kannte sie jedoch lediglich aus Tempeln und Museen. Nun betrat ich das schönste japanische Zimmer, das ich je gesehen hatte.

Der Raum war groß, mit brokatgeränderten Matten ausgelegt. Die tragenden Holzpfeiler, die Täfelung über den Türen bestanden aus goldfarbenem Holz. Ich starrte sie an; die Maserung des Holzes hatte mich stets fasziniert. Jeder Knoten, jede Rille trug den Stempel eines Zeitalters. Wortlos strich ich mit den Fingern über die samtene Fläche.

»Das Holz wird nie gebohnert oder geölt.« Kunio, dem meine Begeisterung nicht entgangen war, trat zu mir. »Wir waschen es nur mit dampfend heißen Tüchern ab. Das genügt, um dem Holz den Glanz zu erhalten.«

Die Wände waren mit honigfarbener Rauhfasertapete bezogen. Durch die offenen *Fusuma* – die Schiebetüren aus Reispapier – fiel der Blick auf eine Waldlandschaft. Sie zog einen Kreis um das Haus, in allen Schattierungen von Grün, schuf eine sonderbare, vibrierende Stimmung, als ob der Wald in die Räume drang, mit seinem Aroma und seiner Kraft. Er strahlte eine leidenschaftliche, intensive Energie aus; das ganze Haus war davon erfüllt und belebt.

Stumm ließ ich meine Blicke umherschweifen. Ein dunkelrot lackierter, niedriger Tisch, wie Atlasseide glänzend, stand auf einer etwas erhöhten Estrade. Einige schön gemusterte Baumwollkissen lagen dort. Außer einem kleinen Altarschrein und einer Schrankkommode aus Mahagoniholz, mit Eisenbeschlägen und Wappen versehen, schien das Zimmer fast leer. Erst als ich mich umwandte, erblickte ich, in die Wand eingelassen, die *Tokonoma* – die geweihte Nische. Zwischen den spiegelblank polierten Pfeilern hing ein Rollbild, das eine Buddhafigur darstellte.

»Das ist eine ›Daumen-Malerei‹, erklärte mir Kunio. »Der Künstler malt, indem er seinen Daumen mit Tusche befeuchtet. Heutzutage ist die Technik ziemlich aus der Mode gekommen.«

Vor dem Rollbild stand eine flache Bronzeschale mit Wasser,

in der eine Seerose schwamm. Auf einem schwarzen Lackständer ruhten zwei Schwerter, ein kurzes und ein langes. Sie steckten in wundervoll lackierten Scheiden, mit einem Muster aus karminroten Ahornblättern und mit Seidenschnüren und Troddeln versehen. Kunio fing meinen Blick auf.

»Das große Schwert ist ein *Katana,* das Kleine ein *Wakizashi.* Beide hat mein Großvater hergestellt. Mein Vater würde seine eigenen Werke niemals in den Alkoven stellen. Aus Bescheidenheit«, fügte er hinzu.

Inzwischen hatte Rie nach einer kurzen »Entschuldigen-Sie-mich-Verbeugung« das Zimmer verlassen.

»Setz dich«, sagte Kunio. »Mein Vater kommt gleich.«

»Wie schön es hier ist!« sagte ich. »So still!«

»Du findest das schön? Sonderbar, denn für gewöhnlich findet das keiner.«

»An einem Tag gewöhnt man sich vielleicht nicht daran.«

Er nickte.

»Früher mochte ich die Stille nicht. Inzwischen habe ich genug Lärm erfahren.«

»Es gibt vielerlei Arten von Stille«, sagte ich.

Er lächelte zurück: Wir hatten bereits unsere Schlüsselworte.

»Gewiß, aber die, von der ich spreche, muß man sich erst verdienen.«

Wieder glitt die Schiebetür auf; ein Mann erschien auf der Schwelle. Wir erhoben uns. Das erste, was mir auffiel, war seine weiße Kleidung, die Arbeitstracht der Schmiede: eine kurze Kimonojacke und eine Art Pluderhose, an den Knöcheln schmal geschnitten. »Mein Vater geht nie anders gekleidet«, hatte Kunio gesagt. »Er fährt sogar in dieser Aufmachung nach Tokio. Seine Sachen trägt er nach altjapanischer Sitte in einem *Furoshiki,* einem viereckigen Stück Stoff, das kostbar, aber niemals aufdringlich gemustert sein darf.«

Kunihiko Harada war ungefähr Ende siebzig, obwohl er jünger aussah, hochgewachsen, aber schmal, beinahe knochendünn. Sein Gesicht war ebenmäßig, sein Teint elfenbeinfarben.

Das Alter hatte einige sandbraune Flecken in die durchscheinende Haut gestempelt. Sie waren auch auf den bleichen Unterarmen, den langen, gelenkigen Händen sichtbar. Die Lippen waren weich und großzügig, die Augen mandelförmig, tiefschwarz und klar. Sie wirkten geistesabwesend, konnten jedoch, wie ich bald erfahren sollte, von einem Atemzug zum anderen mit intensiver Schärfe funkeln. Das Haar war völlig weiß, silbern glänzend, so daß der blasse Schädel an manchen Stellen hindurchschimmerte. Trotz seines hohen Alters besaß dieser Mann eine melancholische Anmut, die auf eine nach innen gekehrte Ruhe hinwies, und gleichzeitig die stählerne Härte eines Athleten. Dieser Zwiespalt übte einen ungewöhnlichen Reiz aus. Seine Ausstrahlung, ätherisch und zugleich erdverbunden, machte ihn zugänglich, und ich fühlte mich vom ersten Augenblick an, da ich ihn sah, merkwürdig bewegt. Seine Verbeugung war kurz und straff, fast nur ein freundliches Nicken. Kunio verneigte sich gleichzeitig mit ihm, doch viel tiefer. Ich tat es ihm nach, verharrte mit gesenktem Kopf.

Während Kunio meinen Namen nannte, sagte ich, daß ich aus der Schweiz kam und von Mori-Sensei in *Bugaku* unterrichtet wurde. Kunihiko betrachtete mich scharf. Schließlich nickte er, mit einem Grunzton, der wohlwollend klang. Eine Handbewegung, wir sollten uns setzen. Er selbst nahm hochaufgerichtet am Tischende Platz. Die Bewegung war nicht eine Spur unbeholfen, sondern graziös und elegant. Den Rücken hielt er kerzengerade, fast durchgedrückt. Er ließ die Augen nicht von mir ab.

»Wo haben Sie so gut Japanisch gelernt?«

»Das bringe ich mir selbst bei.«

»*A honto* – wahrhaftig?« knurrte Kunihiko.

Im Gegensatz zu seinen jugendlichen Bewegungen klang seine Stimme heiser und alt. Sein Atem ging pfeifend.

»Mir fehlen noch viele Worte«, sagte ich. »Aber ich lerne täglich neue dazu. Das ist nicht sehr anstrengend.«

»Sie müssen ein ausgezeichnetes Gedächtnis haben.«

»Nur für das, was mich interessiert«, erwiderte ich.

»Und Japanisch, das interessiert Sie?«

»Ich finde immer mehr Spaß daran.«

Er musterte mich intensiv. Seine Augen schienen fast violett, wie die Farbe der Klematis. Die Mundwinkel hatten jetzt einen schalkhaften Zug.

»Als mein Sohn aus Amerika kam, da hatte er sich eine entsetzliche Aussprache angewöhnt. Ihre Aussprache ist besser.«

»Wenn man eine Sprache lernt«, sagte ich, »ist es ebenso leicht, sich eine gute Aussprache beizubringen wie eine schlechte.«

Eine Pause trat ein; der alte Mann schien über die Antwort nachzudenken. Schließlich nickte er.

»Vielleicht hätte mein Sohn sein Japanisch nicht verlernen sollen.«

»Vielleicht.«

»Wer eine gute Aussprache hat, ist immer im Vorteil.«

»Das glaube ich auch.«

Er sah mich unverwandt an, mit funkelndem Blick, und wechselte plötzlich das Thema. Ob *Bugaku* in Europa bekannt geworden sei, wollte er wissen. Die Frage klang einfach, aber ich hatte das Gefühl, daß er sie mit einer gewissen Absicht stellte. Ich nahm mir Zeit, über die Antwort nachzudenken.

»Heute geht man in der Kunst viele Wege. Im Zuschauerraum befinden sich ja ganz unterschiedliche Menschen. Den Gleichklang oder die Aufspaltung unter den Zuschauern merkt man sofort.«

Er kniff aufmerksam die Augen zu.

»Woran?«

Ich lächelte.

»An den Atemzügen. Das geschieht unabhängig davon, welche Tanzform gezeigt wird. Gehört sie zur Urerfahrung der Menschheit, wirkt sie niemals fremd.«

Ein Ausdruck von Genugtuung erschien auf Kunihikos Gesicht.

»Genau das wollte ich von Ihnen hören!«

Während wir sprachen, erschien Rie mit einem Tablett. Tee

dampfte in Bechern aus purpurner Keramik. Dazu gab es ein geleeartiges rosa Gebäck, das in ein Kirschbaumblatt eingewickelt war.

»*Sakura-mochi*«, sagte Kunio. »Eine Süßigkeit mit dem Duft von Kirschblättern. Vater hat sie extra für dich bestellt.«

Ich bedankte mich, gerührt von seiner Höflichkeit. Kunihiko sah zu, wie ich die Leckerei aus dem Blatt wickelte und behutsam kostete. Das delikate Gebäck unterstrich das kräftige Aroma des Tees, der nach frischen Gräsern schmeckte. Ich lächelte den alten Mann an, der zufrieden nickte.

»Sie mögen *Sakura-mochi*? Das freut mich aber!«

Mir fiel auf, daß Ries Blick nicht von dem Gesicht des Vaters wich; es war, als ob sie sein Mienenspiel mit angstvoller Besorgnis verfolgte. Ich konnte mir kaum vorstellen, daß er krank war. Das Feuer in seinen Augen sprühte so jugendlich.

»Als Kunio noch klein war, da mochte er *Sakura-mochi* ebensogern wie ich. Jetzt macht er sich nichts mehr daraus. Hot-Dogs sind ihm lieber.« Er schürzte sarkastisch die Lippen. Kunio zuckte mit keiner Wimper. Er mußte die Scherze seines Vaters gewohnt sein.

»Wie alt sind Sie?« fragte mich der alte Herr unverblümt.

»Ein Jahr jünger als Kunio.«

Kunihiko suchte sich eine bequemere Stellung.

»Frauen sind älter als Männer. Auch wenn sie jünger sind. Es ist nichts Erstrebenswertes dabei, ein Mann zu sein, *ne*?«

Ich lächelte.

»Das kann ich Ihnen nicht sagen.«

»Männer sind eigensinnig«, fuhr Kunihiko fort. »Sie klammern sich fester als Frauen an die Denkweise, in der sie erzogen wurden. Sie zeigen dadurch ihre Unreife. Erwachsene Menschen sind aus Prinzip kritisch.«

Kunihiko sprach langsam und deutlich, damit ich ihn verstand; an manchen Stellen kam mir Kunio zur Hilfe. Er übersetzte ohne Zögern, mühelos, so daß ich den Eindruck hatte, durch seinen Mund die Worte des alten Mannes zu hören.

»Ich meine, kritisch sich selbst gegenüber. Erwachsene Menschen glauben an das, was sie fühlen. Wenn ich in der Schmiede arbeite, spüre ich das Eisen als einen Teil von mir. Bevor ich morgens die Werkstatt betrete, spreche ich ein Gebet vor dem Schrein. Ich darf nur gute Gedanken haben. Eisen ist porös; jeder böse Gedanke würde in der Klinge haften. Schon früher war es wichtig, daß das Schwert keinen bösen Gedanken enthielt. Sonst hätte die Klinge die Herrschaft über die Hand ergriffen, die sie führte. Die Zeiten waren damals bedrohlich. Unsere Kriegerkaste zog Nutzen aus Selbstbeherrschung und Todesverachtung.«

Er hob die Hand; mir fiel auf, wie zart sie war, mit feinen Rillen durchzogen wie die Maserung eines Blattes. Die Nägel, vom Alter gelblich verfärbt, waren sorgfältig gepflegt. Und trotzdem waren es die Hände eines Mannes, der den Hammer auf den Amboß schlug, mit Feuer und Stahl in Berührung kam.

»Nicht alle Menschen erreichen in der gleichen Epoche die gleiche geistige Entfaltung. Daher ist es völlig unsinnig, ihnen helfen zu wollen. Gewisse Zustände müssen durchlaufen werden. Aber moralische Überzeugungen sind keine Stützpfeiler für die Ewigkeit. Veränderungen kommen sehr plötzlich. Unserer menschlichen Entwicklung angepaßt, gibt es ein Schwert des Todes und ein Schwert des Lebens. Und ich will glauben, daß die Zeit gekommen ist, das Schwert des Lebens zu führen.«

Ganz plötzlich verzerrten sich seine Züge; er griff an seine Brust. Rie und Kunio wechselten einen Blick.

Kunihikos Atem rasselte; von einer Sekunde zur anderen schien sein ganzer Körper wie eingeschrumpft.

Kunio hielt ihn am Ellbogen fest. Der alte Herr straffte sich, schüttelte seine Hand mit unwirscher Armbewegung ab.

»Ich bin schon wieder in Ordnung!«

»Es tut mir leid.« Ich empfand auf einmal ein starkes Schuldgefühl. »Wir haben Sie überanstrengt.«

Er schnaubte verächtlich.

»Nein, ich war ein paar Tage in Tokio. Die Hektik bekommt mir nicht mehr. Alte Männer werden Stubenhocker, wie Kater.«

Er stützte sich auf beide Hände, richtete sich ächzend auf. Sein Gesicht war jetzt besorgniserregend bleich. Ein dünner Streifen Speichel schäumte zwischen seinen Lippen. Rie und Kunio wollten ihm beim Aufstehen behilflich sein. Er stieß sie ungeduldig von sich.

»Laßt mich in Ruhe. Ich kann noch auf den Beinen stehen und weiß, wo mein Bett ist.«

Er wandte mir die verschatteten Augen zu, beherrschte seine Stimme mit mächtiger Anstrengung.

»*Gomennasai,* Ruth-San. Haben Sie ... Geduld mit einem alten Mann. Sobald ich wieder auf dem Damm bin, essen wir *Sakura-mochi* und reden. Ich ... ich will Ihre Fortschritte in Japanisch prüfen.«

Er rang nach Atem und wandte sich ab. Rie führte den alten Mann behutsam weg. Seine Schritte, als er das Zimmer verließ, waren stapfend und unsicher. Kunio sammelte das Geschirr ein, trug das Tablett aus dem Zimmer. Als er wieder da war, sagte ich:

»Ich glaube, das war zuviel für ihn.«

»Wenn er ins Reden kommt, ist er nicht zu bremsen. Und es hat ihm die größte Freude gemacht.«

Wir zogen unsere Schuhe an und traten aus dem Haus. Kunio sagte:

»Komm! Meine Großmutter ist irgendwo draußen.«

Die Sonne sank; ringsum waren Bäume und Sträucher von der Zauberfülle goldenen Lichts überflutet. Taro-chan lag friedlich vor seiner Hütte und wedelte mit dem Schwanz. Wir traten aus dem Gartentor. Ein Kiesweg führte zu einem Schrein, schmucklos wie eine Hütte, und ganz von Bäumen umgeben. So still war es hier, daß man eine Eichel fallen hören konnte. Kunio sagte:

»Vater betet hier jeden Morgen, bevor er in die Schmiede geht.«

»Er sollte sich schonen.«

Kunio verzog unfroh die Lippen.

»Das sage ich ihm auch, aber was nützt das? Er hat noch ein *Katana* in Arbeit, ein Langschwert mit einer Gravur. Ich hämmere für ihn den Eisenbarren. Natürlich ist er nie mit mir zufrieden und schnauzt mich an. Es ist nicht leicht, mit ihm auszukommen. Er ist zu sehr daran gewöhnt, den eigenen Kopf durchzusetzen.«

»Strengt ihn die Arbeit nicht an?«

»Sie macht ihn kaputt. Und er will sich nicht ausruhen, bevor das Schwert fertig ist. Sein Lebenswerk, sozusagen, obwohl er es nicht so bezeichnen würde. Er ist wie ein kleiner Junge, unbesonnen und störrisch, der zeigen will, was er kann, bevor man ihn zu Bett bringt. Er schlüpft uns aus den Händen.«

»Kann ihn die Großmutter nicht zur Vernunft bringen?«

»Sie wird es niemals versuchen. Sie versteht ihn.«

Wir wanderten den Pfad hinauf, zwischen alten Fichten und moosbewachsenen Felsen. In der Luft summten Mücken. Mit leisem Zwitschern verkündeten unsichtbare Vögel das Nahen des Abends. Der Himmel war blank. Über der Ebene lag violetter Nebel, während die Baumwipfel orangerot glühten. Nicht ein Zweig, nicht eine Nadel rührte sich auf den Bäumen. Nichts störte den Frieden dieses Waldes, der getränkt war von den warmen Düften der Erde, Pflanzen und Hölzern. Es war ein Augenblick der Ruhe, des Innehaltens. Selbst die Sonne schien ihren Lauf unterbrochen zu haben; ihre Strahlen hingen wie gemalt in der Luft. Unter den Bäumen formten sich merkwürdige Schatten; einer davon hatte eine menschliche Form. Eine Frau saß in einem Lichtkranz auf einem Stein. Ich sah sie nur verschwommen. Sie saß ganz ruhig und hielt eine Hand bewegungslos in Schulterhöhe. Ich wunderte mich über diese Geste, doch nur einen Herzschlag lang, denn ein winziger Blitz zuckte durch das Unterholz. Es war eine rote Libelle. Das Insekt umkreiste die sitzende Frau; sein Schatten, seltsam vergrößert, tanzte wie eine Luftspiegelung über den Waldboden. Plötzlich senkte sich die Libelle; der bebende Insektenkörper ließ sich auf der Hand der Frau nieder, verharrte dort im schwebenden Gleichgewicht. Eine plötzliche Erstarrung lähmte mich. Sie war seltsam geformt, diese Hand, die Finger verklebt, wie abgerundet. Die aufrechte Haltung der Frau, ihre erhobene Hand weckten ein ganz bestimmtes Bild in mir: das Bild einer Buddhafigur, wie man sie – aus Erz oder Kupfer geformt – in den Tempeln aufstellt. Irgendwo, tief zwischen den Millionen Zellen meines Gehirns, tauchte eine bestimmte Erinnerung auf. Auf einmal, so schien es mir, geriet die Luft in Bewegung. Die Goldstäubchen schwärmten und flimmerten vor meinen Augen. Die Welt wirbelte zur Seite – und verschwand. Für den Bruchteil eines Atemzuges vergaß ich Kunio, vergaß, wo ich mich befand. Durch die Strahlen hindurch, wie durch einen Vorhang, sah ich nur diese Frau und die ruhende Libelle auf ihrer Hand. Die Flügel vibrierten wie eine Substanz aus Licht, ein schwirrendes Filigran. Auf einmal hob sich das Insekt, zog einige Kreise, bevor es im Sonnenschein davonschoß. Ein glitzernder Pfeil, den die Schatten verschluckten. Da erst senkte die Frau den Arm. Sie wandte uns das Gesicht zu, erhob sich und kam uns entgegen. Der Boden festigte sich unter meinen Füßen. Mit einem hörbaren Rauschen und wirbelnden Lichtfünkchen schnellte die Welt zurück an ihren Platz. Ich stand da, inmitten der Büsche und Bäume, und hörte Kunio sagen:

»Jetzt wirst du meine Großmutter kennenlernen.«

# 22. Kapitel

Wir gingen Hanako entgegen, ein paar Schritte nur; mir war, als ob sie ein Zeitalter überbrückten. Und dann stand sie vor uns, schaute uns freundlich an und lächelte. Kunio stellte mich vor. Ich verbeugte mich, stumm und wie im Traum. Hanako erwiderte meinen Gruß. Sie war mittelgroß, überschlank, trug verwaschene Kordhosen, eine hochgeschlossene Hemdbluse und eine blaue Strickjacke. Ihre kleinen Füße steckten in Turnschuhen. Das füllige weiße Haar war kurz geschnitten. Ihr Gesicht glänzte im Licht, vor allem die Stirn und die Wangen. Unter ihren Augen lagen schwere, violette Ringe, in denen die Äderchen sich ausnahmen wie eine Maserung. Ihr voller und scharf geschnittener Mund trug einen Zug von Schwermut. Ganz ruhig stand sie da, die Arme locker verschränkt, beide Hände in den Ärmeln ihrer Strickjacke verborgen. Ihr Blick war sanft und gleichmäßig. Ich rang vergeblich danach, einen Satz zu bilden, irgendeinen Satz. Mein Schweigen fiel wohl nicht auf, denn Kunio erzählte, daß wir bei seinem Vater gewesen waren. Hanako seufzte.

»Wie fühlt er sich?«

»Müde. Wir blieben nur kurz, aber er hat zuviel geredet.«

Hanako schüttelte den Kopf.

»Er ist unverbesserlich!«

Ihre Stimme war volltönend, klar. Sie lächelte mich an; ihr Lächeln kam ganz spontan. Ihre unteren Schneidezähne standen leicht vor, was ihrem Gesicht etwas Mädchenhaftes gab. Ich lächelte zurück; es war ein schnelles Hinüber- und Herüberflackern von Sympathie.

»Sie nehmen Unterricht bei Sagon Mori?« fragte sie. »Ich kenne die Familie gut. Schon seit Jahren.«

Ich fand, daß ich etwas sagen mußte.

»Ich habe Ihre Kalligraphie in seinem Besuchszimmer gesehen. Sie ist wunderschön.«

Hanako lachte jugendlich, anmutig.

»Ach, das ist ja nur ein Tuschbild. Die weiße Fläche bedeutet unendlich viel mehr!«

Es war denkbar, daß sie mich neckte; mir fiel keine passende Antwort ein. Als ob ich jede Gewalt über meine Gedanken verloren hätte. Wie schnell man unsicher wird, wenn man vor einem Rätsel steht! Wir schlugen den Pfad ein, der durch den Wald führte. Ein kupferner Schimmer lag jetzt über allem, selbst über den Schatten. Die rostrote Erde war locker, zerbröckelt. Ich horchte auf die leisen Geräusche, die Mücken, die welken Blätter, unseren Atem. Es lag etwas in der Landschaft, in dem Licht, das den Eindruck erweckte, ich befände mich in einem Tagtraum, in jener Welt der Irrealität, die ich schon zahllose Male in meiner Phantasie betreten hatte. Wieder zuckte eine Libelle vorbei. Hanako blickte ihr nach und lächelte.

»Sind sie immer so zutraulich?« murmelte ich.

»Sie haben keine Angst«, sagte Hanako.

»Wer?«

»Die Libellen.« Sie blickte mich an. »Sie haben doch danach gefragt.«

»Ach ja, richtig.«

Hanako ging etwas gebückt, setzte die Zehen stark einwärts, schien aber den Boden kaum zu berühren.

»Es gibt eine Legende: Bei einem Jagdausflug wurde Kaiser Yuryaku von einer Bremse in die Handfläche gestochen. Da kam eine Libelle und fraß die Bremse.«

Sie zog eine Hand aus dem Ärmel, zeigte mir die offene Handfläche. Eine unbefangene, gedankenlose Geste. Ich starrte diese Hand aus der Nähe an und wußte Bescheid: eine Keloide, die Auswirkung des Atomblitzes. Das Gewebe schmilzt und wächst verkrüppelt zusammen. Sehr wahrscheinlich war sie am ganzen Körper entstellt. Doch Hanako sprach ganz unbekümmert weiter.

»Der Kaiser verfaßte ein Gedicht zum Lob der Libellen und verbot, daß man ihnen Schaden zufügte. Seitdem wurde Japan ›Insel der Libellen‹ genannt.«

Ich nickte, wobei ich die Lippen fest geschlossen hielt. In mir war ein taubes Gefühl, eine Art inneres Summen. Ich konnte diese alte Dame nicht fragen, was vorher geschehen war, ob sie in Kobe gewohnt hatte, wie ihr Mädchenname lautete. Ob sie jährlich, am sechsten Juni, eine Irisblüte auf ein altes Grab legte. Die Fragen waren zu persönlich, zu schwierig. Ich hatte Angst davor, sie zu stellen. Sie nahmen Bezug auf Ereignisse, die tief und schmerzlich ihr Leben verändert hatten. Ich konnte nicht sprechen. Vielleicht war alles nur ein Eindruck und ein falscher dazu. Ich hatte nichts als Vermutungen und diffuse Gefühle. Und was, wenn sie sagte: »Es tut mir leid, Sie verwechseln mich.« Ihre Stimme würde nachsichtig klingen, vielleicht sogar vorwurfsvoll. Nein, dachte ich, ich warte lieber. Sobald Kunio und ich wieder alleine sind, werde ich das Thema noch einmal ansprechen. Sachlich und in aller Ruhe. Nicht vorher. Um keinen Preis vorher. Denn wenn ich mich irre, hat es doch wirklich keinen Sinn, sie in Aufruhr zu bringen.

»Die Dame, die das Grab besucht, hat die Hand eines Buddhas«, hatte der Friedhofswächter damals zu Lea gesagt. Lea war jetzt wieder in meinen Gedanken, zerrte an mir. Unwillkürlich starrte ich auf Hanakos Hand; sie bemerkte meinen Blick. Ihr Gesicht versteifte sich unmerklich; sehr langsam zog sie die Hand wieder zurück, verbarg sie im Ärmel ihrer Strickjacke. Ich sagte immer noch kein einziges Wort, doch mein Ausdruck mußte verstört wirken, denn sie lächelte, sanft und mütterlich.

»Es tut mir schon lange nicht mehr weh. Und hat mich auch kaum bei der Arbeit behindert. Es war nur eine Sache der Anpassung.«

Ich wollte schlucken, aber mein Mund war ausgetrocknet. Ich spürte ein Kribbeln im Magen, und plötzlich wußte ich kein Wort Japanisch mehr. Ich sah zu Kunio auf; in seinen Augen stand Ratlosigkeit. So stumm und finster kannte er mich nicht. Mein Herzklopfen wuchs. Das alles ergab keinen Sinn. Ich quälte mich mit etwas Verwirrendem, das stärker war als ich. Koste es was es wolle, ich mußte dieser Betroffenheit ein Ende setzen.

»Es tut mir leid, Kunio. Ich bin ganz durcheinander. Ich muß deine Großmutter etwas fragen. Würdest du für mich übersetzen?«

Ob ihre Mutter den Namen Fumi Ota trug, wollte ich wissen. Ob sie selbst, Hanako, früher mal eine Freundin hatte, die Lea hieß. Bloß diese zwei Fragen. Bitte. Und ich setzte hinzu:

»Sag ihr, daß ich die Tochter bin.«

Ich rechnete damit, daß es ihm peinlich war. Doch er sprach zu ihr ganz sachlich, mit einer Stimme, die nicht anders als sonst klang. Sie jedoch verharrte regungslos, das Gesicht mir zugewandt, die Augen weit aufgerissen. Ich hatte das Gefühl, daß alles in ihr stockte: Atem, Blut, das Leben selbst. Ein paar Atemzüge vergingen, bevor sich ihre Lippen bewegten. Die Stimme, die ich jetzt hörte, war rauh, ein kaum hörbares Flüstern.

»Lea? Du bist Leas Tochter?«

Nicht nur mein Gesicht, auch mein Zwerchfell glühte, während ich, den Blick fest auf den ihren gerichtet, langsam nickte. Da trübten sich ihre Augen; die Lider, dünn wie Reispapier, zuckten. Sie streckte beide Hände aus; ihre Hände ergriffen die meinen; sie klammerte sich so fest an mich, daß ich den Eindruck bekam, ich sei mit ihr verwachsen. Ihr Gesicht drückte Gefühle aus, die ich nicht deuten konnte, Ergriffenheit, Freude oder Schmerz, wahrscheinlich alles zusammen. Ein leichtes Stöhnen entrang sich ihr, ein Aufschluchzen fast. Und dann quollen, während ihr Gesicht sich zur Seite neigte und ein Beben über ihr Kinn lief, Tränen unter den Lidern hervor.

»Du wirst Hanako treffen, ich habe in die Tasse geschaut«, hatte Lea gesagt. Ein tief eingewurzelter Glaube macht es möglich, durch intensive, genaue Vorstellungen solche Dinge herbeizuziehen. Lea, die Magierin, hatte diese Macht. Es war ihr gelungen, die Verbindung zwischen der äußeren Wirklichkeit und ihrer eigenen Wirklichkeit herzustellen – und zwar durch mich. Alles geschieht, wie es geschehen muß und zur rechten Zeit. Das begriff ich nicht ohne eine gewisse Ehrfurcht. Ich erkannte, daß die Jahre, die Jahrzehnte, nur Schritte waren, die das Schicksal maß, daß diese Jahre nicht gezählt hatten, so wie die Schritte nicht zählen, die jemand zurücklegt, der zu einem Treffen eilt. Daß zwischen Lebenden und Toten eine Verknüpfung bestand, vielleicht sogar eine Verschwörung. Das war es, was ich mit so großer Intensität jetzt spürte; es war wie ein Blutsband zwischen uns. Aber würde ich fähig sein, die Bedeutung und das Geheimnis zu erfassen?

Sie drückte meine Hände, daß es schmerzte.

»Wie geht es ihr, Ruth? Ist sie gesund?«

Wir lächelten uns an, unter Tränen.

»Ja. Es geht ihr gut. Sie war Tänzerin. Sie hat die Bühne erst vor ein paar Jahren verlassen.«

»Ja, Lea wollte Tänzerin werden«, sagte Hanako. »Sie hat es also geschafft. Das ist gut. Das ist gut ...« Sie wiederholte mehrmals die Worte und nickte, ganz ihren Erinnerungen hingegeben. »War sie berühmt?« setzte sie mit lebhafter Anteilnahme hinzu.

»Ich glaube schon. Sie erreichte alles, was sie wollte. Sie war sehr eigenwillig.«

»Das war sie schon immer.«

Hanako lachte plötzlich auf; ihr Lachen klang dünn und brüchig, eher wie ein Schluchzen. Sie ließ meine Hände los, zog ein schön gefaltetes Taschentuch hervor und betupfte sich Stirn und Wangen. Die Ringe unter ihren Augen wirkten jetzt tief und zerknittert. Der Bann war gebrochen. Ich wandte den Kopf und begegnete Kunios Blick. Ich konnte mir vorstellen, daß er vielleicht gekränkt war. Er schaute mir in die Augen; ich konnte darin keinen Vorwurf erkennen, nichts, außer Rührung und vielleicht einen Funken Humor, einen kaum wahrnehmbaren Schalk.

»Darauf war ich überhaupt nicht gefaßt.«

Ich wischte mir die Tränen aus dem Gesicht. Eine unverständliche und gleichzeitig ansteckende Heiterkeit breitete sich um uns aus.

»Was für ein Tag!« stöhnte ich.

»Wer weiß, was noch kommt?«

»Vieles ist für mich ganz unverständlich.«

Seine Augen glänzten stark.

»Stimmt. Eine eigenartige Geschichte ist das.«

»Es ist meine Schuld«, gab ich zu. »Meine Mutter sprach oft von merkwürdigen Dingen. Ich habe dir nicht alles gesagt. Bloß deswegen. Weil sie so merkwürdig waren.«

»Sie auch«, sagte er, mit einem Blick auf Hanako. »Sie hat mir eine Menge verschwiegen. Zum Beispiel, daß sie früher in Kobe war. Das hattest du mir nie gesagt, Obaa-chan«, sagte er auf Japanisch zu ihr. »Und jetzt stehe ich da wie ein Trottel.«

Sein Vorwurf war nur gespielt; sie ging leichthin darauf ein.

»Du hattest anderes im Kopf. Außerdem waren wir ja nur kurze Zeit dort. Nicht einmal zwei Jahre.«

»Aber was habt ihr denn in Kobe gemacht?«

Ihr Lächeln erlosch.

»Ich verlor meinen Vater, als ich fünfzehn war.«

»Ja, ich weiß. Tuberkulose, nicht wahr?«

Sie nickte.

»Saburo Ota war ein Waisenkind und lebte bei Verwandten. Harte Jugendjahre hatten seine Gesundheit geschwächt. Nach der Schule arbeitete er als Kellner oder Laufbursche, dann auch als Hilfsarbeiter auf einem Bauplatz. Nachts studierte er, denn er wollte Arzt werden. Auf diese Weise erwarb er sein Doktordiplom.

Weil er seine Arbeit über alles liebte, schonte er sich nicht. Er betrachtete es als seine Lebensaufgabe, anderen Menschen zu helfen. Und meine Mutter ... Eigentlich wollte ich von meinem Vater erzählen. Nun, das macht nichts. Sie stammte aus einer angesehenen Arztfamilie. Damals gab es kaum Frauen, die Medizin studierten. Sie war eine der ersten. Ihre Eltern wollten nicht, daß sie meinen Vater heiratete; Fumi war ihr einziges Kind. Saburo war ihnen nicht gut genug. Schließlich willigten sie ein, unter der Bedingung, daß er den Namen der Braut – Terasaki – annahm. Dieses Vorgehen ist bei uns nicht unüblich. So wird das Prestige der Familie gewahrt und ihr Fortbestand gesichert. Aber Japan stand vor dem Krieg. Saburos pazifistische Gesinnung sorgte für heftige Auseinandersetzungen. Die Schwiegereltern beschimpften ihn als Antipatriot. Es kam zu einem endgültigen Bruch. Saburo und Fumi verwarfen den Namen Terasaki. Als mein Vater starb, standen wir völlig mittellos da. Die Gelegenheit bot sich Fumi, eine Privatpraxis in Kobe zu übernehmen. Wir zogen also weg von Nagasaki. Ich ging in Kobe zur Schule und arbeitete nebenbei als Sprechstundenhilfe. Dann kam der Krieg. Fumi wurde in den Lazarettdienst eingezogen. Bald konnte sie den Anblick der Verstümmelten nicht mehr ertragen und gab die Praxis auf. Wieder in Nagasaki, arbeitete sie bei einer Gesundheitsdienststelle und bildete Hebammen aus. Ihr Gehalt genügte kaum zum Essen für uns; immerhin konnten wir leben. Dann lernte ich Masato kennen und heiratete.«

Sie stockte, fuhr sich mit müder Geste über die Augen. »Das sind alte Geschichten. Aber manchmal müssen wir die Toten in unsere Nähe holen. Früher oder später werden auch wir gerufen.«

»*Gomennasai*«, sagte Kunio leise.

Sie schüttelte den Kopf.

»Du brauchst dich nicht zu entschuldigen. Aber eines mußt du wissen: Du kennst Ruth noch nicht lange. Mir aber kommt es vor, als sei Lea wieder da. Das hat eine Bedeutung für mich. Es gibt Gedanken, die wir aus vielen Gründen nicht teilen. Wir sind durch unsere Geschichte geprägt. Verleugnen wir das Erlernte und Erlebte, bildet sich eine innere Kruste. Es waren schlimme Zeiten, damals. Dies hier ist etwas anderes.«

Sie verstummte. Nebel hatte sich auf die Erde gesenkt; das Dämmerlicht schwelte wie Rauch, das Buschwerk davor war geheimnisvoll und schwarz. Nach einer Weile seufzte Hanako, legte ihre Hand auf Kunios Arm und setzte sich etwas steif in Bewegung.

»Ich glaube, wir brauchen jetzt alle einen Tee. Langsam, Kunio-chan! Ich gehe ziemlich viel zu Fuß. Aber abends sehe ich schlecht.«

Es war nun fast dunkel. Der Mond schien noch nicht. Das alte Haus war ein finsterer Klotz, mit der Landschaft verwachsen. Die Tür war nicht abgeschlossen. Hanako machte Licht. Wir zogen unsere Schuhe auf dem Steinfußboden aus; das spiegelblanke Holz des Korridors glänzte. Die üblichen Schiebetüren trennten die Räume. Das Reispapier hatte an manchen Stellen Risse, die Bodenmatten waren gelb vor Alter. Eine Stehlampe beleuchtete die Einrichtung: ein schwarzes Klavier, ein niedriger Tisch mit einem Wachstuch, ein elektrischer Heizofen. Die Türen der Einbauschränke waren aus Pappe, mit Löchern versehen; man steckte die Finger in die Löcher, um sie zu öffnen. An den dunkelbraunen Wänden hingen alte Fotografien. Sie zeigten Männer und Frauen in traditionellen japanischen Gewändern. Sie glichen sich ganz auffällig, besonders die Gesichter. Alle waren gleichförmig, die Blicke ausdruckslos und fern, eine Verschmelzung in Perlweiß und Grau, grobkörnig und undeutlich wie die Vergangenheit. Daneben waren mit Reisnägeln Kalenderbilder befestigt. Der Eiffelturm. Das Weiße Haus. Das Taj Mahal. Grellbunte Farbkleckse, schon verblichen. Zeitschriften und Strickzeug lagen in einem Korb. Der kleine, geschlossene Altarschrein war in Schwarz und Gold gehalten. Er stand auf einem Spitzendeckchen auf einer Kommode. Die Kerzenleuchter glänzten, und eine schöne Vase war mit einem lockeren Strauß kleiner gelber Dahlien gefüllt. Ich nahm einen Geruch wahr, weder angenehm noch unangenehm, nach Weihrauch, Kampfer und vergilbten Zeitungen; einen Geruch nach Einsamkeit und Alter.

»Setz dich ruhig hin, Großmutter«, sagte Kunio. »Ich mache Tee.«

»Danke, Kunio-chan.«

Die alte Dame gab ihm den Kosenamen, den die Kinder im Rahmen der Familie behalten, auch wenn sie längst erwachsen sind. Sie zog Sitzkissen unter dem Tisch hervor; wir setzten uns. Hanako lächelte mit zitternden Mundwinkeln, nahm meine Hände und streichelte sie. Ihr Atem ging schnell und keuchend. Ich erwiderte ihr Lächeln, immer am Rande der Tränen.

Ich erzählte ihr, wie Lea von der Besucherin erfahren hatte, die eine Schwertlilie auf das Grab meiner Großmutter legte. Hanako nickte. Ja, sie sorgte mit einer angemessenen Summe dafür, daß das Grab gepflegt wurde. Nein, ihr Name wurde nicht registriert, die Spende blieb anonym. Und an Iris' Todestag vollzog sie die »Erinnerungs-Besprengung«, indem sie, im Gedenken der Verstorbenen, mit einem kleinen Schöpfer etwas Wasser über den Grabstein goß.

Sie versteckte ihre Hände beim Sprechen. Warum nur? dachte ich. Ihre Hände waren so zärtlich. Die verwachsenen Fingerglieder bemerkte nur, wer aufmerksam hinsah. Die Zuneigung für sie verwirrte mich. Gefühle gerieten aus der Kontrolle, Bilder tauchten vor meinen Augen auf und verschwanden wieder. Ich tastete mich von Empfindung zu Empfindung, sprach von Leas Nachforschungen. Hanako zeigte kein Erstaunen.

»Ich habe auch nach ihr gesucht. Jahrelang.«

Sie erinnerte sich an Leas Mädchennamen: von Steinhof. Nach dem Krieg hatte sie sich mit dem deutschen und polnischen Außenministerium in Verbindung gesetzt. Man schrieb ihr, daß die Unterlagen im Krieg vernichtet wurden; daß die Familie nicht mehr ausfindig gemacht werden konnte.

»Ich gewann den Eindruck, daß die Beamten es laufen ließen. Die Form wurde gewahrt oder der Anschein, gewissenhaft die Sache untersucht zu haben. Das war alles. Für sie war der Fall bedeutungslos.«

Sie sprach ganz sachlich. »Siehst du«, sagte ich zu Kunio, »bei Lea war es vermutlich nicht anders.« Er brachte drei Schalen Tee, setzte sich zu uns, schwieg nachdenklich. Sein Blick wanderte abwechselnd von mir zu Hanako. Dann sagte er:

»Wäre es denkbar, daß Lea am falschen Ort gesucht hat? Daß sie nicht darüber informiert war, daß unsere Familie aus Nagasaki stammte? Was sagst du dazu, Obaa-chan?«

Sie zuckte leicht zusammen, antwortete zuerst nichts. Wir warteten. Sie legte zwei Finger an die Lippen.

»Am falschen Ort? Du meinst, in Kobe?«

»Es ist nur eine Vermutung,« sagte Kunio. »Aber sie will mir nicht aus dem Kopf.«

Sie rieb sich die Schläfen. Sie wirkte plötzlich sehr unruhig, fast konfus.

»Ich ... ich kann es nicht sagen. Nicht nur, daß Iris krank war ... wir konnten uns ja kaum verständigen. Bis uns Mutter ihr deutsch-japanisches Wörterbuch gab. Japanische Ärzte fassen ihre Sprechstundenkarteien in deutscher Sprache ab, wußtest du das, Ruth?«

Ich schüttelte den Kopf. Nein, woher auch?

»Da machten wir schnelle Fortschritte«, sagte Hanako. »Wir erzählten uns alles mögliche und lachten dabei; nie zu laut, wegen der Nachbarn, aber oft bis zum Ersticken. Du weißt ja, wie Mädchen sind. Iris hatte nichts daran auszusetzen. Nein, niemals. Sie sagte, daß man fröhlich sein konnte, selbst im Krieg, daß man es sogar sein mußte. Daß es eine menschliche Pflicht ist, ein Akt des Widerstandes gegen das Böse. Lea und ich verstanden nicht, wie sie das meinte. Aber uns nur anzusehen brachte uns schon zum Lachen. Wir wußten nicht, warum. Wir waren ganz einfach glücklich. Ob ich ihr gesagt habe, daß wir aus Nagasaki kamen ...«

Sie stockte, ihr Blick flackerte verwirrt, auf der Suche nach Bildern von früher.

»Vielleicht ist nur ein einziges Mal zwischen uns davon die Rede gewesen. Vielleicht hat sie es nicht richtig verstanden. Ja, es kann sogar sein, daß ich es ihr nicht gesagt habe ...«

Ihr Gesicht war plötzlich weiß wie Marmor. Sie schloß die Augen vor Schmerz. Kunio sagte, leise und kummervoll:

»Ich dachte mir so etwas.«

Wir tauschten einen Blick. Er hatte recht, alles paßte.

»Es fällt mir schwer zu glauben, daß Lea, hartnäckig wie sie ist, bloß in Kobe und niemals in Nagasaki gesucht hätte. Der Gedanke war ihr einfach nicht gekommen.«

Hanako kniete eine Weile ganz still; schließlich hob sie den Kopf. Ihre Stimme klang plötzlich müde und alt.

»Ich müßte sehr unvernünftig sein, um zu glauben, es sei meine Schuld, aber es fällt mir auch schwer, diesen Gedanken ganz abzuweisen.«

»Trink deinen Tee, Obaa-chan«, sagte Kunio sanft. »Niemand hat Schuld. Nur die Umstände.«

»So lange Zeit ist das jetzt her«, sagte ich.

»Mehr als fünfzig Jahre«, seufzte sie. »Ach, wie das gut tut, der Tee.«

»Und inzwischen sind Sie Künstlerin geworden.«

Es war eine Feststellung, keine Frage. Ich wollte sie auf andere Gedanken bringen. Und irgendwie gelang es mir auch. Das sei später gekommen, erzählte sie. Zuerst sprach sie langsam, als fiele es ihr schwer, die Worte zu finden. Dann wurde sie lebhafter, ihre Wangen bekamen wieder Farbe. Ihre Begabung hatte sie erst entdeckt, als ihre Tochter Akemi in die Schule kam. In der Nachkriegszeit wurde Schönschreiben, das mit dem japanischen Nationalismus zu stark in Verbindung gebracht wurde, von den Amerikanern als Schulfach verboten. Hanako scherte sich nicht um das Verbot; sie unterrichtete ihre Tochter zu Hause. Die Ausführung japanischer Kalligraphie stellt die gleichen Anforderungen wie das Malen von Gemälden. Das Hirn muß ganz leer sein, entspannt. Jedes Zeichen auf dem Reispapier ist ein Weg; ein scheinbar zufälliger Pinselstrich kann alles bedeuten. Zweifel müssen bleiben, Räume für das Imaginäre. Jeder einzelne Strich erfordert unbedingte Sicherheit und Genauigkeit. Hanako bemerkte bald, daß es die beste Übung für sie war. Sie begann, mit intensiver Konzentration Tag für Tag den Pinsel zu führen, trainierte ihre Hand mit unermüdlicher Disziplin. Ihre Arbeiten fanden Beachtung, wurden ausgestellt und gekauft. Nach dem Tod ihres Mannes erteilte sie Privatunterricht und konnte ganz gut davon leben. Sie war überzeugt, daß es nichts Schöneres gab, als den Schriftzeichen Gestalt zu verleihen. Das Wort »Wolke« als Wolke darzustellen, das Wort »Baum« als Baum, das Wort »Wind« als

Wind. Und für abstrakte Begriffe, da gab es keine Begrenzung mehr, weder Raum noch Fläche; da gab es nur die Vision.

»Die Worte erfüllen ihren Zweck, sie werden lebendig. Ist das nicht wunderbar?«

Ich lächelte ihr zu. Sie verharrte in einer Art Entrückung, betrachtete mich wie durch einen Schleier. Plötzlich war ich besorgt um sie. Ihr Gesicht schien schmaler und faltiger geworden. Welches Gleichgewicht in ihr zerrissen sein mochte, konnte ich nur ahnen. Eine Art Hellsicht war über sie gekommen. Sie widmete keine Sekunde der Wiederherstellung ihrer Kräfte, sprach von allem ohne Logik und Folge, so daß es manchmal wie ein Traumstoff klang, zusammenhanglos. Das machte auch Kunio angst; wir tauschten hilflose Blicke. Hanako sagte, daß sie und Lea wie zwei Schwestern gewesen wären. Daß sie nie aufgehört hatte, an Lea zu denken, auch nicht, als sie nach dem Atomblitz erwachte und um sie herum die Höllenfeuer tobten.

»Ich will nicht sterben! Lea wird traurig sein.«

Sie hatte die Worte gestammelt oder geschrien. Und dabei an ihr ungeborenes Kind gedacht. Und mit untrüglicher Sicherheit gewußt, daß es nicht lebensfähig war …

Ihre Rettung verdankte sie einem Kampferbaum. Sie hatte eine Besorgung gemacht und fuhr mit dem Fahrrad nach Hause, als sie einen Straßenhändler sah, der Rettiche verkaufte. In Kriegszeiten war frisches Gemüse eine Seltenheit. Hanako hielt sofort an, lehnte ihr Fahrrad an einen Baum. Sie hatte Glück, daß sie noch ein paar Rettiche bekam, bevor der Korb leer war. Als sie die Lenkstange ergriff, um sich in den Sattel zu schwingen, fiel die Bombe. Es war der 9. August, drei Tage nach dem Abwurf der ersten Atombombe auf Hiroshima. Nagasaki war die Stadt der japanischen Christen. Die Amerikaner hatten die Kathedrale von Uragami als Zielscheibe gewählt. Dort, wo das Gotteshaus stand, sollte die Hölle entfesselt werden.

»Ich hörte nicht viel«, sagte Hanako, »nur ein rauschendes Brodeln. Mit einem Mal war der Himmel mit goldenen Pfauenaugen übersäht. Die Erde hob sich, die Gebäude stürzten ein. Die Druckwelle schleuderte mich zu Boden; ich stieß mit dem Kopf an den Straßenrand; alles wurde still und schwarz. Ich lag bewußtlos, vermutlich nicht lange. Das völlige Dunkel wurde heller, begann zu schimmern. Nach Atem ringend, kam ich wieder zu mir, blickte zum Baum hinauf. Das Licht fiel schräg durch die zitternden Zweige und sah aus, als ob es durch den dünnen Schleier zwischen den Dimensionen sickerte. Ich hatte das Gefühl, mein Gehör sei mit Watte verstopft. Bitterer, ekliger Staub, der nach Heizkessel schmeckte, drang mir in Mund und Nase. Ein Hustenanfall zerriß mir fast die Brust. Blut floß aus meinen Ohren. Als ich mich aufrichtete, sah ich Menschen unbekleidet am Boden kriechen. Ich merkte nicht sofort, daß die Haut wie abgeschält an ihren Körpern hing. Ich selbst war an Armen und Schenkeln verbrannt, aber die Baumkrone hatte die tödlichen Strahlen gemildert. Im Fallen hatte ich die rechte Hand ausgestreckt; sie war ungeschützt geblieben. Jetzt besah ich diese Hand mit großer Verwunderung. Die Hand blutete kaum, aber die Haut löste sich ab. An den Sehnen und dem eingeschrumpften Fleisch klebte Staub. Im Schockzustand sendet das Gehirn Endomorphine aus, ein natürliches Betäubungsmittel. Der Schmerz war nicht groß; es war eher eine Art Jucken. Die richtigen Schmerzen setzten erst allmählich ein …«

Hanako starrte vor sich hin, mit leeren Augen. Sie schien plötzlich klein, weißhaarig, zusammengesunken.

»In den ersten Sekunden kamen zwanzigtausend Menschen ums Leben. Darunter auch meine Mutter. Das Gebäude der Gesundheitsbehörde war in Flammen aufgegangen. Die Zahl der Opfer – in den Stunden und Tagen danach – betrug hundertfünfzigtausend. Aber das erfuhren wir erst später …«

Lastendes Schweigen. Hanako holte tief Atem. Wenn sie nicht redet, wirkt sie todmüde, dachte ich. Ihre Lippen waren grau, sie hielt die Augen geschlossen. Das Ganze mußte ein Schock für sie gewesen sein. Für mich war es jedenfalls einer. Wortlos faßte ich nach ihrer verstümmelten Hand, legte sie an meine Wange; ihre Hand war kalt, vermutlich schlecht durchblutet. Ihr Schmerz hüllte mich ein, trug mich zu ihr; ich wußte nicht, ob nur der alte Schmerz wiederkam oder ob sie jetzt einen neuen erlebte, durch mich. Fragen konnte ich nicht mehr, Kunio auch nicht, wir sehnten uns nach einem schnellen Ende des Gesprächs. »Kanntest du diese Geschichte?« fragte ich Kunio mit den Augen. Er schüttelte stumm den Kopf. Wir seufzten beide. Da öffnete sie die Augen.

»Ich habe über diese Dinge nie gesprochen.«

Kunio sagte mit ruhiger Stimme:

»Manchmal ist es gut, mit jemandem zu reden.«

Sie blinzelte überrascht.

»Das ist wahr«, erwiderte sie, mit kindlichem Blick.

Ich war sehr besorgt und voller Liebe zu ihr. Ich sagte:

»Sie sollten sich etwas hinlegen.«

Sie drückte leicht meine Hand.

»Warte bitte einen Augenblick, ich muß dir etwas geben.«

Sie stützte sich auf den Händen ab. Kunio half ihr, sich aufzurichten; sie verließ mit unsicheren Schritten den Raum. Wir sahen uns an, im flackernden Lampenlicht. Kunio sagte:

»Es war hart für sie.«

Ich biß mir auf die Lippen.

»Hätte ich das gewußt …«

Er schüttelte den Kopf.

»Nein. Mir scheint, daß sie sich jetzt wohler fühlt. Sie schleppte das ganze Zeug mit sich herum, schon jahrelang.«

Ich erzählte, daß Lea kaum anders war.

»Sie redet fast nie von den Kriegsjahren. Solche Erinnerungen erschüttern. Lea will nicht erschüttert werden. Nur der Name von Hanako war mir vertraut. Von den Judenverfolgungen reden andere. Sie nicht.«

Er legte seine Hand auf die meine.

»Es ist seltsam, wie solche Dinge entstehen.«

Ich preßte seine Finger.

»Ich habe keine Erklärung, Kunio. Etwas ist eingetroffen, was logisch nicht denkbar war. Ich habe mich oft gefragt, wer diese Hanako eigentlich war, die so viel Anteilnahme und Begeisterung erweckte. Eine Zeitlang dachte ich sogar ...«

Ich stockte. Er fragte:

»Was denn?«

»Daß Lea sie erfunden hatte. Bei ihr ist vieles unecht, eine Pose. Sie kultiviert diese Eigenschaft; sie mag es, wenn man sie interessant findet. Und jetzt habe ich Hanako gefunden! Sie ist deine Großmutter, du bist ein Teil von ihr. Wie soll ich das benennen? Zufall? Schicksal?«

Er lächelte.

»Es hat wohl etwas mit uns zu tun.«

»Wir sind miteinander verstrickt, so kommt es mir vor. Gefangene in einem Netz.«

Schritte schlurften über die Matte. Hanako bewegte ihre Füße sehr vorsichtig, als ob sie ihre Kräfte schonte. Sie war ziemlich lange weggeblieben. Sie hielt ein Schulheft in der Hand, ziemlich umfangreich, mit verblichenem lila Papier eingebunden. Unbeholfen sank sie auf die Fersen, übergab mir das Heft mit beiden Händen. Ich warf ihr einen fragenden Blick zu; sie jedoch blieb stumm. Ich schlug das Heft auf. Jede Seite war mit einer engen, gut leserlichen Schrift bedeckt. Mir stockte der Atem: Es war Leas Schrift, kindlicher, akkurater, aber kaum anders als heute.

Ein dünner Umschlag fiel aus dem Heft; Hanako nahm ihn und legte ihn auf die Seite. Ein kleines Lächeln zuckte um ihre Mundwinkel.

»Damals in Kobe schrieb Lea ihre Erinnerungen auf. Schreibwaren waren knapp, aber ich gab ihr ein Schulheft. Der Füllhalter stammte von meinem Vater. Lea sagte, sie habe so viel erlebt, so viel Schreckliches, aber auch so viel Gutes, daß sie es aufschreiben wollte, bevor sie es vergaß. Sie schrieb täglich, während ich in der Schule war oder meiner Mutter in der Praxis half. Nachdem Iris gestorben war und Lea mit dem Schiff nach Amerika fuhr, gab sie mir das Heft. Sie hatte Angst, es auf der Reise zu verlieren. Ich sollte es für sie aufbewahren, bis der Krieg vorbei war ...«

Hanako holte Atem und fuhr fort:

»Ich habe Leas Tagebuch nie gelesen, Ruth. Nicht nur, weil ich das bißchen Deutsch, das ich konnte, im Laufe der Jahre vergessen habe, sondern weil diese Dinge nicht für mich bestimmt waren. Ich hatte kein Recht, einen unerlaubten Blick in das Herz einer Freundin zu werfen. Aber das Heft war immer da und wartete auf sie.«

In mir war ein seltsames Gefühl, wie Fieber. Ich blätterte mit zitternden Fingern die Seiten um. Rauh stieß ich hervor:

»Sie hat immer noch die gleiche Schrift ...«

Hanakos Hände tasteten nach dem Umschlag. Er war nicht zugeklebt. Einige alte Schwarzweiß-Fotografien, sorgfältig in Seidenpapier eingewickelt, kamen zum Vorschein.

»Meine Mutter hat sie aufgenommen«, sagte Hanako.

Sie faltete behutsam das Seidenpapier auseinander, reichte mir drei Fotos. Zwei Bilder zeigten Lea. Sie saß auf der Außentreppe eines Holzhauses – offenbar in Japan. Meine Kehle wurde eng. Ich war ihr wie aus dem Gesicht geschnitten. Damals, als sie vierzehn Jahre alt war, sah man es: die gleiche Gesichtsform, das lockige Haar; sie war feingliedrig wie ich, mit dem Unterschied, daß ihre Zartheit aus Entbehrung kam. Ihr Körper war eckig, abgemagert, ihre Waden waren zu dünn, ihre Knie spitz. Auch die Proportionen stimmten nicht mehr: Die Menschen ihrer Zeit waren anders gebaut, die Beine waren kürzer, die Becken breiter. Auf dem zweiten Bild sah man sie mit einer jungen Japanerin, Hanako. Beide Mädchen saßen dicht nebeneinander auf der Treppe. Hanako trug eine weiße Bluse, dazu eine Art Pluderhose, dunkel und weiß gemustert. Ihr Haar war gescheitelt, mit einer Spange seitwärts gehalten. Ihre Stirn war breit und glatt, die Nase gerade, die Lippen weich und schön geschwungen. Die tiefschwarzen Brauen liefen in Spitzen aus. Ein Mädchengesicht von damals, lieblich, zutraulich, arglos. Mir blieb noch ein letztes Foto anzusehen; dieses war vergilbt und zerknittert. Das Foto war nicht in Japan aufgenommen worden, sondern in einem deutschen Fotostudio. Der Name stand auf der Rückseite des Bildes, mit einem

Datum: Münster, Juli 1932. Es zeigte eine junge Frau in einem Lehnstuhl. Ihr Kleid war weiß, schlicht, mit einem viereckigen Ausschnitt. Als Schmuck trug sie nur den Ehering und eine dünne Kette mit einem ovalen Medaillon, beides auf dem Bild kaum sichtbar. Es war damals üblich, daß die Porträts retuschiert wurden, auch dieses. Dadurch wurde die Besonderheit der Gesichter nicht zurückgenommen, sondern trat deutlich hervor. Das Antlitz dieser Frau war außergewöhnlich klar; eine vollkommene klassische Schönheit. Das Bemerkenswerteste an ihr war das Haar, eine geschmeidige, hellblonde Fülle, geflochten und zu einer Zopfkrone aufgesteckt. Sie hielt den Rücken sehr gerade, die Hände locker auf den Knien gefaltet.

Ein Mann in deutscher Offiziersuniform, stehend, hatte die Hand auf die Lehne des Stuhls gelegt. Er hatte ein ernstes Gesicht, mit hohlen Wangen, einer schmalen Nase. Seine Lippen waren fest zusammengepreßt, seine Augen hell unter buschigen Brauen. Iris und Thomas von Steinhof: meine Großeltern. Es war das erste Bild, das ich von ihnen sah.

Daß ich weinte, merkte ich erst, als ich einen Tropfen auf dem alten Bild sah. Ich wischte ihn behutsam weg. Die Zeit machte einen Bogen; ich kehrte zu den Anfängen zurück. Zu der Kindheit und weit darüber hinaus, zu den Vorfahren. Verwirrt sah ich, wie Hanako ein Schmucktäschchen aus blauem Seidencrêpe öffnete. Klein war es, alt und verschlissen. Hanako nestelte behutsam die winzige Kordel auf, nahm etwas heraus, legte es stumm in meine klebrige Handfläche. Ich erblickte eine Kette mit einem Anhänger, oval, nicht viel größer als ein Daumennagel, doch aus schwerem, wertvollem Gold. Ich blinzelte; mein Herz klopfte stürmisch. Das Schmuckstück trug eine Gravur, wie es zu Anfang dieses Jahrhunderts Mode gewesen war. Jugendstil nannte man diese Ausführung. Sie zeigte ein Blumenmuster: eine Schwertlilie. Ich drehte den Anhänger um. Auf der Rückseite war in verschnörkelter Schrift ein Name eingraviert: Iris.

# 23. Kapitel

*Kobe, September 1941*

Ich schlafe gut in Kobe, obwohl ich auf dem Boden, auf einer Art Matratze, liege. Das Kopfkissen ist steinhart, inzwischen bin ich daran gewöhnt. Das Haus hat vier kleine Räume; der größte Raum ist das Badezimmer, weißgekachelt, mit einem Bassin in der Ecke, das mindestens vier Badenden Platz bietet. Seltsam. Es ist fast stets mit beinahe kochendem Wasser gefüllt; bevor man hineinsteigt, wäscht man sich in einem Becken. Ich gieße drei Eimer kaltes Wasser und einen Eimer aus dem Bassin hinein, sonst werde ich krebsrot und schlapp wie ein Waschlappen. Gleich neben dem Badezimmer liegt die Toilette; es gibt weder eine Sitzmöglichkeit noch eine Wasserspülung, bloß ein Loch im Boden. Es stinkt, aber alles ist peinlich sauber, und neben dem Loch steht eine Vase mit Blumen. Der Nachtmann kommt einmal wöchentlich und leert den Kübel. Alle Zimmer sind mit Binsenmatten ausgelegt. Möbel gibt es kaum: Im Wohnzimmer gibt es nur eine kleine Bücherwand, Sitzkissen und ein paar Eßtischchen, die man hinstellt, wo man will. Hanako und ihre Mutter – sie heißt Fumi – haben einen Schreibtisch; niedrige weiße Tische, mit Büchern und Federschalen darauf. Keine Stühle; beide knien auf Kissen aus geflochtenem Stroh. Sie besitzen auch ein Grammophon, mit Platten. Aber Musik dürfen wir nur ganz leise hören, es ist Krieg. In einem Alkoven befinden sich ein Rollbild und eine Blumenvase. Das Bild zeigt – wie lustig – einen nassen Frosch auf einem Blatt.

Ich sehe jedesmal zu, wenn Hanako die Blumen auswechselt. Sie verteilt die Blumen in einer Weise, daß sie einander ergänzen und eine Art Gemälde bilden. Die Betten werden jeden Morgen auf dem kleinen Balkon ausgelüftet; abends duften sie angenehm frisch. Betritt man ein japanisches Haus, zieht man zuerst die Schuhe aus, das erleichtert das Saubermachen sehr. Das Haus ist alt, sagt Hanako. Wir legen uns auf den Fußboden und starren an die Decke. Die Bretter sind aus ausgesuchtem Holz, in das die Jahreszeiten phantastische Muster zeichneten. Auch für die Wandbekleidung wurden schöne, matte Hölzer gewählt, manche sogar noch mit Baumrinde. Hanako verfolgt mit der Hand die Maserung und sagt: »Wolken«. Ich sage: »Wellen!« Hanako sagt: »Ein alter Mann!« Ich sage: »Eine alte Frau!« Wir lachen; ich lerne dabei neue Wörter. Heute morgen, bei Tagesanbruch, wurde ich plötzlich wach: Der Boden schaukelte; mir schien, daß jemand an der Matratze zog. Ich hörte ein leichtes Rumpeln, ein Klirren. Als ich mich aufrichtete, sah ich, daß Hanako die Augen offen hatte. Ganz ruhig lag sie da und horchte. Ich blickte sie verstört an. Wir hatten unsere eigene Sprache entwickelt: ein oder zwei Wörter, ein halber Satz, den wir durch Mimik und Gebärdenspiele ergänzten. Wir waren bald sehr geschickt in dieser Sache.

»*Jishin!*« sagte Hanako.

Ein neues Wort. Ich wiederholte es fragend. Sie zeigte auf den Fußboden, bewegte die Hand hin und her. Ich verstand: ein Erdbeben.

»Oft?«

»Manchmal!«

»Gefährlich?«

Ihr Mienenspiel zeigte es: Doch, es konnte gefährlich werden. Sie zog die Stirn kraus, lauschte. Nach einer Weile glättete sich ihr Gesicht. Sie lächelte mir beruhigend zu.

»Vorbei.«

Ich legte mich auf die flache Matratze zurück.

»Ich habe keine Angst. Krieg ist schlimmer.«

Sie verstand das Wesentliche. Sie nickte.

»*Shigata nai*«, seufzte sie, »da ist nichts zu machen.«

Ich drehte mich auf die andere Seite. Im Nebenzimmer war alles ruhig. In der Nacht hatte Iris vor Schmerzen laut gestöhnt. Fumi hatte ihr Tropfen gegeben, irgendein Beruhigungsmittel. Jetzt schlief sie tief.

Heute morgen habe ich begonnen, über uns zu schreiben. In Polen hatte ich es nicht gewagt. »Schreibe nichts auf! Man weiß nie, wer das lesen wird«, hatte mich Iris gewarnt. Hier fühle ich mich sicher. Sobald es Iris wieder gutgeht, reisen wir weiter, nach Amerika. Inzwischen schreibe ich, für mich selbst, ohne Richtlinie oder Mittelpunkt. Ich schreibe über Dinge, die schmerzen, bevor die Wunden heilen und die Erinnerungen verblassen. Ich muß es jetzt tun; ich komme nicht zur Ruhe, es verlangt mich danach. Später werde ich nicht mehr daran denken wollen; es soll vergessen werden, nie gewesen sein. Nur ein Name wird bleiben, in einem Bereich, tief in mir, für andere unzugänglich. Keiner wird wissen, was dieser Name für mich ist – bleiben wird –, der Name eines Menschen, von dem ich nur ahnen konnte, wer er in Wirklichkeit war. All diese Dinge muß ich packen, pressen, in Worte verwandeln. Worte, die meine Existenz auf der anderen Seite des Lebens verkörpern. So knie ich jetzt auf dem Strohkissen vor Hanakos Schreibtisch, obwohl mir das Stillsitzen schwerfällt und mein linkes Knie schmerzt. Ich schreibe und schreibe und kann nicht mehr aufhören. Ich werde wohl Tage und Nächte damit zubringen. Ich werde mich in alte Vorstellungen vertiefen, in Alpträumen wühlen und manchmal sogar schreien. Hanako sieht mich an. Ihr Gesicht ist traurig. Aber sie weint nicht: sie lächelt mir zu. Das gibt mir Mut. Die Angst, die ich früher kannte, ist vorbei. In dieser Angst will ich nie mehr leben.

Irgendwie begann alles, als sie meinen Vater verhafteten. Die Nazis waren schon fünf Jahre an der Macht, aber man hatte ihn in Ruhe gelassen. Er war Offizier, aus angesehener Familie: Sein Vater, Franz von Steinhof, war in Münster Oberster Richter. Meine Eltern hatten sich 1928 kennengelernt. Iris Linder kam aus Polen, aus Danzig. Sie war zu Besuch bei einer

Tante, die einen Deutschen geheiratet hatte und goldene Hochzeit feierte. Thomas – mein Vater – war ein Neffe dieses Deutschen. Für ihn und Iris war es Liebe auf den ersten Blick. Daß Iris Jüdin war, erfuhr Thomas erst nachträglich. Ihr Vater war Inhaber einer Buchhandlung; eine kleine Druckerei und eine Buchbinderei gehörten dazu. Vierzig Angestellte. Das Unternehmen war im Besitz der Familie seit drei Generationen. Die Linders waren aufgeklärt, intellektuell. Iris hatte einen Bruder, Amos, der vier Jahre jünger war. Amos, sagte man, war das schwarze Schaf der Familie. Als man ihm an der Bar Mizwa die traditionellen Gebetsriemen um die Stirn und den linken Arm binden wollte, hatte er sich gesträubt und einen Skandal verursacht. Seitdem hatte er nie mehr einen Fuß in die Synagoge gesetzt. Einmal, als wir bei den Großeltern zu Besuch waren, sagte er: »Im Grunde ist Gott die schlaueste Erfindung der Menschheit. Da niemand beweisen kann, daß es ihn nicht gibt, müssen alle so tun, als ob er existieren würde.« Er lachte dabei schallend. Es war ausgerechnet am Sederabend, als wir Gäste hatten. Die Kerzenleuchter brannten, man hatte das silberne Service aus der Vitrine geholt, die Tischdecke war aus Damast. Großvater hatte die Haggada vorgelesen. Jetzt saß die Tischrunde wie versteinert. Ich bekam einen Lachkrampf, weil alle so entsetzte Gesichter machten. Mein Löffel fiel in die Hühnerbouillon, Tropfen spritzten auf die Decke und auf mein Spitzenkleid. Die Oma schüttelte tadelnd den Kopf. »Aber Lea! So benimmt sich kein gut erzogenes Mädchen.« Amos zwinkerte: »Lea und ich sind immer gleicher Meinung.« Das rief noch mehr Mißbilligung hervor. Meine freudige Zustimmung: »Aber ganz bestimmt!« wurde meiner kindlichen Unwissenheit zugeschrieben und gnädig überhört.

Amos war ein Provokateur, das mochte ich so an ihm. Ich fühlte, daß wir von der gleichen Art waren; aus verschiedenen Gründen traute ich mich noch nicht, meinem Wesen freien Lauf zu lassen. Alles war bei mir in der Schwebe, aber es war bloß eine Frage der Zeit.

Aus dem Verzeichnis der Universität ging hervor, daß Amos

unter den Absolventen einer der Besten war. Seine Mutter war stolz auf ihn, der Vater sagte nichts; er wollte seine Autorität wahren. Zeigte er Anerkennung, fiel ihm ein Zacken aus der Krone. Amos selbst stellte das Ganze als amüsanten Spaß hin. Er hatte zwei dünne, weiße Narben auf der rechten Wange. Iris erzählte mir, daß er in einer »schlagenden Verbindung« war. Ich fand es aufregend, daß er Duelle austrug. Die Narben standen ihm gut; er sah hochmütig und verwegen aus, wie ein Pirat.

»Ja, das finden auch die Frauen«, seufzte Iris und lachte dabei. Daß seine Affären in Danzig Stadtgespräch waren, erfuhr ich erst später, von Tante Hannah. Eigentlich sah ich Amos nur selten, zwei- oder dreimal im Jahr. Sonderbar, daß ich so viel an ihn dachte. Als ich zehn war, sagte er mir, ich sollte den »Onkel« weglassen, ihn einfach nur Amos nennen, was mich ungeheuer stolz machte. Ich muß von ihm erzählen, weil er ein Teil von mir geworden ist. Spreche ich von ihm, spreche ich auch von mir. Er erzählte mir tausend Geschichten, spannende und nachdenkliche, witzige und phantastische. Geschichten von Mythen und Gestirnen, von Tieren und Pflanzen; vom Stein der Weisen, von der Kraft der Intuition, von Shakespeare und Kopernikus, von Olympe de Gouges und Theodor Herzl. Er hat mir die Welt beigebracht. Seine Worte sind mir entfallen. Doch sein Gesicht sehe ich noch, manchmal ganz plötzlich, aus dem Gedächtnis heraus. Die Zeit geht dahin, ich weiß nicht, wie lange ich es noch in mir bewahren kann. Ich habe ja kein Foto von ihm. Nichts, außer dem Streichholz. Die Geschichten aber sind da; sie bilden den Hintergrund zu dem, was ich sein kann, falls ich nicht vorher sterbe. Wovon ich damals nichts ahnte, war die Natur der Gefühle, die mich heimsuchten, wenn er mich ansah oder mich neckte; wenn wir radfahren, schwimmen oder picknicken gingen, und im Winter Schlittschuhlaufen. Die Gefühle waren einfach da, schon immer. Denke ich an Amos, denke ich an sein Lachen, an die Straffheit seiner Muskeln, wenn er mich in die Arme nahm und zum Spaß in die Luft hob. Das Schicksal oder geheimnisvolle Kräfte hatten zwischen uns Bande gelegt. Das bilde ich mir nicht ein, es war wirklich so. Und wird auch ewig bleiben.

Beide – Amos und Iris – hatten etwas ganz Besonderes an sich. Beide bezauberten durch ihren Charme oder erweckten Unruhe, entweder man liebte sie über alle Maßen, oder man verabscheute sie. Iris hatte wundervolles Haar, klare Nixenaugen und das gleiche Lachen wie ihr Bruder, heiser, schelmisch, unnachahmlich. Sie erzwang nie etwas; sie tat das, was sie wollte, ganz ruhig und entschieden. Ihre Eltern waren gegen eine Mischehe; sie lamentierten, als Iris zum katholischen Glauben übertrat. Iris stellte sie vor vollendete Tatsachen. Die Trauung fand in der Überwasserkirche in Münster statt. Es wurde, wie Amos erzählte, eine »rauschende Hochzeit«. Ich lauschte dem Geräusch nach, das dieses Wort in mir verursachte. Ich sagte zu ihm: »Ich kann es hören«, und wir lachten beide. »Du bist meine Komplizin«, sagte er. Mit mir konnte er über alles spotten, ohne daß ich daran Anstoß nahm, vermutlich, weil ich die Dinge nur halb oder überhaupt nicht verstand. Ich tat so, als ob ich alles verstand.

Mein Vater war Rechtsanwalt und hatte in Hamburg studiert. Während seiner Studienjahre war er mit Carl von Ossietzky, dem späteren Herausgeber der Wochenzeitschrift »Die Weltbühne«, befreundet gewesen. Die Hauptakteure erbitterter Debatten über die vom Nationalsozialismus ausgehende Gefahr waren häufig genug Gäste in Ossietzkys Studentenbude. Thomas gehörte dazu. Später hatten beide Männer nur selten Kontakt; geblieben war, bei Thomas, eine stille, aber beharrliche Abneigung gegen jede Form von Diktatur. Von Ossietzky wurde 1931 wegen Verrats zu achtzehn Monate Gefängnis verurteilt, wurde aber bald wieder freigelassen. Zwei Jahre später war der Brand des Reichstags; Hitler kam an die Macht. Jahre danach erzählte mir Iris, mein Vater habe damals zu ihr gesagt: »Dies ist das Ende unserer Welt, fürchte ich, Iris.« Lieder, Ansprachen und Fackelumzüge erzeugten übereifrige Begeisterung, riefen gefährliche Ausbrüche hervor. Alle mußten mitmachen, niemand sollte zu Hause bleiben.

Die Menge gehorchte; ihre Seelen waren dem Augenblick ergeben. Die Atmosphäre wurde argwöhnisch, bedrohlich. Unsere Verwandten in Danzig sahen wir nicht mehr. Briefe wurden nur noch selten getauscht. Mir wurde verboten, von ihnen zu sprechen. Zur Sicherheit, sagte mein Vater. Amos war weit weg von mir. Die Zauberschleier waren zerrissen; jetzt merkte ich, wie schwierig und schrecklich das Leben ist. Darüber hatten wir niemals gesprochen. Lange, leblose Momente vor dem Fenster brachten Furcht. Überall im Land tobten Einschüchterung und Gewalt. Tatsachen, Phantasien und Antipathien, unentwirrbar mit politischen Zielen vermischt, erzeugten Feindschaft und Haß. Ein falscher Satz, mit leicht erhobener Stimme gesprochen, konnte eine Familie ins Unglück stürzen. Die Braunhemden hatten ihre Augen und Ohren überall: Durchsuchungen, Enteignungen und Festnahmen waren an der Tagesordnung. 1935 wurde den Juden die Staatsbürgerschaft genommen. Schlägertrupps marschierten durch die Straßen; jüdische Geschäfte wurden geplündert, Häuser in Brand gesteckt.

Iris war sehr ruhig – wohl hauptsächlich wegen ihres starken Vertrauens in ihren Mann. Thomas hatte ihr genaue Anweisungen gegeben, Geld für sie auf ein besonderes Konto gelegt. Sie sollte, wenn ihm etwas passierte, unverzüglich Deutschland verlassen. Eine Kusine von ihm lebte seit dreißig Jahren in Paris. Wir kannten sie durch Briefe und Fotos. »Ihr könnt bei Anna wohnen, bis sich die Dinge zum Besseren wenden.«

Zum Besseren? Ich weiß nicht, ob er selbst irgendwelche Hoffnung hegte. Er nahm sich die Freiheit, nicht mitzumachen, zog sich zurück, wurde immer stiller. Ich ging zur Schule. Das, was ich dort lernte, gefiel mir nicht. Amos' Geschichten waren interessanter. Ich empfand Langeweile, Gleichgültigkeit. Da wir katholisch waren und jeden Sonntag in die Kirche gingen, kam ich nicht auf die Judenbank, wie zwei andere Mädchen.

Daß ich Tänzerin werden wollte, wußte ich schon als Kind.

Als ich fünf war, ging ich mit meiner Mutter ins Theater. »Ein Wintermärchen« hieß das Stück. Da traten Mädchen als Schneeflocken auf. Ich war fasziniert. Iris hatte danach immer wieder beobachtet, wie ich auf Zehenspitzen vor dem Spiegel herumtrippelte. Als Kind hatte sie selbst Ballettstunden gehabt, und so schickte sie mich zu Dore Stein in den Unterricht. Dore Stein war Primaballerina beim Ungarischen Staatstheater gewesen. Ihre Ballettschule war in Fachkreisen bekannt. Als die Nazis an die Macht kamen, wurde Dore Stein ersucht, ihren Schülern das »biologische Tanzdenken« beizubringen, sie nach der »Erb- und Rassenlehre« zu unterweisen. Dore Stein weigerte sich. Die Schule wurde geschlossen. Es hieß, Dore Stein sei ins Ausland gegangen. Fortan übte ich zu Hause; meiner Mutter war das lieber. Ich tanzte zu den Klängen von Béla Bártok, Anton von Webern und Maurice Ravel. Mein Lieblingsstück war Schuberts »Der Tod und das Mädchen«. Ich hörte diese Platte immer wieder. Ich war von ihr besessen. Viele Dinge gingen mir dabei durch den Kopf. Eines Tages war die Platte nicht mehr da. »Ich konnte sie nicht mehr hören«, sagte Iris. Statt dessen kaufte sie mir »Ein Walzertraum«.

Zeitweise bohrte sich ein entsetzlicher Lärm in den Himmel, eine Stimme dröhnte, die Scheiben klirrten. Ich sah nur einen Mund, der sich vervielfachte, sich über mich erhob und hängenblieb, wie ein schwarzes Loch in der Luft. Wenn Hitler redete, schloß Iris sämtliche Fenster, stellte die Musik laut; ich rollte den Teppich zurück, schob alle vier Sessel auf die Seite und tanzte. Ich tanzte zu den Klängen des »Walzertraums«, bis die Lautsprecher schwiegen. Unvermittelt war die Stimme weg; eiskalte Ruhe kehrte ein. Die Straßen füllten sich mit Schritten, Haustüren fielen ins Schloß, Kinder spielten Ball, Straßenbahnen klingelten. Das Leben spulte sich ab, wie ein hektisches Flimmern auf der Leinwand.

Damals begann ich, von der Insel zu träumen; eine Insel im Meer, regenbogenfarbig, schwebend wie eine Qualle. Ich schwamm in höchster Angst. Die Wellen trugen mich; ich erreichte ein Ufer, wo Schwertlilien wuchsen. Die Knospen schimmerten lila und weiß. Ich konnte sehen, wie die Blüten hervorbrachen, zart wie Seide, sich kräuselten und entfalteten. Aus jeder Blume sprangen Lichter, nacheinander wie im Flug, schimmerten in funkelnden Kaskaden, so weit das Auge reichte.

»Wie schön du träumen kannst«, sagte Iris.

Der Traum kam oft wieder; er ist immer noch in meiner Erinnerung. Einmal begegnete mir Amos in den Wellen. Wir umarmten uns mit großer Innigkeit, in einem Universum von blauer Phosphoreszenz. Die Wasser waren warm, wir lösten uns ganz darin auf. »Ich kann nicht weiter, mein Knie schmerzt«, sagte er plötzlich. »Ich muß fort«, seufzte ich und schwamm allein auf die Insel zu, der Blumenpracht entgegen. Am nächsten Morgen, beim Frühstück, war ich nachdenklich.

»War es kein schöner Traum?« fragte Iris.

Ich schüttelte den Kopf.

»Ich weiß es nicht mehr.«

Carl von Ossietzky galt als Verräter. Er wurde zuerst in Spandau, dann in Papenburg-Esterwegen inhaftiert. 1936, bereits schwer erkrankt, erhielt er den Friedensnobelpreis. Man verweigerte ihm die Ausreise nach Oslo, wo er den Preis in Empfang nehmen sollte. Hermann Göring stellte ihn vor die Wahl: die Freiheit gegen die Verweigerung des Preises. Carl von Ossietzky ging auf den Handel nicht ein. Er blieb inhaftiert und starb 1938 an Tuberkulose.

Mein Vater war ein vorsichtiger Mann; aber gewissen Freunden hatte er vertraut; zu Unrecht, wie es sich herausstellte. Als Anwalt war er unbestechlich gewesen. Irgend jemand rächte sich, brachte die Geschichte mit Ossietzky ans Tageslicht. Die Gestapo durchsuchte das Haus; man fand einen alten Brief von Ossietzky. Das genügte. Mein Vater wurde in einen Wagen gezerrt; wir sollten ihn nie wiedersehen.

Iris' Paß wurde beschlagnahmt. Zum Glück hatte sie Geld. Sie glaubte, daß sie wohl schwarz über die Grenze kommen könnte. Als sie ihr Guthaben abheben wollte, war das Konto gesperrt. Von oben hatte man »Nachforschungen und gründliche Ermittlungen« angeordnet. Iris wandte sich an die Schwiegereltern. Das Verhältnis war nie besonders herzlich gewesen. Jetzt war der Empfang ausgesprochen frostig. Franz von Steinhof, inzwischen pensioniert, lehnte am Bücherschrank und hielt eine erbitterte Rede. Die Anschauungen seines Sohnes hatten sich als »politisch verwerflich« erwiesen, er sei ein »Feind des Vaterlandes« und habe Kontakt zu »Verrätern« gepflegt. Er hatte alle Hebel in Bewegung gesetzt, um den hirnverbrannten Lümmel wieder freizukriegen. Aber das würde nicht von heute auf morgen erfolgen. Er ließ durchblicken, daß Iris an dem Vorfall nicht unschuldig war. »Eine Frau kann bei einem Mann alles erreichen, im guten oder im schlechten.« Die Schwiegermutter saß in einem gepolsterten Sessel, atmete gepreßt – sie litt an Kreislaufstörungen – und zerknitterte verstört ein Taschentuch. Ihr Kleid war grau, langweilig schlicht; an ihrem Ringfinger funkelte ein Diamant, umgeben von einem Kranz kleiner, sehr reiner Brillanten.

»Obwohl Konvertitin – mit ehrlichem Herzen, mein Kind, das sehe ich wohl ein –, bringst du unsere Familie in zusätzliche Gefahr.« Ihre Augen wurden feucht. Sie bat Iris, von künftigen Besuchen abzusehen. Wir blieben keine zehn Minuten. Tee wurde uns nicht angeboten.

Iris besaß nur wenige verläßliche Freunde. Einer davon war Felix Speyer, der bei der Fremdenpolizei arbeitete. Zu Beginn seiner Beamtenlaufbahn war Speyer in einer Treuhandfirma tätig gewesen. Als er herausfand, daß sein Arbeitgeber Geld in die eigene Tasche steckte, zeigte er ihn an. Der Inhaber klagte auf Verleumdung. Mein Vater übernahm den Fall, brachte Beweise. Speyer wurde freigesprochen, der Treuhänder bestraft. Speyer hatte nie vergessen, was er meinem Vater schuldete. Speyer wußte, daß Iris' Festnahme täglich erfolgen konnte. Da sie mittellos war, schien es am sinnvollsten, daß sie zu ihrer Familie zurückkehrte. Deutschland hatte mit Polen einen Nichtangriffspakt geschlossen. Speyer stellte Iris falsche Papiere aus; sie reiste unter ihrem Mädchennamen und galt als

Witwe. Ich wurde in ihren Paß eingetragen. Von ihrem letzten Geld kaufte Iris zwei Fahrkarten. Am nächsten Tag fuhr ein Zug über Berlin nach Danzig. Wir hatten nur zwei kleine Koffer bei uns. Die Konfusion an den Grenzposten war total, die Behörden überfordert, wir kamen durch.

Das Wiedersehen mit der Familie: die sanfte, spöttische Oma, die so gut Klavier spielte, der apodiktische Opa, von seinen vierzig Angestellten wie Gottvater gefürchtet; Tante Hannah, Omas Schwester, die früher mal hübsch gewesen war, aber nie einen Mann nach ihrem Geschmack gefunden hatte. Und Amos, endlich! Amos, kornblond wie Iris, sonnenverbrannt, mit spöttischen Augen. Er war jetzt dreißig Jahre alt, sah jünger oder älter aus, ganz nach Stimmung. Ich beobachtete ihn, verstohlen und fasziniert, mit einer Mischung aus Dreistigkeit und Herzklopfen. Vor ein paar Jahren hatte er mich seine Komplizin genannt. Und jetzt? Ich war dreizehn, man sagte von mir, sie wird apart werden. Nicht hübsch, nein, apart. Apart war besser. Und auch das Haar, sehr schön, lockig und fast schwarz, mit einem rötlichen Schimmer. Ich frisierte die Locken nie nach hinten, ich wollte, daß sie auf die Schultern fielen, damit man sie gut sah. Amos musterte mich. Er hatte dunkle Brauen, und seine Augen waren hellgrün. Sein Blick war eigentümlich … wie soll ich sagen … vielleicht unverfroren. Mir gefiel das. Auch wenn ihn jetzt andere Dinge zu beschäftigen schienen; er scherzte mit mir, aber nicht mehr so wie früher; er blieb immer etwas fern von mir. Oder bildete ich mir das nur ein? Manchmal glaubte ich, daß er mich nicht mehr mochte. Das verletzte mich auf eine stumme, heftige Art. So begann die Zeit der Entfremdung.

Amos war mager geworden und rauchte jetzt kräftig, sehr starke Zigaretten. Rauchen war in der Familie verpönt. Politik ebenso. Über Politik sprach nur Amos – wenn man ihn reden ließ. Meistens schnitt ihm Opa das Wort ab. »Nicht bei Tisch, Amos, wir essen!« Oma seufzte vorwurfsvoll: »Nicht vor Iris, sie hat schon genug mitgemacht!« Amos zuckte die Achseln, rauchte herausfordernd eine Zigarette nach der anderen, und alle machten finstere Gesichter. Es hieß, er sollte bald die Buchhandlung übernehmen. Inzwischen durchlief er die verschiedenen Abteilungen, bis er »das Geschäft im Griff hatte«. Mit anderen Worten: bis sein Vater – längst über siebzig – geruhte, das Ruder aus der Hand zu geben.

Ich ging wieder zur Schule. Mein Polnisch »ließ zu wünschen übrig«, wie Oma sich ausdrückte, aber ich lernte schnell. Ich hatte auch Ballettstunden, bei einer guten Lehrerin. Sie achtete darauf, daß beide Beine gleichmäßig trainiert wurden, daß ich meine Rückenmuskulatur stärkte. »Sonst bekommst du ein Hohlkreuz, Lea!«

Amos wohnte in einer Junggesellenbude, in einem alten Haus beim Rathausturm. Ich fragte Tante Hannah, warum er nicht mehr bei den Eltern wohnte, das Haus war doch groß genug. Sie machte ein Gesicht, als ob sie an einer Zitrone lutschte. »Er hat oft Damenbesuch.«

Ich war nicht unwissend. Ihre Bemerkung übte keine abschreckende Wirkung auf mich aus. Im Gegenteil. Ich weiß noch, daß es an einem Sommerabend war; alle saßen auf der Veranda, tranken Tee, aßen Kirschkuchen. Der Himmel glühte, Möwenschwärme kreisten über dem Garten. Keiner merkte, wie ich das Haus verließ. Die Altstadt lag ganz nahe; die warme Meeresluft war voller Stimmengemurmel, Küchendünste und Bratenduft. Springbrunnen plätscherten, Tauben gurrten, ein Grammophon spielte Tangomusik. Ein letzter Sonnenstrahl vergoldete den Glockenturm des Rathauses. Ich ging über den Platz, an den hohen Häusern mit Balkonen und prächtigen alten Eingängen vorbei. Niemand sah mich, als ich in eine dieser Haustüren trat. Ich fühlte mich ganz ruhig. Und gleichzeitig von einem merkwürdigen, fieberartigen Rausch gepackt. Niemand war im Treppenhaus, niemand sah mich, wie ich die Stufen hinaufging. Bis ganz hinauf, natürlich. Amos' Name stand auf einem Messingschild. Ich hob die Hand, wollte klingeln. Und erstarrte. Aus dem Zimmer drang ein Seufzen, der regelmäßige Rhythmus eines knarrenden Bettes. Ich preßte ein Ohr gegen das Holz. Mein Herz schlug in meiner Brust; ich war gebannt von diesem Rhythmus, ich war verdammt, ihm zu folgen, ihn herbeizuwünschen, ihn zu fürchten. Plötzlich stieg ein dünner Schrei empor, weich und locker wie zerrissene Seide. Dann Stille. Und dann Amos' Stimme, anders als sonst, verhalten und etwas heiser. Das Lachen, das ihm antwortete, war weich und entspannt; ein sehr persönliches Lachen, greifbar nahe, vertraulich und unbekannt: ein Lachen ohne Gesicht.

Zuerst ging ich nur langsam von der Tür weg; als sei ich gezwungen, mich rühren zu müssen, die Füße vor mich zu stellen, mich fortzubewegen. Dann machte ich kehrt und lief; die Treppe hinunter, mit fliegendem Atem, kichernd. Ich hielt die Hand vor den Mund, das blödsinnige Gekicher ließ sich einfach nicht ersticken. Keuchend setzte ich mich auf die unterste Treppenstufe; ich krümmte mich vor Lachen, bis mir die Tränen kamen und ich mir mit dem Ärmel das nasse Gesicht trocknete. Dann saß ich eine Weile ganz still, den Kopf an die kalte Steinwand gelehnt. Und dann stand ich auf, trat nach draußen. Ich wollte jetzt nach Hause gehen. Allein sein. Ein Buch lesen. Essen. Schlafen. Täglich zur Schule gehen, dreimal in der Woche an der Stange üben. Battements. Attitude, Arabesque, und eins und zwei! Was hast du eigentlich im Kopf, Lea?

Wann war das? Meine Erinnerungen sind verschwommen. Doch, es muß in der Zeit gewesen sein, als Amos uns auf Reisen schicken wollte. Noch vor Beginn der Saison. Vorzugsweise in den Süden. Die Art, wie er sprach, klang sehr merkwürdig. Über gewisse Dinge schien er nicht reden zu wollen, als ob es sich um die Verheimlichung abscheulicher Taten handelte. Er schien immer steifer, immer starrer zu werden, fern und fremd. Andererseits äußerte er sein Anliegen mit großer Hartnäckigkeit. Seine Gründe waren sehr sachlich und hingen mit der Politik zusammen. Politik ist nichts für junge Mädchen, sagte Opa streng, als ich ihn um eine Erklärung bat. Das ärgerte mich, denn schließlich werden auch junge Mädchen in die Politik hineingezogen. Amos hätte mir eine Antwort gegeben;

aber lieber hätte ich mir die Zunge abgebissen, als ihn zu fragen. Ich sprach kaum noch mit ihm. Manchmal eilte ich an ihm vorbei und achtete so wenig auf ihn, als sei er ein Tisch oder ein Stuhl. In Wirklichkeit spielte ich nur Theater. Ich fühlte mich von ihm verraten. Und ich war so wütend, daß ich nicht einmal mir selbst gegenüber eingestand, wieviel mir durch dieses Verhalten verlorenging.

»Du liebst doch die Schweiz, Mutter«, sagte Amos. »Gönnt euch doch ein paar Wochen Erholung, solange ihr gesund seid. Und Iris und Lea würde die Luftveränderung guttun.«

Sie blieben leicht verwundert, außerstande, sich ernstlich Sorgen zu machen. Oma wollte die Saison nicht verpassen. Opa brauste sofort auf, aber das waren wir ja gewohnt.

»Und das Geschäft? Soll ich alles stehen- und liegenlassen und schon wieder kuren? Lächerlich! Was sollen denn die Angestellten denken? Daß ich Gicht habe?«

Erwachsene haben besondere Gedankenbahnen, die ihre Reaktionen diktieren. Sie sprachen alle sehr vernünftig; gleichwohl lag eine Spannung in der Luft, die mich frösteln ließ, wie eine aufkommende Übelkeit. Amos beherrschte sich, ja. Aber ich spürte eine finstere Wut, eine Gehemmtheit in ihm. Als müsse er sich mit Gewalt dazu zwingen, nicht mit der Faust auf den Tisch zu schlagen.

Es war Ende August, die Abende wurden kühl. Im Kamin brannte Feuer; die schönen Samtvorhänge glänzten, die goldene Standuhr tickte. Was außerhalb ihrer vier Wände geschah, interessierte die Großeltern nur mäßig. Immerhin waren die Besetzung Österreichs, die Annexion des Sudetenlandes, der Einmarsch in die Tschechoslowakei keine Themen mehr, die man mit einem »Pfui!« vom Familientisch wischen konnte. Iris sorgte sich um Thomas, war blaß, hatte keinen Appetit. Auch an jenem Sonntagabend nicht, als Amos zu Besuch war und man von Politik sprach.

»Iß, Kind!« seufzte Oma. »Magst du keine gehackte Leber? Iß, Leber ist gesund. Du wirst ja immer dünner.«

»Alles, was recht ist«, sagte Opa. »Du kannst doch nicht verhungern, bloß, weil du ohne Nachricht von ihm bist. Sie werden ihn schon wieder freilassen. Er ist ein fähiger Mann. Sie können es sich nicht leisten, auf fähige Männer zu verzichten. Wirklich nicht. Gänzlich ausgeschlossen.«

»O doch, sie können!« erwiderte Amos, mit Hohn in der Stimme. »Sie festigen ihr Tausendjähriges Reich. Sie machen Ordnung, sie sortieren aus. Eine richtige Wegwerfwut. Auch fähige Männer fallen durch das Sieb. Es gibt ja genug andere. Solche, die keine romantischen Neigungen haben ...«

Ich hatte dem Küchenmädchen etwas ausrichten müssen und kam ins Eßzimmer zurück, gerade als er das sagte. Ich erstarrte zu Eis. Iris schenkte mit rotem Gesicht Kaffee ein. Ihre Hände zitterten; Amos sah mich an der Tür stehen, drückte seine Zigarette aus und biß sich auf die Lippen. Ich drehte mich um, rannte die Treppe hinunter in den Wintergarten. Dort standen ein paar große Korbstühle. Die Luft war stickig und roch nach feuchter Erde. Einige Nachtfalter tanzten um die Lampe. Ich drückte ein Kissen an meine Brust und heulte. Ein leises Klopfen an der Glastür. Ich sah die Umrisse einer dunklen Gestalt. Ich zuckte zusammen, rührte mich nicht. Die Tür ging knirschend auf.

»Lea?« sagte Amos. »Darf ich einen Augenblick zu dir kommen?«

»Geh weg!« zischte ich.

Doch er schloß die Tür hinter sich und setzte sich in einen Stuhl mir gegenüber. Er war mit dem Fahrrad gekommen und hatte eine kastanienbraune Hose an, dazu ein offenes Hemd. Die Jacke trug er über der Schulter, seine Ärmel waren aufgekrempelt. Ich sah die Muskeln seiner Arme, lang, geschmeidig, glatt. Krawatten trug er nur im Geschäft, und sie waren immer aus Seide.

Ich wandte das Gesicht ab. Er sollte nicht sehen, in welchem Zustand ich war.

»Ich will nicht mit dir reden.«

»Lea, es tut mir leid. Kannst du mir verzeihen?«

Schweigen.

»Lea, bitte.«

Die Art, wie er das sagte, ließ mich aufhorchen. Ich warf ihm einen Seitenblick zu. Ich merkte plötzlich, wie mager Amos geworden war. Magerer als noch vor zehn Tagen, als er das letzte Mal bei uns zu Besuch gewesen war. Seine Wangen waren ausgehöhlt. Die Narben zeichneten sich darauf ab, wie helle, weiße Fäden, bis zu den Lippen.

»Ich hätte das nicht sagen sollen«, gestand er. »Aber du kennst mich ja. Iris nimmt es mir nicht übel. Ich mag es nicht, wenn alle so selbstgefällig tun. Sie werden mit der Gefahr nicht fertig, indem sie den Kopf in den Sand stecken!«

Schweigen. Seine Augenwinkel zuckten. Plötzlich war ich ihm nicht mehr böse. Nicht wegen dieser und auch nicht wegen der anderen Sache vorher. Ich hatte mir alles mögliche eingeredet. Die Erkenntnis erwachte plötzlich in mir, daß ich es gewesen war, die ihn verraten hatte. Die Kluft, die uns trennte, hatte ich mit eigenen Händen erweitert. Was sich damals hinter der Tür abgespielt hatte, war ohne Bedeutung. Ich hatte mich selbst verrückt gemacht. Für nichts. Ich sagte sehr ruhig:

»Ist das wahr, Amos? Glaubst du wirklich, daß sie ihn umbringen?«

Ich spürte, wie er die Frage in seinem Kopf drehte und wendete. Schließlich hob ein schwerer Atemzug seine Brust.

»Ich weiß es nicht, Lea. Keiner weiß es. Wir bekommen nur spärliche Nachrichten.«

»Wer wir?« forschte ich stirnrunzelnd.

Er verzog leicht die Lippen.

»Nun, da sind ein paar Leute, die herausfinden wollen, was da eigentlich vor sich geht. Irgend etwas liegt in der Luft.«

»Du weißt Dinge, die du uns nicht sagen willst.«

Er starrte mich an, bevor er ernst nickte.

»Kein Mensch hat das bemerkt. Nur du.«

»Nur ich?«

»Ja. Du bist sehr klug, Lea. Und ich bin ein Neurotiker. Komm, trockne deine Tränen. Du hast ja nicht einmal ein Taschentuch bei dir.«

Er gab mir seines, das nach Tabak roch. Ich putzte mir die Nase. Es war fast wieder wie früher. Nicht ganz, nein, das war unmöglich; eine Drohung hing über uns, wie der Schatten eines Berges. Die Angst verwirrte unsere Gefühle; wenn wir uns gehen ließen, zerbrachen wir.

»Dann weißt du auch etwas über meinen Vater!«

Er schüttelte den Kopf.

»Nein. Da sickert nichts durch. Hör zu, Lea. Vielleicht habe ich keine Gelegenheit mehr, es dir zu sagen. Es ist möglich, daß dein Vater nicht zurückkommt. Es wäre sogar sehr ungewöhnlich, wenn er zurückkommen sollte. An diesen Gedanken mußt du dich gewöhnen. Es kann aber auch sein, daß sie ihn freilassen. Manchmal lassen sie welche frei. Dann wird die Freude um so größer sein. Verstehst du, was ich meine?«

Ich sah ihn fest an.

»Doch, ich verstehe.«

»Und noch etwas, Lea: Ihr müßt weg von hier, du und Iris. Und auch die Großeltern, und Tante Hannah – alle. So schnell wie möglich. Jeder Tag zählt. Ich versuche es Vater klarzumachen. Schon seit Wochen. Er fürchtet für sein Geschäft, sagt Sprichwörter auf: ›Was du ererbt von deinen Vätern …‹ Beschissener Blödsinn! Das Leben ist wichtiger. Er will nichts hören, knallt mir die Tür vor der Nase zu. Du kennst ihn ja, stur wie ein Bock! Mit wem soll ich reden? Tante Hannah kann nicht bis drei zählen. Und Mutter glaubt mir nicht. Kein einziges Wort. Sie sagt, aber Amos, warum verbreitest du solche Gruselgeschichten? Wir haben doch Gesetze. Sie sieht die Dinge nicht wirklich. *Sie kann es sich einfach nicht vorstellen.* Iris, ja, Iris versteht mich. Ich habe ihr einiges gesagt. Nicht alles, natürlich, aber manches. Ich will ihrer Panik keinen Vorschub leisten. Vielleicht gelingt es ihr, die Eltern zur Vernunft zu bringen. Aber sie hat nur noch wenig Zeit.«

»Was heißt wenig, Amos?«

Er schwieg. Er sah plötzlich erschreckend alt aus.

»Amos?«

Er seufzte.

»Sie hat noch ungefähr einen Monat – vielleicht.«
»Vielleicht?«
»Es geht sogar noch davor los.«
»Was denn, Amos? Sag mir, wovon du sprichst!«
Er schien etwas sagen zu wollen, blickte in mein Gesicht, mit einer Art Erschrecken, und schüttelte den Kopf. Plötzlich streckte er beide Arme aus, zog mich an seine Brust. Die Bewegung war so heftig, so unerwartet, daß es mir die Luft abschnitt. Ich keuchte leicht, spürte die Schläge seines Herzens. Und dann nahm er mein Gesicht und zog es an seines. Und so blieben wir Gesicht an Gesicht, ohne Bewegung, eine ganze Weile lang, bis ich seine Stimme hörte, ein heiseres Flüstern an meiner Wange.
»Du bist ein wunderbares Mädchen, Lea. Du wirst nicht sterben, nicht du. Du wirst eine berühmte Tänzerin werden.«
Ich riß den Kopf hoch, trank seinen Atem. Seine Augen hatten einen unbekannten, starren Glanz. Ich zögerte nur einen Herzschlag lang; dann flogen meine Arme um seine Schultern, schlangen sich um seinen Hals. Seine Wärme drang durch meine Kleider, das Innere meines Körpers wurde so heiß wie mein Gesicht. Ich schluchzte:
»Ich will bei dir sein!«
Er sah mich an, als erwachte er aus einem Traum, als sähe er mich zum ersten Mal. Seine Lippen berührten meinen Mund.
»Jetzt nicht, Lea. Ich habe noch zu tun. Und wenn ich mich gehenlasse, führe ich mich auf wie ein Esel.«
Er küßte mich sanft. Ich wußte nicht, daß man die Lippen dabei zu öffnen hatte. Er brachte es mir bei, mit leichtem Druck. Dann umfaßte er mit beiden Händen meine Handgelenke, schob behutsam meine Arme von seinem Hals. Unerbittlich und voller Zärtlichkeit löste er sich von mir.
»Später, vielleicht«, sagte er leise.
Er warf seine Jacke über die Schulter, richtete sich auf und ging. Die Tür schlug hinter ihm zu.

# 24. Kapitel

*Kobe, Oktober 1941*

Vier Tage lang habe ich nicht ein Wort geschrieben. Soll ich wieder anfangen? Iris geht es schlecht, ich kam nicht zum Denken. Sie kämpft mit dem Schmerz, bis das Morphium sie davon befreit, sie dafür aber müde und wirr macht. Der Funke, das Strahlende, das sie einst belebte, ist von ihr gewichen. Ihre Lippen sind gekräuselt wie dünnes Seidenpapier, ihr Puls schlägt kaum hörbar und viel zu rasch. Sie phantasiert, sie sieht sich wieder als Kind bei ihren Eltern, als Jungverheiratete in Münster. Sie hat das Augenlicht fast gänzlich verloren, die linke Seite ihres Körpers gehorcht ihr nicht mehr, sie kann kaum noch Finger und Gelenke bewegen. Mehr und mehr schläfert das Morphium sie ein. Halb bewußtlos streckt sie die Hand aus, klammert sich an meine Hand, als ob ich die Mutter wäre und sie das Kind. Immer öfter denke ich, daß sie einem Ende entgegengeht, das nahe und unvermeidlich scheint. Ich warte auf dein Ende, Iris. Du und ich, wir werden nie zusammen nach Amerika reisen. Ich widersetze mich diesem Gedanken, aber er drängt sich auf, ich werde ihn nicht los. Tagsüber bin ich mir selbst überlassen; im Haus ist nur Sada, das Dienstmädchen. Dr. Ota empfängt ihre Patienten und macht Krankenbesuche, Hanako geht zur Schule und hilft dann ihrer Mutter in der Praxis. Iris' zauberhaftes Lächeln, ihr sonniges Wesen, haben Sadas Herz gewonnen. Sie wäscht und bessert ihre Kleider aus, mit feinen, feenhaften Stichen, ihre Geschicklichkeit grenzt nahezu ans Wunderbare. Sie kocht für Iris eine kräftigende Suppe, Miso genannt, die ich ihr behutsam einflöße. Sie hält ihr Krankenlager sauber, stützt sie, wenn ich sie wasche oder kämme. Sada ist nicht mehr jung; sie ist Witwe, sagte mir Hanako, hat eine Tochter, die auf dem Land verheiratet ist. Sie ist kleingewachsen, plump, mit häßlichen Zähnen, aber ihr Lächeln ist verschmitzt und voller Güte, unwiderstehlich. Sie arbeitet völlig selbständig, wie ich es in Europa bei Dienstboten nie erlebt habe. Sie kann sogar lesen und schreiben und rechnet scharf. Und obwohl sie die Dame des Hauses mit »Oku Sama« – Ehrenwerte Herrin – anredet und viel Zeit mit Verbeugungen verschwendet, setzt sie stets ihren eigenen Willen durch.

Iris schläft. Ich bin allein, um mich in Ruhe zu sammeln. Das, was ich jetzt schreiben muß, ist sehr schwierig. Manche Worte ändern ihren Sinn, verweisen auf andere Worte, die man nicht preisgeben will. Sie zeigen sich überdeutlich, man wird davon geblendet. Viele Ereignisse sehe ich beinahe gleichzeitig, aber sie überlagern sich nicht, behalten ihre Grenzen: Vergangenheit, Gegenwart, Menschen, Dinge – alles ist durchsichtig und endgültig. Mein Gedächtnis beginnt zu arbeiten, aber ich habe Angst vor dem Schmerz in meinem linken Knie; ich weiß, daß er kommen wird. Ich kann diesen Schmerz nur im Stehen ertragen.

Wie war es damals, in Danzig? Das muß ich jetzt genau überdenken. Soweit ich mich entsinne, ging das Leben weiter. Aber die Familie entzweite sich plötzlich: auf der einen Seite die Großeltern und Tante Hannah, gereizt, unnachgiebig. Auf der anderen Seite Iris, ratlos und verzweifelt. Und Amos, der – wie Opa sich erbost äußerte – »in Spelunken verkehrt und sich mit Frauenzimmern herumtreibt«. Und wenn er nicht aufhörte, mit seiner »littérature engagée« der Zensur zu trotzen, wäre er es, Taddeuz Linder, dem es an den Kragen ging, schimpfte Opa und sprach davon, ihn auf die Straße zu setzen. Aber jetzt war die Zeit gekommen, da ich die Dinge, die Amos betrafen, nie mehr so sah, wie ich sie bisher gesehen hatte. Ich knirschte mit den Zähnen, gab mich taubstumm; ich war zu jung, um für Amos zu kämpfen. Man hätte meinen Kampf nicht ernst genommen. Noch ein paar stille Tage, die Ruhe vor dem Sturm. Nie zuvor hatte ich, nicht einmal andeutungsweise, ein solches Grauen empfunden: das gleiche Grauen, wie Amos es erlebte, ihm auf eigene Art zu entfliehen versuchte. Ich rang mit dem Entsetzen in gleichem Maße wie er. Nach jeder Mahlzeit schloß ich mich im Badezimmer ein, beugte mich über die Schüssel, erbrach mich. »Kind, wie siehst du denn aus!« seufzte Oma. Mir war, als müsse ich mir die Haare zerraufen, mich auf dem Boden wälzen und schreien.

Es gab keinerlei Anzeichen, wirklich nicht. Das, was in den Kanzleien und Oberkommandos besprochen wurde, drang nicht an die Öffentlichkeit. Man heizte den Höllenkessel – und wir merkten es nicht. Die Zeit trieb unaufhaltsam auf den Punkt zu, der es erlaubte, die Voraussetzungen für die Detonation so günstig wie möglich zu gestalten. Als alles bereit war, explodierte der Wahnsinn. Die Daten habe ich noch im Kopf. 1.9.1939: Einmarsch der deutschen Truppen in Polen. 1.10.: Einrücken der Truppen in Polen. 23. 10.: Das Oberkommando der Wehrmacht erklärt den Feldzug in Polen für beendet. Gefangenenzahl bisher über 450 000, rund 1200 Geschütze erbeutet. 31. 10.: Die Bewegungen auf die deutsch-russische Interessengrenze abgeschlossen. Der Wehrmachtsbericht im Rundfunk gab die Zahlen bekannt. Von einem Tag zum anderen wurden die Grenzen geschlossen. In Danzig wühlten Panzerwagen die Straßen auf; die Stadt war voller Soldaten und Denunzianten.

Hakenkreuzfahnen flatterten. Die Opportunisten standen hinter der neuen Ordnung. Alle Juden verloren ihren Besitz. Ihr Geld wurde gesperrt. Aus der Linder-Buchhandlung wurde eine »Reichsbuchhandlung«. Unser Haus wurde beschlagnahmt.

Wir standen mit ein paar Koffern auf der Straße. Amos kam mit einem Wagen. Wir stiegen ein. »Das ist nicht deiner«, murmelte Opa. »Wo hast du den her?« Seine Stimme zitterte, er wirkte abwesend, fast benommen. Amos sah geradeaus, antwortete nicht. Sein Profil war ausdruckslos. Wir fuhren durch die bombardierten Außenbezirke. Schleppkähne kamen die Weichsel hinauf. Auf Umwegen brachte uns Amos in ein Dorf, zwei Stunden von Danzig entfernt. Das Dorf lag zwischen Äckern und Birkenwäldern. Abgelegen und strategisch unbedeutend, sagte Amos. Der Vormarsch der deutschen Truppen konzentrierte sich auf die großen Verbindungsachsen. Hier waren wir einstweilen in Sicherheit. Der Abschied war kurz. Amos weihte uns nicht in seine Pläne ein. Auf Omas bange Fragen antwortete er lediglich, daß er bei der »Armia Krajowa« war. Der Widerstandsbewegung. Der Partisanenarmee. Zu mir sagte er: »Sei tapfer, Lea. Sorge gut für deine Mutter. Sie wird dich brauchen.«

»Ja. Kommst du bald wieder?«

»Sobald ich kann. Jedenfalls wird es ziemlich arg werden. Es ist sehr schwierig, ein Land zu besetzen. Das werden wir ihnen jetzt beibringen.«

Unsere Blicke hielten einander für kurze Zeit fest. Sein Gesicht war starr wie Granit. Doch in seinen Augenwinkeln schimmerte etwas, das ich nie zuvor dort gesehen hatte. Ich fühlte, wie sich alles in mir verkrampfte. Er legte beide Hände auf meine Schultern, drückte sie und wandte sich ab. Er ging auf den Wagen zu und stieg ein. Der Lärm der zugeschlagenen Tür hatte etwas Endgültiges an sich. Bevor er den Motor anließ, zündete er sich eine Zigarette an, warf das Streichholz aus dem Fenster. Dann setzte er das Auto in Bewegung, fuhr den Weg entlang, talabwärts. Ich ging und hob das Streichholz auf. Ich habe es heute noch. Das ist alles, was mir von ihm blieb, dieses Streichholz.

Irgendwie wuchs damals meine Fähigkeit, durch Wände hindurchzuschauen. Amos war weit weg; und trotzdem war ich bei ihm, Tag und Nacht, bei ihm in jenem finsteren Bereich der Ruinen, wo geschossen und gekämpft wurde. Wo das Gespenst der Verhaftung umging, der Folterungen und des eisigen Todes. Inzwischen waren wir »in der Sommerfrische«, wie Oma es mit trauriger Ironie formulierte. Im Oktober. In einem Zimmer ohne Heizung. Den Bauern war es gleich, ob wir Juden waren – sie nahmen unser Geld, das wenige, das uns geblieben war. Ein Zimmer für fünf Personen; zum Schlafen gingen die

Großeltern ins Nachbarhaus. Wir hatten uns daran gewöhnt, nachts das abgerissene dumpfe Feuer der Widerstandskämpfer von dem ununterbrochen knatternden der Besatzungsmächte zu unterscheiden. Die Zeit stand still. Ich wartete. Wir warteten. Ich konnte nicht zur Schule gehen. Als einzigen Lesestoff hatte ich ein altes Lexikon. Ich las das Lexikon von A bis Z. Nicht eigentlich befriedigend, aber immerhin ein Zeitvertreib. Es dauerte nicht lange, da kannte ich sämtliche Worte und ihre Bedeutung.

Nach Neujahr wurde es bitter kalt. Der Himmel war tiefblau, alle Bäume waren verschneit, eine Märchenlandschaft; eine Bäuerin lieh uns einen Schlitten. Iris und ich bewarfen uns im Birkenwald mit Schneebällen. Wir fuhren mit dem Schlitten den Hügel hinunter. Iris trug eine selbstgestrickte rote Mütze; ihre Augen und Wangen glühten, sie leuchtete in der weißen Kälte wie ein warmer Vogel. Das waren Augenblicke, die wir brauchten, in denen wir neue Kräfte schöpften. »Sei tapfer, Lea«, hatte Amos gesagt. Ich versuchte es, aber es war entsetzlich schwer, fast zu schwierig für mich. Tage und Wochen vergingen. Der Widerstand wurde heftiger; das Kriegsklima verschärfte sich. Die Deutschen setzten frische Truppen ein. Hunderttausende verließen die Städte. Überall auf den Straßen zogen Kolonnen verstörter, verängstigter Flüchtlinge entlang. Der Mensch war zum wilden Tier geworden; Amos hatte recht: Es gab keinen Gott. Wir konnten nur so tun, als ob er existierte. Im Rundfunk herrschte Zensur, aber die Flüchtlinge brachten beängstigende Nachrichten. Alle Juden mußten ein besonderes Kennzeichen tragen, den gelben Davidstern. Ganze Familien verschwanden über Nacht, wurden in Lastwagen gestoßen, fortgebracht – wohin, wußte keiner. Man sprach von Internierungslagern, flüsterte Namen: Chelmno, Auschwitz, Treblinka.

»Ganze Familien?« widersprach mein Großvater. »Unsinn! Die verhaften nur die Jungen, bringen sie in Arbeitslager.« Daraufhin hielt er uns einen Vortrag über den planvollen Einsatz von Lagerhäftlingen.

»Natürlich nehmen sie Erschießungen vor. Ordnung muß sein. Und Krüppel und Körperbehinderte würden ihnen zur Last fallen.«

»Und die Frauen?« fragte Iris, mit Hohn in der Stimme. Über die Frauen wußte mein Großvater wenig zu sagen.

»Sie müssen kochen und sich um die Wäsche kümmern«, meinte er unbestimmt. »Und auf dem Feld arbeiten, wahrscheinlich.«

Ich stellte mir all diese Frauen vor, gebückt, die Erde absuchend, mit krummen Rücken.

Opas blasse Lippen standen leicht offen; ein weißer Speichelfaden trocknete auf seinem Kinn.

»Ich bin alt«, murmelte er, »mich werden sie in Ruhe lassen.«

Er war nur noch ein Haufen Knochen in zerschlissenen Kleidern. Tante Hannah jammerte, sie würde keine Feldarbeit verrichten, sie nicht. Einflußreiche Verwandte würden ihr schon helfen. »Aber sicher«, sagte Oma ruhig, »wenn sie nicht unterdessen nach Kartoffeln graben!« Sie hatte vieles an Kraft und Stattlichkeit verloren, aber sie war die starke Hand, die uns hielt.

Der Frühling kam und kam nicht; noch im März lag tiefer Schnee; wir hatten keine Heizung, nur den Ofen. Licht spendete nur eine Karbidlampe. Unser Schlafzimmer glich einem Eispalast. Die Fenster hatten Eisblumen, und an den Wänden funkelte es von lauter kleinen Sternen – das Zimmer war sehr feucht, sogar das Waschwasser war morgens gefroren. Ich war oft erkältet, hustete nächtelang. Iris hatte starke Schmerzen im Nacken und zwischen den Schultern. Einmal war sie eine Woche lang krank; sie hatte hohes Fieber, ich spürte nachts, wie sie glühte. Das Fieber stieg und fiel immerzu und blieb auch später noch monatelang. Wenn ich an früher dachte, kam es mir vor, als wäre es zu Urgroßmutters Zeiten gewesen: Münster, unsere schöne Wohnung an der Promenade; mein Vater, der so gut mit mir spielen und lachen konnte. Die Spaziergänge im Schloßgarten, die Ausflüge zur Wasserburg, meine Ballettstunden bei Dore Stein. Und jetzt? Was war das nur für ein Leben! Ich konnte nicht ständig in unseren vier Wänden sitzen. Ich brauchte Luft, Bewegung. Manchmal summte ich vor mich hin und tanzte auf der Straße, drehte mich zu den Klängen imaginärer Musik. »Du verrückte Jüdin!« riefen die Bauernkinder. Ein Junge warf einen Stein nach mir; er traf mich an der Schulter und tat weh. »Benimm dich nicht so auffällig!« warnte mich Tante Hannah.

Von Amos keine Spur. Er schien sich in Luft aufgelöst zu haben. War er tot? Gefangen? Nein, Amos nicht. Niemals. Dafür war er zu mutig, zu schlau. »Du weißt Dinge, die du uns nicht sagen willst«, hatte ich damals im Wintergarten zu ihm gesagt. Jedes Wort, jede Bewegung haftete in meinem Gedächtnis – bis zu jenem Augenblick der Glückseligkeit und des Schmerzes, als er mich küßte. Mein ganzes Leben lief auf diesen einzigen Punkt zusammen, kleiner in Raum und Zeit als der kleinste Stecknadelkopf – für mich das Universum selbst. Was hatte Amos damals gewußt? Was hatte er gesehen? Es mußte etwas ganz Schlimmes, ganz Furchtbares sein. Auf einem Spaziergang fragte ich Iris danach. Sie seufzte tief auf, als ob ihr ein Gewicht auf dem Herzen lag. Früher hatte sie mit mir über alles gesprochen. Doch nun schüttelte sie den Kopf.

»Still, Lea! Ich mag nicht darüber reden. Du bist noch zu jung.«

Zu jung? Ich wußte nicht mehr, wie man lebt, wie man spielt, wie man lacht. Ich liebe dich, seit ich denken kann, Amos. Hundert Jahre mindestens. Das ist eine sehr lange Zeit. Und sie wächst täglich in mir.

»Aber ich werde vierzehn!«

»Ja, und ich habe kein Geburtstagsgeschenk für dich.«

Sie sah nichts. Ihre Blindheit tat mir weh. Sie behandelte mich wie ein Kind. Und ich war hundert Jahre alt.

# 25. Kapitel

Die Lebensmittel wurden knapp. Die Bauern behielten ihre Vorräte für sich. Es war immer Iris, die sie um Eier oder Milch bat. Die Bauern verhandelten unverschämt. Aber Iris hatte ihre freundliche, liebenswerte Art. Sie lächelte, spielte mit den Kindern, sie nähte und strickte für sie. Die Bauern gaben ihr etwas Brot oder ein Stückchen Speck. Manchmal hatten wir Mehl, manchmal Bohnen, von Würmern zerfressen, aber meistens nur Schweinekartoffel, aufgeplatzt und blaugrün. Einmal bekam ich die Haut gekochter Milch als Brotaufstrich. Ich würgte und übergab mich. Das Leben in der Enge war für die Familie schwer zu ertragen. Opa wartete immer nur auf die Nahrung. Diese Beschäftigung nahm seine ganze Zeit in Anspruch. Er schlang das Wenige hinunter, das man ihm vorsetzte, und wartete auf das nächste Essen. Auf nichts anderes. Tante Hannah war einen aufwendigen Lebensstil gewöhnt. Jetzt redete sie nicht mehr wie in einem Salon. Es kam zu häßlichen Szenen. Tante Hannah warf Iris vor, daß sie den jüdischen Glauben verlassen hatte. Iris sagte nichts; sie sparte ihre Kräfte. Der Kampf, den man ihr anbot, interessierte sie nicht. Der, den sie zu führen hatte, beanspruchte sie mehr. Er war so geringfügig, dieser Familienkrach, so lächerlich unwichtig. Oma blieb heiter, wie abgelöst von allem. Sie stammte aus der Gegend der Masurischen Seen. Ihr Zeitbegriff hatte sich verschoben. Ihr Leben in Danzig war wie ausgelöscht. Ihre Kindheit kehrte wieder, schillerte vor ihr wie in einer Kristallkugel. Zweiundsiebzig Jahre war das her. Sie erzählte von dem »Schtetl«, in dem sie geboren worden war, überbevölkert, von Pogromen bedroht. Aber davon sprach sie nicht. Sie sprach von ihrem Vater, der Rabbiner war. Von den sechshundertdreizehn

Geboten und Verboten, die den Alltag der frommen Juden bestimmten. Von dem Dybukk, dem bösen Dämon, der sich in Mann oder Frau, Pferd oder Hund, Vogel oder Fisch verwandeln konnte. Von den Hochzeiten und den Begräbnissen; sie sang mir mit brüchiger Stimme alte Lieder vor. Viele hörten sich lustig an, andere so traurig, daß mir die Tränen kamen. »Ada, wie kannst du nur singen?« empörte sich Tante Hannah. »In unserer Lage!« »Wenn ich nur mein Klavier hätte«, seufzte Oma. »Du warst ja dabei, Hannah, als sie es zertrümmert haben ...«

Immer noch kein Lebenszeichen von Amos. Der Frühling kam. Die Deutschen rückten an allen Fronten vor, aber die Partisanen hielten die Städte; man kämpfte um jede Straße, um jeden Häuserblock. Fast jeden Tag hatten wir Fliegeralarm. Geschwader zogen am Himmel vorbei. Wenn sie tief flogen, erschütterte ein entsetzliches Brummen die Erde, es kam von überall her, dieses Brummen, vom Himmel, von den Hügeln, von der Erde selbst. Dann gingen wir in den Keller, hielten den Atem an. Manchmal schliefen wir auch dort. In manchen Augenblicken wurde Iris von fieberhafter Unruhe gepackt.

»Sie kommen, wir müssen weg, Vater!«

»Wohin?« murmelte Opa. »Hier haben wir immerhin ein Dach über dem Kopf.«

»Bitte, Vater! Wir können nicht mehr warten! Komm, Mutter. Steh auf! Willst du mir nicht beim Packen helfen?«

Sie saß auf ihrem Stuhl, wie angenagelt.

»Kind, laß mich in Frieden. Sieh dir bloß meine schiefen Sohlen an! Mit diesen Schuhen komme ich nicht bis ins nächste Dorf!«

Sie waren müde und alt; unbeweglich, nicht zu gebrauchen. Tante Hannah klagte und nörgelte. Alles war schmutzig, unaufgeräumt. Hoffnungslos. Wir vertrödelten Tage.

Iris' Kopfschmerzen nahmen zu; ich war erschrocken über diese Schmerzen, die sie so elend machten, blaß, unbeweglich, die sie auf der muffigen Matratze liegen ließen, eine feuchte Binde über den Augen. Die deutschen Truppen rückten näher.

Die Bedrohung nahm zu. Mit jedem Tag wuchs unsere Angst und Ratlosigkeit. Selbst die Großeltern verloren ihre Apathie. Opa begann, auf Amos zu schimpfen. Es war ein bekanntes Lied, aber diesmal hatte sich der Text geändert.

»Ach, was habe ich nur für einen Sohn! Warum bringt er uns nicht weg? Er hat doch ein Fahrzeug.«

»In Danzig wird gekämpft«, sagte Oma. »Er kann jetzt nicht kommen.«

»Wenn es ihm wichtig wäre, könnte er. Auf den Burschen war ja nie Verlaß! Es war ein Fehler von mir, ihn ins Geschäft zu nehmen. Ein großer Fehler, das sehe ich jetzt ein. Hätte ich das nicht getan, wäre vielleicht alles ganz anders.«

Mir war, als erhielte ich einen Schlag in den Magen. Ich schrie ihn an, aufgelöst vor Wut.

»Opa, das ist gemein! So darfst du nicht reden!«

Opa zitterte immer ein wenig. Jetzt zitterte er stärker.

»Was schreit die Göre?«

Oma gab mir ein Zeichen, zu schweigen.

»Taddeuz, du bist müde, geh schlafen«, sagte sie sehr sanft. Als er im Bett lag, sagte sie zu mir:

»Sei ihm nicht böse, er ist nicht ganz klar bei Verstand.«

Iris arbeitete still den ganzen Tag, sie wusch, flickte, bügelte mit Kohlen im Bügeleisen. Sie stopfte Strümpfe, erneuerte das Futter in den Kleidern, nähte in die Mäntel tiefe Taschen ein. Sie machte sich für die Reise bereit. Eines Nachts wachte ich auf, schweißgebadet. Ich hatte etwas geträumt, etwas, das keinen Sinn ergab. Brüllende Flammen und knatternde Gewehre, unruhige Muster in flackerndem Schwarzweiß, seltsame Gebilde aus Menschenleibern und Schutt. Ich zitterte am ganzen Körper, meine Haut kribbelte. In meinem linken Knie war ein stechender Schmerz. Ich murmelte unablässig ein Wort vor mich hin, nein, nein, nein, und bei jedem Wort schlug ich mit den Armen wild um mich. Iris streichelte und beruhigte mich. Schlaf, es ist nichts, du hast schlecht geträumt. Bald schlief ich wieder ein, aber am nächsten Morgen hatte ich immer noch Schmerzen. »Du hast schlecht gelegen«, sagte Iris und massierte mir das Bein. Da beruhigte sich der Schmerz allmählich, aber nicht ganz. Mir war kalt, so entsetzlich kalt. Der Gedanke, mir Gesicht oder Hände zu waschen, machte mich frösteln. Ich saß draußen in der Sonne, blaß wie eine Tote, und klapperte mit den Zähnen.

Es war Ende Juni. Vollmond. Weiß und gespenstisch hing er über dem Birkenwald. Es roch nach Holzkohle, nach warmer Erde. Wir saßen auf Stühlen vor der Haustür. Das ferne Grollen hinter den Hügeln, das Flackern der Flugabwehrgeschütze gehörten längst zu den Geräuschen, die wir kannten. Wir alle befanden uns in einem Zustand der Angstgewöhnung, wie die Kaninchen und die Wildenten, die von den Bauern gejagt wurden. Wir saßen also da, teilnahmslos, als im Mondlicht zwei Gestalten den Weg hinauf kamen. Ein Mann und ein Junge. Sie sahen nicht aus wie Bauern. Mein Atem stockte. Ich sprang von meinem Stuhl auf. Amos? Ein Hund bellte, eine Frau kam aus dem Kuhstall. Der Mann fragte sie etwas. Die Frau streckte den Arm aus. Beide Gestalten kamen auf uns zu. Jetzt sahen wir sie deutlicher. Der Mann war noch jung, hochgewachsen und schmal. Seine Haltung, seine schnelle, elastische Art, sich zu bewegen, erinnerte mich an Amos; aber es war nicht Amos, ich sah es jetzt; in der linken Kniescheibe spürte ich ein Klopfen, das stärker wurde. Ich lehnte mich an die Mauer. Ich durfte jetzt nicht allzu viele Bewegungen machen.

Sie kamen näher. Beide trugen Mäntel und hatten Rucksäcke bei sich. Oma, die nachtblind war, kniff die Augen zusammen. Plötzlich rief sie:

»Aber das sind ja Michael und Yasha. Gott segne euch, Kinder! Wie habt ihr den Weg zu uns gefunden?«

Ihre Stimme: ein Zittern zwischen Angst und Freude. Später erfuhr ich, daß Michael und Amos die gleiche Schule besucht hatten. Michael war zwei Jahre jünger. Sein Vater, Simon Cohen, war einer von Opas wenigen guten Freunden. Michael studierte Medizin, als der Krieg ausbrach. Sein Bruder Yasha war etwa in meinem Alter, vierzehn, und erschreckend dünn. In meiner Erinnerung ist seine Gestalt verschwommen, fast nicht vorhanden. Ich weiß nicht einmal mehr, ob er wirklich blond oder nur eben hell war. Nur das Gesicht sehe ich deutlich vor mir: ein Gesicht wie ein Erwachsener, abgezehrt und traurig und so weiß, als ob es gepudert wäre. Und was mir sofort auffiel, was mir so ungewöhnlich vorkam, war, daß er einen Geigenkasten unter dem Arm trug. Und dieser Anblick war es, was mir einen Schauer über die Haut jagte: Der kleine Geigenkasten erinnerte mich an einen Sarg. Oma indessen umarmte beide, fragte, ob sie Milch trinken wollten. Yasha nickte stumm. Seine Augen blickten stumpf. Oma ging in die Stube, machte sich in der Dunkelheit zu schaffen. Bei Tagesanbruch würde Iris zu den Bauern gehen, wenn sie die Kühe molken, und dann, vielleicht, mit einer vollen Kanne zurückkommen.

Michael schwitzte; er war viel zu warm angezogen für die Jahreszeit. Ich stellte fest, daß er ein gutaussehender junger Mann war – kein hübscher, dazu waren seine Züge zu kantig. Ich dachte, er soll doch etwas sagen, aber er kratzte sich zwischen den Brauen und schwieg. Plötzlich begegneten sich unsere Augen. Und da wußte ich, was er sagen würde, noch bevor er den Mund auftat. Mir wurde ganz schwach, so heftig klopfte mein Herz. Ich schloß die Lider halb, drückte mich enger an die Mauer. Etwas zerriß in mir, etwas Warmes, Lebendiges. Die Wunde in mir war offen. Nur noch ein paar Atemzüge, jetzt, gleich würde ich beginnen zu bluten. Opa saß da, seinen Stock zwischen den Knien, und stützte sein Kinn darauf.

»Hast du Amos in letzter Zeit gesehen? Wir sind schon lange ohne Nachricht von ihm. Was macht der Lümmel?«

»Amos ist tot«, sagte Michael.

Schweigen. Iris streckte die Hand aus, und ich nahm sie, obwohl ich ihr keine Gedanken zuwandte. Ihre Hand fühlte sich schwer wie Stein an, aber vielleicht nur, weil meine eigene so kalt war. Oma schlurfte aus dem Haus und brachte ein Glas Milch.

»Was hast du gesagt, Michael?«

»Amos ist tot«, kreischte Tante Hannah.

»Still!« flüsterte Iris.

Oma gab Yasha das Glas. Er legte sehr behutsam den Geigenkasten auf einen Stuhl, nahm das Glas und trank einen Schluck, sehr langsam. Er bedankte sich nicht; er sprach überhaupt kein Wort. Michael begann zu sprechen; an seinen Schläfen klebten Schweißtropfen. Er gebrauchte seine Stimme in der Weise der Leute, die nicht gehört werden wollen, wenn sie sich miteinander unterhalten: die Jäger, die Widerstandskämpfer. Eine Stimme ohne jede Schwingung, ohne Resonanz und Klang. Ich las die Worte von seinen Lippen ab; in mir flackerten die geträumten Linien und Schatten, schwarzweiß, wie zerknittertes Silberpapier. Die Schmerzen in meinem Knie nahmen zu. Ich klammerte mich an Iris' Hand; sie gab mir Kraft. Später entdeckte ich an ihrer Hand die blauen Spuren meiner Nägel.

»Wir hatten ein Gleis in die Luft gejagt. Unten, beim Rangierbahnhof am Hafen. Der Himmel war gefährlich klar – zunehmender Mond. Wir konnten nicht warten, bis Nebel kam: Ein Munitionszug mußte gestoppt werden. Die Sprengung fegte die Lokomotive und die zwei ersten Wagen aus den Schienen. Der Tank explodierte, die Flammen schnitten uns den Rückzug ab.«

Ich nickte; ich hatte das ja alles schon im Traum erlebt, das Heulen der Sirenen. Das weiße Strahlen der Suchscheinwerfer. Brodelnder Rauch, die Soldaten in dunklen Uniformen, mit kuppelartigen Helmen. Schreie, Befehle. Schatten wie zuckende Trugbilder, knatternde Maschinengewehre. Der giftige Gestank von Gas und Benzin.

»Wir flüchteten über die Docks, an Werftschuppen, Silos und Lagerhäusern vorbei. Am Rande eines Hafenbeckens fanden wir Deckung. Hier waren die Schatten sehr dicht. Eine klebrige Ölschicht lag auf dem Wasser. Der einzige Weg aus der Falle führte über einen eisernen Steg – zwanzig Meter ohne Schutz, im hellen Mondlicht. Die Soldaten rückten heran, jenseits der Schienen, am Wasser entlang. Sie hatten das Gelände abgesperrt, kreisten uns ein. Sie duckten sich unter den Rollkränen, am Rand der lodernden Flammen. Amos sagte: ›Wir müssen eine Lücke freischießen.‹

Wir teilten uns in zwei Gruppen. Amos und ich krochen mit drei Kameraden zurück, in den Schatten eines Tanklagers. Wir schnitten einen Drahtzaun auf, fanden eine dunkle Stelle und lagen still. Als die Soldaten in Schußnähe kamen, feuerten wir, so schnell wir abdrücken konnten. Die Deutschen hatten uns von dieser Stelle nicht erwartet. In Schußrichtung tat sich eine Gasse auf. Das war das Signal für die Kameraden. Sie setzten über die Brücke, zu zweit oder zu dritt. Immer wieder Sprung, Anlauf, Sprung. Das Täuschungsmanöver gelang fabelhaft. Alle entkamen. Amos lächelte – er lächelte tatsächlich, selbst in dieser Lage. Seine Zähne leuchteten schneeweiß.

›Alle bereit? Keine Rückendeckung, wir müssen das riskieren. Mal sehen, wie wir rennen können.‹

›Wieviel Zeit haben wir?‹ fragte einer.

›Dreißig Sekunden. Los!‹

Wir rannten. Maschinengewehrgarben flackerten. Die Schüsse krachten von allen Seiten. Ich sah Amos stolpern. In dem Augenblick, da er zu Boden ging, wußte ich, daß sie ihn getroffen hatten.«

»Ich weiß«, sagte ich tonlos. »Am Knie.«

Michaels Augen, glänzend wie Salz im Mondschein, zuckten zu mir hinüber. Er nickte, nicht eigentlich erstaunt, und sprach mit monotoner Stimme weiter.

»Ja. Jeder konnte sehen, daß er keine Chance mehr hatte. Sein Knie war gespalten, wie mit einem Beil, der Knochen hing an einer Sehne. Wir wollten ihn tragen. Er stieß uns weg, forderte ein zweites Gewehr und Munition. Er wollte unseren Rückzug decken. Er ließ uns keine Wahl. Wir mußten gehorchen. Er war der Anführer, verstehen Sie?«

Michaels Stimme brach. Wieder nickte ich stumm, die Augen unverwandt auf ihn gerichtet. Amos war der Anführer, was denn sonst? Etwas anderes kam überhaupt nicht in Frage.

Ich war die einzige, die sich rührte. Alle standen wie erstarrt. Tante Hannah schien in einen Zustand von leichter Hypnose versetzt. Großmutter preßte ihr Gesicht in beide Hände. Michael wischte sich den Schweiß von der Stirn.

»Ich sagte zu ihm: ›Denke daran, die letzte Kugel für dich!‹

›Richte den Eltern Grüße aus‹, knirschte Amos. ›Aus dem Jenseits!‹

Wir umarmten uns. Ich sagte: ›Nächstes Jahr in Jerusalem!‹

›Ich werde da sein. Leb wohl!‹

Und dann gab er uns Feuerschutz, machte den Nazis die Hölle heiß, bis wir über die Brücke waren. Alle Kameraden, bis auf einen, dem sie das Schlüsselbein zerschmetterten, entkamen. Ein wahres Wunder. Aber Amos ...«

Er stockte abermals. Großmutter löste ihre Hände vom Gesicht. Ihre Stimme klang sanft und ruhig, so ruhig.

»Sprich weiter, mein Sohn.«

»Der letzte Schuß, wissen Sie? Er konnte ihn nicht mehr abfeuern. Die Nazis nahmen ihn vorher gefangen, brachten ihn zu ihrem Hauptquartier. Woher ich das weiß? Auch wir haben Spione. Einer der unsrigen war dabei, als sie ihn folterten. Sie machten das sehr gewissenhaft. Es ging ihnen darum, Bescheid zu wissen. Wo wir zusammenkamen, wer die Anführer waren. Woher wir unsere Waffen bezogen. Bei ihm war es verlorene Zeit. Er hat geschwiegen, zwei Tage lang. Kein einziges Wort. Er hatte immer noch die Kraft dazu. In der dritten Nacht konnte unser Mann ihm das geben, was er brauchte.«

Michaels Gesicht überzog sich mit Schmerz. Ein Schmerz, der ihn innerlich schüttelte. Er sagte, im Flüsterton:

»Wir erkannten ihn nicht sofort, als wir ihn auf einem Steinhaufen fanden. Wir wuschen ihn, wickelten ihn in ein Leichenhemd, legten ihn auf eine Bahre. In den frühen Morgenstunden übergaben wir ihn der Erde. Wir sprachen für ihn das ›Kaddisch‹. Die Kameraden hielten Wache.«

Tiefes Schweigen. Nur Großmutter schluchzte, ganz leise. Und in diesem Schweigen wandte sich Michael mir zu.

»Sie sind doch Lea, nicht wahr? Amos hat noch etwas gesagt. Etwas für Sie, ganz persönlich.«

Tränen schimmerten auf seinem Gesicht. Er suchte die Worte in seiner Erinnerung.

»Er hat gesagt: ›Lea soll nicht traurig sein. Lea soll tanzen. Ich werde immer zusehen, wie sie tanzt. Dort, wo ich jetzt hingehe, habe ich nichts mehr zu tun.‹«

Etwas Endgültiges hatte stattgefunden. Amos war nicht mehr; ich konnte nicht sagen, wie es zustande kam, aber von diesem Augenblick an wußte ich, daß er mir gehörte. Seine tote Hand und meine lebende Hand verschränkten sich so fest, wie ein Goldschmied einen Ring lötet. Jetzt brauchte ich nicht mehr hinter Türen zu lauschen. Er würde immer bei mir sein, in mir, wir würden uns nie verlassen.

Die Schmerzen in meinem Knie kamen in Wellen; Schmerzen, die mich zusammenknicken, aufschreien ließen. Finsternis umhüllte mich; ich glitt dahin, wie gelähmt, mit geschlossenen Augen; ich hatte das Gefühl, in die Erde zu tauchen, noch tiefer zu sinken, in die Dunkelheit eines Grabes. Ich empfand keine Furcht, nur Frieden. Eine letzte Anstrengung noch – ich lag in seinen Armen. Für immer.

# 26. Kapitel

Hanako, an diesem Abend habe ich darüber gesprochen. Ich hatte diesen Schmerz im Knie, wie so oft. Wenn ich wirklich traurig bin, kann ich nicht weinen, aber das weißt du ja inzwischen. Man hat mir gesagt, es wäre besser; ein Weinen, das von den Nerven kommt, erleichtert. Aber ich kann es nicht mehr. Seit Amos' Tod habe ich nie mehr eine Träne vergossen. Ich habe Amos in meine Nähe gerufen. Deshalb ist er mein Lehrer geworden. Das wird bleiben, ewig. Alle Gefühle, die das Wort nicht ausdrücken kann, bringt die konkrete, stoffliche Sprache des Körpers zum Vorschein. Schmerzen im Knie: Ich weiß, daß du da bist, Amos. Wie schön, daß ich dich spüre!

»*Kanashii-no?*« – Bist du traurig? hat mich Hanako an diesem Abend gefragt. Da habe ich die Geschichte erzählt. Wie reden Mädchen, die in einer anderen Sprache denken und träumen? Sie blättern im Wörterbuch, sie suchen, sie flüstern. Eine Geheimsprache, wie die Sprache der Bienen oder der Liebenden, eine Poesie, die genau im Bereich dessen aufgeht, was nicht zu den Worten gehört. Als läge es in der Natur dieser Gefühle, nicht ausgedrückt werden zu können.

Ich sagte zu Hanako:

»Kein Mensch kennt diese Geschichte, nur du.«

»Nur ich?«

»Ja.«

Wir tauschten einen Blick, ein kleines Schulterzucken, ein Lächeln. Und später an diesem Abend schlossen wir das Fenster, ließen das Grammophon laufen, leise, leise, damit die Nachbarn es nicht hörten. Es ist gegen die Vorschriften, sagte Hanako, mit einem Blinzeln in den Augen. Ich legte eine Schallplatte auf, einen langsamen Walzer. Wir tanzten, sachte und verträumt; die Matten federten unter unseren Füßen. Wir hielten uns eng umschlungen. Hanako konnte nicht tanzen. Ich zeigte ihr die Schritte, ich leitete sie. Ihr Körper war biegsam, warm. Ihr Nacken, weiß wie Sahne, duftete nach frischer Haut, nach sauberem Haar. Wir tanzten, Wange an Wange, und schlossen die Augen dabei.

Weißt du, Hanako, es war eine seltsame Nacht, damals, als wir die Totenwache hielten. Amos war längst unter der Erde. In dieser Nacht, wie in jeder Nacht, fiel der Strom aus. Die »Shamasch«, die gottesdienstliche Kerze, begleitete die Gebete, die mein Großvater mit zitternder Stimme sang. Er sprach mit Amos, als ob er inmitten von uns auf der Bahre läge. Er ballte die Fäuste, hämmerte gegen seine Brust und kratzte sich die Wangen blutig. Tränen liefen unter den zerknitterten Lidern hervor. Im Rhythmus der Atemzüge schüttelte ein heiseres Röcheln seinen Brustkorb.

»Verzeih mir, mein Sohn, verzeih mir, wie Gott mir verzeihen möge! Ich habe dir Unrecht zugefügt, dich beschuldigt, dir harte Worte gesagt. Verzeih mir, ich bin nur ein Mensch.«

Auch Oma betete, schmerzerregend in ihrem stummen Jammer, und auch Michael, versteinert im Schmerz, und Iris, blondhaarig und Amos, ach, so ähnlich. Und Tante Hannah, händeringend und zerzaust, während Yasha, ein stummer Anblick des Schreckens, nicht ein einziges Mal die Lippen bewegte. Später machte Oma Feuer im Ofen, rührte eine Suppe an. Ihr Gesicht war aschfahl, aber sie hatte zu tun, das lenkte sie ab. Sie war, in all ihrer Sanftheit, eine resolute Frau, und Opas Wehklagen ging ihr auf die Nerven.

»Du machst dich bloß krank, Taddeuz. Die Toten haben Ohren. Amos weiß, daß du es bereust. Du brauchst ihm die Dinge nicht gleich fünfmal zu sagen, das hat er nie ertragen können.«

Der Mond ging unter, orangefarben, riesengroß. Der erste Schein der Dämmerung strömte aus dem Osten, schimmerte hinter den Hügeln in leuchtendem Grau. Die Kanonen waren verstummt; sie schwiegen manchmal, in den frühen Morgenstunden. Wir schlürften die Suppe. Mit dem grauen Tageslicht, dem Zwitschern der Vögel, kam der Moment, mit dem das Leben wieder die Oberhand gewann. Yasha aß gierig, das kreidige Gesicht über seine Schüssel gebeugt.

»Schmeckt es dir, Kind?« fragte Oma mit müdem Lächeln. Yasha nickte, stumm und starr.

»Er spricht nicht mehr«, sagte Michael. »Auch nicht mit mir. Aber Geige spielen, ja, das tut er manchmal.«

Er wandte sich an den Jungen.

»Spiel, Yashale! Wir sind alle sehr traurig. Wir brauchen dich jetzt.«

Der Junge wischte sich mit dem Handrücken über den Mund. Er erhob sich, öffnete mit feinem metallischem Schnappen das Schloß des Geigenkastens. Seine Gesten waren behutsam und gleichzeitig von traumhafter Sicherheit erfüllt. Er hob den Deckel hoch; die letzte Kerze, die noch brannte, warf ihren Schein in das aufglänzende Innere des Kastens. Er war mit Plüsch ausgeschlagen, und der Plüsch war türkisblau. Die Geige selbst war dunkel, glänzend wie Chinalack. Yasha ergriff Geige und Bogen, hielt das Instrument mit einer Ehrfurcht und Liebe, als wäre es ein lebendiges Wesen. In dem Geigenkasten befand sich ein weißes, erstaunlich sauberes Tuch. Yasha legte das weiße Tuch über den dünnen Arm und klemmte die Geige unter sein Kinn. Ganz plötzlich geschah eine Verwandlung mit ihm; es war eine Veränderung, die sich von innen her auf sein bleiches Gesicht übertrug; sein Griff nach dem Bogen war fest und gleichzeitig dem Griff eines Liebenden ähnlich, der die Finger seiner Geliebten zum ersten Mal in seine Hand schließt. Mit einer Bewegung, selbstsicher und zärtlich, ließ er den Bogen über die Saiten gleiten. Mein Körper erschauerte, als die Klänge emporschwebten, volltönend, eindringlich, jubelnd wie die Lerche in morgendlicher Frühe. Yasha spielte das Violinkonzert von Max Bruch. Das Adagio, das alle Traurigkeit und Liebe dieser Welt in einem einzigen melodischen Bild verschmilzt. Yasha lächelte jetzt, die Augen halb geschlossen. Sein Lächeln war das eines glücklichen, träumenden Kindes. Die Musik sprach von Liebe, vom bleibenden Leben. Sie flüsterte uns zu, daß wir entwicklungsfähig waren. Weil Gut und Böse in uns verknüpft waren, wie Seiden- und Wollfäden zu einer Decke verwebt, wie Tag und Nacht, wie Frost und Wärme. Irgendwann würde der Fluch verklingen, die uralte Blutspur trocknen. Nicht heute und nicht morgen, vielleicht erst in Jahrtausenden. Wir waren noch Fötusse im Schoß der Menschheitsgeschichte: unvollendet, ungeboren. Die Geige jedoch sang von Hoffnung und Trost, von Auferstehung. Sie führte uns durch Finsternis und Schmerz, dem Licht entgegen.

Und später, Hanako, da blies Oma die Kerzen aus; die Totenwache war beendet. Für mich würde sie ewig dauern, aber das wußte keiner. Der Morgen kam, mit klarem Himmel, taunassem Fallobst und reifenden Ähren. Der Wind wehte aus Westen; über Danzig flackerten Explosionen. Sie schienen diesmal sehr nahe. Yasha schlummerte auf der Matratze. Den Geigenkasten hielt er an sich gepreßt, wie ein Kind, das sein Spielzeug mit ins Bett genommen hat. Ich fragte Michael, warum Yasha keine Silbe sagte. Jetzt, wo sein Bruder schlief, sprach Michael darüber. Und wieder erkannte ich diesen ganz besonderen Ton, sehr belegt, sehr dumpf und verhalten, ein Ton, der jede Erregung bezwang.

»Nachdem wir unser Haus verloren hatten, versteckten die Nachbarn meiner Eltern uns in ihrer Wohnung. Sie wurden denunziert. Als die Soldaten Yasha wegführen wollten, schrie Mutter, das ist nicht mein Sohn. Die Nachbarin sagte, er sei ihr Neffe, der bei der Frau Professor Geigenstunden nahm. Beide Frauen hatten das so abgemacht. Yasha war verboten worden, zu widersprechen. Einzig und allein er selbst weiß, was er gelitten haben muß; er, der an seinen Eltern so hing! Die Soldaten forschten nicht weiter. Sie hatten es eilig: Der Lastwagen wartete. Meine Mutter stürzte auf der Treppe, brach sich den Fußknöchel. Mein Vater half ihr, sich aufzurichten. Sie versetzten ihm Kolbenschläge, traten ihn mit Füßen. Er steckte die Schläge ein, kümmerte sich um meine Mutter, beschmierte sie mit seinem Blut. Der Lastwagen hatte ein Verdeck, und es waren an jenem Nachmittag etwa dreißig Grad im Schatten. April ist manchmal ein sehr warmer Monat. Unter das Verdeck waren Menschen gepfercht; dicht aneinandergepreßt, hockten sie dort oben. Die Nazis stießen meine Eltern dazu. Der Wagen fuhr ab – ohne Yasha. Seitdem spricht er nicht mehr. Er lebt in einer anderen Welt. Manchmal denke ich, sie ist viel schöner als unsere …«

Michael senkte die Augen und schwieg. Noch in seiner Schwäche wurde Opa auf einmal von großer Nervosität befallen.

»Wie, jetzt haben sie Simon in ein Lager gebracht? Die arme Elsa auch? Ach Unsinn! Nachher kommt es ja darauf an, wieviel Schinderei man aushält. Sie sind doch nicht für Schwerarbeit gemacht.«

Michael hob langsam die Augen. Seine Lippen zitterten, wie kurz vor dem Weinen.

»Sehen Sie, Herr Linder, es ist nicht ganz so, wie Sie glauben. Die Nazis bringen die Juden nicht in Arbeitslager, nein. Sie werden in versiegelten Viehwaggons abtransportiert, in Gaskammern vergast und dann in Krematoriumsöfen verbrannt. Sie haben diese Einrichtungen sehr zweckdienlich gebaut. Und wenn sie etwas machen, dann machen sie es gründlich. Sie wollen uns ausrotten. Als Volk ausrotten. Das ist noch nie dagewesen, Herr Linder. Unsere Toten sind wirklich sehr zahlreich, wissen Sie. Man spricht von Millionen. Und das ist bloß der Anfang. Es wird weitergehen …«

Opas Augen blinzelten ins Leere. Er wackelte mit dem Kopf, murmelte vor sich hin. Hatte er Michaels Worte nicht gehört? Oder verschloß er sein Gehirn, stellte sich taub, blieb bei seiner sturen Entschlossenheit, die Tatsachen nicht zur Kenntnis zu nehmen?

»Simon? Ja, ja, an den erinnere ich mich gut. Er sammelte bibliophile Ausgaben. Die französische Renaissance, Sie wissen schon. ›Le siècle des lumières.‹ Ich konnte ihm oft etwas Neues besorgen. Wir hatten unseren Stammtisch, bei Geborski. Wir tranken Kaffee mit Schlagsahne. Oder Pflaumenschnaps …« Ich hörte kaum noch zu. Gaskammern? Krematorien? Hatte man sie wirklich zu diesem Zweck gebaut? Unvorstellbar. Ungeheuerlich! Lieber Gott, wo warst du, als sie diese Abscheulichkeit erfanden? Als sie das Material herbeischafften, die Anlagen bauten? Gäbe es den Gott der Heiligen Schriften, er hätte diesen Wahnsinn nicht zugelassen, die Verbrecher zu Staub zermahlen, mit dem Feuerschwert vernichtet. Aber ER läßt ja alles – sogar das Furchtbarste – geschehen. Seitdem die Menschen auf Erden sind. Jetzt glaube ich auch, daß es IHN nicht gibt, daß es IHN nie gegeben hat, daß sie IHN nur erfunden haben.

*Aber vielleicht gibt es etwas anderes als das, was wir uns vorstellen. Du weißt jetzt Bescheid, Amos. Bitte! Sag mir, was es ist …*

»Sehen Sie, Michael«, sagte Oma ruhig, »wir dachten, solche Dinge gibt es nicht. Nicht bei uns, nicht mitten in Europa …« Und, kaum hörbar: »Wir hatten Vertrauen …«

»Sie dürfen sich keine Vorwürfe machen«, erwiderte Michael, ebenso sanft. »Es wurde geheimgehalten. Kaum jemand war unterrichtet.«

»Und Amos?« flüsterte ich.

Er sah mich an; der bittere Ausdruck veränderte sich. Er fand sichtbar in sein wirkliches Alter zurück. Seine Antwort klang leise und höflich.

»Er hatte Informationen gesammelt. Er hielt diese Dinge für möglich.«

Lastendes Schweigen. Iris zog ihre Strickjacke enger um ihre dünne Gestalt.

»Keiner hat auf ihn gehört, damals. Auch ich nicht. Mein Mann ist doch Deutscher. Ich fühle mich als Deutsche, auch heute noch. Und jetzt? Was soll aus uns nur werden …?«

Ihre Stimme brach. Sie zitterte.

Michael sagte:

»Mein Vater hat Geld nach Amerika geschafft. Schon vor Jahren, als Hitler die Wahlen gewann. Als die Nürnberger Gesetze erlassen wurden, sagte er, jetzt müssen wir auswandern. Aber er hat zu lange gewartet. Er liebte Gemütlichkeit und Wohlbehagen, seine Bücher waren ihm wichtig. Und dann war es zu spät. ›Michael‹, sagte meine Mutter, ›wenn uns ein Unglück passiert, bringe Yashale in Sicherheit. Schwöre mir, daß du es tun wirst!‹ «

Michael war schon im Widerstand, damals. Als er erfuhr, was mit seinen Eltern geschehen war, mußte er sich entscheiden: die Armia Krajowa oder die Auswanderung. Er hatte seiner Mutter ein Versprechen gegeben. Die Kameraden verstanden das.

»Ich gehe jetzt mit Yasha nach Amerika. Unsere New Yorker Verwandten bürgen für uns.« Er fügte hinzu: »Das Problem ist, aus Polen herauszukommen. Aber es gibt einen Weg.«

Er sagte, auf der ganzen Welt gäbe es nur ein einziges Land, das von jüdischen Flüchtlingen kein Einreisevisum verlangte: Curaçao, eine Insel der Antillen, holländisches Kolonialgebiet. Jüdische Flüchtlinge mit einem japanischen Transitvisum konnten über Sibirien nach Japan reisen, um sich von dort aus nach Südamerika einzuschiffen. Rußland besetzte die baltischen Staaten Estland, Lettland und Litauen. Große Truppenverbände waren dort stationiert. Aber der japanische Konsul in Kaunas, der Hauptstadt Litauens, war befugt, ein solches Transitvisum auszustellen. Von sowjetischer Seite war ihm bestätigt worden, daß man die Flüchtlinge durchlassen würde.

»Sie sollten auf alle Fälle hier weg«, sagte er zu Iris. »Vielleicht kommen Sie gleich mit. Bis Kaunas sind es nur achtzig Kilometer. Wir können es schaffen.«

Ich hielt den Atem an. Hoffentlich sagte sie ja. Hoffentlich! Doch sie antwortete:

»Ich möchte Ihnen nicht zur Last fallen. Ich fühle mich gar nicht gesund.«

Er rutschte verlegen hin und her. Plötzlich sagte er:

»Die Zeit drängt. Die deutsche Front, die hält jetzt. Sie vergasen auch Kinder, natürlich. Aber junge Mädchen nicht sofort, das muß ich Ihnen sagen.«

Er sprach sehr eindringlich und sah ihr in die Augen dabei, als ob er ihr einen besonderen Gedanken vermitteln wollte. Das Blut stieg ihr in die Wangen. Sie nickte.

»Ich will es versuchen. Vielleicht halte ich es aus.«

Michaels Augen, die groß und grau und wirklich sehr schön waren, richteten sich kurz auf mich. Wir tauschten ein mattes Lächeln, bevor er sich wieder Iris zuwandte.

»Haben Sie Geld?«

»Nur etwas Schmuck.«

»Verstecken Sie ihn gut. Er könnte Ihnen gestohlen werden.«

»Wann gehen wir?« fragte Iris.

»Sobald Sie bereit sind.«

»Wir sind bereit«, sagte Iris.

Der Abschied von den Großeltern war kurz. Sie befanden sich bereits in einer anderen Sphäre des Lebens, in einem Zustand der Ergebenheit. Es war gut und richtig, daß wir versuchten, unser Leben zu retten. Sie hatten nicht mehr die Kraft dazu. Oma sprach kein Wort, als sie uns ein letztes Mal in die Arme schloß. Sie, die stets nach Lavendel oder Nelken geduftet hatte, roch nach saurem Schweiß, nach ungewaschenen Kleidern, nach Alter. Sie flüsterte Opa ins Ohr, daß wir gingen, legte ihm den Stock in die Hand, damit er sich aufrichten konnte. Als ich ihn umarmte, begegneten sich unsere Blicke, und ein Schauder packte mich; er hatte ein Gesicht wie das Schicksal selbst, jenseits von Schmerz, jenseits von Verzweiflung. Er legte die Hand auf meine Stirn, murmelte uralte Worte, die ich nicht verstand. Er sei müde, sagte er dann, er wolle sich hinlegen. Er war noch nicht tot, aber die Fähigkeit zu leben hatte ihn in dieser Nacht verlassen.

Im letzten Augenblick gab Tante Hannah Iris einen Armreifen mit einem komplizierten Verschluß, aus Gold. Nur für den Notfall, schärfte sie ihr ein, es sei ein Erbstück. Sie schluchzte dabei; eine apfelgesichtige Frau mit hohlen Wangen und einem kleinen, zusammengekniffenen Mund. Alle Zwistigkeiten waren vergessen. Iris sagte, sobald es ginge, würden wir sie nach Amerika holen.

So machten wir uns auf den Weg. Wir trugen gestopfte Strümpfe und ausgetretene Schuhe. Den Schmuck hatte Iris in den Kleidersaum genäht. Ihr Mantel war schwarz, und sie hatte ihr Haar zu einem dicken Zopf geflochten, der zwischen ihren Schultern aufschlug, während sie ging.

Jene Zeit ist mir als wirre Folge von Tagen und Nächten in Erinnerung. Die Straßen entlang zogen endlose Flüchtlingskolonnen, mit Taschen und Koffern bepackt. Frauen mit kleinen Kindern, alte Menschen, Mütter, die von ihren Kindern getrennt worden waren, Kinder, die noch kleinere Geschwister auf dem Rücken trugen. Wir schleppten uns an zerbombten Dörfern, niedergebrannten Häusern und verwüsteten Kornfeldern vorbei. Unsere Strümpfe hatten Löcher, Zehen und Fersen sahen hervor, blutige Blasen machten jeden Schritt zur Qual. Die Müdigkeit schwappte bleiern in uns. Krämpfe durchzuckten die Muskeln unserer Hüften und Beine. Die glühende Sonne starrte herab wie ein zorniges Auge. Unsere Kleider juckten, der ganze Körper klebte vor Schweiß. Aber wir liefen; unsere Füße liefen. So kamen wir vorwärts. Iris hatte oft Kopfschmerzen; sie wurden nicht besser. Manchmal wurde sie aschfahl im Gesicht; dann ruhte sie eine Weile im Schatten oder setzte sich an den Straßenrand. Michael war voller Fürsorge und Geduld. An Yashas stumme Gegenwart gewöhnte ich mich. In seinem verklebten Haar saßen Fliegen; ich war es, die sie wegscheuchte; er selbst nahm von ihnen keine Notiz.

Wir hatten Glück; wir wurden nur einmal bombardiert. Zwei Stukas griffen im Tiefflug an; die Flüchtlinge rannten schreiend in Deckung. Später lagen Koffer und Taschen über die Landstraße verstreut, Verstümmelte wälzten sich in ihrem Blut, stöhnend, brüllend. Ich will vergessen, was ich gesehen habe. Warum tun menschliche Wesen einander so etwas an? Ein anderes Mal zog ein starkes Gewitter auf; ein Regenguß klatschte auf den Asphalt, weit und breit gab es keinen Baum, der Schutz spendete. Wir waren bis auf die Knochen durchnäßt. Yasha erkältete sich; fieberte, hustete. Es kam vor, daß wir auf einen Pferdekarren steigen konnten, aber die Bauern verlangten Geld dafür, fast immer unverschämt viel. Einmal hielt ein Auto vor uns. »Steigt ein!« Ein Gutsbesitzer hatte uns bemerkt, als wir erschöpft am Straßenrand lagerten, und Mitleid empfunden. Er hatte ein krankes Herz, deswegen war er nicht an der Front. Dieser Mann wirkte müde und traurig. Warum war die polnische Abwehr so schlecht informiert gewesen? Welche Rolle spielten die Russen? Es ist Polens Unglück, sagte er, daß es zum Schlachtfeld geworden ist, und unser Verhängnis, daß wir dafür zu bezahlen haben. Das Korn reifte auf den Feldern. Bald kam die Erntezeit. Wer würde die Arbeit tun? Die Menschen müssen zerstören und töten, sagte er, das liegt ihnen im Blut.

Der Wagen lief gut; an diesem Tag kamen wir schnell vorwärts. Der Pole verlangte kein Geld von uns. Wir faßten neuen Mut. Doch am gleichen Abend brach Iris zusammen: Kopfschmerzen, hohes Fieber. Sie phantasierte. Bauern gaben uns Unterkunft. Zwei armselige Zimmer. Zerbrochene Fensterscheiben, mit Lumpen abgedichtet. Matratzen, die nach Urin stanken. An der Wand klebten Fliegen. Das Wasser, draußen in einem verrosteten Trog, wimmelte von Würmern. Die Männer schwangen die Mistgabeln, arbeiteten auf dem Roggenfeld. Wir aßen ein Gemisch aus Schweinekartoffeln und Rüben. Die Sonne brannte, im Zimmer erreichte die Temperatur gewiß vierzig Grad. Iris lag wach, die Augen vom Fieber verschleiert, die Wangen glühend heiß, wie eingetaucht in den Gestank. Ihr Haar klebte an den nassen Schläfen. Ihre schiefgetretenen Schuhe standen neben dem Bett, und es rührte mir das Herz, hinzusehen. Als am zweiten Tag keine Besserung eintrat, schlug ich Michael vor, die Reise ohne uns fortzusetzen.

»Sie hat diese Kopfschmerzen schon lange. Sie wird ein paar Tage krank liegen und dann wieder gut auf dem Damm sein.«

Michael war zunächst nicht einverstanden.

»Es wäre das Unklügste, sie hierzulassen. Es ist gegen jeden gesunden Menschenverstand.«

Ich erinnerte ihn an das Versprechen, daß er seiner Mutter gegeben hatte.

»Keine Gewissensbisse, Michael! Halten Sie sich nicht länger auf! Denken Sie an Yasha, nicht an uns.«

Wir standen im Hof, bis zu den Knöcheln im Schlamm. Yasha lehnte an einem schiefen Zaun, an dem Wäsche trocknete. Aus seiner Nase lief durchsichtiger Schleim. Er rührte sich nicht. Sein Kopf war klein und schmal, und beide Hände lagen auf dem Geigenkasten.

»Es wird mir schwerfallen, nicht an Sie zu denken«, erwiderte Michael dumpf.

Um ein Haar hätte ich jetzt geheult. Ich fühlte mich stark und elend zugleich. Ich sagte:

»Ich habe keine Angst. Amos hält seine Hand über mich.«

Einen Atemzug lang teilten wir die gleiche Bestürzung; ich, weil ich es gesagt hatte, und er, weil er es hören mußte. Unklare Empfindungen verwirrten uns beide, bis er schweigend nickte; ich spürte die Welle mitfühlender Zärtlichkeit, die ihn erfaßte. Wir sahen einander an. Und auf einmal vollzog sich die Verwandlung: Durch Michaels Gesicht schimmerte ein anderes Antlitz, kühn und spöttisch, mit brauner Haut und blitzenden Zähnen. Die Vision zuckte auf und verschwand. Zurück blieb eine Mattigkeit, ein plötzlicher Mangel an Kraft; eine Traurigkeit, aber auch eine Beruhigung. Unser getauschter Blick war eine Andeutung davon, eine Wohltat und vielleicht ein Versprechen.

Michael gab mir die Adresse seiner Verwandten in New York. Sie würden für uns bürgen. Er hoffte jedoch, daß wir uns in Kaunas wiedersahen. So müde und kraftlos Iris war, wir durften keine Zeit verlieren. Japan hatte bereits 1936 den Anti-Komintern-Pakt mit Deutschland geschlossen. Wenn die drei baltischen Staaten Sowjetrußland beitraten, würde der japanische Konsul keine Visa mehr ausstellen dürfen.

Es geschah, wie ich es vorausgesehen hatte: Nach ein paar

Tagen flauten Iris' Kopfschmerzen ab. Sie war sehr mager geworden; ihre Lippen waren trocken, die Augen lagen in dunklen Höhlen. Wir waren von Flöhen zerstochen, unsere Kleider grau vor Schmutz und Schweiß.

Die Bauern hatten uns das letzte Bargeld aus der Tasche gezogen. Iris war sehr schwach; wir kamen nur langsam vorwärts. Es dauerte zwei Tage, bis wir die Grenze zu Litauen erreichten. Die Russen ließen die Juden durch; sie wußten, daß sie vor den Nazis flohen und in ein anderes Land emigrieren wollten. Das ganze Gebiet stand im Zeichen des Krieges; wir kamen an Befestigungen und Bunkern vorbei, an Arsenalen, Depots und Kasernen. Kaunas – in polnischer Sprache Kowno – liegt am Nieman-Fluß. Eine ruhige Industriestadt mit düsteren Reihenhäusern und rechtwinkligen Straßen, von Soldaten, Bettlern und Flüchtlingen verstopft. An öffentlichen Gebäuden, Geschäften und Parkanlagen waren Schilder angebracht: »Für Juden verboten.« In Kaunas erfuhren wir die niederschmetternde Nachricht: Am 21. und 22. Juli – fünf Tage zuvor also – waren die drei baltischen Staaten Sowjetrußland beigetreten. Die Russen hatten die Japaner ersucht, bis Ende August das Konsulat zu räumen. Der Konsul war nicht mehr ermächtigt, die Visa auszustellen. Die Welt brach zusammen. Soviel Mühe, Ausdauer, Strapazen: wozu? Wir hatten keinen Mut mehr, keine Hoffnung. Wir konnten uns kaum noch auf den Beinen halten, wir waren so müde, uns war so kalt, mitten im Sommer. Doch wir hörten Gerüchte: Der japanische Konsul hatte Mitleid mit den Juden, suchte Beistand auf offiziellem Weg, um ihnen die Visa zu gewähren. Die Verzweiflung belebte unsere letzten Kräfte. Wir schlossen uns der Menge an, die das Konsulat belagerte. Die Flüchtlinge verstopften die Straßen, die Durchgänge zwischen den Häusern. Ihre Zahl wuchs ständig an. Sie stießen und drängten sich vor, schrien, flehten, versuchten über das Gitter zu klettern. Militärposten hielten sie zurück. Der ganze Platz war eine Masse aus Mänteln, Mützen, Lumpen, Bärten. Der Lärm brandete unaufhörlich. Iris und ich waren fast die einzigen Frauen. Die meisten Jüdinnen waren mit ihren Männern, Brüdern oder Söhnen gekommen. Da ein Visum für eine ganze Familie galt, waren es vorwiegend Männer und halbwüchsige Jungen, schlotternd, zerlumpt und elend, die Tag und Nacht vor dem Konsulat warteten. Im Laufe der nächsten drei Tage kamen wir, von der Menge gedrängt und geschoben, ziemlich nahe an die Gitter heran. Abwechselnd besorgten wir etwas Nahrung oder gingen, um unsere Notdurft zu verrichten. Iris hatte mir eingeschärft, mich um keinen Preis von der Stelle zu rühren, falls sie einmal nicht zurückkehren sollte. Mit oder ohne sie sollte ich das Visum beantragen. Wir schliefen auf dem Boden, an die Taschen gelehnt, die unsere Habseligkeiten enthielten. Sterne beleuchteten das niedergekauerte, in tiefer Erschöpfung dösende Menschengewirr. Aus der Masse erhob sich ein endloses Seufzen, Schnarchen, Wimmern, Stöhnen, Husten. Gebete wurden gesprochen, ein paar Strophen leise gesungen. Unsere Gesichter inmitten dieser Menge waren nicht mehr die unseren: Wir waren ein Teil dieser Elenden, dieser Ärmsten unter den Armen, deren Atem und Geruch uns umgab. Geächtete unter Geächteten, Menschen desselben Weges, Glück und Unglück gleichermaßen ausgeliefert, gleich vor dem Leben, dem Schmerz und dem Tod. Und ich dachte: Von nun an werden sie meine Kameraden sein.

Tagsüber kam es vor, daß sich an einem Fenster des Konsulats eine Gardine bewegte. Eine schlanke Frau und ein kleiner Junge zeigten sich hinter der Scheibe. Dann entstand Bewegung in der Menge. Die Flüchtlinge riefen dem Kind Koseworte zu oder schnitten Grimassen, um es zum Lachen zu bringen. Manche weinten und streckten die Arme nach ihm aus, als ob dieses Kind die Macht hätte, etwas zu bewirken. Nach einer Weile fiel die Gardine wieder zu.

An dieser Stelle muß ich meine Schilderung unterbrechen und kurz über Nathan Goldstein berichten, den wir ein paar Wochen später kennenlernen sollten. Nathan Goldstein erzählte uns nämlich, was sich in diesen Tagen im Konsulat abgespielt hatte. Goldstein war Präsident der Vereinigung polnischer Flüchtlinge, einer Organisation, die es sich zum Ziel gesetzt hatte, den Juden die Rückkehr nach Israel zu ermöglichen. Goldstein sammelte Spenden, verhandelte mit russischen und japanischen Reiseunternehmen. Güterzüge beförderten die Flüchtlinge durch Sibirien. Einmal in der Woche verkehrte das Dampfschiff *Harbina-maru* zwischen Wladiwostok und dem japanischen Hafen Tsuruga. Die Reise kostete zweihundert Dollar, fünfzehnmal mehr als der Normaltarif. Von seiten der Russen war es glatter Betrug, aber die Flüchtlinge hatten keine Wahl, wollten sie mit dem Leben davonkommen. Die Jüdische Vereinigung streckte den Mittellosen die Summe vor. Von Nathan Goldstein sollten wir auch erfahren, daß Michael und Yasha ihr Visum rechtzeitig erhalten hatten und sich auf dem Weg nach Japan befanden.

Goldstein war mittelgroß, kräftig und mit vierzig Jahren bereits kahl. Er hatte einen dunklen, besonnenen Blick; seine Fingernägel waren stets makellos, seine abgetragenen Schuhe jeden Tag geputzt. In Warschau hatte er eine Zeitung herausgegeben. Seine Frau und seine beiden Söhne waren in Amerika in Sicherheit. Seine Mutter, seine zwei jüngeren Schwestern, ihre Männer und ihre Kinder hatte er in Treblinka verloren. Wenn er nicht sprach, blickte er düster drein. Goldstein gehörte zu den Beauftragten, die Chiune Sugihara, den japanischen Konsul in Kaunas, um Hilfe gebeten hatten. Wären es nur einige gewesen, hätte Sugihara die Visa ohne weiteres erteilt. Aber nun waren es mehrere Tausend, die das Konsulat belagerten, und stündlich kamen neue dazu. Sugihara telegrafierte dreimal mit dem Außenministerium in Tokio und bat um die Erlaubnis, den Juden das Visum zu gewähren. Dreimal kam der abschlägige Bescheid. Schroff ersuchte ihn das Ministerium, sich nicht eine Unbotmäßigkeit zuschulden kommen zu lassen. Japan stand im Begriff, der Achse Deutschland–Italien beizutreten; den Juden zu helfen, galt als Verrat. In seinem letzten Schreiben an Sugihara teilte ihm das Außenministerium mit, daß so viele Flüchtlinge aus Sicherheitsgründen in Japan nicht willkommen seien.

»Sugihara hatte die Wahl zwischen seiner Pflicht und seinem Gewissen«, sagte Goldstein. »Er hielt Zwiesprache mit sich selbst. Seine Pflicht wurde ihm von den Menschen aufgetragen, sein Handeln aber hatte er vor Gott zu verantworten. Am 29. Juli, bei Tagesanbruch, ließ er mich in sein Büro kommen. Ich hatte die Nacht unter freiem Himmel verbracht, wachend und betend. Der Konsul stand am Fenster, die Hände auf dem Rücken verschränkt. Als ich in das Büro trat, wandte er sich langsam um. Er grüßte verhalten, deutete ein Lächeln an.

›Sie sehen müde aus‹, sagte er auf Russisch, eine Sprache, die er besser beherrschte als Polnisch.

›Wahrscheinlich bin ich das sogar‹, antwortete ich. ›Um die Wahrheit zu sagen, ich habe in dieser Nacht kein Auge zugetan.‹

›Nun, Sie waren gewiß nicht der einzige‹, entgegnete Sugihara, und schaute wieder zum Fenster hinaus. ›Nessun dorma‹ zitierte er, mit wehmütigem Lächeln. ›Gehen Sie gerne in die Oper, Herr Goldstein?‹

›Gewiß. Und ich hatte stets ein Faible für Puccini. Aber die Warschauer Saison hat Wagner auf dem Spielplan.‹

Der Konsul ließ sein leises, weiches Lachen hören. Dann wurde sein Gesicht wieder ernst. ›Herr Goldstein, ich bin an die diplomatische Karriere gebunden mit den Banden der Neigung, in Ermangelung derer der Vorsicht. Sie sind der erste, den ich es wissen lasse: Hier endet meine Laufbahn.‹«

Als sich die Tür des Konsulats im frühen Dämmerlicht öffnete, lief eine Bewegung durch die Menge, begleitet von einem Gemurmel, das von allen Seiten anschwoll. Aus der Tür trat ein Japaner: schlank, mittelgroß, dunkel gekleidet. Die Militärposten salutierten. Iris erhob sich, fröstelnd in ihrem schwarzen Mantel. In der Nacht war die Temperatur gefallen. Schlaftrunken kam ich neben ihr auf die Beine. Die Knochen, der Kopf, mein ganzer Körper tat mir weh. Um uns herum war kein Laut zu hören, als Chiune Sugihara sich dem Tor näherte. Nur verzweifelte Blicke. Und die Angst. Die abgründig hoffnungslose Angst, die jedem an die Kehle griff. Das persönliche Erscheinen des Konsuls erhöhte noch das Entsetzen. Inzwischen trat der Japaner ganz nahe an das Gitter heran. Ein paar stumme Sekunden lang betrachtete er die Menge, mit einem seltsamen Glitzern in den Augen. Dann hörten wir seine Stimme, eine Stimme, die ich niemals vergessen werde, nicht nur, weil sie helfende Worte sprach, sondern weil ihr Tonfall so rücksichtsvoll, so höflich war. Beim Klang dieser Stimme ging ein Beben durch die Menge. Zerlumpte Männer, alte und junge, zitterten vor Ergriffenheit; Tränen liefen über ihre schmutzigen Wangen. Wir hofften alle, dem Tod zu entrinnen; Höflichkeit erwarteten wir nicht, sie war uns fremd geworden, schon seit Jahren. Der japanische Konsul sprach zu uns, freundlich und verständnisvoll, wie zu seinesgleichen. Und wir, die »Untermenschen«, das »Judenpack«, empfingen diese Höflichkeit wie einen unermeßlichen Schatz, der uns geraubt worden war. Das feinfühlige Entgegenkommen dieses Mannes brachte uns die verlorene Würde zurück, befreite uns von allen Kränkungen, rief uns zum Leben auf.

»Guten Morgen«, sagte der Japaner in klarem, etwas stockendem Polnisch. »Ich möchte Ihnen mitteilen, daß ich die Visa ausstelle.«

Schweigen; ein paar Sekunden lang rührte sich keiner. Dann brandete ein ungeheurer Lärm über den Platz; die Menschen schrien, brachen in Schluchzen aus, umarmten einander oder streckten die Arme aus und beteten. Erneut hob der Konsul die Hand. Jene, die vorne standen, bedeuteten den anderen, still zu sein. Die Menge verstummte. Sugihara sagte:

»Ich wiederhole es nochmals: Die Visa werden ausgestellt. Ich bitte Sie nun, Geduld zu bewahren. Wir werden viel Zeit sparen, wenn Unruhe vermieden wird.«

Er neigte den Kopf zum Gruß, war im Begriff, sich zurückzuziehen; da erblickte er Iris, hochaufgerichtet in der Menge. Das aufgelöste rotblonde Haar hing in Strähnen um ihr blasses Gesicht. Einen Herzschlag lang trafen sich ihre Augen. Dann wandte Sugihara sich ab, betrat mit schnellen, leichten Schritten das Haus, in dem nun – in jedem Raum – die Lichter angingen.

Vor dem Konsulat standen jetzt die Flüchtlinge Schlange. Angestellte hatten den Auftrag, sie durch die Garage statt durch das Haupttor zu führen; so wurde der Andrang vermieden. Später, als die Masse kaum noch aufzuhalten war, ließ der Konsul numerierte Karten verteilen. Iris schätzte, daß wir wohl den ganzen Tag ausharren mußten, so viele Menschen waren vor uns. Doch kaum eine Stunde war vergangen, als ein Militärposten das Tor öffnete. Ein Beamter trat hinaus, zwängte sich durch die dichte Masse der Wartenden. Männer hielten ihn auf, bestürmten ihn mit Fragen. Der Beamte, ein kleingewachsener Japaner, ließ sich nicht aufhalten, wies die Aufgeregten freundlich, aber bestimmt zurück. Er suchte mit den Augen die Menge ab, erblickte uns und kam auf uns zu. Obwohl die Sonne schien, war die Morgenluft kühl. Iris saß erschöpft und zähneklappernd am Boden. Sie richtete sich auf, indem sie sich an mir festklammerte. In korrektem Polnisch richtete der Beamte das Wort an sie:

»Der Herr Konsul meint, daß Sie wohl müde seien. Er bittet Sie, mir Ihre Papiere auszuhändigen. Kommen Sie morgen um zehn, Ihr Visum wird bereit sein.«

Wir starrten ihn an; der junge Mann hielt den Kopf gesenkt, so daß wir nur sein schwarzes Haar erblickten. Wortlos nestelte Iris ihre Tasche auf, reichte ihm, was er wünschte. Der Japaner verbeugte sich abermals und ging davon, wobei er sich mit ruhiger Beharrlichkeit durch die Menge schob. Als sich das Gitter hinter ihm geschlossen hatte, stieß Iris einen seltsamen Laut aus. Ein tiefer Seufzer, wie Kranke ihn manchmal hören lassen, kam aus ihrem Mund. Sie tastete nach meiner Hand. »Komm, Lea. Wir gehen schlafen.«

## *27. Kapitel*

Wer Geld hatte, konnte in Kaunas eine Unterkunft finden. Iris hatte einen kleinen Brillantring verkauft. Das Zimmer, in das man uns führte, war dürftig, aber nicht ungepflegt: ein Bett, ein Tisch, ein Stuhl. Es roch nach abgestandener Luft, aber das Bettzeug war sauber. Ein Krug und eine Waschschüssel waren vorhanden, Seife gab es seit Monaten nicht mehr. Der Preis war unverschämt hoch, aber Iris zahlte ohne Widerspruch. Sie ließ sich auf das Bett fallen; ich zog ihr die Schuhe aus, ihre Strümpfe waren durchlöchert und die Blasen kaum verheilt. Sie schlief schon, als ich ihre Füße auf das Bett hob. Iris schlief den ganzen Nachmittag und die ganze Nacht. Manchmal stöhnte sie im Schlaf, griff sich an den Kopf. Ich hatte Brot und Milch kaufen können. Als Iris am nächsten Morgen erwachte, trank sie die Milch und fühlte sich ein wenig kräftiger. Endlich konnten wir uns waschen, wenn auch nur unzureichend. Hinterher war das Wasser mit einer dunkelgrauen Schmutzschicht bedeckt. Wir entfernten den Staub von unseren Kleidern. Iris frisierte sich sehr sorgfältig. Sie warf einen Wollschal über ihren abgetragenen Mantel, bevor wir uns auf den Weg zum japanischen Konsulat machten. Der Beamte erwartete uns hinter dem Tor. Die Menge starrte uns an, und vor uns tat sich eine Gasse auf. Iris ging wie eine Königin. Ihr aufgestecktes Haar, funkelnd wie Kupfer im Sonnenschein, erinnerte mich schmerzlich an Amos. Wie schön sie war! Der Beamte verneigte sich, geleitete uns durch den Vorhof. Als wir durch die Hallentür traten, umfing uns wohltuende Ruhe. Das Büro des Konsuls, im Zwischengeschoß, war schlicht eingerichtet. Bücher und Aktenordner häuften sich in Regalen, und an die Wände waren Landkarten geheftet. Der

Konsul, der hinter einem Schreibtisch saß, erhob sich, als meine Mutter hereinkam. Er lächelte ihr zu: ein Lächeln, das kaum die Lippen streifte, aber bis zu den schmalen Augen wanderte, die warm und voller Güte aufleuchteten. Er fragte, ob wir uns gut ausgeruht hätten.

»Ja, ich danke Ihnen«, antwortete Iris.

»Sie waren gestern sehr müde.«

Sie lächelte ihr wunderbares Lächeln.

»Heute fühle ich mich besser.«

»Ihre Tochter ist sehr mutig.«

»Ja, das ist sie.«

»Hier ist Ihr Visum«, sagte Chiune Sugihara. Auf dem Dokument stand auf Englisch vermerkt: *Transit Visa. Seen for the journey trough Japan to Sarawak, Curaçao or other Netherland colonies.* Die Unterschrift lautete: *Consul du Japon à Kaunas.* Der Stempel, mit dem kaiserlichen Chrysanthemenwappen versehen, war ebenfalls in französischer Sprache, der Diplomatensprache, gehalten. Iris fragte den Konsul, was sie zahlen mußte. Er schüttelte den Kopf, mit einem dunklen Schimmer in den Augen.

»Was wäre mit mir, wenn ich aus Ihrer Not ein Tauschgeschäft machte?«

»Wie kann ich Ihnen danken?« flüsterte sie.

Da lächelte er.

»Ich stellte Ihnen nur ein Visum aus. Das gehört zu meiner konsularischen Tätigkeit. Bürden Sie sich keine Last der Dankbarkeit auf. Denken Sie an Ihre Rettung.«

Iris nahm die Papiere, die er ihr reichte. Sie war sehr blaß geworden; ihre Lippen zitterten. Plötzlich taumelte sie, griff sich an die Stirn. Gerade da wurde leise an die Tür geklopft, und eine Japanerin betrat das Büro. Sie war einfach, aber geschmackvoll gekleidet. Sie hatte ein herzförmiges Gesicht, eine hohe Stirn und dichtes braunes Haar, eingerollt in eine Schneckenfrisur. Sie trug ein Lacktablett mit einer kleinen Teekanne, einer Zuckerdose und einer Tasse, das sie behutsam auf den Schreibtisch stellte.

»Meine Frau Yukiko«, sagte Sugihara.

Sie deutete eine Verbeugung an. Ihre Augen schimmerten freundlich und klug. Als sie sah, wie bleich und müde Iris wirkte, sagte sie auf Englisch:

»Kommen Sie doch mit mir. Etwas Warmes wird Ihnen guttun.«

Der Konsul verneigte sich zum Abschied; die Bewegung war ungezwungen, voller Stolz und zugleich voller Melancholie. Der nächste Flüchtling, weißhaarig, zitternd, betrat schon das Zimmer – und draußen warteten Tausende.

Yukiko Sugihara führte uns in ein kleines, behaglich eingerichtetes Wohnzimmer.

»Bitte, nehmen Sie Platz. Was kann ich Ihnen anbieten?«

»Wenn Sie Tee haben, nehme ich gern eine Tasse«, sagte Iris. Ihre Wimpern flatterten; Schweißtropfen perlten an ihrer Stirn.

»Er ist schon kalt«, meinte Yukiko Sugihara. »Ich lasse frischen bringen.«

»Das ist nicht nötig.«

»Aber doch. Bei Kopfschmerzen helfen nur heiße Getränke.«

»Ich danke Ihnen, Sie sind so gütig«, sagte Iris leise.

Die Japanerin gab Anweisungen. Ein paar Minuten später kam ein Dienstmädchen, brachte ein Silbertablett mit Tee, Zucker und Milch. Frau Sugihara entschuldigte sich.

»Es tut mir leid. Wirklich guten Tee bekommt man jetzt nicht mehr. Und die Milch ist aus der Dose.«

Sie saß uns in anmutiger Haltung gegenüber. Sie hielt den schmalen Rücken kerzengerade; ihre kleinen, gepflegten Hände waren im Schoß gefaltet. Teilnahmsvoll fragte sie meine Mutter, ob sie krank sei. Iris erzählte, daß sie unter den Kopfschmerzen schon seit Monaten litt.

»Die Schmerzen sind schlimm, als ob das Gehirn gegen die Augäpfel drückt. Oft sehe ich alles verschwommen. Beim Erwachen gehorchen mir die Muskeln nicht mehr. Lea reibt meine Schultern, meine Gelenke. Sie zieht mich an den

Händen hoch. Erst nach einer Weile bin ich zum Aufstehen fähig.«

»Haben Sie Fieber?«

»Ja, ständig. Es geht nie ganz weg.«

»Sie brauchen ärztliche Pflege«, sagte Frau Sugihara. »Und Sie sind todmüde. Darf ich fragen, wo sich Ihre Familie befindet?«

Der heiße Tee hatte Iris etwas aufgemuntert. Mit stockenden Worten faßte sie die Ereignisse der letzten zwei Jahre zusammen: die Festnahme meines Vaters, unsere Flucht nach Polen, Amos' Tod in den Folterkammern der Gestapo, das traurige Los der Großeltern. Yukiko Sugihara hörte zu, voller Mitgefühl.

»Vielleicht ist Ihr Mann noch am Leben?«

Iris schüttelte den Kopf.

»Nein, ich habe jede Hoffnung aufgegeben. Die Gestapo hat ihn umgebracht. Er hatte zu mir gesagt: ›Wenn sie mich holen, erwarte nicht, mich wiederzusehen. Denke an die schönen Jahre, die wir hatten. Verlasse Deutschland und beginne ein neues Leben.‹ Wozu? Was habe ich noch zu erwarten? Aber Lea ist da. Für sie kämpfe ich; nicht für mich.«

Ein Schauer lief durch ihre schmale Gestalt; ihre schmerzerfüllten Augen waren ins Leere gerichtet. Die Japanerin brach mit einem tiefen Seufzen das Schweigen.

»Wir leben in einer schrecklichen Zeit. Und es wird noch schlimmer kommen ...«

Sie fragte, ob wir Verwandte in Amerika hätten.

»Nur Freunde«, sagte Iris, »aber sie werden uns helfen.«

»Und in Japan?«

Iris sagte, nein, da kenne sie keinen Menschen. Yukiko Sugihara setzte sich an einen altmodischen Schreibtisch mit Rolldeckel, riß einen Zettel von einem Notizblock ab und schrieb mit akkurater Schrift einen Namen auf. Sie fügte einige japanische Schriftzeichen hinzu und händigte Iris den Zettel aus. Ich las den aufgeschriebenen Namen laut vor.

»Dr. Fumi Ota.«

Frau Sugihara lächelte mir zu.

»Sie ist Ärztin. Wir gingen zusammen zur Schule und stehen auch heute noch im Briefwechsel. Vor einigen Monaten verlor Fumi ihren Mann und übernahm eine Privatpraxis in Kobe. Sie hat eine Tochter in Ihrem Alter, Hanako.«

Zu Iris sagte sie:

»Wenn Sie in Japan Schwierigkeiten haben, wenden Sie sich an Fumi. Sie spricht etwas Deutsch, obschon sie vieles vergessen haben wird. Wer bei uns Medizin studiert, lernt Deutsch als Pflichtfach. Nur wenige Japaner sprechen Fremdsprachen«, setzte sie mit sanftem, ironischem Lächeln hinzu. »Aber wenn Sie dieses Papier vorzeigen, wird man Ihnen den Weg weisen.«
Die Tür sprang auf. Ein etwa fünfjähriger Junge stürmte in den Raum. Er hatte nicht erwartet, Fremde anzutreffen, und schmiegte sich an seine Mutter. Dieses Kind hatte eine Haut von ganz gleichmäßiger, wächserner Farbe. Die Mandelaugen unter den Ponyfransen waren groß und verschmitzt.

»Mein ältester Sohn, Hiroki«, sagte Frau Sugihara. »Sein Bruder Chiaki ist noch keine zwei Jahre alt.« Sie zog das Kind auf ihren Schoß.

»Als Hiroki die vielen Menschen vor dem Haus sah, wollte er wissen, was sie dort machen. Ich sagte zu ihm: ›Böse Menschen wollen sie fangen und töten.‹ Hiroki antwortete: ›Aber Papa wird sie retten.‹«

Der Kleine gluckste verlegen. Die Mutter strich ihm das dunkle Haar aus der Stirn.

»Er hatte nicht den geringsten Zweifel. Und es wäre wirklich nicht gut gewesen, diesen kleinen Jungen zu enttäuschen, meinen Sie nicht auch?«

Iris lächelte mit erschütternder Zärtlichkeit.

»Er ist ein Engel.«

Es wurde Zeit, daß wir Abschied nahmen. Wir ahnten nicht, daß das Schicksal uns noch ein zweites – und letztes Mal – mit Chiune und Yukiko Sugihara zusammenführen würde. Aber ich greife vor. Denn kaum hatten wir das Konsulat verlassen, als Iris wachsweiß im Gesicht wurde. Ihre Beine versagten;

unter größter Anstrengung führte ich sie in unser Zimmer zurück, entkleidete sie und brachte sie zu Bett. Ihr Körper war heiß und trocken, von heftigem Fieberfrösteln geschüttelt. Der Schüttelfrost legte sich nach ein paar Stunden, die Temperatur sank. Iris lag ganz still, leise röchelnd; nur ihre Hände zuckten krampfhaft auf der Bettdecke.

Um es kurz zu machen: Iris war fast drei Wochen lang reiseunfähig. Die Fieberanfälle kamen und gingen. Vorübergehend wurde es ihr schwarz vor Augen, ihre Arme kribbelten, sie konnte das linke Bein kaum bewegen. In dieser Zeit wurde die Lage sehr bedrohlich. Litauen gehörte zum sowjetischen Gebiet, die Russen sperrten alle Grenzen. Das japanische Konsulat war geschlossen worden. Das Außenministerium hatte den Konsul und seine Familie nach Berlin beordert. Wir erfuhren, daß sie im Hotel »Metropolis« auf ihre Abreise warteten. Sugihara, der seit drei Wochen ununterbrochen Visa unterschrieben hatte, wurde auch im Hotel von jüdischen Flüchtlingen belagert. Bei der Schließung des Konsulats hatte er Stempel und Dokumente nach Berlin abschicken müssen. Nun schrieb er die Passierscheine mit der Hand.

Iris' Zustand besserte sich. Die Krankheit gewährte ihr oft eine Frist, die trügerische Hoffnungen aufkommen ließ. Die Kopfschmerzen ließen nach; Arme und Beine gehorchten ihr wieder, wenn auch nur mit Mühe. Wir schleppten uns zum Bahnhof, tauchten in ein menschenüberfülltes Chaos ein. Nur vereinzelte Züge verließen Kaunas. Die Soldaten, die an die Front befördert wurden, hatten Vortritt. Heimkehrende Massen von schreienden Reservisten, manche schwer verwundet, belagerten die Bahndämme, rauften und prügelten sich um einen Sitzplatz im Abteil. Wir erlebten Feigheit, Dummheit, heillose Verwirrung und in diesem Schlamm von Roheit manchmal die rührendste Hilfsbereitschaft und Güte. Die Züge wurden auf den Gleisen hin und her geschoben. Viele Tausende waren auf der Flucht. Sobald eine Abfahrt gemeldet wurde, stürmten die Menschen mit ihren Habseligkeiten alle Wagen. Es war der erste September, frühmorgens, als wir den

Konsul und seine Familie zum letzten Mal sahen. Sie bestiegen den internationalen Zug nach Berlin. Militärwachen bahnten ihnen einen Weg; Yukiko Sugihara hielt Hiroki an der Hand; der jüngste Sohn lag in den Armen eines Kindermädchens. Dienstboten kümmerten sich um das Gepäck; unter dem Gefolge entdeckte ich auch den jungen Beamten, der uns in das Konsulat gebracht hatte. Der Konsul war kaum wiederzuerkennen: abgemagert, hohlwangig, mit geröteten Augen. Die Flüchtlinge bestürmten ihn, flehend und schluchzend. Unermüdlich, fast mechanisch, schrieb er Passierscheine, schrieb sie noch, als er bereits auf dem Trittbrett stand und die Militärwachen die Menge zurückstießen. Und als Sugihara im Abteil war, zog er das Fenster herunter, schrieb unausgesetzt Passierscheine, die er den Schreienden auf dem Bahndamm reichte. Plötzlich ließ die Lokomotive ein Zischen hören. Ein Ruck bewegte den Zug. Die Menge wich zurück, ein paar Frauen kreischten – ganz plötzlich wurde es still. Und in dieser Totenstille, nur von vereinzeltem Schluchzen unterbrochen, klang die schmerzvolle, erschöpfte Stimme des Japaners.

»Bitte, verzeihen Sie mir. Ich kann nicht mehr schreiben. Ich bete für Ihre Rettung.«

Und er verneigte sich tief vor jenen, die er ihrem Schicksal überlassen mußte. Da bewegten sich die Räder auf den Schienen. Und die Hunderte auf dem Bahndamm fingen wieder zu schreien an. Ihre Stimmen dröhnten durch die überfüllte, rauchgeschwärzte Halle. Die einen riefen: »*Nippon Banzai!*«, die anderen: »Sugihara, wir werden Sie niemals vergessen!«

Das Schluchzen der Verzweifelten mischte sich in die Segenswünsche der Geretteten. Jubel und Tränen galten dem Mann, der den Mut aufgebracht hatte, Verantwortung zu tragen und Gerechtigkeit zu üben. Und die unter ihnen, welche noch die Kraft hatten, liefen eine Strecke neben dem schneller fahrenden Zug her. Sie winkten zum Fenster hinauf, hinter dem Sugihara und seine Familie standen, warfen ihre Mützen in die Luft und riefen seinen Namen. Und dann blieben sie stehen und weinten und starrten dem Zug nach, der sich langsam entfernte, immer dunkler und kleiner wurde und schließlich verschwand.

»Sugihara hat über viertausend Visa ausgeschrieben«, sagte Nathan Goldstein. »Und da ein Visum für eine ganze Familie gültig ist, hat er mehr, viel mehr Menschen das Leben gerettet. Die Juden werden ihn niemals vergessen. Denn der Name eines Gerechten wird bei uns in Ehren gehalten. Unsere Kinder und Kindeskinder werden sich an ihn erinnern.«

Als Zeitungsherausgeber kannte er das Druckverfahren und hatte eine Anzahl Passierscheine kopiert. Später erfuhr ich, daß eine große Anzahl Flüchtlinge mit diesen gefälschten Papieren die Sowjetunion verlassen konnten. Im Land herrschte eine große Unordnung, die fähigen Soldaten waren an der Front. Die Kontrollen wurden von Männern vorgenommen, die ein offizielles Schreiben von einer Fälschung nicht zu unterscheiden vermochten.

Ich hatte Nathan Goldstein am Bahnhof getroffen, als ich mich verzweifelt um eine Fahrkarte bemühte. Goldstein besorgte mir die Karte; einer der letzten Züge, die durchgelassen wurden, verließ Kaunas in den frühen Abendstunden. Mit Goldsteins Hilfe schoben wir uns in den vollbesetzten Güterwagen. Die Abfahrt wurde um mehrere Stunden verschoben. Es war mitten in der Nacht, als sich der Zug mit Rasseln und Zischen stoßweise in Bewegung setzte. Die Reise sollte zwei Wochen dauern. Zwei Wochen, in denen wir, eingepfercht im Dunkeln, durch die endlosen, von eisigen Winden gepeitschten Ebenen Sibiriens rollten. Das Geräusch der Räder hörten wir nicht mehr, sondern nahmen es mit dem Körper wahr. Hin und her gingen unsere halbgedachten Gedanken, vor- und rückwärts auf dem Rasseln der Räder, bis dieses Rasseln zu einem Rhythmus wurde, der aus unserem tiefsten Inneren aufstieg. Wir sahen Bilder, die kein Gefühl in uns weckten, verloren die Fähigkeit, Stunden und Tage abzumessen, traten in eine neue Art von Leben ein, in ein erweitertes Selbst, das unser Herz bedrängte. Wurden die Türen aufgerissen, strömte Sonne oder kalte Luft in die Dunkelheit, taumelten wir wie die Nachtfalter oder erbrachen uns. Unsere Notdurft verrichteten wir, wo wir konnten, im Wagen selbst oder auf den Gleisen, wenn der Zug in Stationen hielt. Manche verloren den Verstand.

In Wladiwostok verhalf uns Goldstein zu einem Platz auf dem japanischen Dampfschiff. Viele weinten, als die Schiffsirene ihre Abschiedsrufe ausstieß, als die Laufbrücke eingezogen wurde und die Schlepper das Schiff vom Festland zogen. Herbststürme brausten über das Meer, die Wellen schäumten. Schon bald waren viele Menschen seekrank. Doch als die *Harbina-maru* die sowjetischen Gewässer verließ, richteten sich alle auf, auch die Schwachen und Kranken, hoben die Arme zum Himmel und stimmten einen Gesang an. Ich weiß nicht, welches Lied sie sangen, Iris hatte es mir nie beigebracht. Der machtvolle Chor erfüllte die Wellentäler; es schien, als klänge aus ihm die Stimme des Windes, das freie Rauschen der Wogen, emporgetragen bis zu den Wolken, bis zu den Sternen, auf den Flügeln dieses Gesanges.

Die See ging hoch und hart, das Schiff brauste mit breiter Bugwelle dahin. Der Wind schnitt wie ein Messer. Doch später, in den japanischen Gewässern, leuchtete das Meer blau; es gab keine brutalen Wellen mehr. Die See schaukelte sanft und mütterlich, atmete ruhig, mit glucksenden Geräuschen. Die Flüchtlinge drängten sich an Deck, sahen zu, wie das Land allmählich aus dem Dunst wuchs. Blaues Licht umhüllte den Küstenstreifen, ein azurfarbener, lebender Glanz, und ich dachte an meinen Traum, an die Insel der Schwertlilien, die Amos nicht erreichen konnte. Und selbst, als der Hafen Tsuruga in Sicht kam, mit seinen Kriegsschiffen und Tankern, seinen rollenden Kränen, Lagerhäusern und Docks, seiner rußgeschwärzten, nach Kohlenoxid und Maschinenöl stinkenden Luft – selbst da begleitete mich mein Traum. Der Zauberschein wich nicht vor meinem inneren Auge. Er blieb, wie eine Hellsicht der Liebe, und wird auch ewig bleiben.

# 28. Kapitel

Was danach geschah, ist dir bekannt, Hanako. Ich schreibe es trotzdem auf, weil es dich betrifft. Du weißt, daß wir von Tsuruga nach Kobe gebracht wurden, in ein Auffanglager. Dort betreute uns die jüdische Gemeinde. Die japanischen Mitglieder der christlichen Gruppe Holyness brachten Gemüse und frisches Obst. Unsere Kleider waren in entsetzlichem Zustand. Eine Japanerin wusch und flickte die Kleider, auch die Unterwäsche. Wir konnten uns mit dieser Frau nicht verständigen, aber sie trug unter ihrem Kimono ein kleines Kreuz, das sie uns zeigte. Nathan Goldstein ließ Iris und mich nicht im Stich; er verhandelte und buchte für uns die Überfahrt von Kobe nach New York; die Reise kostete vierzig Dollar. Goldstein fuhr mit dem gleichen Schiff, was für Iris eine große Beruhigung war. Doch am Abend vor der Abreise, als wir unsere Habseligkeiten packten, stöhnte Iris laut auf, hob die Hand an die Stirn und sank ohnmächtig zu Boden. Ihre Augen schwammen unter den Lidern, ihr ganzer Körper wurde von schmerzhaften Krämpfen geschüttelt. Ein japanischer Arzt untersuchte sie, machte ein ratloses Gesicht, gab ihr eine Injektion. Ich teilte Nathan Goldstein mit, daß meine Mutter nicht reisen konnte. Goldstein verkaufte unsere Karten, gab mir das Geld zurück und sprach mir Mut zu.

»Deine Mutter kann gesund werden. In Amerika haben sie gute Ärzte. Und du wirst Freunde finden, die dir helfen. Gott segne dich.«

So nahmen wir Abschied. Ich setzte mich zu Iris und hielt ihre Hand, fühlte das Fieber in ihren Adern klopfen. Am Morgen kam sie zu sich, bat um Wasser. Sie trank gierig, mit geschlossenen Augen. Ihre Stimme war nur ein heiseres Flüstern.

»Wie spät ist es? Wann müssen wir am Hafen sein?«

Ich sagte, das Schiff sei vor drei Stunden abgefahren. Da fiel sie auf ihr Lager zurück, weinend. Ihre Augen waren blutunterlaufen, ihre Wangen gerötet. Sie klebte vor Schweiß, erbrach sich, besudelte ihre Pritsche. In dem Lager befanden sich über zweitausend Menschen. Die herzzerreißende Ansammlung von Leid hatte Ärzte und Krankenschwestern gelassen gemacht. Für sie gab es dringendere Fälle: Säuglinge kamen zur Welt; Wundbrand verlangte Injektionen. Die Flüchtlinge litten an Tuberkulose, Dysenterie und Ruhr. Täglich traten Todesfälle ein. Eine Krankenschwester gab mir einen Blecheimer mit Wasser. Ich wusch Iris, säuberte ihr Lager. Bald sank sie in Schlaf, nein, es war eher eine tiefe Bewußtlosigkeit; jeder Nerv, jede Empfindung schien abgetötet. Ich dachte: So geht es nicht weiter! Yukiko Sugihara fiel mir ein. Nach längerem Suchen fand ich die Adresse, die sie uns gegeben hatte. Eigentlich war es den Transit-Flüchtlingen verboten, das Lager zu verlassen. Die Japaner nahmen diese Vorschrift sehr genau, das Lager wurde bewacht. Aber ich war nicht um eine Finte verlegen und benutzte einen Augenblick der Konfusion, als man unter Wehklagen und Geschrei die Leiche eines alten Mannes fortschaffte, um unbemerkt nach draußen zu gelangen.

Zum ersten Mal erblickte ich eine japanische Stadt. Sie hatte wenig mit der Pracht alter Städte zu tun, wie ich sie aus Deutschland oder Polen vor Kriegsausbruch kannte. Hier waren die Häuser aus Holz, niedrig, mit breiten Dachrinnen. Dürftig gezimmerte Buden beherbergten winzige, armselige Verkaufsstände. Daneben gab es Gebäude aus Beton, großen Kästen ähnlich, zweckmäßig und sehr häßlich. Rauchschwaden aus Fabrikschornsteinen machten die Luft stickig. Die Stadt war voller Lärm; überall wurde gesprengt, gebohrt und gehämmert. Fast an jeder Straßenecke brüllte ein öffentlicher Lautsprecher. Von Zeit zu Zeit wurde die Luft von einem fürchterlichen Heulen durchschnitten; ich erschrak fast zu Tode und dachte an Luftalarm, doch es war lediglich die Feuerwehr, die mit voller Geschwindigkeit angerumpelt kam. Die Menschen auf der Straße starrten mich an, vorwiegend die Kinder, aber aus ihren Augen sprach keine Feindschaft, nur Scheu und Neugierde. Ich ging wie eine Schlafwandlerin. Die Strapazen, die Müdigkeit, die chronische Unterernährung ließen mich vor Schwäche taumeln. Ich hielt den Zettel mit den Schriftzeichen in der Hand, er war schon ganz verknittert. Die Japaner besahen sich die Schriftzeichen, merkten, daß ich ihre Sprache nicht verstand und zeigten mir den Weg. Sie streckten dabei nicht den Finger aus, wie es in Europa üblich ist, sondern wiesen mir die Richtung mit der offenen Hand. Wenn ich mich bedankte, verneigten sie sich. Ich verneigte mich auch. Erschöpft, wie ich war, brachte ich kaum die Bewegung zustande. Über eine Stunde schleppte ich mich durch winklige Gassen, in denen es nach Holzkohle, Ruß und gebratenem Fisch roch, bis mich endlich eine alte Frau zu einem Gartentor führte. Ein Schild war dort angebracht, mit ein paar Schriftzeichen, die mit denen auf dem Zettel übereinstimmten. Vom Tor zum Haus ging ein Fußweg; zwischen den großen, holprigen Steinen wuchsen Grasbüschel. Das Haus war ziemlich groß, gut erhalten. Ich klopfte an die Tür; ein junger Mann im weißen Kittel öffnete; er besah sich zögernd den Zettel, den ich ihm unter die Nase hielt. Schließlich nickte er und führte mich in ein Wartezimmer, das mit ärmlich gekleideten Frauen und Kindern bis zum letzten Platz belegt war. Die Kleinen waren ebenso still wie die Flüchtlingskinder. Wenn ein Baby schrie, entblößte die Mutter einfach ihre Brust und gab dem Kleinen zu trinken. Die Frauen starrten mich erschrocken an; einige rührten sich nicht, andere nickten mir zu, ernst und befangen. Ich grüßte ebenso scheu zurück; da wurde der Ausdruck ihrer Augen vertrauensvoller. Ein paar Frauen knieten auf dem Boden. Ich setzte mich zu ihnen. Dann und wann ging eine Tür auf, eine junge Krankenschwester rief die Patienten. Vor Müdigkeit sah ich sie nur verschwommen. Ich schloß die Augen; als mein Kopf nach hinten gegen die Wand fiel, schlief ich bereits. Auf einmal fühlte ich mich leicht an der Schulter geschüttelt. Ich fuhr zusammen, richtete mich auf. Mein Nacken war steif und schmerzte. Wie lange saß ich schon da? Ein paar Stunden, vermutlich. Das Konsultationszimmer war leer; alle Patientinnen waren gegangen. Vor mir, auf dem Boden, kniete die junge Krankenschwester. Ich blinzelte benommen. Der Schleier vor meinen Pupillen klärte sich, ich sah sie deutlicher. Ich hatte ein etwa gleichaltriges Mädchen vor mir, mit weichem, blauschwarzem Haar. Ihr Gesicht war oval und sanft; die Augen, von langen Wimpern überschattet, zeigten um die Iris einen zartblauen Schimmer. Die Brauen waren wie Federn, schön und klar, am unteren Ende flaumig. Sie hatte eine ausdrucksvolle Nase und einen Mund, dessen geschweifte Lippen leicht vortraten. Sie blickte mich ernst und aufmerksam an; ich merkte, daß sie schüchtern war und das zu verbergen versuchte.

Sie sprach Japanisch zu mir. Die Worte formten sich klangvoll und deutlich. Ich schüttelte hilflos den Kopf und antwortete auf deutsch:

»Es tut mir leid, ich verstehe Sie nicht.«

Sie stellte eine weitere Frage. Ich glaubte, das Wort »deutsch« herauszuhören, nickte lebhaft und zeigte ihr Frau Sugiharas Zettel. Sie las ihn, wobei sie die Augenbrauen leicht zusammenzog. Ich bemühte mich, ihr die Situation zu erklären, doch es war augenfällig, daß sie mich nicht verstand. Sie sagte etwas, das wie eine Entschuldigung klang, erhob sich leichtfüßig und verschwand. Ich rieb mir den Nacken; die Müdigkeit schwappte bleiern in mir. Nach einer Weile ging die Tür wieder auf; eine noch junge Frau im weißen Ärztekittel trat in den Raum und sah mich durch ihre Hornbrille prüfend an. Ihr Haar war kurz geschnitten; man sah, daß sie nicht viel Zeit verschwendete, sich zurechtzumachen. Trotz der Sanftheit ihrer Züge hatte sie etwas an sich, das sie selbstsicher und entschieden wirken ließ.

»Guten Abend«, sagte sie auf Deutsch. »Was kann ich für Sie tun?«

Fumi Ota sprach jedes Wort sehr besonnen aus, so daß ich sie verstand. Ihre Kenntnisse der deutschen Sprache waren mangelhaft; ausreichend jedoch, daß wir uns verständigen konnten. Sie wollte wissen, wie es ihrer Schulfreundin ging. Ich schilderte ihr unsere Begegnung im Konsulat. Und ich erzählte ihr, was mit den Juden in Europa geschah und wie es uns ergangen war. Fumi Ota zeigte sich aufs tiefste erschüttert. Auch in Japan herrschte Nachrichtensperre. Daß Flüchtlinge aus dem kriegsgeschädigten Europa zu Tausenden emigrierten, war bekannt, aber Einzelheiten drangen nicht an die Öffentlichkeit. Dr. Ota erklärte mir, daß sie eigentlich auf Geburtshilfe und Frauenkrankheiten spezialisiert war. Doch Japan kämpfte in Burma und Malaysia. Das Kriegsministerium schickte alle Ärzte in die Krankenhäuser, wo täglich Verwundete eintrafen. Da Fumi Ota ihre Praxis nicht schließen wollte, arbeitete sie von frühmorgens bis spät in die Nacht hinein. Viele von den Frauen, die Dr. Ota aufsuchten, waren mittellos, aber keine kam vergeblich zu ihr. Die junge Krankenschwester war ihre Tochter, Hanako. Die Ärztin erkundigte sich nach meiner Mutter. Was ihr denn fehlte? Ich versuchte ihr die Symptome zu beschreiben. Sie sagte, daß sie meine Mutter sehen wollte. Wir machten uns auf den Weg zum Lager. Ich begriff, daß sie sich diese Zeit von ihrer ohnehin knapp bemessenen Ruhezeit stahl. Sie untersuchte Iris lange und gründlich. Der Befund war eindeutig: Gehirntumor. Ich fragte:

»Wie lange sie wohl krank sein wird?«

Ausflüchte lagen Dr. Ota nicht. Sie hatte ein klares Bild von mir gewonnen und wußte, daß ich die Wahrheit ertragen konnte.

»Ich weiß es nicht, Lea-San. Sie müßte operiert werden, aber dafür sind wir nicht eingerichtet. Es könnte auch sein, daß sich der Tumor von selbst zurückbildet. Es kommt darauf an, wieviel Widerstandskraft sie aufbringt. Sie braucht jetzt Ruhe und jemanden, der sie richtig pflegt.«

Sie ließ mir Medikamente da und versprach, wiederzukommen. Die Mittel halfen erstaunlich gut; Iris erwachte aus ihrer Ohnmacht; die Krämpfe beruhigten sich. Als die Ärztin am nächsten Tag kam, war Iris wieder ganz heiter, fröhlich sogar, und dankte ihr tief bewegt für ihre Hilfe. Hanako hatte ein deutsch-japanisches Wörterbuch bei sich; so kamen wir zu unserem ersten Gedankenaustausch. Eigentlich wollte Hanako Medizin studieren, wie ihre Mutter. Aber der Krieg, nicht wahr? Wir lächelten uns zu, verständnisvoll und bedauernd. Die starke Zuneigung, die wir füreinander empfanden, sprach aus jedem Blick, aus jeder Bewegung. Sobald sich Iris erholte, kam ihr ganz besonderer Charme, dieses Strahlende, zum Vorschein. Ihr Haar glänzte wie Ähren, von der Sonne gereift, ihre Augen funkelten grün und klar. Sie fühlte den brennenden Wunsch, wieder gesund zu sein, glaubte, daß sie in ein paar Tagen wieder reisefähig sein würde. Die Ärztin betrachtete sie voller Sympathie. Sie freute sich auch, wieder Deutsch sprechen zu können. So gut verstanden und unterhielten sich die beiden Frauen, daß die Japanerin Iris den Vorschlag machte, eine Zeitlang bei ihr zu wohnen.

»Sie wären dort soviel glücklicher. Und Sie könnten ruhig schlafen – das ist für Sie das allerbeste. Der Schlaf heilt.«

Iris lehnte zuerst ab; sie wollte die Situation nicht ausnützen und niemandem zur Last fallen. Doch Fumi Ota bat sie so herzlich zu kommen, daß sie schließlich die Einladung annahm.

Natürlich ging es nicht ohne Schwierigkeiten. Die Einwanderungsbehörden zeigten großes Mißtrauen. Dr. Ota mußte eine Bescheinigung unterschreiben, daß sie die Kranke nur aus Gründen der Rekonvaleszenz vorübergehend beherbergte. So kamen wir für einige ruhige, friedliche Wochen in Fumi Otas Haus. Und so wurden wir Freundinnen, Hanako. Ich kann eigentlich nicht sagen, wie es geschah; ich kann nur sagen, daß es eben so war. Ich spürte die Gedanken ihres Herzens, wie sie die meinen spürte. Wir vergaßen, daß wir nie in unseren eigenen Sprachen miteinander gesprochen hatten. Das Haus war klein – wie ich bereits sagte –, und wenn es keinen Raum gab, in dem wir allein sein konnten, war das ein Kummer für uns. Dr. Ota hatte Iris ihr winzig kleines Schlafzimmer gegeben, wo sie den Futon dicht zum Fenster rückte, damit die Kranke frische

Luft schöpfen und beim Erwachen den kleinen Garten sehen konnte, in dem eine Zwergkiefer sich anmutig über einen Steinhügel neigte. Alles in diesem Haus war blitzsauber, dafür sorgte Sadas unermüdliche Putzwut. Sada, die Iris wie ihre eigene Tochter in ihr Herz geschlossen hatte, die sie kämmte und pflegte und genau darauf achtete, daß ihr Badewasser stets die richtige Temperatur hatte – denn das Bad spielt im Leben der Japaner eine wesentliche Rolle. Es war eine schwebende Zeit, eine Zeit der träumerischen Ruhe, unvergleichlich. Iris schlief fast den ganzen Tag, ruhig wie ein Kind. Ich faßte neue Hoffnung. Doch der Tumor zerrte an ihr, verzehrte sie. Mir fiel auf, wie sie immer dünner, immer schwächer wurde. Ihr Sehvermögen ließ nach; manchmal nahm sie uns nur als Schatten wahr. In Fumi Otas Gesicht stand Sorge, aber auch Ruhe und Gefaßtheit. Sie war zu aufrichtig, zu sachlich, um Iris in dem Glauben zu wiegen, sie werde wieder gesund. Als eines abends die Schmerzen unerträglich wurden, hörte ich, wie beide Frauen leise miteinander sprachen. Dann wurde alles still. Behutsam trat ich in den Raum, um Iris gute Nacht zu wünschen. Das Fenster war zur Seite geschoben. Im dunklen Garten sang eine Zikade. Iris lag ganz ruhig, blaß, Schweiß auf der Stirn. Sie nahm meine Hand, streichelte sie und sagte:

»Lea, es geht mir nicht gut. Fumi hat mir Morphium gegeben. Sie meint, ich brauche das jetzt. Du verstehst es vielleicht.«

Ich schluckte und sagte:

»Ich verstehe es ein bißchen. Wird dir davon besser?«

»Die Schmerzen gehen weg.«

»Gut.«

Sie seufzte tief.

»Oft, wenn ich so daliege, komme ich auf merkwürdige Gedanken. Ich war nie fromm, weder als Jüdin noch als Katholikin, aber manchmal ist mir, als sei das alles vorgeschrieben gewesen, durch Jahre und Jahre bis zu dieser Stunde. Irgendwie hat das Ganze einen Sinn, wenn ich auch nicht genau sehe, welchen.«

Sie seufzte. Ihr Blick flackerte. Ich wußte, daß sie bald sterben würde. Dieses Gefühl war allgegenwärtig, im Spiel und im Lachen, im Schmerz und im Traum. Der Tod war immer da, hautnah. Ich fürchtete ihn nicht mehr; so jung, wie ich war, hatte ich Zeit gehabt, mich an ihn zu gewöhnen. Ich sagte zu Iris:

»Denke nicht zuviel nach. Schlafe jetzt schön.«

»Gleich.«

Sie drückte meine Hand.

»Hier gefällt es dir, ich weiß. Aber du kannst hier nicht bleiben. Japan beteiligt sich an dem Krieg. Fumi sagt, es wird schlimmer werden. Du mußt fort. Nach Amerika.«

»Ja.«

»Michael ist da. Er wird gut für dich sorgen.«

»Das hat er mir versprochen.«

Sie schloß die Augen und flüsterte, wie zu sich selbst:

»Dann brauche ich mir keine Sorgen zu machen.«

Ich schmiegte meine Wange in ihre Hand.

»Nein, nicht mehr. Wir haben so viele Freunde, jetzt.«

»Was meinst du, was könntest du später machen?«

»Ich will tanzen.«

»Du bist ganz aus der Übung gekommen.«

»Ich werde alles nachholen.«

»Glaubst du?«

»Ich bin sicher.«

Wir lächelten beide. Ihre zarten Finger bewegten sich, streichelten mein Gesicht.

»Ich habe keine Angst mehr, Lea. Ich bin so glücklich. Du und ich, wir haben sie erlebt, die Güte im Menschen. Das größte Unglück wäre gewesen, zu sterben, ohne sie kennengelernt zu haben.«

*Kobe, November 1941*

Iris starb vor zehn Tagen in dem bewußtlosen Zustand, in den sie das Morphium versetzt hatte. Sie glitt von der Ohnmacht in den Tod; schmerzlos, ruhig. Ich war bei ihr, hielt ihre dünne Hand fest umfaßt. Sie war vollkommen blind, die untere Hälfte ihres Körpers gelähmt. Ich fühlte, wie ihre Hand zuckte und dann erschlaffte, bevor sie schwer und kalt wurde, wie damals meine Hand in ihrer, als wir hörten, wie Amos gestorben war. Und für einen Augenblick, aber nur für einen Augenblick fühlte ich, daß der Schmerz zurückkehrte, in meiner Kniescheibe pochte, mich ganz gefangennahm. Doch dann erkannte ich, daß Iris glücklich gewesen war, selbst am Ende. Da wich die Bedrückung, der Schmerz verklang wie ein ferner Orgelton, der in unendlichen Räumen verweht. Etwas später hob Fumi Ota behutsam ihr Augenlied, berührte den Augapfel leicht mit dem Fingernagel und sagte, es ist vorbei. Ich nahm Iris die Kette mit dem Anhänger ab, die sie stets, auch auf der Flucht, getragen hatte, und befestigte sie um meinen Hals. Mein Vater hatte das Medaillon für sie anfertigen lassen und ihr zur Verlobung geschenkt. Und als ich sie dann liegen sah, von rotblonden Locken umgeben, schimmerte ihr Gesicht wie eine Maske, aus Elfenbein geformt. Das wunderbare halbe Lächeln schwebte auf ihren Lippen. Ich berührte sie sacht mit meinem Mund, und als ich mich aufrichtete, behielten ihre Lippen dieses Lächeln – und sie sollten es für immer behalten.

Fumi Ota fragte mich, wie Iris bestattet werden sollte; hier in Japan sei es üblich, die Verstorbenen einzuäschern. Ich erklärte ihr, daß weder Juden noch Christen diesen Brauch befolgten. Aber Iris hatte in Japan Frieden gefunden; ich sprach den Wunsch aus, daß sie nach hiesiger Sitte bestattet werden sollte. Iris wäre damit einverstanden gewesen. Japanische Friedhöfe waren einheimischen Familiengräbern vorbehalten. Da sich jedoch ausländische Händler bereits um die Jahrhundertwende in Kobe angesiedelt hatten, war für sie unweit der Stadt ein besonderer Friedhof reserviert. Ein buddhistischer

Geistlicher wurde mit der Zeremonie beauftragt. Fumi Ota versprach, das Grab instand halten zu lassen. Dem Brauch entsprechend, erhielt Iris einen Totennamen in Sanskrit, der Sprache des Jenseits: *Shakuni-Myôko* – »Lichtstrahlende Frau«. Der Priester hatte Iris nie gekannt, ich wunderte mich, daß er diesen Namen für sie ausgesucht hatte. Er mußte über ein inneres Schauen verfügen, denn welcher Name hätte besser zu ihr gepaßt?

In aller Stille entbot ich Iris meinen Abschiedsgruß. Sie ruhte in dem Land, das uns so großmütig aufgenommen hatte, das ein freundlicher, liebevoller Hort für uns gewesen war, wo wir mehr Güte erfahren hatten, als Worte auszudrücken vermögen. Hier konnte ich sie zurücklassen, ohne Furcht, daß man ihrer Seele die Achtung verweigerte. Und nun stand vor mir nichts anderes als der Abschied von Hanako und eine lange, einsame Reise.

Wir waren beide sehr traurig. Hanako weinte. Ich sagte:

»Der Gedanke war mir nicht gekommen, daß wir uns trennen müssen.«

»Ich weiß nicht. Ich friere.«

Es war kalt in diesem November. Ich breitete die Decke über uns aus.

»Ich muß wohl jetzt fahren. Deine Mutter hat es gesagt.«

Sie schmiegte sich an mich und zitterte. Ich streichelte ihr Gesicht.

»Ich komme wieder.«

»Ich habe Angst.«

»Wovor hast du Angst?«

»Vor schrecklichen Dingen. Vor dem Krieg.«

Ich zog sie noch näher an mich. Ihr Haar lag dicht unter meinen Lippen. Ein Luftzug blies eine Strähne – leicht und sanft wie Daunen – an meine Wange.

»Sei still.«

»Wir werden getrennt sein.«

»Man wird uns nicht trennen.«

Sie schluchzte leise.

»Ich denke zu stark daran.«

Von draußen fiel Licht in den Raum; auf meiner Haut glitzerte ein kleiner Goldfunke. Das Medaillon! Ich ließ den Verschluß aufspringen, nahm die Kette ab und legte sie in Hanakos Hand. Sie erschrak.

»*Gomennasai!* Ich darf den Schmuck nicht nehmen!«

Ich drückte sanft ihre Finger, und sie versuchte, sie mir zu entziehen. Als sie zu widersprechen begann, sagte ich ganz schnell in einem Atemzug:

»Bewahre ihn auf. Bis ich zurückkomme.«

Da schlossen sich ihre Finger um den Schmuck. Sie lächelte unter Tränen. Ich fügte hinzu:

»Das ist ein Versprechen, weißt du.«

Wir sahen uns sehr eindringlich an. Sie sagte:

»Schwöre es mir.«

»Ich schwöre es.«

Morgen früh geht die *Hikawa-maru*, das letzte Schiff, das mit Amerika verkehrt, sagt Fumi Ota. Die Kriegswolken breiten sich aus; das Zauberlicht der Schwertlilien schwindet. Bald werden Höllenfeuer vom Himmel fallen, die Städte in verseuchte Ruinenfelder verwandeln. Die Nacht wird ein Abgrund aus Finsternis sein und jeder Stern ein Seufzer. Vielleicht kommt das Ende der Welt …

Mitternacht ist längst vorüber; du bist endlich eingeschlafen, Hanako, du atmest schwer. Du hast so große Angst vor dem Krieg. Ich habe schon so viel grausame, grauenvolle Dinge gesehen. Und manchmal wurde das Leben so furchtbar, daß Sterben leichter schien. Deswegen habe ich jetzt keine Angst mehr. Vor nichts. Krieg ist ein verfluchtes Spiel, böse und grotesk, betrieben von eiskalten Zynikern. Wer überlebt, wird ein anderer Mensch. Ob besser oder schlechter, das hängt von seinem innersten Wesen ab. Du willst wissen, ob Gott existiert? Er ist nicht im Himmel, Hanako, das ist eine Vorstellung für kleine Kinder. Er ist in uns, in jedem von uns; ob er existiert oder nicht, hängt einzig und allein von uns selbst ab.

Die kleine Lampe flackert; der Strom ist schwach. Ich schreibe mit müden Augen die letzten Zeilen. Das Tagebuch werde ich dir geben, Hanako. Du wirst es für mich aufbewahren, mit dem Schmuck. Die Nacht ist pechschwarz; der kalte Novemberwind kratzt draußen am Haus, wie Fingernägel über ein Waschbrett. Die Dämmerung ist keine Stunde mehr entfernt. Gestern, Hanako, hast du mir eine Rolle »Freundschaftsbänder« geschenkt, jene zarten, dünnen Bänder, die Freundeshände zwischen Deck und Kai im Augenblick des Abschiednehmens miteinander verbinden. Ich werde drei Bänder in der Hand halten – für Fumi, für Sada und ein blaues für dich, Hanako, weil Blau deine Lieblingsfarbe ist.

Am Kai liegt das abfahrtbereite Schiff. Bald wird die Sirene heulen, der Dampfer auf seine große Reise gehen, über den Stillen Ozean. Wir werden die Bänder so lange halten, bis sie unseren Händen entgleiten. Weine nicht, meine liebste, klare und starke Schwester! Sie flattern, diese Bänder, der Kriegswind weht sie empor, trägt sie fort; sie werden niemals zerreißen.

# 29. Kapitel

Das Licht der Stehlampe warf einen hellen Kreis auf den Mattenboden. Ich schloß das Tagebuch, legte es neben mich auf den Futon. Dann streckte ich mich aus, schmiegte mich an Kunio; er umfaßte mich mit beiden Armen. Ich hatte, während ich las, für ihn übersetzt und kaum gespürt, wie anstrengend das war. Jetzt mischte sich alles, die erregte Müdigkeit zwischen zwei Sprachen und inmitten ungeordneter Bilder, die Leas Aufzeichnungen in mir hinterließen. Zuerst hatte ich mich kaum betroffen gefühlt. Meine unmittelbaren Vorfahren waren mir bisher so unbekannt, daß ich es nicht der Mühe wert fand, mir darüber den Kopf zu zerbrechen. Ich existierte eben. Dieser Eindruck täuschte. Wenn ich die Aufzeichnungen noch einmal durchlas, würde ich eine Verbindung finden, Gefühle entdecken, die wir gemeinsam hatten. Da lief eine Kette, die mich einschloß. Die Welt dieser Menschen war auch die meine, ich sprach ihre Geheimsprache, ich konnte ihren Pulsschlag noch fühlen. Das brachte mich an den Rand meiner Kraft; ich klapperte sogar mit den Zähnen. Kunio sagte nichts, umarmte mich. Schließlich sagte ich mit belegter Stimme:

»Was hast du dir dabei gedacht?«

Ich fühlte, wie er tief atmete.

»Daß ich sehr nahe daran war, dich niemals zu kennen. Wäre Lea nicht gerettet worden, gäbe es dich nicht.« Er wiederholte, in Gedanken: »Ich habe das ein paarmal gedacht. Ich weiß gar nicht, wie oft ...«

Ich nickte.

»Du hast schon recht. Und ich könnte von dir das gleiche sagen. Wäre Hanako in Nagasaki gestorben ...«

»Ja. Seltsam, nicht wahr?«

»Wenn wir beginnen, uns über diese Fragen den Kopf zu zerbrechen, wo wäre da ein Ende?« sagte ich.

»Und wie ging es weiter mit Lea, damals?«

»Nach dem Überfall auf Pearl Harbor trat Japan gegen Amerika in den Krieg ein. In New York hatte sich Lea mit Michael in Verbindung gesetzt und wohnte bei seiner Familie. Als die amerikanischen Truppen in Europa landeten, war Michael als Freiwilliger dabei. Nach Kriegsende erhielt er die amerikanische Staatsbürgerschaft und nahm sein Studium wieder auf. Mein Großvater Thomas von Steinhof soll in einem Lager umgekommen sein. Von Leas Großeltern und Tante Hannah fehlt jede Spur. Was Yasha betrifft, weiß ich lediglich, daß mein Vater einen Bruder hatte, der mit siebzehn an Schwindsucht starb. Eine Art musikalisches Wunderkind, wie mir gesagt wurde. Inzwischen ging Lea zur Ballettschule und übte sich im Vergessen. Sie machte das sehr gewissenhaft. Über Amos – der ja schließlich mein Großonkel war – hat sie selten ein Wort verloren. ›Und was wurde aus ihm, Lea?‹ ›Er kam ums Leben.‹ Und Punkt. Ich kenne sie nur, wie sie heute ist: stark und manchmal zynisch. In ihrem Tagebuch kommen ganz andere Wesenszüge von ihr zum Vorschein. Laß mich nachdenken ... Wann heirateten meine Eltern? Ich glaube, es war 1958. Sie wanderten nach Israel aus, wo mein Vater ein Institut leitete und ich auf die Welt kam. Aber Michael konnte das Klima schlecht vertragen. Ich war zwölf, als wir in die Schweiz zogen. Eigentlich sah ich meine Eltern nur wenig. Mein Vater war viel auf Geschäftsreisen im Ausland, und Lea gab Gastspiele.«

»Und jetzt bist du in Japan. Bei Hanako.«

»So etwas kann man nicht begreifen.«

»Vielleicht doch«, sagte er leise.

Wir sprachen nicht von Zeichen, Omen, Vorbedeutungen. Wir spürten sie um uns herum, wie einen Hauch, der durch das offene Fenster wehte. Ein Geheimnis war in uns. Es war stets in uns gewesen, im Schlafen und im Wachen. Wir teilten dieses

Geheimnis, das die Alten für uns gesponnen hatten – und wußten keine Erklärung dafür.

»Schicksal?« murmelte ich.

»Ich weiß nicht«, sagte er dumpf, »ob es einen Namen dafür gibt. Als ob zwischen dir und mir ein Faden geknüpft wäre, durch Raum und Zeit.«

Ich schloß kurz die Augen. Und plötzlich fühlte ich eine Art Schock, einen Aufschwung wie ein Taucher, der aus dunkler Tiefe emporschießt. In Zeiten der Verwirrung gibt es solche Augenblicke, da die Seele sich erinnert. Es ist wie ein Schlaf oder eine Trance, und in dieser kurzen Ruhe der Seele entsann ich mich an den Faden, mit dem ich – tanzend – Gesunde und Behinderte verbunden hatte: damals in der »Wacholderstadt«.

»Als ob ich diese Dinge vorausgesehen und dargestellt hätte«, sagte ich zu Kunio. »Improvisation, was heißt das schon? Es handelt sich um das Denken unseres Körpers, um etwas Unverbrauchtes, außerhalb des Verstandes.«

Er zeigte keine Überraschung.

»Unser Geist ist so geschaffen, daß wir uns zurückwenden und gleichzeitig vorausschauen können. Manche Elemente, die wir erzeugen, sind schwer interpretierbar. Hinterher sieht man klarer und denkt, aha, das war der Grund.«

»Du verstehst diese Dinge.«

»Nicht immer, es tut mir leid.«

Ich schaute in sein Gesicht und streichelte es mit den Fingerkuppen.

»Mir geht zuviel im Kopf herum.«

»Es ist besser, du schläfst jetzt.«

Er hob den Arm, mit dieser kraftvoll-schönen Ungezwungenheit, die allem, was er tat, eigen war, und löschte die Lampe. Dann legte er beide Arme um mich; so schliefen wir ein.

Wir schliefen tief und traumlos und wachten spät auf. Wir wuschen uns und zogen uns an, im Licht dieses neuen Tages. Wir hatten uns nicht geliebt in dieser Nacht. Wir waren in dieser einen Nacht ohne Begehren. Wir wunderten uns nicht darüber, etwas war dazwischen getreten, hatte es geteilt, auseinandergeweht. Es war eine Art Prüfung gewesen, ein weiterer Markstein. Es war wohl so, daß wir uns nur mit der Seele fühlen sollten.

Wir frühstückten in der Sonne, heiter, fast gut gelaunt. Es duftete nach frischem Kaffee und Toast.

»Ich hatte immer Mißtrauen gegen ungewöhnliche Schicksale«, sagte ich zu Kunio. »Selbst gegen solche Schicksale wie meines. Ich nenne das Feigheit.«

Er lächelte.

»Nein. Es braucht Mut dazu, um vor den Zuschauern zu tanzen.«

»Angst ist immer dabei. Lampenfieber. Man gewöhnt sich daran.«

Er hob die Tasse an seine Lippen.

»Was nun?«

Ich verstand sofort, was er meinte.

»Ich werde Lea schreiben, daß ich Hanako gefunden habe. Ich weiß nicht, wo Lea ist. Aber ich habe die Adresse ihrer Freundin in Nizza.«

»Wird sie weinen?«

»Sie weint nie.«

»Hat sie nicht daran gedacht, daß sie Hanako einmal wiederfinden könnte?«

»Ich glaube schon«, sagte ich, »daß sie daran gedacht haben muß.«

Wir benötigen Anhaltspunke, um zu wissen, was mit uns geschieht. Zwischen Lea und mir hatte es immer einen Abstand gegeben: diese Dinge, die sie mir niemals erzählt hatte.

»Sie war zutiefst in ihrem Stolz getroffen, das sehe ich jetzt ein. Diskriminierungen sind entsetzlich kränkend. Lea wollte nicht über den Zweiten Weltkrieg sprechen. Wozu auch? sagte sie höhnisch, der nächste steht ja schon vor der Tür. Nach dem, was sie erlebt hat, sieht sie die Welt als Horrorfilm.«

Er nickte gedankenverloren.

»Es stimmt schon, die alten Dämonen läßt man nicht aussterben. Urängste müssen geschürt werden. Die Menschen sollen daran erinnert werden, daß sie periodisch wieder gebraucht werden. Zum Töten und zum Sterben.«

»Wer nach einer Katastrophe übrigbleibt, hat daraus gelernt oder nicht. Bei Lea wußte ich das nie so genau. Wenn irgendwo ein Massaker losbricht, meinetwegen in Afrika, dann stellt sie den Fernseher ab und legt eine Kassette ein, am liebsten Mozart. Sie sagt, es gibt ein Geheimnis der Musik, eine Möglichkeit der Erlösung. Oder zumindest eine Forderung danach.«

Kunio hob die Kanne und schenkte mir Kaffee ein.

»Ich möchte dir einiges von mir erzählen. Von dieser Sache, damals, die Schlagzeilen machte. Ich weiß nicht, warum ich jetzt darüber reden will. Sie steht mit deiner Geschichte in keinem Zusammenhang.«

Ich streichelte das kleine Medaillon, das an meinem Hals glitzerte. Seitdem ich Iris' Kette trug, spürte ich eine große Kraft in mir. Meine Großmutter war sehr stark gewesen. Es spielte keine Rolle, daß sie schon lange tot war. Wir hatten einander wiedergefunden.

»Irgendwo muß einer sein«, meinte ich.

»Ich glaube schon«, sagte Kunio.

»Vielleicht fällt er dir wieder ein.«

Kunio verzog die Stirn; das bewirkte, daß er jünger aussah und nicht älter, wie das bei Männern häufig vorkommt.

»Ich denke, es ist eine ganz besondere Geschichte. Aber ich habe oft den Eindruck, daß sie nicht viel sagt. Wenn ich sie erzählen will, da fehlen mir manchmal die Worte. Auch heute noch. Deswegen spreche ich am liebsten nicht davon. Damals widerstand ich zum Glück der Versuchung, mich wichtig zu machen. Kinder nehmen solche Dinge weniger ernst. Sie leben mit Wunschbildern und spielen ihre Tagträume. Es gibt ein Lied darüber, wir singen es im *Onjôkan.*«

Unbefangen begann er zu singen, eine unbeschwerte, schwingende Melodie, wobei er mit den Händen den Takt dazu klatschte, wie japanische Kinder es tun.

»Sie spielen, was sie wollen,
Sie singen, wie sie wollen,
Sie tanzen mit den Füchsen,
Sie schwimmen mit den Fischen.
Die Mutter ruft, der Vater sucht,
Sie kommen wann sie wollen …«

Er hielt plötzlich inne und schnippte mit den Fingern.

»Da habe ich auch den Zusammenhang! Es hat etwas mit Musik zu tun. Mit der Zauberflöte. Und auch mit dem Wind …«

»Die wahre Stimme Gottes?«

Ich sprach mit leiser Ironie. Unsere Blicke trafen sich. Er lächelte und sagte im gleichen Ton:

»So habe ich es auch empfunden.«

# 30. Kapitel

In seinem Wagen, auf der Fahrt nach Miwa, begann Kunio zu erzählen.

»Schon als kleines Kind habe ich dem Wind gelauscht und im stillen gedacht: Was für ein seltsames Wesen ist doch dieser Wind! Er ist sehr merkwürdig und ein bißchen unheimlich. Und doch fühlte ich mich ganz vertraut in seiner Nähe. Im Laufe der Jahreszeiten lernte ich zu verstehen, wie mächtig der Wind ist. Ich beobachtete die großen Bäume, die er zu bewegen vermochte, die knarrenden Äste, die wirbelnden Blätter. Wenn der Sturm über den Berg Miwa fegte, da empfand ich den Berg wie ein Meer, dessen Wellen die Baumkronen waren. Kannst du dir das vorstellen? Einen Berg aus grünen, schaukelnden Wogen! Ich starrte auf die Wipfel, die im Tosen des Windes hin und her schwankten. Durch diese Konzentration entstand ein ganz seltsames Gefühl in mir: Ich bildete mir ein, daß ich in einem Boot durch die Baumwellen glitt. Nachts träumte ich sogar davon. Die Träume kamen mir immer ganz real vor. Ich spürte, wie sich das Boot hob und senkte, und manchmal geriet ich sogar aus dem Gleichgewicht. Aber die Wogen trugen mich weiter, den Berg hinauf. Das Schiff wurde manchmal in die Luft geschleudert, als ob es sich in den Himmel warf, und dann sank es wieder tief in den Waldschatten ab. Alle meine Nerven vibrierten, und wenn ich mit dem Boot die Bergspitze erreichte, blickte ich weit auf die Ebene von Nara hinaus. Gleich unter dem Berg, auf der anderen Seite, sah ich das Grab der Yamato Totohi Momoso-Hime, eine Tochter des siebten Kaisers, Korei. Die Sage erzählt, daß sie mit der Gottheit des Berges Miwa verheiratet wurde und Selbstmord beging, als sie die Wahrheit erfuhr: nämlich, daß ihr Gatte eine Schlange war. Sie nahm sich das Leben, indem sie Elfenbeinstäbchen, die sie als Eßbesteck brauchte, in ihre Scheide einführte. Der Miwa-Berg ist also ein heiliger Berg, dem Volk der Schlangen geweiht. Man hatte mir stets verboten, den Berg zu besteigen; es sei gefährlich, wurde mir gesagt.«

Wir hatten die Außenbezirke verlassen und fuhren landeinwärts. Kunio fuhr gut, behielt immer die gleiche Geschwindigkeit bei, auch wenn er sprach. Das, was er erzählte, dieser Kindertraum, war mir seltsam gegenwärtig; ich kannte diese Empfindungen und Bilder, sie steckten auch in mir.

»Sprich weiter«, sagte ich.

»Ich war mit alten Sagen und Geschichten groß geworden. Verborgene Dinge erweckten meine Neugierde. In der Schule lernte ich gewissenhaft, aber uninteressiert. Alle Kinder gingen zur Schule; das war etwas, womit man sich abfinden mußte. Aber ich freute mich nicht auf den Unterricht; ich dachte überhaupt nicht daran. Das war eben meine Haltung in dieser Frage. Doch war ich kein Kind, das seinen Eltern Kummer bereitete, außer in ganz bestimmten Dingen. Ich war still, vielleicht zu still für mein Alter. Ich sprach wenig, hörte aufmerksam zu und beobachtete alles. Zwischen dem Dorfkern – wo ich zur Schule ging – und unserem Haus im Schrein-Bezirk lagen Reisfelder; dort quakten im Sommer unzählige Frösche. Heute haben Pestizide fast alle Frösche vernichtet, aber als ich zur Schule ging, war die Luft von ihrem Quaken erfüllt. Von diesem Geräusch ging eine Betäubung aus. Die Frösche schwiegen nur im Juni, beim Fest des ›Setzens der Stecklinge‹. Dann erschienen alle Bauern in der alten, farbenfrohen Tracht. Die Priesterinnen segneten die Reisfelder. Frauen und Männer standen bis zu den Waden im Wasser. Zum Klang der Trommeln und Flöten setzten sie in planmäßiger Reihenfolge ihre Stecklinge, immer mit der gleichen Bewegung von rechts nach links und rückwärtstretend, mit der gleichen Genauigkeit und Ausdauer wie schon vor zweitausend Jahren. Japan ist ein Land der Beständigkeit. Ragten die Schößlinge aus dem Wasser, bildeten sie hochaufgeschossene Lanzenspitzen, die in der Sonne funkelten. Mücken tanzten im Licht, und im warmen Wasser quakten die Frösche. Ich kam spät aus dem Unterricht, weil es auf dem Schulweg so viel zu beobachten gab. Bäume und Felsen und Steine waren mir bekannt wie Freunde, mit denen man rechnen kann, Jahr für Jahr. Die Farben der Obstgärten, der kühle, dunkle Teich, in dem kleine Zierkarpfen schwammen, die alte Brücke, der schmale Fluß, in dem Männer stocksteif ihre Angelruten schwangen, all das gehörte zu der Landschaft, die mir vertraut war wie mein eigener Körper. Meine Mutter war besorgt, wenn ich mir zuviel Zeit auf dem Schulweg nahm. Sie wußte, daß ich manchmal eigentümliche Zustände hatte. Ich schien zeitweilig unter einer Art Gedächtnisschwund zu leiden. Wenn ich zum Beispiel ganz intensiv auf das Quaken der Frösche hörte, verlor ich den Kontakt mit der Wirklichkeit. Ich schlurfte vor mich hin, geistesabwesend, und fand mich plötzlich am anderen Dorfende wieder, oder im Wald, oder mitten auf der Landstraße; wie ich dahin gekommen war, wußte ich nicht. Zum Glück ist die Gegend so beschaffen, daß sogar ein Kind nicht die Richtung verliert. Mir konnte auch nicht viel passieren, denn im Dorf und in der Umgebung kannten mich die Leute. Die Bauern bewirteten mich freundlich mit Milch, Obstsaft oder irgendeiner Nascherei. ›Wann war denn die Schule aus?‹ fragten sie mich. ›Um vier? Aber es wird doch schon dunkel! Mach schnell, daß du nach Hause kommst!‹ Ich gehorchte ohne Widerspruch. Manchmal waren es die Bauern, die mich mit dem Wagen oder dem Motorrad nach Hause brachten. Meiner Mutter war das peinlich, weil es den Eindruck erweckte, daß ich mir selbst überlassen war. Akemi schimpfte mit mir, aber die Großeltern zeigten viel Nachsicht. Sie warfen mir besorgte Blicke zu und behandelten mich wie ein rohes Ei. Mit meiner Schwester spielte ich sehr gerne, wobei ich oft das Gefühl hatte, daß ich ihr im Weg war. Sie war fröhlich, energisch, unbefangen. Wir spielten Stelzenlaufen, Federball; auch Baseball, ein Spiel, das ja eigentlich mehr für Jungen ist, das meine Schwester jedoch besonders liebte. Ich war ungeschickt und viel zu langsam, Rie hatte genau die richtigen Bewegungen. Sie wurde schnell ungeduldig: ›Du bist mondsüchtig, mit dir kann man nichts anfangen!‹ Oft rief sie verärgert: ›Ach, was für einen langweiligen Bruder ich doch habe!‹

Die Bezeichnung ›langweilig‹ traf, glaube ich, nicht ganz zu. Ich lebte in einer anderen Welt, in einer inneren Wildnis. Meine Eltern fragten mich, warum ich mich nicht mit anderen Kindern anfreundete. Ich schämte mich zuzugeben, daß mir neben der fröhlichen Phantasie, dem sprühenden Einfallsreichtum meiner Schwester alle anderen Kinder uninteressant erschienen. Daneben war die wichtigste Person in meinem Leben die Großmutter aus Nagasaki. Die Eltern meines Vaters versuchten zwar, das Alte und das Neue miteinander zu verknüpfen, aber ihre Bemühungen endeten häufig damit, daß sie sich wieder zu Gunsten des Alten entschieden, weil es weniger anstrengend für sie war. Die Großmutter aus Nagasaki hatte nicht ihre ängstliche Vorsicht. Sie war bereits eine vielbeachtete Künstlerin; es kam vor, daß in den Zeitungen etwas von ihr stand. Dann schnitt meine Mutter den Bericht aus und klebte ihn, mit vielen anderen, in ein besonderes Album. Hanako – die ich natürlich nicht Hanako, sondern ›Ehrwürdige Großmutter‹ nannte – erweckte immer den Eindruck, daß alles fröhlich und einfach für sie sei. Und das war es auch, soweit es die heitere, elegante Außenseite ihres Wesens anging. Aber das war eben nicht alles. Sie war die einzige, die in mir – bei der Betrachtung ihrer Arbeit – das gleiche Gefühl wie draußen in der Natur erweckte: das Gefühl einer grenzenlosen Weite. Später, als die Eltern väterlicherseits starben und sie in das alte Haus einzog, hatte sie nie etwas dagegen, daß ich mich in ihrem Atelier aufhielt, während sie den Pinsel führte. ›Das ist etwas, das ich täglich übe, Kunio-chan‹, sagte sie zu mir. ›Kalligraphie ist für mich eine Quelle des Wohlbefindens. Unser Körper hat ungeschriebene Gesetze. Darum ist es wichtig, ihn gut zu kennen. Er braucht Disziplin. Sportler trainieren täglich, um ihre Muskeln zu stärken. Ich übe täglich mit dem Pinsel, das ist eine ausgezeichnete Erziehung für mich.‹

In meiner Vorstellung war ›Erziehung‹ ein Wort, das sich auf Kinder bezog. Ich fragte überrascht:

›Mußt du denn immer noch erzogen werden?‹

Sie lachte; und wie sie lachte! Es klang wie ausgeschüttete Silberglöckchen.

›Das hört niemals auf, Kunio-chan. Es gibt tausend Dinge, die wir lernen müssen.‹

›Und mein Vater?‹ fragte ich.

›Ob er noch lernen muß? Ja, selbstverständlich.‹

›Ist er berühmt?‹

Sie überlegte.

›Ja, das sagen die Leute. Er aber sagt, daß er immer noch auf dem Weg ist. Und er muß es ja wissen.‹

›Bist du auch auf dem Weg?‹

Sie nickte.

›Das sind wir alle.‹

›Und wann bist du da, wo du sein willst?‹

›Erst, wenn ich mein Grab bezogen habe, Kunio-chan.‹

Mein Kopf war von ihren Antworten erfüllt, in denen große Gedanken verborgen waren. Aber mir sagten sie damals nichts. Manchmal sprang wohl in mir ein Verstehen auf, wenn ich einen Gedanken halb begriffen hatte, aber ich war, wie ich schon sagte, traumverloren. Daher geschahen manchmal merkwürdige Dinge. Wenn ihre unversehrte linke Hand ein kräftiges, wirbelndes Ideogramm zog, reagierte ich wie ein hypnotisiertes Huhn. Der Pinselstrich erfaßte mich, zog mich in schwindelnde weiße Tiefen, einem Mittelpunkt entgegen, kreisend wie ein Strudel. Das schien eine Wirkung auf mich auszuüben, denn ich begann heftig zu zittern, bis Hanakos sanfte Stimme mich in die Wirklichkeit zurückholte. Sie wunderte sich nicht über diese ›Anfälle‹, sie sprach auch nicht mit meinen Eltern darüber. Einmal sagte sie: ›Komm, wir üben zusammen!‹ Sie führte meine Hand, die den Pinsel hielt. Ich versuchte, mich zu konzentrieren. Meine Augen waren stets auf weite Entfernung gerichtet, so daß ich die allzu nahen Dinge nicht richtig wahrnahm. Die Kalligraphie war ein Trugbild, über das meine Augen hinwegglitten, tiefer, in die Körner des Reispapiers, die wie eine Schneelandschaft schimmerten. Eine Zeitlang hatte Hanako große Geduld mit mir. Eines Tages jedoch hörte ich, wie sie zu sich selbst sprach:

›Nein, das ist es nicht.‹

In ihrer Stimme klang nicht der geringste Vorwurf; doch irgendwie hatte ich das Gefühl, daß sie mich verwarf, was mich – im Augenblick – zutiefst kränkte. Aber damals zogen meine Gefühle durch mich hindurch wie Wolken, und schon bald vergaß ich diesen Verdruß. Ich hatte andere Sorgen. Ich war elf, meine Schwester dreizehn. Zwischen uns begann plötzlich eine Zeit des Nichtverstehens. Die Kluft, die uns trennte, erweiterte sich jeden Tag. Rie bevorzugte jetzt die Gesellschaft von Mädchen. Sie blätterte in Modezeitschriften, drehte sich Lockenwickler ein, telefonierte stundenlang. In ihrem Zimmer hingen Poster von Rocksängern und Filmschauspielern. Sie fuhr mit Freundinnen nach Nara, bummelte durch Warenhäuser und saß in Eisdielen. Mädchen sind früher reif. Die Art, wie Rie mich betrachtete, kam mir sehr merkwürdig vor; es war, als sähe sie mich aus der Ferne und unter Schatten. Unseren kleinen Hund Jiro sah sie mit den gleichen Augen an. Ich hatte das Gefühl, daß zwischen Jiro und mir eine Verbundenheit herrschte, während Rie diese Verbundenheit achselzuckend überging. Jiro war für sie nur ein Hund; für mich war er ein Teil von mir. Nach der Schule sprach ich mit Jiro wie mit einem gleichaltrigen Freund, ich spielte mit ihm, ich lief mit ihm um die Wette. Ich war sehr einsam in dieser Zeit.

Mein Vater arbeitete täglich in der Schmiede. Er hatte damals einen Lehrling und zwei Gesellen. Den Werkzeugen und den Arbeitsgängen schenkte ich die größte Aufmerksamkeit. Kunihiko arbeitete stets in der weißen Zeremonialkleidung, die er täglich wechselte, damit er stets makellos vor den Gottheiten erschien. Seine Gehilfen ebenso – nie wurde ein Fleck oder Riß an ihren Kleidern geduldet. Wenn Kunihiko ein Schwert in Arbeit hatte, wurde die Werkstatt mit geweihten Seilen umschlossen, um das Eindringen böser Geister zu verhindern. Ich war häufig zugegen, wenn Vater und die Gehilfen die Eisenbarren hämmerten, in Feuer und Wasser läuterten. Kunihiko hatte erst 1960 mit der Herstellung von Schwertern wieder begonnen. Nach Ende des Zweiten Weltkrieges war auch diese Kunst von den amerikanischen Besatzungsmächten verboten gewesen. Finanziell ging es meiner Familie sehr schlecht; mein Vater und mein Großvater, der damals noch in der Schmiede arbeitete, stellten ornamentale Eisen und verschiedene Gegenstände her: *Koga* zum Beispiel, eine Art Pfriem, um die Haare zu frisieren, oder kleine *Tosu* und *Kozuka* – Nutzmesser –, die mit allen möglichen *Horimono* – Ornamentalmotiven – versehen wurden: Pflaumenblüten, Drachen, Päonien, Bambussen. Sie machten Klingen mit *Chirimenhada* – Seidenkrepp-Effekt – und solche mit *Koitame* – Holzkorn-Effekt. Diese Gegenstände sind heute begehrte Sammelobjekte.

Kunihiko nahm die Einschränkung seiner Arbeit sehr gelassen hin. Sein Vorbild war Yamoaka Tesshu, ein berühmter Schwertkämpfer und Philosoph, zugleich Politiker und Vertrauter des jungen Tenno Meiji. Yamoaka Tesshu, der 1888 starb, hatte eine besondere Schwertschule gegründet, aber niemals einen Menschen getötet. Er erläuterte, es gäbe nur ein Schwert, nämlich das im Herzen, und sonst keines. Das war auch Vaters gewaltloser ›Weg‹. Meine Kindheit wurde von diesem Verhalten geprägt. In den Jahren, die seither vergangen sind, erkannte ich nach und nach den Sinn seiner Schulung; und heute erfüllt sie mich mit großer Ehrfurcht. Die Stunden, die ich in der Schmiede verbrachte, kann ich als eine Art Meditation bezeichnen. Schon im Vorschulalter kannte ich alle Instrumente der Werkstatt: Ambosse, Hämmer, Feuerzangen, Schmiedeherd. Das Feuerschweißen und das Abhauen des glühenden Metalls war mir ebenso vertraut wie die Gestaltung der *Horimono*, durch Vertiefen und Erhöhen im kalten wie im warmen Stahl. Vater ließ mich schon früh gewisse Handreichungen für ihn machen; doch er ging mit mir sehr behutsam vor, denn ich war ein zartes Kind. Ich war sein Gehilfe bei der

Anfertigung eines *Wakizashi*. Dieses kleinere Schwert wurde zusammen mit dem *Katana*, dem Langschwert, getragen. Mein Vater hatte es im Wellenkorn *Asayugi* geschmiedet, das in der Harada-Tradition über viele Generationen üblich war. Es war das erste Mal, daß ich ihm als Gehilfe diente. Aber ich greife vor.«

Kunio schwieg plötzlich; ich war von seinem Erzählen so gebannt, daß ich der Strecke kaum Beachtung geschenkt hatte. Erst als er den Wagen am Straßenrand hielt, schreckte ich aus meiner Versunkenheit auf. Wir hatten das Dorf umfahren und den Berg Miwa von der anderen Seite erreicht. Die dichten Bäume, Fichten zumeist, leuchteten in der Sonne smaragdgrün. Ich dachte an Kunios Traum und sagte:

»Ich könnte dir stundenlang zuhören.«

Er kniff schelmisch die Augen zusammen.

»Reden macht durstig. Komm!«

An der Straßenkreuzung befand sich ein kleiner Kramladen. Eine alte Frau verkaufte Gemüse und Obst, Reis, Trockenmilch-Packungen, auch Taschenlampen, Batterien, alle möglichen Werkzeuge und billige Wäsche. Daneben befand sich einer dieser Getränkeautomaten, die überall in Japan zu finden sind. Kunio zog einige Münzen aus der Tasche. Zwei Dosen mit Traubensaft fielen scheppernd in den Behälter. Wir öffneten die Dosen mit leisem Knall. Der Saft schmeckte richtig nach Trauben.

»Gut, nicht?« sagte Kunio.

Die alte Frau nickte uns freundlich zu. Kunio deutete eine Verbeugung an. Die Frau in Strickjacke und Filzlatschen verließ den Laden. Kunio kaufte bei ihr ein Gläschen Honig, das kleinste, das er finden konnte, und steckte es in die Tasche seiner Windjacke. Sie wechselten ein paar Worte. Die Frau sprach einen Dialekt, den ich kaum verstand. Sie hatte ein freundliches Grinsen und dunkle, weißgeränderte Vogelaugen. Sie schenkte uns ein kleines Netz mit Mandarinen. Dann kam eine Kundin, und sie ließ von uns ab.

»Kennst du diese Frau?« fragte ich Kunio.

Er schälte eine Mandarine, bot mir die Scheiben auf der Handfläche dar.

»Sie kennt mich jedenfalls.«

»Was wollte sie wissen?«

»Ob ich jetzt endgültig hier bin.«

»Und was hast du ihr gesagt?«

»Daß ich in Nara unterrichte.«

»Stellt man dir oft solche Fragen?«

Er seufzte leicht auf.

»Mit mehr oder weniger Takt. Die alte Dame hat ihre Neugierde im Zaum gehalten.«

Er schlug den Weg ein, der zum Berg führte. Wir wanderten an Obstbäumen und Bambushainen vorbei. Aus den Reisfeldern stieg Wärme, Libellen schwirrten aufblitzend in der Sonne. Im Gras zirpten Grillen; das Zirpen verstummte, wenn wir vorbeigingen, um gleich darauf wieder zu beginnen.

»Wohin gehen wir?« fragte ich Kunio.

Er blinzelte.

»Du wirst schon sehen.«

Ein alter Mann rupfte Unkraut. Er trug Arbeitshosen aus Baumwolle, dazu Gummistiefel. Sein runzeliges Gesicht war braun wie Leder. Er grüßte mit einer Verbeugung, die mir feierlich vorkam. Kunio grüßte zurück, lächelnd.

»Du bist hier ziemlich bekannt«, stellte ich fest.

»Ja, das mag schon sein.«

Hinter den Reisfeldern gabelte sich der Fußweg; ein Pfad schlängelte sich den Hügel empor, mit moosigen Steinbrocken bedeckt. Der Wind brachte einen Geruch nach Rinde und warmen Halmen. Die zerzausten Kiefern reckten ihre borstigen Stämme über den Hang, die Büschel der Nadeln bewegten sich in der Luft hin und her. Als wir in den Schatten traten, senkte Kunio unwillkürlich die Stimme.

»Ursprünglich galten die Berge mit ihren vielen Schluchten und Höhlen als Symbol des Mutterschoßes. Besondere heilige Berge durften nur von Schamaninnen betreten werden. Der

Naßfeld-Reisanbau verlangte eine Arbeit im Einklang mit der Natur. Die Schamaninnen wurden verehrt, weil sie auf die Weisheit der Berge hörten und für eine reiche Ernte bürgten. Nach und nach verliehen die Waffentechnik und die territoriale Festigung den Männern eine neue Macht, die der Macht der Frauen zunächst gleichkam und sich ihr dann entgegenstellte. Die Sage der Prinzessin, die mit dem Schlangengott vermählt wurde, zeigt in verschlüsselter Form die Verdrängung der Frauen aus der sakralen Bergwelt. Ferner berichten zahlreiche Märchen und Legenden, wie Frauen das Tabu brechen, übernatürliche Kräfte gewinnen und sich an den Männern rächen. Im 13. Jahrhundert verbreitete sich der buddhistische Volksglauben *Shugendo,* dem auch meine Familie angehört, in Japan. Für die *Shugendo*-Anhänger war das Besteigen heiliger Berge eine religiöse Pflicht – allerdings nur für Männer. Einsiedler zogen sich in Grotten zurück, wo sie in Askese lebten. Man nannte diese Mönche *Yamabushi* – ›Jene, die in den Bergen träumen‹. Im Unterschied zu den Frauen mußten die Männer Disziplin üben, bevor sie es mit der Berg-Gottheit aufnahmen. Andernfalls setzten sie sich einem bösen Angriff aus – wir würden heute sagen: einer Geistesgestörtheit.«

Das war für mich nichts Neues.

»Der Einfluß aus der Tiefe wirkt um so heftiger, je stärker die Vernunft diese Schwelle abzuschirmen sucht. Und Männer wollen immer vernünftig sein.«

»Sie geben sich jedenfalls Mühe.« Kunio grinste und fuhr fort:

»Das sind alte Geschichten. Heute begeben sich Männer und Frauen gemeinsam auf Pilgerschaft. Aber der psychologische Unterschied bleibt: Die Frau verkörpert die Erdmutter, und der Mann ist neidisch.«

»Ist dir aufgefallen«, fragte ich, »daß sich Männer auf Volksfesten als Frauen verkleiden – und nie umgekehrt? Ich denke, es ist der unbewußte Wunsch, sich die weibliche Lebenskraft anzueignen. Das ist weltweit so. Merkwürdig, nicht wahr? Aber wir kommen vom Thema ab«, sagte ich und lachte.

Wir stiegen weiter, den Pfad empor. Der alte Wald wuchs hoch auf, die Kronen schlossen sich dicht zusammen. Nur Krähen hausten da; ihre urtümlichen Rufe klangen wie die Stimme des Berges. Bald drang ein Plätschern von Wasser an mein Ohr, ganz in der Nähe rieselte ein Bach.

»Fang an«, sagte ich. »Erzähl mir, wie es war.«

Er blieb stehen, lehnte sich an einen Felsen; es war sehr ruhig im Wald; nur Bienen summten, und der unsichtbare Bach murmelte und tropfte. Die Grashalme im Schatten waren schlüpfrig und naß; Blätter häuften sich aus dem Herbst vieler Jahre; sie waren schwarz und weich und rochen modrig. Wurzeln umfaßten die Felsen wie knochige Arme. Der Berg war alt, so alt; er strahlte eine mütterliche Geborgenheit aus, etwas Tröstendes. Hier war ein anderer Lebensrhythmus, eine vorzeitliche Schwingung, die mich mit Ehrfurcht erfüllte.

»Ich sagte schon, daß ich ein einsames Kind war. Die Einsamkeit machte mich nicht unglücklich. Meine besondere Liebe galt den Tieren. Für mich waren Tiere Wesen, die mir irgendwie gleich waren. Nicht nur Jiro, unser Hund, oder die vielen Dorfkatzen, die ihr Gesicht an meiner Wange rieben. Nein, da waren auch andere Tiere: Vögel, zum Beispiel, die furchtlos herbeiflogen, Körner aus meiner Hand pickten. Schmetterlinge setzten sich auf meine Schultern, Eichhörnchen spielten ganz zutraulich in meiner Nähe. Eine Zeitlang fütterte ich ein Fuchsjunges, bis die Füchsin es holen kam. Man kann die Tiere sehr genau kennen, das hat damit nichts zu tun. Ich hatte den Tieren nie etwas Böses getan. Ich verstand die Tiere, und die Tiere verstanden mich. Da, schau her!«

Geschmeidig ging er in die Knie, schob behutsam einen Busch auseinander. In der lockeren, kräftig riechenden Erde kam ein trichterförmiges Loch zum Vorschein. Ich sah Kunio fragend an.

»Ein Dachsbau. Hier wohnen *Tanuki* – Tiere, die in unserer Mythologie Glück und Fruchtbarkeit bringen.«

»Wie tief ist der Bau?«

»Kilometerweit. Und er ist mehrere hundert Jahre alt.«

»Man kann es kaum glauben!«

Er richtete sich auf, warf mit gewohnter Bewegung das Haar aus der Stirn.

»Die Galerien gehen durch den ganzen Berg. Mir war ein *Tanuki* mit einer Ohrverletzung aufgefallen. Dasselbe Tier sah ich später auf der anderen Bergseite aus einem Loch kriechen. Dachse sind sehr menschenscheu. Mich jedoch akzeptierten sie. Ich sah zu, wie die Eltern mit ihren Jungen herumtollten und spielten. Dachse zeigen sich nie bei Tag. So nahm ich die Gewohnheit an, nachts, wenn alle schliefen, das Haus zu verlassen. Bei Mondschein schienen alle meine Nerven zu vibrieren; mein Gehör und meine Sicht verschärften sich. Ich hörte jedes Knistern der Blätter, hörte das Wasser über die Steine tropfen, durch die Erde sickern. Ein Fuchs bellte, eine Wachtel schlug, ein Käuzchen schrie weich und dumpf. Im Bach spielten kleine, mondsüchtige Fische, ich sah die winzigen Wasserfontänen aufsprühen und zusammenfallen. Der Geruch nach Fichtennadeln, Moos und wilden Beeren mischte sich in der Luft. Es gab einen verwilderten Kater im Wald. Er wurde mein Freund. Er hatte steif abstehende Barthaare und Augen, die wie Bernstein funkelten. Lautlos strich er durch die Büsche. Seine Pupillen weiteten sich und zogen sich dann wieder zusammen. Wenn ich mich ganz ruhig verhielt, kam er zu mir, schnurrend, streichelte mein Gesicht mit seinem buschigen Schwanz. Manchmal frage ich mich, ob ich damals nicht schlafwandelte. Ich glaube jedoch, daß es nicht so war. Ich entsinne mich zu genau, wie ich nachts aus meinem Futon kroch, behutsam das Schiebefenster öffnete, nach draußen sprang. Am schönsten war es, wenn es geregnet hatte. Meine Lungen zogen die feuchte, geschmeidige Luft ein. Die Mondsichel, geschwungen wie ein Schwert, teilte die Wolkenfetzen; Regentropfen hingen in den Zweigen, gleich Diamantengespinst; die ganze Welt schwamm durchnäßt im Wasser. Ich glitt durch die Dunkelheit, gewichtlos wie ein Geist auf dem Seegrund. Auf meinen Streifzügen begegnete ich nie einem menschlichen Wesen, auch nicht bei Tag. Das hatte seinen

Grund. Die Legende von der Prinzessin und dem Schlangengott beruht auf einer Folgerichtigkeit: Die Löcher im Gestein, die Sümpfe, der sommerliche Hitzedunst ziehen Schlangen an. Ich war zu ihnen sehr zutraulich, beobachtete sie, wenn sie sich auf einem Stein sonnten oder ihre Ringe langsam durch die Büsche rollten. Einige Sorten waren giftig. Ich jedoch dachte, wenn ich nichts Böses im Sinne habe, werden sie mir nichts tun. Meine Eltern wußten nichts von diesen Streifzügen; sie wunderten sich lediglich, daß ich tagsüber müde war, im Unterricht döste und über meinen Schulaufgaben einschlief. Daß ich träge und blaß war, schob man auf mein Wachstum. Auch meiner Abneigung gegen Fleisch begegnete man mit Nachsicht. Japaner haben sich lange Zeit nur von Fisch ernährt, weil die buddhistische Religion das Töten von warmblütigen Tieren verbietet. Kaum ein Jahrhundert ist es her, daß in Japan Fleischnahrung eingeführt wurde. Meine Eltern waren eine konservative Familie; und so nahm niemand daran Anstoß, daß ich kein Fleisch essen wollte. Ich aber wußte aus dem Gefühl heraus, daß meine Magie eine Magie der Tiere war, etwas Angeborenes. Die Tiere beschützten und liebten mich; ich wollte meine Unschuld bewahren; dies mochte es wohl gewesen sein.«

Kunio verstummte mit einem Mal; ich tauchte aus dem Traumzustand auf, in den mich seine Schilderung versetzt hatte.

»Und dann?« fragte ich.

Er berührte meine Hand.

»Komm!«

Eine Zeitlang wanderten wir stumm durch das Unterholz. Der Boden zwischen den Bäumen stieg an. Das Rauschen des Wassers kam näher. Sonnenflecken huschten über den Boden. Im Gebüsch leuchteten kleine, wilde Erdbeeren mit ihrem herben Duft. Harz tropfte wie Gold aus den schuppigen Rinden, und Farne aus fernen Weltenaltern wucherten im Halbschatten. Die Steine waren trocken, bis ich auf einmal Schlamm unter den Sohlen fühlte. Das Wasser rieselte zwischen den

Steinen hindurch. Kunio wies auf den Bach, der eine Seite des Gesteins völlig geglättet hatte.

»*Mizugori* – Waschungen – sind bei uns seit Jahrtausenden Brauch. Ich wußte nur wenig davon. Aber an dieser Stelle blieb ich immer stehen, wusch mir Gesicht und Hände und trank von dem Wasser. Niemand hatte mir gesagt, daß ich das tun mußte. Es schien mir irgendwie notwendig.«

Er kniete nieder, tauchte beide Hände in das Wasser, besprengte sich das Gesicht und trank aus der hohlen Hand. Ich tat es ihm nach, das eiskalte Wasser schmeckte nach Erde und Wurzeln.

»Wir sind gleich da«, sagte Kunio.

Der Hang wurde plötzlich steil. Naturgewalten hatten Steine losgerissen, über die wir klettern mußten. Meist lag auf einer Klippe ein schräger Gesteinsblock und darauf noch einer und noch einer, alle moosbewachsen und mit Schlingsträngen verschnürt. Doch der Aufstieg war leicht; wir erklommen die Geröllhalde schnell. Den höchsten Punkt bildete eine föhrenumwachsene, fast kreisrunde Lichtung. Unwillkürlich fühlte ich mich von dem Anblick betroffen. Die kupfernen Stämme glichen Türmen, die sich aus dem Schattenreich der Vorzeit steil in den Himmel reckten. Vor Jahrtausenden waren sie aus einem Samenkern entstanden; nun krallten sie ihre mächtigen Wurzeln tief in die lebende Erde, gruben durch Felsen und Höhlen nach Wasser. Sie atmeten die Sonne ein, schüttelten sich in Winterstürmen. Einen Baum hatte der Blitz getroffen. Er war völlig ausgebrannt und verwest; und doch regte sich geheimes Leben in ihm: Zarte grüne Knospen auf den Wurzeln zeigten, daß er unsterblich war.

Am Fuß dieser Bäume, mit ihnen verwachsen, ragte Gestein aus der Erde, abgeschliffen, vom Alter poliert. Hoch über den Kiefern leuchtete der Himmel, aber die Sonne hatte ihren höchsten Punkt überschritten; die Strahlen waren weitergewandert, das Gestein lag im Schatten. Ein seltsamer grüner Schein erfüllte die Lichtung; er kam von den Moosen, die wie ein Teppich die Felsen überwucherten. Wir traten näher an die

Felsen heran. Kunios Stimme klang jetzt gedämpft. »Das ist ein *Iwakura* – ein Göttersitz. Auf den Nord- und Südhängen gibt es mehrere davon. Dieser ist der älteste und größte.«

Unter den Felsblöcken sickerte die Quelle. Das Wasser drang aus der feuchten Erde, die hier porös schien, und sprühte wie grünes Kristall über Moose und Farne. Weiter unten sammelte sich das Rinnsal in einem Bett aus Kieseln und sprudelte den Hang hinab. »Der Bach versiegt oder verschlammt selbst bei Dürre nie«, sagte Kunio. »Er fließt an unserem Haus vorbei und bewässert die Reisfelder im Dorf.«

Eine *Shimenawa* – eine heilige Schnur – war mit einem besonderen Knoten an zwei Bäumen befestigt. Sie bestand aus einem alten Strick, an dem zerfetzte Stoffstreifen hingen. Doch etwas anderes erregte meine Aufmerksamkeit: Zwischen zwei Steinen steckte ein uraltes Schwert. Auf dem geschwärzten Stahl waren noch Schriftzeichen sichtbar. Fasziniert beugte ich mich über die Waffe, die wie ein gespenstisches Gewächs aus den Felsbrocken ragte.

»Woher kommt dieses Schwert, Kunio?«

Die Überraschung verschlug mir fast die Sprache. Kunio blickte mich amüsiert an.

»Mein Vorfahre Kaoru Harada hat es als Votivgabe geschmiedet. Zum Dank dafür, daß seine Frau und seine zwei Kinder ein Erdbeben überlebten.«

Ich besah mir das Schwert von allen Seiten.

»Wie prachtvoll erhalten es noch ist!«

»Es ist ein *No Tachi* ein sogenanntes ›Moorschwert‹ mit sehr langer Klinge, typisch für das vierzehnte Jahrhundert. Der Stahlmantel ist besonders hart. Kenner sehen das.«

»Und was bedeutet die Inschrift?«

»Hier steht: ›Dieses Werk ist im Einklang mit der Seele.‹ Da die Waffe alles Unreine von der heiligen Stätte abwehren sollte, hat mein Vorfahre seinen Namen nicht in den Griff gegraben, obgleich dies unter den Schwertschmieden Brauch war. Das Schwert diente ja nicht seinem eigenen Ruhm, und sein Name war der Gottheit bekannt.«

»Welcher Gottheit?« fragte ich.

»Sie wohnt unter den Steinen, geht durch Himmel, Erde und auch unter der Erde hindurch. Sie stellt den Sonnenkreis und den Ursprung des Lebens dar. Sie ist männlich und weiblich zugleich, das zutiefst Uralte in uns, das Geheime.«

Er sprach halb im Ernst, halb im Scherz, so daß ich nicht klug aus ihm wurde.

»Kunio, du sprichst in Rätseln!«

Das Lächeln, das so unbestimmt, schüchtern und voller Charme war, kam abermals auf seine Lippen.

»Willst du sie sehen?«

Seine Heiterkeit steckte mich an.

»Die Gottheit? Aber mit Vergnügen!«

»Komm!« sagte er. »Nur wenige haben sie bisher zu Gesicht bekommen, aber vielleicht zeigt sie sich uns.«

Er stieg über die Felsbrocken, glitt unbefangen und zielsicher unter der heiligen Schnur hindurch. Der Ort war ihm vertraut. Ich zögerte kurz, befragte die Schwingungen und erkannte keine Drohung. Vielleicht mochte es an Kunio selbst liegen, aber die Macht – wer immer sie auch war – war mir wohlgesonnen. Inzwischen kletterte Kunio ein Stück aufwärts und winkte mich heran. Er deutete auf ein Loch im Gestein, gab mir ein Zeichen, mich nicht zu rühren. Er kauerte sich vor dem Spalt nieder, hielt zwei Finger an die Lippen und begann zu pfeifen. Der erste Ton war kurz und deutlich, doch ohne Schärfe. Als wollte er sagen: »Hör mir zu!« Dann pfiff er weiter, sanft und melodisch. Ein paar Atemzüge lang regte sich nichts. Plötzlich erstarrte ich: Zwischen den Steinen bewegte sich etwas. Tief im Schatten sah ich Windungen, fast armdick, die sich krümmten und hoben. Mein Atem setzte aus, mein Herz sprang hart an die Rippen.

Plötzlich kam mir alles ganz unwirklich vor. Kunio pfiff noch immer, im zärtlich lockenden Ton. Wie von einem unsichtbaren Faden gezogen, entrollten sich die Ringe, wälzten sich aus dem Spalt. Ein flacher Kopf hob sich, blaß mit einem grünlichen Schimmer. Die Augen waren wie schwarze Punkte, fast ebenso groß wie menschliche Pupillen. Das Maul der Schlange war geschlossen, dazwischen aber zuckte eine gespaltene Zunge hin und her, während sie ihren Kopf nach der Melodie wiegte. Das dauerte eine ganze Weile. Schließlich nahm Kunio behutsam das kleine Honiggläschen aus der Tasche, drehte den Deckel auf. Mit Hilfe seines Taschenmessers kratzte er den Honig heraus und häufte ihn in eine kleine Felsvertiefung vor dem Loch. Der Schlangenkopf streckte sich vor. Das Tier tauchte seine Zunge in den Honig und leckte die Gabe. Ich wagte kaum zu atmen. Als von dem Honig nichts mehr übrig war, zog sich die Schlange zurück; die Windungen schienen gleichsam in den Felsen zu tauchen, mit ihm zu verwachsen. Als ob der Stein selbst, für kurze Zeit lebendig geworden, nun wieder zu Finsternis erstarrte. Erst jetzt wandte mir Kunio das Gesicht zu.

»Unglaublich!« flüsterte ich.

Er jedoch lächelte entspannt.

»Ja, sie hat mich nicht vergessen. Nach so langer Zeit!«

»Sie ist sehr groß. Wie alt mag sie sein?«

»Ich weiß es nicht. Vielleicht ein paar hundert Jahre. Sie ist die Alt-Göttin der Schmiede, ihre Urmutter und Beschützerin.«

Ich wischte mir den Schweiß aus dem Gesicht.

»Hattest du nie Angst vor ihr?«

Er setzte sich auf einen Stein, und ich setzte mich neben ihn.

»Angst? Nein, eigentlich nicht. Ich war elf, als diese Geschichte passierte. Das ist ein besonderes Alter. Die Welt der Erscheinungen ist noch da, aber die Welt der Erwachsenen kommt täglich näher, und manche Kinder fürchten sich davor. Ich weiß noch genau, es war im Spätsommer und drückend heiß. Hanako war zu Besuch gekommen; wir hatten sie am Bahnhof von Nara abgeholt. Erschöpft von der Reise hatte sie sich frühzeitig in die Kissen begeben. Der Abend brachte keine Abkühlung. Der Wetterbericht hatte Sturm angesagt. Beim letzten Lichtschimmer verwandelte sich das Grün der Hügel in Violett unter den dunklen Wolken, die am Himmel aufstiegen.

Vor dem Schlafengehen hatte Akemi die Vorder- und Küchentür zugeriegelt. Sie schloß auch die *Amados*, die hölzernen Schiebetüren, die zum Schutz gegen stürmisches Wetter angebracht waren. Aber ich hatte dafür gesorgt, daß in meinem Zimmer etwas Raum zwischen den *Amados* blieb. So konnte ich sie lautlos zurückschieben. Als alles still war, verließ ich das Haus, um mich auf meine nächtlichen Streifzüge zu begeben.«

# 31. Kapitel

Als Kunio sich auf den Weg zum Dachsbau machte, war die Luft drückend und schwer, erzählte er mir. Kein Windhauch regte sich, sogar die Nachtvögel schwiegen. Nur Grillen zirpten, und unter den Büschen schimmerten Leuchtkäfer. Der Herbstmond, groß und golden, wanderte durch Wolkenschleier. Der Geruch von Harzen, wildem Wein und Brombeeren mischte sich in der Luft. Kunio ging rasch aufwärts. Der Weg war steil, aber der Dachsbau befand sich ganz in der Nähe. Kunios Füße glitten geräuschlos über den Pfad. Im Mai waren zwei Junge zur Welt gekommen; sie hatten Kunio von Anfang an gekannt. Nun waren sie besonders zutraulich, tollten in seiner Nähe herum und ließen sich von ihm streicheln. Doch diesmal wartete der Junge vergeblich. Die *Tanuki* ließen sich nicht blicken. Warum wohl? überlegte Kunio. Ob sie das Gewitter fürchteten? Aber da war noch ein zweites Loch, bergaufwärts. Kunio machte sich auf den Weg dorthin. Schwarze Wolkengestalten näherten sich dem Mond; Wetterleuchten blitzte hinter den Baumkronen auf. Kunio beachtete nicht, was am Himmel vor sich ging. Er fühlte sich, wie immer in solchen Nächten, treibend und schwebend. Die Luft war so schwer, daß er sie wie eine Berührung an der Haut empfand. Der Aufstieg war steil. Bald waren seine Wangen erhitzt, das Herz schlug ihm in der Kehle. Doch seine Ausdauer wurde belohnt: Weiter oben am Hang vernahm er das Rascheln von Blättern und kleine, quietschende Laute. Die Dachse waren aus ihrem Bau geschlüpft, spielten und balgten sich wie übermütige Hunde, rollten geschmeidig über das federnde Nadelbett. Kunio kauerte sich nieder und beobachtete sie, während das Wetterleuchten immer greller zuckte. Die Wolkenfront hatte den Mond bedeckt, war unaufhaltsam in die Höhe und in die Breite gewachsen. Der aufkommende Wind trug ein verhaltenes Grummeln herbei. Zuerst war der Wind nur ein Flirren in den Büschen. Ein Ast knirschte, dann ein anderer. Zweige bogen sich, trockenes Laub raschelte. Dann begannen die Baumkronen zu rauschen. Es klang feierlich wie das Meer. Nach und nach verstärkte sich das Grummeln. Zuweilen flackerten Blitze auf, und das Baumgewirr stand schwarz wie ein Scherenschnitt am Himmel. Das Gewitter kam näher. Die Dachsfamilie verschwand in ihrem Bau. Es wurde Zeit, daß Kunio sich auf den Heimweg machte. Doch er kauerte im Dickicht und rührte sich nicht. Der ganze Berg war von Seufzen und Knarren und Knirschen erfüllt. Hoch über die Lichtung wirbelten Wolken wie Strudel. Kunio spürte, wie die Erde sich im Raum um sich selbst drehte. Der Wind saugte ihn auf, hob ihn in schwindelnde Höhen; das Traumboot schaukelte und segelte durch die Baumkronen. Die Kiefern rauschten wie die Brandung, die donnernde Sturzflut widerhallte in seinen Ohren. Hohe Äste knarrten langsam und mächtig, wie Schiffsmasten bei starker Dünung. Obwohl der Sturm die Bäume schüttelte, war noch keine Abkühlung zu spüren. Schwer und atembeklemmend drückte die Luft. Die Blitze zuckten gleichzeitig von allen Seiten. Einige sahen aus wie Schlangen, andere wie Spinnennetze; giftig grüne Feuerkugeln sprangen von Wolke zu Wolke. Erst, als die ersten Regentropfen fielen, riß sich Kunio aus seiner Erstarrung. Die Tropfen rieselten von Blatt zu Blatt. Es klang wie das Nagen der Seidenraupen, die einige Bauern in ihren Häusern züchteten. Im Schein der Blitze funkelten Glanzlichter auf, der ganze Wald war von Sprühfunken erfüllt. In ein paar Minuten war Kunio triefend naß; er trug nur seinen Schlafanzug und Turnschuhe; aber die Luft war so schwül, daß er den Regen als wohltuend empfand. Doch inzwischen war ihm bewußt geworden, daß er nur ein kleiner Junge war, und daß der Wald sich in eine wilde, finstere Welt verwandelt hatte. Der angeschwollene Bach schäumte und gurgelte. Unter der prasselnden Regenwand wurde der Lehmboden glitschig.

Kunios Turnschuhe rutschten im Schlamm aus. Er verlor den Halt, stürzte ein paar Meter in die Tiefe. Er krallte sich an Zweigen fest, kam mühsam wieder auf die Beine. Sturmwind und Donner erfüllten den Raum mit krachenden, reißenden und brüllenden Geräuschen. Die Donnerschläge ließen an Bergstürze denken, an Erdrutsche und klaffende Spalten. Der Lärm war entsetzlich, ohrenbetäubend; die Welt trieb zwischen den Gestirnen dahin, und während sie sich drehte, überflutete ein Ozean den Berg. Bei jedem Donnerschlag duckte sich Kunio; sein Körper krümmte sich schmerzvoll, als vermochte allein das Getöse ihn in Stücke zu reißen. Die Blitze ließen vor seinen Augen glühende Spuren und Zonen von rötlichen Adern zurück. Die Temperatur war plötzlich gesunken. Der Regen durchlöcherte ihn wie Nadeln, er klapperte mit den Zähnen und schwitzte zugleich. Da – wieder ein Blitz, weiß, von Violett durchstrahlt. Kunio blinzelte geblendet, stieß gegen einen herunterhängenden Ast. Er spürte so etwas wie einen Messerschnitt. Die Kopfhaut platzte auf, Blut und Regen flossen dem Jungen über die Stirn. Er stolperte über Wurzeln, stapfte durch Schlamm und lockere Erde, und dann sah er etwas sehr Merkwürdiges: Die Wolken waren nicht mehr oben am Himmel, sondern im Wald. Sie wanderten ihm entgegen, wehten durch die Bäume wie Dampf. Nur ein paar Atemzüge noch, schon tauchte er in die weißen Schwaden ein. Jedesmal, wenn die Blitze aufleuchteten, huschten an den Wolkenrändern Flammensäume entlang, violett, blau, schwefelgelb. Einmal sah Kunio eine Krähe, die wie eine schwarze Kugel auf einem Ast kauerte; dann verschwand das Bild wie ein unruhiger Traum. Der Regen fiel jetzt dünner, aber Kunio hatte völlig die Orientierung verloren. Das Gelände unter seinen Füßen senkte sich mal mehr, mal weniger, dann wieder überhaupt nicht. Kunio hatte das Gefühl, daß seine Welt auf den Mittelpunkt einer weißen Kugel zusammenschrumpfte. Die Kälte nahm zu. Die durchnäßten Kleider klebten an Kunios Haut. Im Schein der Blitze sah er Vögel in den Zweigen hängen, wie Fetzen; vielleicht waren es keine lebenden Geschöpfe, sondern die

Phantome längst verstorbener Vögel, die im grünlichen Flackerlicht zu neuem Leben erwachten. Kunio klapperte mit den Zähnen. Der Regen prasselte auf seinen Kopf. Haarsträhnen, mit Blut verklebt, hingen ihm in die Augen. Er hatte kaum noch Speichel im Mund, seine Kehle brannte. Er war so zerschlagen, so sterbensmüde, daß er sich kaum noch bewegen konnte.

Auf einmal sackte sein linker Fuß bis zum Knöchel in den Schlamm; als er ihn herauszerrte, blieb der Turnschuh stecken. Seine eiskalten Finger gehorchten ihm kaum, und er vermochte den Schuh nicht aus dem Matsch zu ziehen. Er fror bis ins Mark, fühlte sich schwach und apathisch. Jeder Schritt kostete ihn unendliche Anstrengung und mußte trotzdem getan werden. Allmählich gewann er den Eindruck, daß der Wald weniger dicht war. Unbeholfen humpelte er an Felsbrocken vorbei, die dunkle Buckel im Nebel bildeten. Schemenhafte Steingebilde wurden sichtbar. Als der Wind für einige Sekunden die Nebel teilte, glaubte er in kurzer Entfernung eine schwarze Masse und davor eine Art blitzenden Stab zu erkennen. Ein Traumbild? Eine Halluzination? Plötzlich fiel es Kunio wie ein Schleier von den Augen: Der *Iwakura*, das alte Schwert! Die Quelle, für gewöhnlich ein Rinnsal, strömte wild und gurgelnd über den Hang. Kunio watete durch das knöcheltiefe Wasser, kroch unter der durchnäßten *Shimenawa* hindurch und zog sich an dem Felsen hoch. Das Moos war gefährlich glitschig, doch er fand eine geschützte Stelle zwischen zwei Felsblöcken. Über ihm krallte sich der Stamm einer Kiefer in die uralten Felsen. Die Krone, mächtig und breit in den Himmel ragend, bildete ein schützendes Dach. Bei jedem Blitz leuchteten die Nadeln mit weißlichen Reflexen, wie wirkliche Nadeln. Kunio kauerte in dem Spalt, ein zitterndes Bündel, preßte die Arme an seine Brust. Er war erstarrt bis ins Mark. Nacken, Arme, Rücken, alles tat ihm weh. Der Donner fiel wie ein zermalmender Hammer auf die Bergflanke nieder, er jedoch hörte ihn nur wie durch Watteschichten. Sein Körper wurde von einem ununterbrochenen Schauer geschüttelt. Die Felsen rochen nach Moder und nassem Moos. Das Wasser schien nicht vom Himmel zu fallen, sondern aus den Bäumen selbst. Es sickerte wie Öl aus jedem Zweig, jedem Blatt und hatte die Gerüche der Bäume aufgesaugt, der Rinden und Wurzeln. Die Stämme und Äste und Zweige waren schwarz, und um die Blätter herum hing ein Regenschleier von grauer und silberner Farbtönung. Über Kunios Kopf bewegte sich ein Ast, verlängerte sich, glitt langsam herunter. Kunio entging dies nicht; doch alles verlangsamte sich und geschah wie im Traum. Von tiefer, unendlicher Müdigkeit gepackt, sah er die Dinge nur verschwommen.

Irgendwie war es seltsam, daß der Ast sich bewegte – und auch wieder nicht. Diese Nacht war voller Schrecken und Wunder, und darüber hinaus hatte der Anblick nichts Bedrohliches an sich. Im Gegenteil, der Baum rührte seinen Ast, behutsam wie eine Großmutter ihre Hand, um ein Kind zu streicheln und zu beruhigen. Auf einmal schaukelte der Ast, langsam und freundlich, als ob er dem kleinen Jungen zuwinkte. Unwillkürlich lächelte Kunio, hob den Arm und winkte zurück. Da löste sich der Ast; ein schweres, elastisches Gewicht fiel auf den Jungen herab. Eine drückende Last schnürte ihm Hals und Brust zusammen. Kunios Herz stand still. Er öffnete den Mund vor Erstaunen und Schrecken: Der Ast war eine Schlange, die größte, die er je gesehen hatte, und diese lag nun wie ein schmerzender Klumpen um seine Schultern. Ein andersgeartetes Kind hätte jetzt versucht, das Tier von sich zu stoßen, hätte sich gewehrt und geschrien. Doch Kunio saß unbeweglich, wie erstarrt, während die Ringe sich hoben, ihn enger umfaßten. Die Augen des Tieres, leicht hin und her schwankend, bewegten sich dicht vor seinem Gesicht. Er spürte ein leichtes Kitzeln auf Kinn und Wangen. Es war die Zunge der Schlange, die ihn leckte. Der leichte Schweißfilm, der Kunios Haut bedeckte, sagte dem Tier offenbar zu. Kunio preßte die Lippen zusammen. Sein Herz schlug rasend; und eine Weile waren es nur sein Herz und die beweglichen Pupillen, die in ihm noch zu leben schienen. Vielleicht suchte die Schlange nur die Wärme des kindlichen Körpers, vielleicht fürchtete sie sich vor dem Gewitter. Diese lautlose, kräftige Umarmung war etwas sehr Eigentümliches – abstoßend und faszinierend zugleich. Kunio wußte, daß die Schlange seine Knochen und Gelenke zerdrücken konnte, aber auch, daß sie es nicht tun würde, wenn er sich richtig verhielt. Er versuchte den Atem anzuhalten, bis er nicht mehr konnte und keuchend nach Luft schnappte. Da merkte er, daß seine Atemzüge die Schlange ebensowenig erschreckten wie sein unterdrücktes Zähneklappern und die wilden Schläge seines Herzens. Er kam zu dem Schluß, daß die Schlange ihm nicht böse gesonnen war. Da verließ ihn die Angst.

Die Schlange lag schwer und klamm auf seinen Schultern, doch nach einer Weile kam sie ihm ganz vertraut vor. Das einzige, was er als wirklich unangenehm empfand, war die Kälte. Seine Hände und Füße fühlten sich wie Eisklumpen an. Da er keine Bewegungen machen konnte, wiegte er sich leicht hin und her, um sich wenigstens wieder ein wenig zu erwärmen. Ein Zucken durchlief die Schlange; die Ringe spannten sich. Um sie zu beruhigen, begann Kunio leise zu pfeifen. Zuerst vermochte er kaum die Lippen zu spitzen. Schließlich gelang es ihm. Als sein Atem wieder regelmäßig ging, pfiff er die Andeutung einer Melodie. Die Schlange reagierte mit leichtem Druck. Da pfiff er lauter, wobei er den Oberkörper leicht im Rhythmus schaukelte. Die Schlange lag jetzt ganz ruhig auf seinen Schultern. Der Donner entfernte sich, die Blitze flackerten weit weg über den Reisfeldern. Und bald ließ auch der Regen nach; nur noch das Wasser tropfte von den Bäumen. Am Nachthimmel jagten Wolkenfetzen dahin, rissen ein Loch in das Dunkel, und darin funkelte der Mond, blank wie polierter Stahl, im Netz der Zweige gefangen.

# 32. Kapitel

Die Vision in mir erlosch im selben Augenblick, als auch Kunios Stimme verstummte. Benommen fand ich in die Wirklichkeit zurück. In der Lichtung waren die Schatten grün und kühl, versunken in unantastbaren Frieden. Alles war still; nur ein Vogel piepste, und auch er piepste leise. Ich hatte ein seltsames Gefühl im Magen. Weilt man an einem heiligen Ort, so kann man es keine Sekunde vergessen. Die Kraft wirkt, ob man will oder nicht. Kunio saß ganz ruhig da, die Arme leicht über die Knie gefaltet. Seine Augen, auf mich gerichtet, waren ruhig. Und doch sah ich eine Verstörtheit darin. Hier kam die Magie zu ihm, dachte ich, auf diesen Steinen. Er gab diesen Dingen keinen übertriebenen Sinn, aber es war klar, daß er seitdem das Leben in einem anderen Licht sah.

»Und dann?« fragte ich.

Er bewegte ein wenig die Schultern, rieb sich den Nacken, als ob er das klamme Gewicht noch in der Erinnerung fühlte.

»Nun, die Schlange blieb bei mir, die ganze Nacht. Wie ich schon sagte, ich mußte etwas an mir haben, das dem Tier gefiel. Der Geruch meiner Haut oder meines Blutes, der Atemrhythmus, vielleicht auch meine Stimme, wer weiß? Ich war verschrammt und todmüde und fror bis in die Knochen. So unglaubwürdig es klingen mag, irgendwann empfand ich die Gegenwart der Schlange als tröstend – und schlief ein. Ich erwachte davon, daß ich Stimmen hörte, und schlug verwirrt die Augen auf. Irgendwo im Wald wurde laut gerufen. Es war bereits hell; rosa Wolkenschleier zogen vorbei, Sonnenlicht funkelte durch die Zweige. Noch war ich nicht gänzlich wach. Ich hatte das seltsame Gefühl, daß ich unter einer schweren, klammen Decke lag, die sich im Rhythmus meiner Atemzüge emporhob. Sie begleitete diese Bewegung, als wiege sie mich, bedeckte aber nur den oberen Teil meines Körpers, während sich die angewinkelten Beine wie abgestorben anfühlten. Mit einem Mal kehrte mein Bewußtsein zurück. *So desu!* Die Schlange. Ich blieb bewegungslos, um ihr keine Furcht einzujagen. Was nun? Hatte ich die Stimmen vielleicht nur geträumt? Angestrengt lauschte ich. Zwar war das Rauschen des Bachs in meinen Ohren, und die Rufe klangen undeutlich, aber sie waren da und kamen näher. Plötzlich raschelte Unterholz. Männer betraten die Lichtung. Die Sonne schien mir in die Augen; zuerst konnte ich ihre Gesichter nicht sehen. Dann erkannte ich meinen Vater, zwei Polizisten aus dem Dorf und den alten Takeuchi, einen Holzfäller, dem die Wälder vertraut waren. Im selben Augenblick erblickten sie mich, mit der Schlange auf der Brust, gerade als sie ihre Ringe anzog und mich in erstickender Umarmung packte. Sie krümmte sich, richtete sich auf wie ein Stock. Ihre gespaltene Zunge zischte. Doch ihre Drohgebärde galt nicht mir, sondern den Eindringlingen. Diese standen wie gelähmt, Mund und Augen vor Entsetzen aufgerissen. Ich wollte ihnen zurufen, sie sollten keine Angst haben, die Schlange sei gut zu mir, doch die Ringe schnürten mir die Kehle ab, so daß ich nur röcheln konnte. Auf einmal strömte Luft in meine Lungen. Die Schlange entrollte sich mit blitzartiger Bewegung, glitt von meinen Schultern hinab und verschwand in einer Felsspalte. Fassungslos starrte ich ihr nach, während mein Vater, kreidebleich im Gesicht, über die Felsen stolperte und mich in seine Arme riß. Er streichelte mich, betastete meine Glieder mit zitternden Händen, um sich zu vergewissern, daß ich nicht verletzt war. Außer der Beule und ein paar Abschürfungen war ich unversehrt, doch blau vor Kälte. Ich erzählte, daß die Schlange die ganze Nacht bei mir gewesen war, daß sie mich geleckt hatte und ich für sie gesungen hatte. Die Polizisten rieben sich die Stirne, und der Holzfäller murmelte Dankgebete, daß die Schlangengottheit mich verschont hatte.

Kunihiko, verstört und stammelnd, hob mich hoch wie ein

kleines Kind. Die Beine versagten mir jeden, auch den leichtesten Dienst. Kunihiko wickelte mich in eine Decke und trug mich den Berg hinunter nach Hause. Hanako erhitzte sofort das Badewasser, während Akemi mir die durchnäßten Kleider abstreifte. Behutsam reinigte sie meine Schürfungen und wusch mich mit einem Schwamm aus Seegras ab. Dann hob sie mich in die Wanne. Trotz des heißen Wassers fror ich bis ins Mark. Doch allmählich lockerte die Wärme meine verkrampften Muskeln; ich fühlte mich besser. Akemi hob mich aus der Wanne heraus, wickelte mich in ein Badetuch ein und rieb mich mit kräftigen Bewegungen trocken. Zum Umfallen müde, ließ ich alles teilnahmslos mit mir geschehen. Mein Vater hatte die elektrische Heizung in der Wärmekiste eingeschaltet. Hanako zog den dicken Rand der baumwollenen Tischdecke über meine Knie, damit die Wärme aufgespeichert wurde. In einer Tasse stand heiße Milch für mich bereit, die ich dankbar schlürfte. Noch bevor die Tasse leer war, hatte ich den Kopf auf meine Arme gelegt und schlief.

Der Sturm hatte großen Schaden angerichtet, Bäume entwurzelt, die Quelle in einen reißenden Sturzbach verwandelt. Als Akemi mein Zimmer leer fand, verständigte Kunihiko sofort die Polizei. Bei Tagesanbruch machten sich die Männer auf den Weg. Sie folgten meinen Fußspuren am Berghang. Beim Aufstieg entdeckte der Holzfäller meinen Schuh im Schlamm, und Kunihiko fürchtete das Schlimmste. Dann stießen sie erneut auf eine Spur. Sie führte durch den Wald, aufwärts, zum *Iwakura*. Dort fanden mich die Männer. Wie eine Steinfigur sah ich aus, sagten sie, wie ein kleiner Buddha, der eine Schlange auf den Schultern trug.

Die Geschichte verbreitete sich wie ein Lauffeuer. Einfache Menschen haben für geheimnisvolle Dinge einfache Erklärungen. Der Berg- und Schlangenkult ist in dieser Gegend nach wie vor lebendig. Ich war der Sohn des Schmiedes, meine Familie gehörte dem *Shugendo*-Glauben an. Es hieß, ich habe eine Erleuchtung gehabt, eine dieser seltenen Erleuchtungen, die in religiösen Büchern beschrieben sind. Nicht nur ein bißchen

Verstehen, das man später vertiefen kann, nein, sondern eine explosionsartige Erkenntnis, eine geistige Wiedergeburt. Mir war nicht im geringsten klar, was eigentlich damit gemeint war, aber ich genoß es reichlich, im Mittelpunkt zu stehen. Für die Dorfbewohner war ich ein *Yamabushi* geworden, ein Heiliger, der in einer Sturmnacht übernatürliche Kräfte gewonnen hatte. Man begann, mich aufzusuchen, mir Geschenke zu machen und Wunder von mir zu erwarten. Die Medien – in Japan ebenso sensationslüstern wie anderswo – schalteten sich ein. Fernsehteams reisten nach Miwa, Journalisten belagerten das Haus. Man interviewte die Dorfbewohner, die Lehrer, die Mitschüler. Man wollte mich auf dem *Iwakura* mit der Schlange fotografieren. Mir hätte das Spaß gemacht, doch die Schlange geruhte nicht, ihren Schlupfwinkel zu verlassen. Meine Eltern sahen diesen Rummel sehr ungern. Disziplin hatte mir nie gelegen. Bisher war ich weltfremd gewesen, jetzt wurde ich selbstgefällig, gab Erwachsenen unhöfliche Antworten und spielte den Kinderstar. Ich wurde zwölf und fiel in der Schule durch schlechte Leistungen und vorlautes Betragen auf. Meine Lehrer reizten mich durch ihre – wie mir schien – einzigartige Stumpfsinnigkeit. Nicht nur, daß ich mich ihnen haushoch überlegen fühlte, ich kam auch bald zu der Überzeugung, daß ich alles haben konnte, was ich wollte, wenn ich es nur nachdrücklich genug forderte. Das alles war schlecht für mich. Meine Eltern ergriffen die richtige Maßnahme: Sie schickten mich weg.

# 33. Kapitel

Takeo Matsuda, ein Vetter meines Vaters, leitete in Tokio ein Architekturbüro. Die Sache wurde so geregelt, daß ich – gegen angemessenes Kostgeld – bei seiner Familie wohnen und eine Privatschule besuchen würde, die den Ruf hatte, daß die Lehrer sich besonders intensiv um die einzelnen Schüler kümmerten. Die Schule war sehr teuer, sehr exklusiv, aber das erfuhr ich erst später. Miwa war ein Dorf, in vieler Hinsicht noch hinter dem Mond. Mein Elternhaus, von fortschrittlichem Geist und strengen Konventionen geprägt, verband aristokratisches Raffinement mit ländlicher Schlichtheit. In Tokio erlebte ich eine völlig andere Welt. Ich wohnte nun in Seijo, in einem Viertel mit Einfamilienhäusern, gepflegten Gärten und ruhigen Straßen. Das Haus, ganz mit weißen Kacheln verkleidet, entsprach einer Bauart, die zu jener Zeit in Japan groß im Kommen war. Hinter einem schmiedeeisernen Tor lag ein Vorgarten, der gleichzeitig als Parkplatz für zwei Wagen diente. Vom Wohnzimmer aus fiel der Blick auf ein blaugekacheltes Schwimmbecken zwischen schön geformten Steinen. Ein Gärtner kam regelmäßig, ließ die wertvollen Büsche und Zwergkiefern in wohldurchdachter Unordnung wachsen. Das Haus war mit blauem Teppichboden und erstklassigen Matten ausgelegt. Onkel Takeo hatte die ziemlich kleine Wohnfläche durch die Höhe der Räume ausgeglichen. Das Haus, lichtdurchströmt wie ein Wintergarten, war trotzdem angenehm kühl in der heißen Jahreszeit. Designer-Möbel, handsignierte Lithographien und wertvolle Plastiken gaben der Einrichtung ihren exklusiven Rahmen. ›Das Haus ist meine Visitenkarte‹, sagte Onkel Takeo. ›Bevor mir die Kunden einen Auftrag geben, wollen sie sehen, wie ich meinen eigenen Lebensraum gestalte.‹

Er war ein schlanker Mann, Anfang fünfzig, betont salopp gekleidet, immer mit einem Seidentuch oder einer Schärpe um den Hals. Das graue Haar trug er zu einem Pferdeschwanz gebunden. Seine Frau Hiroko besaß ein Antiquitätengeschäft im vornehmen Viertel Omote-Sando. Ihr Haar war kurz geschnitten und in weichen Locken um ihr Gesicht herumgelegt. Ihre zarte Haut war rosa gepudert, ihre Augen perfekt geschminkt. Sie trug Haute Couture – meist Hosenanzüge – und rauchte kleine, wohlriechende Zigarren, die die Aufmerksamkeit auf ihre eleganten Hände lenkten. Sie besuchte Auktionen und Galerien, zeigte in allen Dingen einen erlesenen Geschmack. Ihr Sohn Kazuo war ein Jahr älter als ich und wollte Journalist werden. Wie Tiere, die sich auf einmal mitten im Wald begegnen, blickten wir einander in die Augen, und unsere Gefühle schwankten zwischen Argwohn und Neugierde. Kazuo kam mir ungeschliffen vor, während er meine Ausdrucksweise als geschraubt empfinden mochte. Da sich die Bewohner von Kansai für etwas Besseres halten, pflegen sie ein klassisches Japanisch, frei vom Tokioter Modejargon. Das – und mein frischgebackener persönlicher Ruhm – bewirkten, daß ich mich arrogant verhielt. Doch das änderte sich bald, da wir im gleichen Zimmer schliefen. Und binnen kürzester Zeit war ich von seiner Elektronik fasziniert.

Vater und Sohn halfen der Mutter im Haushalt. Die groben Arbeiten verrichtete eine Putzfrau, die dreimal in der Woche kam. Ich stammte aus einer Familie, wo der Vater keinen Finger rührte, und staunte, wenn Onkel Takeo mit dem Staubsauger durch die Zimmer ging und sämtliche Papierkörbe leerte. Kazuo hatte Freude am Kochen und stellte in dreißig Minuten eine komplette Mahlzeit auf den Tisch. Nach einer gewissen Zeit kam ich mir lächerlich vor, mit hängenden Armen dazustehen, und suchte irgend etwas, was ich tun konnte. Ich begann damit, daß ich in regelmäßigen Abständen alle Schuhe aus dem Schrank nahm und sie vor den Eingang stellte, um sie zu putzen.

Tokio war eine andere Welt, ein Kaleidoskop schillernder

Farben und verwirrenden Lärms. Und obwohl ich mir in den ersten Wochen wie ein verlorener Außenseiter vorkam, war ich nach einer gewissen Zeit kein Schiffbrüchiger mehr. Miwa, der heilige Berg, der *Iwakura* und die Schlange waren weit weg. Hatte es sie wirklich gegeben?

Die Schule war ein Übel, das ich in Kauf nahm. Die Lehrer zeigten Einsehen. Die Mitschüler waren blasierte Kinder aus wohlhabendem Elternhaus. Ihre ironische Gleichgültigkeit erreichte bald, daß der ›kleine *Yamabushi*‹ sich lächerlich vorkam und nur den Wunsch hatte, sich anzupassen und allenfalls durch modische Klamotten aufzufallen. Ich hatte eine Kindheit verlebt, wie sie es sich nicht vorstellen konnten; schon der Gedanke daran machte mich verlegen. Daß ich zwischen Fröschen und Vögeln und Dachsen gelebt hatte, wagte ich nicht einmal meinen besten Freunden zu erzählen. Die hatten Computerspiele im Kopf.

Immerhin stellte sich heraus, daß ich in meiner Dorfschule sorgfältig in Japanisch unterrichtet worden war. Dank Hanakos Einfluß hatte ich im Schönschreiben eine Fertigkeit erlangt, die von meinen Lehrern hochgelobt wurde. Heutzutage verschwindet diese Fertigkeit. Vergleiche ich die Schrift der jetzigen Schüler mit meiner im gleichen Alter, verwundert mich ihre Unbeholfenheit. Außerdem hatte ich viel gelesen. Meine Eltern besaßen eine große Sammlung klassischer japanischer Werke. Verbote irgendwelcher Art hatte es bei uns nie gegeben, was die Lektüre betraf, wobei es natürlich vorkam, daß ich für besonders schwierige Werke kein Verständnis aufbrachte. Meine Lehrer waren jedoch beeindruckt, daß ich Werke von Bakin und Hideo Kobayashi, Shiga Naoyas ›Weg durch die dunkle Nacht‹, die Dramen von Chikamatsu sowie die volkstümlichen Romane von Eiji Yoshikawa gelesen hatte. Die Großstadtjugend war eher den *Mangas* als den Klassikern zugeneigt, die als Pflichtlektüre den Schülern das große Gähnen entlockten. Ich war ein Anachronismus. Aber diese Kenntnisse brachten mir ein gewisses Prestige ein; und da ich nichts von einem Streber hatte, wurde ich deswegen nicht ausgestoßen. Praktisch hatte ich gelernt, einer strengen Disziplin zu gehorchen und außerdem eine Methode zu entwickeln, um sie zu bekämpfen. Anders ausgedrückt: Ich hatte gleichermaßen die Fähigkeit zur Disziplin und zur Rebellion, eigentlich ein typisches Merkmal der Schwertschmiede. In mir waren die Ansätze zu einer Lebensweise vorhanden, die zu innerer Freiheit führt. Aber das wurde mir erst viele Jahre später bewußt.

Als ich in den Ferien meine Eltern besuchte, kam mir alles seltsam rückständig vor. In Miwa gab es kein Kino, keine Disco und kein Schwimmbecken im Garten. Das Haus war alt und unbequem – meine Eltern ließen es bald renovieren –, und meine Mutter hatte, trotz ihrer Anmut, nichts von einer Karrierefrau an sich. Daß sich mein Vater von ihr bedienen ließ, fand ich beschämend. Erst später merkte ich, daß es einfach ihre Art war, meinen Vater zu beschützen. Indem ihre Hände für seine Nahrung und Kleider sorgten, beschützte sie ihn. Er fühlte sich glücklich und geborgen. Akemi war die Stärkere: Sie erfüllte freudig ihre Aufgabe, nicht allein aus Pflichtgefühl, sondern weil sie ihrem Wesen entsprach. Kunihiko war – auf seine Art – ein Träumer. Akemi war die Festung, die ihm Sicherheit gab. In ihrer Abwesenheit kam Kunihiko sich schutzlos vor, einer Welt ausgeliefert, die er beargwöhnte: ohne Netz, sozusagen.

In den Ferien half ich Vater in der Werkstatt. Ich war jetzt in der Lage, die Eisenbarren zu heben und zu hämmern. Mit dem Treiben in der Schmiede war ich aufgewachsen. Kunihiko hatte mir stets eingeschärft: ›Nur das Eisen selbst bringt es fertig, Eisen zu formen.‹ Damals war ich zu klein, um den Sinn seiner Worte zu verstehen. Allmählich begannen mich diese Dinge zu interessieren. Aber nur in der Theorie. In Wirklichkeit wußte ich überhaupt nicht, wo ich stand. Immerhin, Kunihiko machte es sich zur Gewohnheit, zu reden, und ich hörte zu. Ich hatte im Augenblick nichts Besseres zu tun.

Bevor Kunihiko den Ofen anzündete, wurde ein besonderes Ritual befolgt, bei dem meine Mutter anwesend war. Ihre Aufgabe bestand darin, die Glut durch das Reiben eines Stabes und eines Holzstückes hervorzubringen. Sie hielt ein Papier aus weißem Reisstroh an die Flamme und reichte es dann Kunihiko. Dieser steckte eine Kerze an, setzte einen Span aus Eschenholz in Brand. Mit diesem Span zündete er Holzkohle an, die den Ofen heizte. Das Ritual steht in Verbindung mit unserer alten Überlieferung, die besagt, daß die Frau das Feuer auf die Erde brachte, nachdem sie es von einem Gott empfangen hatte. Das Reiben des Stabes und des Holzstückes wird mit dem Zeugungsakt gleichgesetzt. Ebenso war es Sache meiner Mutter, das Wasser aus der heiligen Quelle zu schöpfen. Um diese Aufgaben einwandfrei zu erfüllen, erhielten die Frauen in unserer Familie eine besondere Unterweisung. In der japanischen Sprache sind die Begriffe ›Feuer‹ und ›weibliches Geschlecht‹ etymologisch verwandt. Das hängt mit dem alten Volksglauben zusammen, daß das Erz im Schoß der Erde wie der Embryo im Mutterleib wächst. Man glaubte, daß die Metalle im irdenen Mutterschoß lebendig waren, daß sie Lust und Schmerzen empfanden, wie alle Lebewesen. Der Schmied mit seiner Kunst beschleunigte das ›Wachstum‹ der Metalle. In unseren Symbolen und Riten setzt sich stark dieser Gedanke an Sexualität durch. Der von einem lebendigen Urstoff ausgehende Schöpfungsakt gleicht einer ›Geburtshilfe‹. Kunihiko sprach sehr offen von diesen Dingen. Im allgemeinen war es Brauch, daß ein Schmied vor der Arbeit fastete und enthaltsam war. Aber die Schwerter der Harada-Familie waren immer die besten, betonte Kunihiko, weil sie die männliche Kraft mit der weiblichen verbanden. Um das Schmelzen – die sogenannte ›Hochzeit der Metalle‹ – zu gewährleisten, mußte der Geschlechtsakt vollzogen werden. Mann und Frau schenkten dem Erz ihre gemeinsame Kraft, und das Werk wurde vollkommen.

Daß Kunihiko in mir seinen Nachfolger sah, war offensichtlich. Ich jedoch hatte nicht die geringste Lust, mein Leben in einem Dorf zu verbringen, jeden Morgen den Hof zu fegen, mir blaue Flecken beim Hämmern der Eisen zu holen und die Werkstatt jeden Abend wieder pingelig zu säubern, weil es nun mal der Tradition entsprach. Das Ganze war – so mein Eindruck – weder Arbeit noch Spiel, und ich entdeckte keinen tieferen Sinn für mich in diesem Handwerk.

Mit siebzehn Jahren hatte ich andere Dinge im Kopf. Meine Kindheit im Dorf erschien mir ungeschliffen und bäurisch. Ich wußte damals noch nicht, daß ein Mensch viele Leben lebt und alle Leben miteinander verknüpfen kann. Meine Schwester Rie studierte japanische Literatur in Kyoto und machte im Frühjahr ihr Abschlußexamen. Offiziell wohnte sie in einem Heim für Studentinnen. Mir gestand sie, daß sie einen Freund hatte. Sie hatte sich stark verändert, wirkte hochmütig und vernünftig. Sie sah mich an, als ob sie fähig wäre, alle Fragen zu beantworten, die mir durch den Kopf gingen. In Wirklichkeit war nur ihr Intellekt gut ausgebildet, und an Einsicht fehlte es ihr ebenso wie mir. Sie kleidete sich modisch, um nicht zu sagen provokativ, half nur das Nötigste, zwang lustlos einige Bissen in ihren widerstrebenden Mund und beteuerte, daß sie sich zu Tode langweilte.

›Ich hasse die Ferien hier. Alles dreht sich nur um Vater. Für mich hat keiner ein gutes Wort übrig. Auch du nicht.‹

›Ich denke nach.‹

Sie schürzte verächtlich die rotgefärbten Lippen.

›Das scheinst du nötig zu haben. Und was kommt dabei heraus? Nun sag es doch!‹

›Nicht viel‹, seufzte ich.

Sie setzte sich neben mich; eine Mücke stach sie an der Wade. Sie schlug die Mücke tot und kratzte sich.

›*Oyakôkô*‹, sagte sie spöttisch. Der Ausdruck bedeutete ›Elternliebe‹ und wies die Kinder auf ihre Verpflichtung hin.

›Sie verlangen nichts von uns, und das wird zu einer Art Erpressung, findest du nicht auch?‹ meinte Rie.

Mir kam in den Sinn, daß sie recht haben mochte. Was immer ich gemacht hatte, dachte ich, habe ich gemacht, um mich von meinen Eltern abzusetzen. Sie schufen mit ihrer Nachsicht einen Druck, der schwer auf uns lastete.

Rie steckte sich eine Zigarette an, hielt mir das Päckchen hin. Sie hatte sich in Kyoto das Rauchen angewöhnt.

›Du kommst, du reichst den kleinen Finger, schon nehmen sie die ganze Hand.‹

Ich zündete meine Zigarette an ihrer an. Wenn Akemi erwartete, daß Rie ihr von selbst jede Handreichung abnahm, wenn Kunihiko seine Sprüche klopfte: ›Den Rost von seinem Schwert kann man nur durch eigene Bemühungen entfernen‹ oder ›Nachdenken löst den Sinn aus den Worten‹, fühlten wir uns bevormundet und überfordert. Unsere Eltern hatten für uns einen Käfig gebaut. Sie ließen uns für eine Weile frei, aber die Käfigtür blieb offen. Gut abgerichtet, wie wir waren, flatterten wir wieder herein. Und dann machten sie die Tür zu. Rie hatte eine Freundin, die eine Frauenbuchhandlung leitete.

›Sie möchte mich gerne dabeihaben. Ich werde zusagen, ob es den Eltern paßt oder nicht.‹

Die Buchhandlung führte auch ein großes Sortiment von Aufklärungsbüchern sowie alle möglichen Broschüren und Zeitschriften, die über Empfängnisverhütung und Geschlechtskrankheiten berichteten.

›Aber du sagst Mutter nichts davon! Schon das Wort *Feminismus* hat für sie etwas Anrüchiges. Und sie ist halsstarrig. Ich stelle sie vor vollendete Tatsachen – fertig.‹

Wir saßen da und rauchten. Sandalen klapperten auf den Trittsteinen. Akemi erschien mit einem Wäschekorb. Über ihren Arbeitshosen trug sie eine Schürze, und in den Taschen steckten Wäscheklammern. Sie warf einen Blick auf die Zigaretten.

›Schon am frühen Morgen?‹ Ihre Stimme klang tadelnd.

›Der Rauch hält die Mücken ab‹, antwortete ich.

Rie sprang automatisch auf, die Zigarette im Mundwinkel, und nahm ihr den Wäschekorb ab. Beide Frauen machten sich an der Wäscheleine zu schaffen. Ich saß am Rande der Vorhalle und beobachtete sie. Rie war kräftig und gut gewachsen, ihre Beine im Minirock waren lang und braun. Akemis Haut war hell wie Elfenbein, ihre Bewegungen flink und gewandt. Ihr kräftiges schwarzes Haar wehte im Wind. Sie schminkte sich nur noch, wenn sie im Kimono erschien und ihren

Haarschmuck aus poliertem Silber mit dem Harada-Wappen trug. Dann war sie atemberaubend schön. Selbst in Tokio sah ich selten eine Frau, die japanische Gewänder eleganter zu tragen wußte. Ihr Glück und ihre Loyalität hatten stets der Familie gegolten. Sie hatte ihren Mann umsorgt, die Schwiegereltern gepflegt, die Kinder großgezogen. Sie verwaltete den Haushalt, sie kochte, sie nähte. Sanft und nachgiebig? Sie erweckte diesen Anschein mit großer Geschicklichkeit. Aber die Zügel lagen in Händen, die das, was sie einmal hielten, niemals losließen.

Bald fing die Schule wieder an. Disziplin, Ordnung und Pflichtbewußtsein waren zu jener Zeit in Japan noch Werte, die man zu beachten hatte. Ich war kein Randalierer. Langweilte ich mich im Unterricht, störte ich keinen Menschen, sondern schlief mit offenen Augen. Sobald der Lehrer das Wort an mich richtete, schreckte ich verlegen auf. Zum Glück schlief ich nicht den ganzen Tag: Immerhin gab es Fächer, die mich interessierten. Daneben jobbte ich, um das Taschengeld aufzubessern. Ich verkaufte Karten für das Pferderennen, war Kellner in einer Cafeteria, wo hochnäsige Beamte vom *Miti* verkehrten. Abends, nach Schulschluß, durchstreifte ich mit Kazuo die Viertel Shinjuku oder Shibuya. Bunt und vielfältig lockten die Neonschilder. Wir stürzten uns in das pulsierende Nachtleben, trieben uns in stets überfüllten Bars, Discos und Jazzkellern herum, manchmal auch in Porno-Schuppen. Für Alkohol hatte ich nur wenig übrig, aber ich trank Whisky, wie alle anderen, und spürte die Wirkung im Nu.

Kazuo hatte den Ruf, daß ihn Mädchen nicht besonders interessierten. Seine Eltern schenkten ihm Nachsicht. Mit ihm lernte ich einige Orte kennen, welche die Welt auf den Kopf stellten, und Menschen, die mich – eine Zeitlang – verwirrten. Diese Gefühle erlebt jeder, man kann damit leben oder nicht, man muß sie hinter sich bringen. Wer kann helfen, wenn man sich quält? Nun, mich quälten sie nur eine Zeitlang, und ich hatte kein Nachsehen dadurch. Und obwohl Kazuo wahrscheinlich schöner als irgendein Junge war, den ich kannte, erweckte er keine dauerhaften Gefühle in mir, lediglich die Erkenntnis, daß ich eine Erfahrung machte. Und bald darauf lernte ich Misa kennen und benahm mich derart grotesk, daß ich mich im Anschluß daran noch monatelang schämte. Wir hatten uns auf einer Party getroffen. Misa hatte eine Haut wie Porzellan, große dunkle Augen und ebenholzschwarze Locken. Ihr Kleid aus grüner Shantungseide war tief ausgeschnitten und an den Hüften zerknittert. Ihre Wirkung auf mich war ausgesprochen fatal. Ich trank mir so lange Mut an, bis mir schlecht wurde und ich die Party überstürzt verlassen mußte. Weit kam ich nicht. Im Vorzimmer drehte sich mir der Magen um. Ich erbrach mich … in Misas Pumps! Zu Misas Vorzügen gehörte ein ausgeprägter Sinn für Humor. Sie rief am nächsten Tag an, fragte, wie es mir ging. Sie wollte sich ein paar neue Schuhe kaufen. Ob ich Lust hätte, mitzukommen? Wir trafen uns in Shinjuku. Ich stotterte in klassischem Japanisch komplizierte Entschuldigungen. Selbstverständlich wollte ich ihr die Schuhe bezahlen. Sie lehnte lachend ab. Die Schuhe interessierten sie nicht das mindeste. Sie hatte es auf etwas anderes abgesehen. Noch am gleichen Abend landeten wir in einem Love-Hotel.

Die Geschichte fand ein abruptes Ende. Misa war die Tochter eines Managers im High-Tech-Bereich, und seine Firma schickte ihn für fünf Jahre nach London. Die Familie nahm er mit. Misa und ich wechselten entflammte Briefe, dann nur noch Neujahrskarten. Inzwischen traf ich andere Mädchen. Meldete sich bei mir so etwas wie Zurückhaltung, erlag diese schon beim ersten Geplänkel. Ich hatte zwar noch immer das Gefühl, daß meine Worte nie das sagten, was ich eigentlich sagen wollte, aber ich wußte inzwischen, daß ich den Mädchen gefiel, was mein Selbstbewußtsein ungemein stärkte, so daß ich bald einen gewissen Ruf erwarb. Kam mir meine eigene – tiefere – Art zu Bewußtsein, empfand ich Abneigung. Meine Selbstvorwürfe waren zweifellos ungerechtfertigt, denn sie betrafen auch meine Eltern. Eines jedenfalls war klar: Meine Neurosen würden noch eine Weile andauern und vielleicht nie ganz verschwinden. Ich hatte zu früh etwas erlebt, das mich anders gemacht hatte. Ich war erschreckend arglos, mondsüchtig am hellichten Tag. Ich konnte mich nicht als Intellektueller betrachten; ich hatte zwar Gedanken und Ideen, vermochte sie aber nie so vorzubringen, daß sie die anderen interessierten. Immerhin hatten die Mädchen Geduld mit mir und gaben mir das Gefühl, wenn auch nur für eine kurze Weile, daß sie mich verstanden.

Immer stärker empfand ich den Kontrast zwischen der Lebensart meiner Eltern und meinem Leben in Tokio. Ich merkte bestürzt, daß zwischen ihnen und mir eine Verbindung bestand; daß ich ihnen ähnlicher war, als ich es wahrhaben wollte. Ich hatte mir die größte Mühe gegeben, mich abzusondern, sie in ihrem Wesen mißzuverstehen. Vergeblich. Das Dorf hatte mir die ersten Vorstellungen vom Gefühl der Dinge gegeben; nun waren meine Urbilder zertrümmert, trieben in konfusen Scherben in meinem Bewußtsein. Selten rückte ins helle Licht, was ich in dieser Sturmnacht auf dem Berg erlebt hatte. Ich lebte unter Menschen, die vom Rhythmus der Natur nichts mehr wußten. Nun merkte ich, daß dieser Rhythmus in mir pulste, mich zum Außenseiter machte. Das erschreckte mich zutiefst.

Ich begann zu überlegen, wie ich weit weg gelangen konnte von alldem. Die Gelegenheit bot sich. Ich hatte die höhere Schule hinter mich gebracht und bereitete meine Aufnahmeprüfung für die Sophia-Universität vor. Diese Universität, wo Kazuo bereits im ersten Jahr studierte, war von den Jesuiten gegründet worden. Die Studenten aber gehörten den verschiedensten Glaubensrichtungen an. Die Sophia galt als besonders weltoffen und fortschrittlich. Onkel Takeo, der mich sehr gerne mochte, sagte: ›Kunio-chan, schaffst du die Prüfung, kannst du mit mir nach New York fahren.‹ Onkel Takeo nahm dort an einem Kongreß teil. Die schriftlichen und mündlichen Prüfungen waren nervenaufreibend, aber die versprochene Belohnung spornte mich an. Ich büffelte nächtelang und bestand die Prüfung. Drei Tage später saß ich mit Onkel Takeo im Flugzeug

– in der Business Class – und verbrachte eine Woche in New York, in einem Rausch, von dem ich mich nur schlecht erholte. Diese Tage waren Meilensteine meines damaligen Lebens. Sie kamen mir so vor, weil ich alles aus der Distanz sah. Die fundamentale Gleichgültigkeit der Amerikaner machte das Leben in New York so attraktiv für mich. Ich schlug Haken wie ein verstörter Hase auf meinen Streifzügen durch die salopp gekleidete, fremde und überlaute Menge und fand das Ganze herrlich, faszinierend und nachahmenswert. Für mich stand fest: Ich wollte zurück nach Amerika, wollte mir dort ein neues Leben aufbauen.

Wieder daheim in Tokio, belegte ich die Fächer japanische Literatur und Geschichte. Daneben lernte ich Sprachen: Englisch und Französisch. Ich brachte meine Studienzeit ohne Zwischenfall hinter mich und eröffnete meinen Eltern, daß ich nach Amerika gehen würde. Kunihiko reagierte sehr einsilbig.

›Für wie lange?‹

›Vorläufig erst für drei Monate. Mit einem Touristenvisum.‹

›Und was hast du dort für Pläne?‹

Er sprach sehr ruhig, in einem Ton, der den Anschein von Gleichgültigkeit erweckte. Mein altes Zartgefühl für ihn meldete sich auf der Stelle. Ich kämpfte dagegen an; mit diesem Gefühl wollte ich nichts mehr zu tun haben. Ich erklärte ihm, daß wohlhabende Nippon-Amerikaner oft Privatlehrer suchten, die ihren Kindern die japanische Sprache beibrachten.

›Und dann?‹

›Dann sehe ich weiter. Mir wurde gesagt, daß man das Visum verlängern kann. Es gibt besondere Tricks.‹

Er nickte nur, mit kalter Miene. Als wenn ein Sprung durch eine Schale ging. Er versuchte mich nicht auf seine Seite zu ziehen. Als wenn ich in seinen Augen niemand war, auf den es ernstlich ankam. Und das, glaube ich, kränkte mich am meisten. Er zog einen klaren Trennungsstrich, ich bekam das plötzlich zu spüren. Dabei stritten wir uns nicht einmal.

Abends, im Garten, sagte meine Mutter:

›Schämst du dich nicht?‹

Wir wanderten über die Trittsteine. Akemi trug einen Sommerkimono aus Baumwolle, weiß, mit einem blauen Libellenmuster. Sie hielt einen runden Fächer in der Hand. Die Sonne sank; eine warme Brise wehte. Mücken tanzten in kupfernem Licht, und im Gebüsch gurrten Wildtauben.

›Nein‹, sagte ich. (Und schämte mich doch.) ›Warum?‹

›Er hat dir vieles beigebracht. Jetzt unterbrichst du deine Ausbildung. Du enttäuschst ihn.‹

Akemi war eine beherzte Frau, die ihre Pflichten und ihre Liebe ernst nahm. Eine Frau, vor der man sich verneigte, der man zu gehorchen hatte. Das schwermütige Gefühl, das ich nie ganz los wurde, kehrte zurück. Ich antwortete:

›Die Werkstatt übernehmen? Davon war nie die Rede.‹

›Du bist sein einziger Sohn.‹

Der alte Mythos hatte sich in Tradition verwandelt, das Ritual war unabdingbar. Aber ich hatte keine Neugierde mehr. Mein Vater war ein Träumer, die Geschichte wurde künstlich am Leben gehalten. Wozu?

›Was soll ich mit diesem Beruf? (Ich sagte nicht: Handwerk.) In der heutigen Zeit?‹

›Du kannst gut davon leben.‹

›Ich bin nicht dafür gemacht.‹

›Die Schlange hat dich geküßt.‹

Die feierliche Art, wie sie das sagte, brachte mich fast zum Lachen. Ich hatte eine völlige Ernüchterung erreicht, einen gefährlichen Punkt der Skepsis. Und doch fühlte ich Leere in mir, eine Sehnsucht nach der vergangenen Seite meines Lebens. Aber ich wollte nicht sentimental werden. Und meine Mutter besaß einen unerschütterlichen Willen.

›Ich hatte einfach einen Geruch, den sie mochte.‹

›Das mag schon sein.‹

Sie wandte das Gesicht ab. Das blauschwarze Haar betonte ihre schöne Wangenlinie. Unser Hund Jiro lebte nicht mehr. Wir hatten einen neuen Welpen, Taro, der jetzt an mir hochsprang und meine Handfläche beschnüffelte. Auch er, dachte ich, mag meinen Geruch. Ich sagte:

›Von der Sache wurde zuviel Aufhebens gemacht.‹

›Das glaube ich nicht. Du warst ein besonderes Kind.‹

Sie sprach langsam und deutlich, betonte jede Silbe. Mir ging durch den Kopf: ›Paß auf, sie versucht dich herumzukriegen!‹

›Das ist lange her‹, sagte ich.

›Du trägst den Namen Harada.‹

Ich dachte, mit dieser Masche soll sie mir nicht kommen. Solche und ähnliche Wendungen zwangen mich oft zu schroffen oder abwehrenden Erwiderungen, bestenfalls zu einem falsch ausgelegten Schweigen.

›Mein Vater hat nie ein Versprechen gefordert.‹

Sie bewegte den Fächer vor ihrem Gesicht hin und her.

›Du bist hier aufgewachsen.‹

›Warum muß ich leben, wo ich aufgewachsen bin?‹

›Fällt es dir so leicht, dich von allem zu trennen?‹

Ihre Sanftmut brachte mich fast aus der Fassung. Ich biß die Zähne zusammen. Das nahe Dickicht, das vertraute Murmeln des Baches, die schillernden Ziegel, die Werkstatt, aus all dem atmete etwas zutiefst Ursprüngliches. Meine Erinnerungen waren hier; in meiner Naivität hatte ich mir vorgestellt, daß ich sie in Ironie verwandeln konnte. Jetzt merkte ich, daß sie durchaus nichts Nebensächliches, sondern im Gegenteil etwas sehr Wesentliches für mich waren. Ich mußte sehen, wie ich mit dieser Erkenntnis fertig wurde. Aber sie sollte kein Hindernis für mich sein.

›Nein‹, sagte ich, ›es fällt mir schwer.‹

Und so reiste ich ab: mit einem schlechten Gewissen.«

# 34. Kapitel

Kunio stand auf, machte ein paar Schritte und streckte sich. Im Dickicht leuchtete die Sonne smaragdgrün. Eine Art pulsierendes Schweigen lag über dem Berg, erfüllt von Knistern, Murmeln und Tropfen. Der Wald atmete in einem Rhythmus, der seit ewigen Zeiten bestand, sich modifizieren, wenn auch niemals sein Wesen verändern konnte. Das Leben der unzähligen Pflanzen und Geschöpfe, die ihn bewohnten, war in jedem Windhauch zu spüren.

»Über mein Leben in Amerika gibt es nicht viel zu erzählen«, sagte Kunio. »Es waren stumpfsinnige Jahre. Ich war unter Menschen, deren Herzen sich dem Wesentlichen entfremdet hatten, die hart geworden waren. Auch wir Japaner haben diese Vorliebe für Dinge, die man nach Belieben gebrauchen und verändern kann. Auch wir sind immer in Eile, immer gehetzt. Mit einem Unterschied: Wir haben nicht die Orientierung verloren. Nicht ganz. Wir unterliegen in geringerem Maße einer psychischen Verwirrung. Was nutzt das, werden manche sagen, wenn wir im Zeitalter der Konformität und des Profitdenkens leben, die Meere plündern und die Wälder in Mülldeponien verwandeln? Nun, uns Japaner rettet die instinktive Erkenntnis, daß die Natur unsere Mutter ist. Eine Mutter übt Nachsicht, bis es ihr zuviel wird und sie ihre Kinder straft. Dann lernen wir etwas dazu, wobei es eigentlich zu spät ist. Wir sind ein sehr kindliches Volk. Das Spiel des Irreführens, die Kunst des Manipulierens, die uns so häufig angedichtet wird, liegt uns in Wirklichkeit fern. Wir fühlen uns als Glieder einer Gemeinschaft. Und da wir möglichst viele Freunde und möglichst wenig Feinde haben wollen, sagen wir nicht immer, was wir denken. Im Ausland, wo das Individuum große Töne schwingt, wird das häufig mißverstanden. Daneben irritiert die Pseudo-Amerikanisierung unseres äußeren Erscheinungsbildes. Wo ist die Tradition? fragt man sich. Gibt es sie überhaupt noch? Nun, die Tradition ist überall unter dem Talmi, sie spricht mit großer Kraft zu uns.

Im Vergleich zu den Vereinigten Staaten ist unser Archipel eine heile Welt. Marion – meine Frau – sagte, ich nähme die Dinge zu persönlich. Ich jedoch bemerkte das, was verborgen war: den Schatten hinter der Maske. Vielleicht lag es an mir. Und die tausend Erklärungen, zu denen ich mich bequemen mußte, weckten in mir ein komisches Gefühl, gemischt aus Herablassung und Ungeduld – ein im Grunde unbehagliches Gefühl. Ich stamme aus einer besonderen Familie, das hinterläßt Spuren. Schon im früheren Japan fielen Schwertschmiede aus der Rangordnung, hielten nicht viel von Doppelmoral und hatten ein lockeres Mundwerk. An höchster Stelle knirschte man mit den Zähnen, schlug ihnen aber niemals den Kopf ab. Solche Überlieferungen prägen das Selbstgefühl. Überall, wo ich hinkam, fragte ich mich, was soll diese Pantomime? Oft hatte ich den Eindruck, ich sei irgendwie auf dem Weg zurück in jene Welt, von der ich mich gewaltsam lösen wollte.

Plötzlich mußte ich eingestehen, daß sie mir fehlte. Ich hatte einen Blick auf ein anderes Leben geworfen und festgestellt, daß es nicht für mich taugte. War ich nach Amerika gefahren, um das zu lernen? Ein lächerliches Ergebnis für ein leichtsinniges Handeln. Marion und ich lebten nebeneinander her, sehnten uns nach Gesprächen und hatten beide das Gefühl, mit vollem Mund zu reden. Keiner verstand den anderen, wir machten es uns gegenseitig zum Vorwurf. Wir trennten uns, wie du weißt. Und als meine Mutter mir schrieb, daß sie krank sei, fuhr ich nach Japan zurück.«

Er schwieg, und ich sagte:

»Und jetzt bist du wieder an dem Ort deiner Kindheit, an der Ursprungssituation.«

Er nickte.

»Ja. Der Kreis hat sich geschlossen.«

»Eine seltsame Geschichte, nicht wahr?«

»Und du glaubst an das Paradies auf Erden?«

Es war keine Frage, sondern eine Feststellung. Er lächelte.

»Für mich ist dieser Ort geheiligt. Hier kann ich den Pfad des Mondes sehen, den Puls der Steine hören, das Knarren der Wurzeln, wenn sie sich strecken. Die Bäume lauschen mit ihren Blättern und die Tiere sagen zu mir: ›Wir tun dir nichts Böses.‹ Und wenn hoch am Himmel ein Stern zu wandern scheint, ist es nicht immer bloß ein Satellit.«

Ich hatte das Gefühl, daß ich mich mit ihm in einem Kreis befand, in einem Traum, der alles umschloß.

»Deine Frau in Amerika, kannte sie diese Geschichte?«

Er lachte wie ein Kind, stoßweise.

»Nein, natürlich nicht. Was hätte sie damit anfangen sollen?«

Er setzte sich zu mir; ich nahm seine Hand, die so zart und kräftig war, und legte sie an meine Wange. Dann drückte ich meine Lippen in seine Handfläche; sie schmeckte nach Honig, nach Mandarinenschale. Der Duft entfaltete sich in meinem Mund, mit dem Duft seiner Haut. Seine Stimme wurde plötzlich rauh.

»Was machst du mit mir?«

Ich hob das Gesicht zu ihm empor.

»Du weißt doch, daß ich dich liebe.«

»Hast du vorher nie geliebt?« fragte er dumpf.

»Nur diesen und jenen, wie es eben ist.«

»Eine Zeitlang kann man nicht anders, ich weiß.«

Über den Kiefern leuchtete der Himmel. Staub tanzte im flirrenden Licht. Das alte Schwert warf einen langen Schatten auf die Steine, wie eine Sonnenuhr.

»Immer sich selbst genügen«, sagte ich, »das ist auf die Dauer kein Leben.«

»Ich sehe dich immer mehr so, wie ich dich am Anfang gesehen habe«, sagte er.

»Wie denn?« fragte ich lächelnd.

»Nicht nur wie eine schöne Frau«, sagte er. »Sondern wie eine Träumerin, die sich im Spiel mit Kindern selbst vergißt. Das ist es, was mir aufgefallen ist. Die Art, wie du selbst zum Kind wurdest. Die meisten von uns haben diese Fähigkeit verloren. Wir unterdrücken einen solchen Impuls, weil wir uns einbilden, es sei unter unserer Würde.«

Ich lachte leise an seiner Wange.

»Lea sagte mir oft: Ruth, wenn du dich wie eine Erwachsene aufführst, scheinst du eine Rolle zu spielen.«

Und auch bei ihm, dachte ich, erscheint die Kindheit auf seinem Gesicht, in diesem überraschenden, stets wiederkehrenden Ausdruck von Abwesenheit. Dabei ist er nicht schüchtern, ganz und gar nicht. Man sieht es am Lächeln der Augen. Doch jetzt lächelte er nicht.

»Du weißt auch, daß ich dich liebe.« Er sagte diese Worte sehr ernst. Und fügte hinzu: »Mir ist das erst jetzt richtig klargeworden.«

Mir kam eine merkwürdige Darstellung in den Sinn. Ich sah sie deutlich wie ein Bühnenbild: eine Verästelung, in der wir verfangen waren. Sie ließ sich bis zur Wurzel zurückverfolgen und wuchs nicht zielstrebig und durch logische Schritte, sondern wie ein Baum wächst: in Verbundenheit von Regen und Sturm, Hitze und Kälte, Licht und Dunkelheit. Ich dachte: Mit dieser Vision kann ein Tanz beginnen. Ein Tanz auf einer Insel im Meer, zwischen Nebelflecken und Gestirnen, mit einem Schwert als Mittelpunkt. Warum nicht?

Ich brach mit einem Seufzer das Schweigen.

»Wir werden uns wohl daran gewöhnen müssen.«

»Woran?«

»Daß wir ein besonderes Schicksal haben.«

Er lächelte wehmütig.

»Manchmal habe ich das Gefühl, daß alles schon vorher beschlossen wurde.«

Ich drückte meine Stirn an seine Schulter. Eine Weile spürte ich nur noch seine Atemzüge. Dann hob ich den Kopf. Wir sahen einander an, beide im gleichen Zustand, fast befangen. Ich sagte, mit rauher Stimme:

»Wie mir dieser Gedanke gefällt, du kannst es nicht wissen …«

»Lea, ich muß dir einiges berichten und suche mit Mühe den Anfang. Ich möchte diesen Brief sachlich halten, aber ich weiß nicht, ob ich es schaffen werde. Es ist mir wirklich peinlich, dich in Aufruhr zu versetzen. Wir mögen das beide nicht. Beim Tanzen kann man gut vor sich hin denken und wird manchen Ballast los. Leider geht unsere Seele nicht nur auf der Bühne auf Reisen. Ich habe dich in deiner Vergangenheit getroffen, Lea. Ein paar Stunden lang war ich eins mit dir. Du schüttelst den Kopf? Vorsicht, Lea, auch ich kann nicht immer auf Distanz gehen. Erinnerst du dich an einen goldenen Anhänger? Mit zwei Gravuren? Vorne eine Schwertlilie, hinten ein Name: Iris. Woher ich das weiß? Ich trage diesen Anhänger jetzt, obwohl ich sonst nie Schmuck trage. Lea, ich habe Hanako wiedergefunden. Und dein Tagebuch gelesen. Jetzt sitzt du da und holst tief Atem, nicht wahr? Ist es wirklich nur deine persönliche Angelegenheit? Nein, Lea: auch meine. Die Geschichte meines Lebens bist du, deine Existenz verkörpert meine Existenz, das weißt du genauso wie ich. Ist es wirklich so schlimm für dich? Noch heute? Warum wolltest du die Vergangenheit ruhen lassen, das Lamento bloß metaphorisch anstimmen? Immer, wenn zwischen uns die Rede vom Holocaust war, hinterließ der Begriff eine gewisse Flauheit in mir. Dafür hast du gut gesorgt. Du hast mich beschützt, ein gesichertes Haus für das Kind in mir gebaut. Oder war es Gefühlsverdrängung, Lea? Selbstschutz? Das soll kein Vorwurf sein. Aber eines Tages möchte ich von dir die Wahrheit wissen. Du und ich, wir brauchen uns doch nichts vorzumachen. Wir schleppen alle ein Stück Kindheit mit uns herum. Entschuldige meine Schrift, Maman. Ich bin etwas durcheinander …«

Es wurde ein langer Brief. Und als er endlich geschrieben war, las ich ihn nicht durch, sondern faltete die vielen Bogen zusammen, steckte sie in einen Umschlag und brachte sie auf dem Weg zu Mori-Sensei auf die Post. Ich wußte nicht, wann Lea den Brief lesen würde. Er hatte mich viel Kraft gekostet. Und jetzt war ich froh, daß ich es hinter mir hatte.

# 35. Kapitel

Ich wollte Hanako wiedersehen. In der warmen Sommerzeit besuchten wir sie oft. Sie empfing uns in ihrem alten Haus mit den schiefen Gängen, der Täfelung aus unbearbeitetem Holz, den abgenutzten Strohmatten in den helldunklen Räumen. Die Steinstufen rochen nach frischem Wasser, und aus dem kleinen Weihrauchgefäß strömte beruhigender Duft. Kunio sah amüsiert zu, wie ich meine Sandalen abstreifte und mich vor der alten Dame verbeugte. Ich vollzog jede Bewegung nach striktester japanischer Etikette. Beim ersten Mal sah ich auf Hanakos Gesicht einen Schimmer von Überraschung, der im nächsten Augenblick in Schalk überging. Sie erwiderte feierlich die Verbeugung, lachte dann ihr reizendes Lachen.

»Ruth-San, man könnte glauben, du bist hier geboren worden! Wer hat dir das beigebracht? Doch sicher nicht Kunio?«

Ich erklärte ihr, daß ich schon als Kind begonnen hatte, die verschiedenen Bewegungsmuster zu beobachten. Tanzen ist eine besondere Art von Intelligenz. Die Schönheit und Würde einer Verbeugung wurden von mir ebenso schnell wahrgenommen und nachgeahmt wie jede andere Geste. Das war einfach eine Sache, die ich konnte.

Es war Hanakos Gewohnheit, nachmittags zu einem langen Spaziergang aufzubrechen. Er entsprach ebenso ihrer japanischen Liebe zur Natur als auch ihrem starken Bewegungsdrang. Ich ging gerne mit ihr. Wir wanderten durch die Kiefern- und Eichenwälder. Wo sich die Bäume lichteten, schimmerten die Reisfelder, und die Dächer aus verzinktem Eisenblech und Ziegeln blinkten im Sonnendunst. An der Bergflanke war es schattig. Ein wunderbar kühler Wind streichelte unsere Haut, lief uns durch die Kehle, durch die Lungen;

mir war, als ob wir ganz in ihm badeten. Während dieser Spaziergänge sprach Hanako viel von früher, vertraute mir Dinge an, die sehr persönlich waren. Ich gestand ihr, daß ich lange gebraucht hatte, bis ich Lea endlich schreiben konnte.

»Ich habe es von einem Tag zum anderen hinausgeschoben. Aus Feigheit, nehme ich an. Oder auch, weil wir uns zu nahe stehen.«

Hanako nickte mit ruhiger Anmut. Diese Dinge verstand sie tiefer und besser als ich. Der Schmerz war zu groß gewesen, damals. Lea hielt gewisse Erinnerungen auf Armeslänge von sich. Mein Brief öffnete Wunden, weckte Schatten.

»Ich denke, Lea wird bald nach Japan kommen«, meinte sie.

In den sonnendurchglühten Büschen zirpten Zikaden; die klaren Töne der »Glocken-Zikade« übertönten alle Geräusche. Es war, als ob der Wald mit sonderbarer, wilder Energie seine Stimme erhob.

»Glauben Sie das wirklich?« fragte ich.

»Natürlich nicht sofort«, sagte Hanako. »Sie braucht jetzt Zeit, nach alldem, was geschehen ist. Aber sie wird kommen.«

In ihren Augen, in ihrem Gesicht lag nicht der geringste Zweifel. Sie würde Lea wiedersehen. Sie wußte das so sicher wie sonst nichts. Ihr Herz hatte schon lange Frieden gefunden, und ihre Geduld war unendlich.

Kunihiko arbeitete viel in der Werkstatt. Seine Schwerter empfand ich als Gegenstände von vollendeter Harmonie und ruhender Schönheit. Der tiefe Glanz und das verzauberte Spiel der kristallinen Oberflächenstruktur entsprach – in meinen Augen – der Schönheit einer Keramikglasur. Ich hätte gerne gesehen, wie er arbeitete, wagte jedoch nicht einen Wunsch vorzubringen, den der alte Herr als zudringlich empfinden mochte. Um so überraschter war ich, als Kunio mir sagte, sein Vater habe nichts dagegen, wenn ich in die Werkstatt kam.

»Oh, ich weiß wirklich nicht«, antwortete ich. »Ich will ihn nicht stören.«

»Der Vorschlag kam von ihm«, sagte Kunio. »Das wundert

mich eigentlich. Für gewöhnlich darf kein Besucher in die Werkstatt. Er hat sogar seinen Gesellen entlassen.«

»Und wer hilft ihm jetzt? Du?«

Er grinste ohne Fröhlichkeit.

»Tja, daran ist wohl nichts mehr zu ändern. Solange er das Schwert in Arbeit hat ...«

Kunihiko war schmaler und blasser geworden. Die Augen schimmerten wie von Rauch getrübt. Seine Lippen wirkten trocken und dünn; mir schien sogar, daß sich die Altersflecken auf seinem Gesicht vermehrt hatten. Doch kaum hatte er die Werkstatt betreten, geschah eine seltsame Verwandlung mit ihm. Ich traute im ersten Moment kaum meinen Augen. Es war, als ob ein geheimnisvoller Zauber den alten Körper von jeder Müdigkeit befreite. Die Jahre schienen von ihm abzufallen. Seine Bewegungen wurden jugendlich, geschmeidig. Eine rätselhafte Kraft durchströmte ihn. Das Strecken des Eisens konnte er noch gut alleine bewältigen, aber für das sich formende Schwert war mindestens ein Zuschläger nötig. Das Eisen wurde im Zweierschlag bearbeitet. Kunio wendete das Eisen bei jedem Schlag, während sein Vater den Takt angab. Das Eisen mußte sehr heiß sein; fast in Weißglut, das erleichterte die Bearbeitung. Die Spitze des Schwertes war bereits gestreckt. Kunihiko hatte einen ganzen Tag dafür aufgewendet und die Arbeit in einem einzigen Arbeitsgang ausgeführt. Nun mußte die Oberfläche mit dem Hammer geglättet werden. Ich sah zu, wie sie es machten. Der alte Schmied hielt das Eisen, während Kunio hämmerte. Die Schläge wurden zur Spitze hin immer schneller und leichter, unter stetem Wechsel der Eisenflächen, bis die Spitze fertig und perfekt war. Es war ganz erstaunlich. Kunihiko saß ruhig da, kniend auf einem Bein, weißgekleidet in der Tradition der Schmiede. Auch Kunio trug weiße Hosen, eine ebenfalls weiße Kimonoweste. Jede seiner Bewegungen war ausgewogen, locker. Keine rohe Kraft war zu spüren, nur Feingefühl, Präzision, eine wundervolle Harmonie. Ich sah sein Profil mit der fein geschwungenen Adlernase, die sanften Augen unter den gewölbten Lidern, die geschmeidigen Gelenke, die leichten, kräftigen Hände. Dies war keine Arbeit, die er verrichtete, sondern eine rituelle Handlung. Und sein Vater, der mit blassen Lippen seine Anweisungen gab, kam mir wie ein Zauberer vor, eine Elfe, ein Wesen, an dem kaum noch etwas Irdisches haftete.

Ich, die ich schweigend in einer Ecke kauerte, spürte eine starke Liebe für beide Männer, eine staunende Bewunderung für so viel Adel, so viel Können.

»Woher nimmt er die Kraft, noch zu arbeiten?« fragte ich Rie, als ich sie in ihrer Buchhandlung hinter der Ryutani-Universität besuchte. Sie zog die Schultern hoch, scheinbar unbeeindruckt.

»Ach, er ist ein Dickschädel. Er hat überall Schmerzen. Der Arzt verschreibt ihm Mittel, die er nicht nimmt. Er sagt, er sei kein Pillenschlucker. Ich zerdrücke die Tabletten und mische sie in sein Essen. Bis jetzt hat er den Trick noch nicht entlarvt.«

Sie trug ein schwarzes T-Shirt, beige Hosen aus kühler Baumwolle. Ihr Haar glänzte fast violett, in der Farbe der Waldrebe. Auch Kunio hatte manchmal diesen Schimmer im Haar. Unter dem Boden war das schwache Vibrieren der U-Bahn zu hören. Der Laden war klein und schummrig, mit zwei Türen an der Schmalseite, Buchregalen an drei Wänden bis zur Decke. Hinter der Kasse, an der rückwärtigen Wand, stand Keiko, Ries Mitarbeiterin. Keiko hatte eine ausgesprochen rosige Haut und einen großen Busen für eine Japanerin. Auch das billigste Taschenbuch versah sie mit einer hübschen, malvenfarbenen Buchhülle, auf der nur der Name des Buchladens »Murasaki« stand.

»Wie du weißt, ist *Murasaki* – Lila – die Farbe der Feministinnen.« Rie zeigte ihre schönen Zähne. »Aber *Murasaki* war auch der Name einer Schriftstellerin.«

Ich hatte Zeit gehabt, mich zu informieren, und lächelte.

»Sie hat den ersten großen Roman der Welt geschrieben: ›Die Geschichte des Prinzen Genji.‹«

Rie zeigte sich erfreut, daß ich es wußte.

»*So desu!* Murasaki Shikibu war *Miyabito* – Palastbeamtin – und lebte vor tausend Jahren. Kultur war damals Sache der Frauen. Sie schrieb auf Wunsch der Prinzessin Senshi, Hohepriesterin des Kamo-Schreins, zur Unterhaltung der Kaiserin Akiko. Heute gehört ihr Roman zur Pflichtlektüre in den Schulen.«

Einige junge Frauen stöberten in den Regalen und lasen mit gebeugten Köpfen. Da die meisten Texte in senkrechten Reihen von oben nach unten gedruckt wurden, sprangen die Pupillen ebenfalls von oben nach unten, hüpften wieder hoch, sausten zurück, was sehr witzig aussah.

»*Tachi-Yomi* – im Stehen lesen«, sagte Rie. »Das ist in Japan üblich. Man blättert stundenlang in Büchern, die später – vielleicht – gekauft werden. Oder auch nicht.«

Sie blinzelte, wobei sie Kunio plötzlich sehr ähnlich sah.

»Unsere Lage ist gut, so nahe bei der Universität. Aber wir zahlen hohe Miete, und für Extras reicht es uns kaum. Oft vertrödeln wir die Zeit, indem wir neue Preise anbringen, um die Inflation einzuholen. Tee?« setzte sie hinzu.

Sie führte mich in den Garten eines Teehauses, gleich neben dem Laden. Die frisch besprengten Büsche dufteten warm und würzig. Die »Tageszikaden« schwirrten. Wir saßen auf rotbespannten, tischähnlichen Bänken, die Teeschalen aus schöner Keramik zwischen uns. Ein purpurner Sonnenschirm leuchtete. Rie bot mir eine Zigarette an. Ich lehnte ab.

»Rauchst du nicht?«

»Selten.«

»Ich ziemlich oft«, bekannte Rie. »Das ist eine schlechte Angewohnheit.«

Ich wollte wissen, ob die Buchhandlung gut lief. Sie nickte lebhaft.

»Wir haben sämtliche Neuerscheinungen. Ungefähr die Hälfte der Übersetzungen stammt aus dem Englischen. Eine Meinung läßt sich auf verschiedene Weise bilden, *ne*? Die Frauen müssen fähig sein, die Männer in ihrer Entwicklung zu fördern.«

Ich trank amüsiert meinen Tee.

»Wie meinst du das?«

»Je passiver sich die Frau verhält, um so stärker fühlt sich der Mann. Er kommt in die Versuchung, Autorität zu zeigen.«

Ich wedelte mit dem blauen Papierfächer, der mit dem Tee gebracht worden war.

»Manche Männer fordern ständig Selbstbestätigung. Auch in Europa, weißt du. Das ist sehr alltäglich.«

»Bei uns kam dieser Einfluß aus China«, sagte Rie. »Das Patriarchat galt als nachahmenswert. Zu dumm, *ne*? Die Männer verlangten Unterwürfigkeit und Tugend, weil das bequem für sie war. Sie fürchteten die Frauen. Ein Moralist aus dem siebzehnten Jahrhundert schrieb: Es ist schädlich, die Schulung der Mädchen zu fördern, denn das wird ihnen die Kraft geben, ihre Männer zu verachten. Dabei haben wir Frauen die Schönschrift erfunden, die Dichtung, die Tuschmalerei, die Schauspielkunst. Alles!«

Rie hatte die meisten Bücher, die sie verkaufte, gelesen. Und dabei viel im Kopf behalten.

»Während der Edo-Zeit drängte uns das Shogunat – die Militärmacht – hinter den Wandschirm, wo wir zu schweigen hatten, was uns überhaupt nicht lag. So kam es, daß die Dichterin Raicho Hiratsuka 1911 verzweifelt schrieb: ›Die Frau war früher die Sonne. Heute ist sie der Mond, bleicher als eine Kranke. Sie lebt durch die anderen und verdankt ihnen ihr Licht.‹ Das zu ändern, war mühsam. Wir haben ein halbes Jahrhundert dazu gebraucht.«

Rie nippte an ihrem Tee und entschuldigte sich. Sie habe sich nur wiederholt.

»Nein, ich glaube nicht«, sagte ich.

Sie warf mit eleganter Bewegung ihr Haar aus der Stirn.

»Nein? Ich denke immer, ich rede zuviel. Selbstbeherrschung muß geübt werden. Wir Frauen sind zu emotional. Wir sollten uns das abgewöhnen«, sagte Rie streng, und ich erkannte sie ganz und gar in diesem Satz. Ihre praktische, brillante, talentierte Veranlagung gab ihrem Auftreten etwas sehr

Kategorisches. Sie verstellte sich aus Angst, ihr Zartgefühl könnte entdeckt werden.

Sie erzählte mir von der mächtigen »Vereinigung der Hausfrauen«. Sie war über den ganzen Archipel verteilt, übte einen ständigen Druck auf die Regierung aus. Sie hatte Mitspracherecht bei den Beschlüssen über die Erhöhung aller öffentlichen Tarife. Sie boykottierte Plastikverpackungen, Pestizide und Waren, die giftige chemische Zusätze enthielten. Sie organisierte sich spontan und eigenständig, denunzierte jeden Bestechungsversuch.

»Was sie erreichen, bezeichnen sie als ›Graswurzel-Bewegung‹. Das ist nichts als Scheinheiligkeit, denn ihr Einfluß ist enorm. Profitgierige Produzenten stecken den Kopf in die Schlinge, und ab ist der Kopf. Bescheidenheit ist keine Zier!« sagte Rie und kicherte wie ein Schulmädchen.

»Und im Beruf?« fragte ich.

Sie seufzte, komisch resigniert.

»Das Problem ist unser Hang zur Konformität. *Netcha-Netcha!*«

Mit dieser suggestiven Lautmalerei bezeichnete sie die klebrigen Fäden gegenseitiger Abhängigkeit.

»Aber in Europa doch auch«, meinte ich. »Unsere Gesellschaft verlangt, daß wir im Trend sind. Worauf wir alle sehr konform werden.«

»Gleichberechtigung am Arbeitsplatz?« Rie blies gekonnt den Rauch durch die Nase. »Kompetente Frauen setzen sich durch. Haben sie das Zeug nicht dazu, bleiben sie ›Büroblume‹.«

»Selbstverwirklichung heißt nicht unbedingt Karriere.«

Sie nickte. Da war sie gleicher Meinung.

»Hausfrau und Mutter zu sein ist auch ein Beruf, *ne*? Warum sollten wir wie die Männer werden? Das bedeutet doch bloß, daß wir ihre Überlegenheit akzeptieren. Warum nicht die Sache umgekehrt anpacken? Die Arbeitswelt feminisieren?«

Ihre braunen Augen funkelten.

»So denken wir Feministinnen in Japan. Findest du uns zu radikal?«

»Keineswegs. Sehr weitblickend sogar.«

Ihre Zähne glänzten wie kleine Muscheln. Sie war eine Idealistin, eine Weltverbesserin, mir gefiel das.

»Unsere Männer haben viel zu lange auf Kosten ihres Privatlebens dem Beruf den Vorzug gegeben. Wir ändern das jetzt. Und die Männer sind viel glücklicher dabei. Sie beginnen Überstunden abzulehnen. Die Familie wird ihnen wichtiger als die Firma. Den Mann zu beschützen, das ist doch unsere Aufgabe, *ne*? Kluge Frauen wissen das. Meine Mutter dachte nicht anders. Mein Vater vertraute ihr wie ein Kind. Das war ganz einfach so.«

»Und Kunio?«

Sie drückte ihre Zigarette aus. Zwischen ihren Brauen, die dunkel und klar waren, hatte sich eine Falte gebildet.

»Hat er dir von Amerika erzählt? Sie wollten ihn dort fertigmachen. Sie können das sehr gut, weißt du. Kunio konnte sich zuwenig verteidigen. Er versuchte auch nicht, andere absichtlich mißzuverstehen. Immerhin dauerte es ziemlich lange, bis er keine Geduld mehr hatte …«

»Aber dann wurde es ihm zuviel, und er ging.«

»Eine Zeitlang war er sehr unstabil. Das hatte mit dieser Sache von früher zu tun. Und mit seiner verkorksten Ehe zwangsläufig auch.«

Ich wedelte mit dem Fächer, geistesabwesend.

»Ich sehe so gerne zu, wenn er mit deinem Vater in der Werkstatt arbeitet. Sie sind völlig aufeinander eingespielt, wie Tänzer.«

Sie schwieg. Ein Ausdruck von Schmerz huschte über ihr Gesicht. Die Sonne schien heiß auf den Papierschirm. Ich tupfte mir behutsam den Schweiß von der Stirn.

»Wie lange dauert es noch, bis das Schwert fertig ist?«

Unsere Augen trafen sich. Ihre Wimpern flackerten. Sie hob langsam die Schultern und ließ sie sinken. Ihre Stimme klang plötzlich dumpf.

»Nicht mehr sehr lange, nehme ich an.«

Juli in Kyoto. In den Büros und Warenhäusern liefen die Klimaanlagen auf Hochtouren. Touristen drängten sich in Tempeln und Schreinen. Ein Reisebus stand neben dem anderen. Kunio kam täglich. Mit ihm lernte ich Japan kennen, abseits der Klischees und der Menge. Er war mein Führer in einer Welt voller Entdeckungen und Wunder; eine Stimme, die alte oder komische Geschichten erzählte, eine Hand, die mich zu den Orten brachte, wo das Herz der alten Kaiserstadt schlug. Er führte mich in das alte Seidenweberviertel. Zu den Künstlern, die für jedes Fisch- oder Gemüsegeschäft wundervolle Reibdrucke anfertigten. Zu den Töpfern, zu Matten- und Korbflechtern. Jeder Gegenstand erzählte eine Geschichte, sprach von einer Vision. Manchmal wußte ich nicht, wozu das dienen sollte, ich fühlte nur, diese Dinge waren schön. Formen, Bilder, Symbole. Eine Katze aus Keramik verkörperte den Wohlstand, zwei Kraniche die Wiedergeburt. Steinerne Füchse, auf Sockeln, waren die Boten der Reisgöttin. Die Menschen wärmten sie mit farbigen Tüchern, brachten ihnen Sushi und Reis, stellten einen Becher Wasser auf die Steinstufen. Dies geschah immer frühmorgens, oft noch vor Sonnenaufgang, wenn die beste Zeit ist, Gebete zu sprechen. Kunio zeigte mir das Verborgene, ließ mich das Nichtgesagte empfinden. Ich fühlte mich eingewoben in die duftende, urtümliche Welt dieses Landes, die hautnah unter der hektischen, grellbunten, kitschig-amerikanisierten Oberfläche lag. Es war eine sehr alte Intelligenz, eine erstaunliche Konzentration der Gedanken und Empfindungen, die Menschen dazu brachte, dem Derben, dem Allzudeutlichen mit leisen Andeutungen, mit schwebender Poesie entgegenzuwirken. Es war wie im Märchen: Die Häuser sprachen, die Bäume flüsterten. Alle Dinge erzählen eine Geschichte: Die Substanz der Lacke wurde aus Baumsaft gewonnen, mit Pigmenten vermischt. Eine organische Glätte, rot, schwarz, golden, violett, porös und lebendig wie Menschenhaut. Die Keramiken sprachen von der Erde, von Eisen und Kupfer, von Feuer und Asche. Kostbare Stoffe verwandelten sich in Märchengewänder, in Hüllen aus schwerem Brokat, mit dickwattierten Säumen und seidengefütterten Ärmeln, aprikosenfarbig, zitronengelb, perlrosa, mit tausendfachen Mustern durchwebt, nach Honig und Weihrauch duftend. Ich tauchte in eine Welt der sinnlichen Wahrnehmungen, der Farben und Düfte und Klänge. Ein schwingender Ton wurde aus einer Bronzeglocke geschlagen, endlos sich in Kreisen vermehrend, begleitet von hölzernen Rasseln und den tiefen Stimmen der Priester. Rote Laternen schimmerten im Gold des Sonnenuntergangs. Der Verkehr brauste. In den *Pachinko*-Hallen rasselten und klingelten die kleinen Metallkugeln. Männer – und auch einige Frauen – saßen auf runden Schemeln, starrten wie gebannt auf die Kugeln, die, über die Eisenstifte hinweghüpfend, den Weg zum Ausgang suchten. Die drückende Tageshitze wich erst mit dem Dunkel der Nacht. Starke, träge Düfte stiegen aus den Gärten, gemischt mit dem Geruch nach gebratenem Fisch und Soja-Sauce, nach braunem Zucker und Ingwer. Über das buntzuckende Neongeflimmer segelte der goldschimmernde Mond, und in allen Büschen zirpten die Abendzikaden. Im alten Viertel Gion murmelte der Bach unter den Holzbrücken. Laternen blinkten. Vorhänge mit blauweißem Muster und schwungvollen Schriftzeichen wehten vor Sushi-Buden und schummrigen Sake-Bars. Wahrsager und Handleser saßen an kleinen Tischen, auf denen eine Kerze brannte. Manchmal wurde in den schmalen Gassen ein leichtes, rhythmisches Klipp-Klapp hörbar. Eine Geisha trippelte auf Holzpantinen durch die Nacht. Ein buntschillerndes Fabelwesen, in Seide und funkelnden Brokat gehüllt; Gesicht und Nacken weiß gepudert, die Lippen kirschrot geschminkt, unnahbar und geheimnisvoll.

»Die Erhabenheit des Anstands«, sagte Kunio. »So bezeichnen wir die Erotik der Geisha. In Kyoto wird sie *Geiko-San* – genannt, die ›in den Künsten bewanderte Person‹.«

Er erzählte mir viel über die Geishas. Sie versinnbildlichen die heilige Macht der Schamanen – Priesterinnen, deren Erbinnen sie sind. Ein Abend mit ihnen kostete ein Vermögen. Sie schenkten den Gästen den Reiswein ein, das Symbol der

Lebenskraft, sangen, musizierten und tanzten. Das Festessen hieß *Utage*, ein Wort, das die dreifache Bedeutung Haus, Sonne und Frau enthielt.

Kunio sagte:

»Man nennt die Geishas auch *Tama*, was Kugel bedeutet. Ein *Tama* ist ein Talisman, ursprünglich eine Bärenkralle, später ein Achatstein, der dem Träger den Schutz der Erdmutter sicherte. Das Honorar einer Geisha wird *Tama-Dai* genannt. So hieß früher die Entlohnung für die Ausführung heiliger Riten.«

»Und die Gäste?« fragte ich.

Er grinste.

»Zumeist Bosse aus der Finanzwelt, der Politik und der Industrie. Und auch aus dem Gangstermilieu. Die Geishas hören alles – und plaudern nichts aus. Diskretion ist Ehrensache.«

Kunio gab zu, daß sich die Geishas nicht zimperlich zeigten, einem Kunden oft ihre Gunst gewährten. Doch das ging nur sie etwas an. Das mächtige »Geisha-Syndikat« hatte mit dem üblichen Zuhältertum nicht das geringste zu tun.

Feste in Kyoto, Feste wie auf einer Theaterbühne, im Gleichgewicht zwischen Schein und Wirklichkeit, die alles Lebendige – Menschliche und Außermenschliche – in Fröhlichkeit vereinten. Feste für die Götter und für die Schönheit, aus denen, wie Rauch, Erinnerungen aus tausend Jahren aufstiegen. Hier begegneten sich Mythos und Glaube; Überlieferung und Geschichte erzählten gemeinsam ihre Fabel. Und da die Schutzgötter die Gipfel bewohnten, schuf man ihnen zu Ehren künstliche Berge. »Riesen-Berg« oder »Zieh-Berg« hießen die Kultwagen, auf denen man die Götter durch die Straßen trug. Haushohe, schwankende Wagen, aus Rundhölzern und Bambusmatten aufgebaut, auf Balkengerüsten ruhend, mit wuchtigen Rädern versehen. Unter den riesigen Rädern waren Keile befestigt; auf ein Signal hin schulterten hundert Träger gleichzeitig die angespannten Zugseile; polternd und rumpelnd setzten sich die gefährlich hohen Fahrzeuge in Bewegung. Sie trugen Tannenwipfel oder »Sonnenspeere« als Göttersitz, waren wie Bühnen ausgestattet, mit Brokat und Wappenvorhängen verhängt. Vor roten Torbögen und goldenen Schiebetüren traten maskierte Schauspieler als Helden, Dämonen und schöne Frauen auf. Geishas tanzten, angetrieben vom Taktschlag der Trommel und Zimbeln. Sie sangen mit schrillen Vogelstimmen, bewegten goldene Fächer, spannten bunte Papierschirme auf zum Schutz gegen die stechende Sonne. Die Wagen schwankten und ächzten. Die Muskeln der Ziehenden spannten sich, sie keuchten und zerrten aus Leibeskräften, während die Menge sie mit rhythmischen Rufen und Händeklatschen anspornte. Geschrei, Gelächter erfüllten die Straßen.

»Wir leben in Verbundenheit mit diesen Dingen«, sagte Kunio. »Das ist es, was viele nicht wissen: Auf die Verbundenheit kommt es an. Nicht auf strenge Riten, kodifizierte Muster. Das Formelle ist nur die äußere Verpackung. Unsere Götter erlassen weder Gebote noch Verbote. Sie sagen den Menschen: Seid mündig! Tragt eure Verantwortung selbst.«

Ich lächelte.

»Viele Menschen sind dieser Freiheit nicht gewachsen. Sie macht ihnen Angst.«

»Shinto ist eine Religion der Zukunft«, sagte Kunio. »Der Mensch lebt ja nur seit einer Sekunde im Kosmos. Seine endgültige Bestimmung erreicht er erst dann, wenn er weit, unendlich weit über sich selbst hinauswächst. Aber die Götter sind geduldig. Sie stehen am Ende des Weges und rufen ihn.«

Kunio sprach viel, und er sprach gut; unser vertrautes Zusammensein hatte die letzten Spuren seiner Zurückhaltung getilgt; er merkte, daß ich ihm gerne zuhörte. Ich liebte seinen Blick, der ernst war und plötzlich so übermütig aufleuchten konnte; aber seine Stimme liebte ich fast noch mehr. Sie war ruhig und gedämpft, etwas kehlig, mit Schwingungen, die aus dem Herzen kamen. Er kann sich nicht verstellen, dachte ich, er wäre der schlechteste Schauspieler gewesen. Alles, was er dachte, stand ihm ins Gesicht geschrieben. Er übersetzte für mich die japanische Tagespresse, sprach von Protektionismus und Bodenspekulation, kommentierte den Inhalt politischer Sendungen im Fernsehen. Kein neuer Himmel und keine neue Erde, nein, sondern aufpoliertes Formelhandwerk für Machthunger und Eigennutz. Die Konkurrenzwut der Großkonzerne gehörte ebenso dazu wie die Bestechungsgelder der Politiker, die Gier der Finanzhaie, die Verschlagenheit der Unterweltbosse. Das große Welttheater, wie überall, mit dem Unterschied vielleicht, daß abstrakte Ideen hier schlecht ankamen.

»Weil wir von verbaler Logik nicht viel halten und gefühlsmäßigen Bindungen den Vorrang geben«, sagte Kunio.

»Der Bürger kehrt die Außenseite heraus, ein unpersönlicher Aspekt, und läßt sich nicht täuschen.«

»Willensfreiheit bleibt nebelhaft«, sagte ich, »solange wir uns in irgendeiner Weise aufgerufen fühlen.«

Er blinzelte mir zu.

»Und was verstehst du unter Willensfreiheit?«

Meine Antwort kam schnell und sicher.

»Den Weg wählen, den wir gehen wollen. Nie im gesteuerten Trab und stets außerhalb der Herde.«

»Ich bin dir auf der Spur«, sagte er.

Das Schreinfest rückte näher; das *Bugaku*-Ensemble kam dreimal in der Woche zusammen. Die Übungen zogen sich bis spät abends hin. Die Hitze machte die Menschen schlapp und träge, aber die Sonne sank früh, und die abendliche Kühle weckte frische Kräfte. Wenn Sagon alle inneren Schiebetüren aufzog, entsprach die Spielfläche genau der der offenen Bühne. Die Schulkinder hatten Ferien; morgens half Kunio seinem Vater in der Werkstatt, nachmittags fuhr er zu mir nach Kyoto. Er kam mit dem Zug oder mit dem Wagen; wenn ich mit dem Ensemble probte, saß er geduldig am Rand der Vorhalle und lauschte auf die Klänge des Orchesters, beobachtete die Schatten der Tänzer, die sich wie Scherenschnitte auf dem Reispapier abzeichneten. Er gestand, daß er meinen Schatten auf der perlmutterglänzenden Fläche nie aus den Augen ließ. Sagon und Aiko waren sehr erfreut, Kunio zu sehen. Sie begrüßten ihn mit zwangloser Liebenswürdigkeit, erkundigten sich nach dem Befinden seines Vaters. Im Besuchszimmer waren alle Türen offen; ein kühler, angenehmer Luftzug wehte durch den Raum. Ein großes Moskitonetz aus grüngefärbten Hanffäden hing an kurzen Schnüren von den Ecken der Zimmerdecke hinunter und schloß den ganzen Raum ab. Das Netz duftete nach frischem Sommergras; hinter den feinen Maschen schimmerten die Büsche und Bäume im Lila der Abenddämmerung. Aiko ließ den schaumigen, wunderbar herben Tee bringen; wir saßen auf indigoblauen Sommerkissen. Der Priester und seine Frau fragten jetzt nach Hanako. Kunio erzählte, daß sie nach Miwa gezogen war. Aiko meinte, das gesunde Klima der Nara-Ebene würde ihr guttun.

»Nagasaki ist sehr heiß im Sommer, *ne*? Der Meereswind ist zu scharf für die zarte Beschaffenheit älterer Menschen.«

Sagon wollte wissen, ob die Ehrwürdige Großmutter noch den Pinsel führte.

»Sie übt täglich«, sagte Kunio, »und sie geht dabei so weit, daß es ihr gleichgültig ist, ob ihre Pinselstriche als schön empfunden werden oder nicht. Sie sagt, je mehr man sie mißversteht, desto besser!«

Kunio lachte dazu, während Sagon einen respektvollen Laut hören ließ – ein langgezogenes bewunderndes »*Eeee*«. Er sagte, Hanakos Ansicht entstamme der höchsten geistigen Disziplin.

»Oberflächliche Bewunderung ist nicht nur banal, sondern ärgerlich. Das Entscheidende ist, daß das Herz des Betrachters das Werk richtig erfaßt und würdigt.«

Er hielt die nackten, muskulösen Arme verschränkt und verbeugte sich beim Sprechen; er huldigte dem Schatten der alten Dame, so als sei sie gegenwärtig.

Ich erzählte von der besonderen Bindung zwischen Hanako und meiner Mutter. Ich zeigte Sagon und Aiko die Kette, sprach von dem scheinbaren Zufallsgeschehen, das über einen Abgrund von fünfzig Jahren zwischen Hanako und mir eine

Brücke geschlagen hatten. Aiko hielt die Augen groß und staunend auf mich gerichtet. Sagon schluckte, seine Lippen preßten sich zusammen. Die Begebenheit berührte beide stark. Kunio sagte, daß weder er noch Rie von dieser Geschichte etwas gewußt hatten. Nicht einmal davon, daß Hanako jährlich in Kobe Iris' Grab aufsuchte. »Wir hatten ja nie danach gefragt«, meinte er. Wir tauschten ein schwaches Lächeln. Aikos Augen glänzten. Sie beugte sich leicht vor, brach mit sanfter Stimme das Schweigen.

»Ruth-San, unsere Existenz besteht aus vielen Schichten. Wir hängen nicht unabhängig im Raum. Unser Körper bewahrt die Erinnerung an die Vorfahren, die ebenso zahlreich wie verschieden waren.«

Sie merkte, daß ich ihr aufmerksam zuhörte, und das genügte, um sie weitersprechen zu lassen.

»Dein Leben wurde dir von deiner Mutter gegeben. Sie ist die Materie, die dich geschaffen hat, der Geist, der deinen Lungen Atem gab. Du trägst ihre Träume im Herzen; willst du dein Geheimnis kennen, so denke an deine Mutter und du weißt, wer du bist.«

Während sie sprach, hatte Sagon mit ernstem Gesicht mehrmals genickt. Jetzt ließ er seinen zustimmenden Brummton hören, der tief aus seinem Inneren zu kommen schien.

»*So desu.* Wir sehen nur die Oberfläche, aber das Schicksal verrichtet seine Arbeit im Hintergrund. Es ist wie eine Grammatik des Tanzes, ein zeitloser Reigen. Eine Störung entsteht nur dadurch, daß diese Erkenntnis nicht zur rechten Zeit erworben wird.«

Ich dachte, was für eine schöne Sprache diese Menschen sprechen. Und im gleichen Augenblick hatte ich ein ganz eigentümliches Gefühl: Ich wartete auf etwas, das noch kommen würde. Das Gefühl flatterte und zuckte in meinem Herzen. Mir war, als hätte ich plötzlich einen Traum aufgedeckt. Einen Bereich voller undefinierter Formen und Gesichter, die in jahrzehnteweiter Entfernung schwebten, vermischt mit Urvorstellungen. Es war ein langsames, ganz langsames

Umherwandern. Ein zeitloser Reigen, hatte Sagon Mori gesagt, ein wundersames Spiel der Kräfte. Ein Kreis war gespannt, von alten Träumen durchpulst. Ich versetzte mich tanzend in den Mittelpunkt. Und im Tanz erwachte das Geträumte zum Leben.

# 36. Kapitel

In diesen Nächten liebten wir uns mit aller Kraft, mit nie dagewesener Innigkeit. Es war, als ob wir mit dem Körper ausdrücken wollten, was unsere Seelen empfanden, ein Hinaufschwingen aller Gefühle, wunderbarer als alles, was wir uns je in Gedanken vorstellen konnten. Sein Körper und mein Körper, beide lang und straff, an der Grenze zwischen Jugend und Reiferwerden. Wir sprachen wenig, wenn wir uns liebten. Das war nicht unsere Art. Wir küßten uns nur, lange, bis unsere Lippen taub wurden und pochten und Gluthitze auf unseren Wangen lag. Wir schlossen die Augen dabei; doch manchmal sahen wir uns an, und ein Lächeln zitterte um unseren Mund. Fast war es, als blickten wir durch uns hindurch. Während er sich tief in mir bewegte, löschte das schmerzhafte Glück in meinem Schoß die Gedanken aus, sie kamen und gingen wie Schnappschüsse. Bisweilen hielt er einen Augenblick inne, und dann tat mein Herz einen Sprung. Das war es, diese Ekstase, wovon wir mit Worten nie eine Vorstellung vermitteln konnten. Nicht bloß die kreisende Lust, sondern dieses unglaubliche Gefühl, daß wir eins und zwei zugleich waren. Gemeinsam erreichten wir eine besondere Schwerelosigkeit, schwankten zwischen Sekunden des freien Schwebens im Raum und solchen, da die Flügel des Wahnsinns uns schüttelten und Tintenschwärze sich auf uns herabsenkte. Wir schliefen dann; nie sehr lange. Ich spürte, wie Kunios Hände sich um meine Brüste legten, wie seine zärtlichen Fingerkuppen die empfindlichen Spitzen umkreisten. Ich fühlte mich ganz von seiner Wärme umfangen. Auch jetzt wieder, im Halbschlaf, hörte ich nur seine Atemzüge und das Klopfen meines eigenen Herzens. Dann wälzte ich mich träge herum, preßte das Innere meiner Lippen an seine klamme Schulter; wir lagen eng aneinandergepreßt, die Arme verschlungen. Kunios Haut leuchtete bernsteinfarben im schwachen Lichtschein, der einen diagonalen Goldstreifen auf die Binsenmatten warf. Ich atmete den Geruch seiner Haut ein, leckte den salzigen, sanft glitzernden Schweißhauch auf seiner nackten Brust.

Schließlich seufzte ich glücklich auf.

»Was für eine schöne Haut du hast!«

Er blinzelte; seine Augen leuchteten wie braune Kastanien.

»Das kommt, weil wir Japaner rohen Fisch essen, nur daher.«

Wir brachen in Lachen aus. Er streichelte mein Haar. Sein Gesicht wurde nachdenklich.

»Könntest du in Japan leben?«

Ich ließ mich auf den Futon zurückfallen.

»Ich weiß nicht. Ich habe noch nie darüber nachgedacht.«

Er stand auf, ging in die Kochnische. Meine Augen folgten den Bewegungen seiner Schultern und Hüften und Schenkel, mit dem Blick der durch die Tanzkunst für die Schönheit des Körpers empfänglich gewordenen Frau. Auch in der Welt des Tanzes – wo die Selbstdarstellung vielfältige Formen annimmt – hatte ich nur selten Menschen erlebt, die ihrem Körper diese ungekünstelte Natürlichkeit zuzuführen vermochten. Kunio kam wieder mit zwei Gläsern und einer Flasche. *Mugicha,* ein Korntee, der kalt getrunken wird. Er kniete neben mir nieder und füllte ein Glas für mich. Das dunkelbraune, würzige Getränk schmeckte nach Rinden und Sommergras. Ich trank das ganze Glas aus. Er schenkte mir nach und lächelte. Ich sah seine weißen Zähne in dem gebräunten Gesicht.

»Gut, nicht?«

Ich erwiderte sein Lächeln.

»Korntee gehört zu den guten Dingen in Japan. Vorzugsweise danach. Nachdem wir uns geliebt haben, meine ich.«

»Ja, dann ist er wohl am besten.«

Wir betrachteten uns; wir waren nur damit beschäftigt, uns zu betrachten; unser Lächeln verschwand gleichzeitig. Schließlich brach ich verwirrt das Schweigen.

»Ich möchte gern ein wenig verstehen, warum es so weit mit uns gekommen ist.«

Er schüttelte ernst den Kopf.

»Man kann nicht in solchem Maße verstehen.«

»Nein.«

»Aber Hanako kann dir vielleicht eine Antwort geben.«

»Es wäre mir soviel wert – wenn ...«

»Hanako hat schon den Tod gesehen. Er ist ein Anfang, kein Ende. Hanako weiß diese Dinge ...«

»Meine Mutter auch«, flüsterte ich. »Und niemand hatte eine Ahnung davon, ich am allerwenigsten.«

Er goß uns Tee ein. Seine Bewegungen waren sehr langsam.

»Trink!«

Ich trank in kleinen Schlucken, geistesabwesend. Er spielte mit seinem Glas, drehte es in der Hand.

»Das, was da seinen Lauf nimmt, ist schwer zu erfassen. Ich glaube, es fängt mit dem Begehren an. Wenn ein Mensch plötzlich so wichtig wird, daß es zu einer Selbstprüfung kommt.«

»Wir denken zuerst, es ist eine Täuschung«, fiel ich ihm ins Wort. »Vielleicht haben wir uns diese Dinge nur ausgedacht. Und dann doch nicht. Nein. Das ist so außergewöhnlich, daß man davon wie gelähmt wird. Ja, ich habe es genauso erlebt ...«

Er nickte.

»Wenn ich dich eine Weile nicht sehe, frage ich mich, ist sie wirklich so anziehend? Und dann sehe ich dich und denke, du bist so anziehend, wie ich es noch nie gesehen habe.«

»Und danach?«

Er nahm langsam einen Schluck.

»Danach träume ich von dir, von deinem Atem, von deiner Umarmung. Von deinen wunderbaren Händen, deinem beflügelten Schritt. Von deinen nackten Brüsten unter dem T-Shirt.«

»Ich trage keinen Büstenhalter.«

»Ich weiß. Ich ziehe bloß den Stoff hoch und nehme deine Brüste in die Hand. Sie sind lebendig und warm wie Vögel, so hart und gleichzeitig so weich ...«

»Träumst du das jede Nacht?«

»Sogar tagsüber, im Klassenzimmer, was genierlich sein kann. Ich bin zu einem süchtigen Liebenden geworden. Mein Leben schwankt zwischen Glück und Depression, ein Taumel zwischen den Gegensätzen. Es gibt immer mehr Dinge, die für mich unersetzlich werden. Deine seidige Haut. Deine Hüften, deine Antilopenbeine. Die dunkle Tiefe in dir, diese schwarze, schmelzende Süße. Ich will dich immer berühren, mit den Fingern, der Zunge. Ich tauche in einen Kreis von Blütenblättern, die niemals das Licht sehen. Sie pulsieren und ziehen sich zusammen, sie halten mich fest, so sanft, so eng.«

»Man kann das üben.«

»Ich weiß. Und das macht jeden Mann verrückt. Du ziehst mein ganzes Gewicht in dich ein, tiefer und tiefer, bis zu deinem innersten Punkt. Mein Geschlecht klopft in dir, in deinem hohlen Bauch. Keine Wahrnehmung mehr, nur das Herz, das alles Blut durch den Körper stößt, und das Gefühl, daß ich liebe, und daß es niemals mehr so gut, so vollkommen werden kann ...«

Er trank von neuem, wischte sich mit dem Handrücken über den Mund. Seine Augen waren eigentümlich dunkel, und die Lippen waren blaß und zitterten leicht. Ich spürte ein Flackern im Unterleib; es brannte so stark, daß es wie eine heiße Woge aus Schenkeln und Hüften brach. Ich schluckte und sagte:

»In der Welt deiner Phantasie sind deine Träume recht eindeutig ...«

»Ich möchte noch hinzufügen«, erwiderte er, »daß ich in einer Krise bin und an vielen Tagen nicht weiß, was ich mit mir anfangen soll.«

Unbekleidet ist er am schönsten, dachte ich. Als Tänzerin hatte ich ein Auge dafür. Der Körper war geschmeidig, kompakt und wunderbar ausgewogen, nicht überproportioniert, wie es heute bei jungen Menschen manchmal vorkommt. Mir kam Nijinsky in den Sinn: »L'après-midi d'un faune«. Adjektive gingen mir durch den Kopf, sie paßten alle nicht zusammen und galten trotzdem für ihn: arglos, scharfblickend, unbefangen, wissend, urtümlich, weltgewandt, keusch, zügellos. Und dann sein Gesicht, für gewöhnlich ruhig und glatt, doch jetzt klebten ein paar Strähnen an der Stirn; die braunen Augen, die weichen Lippen. Und dann sein schallendes Gelächter, das jeden sofort glücklich machte. Es war wie ein tiefer Brunnen, in dem klares, stilles Quellwasser stand. Ein Mann, der die Welt gesehen hatte und seine Kinderträume nicht verleugnete.

»Vielleicht sollten wir darüber reden«, sagte ich.

Das Zittern seines Mundes ließ nach; auf einmal sah er verschmitzt, fast fröhlich aus.

»Wovon sollen wir reden?«

»Von der Liebe, vielleicht?« fragte ich.

Seine Brauen zogen sich schräg zusammen.

»Man ist nicht mehr derselbe, danach. Man wird ein anderer.«

Ich nahm seine Hand und bettete meine Wange hinein.

»Es gibt keine Erklärung für Stimmungen dieser Art.«

Er nickte. Seine Finger streichelten mein Gesicht.

»Du lebst in Europa«, sagte er nach einer Weile. »Das ist ganz unerträglich.«

»Ich lebe nicht in Europa. Ich wohne nur zufällig dort.«

»Wie irgendwo anders auch?«

»Ja.«

Die Spannung verflog von seiner Stirn. Er nahm meinen Kopf zwischen die Hände. Seine Lippen wanderten über mein glühendes Gesicht, über Nasenflügel und Augenlider. Wir küßten uns so heftig, daß unsere Zähne aneinanderschlugen. Mühsam rissen wir unsere Lippen voneinander los, starrten uns an. Er hielt mich an den Schultern fest.

»Willst du damit sagen, daß es dir egal ist?«

»Es ist mir egal. Und ... mir gefällt es hier nicht schlechter als anderswo.«

»Gibt es keinen Mann, der dich in Europa erwartet?«

»Keiner, der mir ins Gedächtnis kommt.«

»Wäre das ein Grund für dich, in Japan zu bleiben?«

»Ich bin jetzt mal da, einstweilen.«

»Geh nicht fort. Bleib bei mir.«

»Nachdem du mir von deiner Frau erzählt hast?«

Wir lachten kurz auf, im gleichen Atemzug.

»Das war nicht der Rede wert«, meinte er.

»Jeder macht früher oder später einen Fehler.«

Er schaute mir direkt in die Augen. Sein Blick war nach wie vor ernst, fast kindlich.

»Ich bitte dich sehr, mich nicht zu verlassen. Das ist keine Laune, kein spontaner Einfall. Ich habe darüber nachgedacht.«

»Wo?«

»Im Klassenzimmer. Ich ließ die Schüler Aufsätze schreiben.«

»Konnten sie das denn, die ganze Zeit?«

»Manche konnten und manche konnten nicht.«

Wir lachten wieder, er weniger als ich. Die Unruhe war immer noch da, in seinem Blick.

»Ich übe jetzt moralischen Druck auf dich aus. Laß dich warnen! Von sämtlichen Vertretern der Auslandspresse. Sie kennen Japan besser als ich. Du weißt schon, der Kulturschock ...«

»Ach so. Den hatte ich ganz vergessen.«

Wir spielten Wortspiele, Schlag auf Schlag, sonst wäre es für uns nicht möglich gewesen, diese Sache zu besprechen. Wir waren beide zu aufgewühlt.

»Ich will nicht, daß du gehst«, sagte er. »Ich muß darauf bestehen. Vielleicht ist es in deinem Fall notwendig.«

»Ich bin eine Tänzerin. Ich habe wenig Privatleben. Und das Theater ist so etwas wie meine Wohnung.«

»Du kannst alle vierzehn Tage ein neues haben. Und es ist mir egal, wo du schläfst, von mir aus auf der Drehbühne. Wenn ich nur jede Nacht in deinem Futon stecke. Eine Einheit von Produktion und Interpretation, sozusagen.«

»Ich sehe schon den Sinnzusammenhang.«

»Daneben könntest du im *Onjôkan* arbeiten. Den Kindern Spiele und Lieder beibringen.«

»Das würde mir schon Spaß machen.«

»Ich möchte für immer mit dir verbunden sein.«

»Wir haben diese fixe Idee, du und ich.«

»Wirst du bei mir bleiben, Ruth-San?«

»Ich könnte gar nicht anders. Du läßt mich ja nicht weg.«

Wir sahen uns an; in seinen Augen war ein neuer Glanz. Der Ernst war aus ihnen gewichen. Ich deutete ein Lächeln an. Da lachte auch er auf, zog mich an sich, preßte mich an seine Brust. Ich schlang meine Arme um seinen Hals, legte die Wange an seine Schulter. Ein paar Atemzüge lang wiegten wir uns leicht mit geschlossenen Augen, verloren in der Gegenwart, einander zu spüren. Die eine Seite seines Körpers war heiß, die andere kalt. Und – ich weiß nicht warum, das erregte mich mehr als alles andere. Meine Hände bewegten sich, leicht wie Federn. Seine Haut war so elastisch, so schimmernd und ebenmäßig zu berühren; eine Haut, glatt wie ein Kiesel. Sie duftete nach Binsenmatten und frischer Baumwolle, nach grünem Teepulver und Mandarinen. Sie hatte den Geruch Japans an sich, unnachahmlich, sinnlich und unvergeßlich. Ich liebte diese Haut, als wäre sie meine eigene. Nicht eine Stelle an seinem Körper, die ich nicht kannte. Jeder Mensch, dachte ich, findet früher oder später die Heimat seiner Seele. Ich, die ewig Ruhelose, hatte sie gefunden, in seinen Armen. Ich flüsterte, dicht an seinem Gesicht:

»Das ist ein besonderer Augenblick.«

Er löste sich leicht von mir, um mich ganz anzusehen. Er sah müde aus, aber erlöst, wie ein Mann, der in der Ferne etwas suchte und es endlich gefunden hat.

»Wenn du es so meinst, ja«, sagte er kehlig. »Ein besonderer Augenblick.«

# 37. Kapitel

Im *Bugaku* waren die Möglichkeiten der Interpretation begrenzt. Dafür experimentierte Sagon mit alten Instrumenten, Klängen und Rhythmen, schuf neue Tonkulissen für neue Bewegungsabläufe. Es faszinierte mich, wie er mit dem Raum umging, ihn mit einer zusätzlichen hohen Sinngebung zu füllen wußte. *Bugaku* ist pure Abstraktion. Manierismus prägt jede Geste, jeden Schritt. Was mir bei Sagon so gefiel: Er blieb immer am menschlichen Kern. Die dargestellten Helden, Edelmänner, Hofdamen und Asketen waren Stilisierungen und zugleich Figuren, von Leidenschaft erregt. Die Gesichter mochten ausdruckslos bleiben, entrückt; doch die richtige Geste betonte stets die richtige Emotion.

Wir übten zumeist im Trainingsdreß, doch bald kam die Zeit, wo wir in Kostümen probten. In einem schweren Brokatgewand, mit weiten Flügelärmeln, bewegt man sich anders als im Trikot. Auch war mir der Umgang mit Schild und Hellebarde nicht vertraut. Tänzer, die schon seit Jahren dabei waren, konnten sich rasch wieder bewegen, wie es einmal erarbeitet worden war. Doch ich mußte alles von Grund auf einstudieren. Aiko hatte die Gewänder aus den Schubladen genommen, jedes einzelne geschüttelt, nachgesehen und ausgelüftet. Einige dieser Kostüme waren alt; man sah es an der besonders spröden Beschaffenheit der Brokate. Andere waren neuerer Machart. Die Kostüme der Musiker waren aus schlichter, schwerer Seide. Für die Tänzer jedoch waren Prunkgewänder vorgesehen, mit schweren wattierten Flügelärmeln. Die Kostüme, in den Grundfarben rostrot und smaragd, waren mit wundervollen Blumen- und Tiermustern bestickt, die Säume mit Gold- oder Silberfäden genäht. Das Kostüm des Ranryô-ô zeigte deutlich chinesischen Einfluß: Es bestand aus einer Pluderhose und einem knielangen Übergewand, mit dem Wappen des Greifenvogels bestickt. Darüber wurde ein schwerer, bronzefarbiger Brokatüberwurf getragen, der einen Schuppenpanzer darstellte. Weiche Filzstiefel, mit Schnabelspitze, vervollständigten die Tracht. Aiko half mir beim Ankleiden. Die schwere Seide duftete nach Honig und Weihrauch. Das Gewand war durch zwei Seidenschnüre eng um die Taille befestigt. Darüber wurde eine golddurchwirkte Schärpe, doppelt genäht, mehrmals geschlungen und geknotet. Ich zog die Luft ein, atmete sie langsam wieder aus. Aiko nickte mir zu, halb belustigt, halb besorgt.

»Zu eng?«

Ich verzog das Gesicht.

»Besser zu eng als zu locker!«

Ich wollte nicht mit der ständigen Drohung »alles rutscht« kämpfen, während ich tanzte. Sagon, vor dem ich ein paar Minuten später in dieser Aufmachung erschien, gab einen zufriedenen Grunzton von sich. Auch die Teilnehmer des Ensembles flüsterten anerkennend. Nach kurzer Eingewöhnung trug ich das Gewand sehr ungezwungen. Meine Hände wurden völlig von den überlangen Flügelärmeln bedeckt. Sagon zeigte mir, wie ich sie zurückwerfen mußte, um die Hellebarde zu schwingen. Er gab das Signal zur Musik, ließ mich das ganz genau üben. Nach einer Weile sagte er:

»Ja, auf dieser Basis können wir weitermachen.«

Bald war ich voll und ganz dabei. Man muß schon ein Kostüm tragen, um eine Rolle überzeugend zu verkörpern. Nach einer Weile ging mir das Gefühl »ich bin jemand anderes« so ins Blut über, daß ich mich ganz aufs Tanzen konzentrieren konnte. Zu den Schlägen der Hängetrommel ließ ich die Hellebarde kreisen, langsam und mächtig, wie es vorgeschrieben war. Zwei Spieler mit großen Schilden aus vergoldetem Metall stellten meine Schutzwache dar. Der Abstand war genau festgelegt, jeder Schritt den meinen nachgeahmt. Das erforderte ungeheure Konzentration. Doch Sagon formte uns wie Wachs, knetete uns zu einer Einheit; alle spürten das. Wir folgten dem Rhythmus, wichen keine Sekunde davon ab. Die Bewegungen waren bis ins Kleinste fixiert, sie mußten auch exakt eingehalten werden. Nach einer Weile hob Sagon die Hand. Die Musik brach ab. Es trat eine Pause ein, in der sich die Darsteller entspannten. Wir schwitzten unter den schweren Kostümen. Aiko brachte nasse Tücher, mit denen wir Gesicht und Hände erfrischten. Wir tauschten ein Lächeln, und sie sagte leise:

»Gut. Sehr gut!«

Doch die Pause war kurz. Sagon tupfte sich die nasse Stirn ab und wandte sich mir zu. Ich sah in seinen Augen ein Zögern, einen Schimmer von Unsicherheit.

»Ruth-San, es wird nötig sein, daß du die Maske trägst.«

Ich erwiderte seinen Blick. Wir wußten beide, daß die Aufgabe, die Maske zu tragen, die schwierigste war. Zum ersten Mal würde der Ranryô-ô meinen Körper berühren, der Dämon in die Maske strömen. Er würde versuchen, mich zu besitzen. Im Innersten schmerzte es Sagon, daß er mich auf die Probe stellen mußte. Andererseits spürte ich eine gewisse Neugierde in ihm; eine Neugierde, die ich teilte. Wenn ich es geschickt anstellte, Halluzinationen tilgte, würde ich mir die Macht des Geistes zu eigen machen. Die Herausforderung reizte mich; solche Dinge lagen mir. Und wenn ich eine geheime Unruhe empfand, so folgte gleich darauf die Überlegung: Wir werden ja sehen!

»Ich werde sie tragen«, sagte ich.

Ein kleines Lächeln hob seinen Mund.

»Und was wirst du mit dieser Maske tun, Ruth-San, wenn du sie aufsetzt?«

Ich antwortete, leichthin, um die Spannung zu vertreiben:

»Den Ranryô-ô tanzen, für den sie gemacht wurde!«

Alle sahen still zu, wie Sagon vor der Schachtel aus Weißholz niederkniete, die komplizierte Schlinge der violetten Seidenschnur löste. Er hob den Deckel, schlug das weiße Seidentuch auseinander. Seine vorsichtigen Hände brachten die Maske zum Vorschein. Ich hatte sie nicht mehr gesehen, seit dem ersten Mal, da er sie mir gezeigt hatte. Ich war vorbereitet; gleichwohl überlief mich ein Schauer. Die Maske funkelte im Licht, wie mit Gold eingerieben. Die Muster und Spiralen glänzten wie Blutspuren. Die flügelförmigen Ohren schienen zu vibrieren, der Schnabel des Greifens ragte drohend empor. In den Augenhöhlen war kein Funken Leben, und doch schienen in den dunklen Tiefen unergründliche rote Pünktchen zu flackern. Das Antlitz war voller Biegungen und Schatten, die sich zu bewegen schienen. Aber das war nur eine optische Täuschung, eine Illusion. Sagon erhob sich: ein weiches, fließendes Abstoßen der Zehenspitzen. Er trat mit der Maske auf mich zu; die Fratze schien mir entgegenzuschweben. Eigentlich war sie mehr ein Kopfputz. Die Augen des Maskenträgers befanden sich genau unter den bleckenden Zähnen. Über dem herunterhängenden Kinn der Maske war eine Öffnung für Nase und Mund angebracht. Eine geballte Drohung ging von ihr aus, und gleichzeitig war sie die Maske einer Gottheit, mehr für einen Tempel bestimmt als für die Bühne. Ich fühlte, wie die Anwesenden den Atem anhielten, als Sagon mit leichten, geschickten Gesten die Maske um meinen Kopf befestigte. Drei dünne Hanfbänder waren dafür vorgesehen; Seide eignete sich nicht, weil sie rutschte. Das erste, was mir auffiel, war der Geruch. Die Maske roch nach Weihrauch, nach Rinde, nach bitteren Wurzeln: ein erstaunlich lebendiger Geruch. Die zweite Überraschung, und nicht die geringste, war, wie leicht sie sich tragen ließ. Im Inneren war das Holz, ebenso gewichtslos wie eine Lackschale, von seidiger Glätte – die Arbeit eines wirklich begnadeten Handwerkers. Fast hatte ich das Gefühl, eine Haube aus Flockenseide zu tragen, so eng und vollkommen umschloß sie meinen Kopf. Tänzer schätzen die Vollkommenheit der Requisiten. Nichts ist schlimmer als eine Maske, die einengt oder rutscht. Fast gab ich mich dem rein sinnlichen Genuß hin, die Maske zu tragen, als mein Blick auf Sagon fiel, der sie befestigt hatte und nun vor mir stand und mich betrachtete. Auf seinem Gesicht stand ein Ausdruck, als hätte der Schmerz ihn gepackt. Auch die Teilnehmer des Ensembles starrten, die Augen erhoben, als ob sie etwas über meinem Kopf betrachteten. Der Gedanke an den Greifen durchzuckte mich. Ich spürte ihn über mir schweben, wie einen Schatten. Die Maske verbreitete eine Art heiliger Ehrfurcht, wenn nicht gar Angst. Ein paar Sekunden lang fiel kein einziges Wort, in diesem Augenblick des Schweigens vollzog sich die Verwandlung. Die Macht der Maske flutete in mich hinein. Es war etwas sehr Seltsames: Als ob das Innere der Maske sich leicht zusammenzog, fast hatte ich das Gefühl, daß der Greif seine Klauen in meine Schädeldecke bohrte. Schmerzen verspürte ich nicht, nur einen starken Druck. Das alles vollzog sich in dem Bruchteil eines Atemzuges. Wäre es irgendwie möglich gewesen, hätte ich die Knoten jetzt gelöst, die Maske abgeschüttelt. Zu spät! Sagon hob die Hand: Musik setzte ein. Die tiefen, drohenden Schläge der Riesenpauke erfüllten die Stille. Die Zylindertrommel schlug, flach und emsig, wie ein stetiges Herz. Nun war es nicht mehr mein Verstand, sondern mein Körper, der antwortete. Meine Muskeln bewegten sich, der Wille folgte. Gesichter, Formen und Farben, durch die Maskenöffnung wahrgenommen, vermischten sich. Der süßliche, berückende Geruch umgab mich ganz. Sagon gab mit beiden Armen den Rhythmus an, skandierte mit den Füßen den Tanz. Ich atmete schwer; meine eigene Substanz schien mit der Substanz der Maske zu verschmelzen. Der Geruch wurde schärfer. Mein Schweiß benetzte das Holz, oder war es die Maske, die schwitzte, mit öliger Feuchtigkeit meine Haut tränkte? Ich hörte das Geräusch meines eigenen Keuchens; die Trommel pulsierte in meinem Körper, die Pauke schmetterte. Doch ich tanzte, im Einklang mit den Schritten des Meisters, meine Glieder ganz durchdrungen von dem präzisen, federnden Rhythmus. Plötzlich ergriff mich eine Art Ekstase; mein Blut wurde zu einem tollen Wirbel. Mir war, als ob der Schatten des Greifs über mir ungestüm zuckte, den Raum in granatfarbenes Dämmerlicht tauchte. Die Riesenpauke donnerte, das Schrillen der Oboe durchbohrte meinen Kopf. Die Maske preßte sich an meine Schädeldecke; ihr Druck kam mir seltsam lebenswarm, intim vor. Sie war lebendig, von Leben durchpulst. Sie sprach zu mir. Es war eine Stimme, die ich nicht vernahm, und doch eine Stimme, aber zweifellos sprach Bosheit aus ihr, dazu Intelligenz und Macht. Mein Gehirn verstand, was sie ausdrückte.

»Das Spiel hat begonnen!« sagte der Ranryô-ô. »Bist du bereit?«

»Ich weiß, was ich zu tun habe.«

»So? Ich warne dich. Der Priester hat Riten an dir vollzogen, aber sie reichen nicht aus. Wo ist der Geist, der dich schützt?«

»Ich schütze mich selbst.«

»Du bist wirklich sehr anmaßend«, sagte die Maske.

Das Lachen klang schrill und deutlich, zerriß mein Trommelfell. Ich war umbrandet vom Dröhnen der Riesenpauke, eine unerträgliche Dissonanz. Meine Stirn spannte sich, mein Bauch schien einzusinken und jeder Muskel zitterte. Ich hatte das Gefühl, ich würde gleich umfallen – ich wünschte mir nichts sehnlicher, als umzufallen. Und trotzdem tanzte ich weiter, führte die richtigen Schritte aus, bis ich nicht mehr konnte. Meine Schultern sackten vornüber, als wäre mein eigenes Gewicht zu schwer zu tragen. Alle Geräusche verklangen, bis auf einen ganz hohen, sirrenden Ton, der meine Nerven zu sprengen drohte. Dieser war meinem Gehör so nahe, daß er die Stelle der Trommeln einnahm, immer lauter wurde. Ich verlor das Gleichgewicht, taumelte. Von einem Herzschlag zum anderen fiel ein schwarzes Tuch von oben, wie ein Bühnenvorhang. Der Raum drehte sich vor meinen Augen und wurde schwarz. Dann eine Erschütterung, die nicht mehr Teil des Tanzes war. Und dann Stille.

Ich mußte wohl für ein paar Sekunden das Bewußtsein verloren haben. Als ich zu mir kam, standen die Tänzer und Musiker im Kreis und starrten auf mich herab. Von allen Seiten kam betroffenes Gemurmel. Meine Augen klärten sich, wenn ich mich auch noch immer schwach und elend fühlte. Man hatte mich von der Maske befreit. Mein Kopf fühlte sich kühl und erlöst an. Aiko, im schwarzen Trainingsanzug, umfaßte meine Schultern, setzte eine warme Schale an meine Lippen. Ich trank, die Schale schlug an meine Zähne. Doch der Tee gab mir Kraft, ich fühlte mich besser. Aiko half mir, mich aufzurichten.

»Es tut mir leid ...«, stammelte ich. »Die Hitze ...«

Sie machte ein besorgtes Gesicht.

»Ruth-San, du bist überanstrengt. Mein Mann verlangt zuviel von dir. Er kann manchmal sehr tyrannisch sein, *ne?*« Sie warf Sagon, der aufgewühlt neben mir kniete, einen betont vorwurfsvollen Blick zu.

»Bald kann sie keinen Schritt mehr tun, und es ist deine Schuld! Und wer tanzt den Ranryô-ô?«

Sagon machte ein schuldbewußtes Gesicht. Ich lächelte, um ihn zu beruhigen.

»Mir ist schon wieder gut.«

Ich versuchte meine Gedanken zu sammeln; in meinem Kopf waren irgendwelche Visionen gewesen, undeutlich, drohend und quälend. Auch jetzt noch, da die Musik verstummt war, die unbeschädigte Maske in ihren Seidenstoff eingewickelt, fühlte ich mich beunruhigt. Doch ich dachte: Was hast du denn anderes erwartet? Inzwischen packten die *Bugaku*-Spieler ihre Sachen ein, verneigten sich zum Abschied und schlüpften in ihre Schuhe. Sie nahmen an, daß der Druck der Maske und die Anstrengung der Probe auf mich eingewirkt hatten; jetzt waren sie froh, daß es mir besserging. Ich hörte das Knirschen ihrer Schritte auf dem Kies; Stimmen und Lachen entfernten sich. Dann war nur noch das Zirpen der Zikaden hörbar und das leichte Klirren der Teeschalen, die Aiko auf einem großen Tablett einsammelte. Sagon betrachtete mich, ernst und stumm. Ich rieb mir die Schulterblätter mit kreisenden Bewegungen.

»Es ist die Maske«, sagte ich zu ihm.

Er nickte.

»Ja, ich weiß.«

Ein Schweigen folgte. Ich fröstelte trotz der Hitze. Sagons Augen ließen nicht von mir ab. Sein Gesicht war von einem leichten Schweißfilm überzogen.

»Ruth-San, du brauchst nur ein Wort zu sagen ...«

Ich schüttelte den Kopf.

»Nein. Ich balge mich ganz gerne mit Gespenstern. Sie kommen nicht selten auf die Bühne und werden, so nach und nach, ziemlich zutraulich. Ich werde mit dem Ding schon fertig werden.«

Ich knotete meinen Pullover um die Schultern und erhob mich. Meine Bewegungen waren wieder fest, mein Schritt geschmeidig. Der Priester und seine Frau verbeugten sich zum Abschied. Mir schien, daß diese Verbeugung tiefer und inniger ausfiel als sonst. An der Schwelle der Schiebetür erwiderte ich den Gruß, bevor ich in meine Sandalen schlüpfte. Als ich nach draußen trat in die Dunkelheit, sah ich Kunio auf der Vorveranda sitzen, dort, wo er immer auf mich wartete. Er stand auf, streckte die Hand aus; unsere Finger verschränkten sich zu einem, fest und vertraut. Hand in Hand wanderten wir durch die Dunkelheit. Und kaum waren wir zehn Schritte gegangen, da fragte er schon:

»Was ist mit dir?«

Ich sah ihn überrascht an.

»Warum fragst du?«

»Deine Hand ist kalt.«

Ich stellte fest, daß es wirklich so war.

»Es ist ganz erstaunlich, wie du diese Dinge merkst.«

Wir gingen den Bach entlang, in der weichen, sternenglitzernden Nacht; in der Mitte einer geschwungenen Holzbrücke blieben wir stehen, lehnten uns über die Brüstung. Das leise Klingeln unzähliger Fahrräder erfüllte die Straßen, mischte sich in das Glucksen des Wassers. Ich blinzelte, schüttelte den Kopf, versuchte ihn zu klären. Kunio brach das Schweigen nicht. Seine Gegenwart schien mich wieder mit mir zu vereinen. Nach einer Weile erzählte ich ihm, was vorgefallen war.

»Es wird eine ziemliche Kraftprobe werden. Sagon hat mehr Angst als ich. Er sagt, es würde genügen, wenn ich die Maske am Tag der Aufführung trage. Er hat mir sogar vorgeschlagen, ohne die Maske zu tanzen. Das will ich nicht, das wäre Abweichung von der Tradition.«

Er nickte, den Blick auf den Bach gerichtet; das Wasser kräuselte sich, vielfarbig glitzernd von den Spiegelbildern der Neonlichter und der *Akachôchin*, der roten Laternen vor den Nudelbars. Schließlich sagte Kunio:

»Daisuke Kumano hat eine Zeremonie für dich abgehalten.«

»Er hat getan, was in seiner Macht stand. Aber er hat mich gewarnt. Ich bin nicht so leichtfertig zu glauben, daß die Dinge unbeseelt sind. Masken sind immer auf irgendeine Art lebendig. Diese ist besonders. Es geht etwas Böses von ihr aus. Aber ihre Bosheit empfinde ich als … sagen wir mal, abmeßbar. In der Klapsmühle werde ich ihretwegen nicht landen. Dazu bin ich doch zu nüchtern veranlagt.«

»Du könntest Schaden nehmen.«

Ich dachte darüber nach.

»Schaden nehmen? Du weißt, ich mache Tanztherapie. Da ist man verschiedenen Einflüssen ausgesetzt. Als Künstlerin bin ich dem Wahnsinn sehr nahe. Das will aber nicht heißen, daß ich porös bin. Du verstehst mich vielleicht?« setzte ich hinzu.

Er legte den Arm um mich.

»Doch, ich glaube.«

Ich drückte die Stirn an seine Schulter, als ein Leuchtfeuer aus der Dunkelheit zischte und mit lautem Knall platzte. In den Sommermonaten hatte jeder Quartierschrein sein Fest; irgendwo am Stadtrand ging ein Feuerwerk hoch; Raketen schossen pfeifend in den Nachthimmel, verwandelten sich in Blumen, die langsam, wie an einem Stiel, hinabrieselten. Blühende Gärten entfalteten sich über der Stadt, violette und rote Quallen schwammen in den Wolken, wirbelnde Sterne zerplatzten mit ohrenbetäubendem Krachen. Dichte Menschengruppen verstopften die Straßen. Sie lachten, spendeten Beifall, stießen bewundernde Rufe aus. Wir hielten einander umschlungen, betrachteten unsere Gesichter, die rot und grün und golden aufleuchteten. Ein schwacher Hauch des warmen Augustwindes traf unsere Wangen. Kunio vergrub seinen Mund in meinem Haar, nahm verstohlen eine Strähne in den

Mund. Er zog mich an sich, im purpurnen Prasseln der Feuergarben. Ich spürte seine Hüften, die langen Schenkel, die breite Gürtelschnalle seiner Jeans. Seine Wärme umfing mich, durchdrang mich, strahlte unterhalb des Nabels aus, flackerte bis in die Lenden. Ich stöhnte leise, legte beide Hände auf sein Gesicht.

»Komm!«

# *38. Kapitel*

Immer noch keine Nachricht von Lea. Ich versuchte, bei ihrer Freundin in Nizza anzurufen. Der Hörer wurde nicht abgenommen. Beunruhigt war ich nicht. Lea hatte mir ja mitgeteilt, daß sie viel unterwegs sein würde. Was mich quälte war das eigentümliche Gefühl, daß ich ein Wissen hatte, das sie betraf und das ich nicht mit ihr teilen konnte. Ich trug in mir ein Geheimnis; dieses unbeschreibliche Gefühl, daß ihre Empfindungen sich in mir versammelt hatten. Daß mein Lebenslauf und ihr Lebenslauf sich deckten, daß die gleichen Tücher unsere Seelen verschleierten.

Ich suchte Daisuke Kumano auf. In letzter Zeit hatte ihn die Vorbereitung des Festes in Anspruch genommen. Ich war ihm mehrmals begegnet, aber nie allein. Ich hatte das Bedürfnis, mit ihm zu sprechen. Man sagte mir, zu dieser Zeit arbeite er im Garten. Ich folgte dem Fußweg zwischen holprigen Steinen. Die Sonne stand schräg, und ihre Strahlen beschienen mit goldenem Licht die verschlungenen Kiefern, die Steineichen, die verblühten Azaleen. Alle Bäume und Sträucher waren Gestaltungselemente, und doch wirkte der Garten wild. In den Bäumen flatterten die Krähen, die guten Geister des Schreins, und eine junge Katze kauerte unter dem Steinsockel eines kleinen Opfergabenaltars. Sie trug ein Halsband, an dem ein winziges Glöcklein klingelte. Gitterstäbe aus gespaltenem Bambus bildeten einen Zaun um den Gemüsegarten. Daisuke kauerte dort in seinem weißen Hosenrock am Boden. Er stocherte mit einem Spaten in einem Zwiebelbeet, rupfte Unkraut aus und sah mit spöttischer Heiterkeit zu mir empor. Ich verneigte mich und wünschte guten Abend. Daisuke richtete sich auf, erwiderte meinen Gruß.

»*Konnichi-wa,* Ruth-San. Schön, dich zu sehen.«

Ich lächelte.

»Sie haben Zwiebeln gepflanzt?«

Er nickte gewichtig, den Schelm in den Augen.

»*A honto!* Und auch Rettiche, Kartoffeln, Kürbisse und weiße Gurken. Sie schmecken am besten aus dem eigenen Garten, *ne?*«

»Ganz sicher.«

»Wenn ich nicht täglich den Spaten schwinge, zeige ich wenig Nachsicht für menschliche Schwächen. Und von einem Kannushi wird Langmut erwartet.«

Ich lachte mit ihm, doch seine schwarzen Augen betrachteten mich aufmerksam, während er sich auf seinen Spaten stützte.

»Ich hörte, daß Sagon Mori zufrieden mit dir ist. Du kommst perfekt vorbereitet zu jeder Probe. Er staunt, wie schnell du mit der Gesang- und Orchesterpartie vertraut geworden bist.«

»Ich habe ein gutes Ohr für Musik. Im allgemeinen inszeniere ich meine Choreographien selbst. Aber wenn ein Regisseur zu bestimmen hat, dann folge ich ihm nahezu blind. Und was das andere betrifft ... nun, vielleicht bin ich neurotisch.«

Er nickte.

»Ja, das gehört dazu. Angst?« fragte er mit Nachdruck.

Ich zog die Schultern hoch.

»Eigentlich nicht. Aber ich würde gerne wissen, ob ein Versagen von mir ... bestimmte Auswirkungen haben könnte.«

»Hmm!« Daisuke bückte sich und sammelte Unkraut ein. »Ruth-San wird nicht versagen. Ruth-San ist sehr stark.«

Ich verbeugte mich spöttisch.

»Ich danke Ihnen. Das höre ich gerne.«

Doch sein Gesicht war wieder ganz ernst. Er warf das Unkraut auf einen Komposthaufen.

»Das sind keine Dinge, über die du nachdenken kannst. Du mußt diese Dinge mit dem Instinkt machen.«

»Sie meinen, daß ich auf die Maske einwirken kann?«

»*So desu*. Aber du mußt mehr Kontrolle lernen. Du wirst einen ziemlich starken Druck fühlen. Die Maske ist ja niemals ein Instrument des Verbergens, sondern der Offenbarung. Denke immer daran, die Maske bewegt den Träger, nicht umgekehrt. Du mußt dir ein eigenes Kraftfeld aufbauen, eine Schutzvision, und dieses Bild nicht für den Bruchteil einer Sekunde verlieren.«

»Was für ein Bild, Kumano-San?«

Er schüttelte den Kopf.

»Ich kann nicht für dich wählen, Ruth. Du mußt selbst wissen, welches Bild dir Kraft gibt. Du wirst zwei Dinge gleichzeitig tun müssen: tanzen und dir den Ranryô-ô vom Leib halten.«

Er hob den Spaten wie einen Speer, als ob er den Angriff eines wilden Tieres auffinge. Ich verzog das Gesicht.

»Sie machen mir keinen Mut.«

Er zwinkerte mir zu.

»Vielleicht ist es nicht ganz so schlimm.«

»Und Sie denken, daß ich dazu fähig bin?«

Er kicherte, ließ den Spaten sinken.

»Das ist das Besondere an dir, Ruth. Du betrachtest Geister, wie andere die Bilder einer Ausstellung. Aber gewisse Bilder können verwirren.«

Wir wanderten langsam durch den Garten. Die Büsche und Pflanzen, täglich besprengt, hauchten warme, balsamische Düfte aus. Der Hohepriester stapfte in seinen Gummistiefeln neben mir her. Seine Schritte waren schwer und raumgreifend, die Schritte eines Menschen, der die Erde liebt, seine Kraft aus ihr bezog. Er sagte in beiläufigem Ton:

»Du hast mir noch mehr zu erzählen.«

Ich lächelte, wenn auch nur flüchtig.

»Sie wissen ja schon alles.«

Fältchen zeigten sich in seinen Augenwinkeln.

»Mich würden noch Einzelheiten interessieren.«

Ich sprach ziemlich lange; er hörte zu, mit seinem innersten Wesen. Nie habe ich gesehen, daß schwarze Augen ein Antlitz derart erhellten. Es lag soviel Lebenskraft in diesem Blick.

»Du hast erlebt, daß aus Schmerz ein Wunder werden kann. Und auch, daß die Vergangenheit stets mit uns wandert. Es ist eine merkwürdige Geschichte, Ruth. Nicht so sehr, was die Ereignisse selbst betrifft, sondern in der Art, wie sie sich fortsetzen.«

»Ich sehe das alles bildlich vor mir«, sagte ich. »Wie eine Tanzschöpfung. Keine klare Linie, nein, sondern Ringe. Sie streben auf einen Punkt zu und bilden ein Muster ...«

Er nickte in Gedanken.

»Aber das Muster ist noch nicht fertig.«

»Vielleicht richten wir alles nach unserer Phantasie ein?«

»Die macht uns am meisten Kopfzerbrechen, *ne*?«

Er legte mir kurz die Hand auf die Schulter, und ich seufzte. Ein Gedanke zuckte in mir auf. Er hatte nichts mit dieser Geschichte zu tun und hing doch irgendwie mit ihr zusammen.

»Ich mache mir Sorgen um Naomi. Ich bin schon so lange ohne Nachricht von ihr. Kein Lebenszeichen, nichts!«

Daisuke runzelte die dichten Brauen. Sein Ausdruck war plötzlich düster.

»Sie macht eine Verwandlung durch.«

Ich fühlte ein Flattern in der Magengrube: diese leichte Übelkeit, die mich stets überkam, wenn ich an Naomi dachte. Deswegen vermied ich es auch, allzuoft an sie zu denken.

»Glauben Sie, daß sie Probleme hat?«

»So, wie die Dinge stehen, sind die Probleme wohl unvermeidlich.«

Sein Blick, leicht hin und her schwankend, verlor sich ins Leere. Es war, als ob er in sich hineinhorchte. Ich wischte mir den Schweiß von der Stirn.

»Dazu kommt, daß ich am Monatsende das Studio verlassen muß. Sie hat es mir gesagt, bevor sie nach Tokio ging.«

Ein Seufzer hob seine Brust. Er antwortete, geistesabwesend:

»Ich denke, sie wird bald von sich hören lassen ...«

# 39. Kapitel

Hatten wir schlaflos dagelegen, oder wurden wir geweckt aus Träumen, die von uns fortglitten? Die Klimaanlage summte. Es war dunkel im Raum; nur die Straßenbeleuchtung warf bläuliches Licht in das Zimmer. Das Telefon klingelte. Ich richtete mich auf, warf einen Blick auf die Leuchtziffern der Uhr. Viertel nach eins. Benommen streckte ich den Arm aus, griff nach dem Hörer.

Eine Stimme. Naomi. Ich war sofort hellwach. Erst zwei Tage war es her, daß ich mit Daisuke über sie gesprochen hatte. Wie merkwürdig, dachte ich. Als ob er es vorausgesehen hätte.

»Naomi! Wo bist du denn?«

Ihre Stimme klang tonlos, wie erstickt.

»Draußen. Es ist warm hier in Tokio. Ich hatte einen schweren Tag. Ich kann nicht schlafen ...«

Kunio stieß leise die Luft aus; er hatte um seinen Vater gefürchtet. Ich nickte ihm beruhigend zu. Er stand auf, ging in die Küche. Ich hörte, wie er den Eisschrank öffnete.

»Bist du alleine?« fragte Naomi.

»Nein.«

»Es tut mir leid«, sagte sie.

»Das macht nichts. Wie geht es dir?«

»Ach, eigentlich ganz gut.« Sie antwortete überstürzt, mit einer Art künstlicher Fröhlichkeit. »Meine Agentin hat angerufen. Im März tanze ich in Deutschland. Düsseldorf, Berlin und Leipzig. Die Verträge sind schon da. Anschließend werde ich Workshops geben. Viele Leute, die meine Aufführungen sehen, nehmen an den Workshops teil.«

Das war nicht ihre Art zu sprechen. Wie unecht klang das,

wie grauenvoll gekünstelt! Als ob sie einen Werbetext herunterlas.

»Und Keita?«

Schweigen. Im Hintergrund rumpelten undefinierbare Geräusche. Ich rief:

»Bist du noch da?«

Sie antwortete mit flacher, abwesender Stimme:

»Ich habe dich nicht verstanden. Was hast du gefragt?«

»Was mit Keita ist.«

Wieder Schweigen. Dann:

»Es geht ihm nicht sehr gut, nein.«

»Schlimm?«

»Er neigte schon immer dazu, sich selbst zu zerstören ...« sagte sie tonlos.

Bei ihr, dachte ich, ist alles wie in Tücher eingewickelt. Ich tastete mich von außen heran, um zu erfühlen, was wohl darin stecken könnte. Aber das Geheimnis blieb.

»Und dein Sohn?«

»Seiji? Wir haben miteinander telefoniert, gestern, nein, vorgestern abend. Aber ich habe ihm nicht gesagt, daß sein Vater krank ist. Ich muß vorsichtig mit ihm umgehen, *ne?* Ich fahre lieber nach Kobe und rede mit ihm. Auf der Durchreise besuche ich dich.«

»Du mußt die Sache mit dem Studio regeln.«

»Was ist mit dem Studio?«

»Der Mietvertrag wird fällig.«

»Ach ja, natürlich! *Gomennasai!* Das hatte ich ganz vergessen ...«

Aus der Ferne klang Rockmusik. Ein Betrunkener grölte. Sie rief aus einer Disco an. Oder aus einer Bahnhofshalle. Aber die Züge fuhren nur bis eins.

»Wann kommst du?« fragte ich.

»Ich weiß es noch nicht. In den nächsten Tagen.«

»Sag mir, wenn du ankommst. Ich hole dich ab.«

»Nicht nötig. Ich habe nur meinen Rucksack.«

Als ich den Hörer auflegte, trat Kunio mit einem Glas Kornbier aus der Küche. Er reichte mir das Glas und setzte sich neben mich. Ich trank, wischte mir mit dem Handrücken über den Mund.

»Ich bin etwas beunruhigt. Sie treibt sich auf irgendeinem Bahnhof herum. Um diese Zeit!«

»Was hat sie dir gesagt?«

»Nicht viel. Sie ist ziemlich wortkarg, weißt du. Ihr Mann ist krank. Er soll ein phantastischer Tänzer gewesen sein. Jetzt steckt er in einer schweren Krise. Naomi will zu ihrem Sohn fahren, der in Kobe bei der Großmutter lebt. Er ist vierzehn. Offenbar macht er Schwierigkeiten.«

»In diesem Alter ist man uneinsichtig.«

»Ja. Dazu kommt, daß sie raus aus dem Studio muß.«

»Und was wird aus dir?«

Ich lächelte.

»Hast du einen Vorschlag?«

Er strich mit dem Finger über meinen Rücken.

»Komm zu mir nach Nara. Platz ist genug. Und mit dem Wagen bist du in einer halben Stunde in Kyoto.«

»Vorläufig brauche ich einen Chauffeur. Hier wird links gefahren. Die Verkehrstafeln kann ich auch noch nicht lesen.«

»Ich stehe dir zur Verfügung.«

»Das weiß ich zu schätzen. Aber bei Stoßzeiten fahre ich lieber mit dem Zug.«

Er umschlang mich, mit beiden Armen.

»Dann hast du also nichts dagegen.«

»Ob ich nun dort oder sonstwo bin ... Nara wird mein Ankerplatz sein. Ein Hintergrund für andere Dinge. Die Bühnen sind überall gleich. Und mit der Beleuchtung kann man spielen.«

Er streichelte mein Haar, geistesabwesend.

»Für mich ist die Arbeit in der Schule keine Dauerbeschäftigung. Im Grunde habe ich das nie gemocht. Ich glaube, ich möchte etwas anderes machen.«

»Zum Beispiel Schwerter schmieden?«

»Was sagst du dazu?«

Ich liebkoste seine nackte Schulter, fühlte die starken Muskeln unter der Haut, glatt und straff wie Seide.

»Das ist ein besonderer Beruf. Sehr ausgefallen. Schick und snobistisch obendrein. Und irgendwie bewundernswert. Du hast ja Vorbilder.«

»Stimmt. Ich wollte nur hören, wie du darüber denkst. Also gut. Ich werde keinen Unterricht mehr geben. Die Schule ist nicht sehr wichtig, *ne?*«

»Nein.«

»Es gibt Dinge, die wichtiger sind, *ne*?«

»Das meine ich auch.«

»Es ist wohl ratsam, daß ich kündige.«

»Du kannst nicht unterrichten, wenn du nur mich im Kopf hast. Das ist doch unanständig.«

Er rieb sein Gesicht an meinem Hals.

»Warum ich immer bei dir sein will, weiß ich inzwischen. Für Menschen, die ihre eigenen Vorstellungen haben, ist das Leben noch schwieriger. Sie leben eigentlich nicht ihrer Natur entsprechend. Ich brauche keine Affären, sondern Willenslenkung, Suggestion. Ein blindes Vertrauen, wenn es kein besseres Wort dafür gibt. Ich bin nicht im geringsten praktisch veranlagt.«

»Glaub bloß nicht, daß ich den Lauf der Dinge beeinflussen kann.«

»Nein, aber mich. Ich habe nicht gewußt, daß man so vollständig wieder heimkehren kann. Ich fühle mich hier so fest verwurzelt wie früher. Aber viele Dinge sind inzwischen geschehen. Zunächst habe ich gelitten, weit mehr als ich geglaubt hatte. Hast du oft geweint, als Kind?«

»Selten. Ich war schon immer halsstarrig und vermessen. Ruth weint niemals, außer im Zorn, sagte Lea von mir.«

Er nahm meine Hand, bog die Finger nach außen und küßte sanft und lange die heiße Innenfläche.

»Wenn du bei mir bist, muß ich mein Bestes geben, mir selbst treu bleiben. Nicht, weil du mir etwas vorhalten würdest, nein, sondern weil ich definitiv eine schlechte Meinung von mir haben würde. Deswegen kann ich dich nicht mehr von mir fortlassen. Ich will mich – auf diese oder andere Weise – dir gegenüber verpflichtet fühlen. Das ist wesentlich für mich.«

Ich bog den Kopf in den Nacken; seine Lippen wanderten über meinen Hals, genau dort, wo die Ader schlug. Behutsam zerrte er die Decke unter meiner Seite hervor, schmiegte sich eng an mich. Die Augen geschlossen, fuhr ich, mit gespreizten Fingern, durch sein Haar. Es fühlte sich jung und weich an und duftete nach Zitrone, weil wir das gleiche Shampoo benutzten. Ich sprach leise, dicht an seinem Mund.

»Für mich ist das auch so. Dieses Gefühl, meine ich, daß ich mich dir gegenüber verpflichtet fühle. Es gehört wohl dazu ...«

Er schwieg, und ich lachte leise auf.

»Weißt du, ich konnte früher Verpflichtungen nicht ausstehen. Ich glaube, ich war nicht einmal hilfsbereit.«

»Ich auch nicht. Gegenseitige Abhängigkeiten waren mir zuwider. Ich pfiff auf das japanische Ordnungsprinzip, wollte keine Geborgenheit beanspruchen. Aber du verstehst es, mich zu beeinflussen.«

»Du sollst nie irgend etwas nur mir zu Gefallen tun. Das wäre mir nämlich nicht recht, weißt du ...«

»Nein. Du hast als Katalysator gewirkt und meine Zweifel in Gewißheit verwandelt. Warum, das kann ich dir nicht sagen. Ich müßte darüber nachdenken ...«

Er umfing meine Brüste mit beiden Händen, rieb seinen Mund an den Spitzen, leckte ganz leicht mit der Zunge darüber. Mein Atem flog. Ich krallte meine Finger in seinen Rücken.

»Es gibt keine Erklärungen, glaube ich, für Gefühle dieser Art ...«

»Das glaube ich auch«, sagte er kehlig.

Er nahm mich in die Arme, rollte sich auf mich, bedeckte mich ganz mit seinem Körper. Ich dehnte mich, wie unter einer Decke, stöhnend vor Lust. Die Uhr auf dem kleinen Tisch tickte. Bald zwei. Wir waren nicht müde.

# *40. Kapitel*

Zwei Tage später, kurz vor Mittag, hörte ich ein Geräusch auf der Außentreppe, sah eine Bewegung durch das Küchenfenster. Durch den Spalt, zwischen Tür und Fußboden, fiel ein Schatten. Ich öffnete. Naomi stand vor mir, das Haar vom heißen Wind zerzaust. Sie trug Jeans, eine weiße Bluse. Keine Schminke. Zum ersten Mal zeigte ihr Gesicht die Spuren ihres wirklichen Alters. Ihre Haut wirkte fahl und zerknittert, die Augen wie erloschen. Wir tauschten ein schwaches Lächeln.

»Müde?« fragte ich.

»*Atsui* … warm!« stöhnte sie.

Ich half ihr, ihren Rucksack in den Eingang zu zerren. Die Tür schloß sich hinter ihr.

»Ich mache Tee«, sagte ich. »Möchtest du eine Dusche nehmen?« Sie nickte, zog die zerknitterte Bluse aus dem Gürtel, ließ die Jeans über ihre Hüften gleiten. Achtlos stieg sie aus den Kleidern; sie trug einen winzigen Slip aus Baumwolle, den sie ebenfalls über die Schenkel rollte. Ihre helle, knabenhafte Gestalt dehnte sich mit wohligen Seufzern, bevor sie im Badezimmer verschwand. Während ich das Teewasser aufsetzte, hörte ich die Dusche laufen. Ein paar Minuten später war Naomi wieder da, das nasse, kastanienbraune Haar klebte auf ihrem Rücken. Sie war in ein großes Handtuch eingewickelt, so daß ihre schmalen Schultern und die Beine nackt blieben. Sie hatte lange, kindliche Beine, mit straffen Schenkeln und spitzen Knien, doch geschmeidig. Ich brachte die Teekanne, dazu zwei Becher, und stellte sie auf den Tisch. Sie kniete auf den Kissen nieder. Unsere Augen trafen sich. Eine Spur von Verwirrung zuckte um ihren Mund.

»Es tut mir leid. Ich hätte nicht so spät anrufen sollen.«

Ich schüttelte den Kopf.

»Nein, im Gegenteil. Ich habe mir Sorgen um dich gemacht.«

Sie wühlte in ihren Sachen, brachte ein Päckchen Zigaretten zum Vorschein.

»Das brauchtest du nicht. Ich probe gerade ein neues Stück: Yamato-Takeru.«

Ich trank meinen Tee, ohne sie aus den Augen zu lassen.

»Schwierig?«

»Ja, ziemlich.«

Sie zündete eine Zigarette an und erzählte. Yamato Takeru war Sohn des Kaisers Keikô, sein Name bedeutete »Edler Japans«. Schon als Fünfzehnjähriger war der Jüngling für seine Kraft und seinen Wagemut bekannt. Als sich die Stämme der Bärenanbeter gegen seinen Vater auflehnten, verkleidete er sich als Tänzerin und verschaffte sich Eintritt in ihre Burg. Die Stammesanführer feierten gerade ein Fest. Yamato Takeru tanzte für sie. Die Häuptlinge waren bezaubert und baten die vermeintliche junge Frau an ihre Tafel. Als alle Feinde betrunken waren, zückte der Prinz einen Degen, den er in seinen Gewändern versteckt hatte, und brachte sie um. Das starke Motiv der Ambivalenz faszinierte Naomi. Natürlich mußte sie als Solistin das Thema abgrenzen.

»Yamato Takeru verbringt die Nacht betend im Heiligtum von Ise. Doch er schläft ein. In einem Wachtraum schlüpft er in das vorbereitete Mädchengewand und erfindet den Tanz, mit dem er seine Feinde verführen wird.«

Ich schob ihr den Aschenbecher über den Tisch. Sie war immer sehr schlank gewesen, jetzt wirkte sie zerbrechlich. Die Abmagerung enthüllte die Besonderheit ihres Gesichtes, das Ebenmaß der Knochen, so fein geformt, daß sie den Wunsch erweckten, dieses Gesicht in die Hände zu nehmen und es zu betrachten, wie ein Kunstwerk. Ich fragte:

»Hast du die Inszenierung gestaltet?«

Sie schlug die Augen nieder.

»Alle Elemente stammen von Keita. Er hat den ganzen Tanz

von vornherein visuell programmiert. Eigentlich wollte er die Rolle tanzen. Aber er kam nicht dazu ...«

Ihre Lippen waren plötzlich weiß geworden.

»Er ist wahnsinnig, Ruth. Er ist voll im Besitz seiner physischen Kräfte, aber an Geist und Seele krank. Und das Furchtbare ist, daß man ihm seine Krankheit nicht ansieht. Er ist glatt und schön wie er immer war, ein wunderbarer Körper, ein Gesicht wie ein Erzengel. Und doch ist er ein zerstörter Mensch. Er tanzt immer noch großartig, ja. Jeder Zuschauer würde sich täuschen lassen – aber nicht länger als fünf Minuten. Dann würde er ausfällig werden, sich splitternackt ausziehen, masturbieren ...«

Sie drückte die Zigarette aus, zündete sich eine neue an. Ihre dünnen Hände zitterten. Ich starrte auf ihre roten Nägel und fühlte, wie mir der kalte Schweiß ausbrach. Naomi sprach weiter:

»In seinem Atelier sind alle Wände – sogar die Decke – mit Farben verschmiert. Es stinkt nach Whisky, Erbrochenem und Kot. Er verrichtet seine Notdurft auf der Matte und malt mit seinem Kot. Er sagt, er mache Bühnenbilder. Das Material, mit dem er arbeite, sei sein eigener Körper. Er kann stundenlang reden, es hört sich völlig vernünftig an und ist der größte Nonsens. Er redet von dem Lebendigsein der Muskeln, von der Beziehung des Tänzers zur Gravitation, von kosmischen Schwingungen, von solchen und ähnlichen Dingen. Er sagt, er sei die Wiedergeburt von Anita Berber, der ›Tänzerin der Sünde‹. Er trägt ein rotes Kleid, schminkt sich die Augen pechschwarz. Und dann zieht er beim Tanzen das Kleid hoch und zeigt seinen Penis. Er ist verrückt, Ruth, klinisch verrückt ...«

Sie faßte sich an den schlanken Hals. Ich starrte sie an, fassungslos und erschüttert. Sie holte tief Atem.

»Vor zwei Wochen hat er sich die Pulsadern mit einer Rasierklinge aufgeschnitten. Ich kam gerade noch rechtzeitig, bevor er das gleiche mit der Achillessehne machte. Seine Eltern sind tot. Schon seit Jahren. Jemand mußte die Verantwortung tragen. Ich ließ ihn in eine Klinik einliefern.«

Ich schluchzte würgend.

»Aber was brachte ihn dazu ...?«

Sie rieb sich müde die Stirn.

»Erblich? Schon möglich. Krankheiten? Er litt unter Schlafstörungen und Alpträumen schon als Kind. Du weißt, daß er trank und nicht selten betrunken zu den Proben kam. Aber sobald er die Bühne betrat, tanzte er wundervoll. Er war ein Genie, Ruth. Solche schönen, schwachen Menschen brauchen jemanden, der sich ihrer annimmt, mit Liebe, und ihnen die Sicherheit zurückgibt, die ihnen entgleitet. Ich jedoch wollte tanzen.«

»Ist er auf dich eifersüchtig?«

Sie zog die Stirn kraus.

»Eifersüchtig? Nein, das glaube ich nicht. Aber auf irgendeine verdrehte Art habe ich ihm seine Kraft genommen, statt ihm meine Kraft zu schenken. Diese Schuld muß ich wohl auf mich nehmen.«

»Wahrscheinlich hätte er ohnehin den Verstand verloren, wenn du nicht gewesen wärest ...«

»Das mag sein. Wir wissen ja alle nicht, wann in unserem Leben der Tod beginnt. Bewegt sich unser geschmeidiger Körper im Bühnenlicht, tauchen wir schon in die Dunkelheit hinab. Es ist der Tod, der mit uns tanzt, uns umhüllt wie Rauch. Wir jedoch wissen es nicht. Nur unser Körper spürt das Schwarze, das über ihn kommt. Und jede Bewegung ist von vollendeter Schönheit ...«

Sie führte die Zigarette an die Lippen, tat einen tiefen Zug. Schatten streiften mich; ich fror trotz der Hitze.

»Besteht irgendeine Hoffnung? Ich meine ... kann er geheilt werden?«

»Sie behandeln ihn mit Medikamenten.«

Ihre flackernden Augen zeigten, wie verzweifelt sie war. Und trotzdem spürte ich in ihr eine zähe, verbissene Kraft. Die heftige Neigung, die ich für sie empfand, mußte wohl diesem Gefühl entstammen. Manche Menschen, dachte ich, könnten solche Energien nicht in sich bewahren, weil die Blutgefässe sie nie aushalten würden. Sie sprach weiter, mit rauher Stimme, und ließ die Zigarette im Mundwinkel hängen.

»Bevor ich dich anrief, ein paar Stunden vorher, da hatte ich ihn in der Klinik besucht. Er hatte versucht, sich aus dem Fenster zu stürzen, sein Gesicht war durch Schnittwunden entstellt. Man hatte ihm das Haar geschoren, um die Wunden besser behandeln zu können, und ihn mit Medikamenten benommen gemacht. Als er mich sah, knirschte er mit den Zähnen und ließ eine Art Schnattern hören. Ich kannte dieses Geräusch. Er erzeugt es auf der Bühne, beim *Gaki*-Tanz. Der *Gaki* ist eine Figur aus einer volkstümlichen Legende: Ein Mensch stirbt den Hungertod und lebt im Jenseits als Dämon weiter, in der Gestalt seines bis aufs Skelett abgezehrten Körpers. Was Keita damit ausdrücken wollte, war, daß er nach Liebe hungerte, daß ich ihn alleine gelassen hatte. Es war eine Anschuldigung, versteht du? Wenigstens empfand ich es so. Ich konnte seinen Anblick nicht mehr ertragen. Es war die Hölle für mich. Ich erklärte dem Arzt, daß ich ihn eine Zeitlang nicht mehr besuchen wollte. Der Arzt sagte: ›Ja, es ist vielleicht besser. Er ist immer sehr aufgeregt, nachdem Sie da waren. Aber Sie dürfen sich nicht die Schuld geben. Keiner weiß genau, welche inneren Bilder die Kranken quälen.‹

In der Nacht konnte ich nicht schlafen. Ich stellte den Fernseher an, aber um diese Zeit senden sie ja lauter Unsinn, Pornofilme und so. Ich hielt es nicht mehr aus, zog einen Trainingsanzug an, wanderte durch die Straßen. Am Bahnhof von Ueno rief ich dich an. Ich mußte mit jemandem sprechen. Aber das waren Dinge, die ich nicht am Telefon sagen konnte. Außerdem war Kunio bei dir. In der Halle schliefen Obdachlose, auf Zeitungen. Ich setzte mich zu ihnen. Wir redeten eine Weile. Sie gaben mir von ihrem Whisky. Wie du weißt, trinke ich nicht viel, und der Whisky schmeckte abscheulich. Aber ich blieb bei ihnen, bis es Tag wurde. Als die ersten Vorstadtzüge eintrafen, stand ich auf und ging. Ich fühlte mich schmutzig und schlapp. Ich hatte einen schalen Geschmack im Mund, meine Haut roch verschwitzt. Am Bahnhof waren Duschen.

Ich seifte mich von Kopf bis Fuß ein und wusch mich, auch das Haar. Einige Geschäfte waren schon auf. Ich kaufte mir Wäsche, ein T-Shirt, Jeans und Sandalen. Ich einem Café bestellte ich ein Frühstück: Milchkaffee, zwei Scheiben warmen Toast, Butter, ein Ei und Salat, das Übliche. Ich zündete die erste Zigarette an, bat um einen Notizblock und Kugelschreiber und begann, mein neues Stück zu skizzieren. Ich beschloß, für eine Zeitlang zu meiner Mutter nach Kobe zu gehen. Eine Freundin hat dort ein Studio, wo ich üben kann. Und ich will Seiji von seinem Vater erzählen. Ihm sagen, wie stark er die Tradition bewahrt hat, um sie als Avantgardist im Imaginären umzusetzen. Es gibt kaum einen anderen, der so vollkommen ist wie er. Seiji darf seinen Vater nicht mehr verleugnen, wie er es bisher getan hat. Einem Kind verzeiht man Ungereimtheiten. Von einem jungen Mann ist zu erwarten, daß er diese Dinge versteht. Vielleicht bringen es Seiji und ich fertig, Keita zu heilen. Ich bin entschlossen, es zu versuchen. Keita führte mich in die Hölle. Er blieb in ihr gefangen, aber ich stieg wieder hinaus. Gibt es etwas Entschlosseneres als eine Frau, die durch die Hölle ging?«

Ich rieb mir die Stirn. Der Rauch, oder etwas anderes, verursachte mir starke Kopfschmerzen. Ich sagte:

»Du liebst ihn immer noch.«

Sie lächelte mir zu, unendlich traurig und begehrenswert.

»Ich sehne mich nach dem Geruch seiner Haut. Die weiße Schminke, siehst du, sie duftet nach Flieder. Nach einiger Zeit fängt die Haut diesen Duft auf, zwangsläufig. Und der Duft bleibt auch in den Kleidern haften. Keita trug zum Schlafen einen *Juban*, einen Unterkimono. Immer den gleichen, aus roter Seide. Ich ziehe ihn jede Nacht an; es ist, als ob ich in seinen Armen schlafe ...«

Sie stockte, biß sich auf die Lippen. Die Stille war vollkommen, und doch war es jetzt eine andere Art von Stille. Ich hatte geglaubt, daß ich mit Gespenstern gut zurecht kam; aber ringsum waren andere Gespenster. Sie hatten ihren eigenen Lebensraum; die Bühne, die Kulissen waren Welten in dieser

Welt. Die Gespenster formten wir selbst, indem wir uns mit Schminke bemalten, mit Masken und Gewändern verwandelten. Wir zerrissen die Außenhaut zur unsichtbaren Welt, ihre dunkle Vieldeutigkeit bezauberte uns. Und bisweilen kam es vor, daß sie von uns Besitz nahm. Vor meinen Augen flimmerte das Bild eines Tänzers, weiß geschminkt, die Lippen pflaumenrot, die Augen wie Pechkohle. Er lebte in großer Einsamkeit, von Visionen verfolgt, die er durch seine Kunst erschaffen hatte. Naomi und ich waren derbe Kräuter, unter scharfer Sonne gewachsen und gehärtet. Dieser Mann war von besonderer Art, kostbar und empfindsam – ein Nachtschattengewächs.

Sie saß jetzt ganz still, die Hände zwischen den Knien, den Kopf hoch erhoben. Man konnte es lange ansehen, dieses herb geformte Gesicht, so zart über dem biegsamen Hals schwebend, sein Zauber war verwirrend.

Ich sagte:

»Tanzen ist eine Sache der Kontrolle, oder? Aber irgendwann kommt ein Augenblick absoluter Erschöpfung. Allein der Gedanke, auf der Bühne zu stehen, scheint erschreckend. Das geht vorüber. Du darfst den Mut nicht verlieren. Wenn wir etwas mit genügend Nachdruck erreichen wollen, so können wir es immer erreichen.«

Sie zog tief den Atem ein.

»Wir bringen Opfer dafür, Ruth. Wir opfern jene, die nicht stark genug sind, um uns auf unserem Weg zu folgen.«

Sie weinte jetzt; die Tränen liefen über ihre Wangen. Ihre Pupillen waren geweitet und glänzten. Sie sah plötzlich wie ein scheues Kind aus. Eine verloren geglaubte Regung kehrte zurück, weich und vertraut. Ich strich mit der Hand leicht über ihren Arm und fühlte, wie sich die Flaumhaare aufrichteten. In Zeiten des Leids gibt es Momente, da die Seele sich nach Ruhe sehnt. Ich sage leise:

»Vielleicht schöpft er jetzt Kraft für den Rest seines Lebens. Laß ihm Zeit.«

Sie wandte das Gesicht ab, zerdrückte ihre Tränen mit der Fingerkuppe.

»Es tut mir leid. Ich war die ganze Zeit nur mit mir selbst beschäftigt. Warum sprechen wir nicht von dir?«

»Von mir?«

»Da gibt es doch viel zu erzählen, oder?«

»Einiges schon«, bekannte ich und seufzte. Die Kopfschmerzen wurden nicht besser.

»Die ganze Geschichte, siehst du, ist sehr eigenartig. Ich meine, sie hat so vieles in mir verändert. Einfach so. Ganz nebenbei. Und ich glaube, für immer. Ich weiß nicht, womit ich beginnen soll. Ich habe Mühe, mich darauf zu konzentrieren ...«

Naomi hatte ihre Tränen getrocknet und beobachtete mich. Ihre Augen belebten sich ein wenig. Auf einmal begann ich ihre Nähe wieder sehr deutlich zu empfinden. Sie sagte:

»Ich glaube, das beste, was du tun kannst ist, mir zuerst von ihm zu erzählen ...«

»Von Kunio?«

Ein Lächeln huschte über ihr Gesicht.

»Er war schon immer anders als andere. Aber im Grunde weiß ich wenig über ihn. Du kennst ihn jetzt besser, *ne?*«

»Zum Teil.«

»Ich gebe zu, daß ich neugierig bin.«

Ich lächelte nun auch; ich fühlte es an dem Zucken meiner Mundwinkel.

»Du wirst schon sehen«, meinte ich, »einen wie ihn gibt es nicht zweimal.«

# *41. Kapitel*

Die Besitzerin des Studios kam, um den Mietvertrag aufzulösen. Eine stattliche Frau mit einem Samtband im Haar, Inhaberin einer Sake-Bar, die elegant mit einem Fächer spielte. Sie war großzügig, wie füllige Menschen es oft sind. Nein, nein, wir mußten nicht sofort ausziehen. Das Studio würde umgebaut werden, die Arbeiten begannen erst Ende September. Naomi und ich besprachen die Sache. Seiji war in einem Ferienlager. Es hatte keinen Sinn, daß sie überstürzt ihre Sachen packte. Sie sollte bis zum Schreinfest bleiben. Dann würde Kunio sie mit dem Wagen nach Kobe bringen.

Die Proben gingen inzwischen weiter. Ich war sehr unruhig in dieser Zeit. Wenngleich es auch nur Proben waren, setzte ich mich dennoch jedesmal ganz ein. Mein Tanz weckte Schatten: Die Maske erwachte und regte sich. Strukturen weit zurückliegender Zeiten hatten sich in ihrer Erinnerung eingeprägt. Sie hatte lange geruht; nun war sie im Vollbesitz ihrer Kraft. Ich war ohne besondere Vorstellungen nach Kyoto gekommen. Obgleich ich bereits Geheimnisse erfahren hatte, konnte ich nie sagen, daß sie gefahrlos waren. Angst hatte ich nicht – noch nicht. Doch die Maske sprach ihr eigenes Idiom.

Einen Teil meiner Sachen hatte ich schon in Kunios Wohnung gebracht. Ich schlief auch bei ihm. Nur wenn wir Probe hatten, übernachtete ich in Kyoto. Die Trennung wurde durch die Gewißheit gemildert, daß wir bald endgültig beisammen sein würden. Naomi nahm das ohne jede Bemerkung zur Kenntnis. Sie war überhaupt nicht neugierig, was alltägliche Dinge betraf. Und wenn wir uns im Schlaf umarmten, waren es nur Zärtlichkeit und Wärme, die unsere zwei Körper näher brachten, sonst nichts.

Der August ging vorbei; es wurde September. Der Zeitpunkt der Aufführung rückte näher. Wir konzentrierten uns stark auf das Training. Ich wußte, daß der Körper etwa dreißig korrekt ausgeführte Wiederholungen braucht, bis er mit einer Sequenz wirklich vertraut ist. Dann erst kann man sich der nächsten Sequenz zuwenden. Ich hatte nie versucht, schneller voranzukommen. Immer schön langsam und nichts überstürzen, ganz, wie es Sagon wollte. Jeder Teilnehmer bekam seinen festgelegten Platz auf der Bühne. Das Grundkonzept mußte exakt befolgt werden, und doch gab es immer wieder Änderungen in letzter Minute. Die Aufführung sollte knapp eine Stunde dauern; ich selbst würde nicht länger als zwanzig Minuten tanzen. Schon Tage zuvor überkam mich ein bekanntes Gefühl, eine Mischung aus Lampenfieber, Niedergeschlagenheit und Überdrehtheit. Am Körper machten sich alle möglichen Schmerzen bemerkbar: in den Hüften, im Rücken, in den Gelenken. Doch da war noch mehr. Manchmal, beim Üben, witterte ich seltsame Gerüche. Meine Haut fühlte sich klamm an; mein Kopf war so leer, als wollte er wegschwimmen. Aber die szenischen und musikalischen Aktionen gingen nahtlos ineinander über. Mein Körper war das Präzisionsinstrument, das er schon immer gewesen war. Ich dachte: Wenn der Ranryô-ô bereit ist, so bin ich es auch. Nun, wir werden ja sehen!

»Du bist müde«, sagte Naomi zu mir.

Ich kam gerade von der letzten Probe. Sie hatte mir das Essen warm gestellt. Nun stand sie vor mir, breitbeinig wie eine Halbwüchsige, und sah zu, wie ich mit schlappen Bewegungen mein verschwitztes T-Shirt über den Kopf zog und den Verschluß meines Wickelrocks aus blauem Batik öffnete. Müde? Daran hatte ich nicht gedacht. Aber sie mochte recht haben.

»Leg dich hin«, sagte sie.

Weil es so warm war, trug ich kein Trikot, sondern nur ein Höschen aus Baumwolle. Ich streckte mich mit leisem Ächzen auf der Matte aus. Naomi kniete nieder und massierte mir Rücken und Nacken. Zärtlich und geübt knetete sie meine schmerzenden Muskeln. Sie machte das noch besser als Kunio; sie war eine Tänzerin und wußte, worauf es ankam.

»Wunderbar!« seufzte ich.

»Du mußt lernen, die Nervenknoten zu entspannen.«

Halb verschlafen wandte ich ihr das Gesicht zu.

»Ich glaube, daß ich mehr Zeit brauche, bis ich das kann.«

Sie fuhr mit der flachen Hand über meinen Rücken, dann über die Seiten, dann über die Brüste. Wir lächelten uns an. Wir waren Frauen und miteinander verbunden, wie nur Frauen es sein können. Ich drehte mich um; ihre Hände legten sich auf meine Brüste, schlossen sich fester. Ich straffte mich mit einem lustvollen Stöhnen. Sie hatte, wie immer, ihre Nägel blutrot lackiert, aber diesmal empfand ich nichts dabei, weil ich nicht hinsah.

»Dein Körper hat sich verändert«, stellte sie fest.

Ich hob beide Arme über den Kopf.

»Ach, findest du?«

Sie nickte, mit einem kleinen Lächeln um die Mundwinkel. Ihre Hände glitten an mir herunter.

»Eine Frau verändert sich, wenn sie von einem Mann geliebt wird. Man kann auch etwas von ihm an ihr erkennen: eine Geste, einen bestimmten Klang in der Stimme. Das gilt ebenso für den Mann, wenn er eine Frau wirklich liebt. Auch er nimmt etwas von ihr an. Jeder entdeckt in dem anderen eine Spur seiner selbst ...«

»Findest du mich sehr verändert?«

Ihre Finger, leicht wie Schmetterlingsflügel, umkreisten meine Brüste, zärtlich, behutsam, forschend. Ich dachte an Kunio und fühlte ein Pochen zwischen meinen Schenkeln.

»Ja, das finde ich. Deine Haut fühlt sich weich an. Weich wie Seide. Deine Taille ist schmal geworden, dein Busen voller ...«

Die Muskeln in meinem Innern spannten sich, schmerzvoll und süß. Ich zog die Knie ein wenig an.

»Wirklich?«

»Doch. Und auch deine Brustwarzen sind dunkler und breiter. Du bist sehr schön jetzt. Du strahlst etwas aus ...«

Sie hob plötzlich die Hand, hielt sie über meine ausgehöhlte Bauchgrube in die Luft.

»Du bist unruhig. Warum? Doch nicht seinetwegen?«

Ich richtete mich auf den Ellbogen auf. Der Zauber war gebrochen. Die direkte Frage hatte mich verwirrt. Das war nicht Naomis übliche Art. Und doch tat es mir wohl, daß sie fragte. Sie machte es mir leicht, einen Anfang zu finden. Und so kam es, daß ich ihr von der Greifenmaske erzählte und auch von dem *Oharai*, das Daisuke Kumano im Schrein für mich veranstaltet hatte.

Sie starrte mich an, mit einem merkwürdigen Flackern in den Augen.

»Davon hat er mir nichts gesagt.«

»Er fürchtet, daß es nicht viel nützen wird. Aber ein wenig hilft es doch.«

Ich sah, wie sie schluckte.

»Keita sprach oft von den Erscheinungen, die ihn beim Tanzen heimsuchen. Sie kommen, weil ich sie rufe, sagte er, nur deshalb.«

»Und wie steht es mit dir?« fragte ich.

Ihr Ausdruck wurde plötzlich kalt, fast unnahbar. Sie schüttelte den Kopf, als weise sie etwas von sich.

»Nein. Ich bin immer alleine auf der Bühne.«

Der Tag der Aufführung kam. Die Gärtner hatten den Innenhof gefegt, Hecken und Bäume beschnitten, alle Trittsteine abgewaschen. Der Boden des *Haiden* war mit dampfend heißen, wattierten Tüchern abgerieben worden, ebenso die breiten Deckenbalken, die roten Pfosten. Schließlich wurde die Tanzfläche mit einem grünen Damastteppich bespannt, der ebenfalls die Holzstufen bedeckte. In dichten Reihen wurden Stühle für die Zuschauer – zumeist geladene Gäste – aufgestellt.

Im Heiligtum hatten Priesterinnen den Bronzespiegel ehrfürchtig abgestaubt, die kupfernen Kerzenständer poliert. In den Opferschalen glänzten Orangen, wie mit Wachs eingerieben. Glückbringendes Reisgebäck war in rosa und weißem Papier eingewickelt. Schwere Stoffbahnen mit dem Doppelwappen des Schreins, mit Seidenschnüren zusammengerafft, umrahmten den Altar. Auch die kleinen Nebenschreine hatte man mit neuen Kerzen und Laternen ausgestattet. Becher mit frischem Wasser und besonderes Gebäck, aus Eiweiß und Reis geformt, standen vor den Steinsockeln der Füchse.

Kunio wollte morgens mit seinem Vater in der Werkstatt arbeiten, aber frühzeitig genug in Kyoto sein. Nach der Vorstellung war ein gemeinsames Essen mit dem Ensemble geplant. Anschließend würden wir nach Nara zurückfahren. Die Hängetrommeln, die Riesenpauke und der Gong standen bereits auf der Bühne. Die Nachmittagssonne schimmerte auf der spiegelblanken Lackschicht, auf den kostbaren Schnitzereien, den gußeisernen Verzierungen. Man hatte uns im Nebengebäude des Schreins zwei große Räume zur Verfügung gestellt, wo wir uns umziehen und schminken konnten. Aiko hatte mein Kostüm über einen lackierten Rahmen gehängt. Ich bewunderte ihren Kimono, dunkelblau, mit goldenen Karpfen geschmückt. Der *Obi* aus blaugrüner und türkisfarbener Seide glitzerte wie ein Schuppenmuster. Sagon, der überall auf einmal zu sein schien, blieb kurz vor mir stehen und nickte mir zu. Er trug eine seidene Kimonojacke, dazu einen dunkelvioletten Hosenrock aus schwerem Leinen.

»Alles gut, Ruth?«

Wir tauschten ein Lächeln; ich spürte, daß er ebenso wachsam wie ich war. Noch lag die Maske in ihrer weißen Seidenhülle. Noch schlief sie; doch nicht mehr ganz. Mir war, als ob ein Sirren von ihr ausging, wie das ferne Summen eines eingesperrten Insekts. Ich versuchte, mir keine Kopfschmerzen deswegen zu machen, es schlichtweg zu ignorieren. Aiko kam, um mir beim Ankleiden behilflich zu sein. Die Brokatstoffe rauschten und knisterten. Als Aiko mir die Seidenbänder um die Taille schloß, sog ich die Luft ein und atmete sie langsam wieder aus. Aiko nickte zufrieden, zupfte jede Falte in die richtige Form. Ihre Hände waren flink und geschickt. Wir sprachen nur das Nötigste. Die Spannung wuchs. Die Zuschauer trafen bereits ein, vorwiegend Männer, dunkel gekleidet, und Frauen in leichten Sommerkimonos. Der große Innenhof war erfüllt von Stimmen, von dem Knirschen der Schritte auf dem Kies. Die Sonne sank; zauberhaftes rosafarbenes Licht breitete sich unter den Bäumen aus. Die beiden Riesenpauken blendeten wie Gold. Die Rechte begleitete die Rechtstänzer und trug als Symbol den Mond und die Phoenixe. Die Linke war gekrönt von dem Sonnenspeer und dem Drachen, dem Sinnbild des Kosmos. Ein schmaler grüner Teppich, ebenfalls aus Damast, führte durch die Reihen der Zuschauer bis zum *Haiden*. Wartend kniete ich auf der Matte, das Haar im Nacken mit einer Kordel gebunden. Aiko hatte mein Gesicht weiß geschminkt, die Augenbrauen mit einem schwarzen Pinselstrich betont, die Lippen karminrot nachgezogen. Denn die Inszenierung sah vor, daß ich in der Mitte der Sequenz die Maske abzunehmen hatte. Der König, den Himmlischen Mächten vertrauend, bediente sich nun der kosmischen Kraft und trat dem feindlichen Heer mit nacktem Gesicht entgegen. Die Bewegung muß herausfordernd sein, hatte Sagon gesagt und mir die Geste so lange vorgemacht, bis ich sie nach seiner Zufriedenheit ausführte. Ich starrte vor mich hin, äußerlich völlig ruhig, nahm Dinge wahr, ohne sie wirklich zu sehen. Mein Herz schlug langsam und schwer. Kunio mußte sich irgendwo unter den Zuschauern befinden, Naomi auch. Es war besser, daß ich beide nicht sah. Ich wollte auch nicht an Lea denken, jetzt nicht. Die Kraft in mir durfte nicht zersplittert werden; ich mußte allein sein; allein in dieser kristallenen Hülle, in der ich atmete.

Fünf Uhr. Eine Trommel warf ein kurzes, pochendes Zeichen. Der Gesang einer Flöte schwang sich durch den Hain – jubelnd und vogelgleich. Ein Zittern durchlief mich; ich fühlte, wie meine Kniesehnen zuckten. Schweigen senkte sich über die Zuschauer. Und jetzt, vom Klang der Flöte geleitet, schritt Daisuke Kumano langsam über den grünen Teppich, dem *Haiden* entgegen. Der Hohepriester trug den *Eboshi*, den schwarzen »Vogelhut«, und einen weißen Überwurf mit scharlachrot gefütterten Flügelärmeln. Leise knisternd schleifte eine Schleppe hinter ihm über den Boden. Die *Hakama* aus schwarzer Rohseide war so schwer und lang, daß sie ihn bei jedem Schritt dazu zwang, die Fülle des Stoffes mit dem Fuß zurückzuwerfen. Dieses Schreiten war wie ein Tanz, unendlich anmutig und feierlich. Daisukes Ausdruck war verzückt; er hatte das Gesicht eines Menschen, der die Gottheit kennt und ihr unerschrocken ins Angesicht schaut. Der Yasaka-Schrein ist Susanoo-no-Mikoto geweiht, der Überlieferung nach Bruder der Sonnengöttin. Er ist eine Sturmgottheit, eine gewaltige übernatürliche Wesenheit, und gleichsam ein mächtiger Segenspender. Langsam erklomm der Hohepriester nun die Stufen; den Fächer hielt er mit beiden Händen in Höhe der breiten Gürtelschnalle. Als er die letzte Stufe erklomm, schwieg die Flöte; nur noch das Zwitschern der Vögel brach die Stille. Auf der Bühne erwartete ihn Sagon Mori. Er kniete nieder, verbeugte sich. Daisuke erwiderte die Begrüßung, wandte sich dann dem Hauptschrein zu und verneigte sich. Nun ergriff er die *Gohei,* die Rute aus Weißholz, schwang sie in alle vier Himmelsrichtungen. Als das getan war, kniete er nieder und sprach ein Gebet. Seine Stimme schwebte wie ein tiefer, rhythmischer Brummton über die Lichtung. Die Zuschauer saßen völlig unbeweglich. Ein kleines Kind schrie, doch seine Mutter beruhigte es, so daß es gleich wieder still wurde. Als das Gebet gesprochen war, verneigte sich Daisuke noch einmal vor dem Schrein, federte auf seine Fersen zurück und richtete sich auf. Dann nahm er neben Sagon Mori den Ehrenplatz ein. Die Vorstellung begann.

Die Musik setzte ein; gelassen und wundervoll. Feierlich schritten die Mitglieder des Orchesters, in zwei Gruppen geteilt, der Bühne entgegen. Jeder Schritt, von den Schlägen der Perkussionsinstrumente getragen, gehörte einer Zeitstruktur an, die nun geschaffen wurde. Die Musik erklang nicht; sie schwebte, ich hatte nicht darauf geachtet, was für eine Wirkung sie im Freien hatte; besser gesagt, ich hatte sie nicht wahrgenommen. Sie war die Stimme der Natur, die aus den

Bäumen sang und in den Blättern flüsterte. Sie hielt die Arbeit des Gedankens und das große Rätsel der Schöpfung in schwebendem Gleichgewicht. Sie sang wie die Gräser und Schilfrohre, wenn der Atem des Windes ihnen ihr Murmeln und Rauschen, ständig das gleiche und doch immer wieder anders, entlockt.

Die Musiker waren in zwei Farbkontraste eingeteilt: Die Spieler, die von rechts die Bühne betraten, trugen grüne Gewänder; jene, die von links kamen, waren in Rottöne gekleidet. Links, die Seite des Herzens, wurde in den Farben und Symbolen bevorzugt. Und ebenso hatte jede Gruppe die ihr zugeordnete Bühnenseite. Die Musiker knieten nieder. Jener, der die Hängetrommeln betätigte, stellte sich neben sie. Der junge Mann hielt zwei Schlegel in der Hand. Der linke Schlag entsprach dem Yin, der rechte dem Yang, dem weiblichen und dem männlichen Element. Die gleiche Dualität bestimmte auch die zwei Tonarten, die Höhe und die Tiefe. Sogar der Trommelrhythmus entsprach diesem Prinzip. Stets waren es die Schlaginstrumente, welche die Zeiteinheiten markierten, die Pfeiler errichteten, zwischen denen Flöte und Oboe ihre Melodie spannten. Die langgezogenen Töne der Mundorgel, bestehend aus sechzehn Bambuspfeifen verschiedener Größe, begleiteten den Gesang der Laute und Zither, webten um die Zuschauer das Netz der Musik. Ich wartete auf meinen Auftritt. Neben mir knieten die Spieler, die meine Leibgarde darstellten, alle stumm, in der gleichen Spannung befangen. Aiko hatte die Aufgabe, die Maske so zu befestigen, daß ich den Knoten beim Tanzen mühelos lösen konnte. Wir hatten das alles hundertmal geübt.

Auf dem *Haiden* begann nun der Zeremonialtanz, »das Schwingen der Hellebarden«. Es war, als ob die Spieler traumbefangen meditierten. Der Linkstänzer weihte das Spiel der Sturmgottheit, dem Schutzpatron des Schreins, der Rechtstänzer beschwor die Erdgottheit. Schließlich umkreisten sich langsam beide Spieler zu Ehren der Ahnengottheiten. Der Augenblick nahte. Ich fühlte mich wie ein Aufziehspielzeug, das eine Umdrehung zuviel aufgezogen wurde, wie eine Spiralfeder, zum Reißen gespannt. Ich hörte Aiko neben mir tief und regelmäßig atmen. Wir kannten die Melodie auswendig. Als sich die Musik dem Höhepunkt näherte, an dem mein Auftritt erfolgen würde, tauschten wir nur einen Blick. Mein Rückgrat kribbelte, mein Nackenflaum stellte sich auf. Es war soweit! Nun mußte ich die Maske auf meinem Antlitz dulden; mußte zulassen, daß ihre Kraft von mir Besitz nahm. Durch sie wurde ich gleichzeitig Frau und Mann, Mensch und Gottheit, Lebende und Tote. Nun, das alles war mir bekannt. Ich mußte das jetzt verantworten. Langsam und ehrfurchtsvoll hob Aiko den Deckel aus Weißholz empor, schlug die Seide auseinander. Eine Gänsehaut überlief mich. Mir war, als breche ein lebendiges Wesen, ein kleiner, mißgestalteter, rotglänzender Dämon ans Tageslicht. Die beweglichen Kugeln der Augen vibrierten, der Schnabel des Greifen leuchtete in blutgierigem Glanz.

»Endlich«, sagte der Ranryô-ô.

Ich werde es nicht können, dachte ich. Ich schaffe es nicht. Panik überfiel mich, in Wellen. Das Ding, was immer es auch sein mochte, war furchterregend und ganz entsetzlich gefährlich. Doch Aiko hielt die Maske behutsam und zart, wie sie ein Kind halten würde. Ihre Heiterkeit übertrug sich auf mich. Meine Angst flaute ein wenig ab. Ich beugte mich leicht vor, kam der Maske entgegen. Sie war – trotz allem – ein heiliger Gegenstand. Auch ich mußte ihr mit Ehrfurcht begegnen. Das Zittern, das ich empfand, war das Zittern eines Menschen, der das Zeichen des Gottes tragen würde. Das Leben um mich herum stand still. Wer mit solchen Mächten in Berührung kommt, lauscht nur noch auf sein eigenes Blut, auf die Schläge seines Herzens. Ich spürte kaum, wie Aiko leicht und geschickt die Maske befestigte. Ich wußte, ich brauchte nur an einer Kordel zu ziehen; der Knoten würde sich lösen, die Maske mir vom Gesicht fallen. Ich würde sie, wie eine Opfergabe, meinem Leibwächter zur Linken in die Hände legen und die Hellebarde schwingen, mit nacktem Gesicht. Wenn die Maske es zuließ.

# 42. Kapitel

So leicht wirst du mich nicht los«, sagte der Ranryô-ô. »Es ist viel besser, du versuchst es erst gar nicht.«

Die Zeit war auf diesen Augenblick zusammengeschrumpft, als ich auf die Fersen zurückfederte, mich aufrichtete; den Geruch der Maske einatmete, die seidige, warme Berührung auf meinem Gesicht spürte. Mich langsam in Bewegung setzte. Jeder Schritt weckte die Erde, die Erde bewegte sich, knirschte leise. Keiner hörte es, nur ich. Alles Normale war fort, vergessen. Die Zuschauer wurden zu Farbklecksen, vermischt mit den Blitzen der Hellebarde, die ich am gestreckten Arm herumwirbelte. Meine Füße hatten jetzt die Kraft eines Mannes, nein, die Kraft einer Gottheit. Jede Bewegung vollzog sich gleichsam wie von selbst. Zum Denken kam ich nicht. Mein Geist war gefangen in einem schwarzen Raum.

»Ich wurde allmählich ungeduldig«, sagte der Ranryô-ô. »Glaubst du, daß ich noch länger gewartet hätte?« Ich knirschte mit den Zähnen. Er sollte sich, verdammt noch mal, ruhig verhalten. Langsam und mächtig stapfte ich in meinen Filzstiefeln vorwärts. Erstens, weil es die Rolle verlangte, zweitens, weil ich nur auf diese Weise mein Gleichgewicht halten konnte. Über meinem Kopf zitterte das Metallfiligran der Greifenflügel. Meine beiden Leibwächter folgten mir auf den Fersen; ich vernahm ihre Schritte, das leichte Klirren ihrer Schilde. Das Geräusch empfand ich als tröstend; es zeigte mir, daß ich nicht alleine war, dort, wo ich mich befand. Die Treppe, jetzt. Vorsicht! Der untere Teil der Maske verbarg mir die Sicht, und den Kopf senken durfte ich nicht. Ich zähle die Stufen, tastete mich mit den Füßen empor. Kein Problem, den Aufstieg hatte ich ausreichend geübt, auch wenn mich jetzt die Bronzescheibe vor mir auf der Bühne blendete. Der Musiker hielt den mit Brokatstoff überzogenen Schlegel wie ein Zepter. Die Sonne fiel auf die Scheibe, die Fläche funkelte grell und wild, wie flüssiges Feuer. Nun gut, auch das war vorhersehbar. Was mich störte, war die Maske; ich empfand sie wie eine Haut, elastisch und weich, mit meiner Haut verbunden. Sie klebte auf meinem Gesicht, das hätte ich schwören können, aber vielleicht fühlte es sich bloß so an, weil ich begonnen hatte zu schwitzen. Ich sah, wie der Spieler den stoffüberzogenen Schlegel hob. Dumpf schlug das Holz auf die Scheibe, zuerst nur ein leichter, schwingender Brummton. Die Scheibe bebte, das glühende Wasser warf Funken. Der Spieler hob den Arm; der Schlegel schlug den zweiten Ton. Er verursachte ein lautes Dröhnen; die Bühne erschauerte, unter mir wurde das Holz lebendig. Und während der Boden summte und bebte, setzte die Flöte ein, die Trommeln pulsierten. Ich schwang die Hellebarde. Meine Füße hoben sich. Ich spürte den Rhythmus durch meinen Schädel, durch mein Blut, durch die Eingeweide. Die Mundorgel sang, die Trommeln klopften wie Regentropfen. Die Maske knarrte, zog sich enger und fester zusammen, gab mir zu wenig Raum für meine Zähne. Ich fühlte, wie meine Backenknochen sich an der Maske rieben, wie meine Haut sich mit Hitze überzog. Ich hatte angenommen, daß meine Wangen diese Hitze ausstrahlten, doch sie kam von außen, von der Maske eben. Etwas unsagbar Drohendes, Beklemmendes umklammerte meinen Kopf, jagte in fröstelnden Schwingungen meine Wirbelsäule entlang. Diese Macht war zu gewaltig, als daß ein Mensch sie ertragen konnte. Und mein Geist war im Zentrum dieser Macht, dem Dämon ausgeliefert, der mich mit festen Klauen gepackt hielt.

»Wovor hast du Angst?« sagte der Ranryô-ô. »Komm, laß uns tanzen. Zum Dank mache ich dir ein Geschenk.«

»Ich will kein Geschenk von dir!«

»Du kannst es nicht zurückweisen. Ich zeige dir, was kommen wird. Die Menschen sind blind und taub. Du jedoch wirst sehen …«

Ich zuckte in einem plötzlichen, nervösen Krampf. Irgendwo, in weiter Ferne, schrillten Flöten, pochte eine Trommel wie ein stetiges Herz. Die Aufgabe, den Ranryô-ô zu bannen und gleichzeitig zu tanzen, war die schwierigste, die ich je erfahren hatte. Ich vermeinte, daß meine eigene Haut wie das Trommelfell bebte, daß Feuer in meinen Adern kreiste. Die Ordnung bestand nicht mehr, meine peripherischen Wahrnehmungen waren von Schatten erfüllt. Mit einem Rest von Klarheit dachte ich an Daisukes Warnung: Die ungeheure Halluzination ließ sich nur mit einer Schutzvision bekämpfen, so ungeschickt und roh und elementar sie auch sein mochte. Schmerz und Wut halfen mir, meine ganze Willenskraft aufzubieten. Suche etwas, was du ansehen kannst, sonst wirst du verrückt, Ruth! Mein Unterbewußtsein arbeitete; ich fühlte die Schwingungen der Alpha-Wellen in meinem Gehirn. Ich litt unter dem Eindruck, daß dies alles schon zu spät war. Aber möglicherweise war da etwas, das ich zustande bringen konnte. Ganz plötzlich schwieg die Trommel; die Zither erklang, volltönend und feierlich. Der Rhythmus hatte gewechselt. Für den Bruchteil einer Sekunde wurde ich abgelenkt. Da schlug der Dämon zu, bohrte mir seine Krallen in den Schädel. Mir war, als zerrte er mir das Fleisch von den Knochen, die Augen aus den Höhlen, die Zunge aus dem Gaumen. Ich spürte ein heftiges Reißen und Stoßen, einen stechenden unerträglichen Schmerz. Ich sah, wie mein eigener Kopf, auf der Hellebarde aufgespießt, mich ohne Augen aus blutigen Höhlen betrachtete; sah meinen Körper, in Fetzen zerrissen, wie bei einer Explosion durch die Luft wirbeln. Die Gegenwart fiel wie ein Vorhang; vor mir tat sich die Zukunft auf. Die Vision spulte sich wie ein Filmstreifen ab, mit ausgeschaltetem Ton. Hochhäuser schwankten, sackten in sich zusammen, jedes Stockwerk rutschte auf das andere. Ein Gebäude riß sich aus den Grundfesten, stürzte auf eine Straße, die es völlig verstopfte. Zwei gigantische Pfeiler, die eine Autobahn stützten, brachen entzwei wie Streichhölzer. Betonblöcke schwebten hinab, im Zeitlupentempo, rollten einen Hang hinunter, prallten gegen eine Häuserfront. Steine und Glas, Blechhaufen zerquetschter Wagen, blutige und verstümmelte Körper lagen in riesigen Schuttbergen verstreut. Menschen wankten durch die Trümmer, ich sah sie schreien – und hörte dabei nichts, kein Geräusch. Straßen hoben und senkten sich wie Meereswogen. Und obwohl ich diese Scheinbilder nur wie die Körner eines unscharfen Filmstreifens wahrnahm, konnte ich sie keinen Herzschlag länger mehr ertragen. In meinem Alptraum tastete ich nach dem Knoten; versuchte vergeblich, ihn zu lösen. Indem ich mich mit dem Knoten abgab, konnte ich mich von dem abwenden, was ich nicht sehen wollte. Aber der Knoten saß fest. Ein Gegenstand klebte auf meinem Gesicht, mit meiner Haut verwachsen. Jetzt gab es keine Musik im Hintergrund mehr – nur noch das Blut in meinen Adern, rauschend und pochend. Das Geräusch fing meine Aufmerksamkeit auf und hielt es fest. Man konnte es eine Zeitlang mit Regen verwechseln, und es erinnerte mich an einen Traum. Einen Traum, in dem es regnete. In diesem Traum hatte ich ein Kind gesehen und eine Schlange. Aber dies konnte unmöglich der richtige Traum sein, auch wenn er mir mit jedem Atemzug ein wenig deutlicher vor Augen trat.

»Laß diesen Blödsinn«, sagte der Ranryô-ô. »Du und ich, wir sind noch nicht fertig.«

Ein Bild explodierte vor meinen Augen: eine Masse aus Beton, Glas und Balken, vom Flammenlicht erleuchtet. Und eine Hand, die aus den Trümmern ragte, wie eine seltsame Blume: eine Frauenhand, gelenkig und schön und blutüberströmt.

Ich schrie; oder vielleicht träumte ich nur, daß ich schrie. Im Aufruhr von Luftholen und Pulsschlag konzentrierte ich meine Gedanken nach innen, ganz nach innen, wendete mich von dem Furchtbaren ab, das der Ranryô-ô mir zeigte. Ich wollte lieber an das Kind denken und an die Schlange. Das Kind schlief, aber die Schlange bewegte sich: Ihre Ringe pulsierten unter einer dünnen, mit Blutgefäßen durchzogenen Membrane. Ich verstand zwar nicht, warum sich die Schlange in meinem Gehirn befand, aber sie zu beobachten war eine interessante Beschäftigung. Auf einmal platzte die Haut, die sie umgab, wie eine reife Frucht. Die Schlange hob sich träge aus dem Spalt hinaus; ihre Ringe waren verflochten und bildeten eine Art Zopf, olivgrün und rötlich gesprenkelt. Ich kam zu dem Schluß, daß es keine wirkliche Schlange war, sondern ein Muster aus der Zeit vor den Menschen, ein gelatineartiges, zitterndes Zellenmaterial. Eine Ur-Struktur, die eigentlich nicht geschaut werden durfte, aber tausendmal spannender war als der Horrorfilm, den der Ranryô-ô mir vorführte. Geltungsbedürfnis, oder? Hau ab, du eitles Monstrum! Kusch, in deine Schachtel zurück! Ich mußte fast lachen, daß ich ihm so stark auf den Leim gegangen war. Das hier war interessanter. Ich beobachtete fasziniert, wie das zopfähnliche Gebilde sich langsam drehte und rekelte, bevor es ganz allmählich in meine Gehirnwindungen zurücksank. Lautlos pulsierend schloß sich die Membrane – vorbei. Eine große, hohle Stille folgte; in dieser Stille hörte ich ein Röcheln und das dumpfe Stoßen eines Stabes gegen einen Teppich. Ein Gegenstand entglitt meinen klebrigen Fingern. Zu dumm, jetzt hatte ich die Hellebarde fallen lassen. Hände stützten mich. Ich vernahm ein hölzernes Klappern, dann ein Geräusch, als ob sich eine festgesaugte Form mit einem kleinen Schmatzlaut von meinem Gesicht löste. Ein Feuerofen platzte, Strahlenbündel bohrten sich in das Innere meiner Netzhaut. Dicht vor meinen Augen hing riesengroß die Sonne, blendete mich mit schmerzhaftem, blutrotem Licht. Die Knie gaben unter mir nach. Arme fingen mich auf, legten mich behutsam nieder. Wohltätige Schatten löschten die Sonnenglut. Dann kühle Nässe auf meinem Gesicht, das Gemurmel ferner Stimmen. Ich verlor das Bewußtsein.

# 43. Kapitel

Dunkelheit, Verwirrung. Ich stöhnte unter Kopfschmerzen. Man hatte mir eine Tablette verabreicht, so daß die Schmerzen erträglich waren. Nur ein Gedanke haftete in mir: nicht einschlafen, denn die Träume könnten wiederkommen. Ich wollte nicht mehr träumen oder Träume haben wie andere Menschen. Wie kam es, daß ich vor den Träumen solche Angst hatte? Weit zurück, am Rande des Gedächtnisses, waren einige unangenehme Erinnerungen, Scheinbilder, die ich nicht sehen wollte. Aber vielleicht schlief ich doch, ohne daß ich es merkte. Die Tabletten mußten sehr stark sein. Warum also wehrte ich mich dagegen? Mich quälte der bittere Nachgeschmack eines Versagens; die Gewißheit, daß mir beim Tanzen die Kontrolle entglitten war. Der Gedanke erfüllte mich mit Zorn. Ich warf mir vor, daß ich schlecht vorbereitet gewesen war, daß ich meinen Körper nicht so beherrscht hatte, wie es erforderlich gewesen wäre. Schlimm. Das Schlimmste, was einer Tänzerin widerfahren konnte. Erbittert zermarterte ich mir das Gehirn auf der Suche nach dem Fehler. Tänzerinnen sind objektiv. Sie betrachten sich im Übungsraum im Spiegel und sehen, wenn die Bewegung nicht stimmt. Und wenn mir bisweilen eine Stimme versicherte, nein, es ist nicht deine Schuld, so zuckte ich nur die Schultern. Was wußten die anderen? Ich wußte es besser. Der Fehler lag bei mir. Das war die einzige Wirklichkeit, die ich verantworten konnte. Und so verstrickte ich mich in einen absurden Dialog mit einer Stimme, die mir in vernünftigem Ton das Gegenteil versicherte. Manchmal sah ich Gestalten und sah sie doch nicht. Als würde ich durch sie hindurchschauen. Als hätten sie kein Gewicht mehr und würden im Raum schweben. Ich konnte sie mit keinen Namen in Verbindung bringen.

Eine Zeitlang war mir entsetzlich heiß; Fieber, möglicherweise. Der Kopf tat mir zum Verrücktwerden weh. Ich blickte im Halbschlaf auf ein Durcheinander unsortierter Bilder; da war zum Beispiel die Vision einer Flasche, mit irgendeiner Flüssigkeit gefüllt, die über mir schaukelte; doch um diese Flasche herum regten sich andere Scheinbilder. Ich wollte sie nicht sehen, sie kamen aber immer wieder. Am schrecklichsten empfand ich den Anblick einer Hand, die blutend und lebendig aus den Trümmern ragte. Dieses Bild mußte ich unbedingt vergessen. Andere Traumfetzen zogen wie Wolken vorbei; ich erlebte sie aus vielerlei Entfernungen und hatte oft das Gefühl, daß mein Körper heftig zuckte.

Allmählich wurden die Anfälle schwächer. Auch die Kopfschmerzen besserten sich. Ich lag da, im Halbschlaf oder wachend, hatte das Gefühl, zu schweben, und fand das eigentlich ganz angenehm. Eine Gestalt war oft bei mir, sogar nachts. Ich fühlte ihre Anwesenheit, auch wenn ich sie nicht sehen konnte. Manchmal streichelte sie meine Hand; dann packte ich diese Hand, hielt sie dicht vor meine Augen, um sie zu betrachten. Ich dachte, das ist eine Hand, die ich kenne. Die Fingernägel, die Form, die Gelenke, alles ist mir vertraut, aber ich weiß nicht, wem die Hand gehört. Seltsam, daß mein Gedächtnis mich derart in Stich lassen konnte. Nach und nach lichtete sich der Nebel. Die Stimme, die zu mir sprach, klang jetzt näher. Ich bewegte den Kopf, dieser Stimme entgegen. Ich sah einen Schatten; Hände hoben mich hoch. Ich fühlte mich in einer Umarmung gehalten, die kein Traum, sondern spürbare Wirklichkeit war. Ein Gesicht schaute auf mich herab. Die Augen strahlten Ruhe aus, und das Lächeln war traurig, aber voller Zärtlichkeit, so daß ich dieses Lächeln erwiderte. Die gespenstischen Bilder tauchten fort, in die Windungen meines Gehirns. Da war eine Stelle in mir, ich wußte, daß die Bilder existierten; aber ihnen haftete kein Sinn mehr an, sie waren nutzlos und obendrein erschreckend. Vielleicht würde ich jetzt schlafen können. Ich fühlte mich stark genug.

»Jedenfalls habe ich den Rhythmus verloren«, sagte ich.

»Das ist wirklich beschämend.«

Meine normale Stimme. Ich schlug die Augen auf. Oder vielleicht waren sie bereits seit einiger Zeit offen. Das Gesicht, das zuerst nur eine undeutliche Vision gewesen war, nahm im Lampenlicht scharfe Umrisse an. Der Nebel zerteilte sich, die Dunkelheit wich – und was blieb, war das Gesicht. Ein Gesicht, dessen geringste Einzelheiten ich kannte.

»Kunio!«

»Endlich!« sagte er, und seine Stimme klang erschöpft.

»Was war mit mir?«

Ich bewegte die Hände, als wollte ich die Worte festhalten, ehe sie meinem Mund entschlüpften. Das Erwachen meiner Vernunft erfüllte mich mit Schrecken.

»Du warst krank.«

»Schlimm?«

»Ziemlich. Ein Nervenschock.«

»Wie lange schon?«

»Seit zehn Tagen.«

Ich starrte auf die Infusion in meinem Arm, fuhr mit der Zunge über die trockenen Lippen.

»Ich habe Durst.«

Auf dem Nachttisch stand ein Glas mit Wasser, ein kleiner Krug. Kunio stützte mich, half mir zu trinken. Das Wasser rieselte wunderbar weich und kühl in meinen Mund. Als das Glas leer war, lehnte ich mich an Kunios haltenden Arm. Ich sagte, stirnrunzelnd:

»Du siehst ziemlich schlecht aus. Unrasiert.«

Er rieb sich das Kinn und grinste.

»Ich habe mich in den letzten Tagen etwas gehenlassen.«

»Bist du jeden Tag hier gewesen?«

»Sogar nachts.«

Er deutete auf das zweite Bett im Zimmer. »Da kein Patient das Bett belegte, hat man es mir erlaubt.«

»Ich danke dir.«

»Keine Ursache. Ich war nur dem Pflegepersonal im Weg.«

Ich lächelte und schlief ein. Als ich erwachte, fühlte ich mich ausgeruht und frisch. Im Zimmer schien hell die Sonne. Schwestern kamen und gingen auf lautlosen Gummisohlen, klopften mit gewandten Händen meine Kissen zurecht. Ich durfte leichtes Essen zu mir nehmen. Der Arzt erschien, ein rundlicher Mann mit klugen Eulenaugen hinter dicken Brillengläsern. Ich würde bald wieder auf den Beinen sein, meinte er. Ich sollte aber – vorsichtshalber – noch zwei oder drei Tage zur Beobachtung dableiben. Schlaftabletten wären nicht mehr nötig, sagte er. Das Zimmer war voller Blumen, und auf der Kommode stand ein großer Korb mit Orangen. Eine Karte war nicht dabei. Wer auch immer sie geschickt hatte, die Orangen schmeckten süß und köstlich. Der Saft lief in meine ausgetrocknete Kehle, wie ein Lebenselixier. Ich gab mich ganz diesem Entzücken hin. Der Arzt sagte lächelnd, die Orange sei die Frucht, die ich nun am dringendsten benötigte. Ich mußte eingeschlafen sein, und als ich wieder aufwachte, saß Kunio auf meinem Bett, neben dem Infusionsständer.

»Schön, daß du da bist«, sagte ich.

»Ich habe mit meinem Vater gearbeitet. Ich bin gekommen, sobald ich konnte.«

Die Strahlen der Sonne waren lang und orangefarben; es mußte später Nachmittag sein. Ich hatte lange und traumlos geschlafen und fühlte mich unbeschreiblich gut. Kunio sagte:

»Sagon und Aiko haben gefragt, ob sie dich besuchen können. Der Arzt hat nichts dagegen.«

»Gewiß. Wann kommen sie?«

»Morgen. Ich hoffe, daß es dir recht ist.«

Ich spielte mit seiner Hand, geistesabwesend.

»Kannst du mir sagen, was eigentlich passiert ist?«

Sein Gesicht wurde ernst. Er seufzte.

»Mach dir jetzt keine Gedanken, Ruth.«

»Doch, Kunio, Ich will es wissen.«

Die paar Worte genügten, schon war ich wieder klamm und erschöpft. Schweiß klebte auf meiner Stirn. Kunio bettete mich sanft auf die hochgerichteten Kissen, nahm ein Kleenextuch und tupfte mir das Gesicht ab. Dann sagte er:

»Okay, vielleicht sollten wir darüber reden. Solche Dinge kommen manchmal vor. Selten. Aber du hast diese Dinge nicht selbst verursacht, nein. Du hast nur die Fähigkeit, sie auszulösen. Sagon hat deinetwegen schlaflose Nächte verbracht.«

Ich starrte ihn betroffen an.

»Was hat Sagon damit zu tun?«

»Er hat dich mit der Maske auftreten lassen.«

Ein Schauer erfaßte mich, als eine Erinnerung über mich hinwegzuckte. Es war nicht einmal ein Bruchteil eines flüchtig geschauten Bildes, sondern ein Schmerz auf meinem Gesicht; das Gefühl, daß sich etwas an meiner Haut festsaugte. Doch nun wußte ich Bescheid.

»Es ist meine Schuld, Kunio. Ich habe das verdammte Ding nicht unter Kontrolle gehalten.«

»Wie du weißt«, sagte Kunio, »hatten bisher nur Männer den Ranryô-ô gespielt. Sie empfanden die Maske als unheimlich, mehr nicht. Aber du bist eine Frau ...«

Ich verzog bitter den Mund.

»Bis zu einem gewissen Punkt hatte ich ihn noch gut im Griff.«

»Aber dann hat er deiner Seele einen Schock versetzt. Er hat dich, eine Zeitlang ...« Kunio schluckte, »in einem Zustand der Besessenheit gehalten ...«

»Er war stärker als ich.«

»Nicht ganz. Du hast ihn besiegt. Ich habe keine Sekunde geglaubt, daß du stümperhaft geprobt hast, wie du es mir seit Tagen weismachen willst. Und auch unter den Zuschauern gab es keinen, der nicht wußte, was da geschah.«

»Habe ich geschrien?«

»Nein, geschrien nicht.« Kunio zögerte, doch nur kurz.

»Besser, ich sage es dir gleich. Du hast gesprochen. Mit der Stimme eines Mannes.«

Mein Herzschlag stockte. Ich klammerte mich an seine Hand.

»Was habe ich gesagt?«

Er seufzte.

»Ich weiß es nicht. Der einzige, der dich verstanden hat, ist der *Kannushi*. Als Student hat er Chinesisch gelernt.«

Ich traute meinen Ohren nicht.

»Willst du damit sagen ..., daß ich Chinesisch gesprochen habe? Aber das ist doch völlig unmöglich. Ich kann kein einziges Wort Chinesisch ...«

»Das ist eben die ... nun, die Besessenheit. Schamanen in Trance bringen diese Dinge fertig.«

Ich schluckte.

»Kunio, glaubst du jetzt auch, daß ich eine Schamanin bin?«

Er lächelte, mit komisch herabgezogenen Mundwinkeln.

»Wie soll ich dich anders bezeichnen?«

Ich lehnte mich zurück. Mein ganzer Körper klebte.

»Worüber habe ich gesprochen?«

Er drückte meine Hand.

»Daisuke hat nichts darüber gesagt. Übrigens sind die Orangen von ihm. Sobald es dir bessergeht, will er dich sehen.«

»Hattest du Angst?«

»Ich möchte das nicht ein zweites Mal erleben. Und für dich muß es ganz schauderhaft gewesen sein.«

»Schauderhaft ist das richtige Wort. Das verdammte Ding klebte auf meinem Gesicht wie ein Krake. Wenn du mit dunklen Mächten herumpfuschst, brauchst du eine Schutzvision, hatte mir Daisuke gesagt. Auf einmal kam mir die Schlange in den Sinn. Die Schlange, die in der Sturmnacht bei dir war. Also visualisierte ich sie. Und plötzlich war die Schlange in mir, in meinem Kopf. Sie war verwickelt wie ein Seil. Ich sah, wie sie sich spannte, sich aus der Hirnhaut emporhob ...«

Er holte kurz und zischend Atem.

»Der DNS-Doppelstrang! Jetzt verstehe ich!«

»Oh!« rief ich und richtete mich auf. Der Zusammenhang wurde mir plötzlich klar. »Das war es, Kunio! Meine eigene DNS-Struktur! Der Anblick war unglaublich, überwältigend! Die Maske nahm ich überhaupt nicht mehr zur Kenntnis.«

»Und somit verlor sie ihre Macht über dich. Aber deine Nerven wurden dadurch zu stark belastet. Deswegen bist du hier.«

Wir starrten uns an, beide ziemlich aufgewühlt. Nach einer Weile sagte ich:

»Du und ich, sind wir nicht ein seltsames Gespann?«

Er grinste und seufzte im gleichen Atemzug.

»Wir können nichts dafür, Ruth. Wir sind – wenn ich mich so ausdrücken kann – dafür vorprogrammiert. Und müssen trotzdem versuchen, so normal wie möglich zu leben. Ich kenne mich in diesen Dingen wenig aus.«

Ich legte meine Hand auf die seinen.

»Da können wir uns bei unseren Vorfahren bedanken. Die haben uns das auf den Buckel geladen. Ich bin ihnen überhaupt nicht dankbar deswegen. Es ist eine ziemliche Scheiße, finde ich. Aber wir werden schon damit zurechtkommen.«

»Und kein Drama daraus machen.«

»Bloß nicht!« sagte ich, wieder ganz entspannt, und nun lächelten wir beide.

Der Priester und seine Frau besuchten mich am nächsten Tag mit einer großen Schachtel *Yôkan*, einer dunklen Paste aus Mungobohnen und Zucker, mit kleinen gelben Maronen bespickt. *Yôkan*, in dünne Scheiben geschnitten, wird zu grünem Tee angeboten. Man hatte sich gemerkt, daß ich diese Süßigkeit mochte. Ich bedankte mich gerührt. Beide sahen sehr niedergeschlagen aus. Aiko, in einen blaßgrünen Kimono gehüllt, machte ein bekümmertes Gesicht. Sagon setzte sich nicht, als ich ihn dazu aufforderte, sondern stand vor dem Bett und hielt den Oberkörper gesenkt.

»*Gomennasai* – ich bitte um Entschuldigung!« stieß er kehlig hervor. Seine Stimme verriet, wie betroffen er war. Ich starrte ihn ungläubig an.

»Aber ich bin es doch, die sich entschuldigen muß! Ich habe die Aufführung verpfuscht!«

Sagon hob die Hand in Brusthöhe, bewegte sie lebhaft hin und her, in der verneinenden Geste der Japaner.

»Nein, Ruth, nein! Der Schuldige bin ich. Ich habe dir die Maske aufgezwungen.«

»Aufgezwungen?« sagte ich. »Sie gehörte doch zu meiner Partie! Sie dürfen sich keine Vorwürfe machen, Mori-Sensei, das wäre mir nämlich nicht recht. Und außerdem, Sie hatten mich ja gewarnt.«

Er war immer noch nicht beruhigt.

»Aber du hättest sie ablehnen können. Ich hätte mein Konzept geändert ...«

»Nein, Mori-Sensei. Sie führten Regie. Die szenischen Vorgänge müssen eingehalten werden. Wenn jeder Spieler seine Seelenzustände hätte ...«

Ich zog vielsagend die Schultern hoch. Er brachte ein blütenweißes Taschentuch zum Vorschein, wischte sich den Schweiß von der Stirn.

»Ja, die Rolle hätte neu konzipiert werden müssen. Ich danke dir, Ruth. Du siehst die Dinge schon richtig. Ein Regisseur hat ein fertiges Bild im Kopf und kann Änderungen nicht ohne Magenkrämpfe in Betracht ziehen!«

»Ach, Sie geben es also zu?«

Er erwiderte zerknirscht mein Lächeln. Ich hatte ihn stets mit Ehrfurcht betrachtet; jetzt, da er seine Sorge für mich erkennen ließ, begann ich ihn zu lieben.

Kunio hatte mir erzählt, wie es an jenem Nachmittag weitergegangen war. Als ich wie eine Betrunkene auf der Bühne torkelte und zu Boden stürzte, war ein kurzes Durcheinander entstanden. Die Zuschauer schickten sich an, ihre Plätze zu verlassen. Sagon war sofort vor das Publikum getreten. Hatte sich entschuldigt, daß einer der Spieler von der Hitze ohnmächtig geworden sei und angekündigt, daß er die Partie übernehmen würde. Ein paar Minuten später hatte er mein Übergewand über die Schultern gestreift, die Maske umgebunden, und schwang die Hellebarde. Die Zuschauer, nahmen ihre Plätze wieder ein, und das Ensemble spielte das Stück, bis zum Schluß. »The show must go on« zitierte Sagon auf Englisch und grinste. »Und was die Maske betraf ... nun, ich bin nur ein

Mann. Sie verhielt sich ruhig.« Er ließ ein abfälliges Zungenschnalzen hören.

»Ich bin tief beschämt, es wurde ein lausiger Tanz!«

Aiko schüttelte lebhaft den Kopf.

»Glaube das ja nicht, Ruth! Er übertreibt mal wieder. Sein Auftritt war vollkommen. Daß er aufgeregt war, sah nur ich. Aber du, Ruth, du hast großartig getanzt. Oh, es war wundervoll! Bis zu dem Augenblick ... da diese Sache geschah. Und selbst da hattest du dich noch perfekt im Griff. Ich wurde erst unruhig, als du versuchtest, den Knoten zu lösen und es dir nicht gelang.«

»Aiko machte sich die größten Vorwürfe«, erläuterte Sagon. »Sie dachte, der Knoten sei ihr mißglückt.«

Aiko legte ihre schmale Hand auf ihr Herz, um zu zeigen, wie erschrocken sie war. Vom vielen Schlafen war meine Zunge schwer geworden, und so lächelte ich ihr nur beruhigend zu. Nach kurzem Schweigen sagte der Priester in verhaltenem Ton:

»Ruth, ich weiß nicht, was für Pläne du jetzt hast. Aber wenn du in Japan bleiben möchtest, würde ich dich gerne weiter ausbilden. Du bist krank gewesen, und gewiß ist es für dich noch zu früh, eine Entscheidung zu treffen. Nimm dir Zeit, überlege dir die Sache gründlich. Aber du sollst wissen, daß ich stolz wäre, dich in unserem Ensemble zu haben.«

Widersinnig genug, spürte ich nur noch Zufriedenheit. Ich war dem *Bugaku* verfallen wie einem berauschenden Trank. Die Welt des schönen Scheins, des seligen Traums, zog mich mit unerhörter Mächtigkeit an. Und selbst die Maske mit ihrer Schattenhaut trug noch die Elemente des Reizvollen für mich. Sitzend im Bett, schon ganz erschöpft von dem kurzen Gespräch, deutete ich eine Verbeugung an. Erwiderte rückhaltlos sein Lächeln, das voller Zuneigung und Wärme war.

»Verzeihung, bitte, Mori-Sensei. Ich bin es nicht wert, Ihre Schülerin zu sein. Aber es ist eine besondere Ehre für mich. Vielen Dank. Und ich werde darüber nachdenken. Mit großer Freude.«

Ein paar Stunden später. Ich lag schläfrig da, als ich eine Bewegung an meinem Bett fühlte. Ich schlug die Augen auf. Naomi. Sie stand im Gegenlicht und sah auf mich herunter.

»Es tut mir leid. Ich wollte dich nicht wecken.«

Ich wandte mich nach ihr um.

»Das macht nichts. Ich bin froh, daß du da bist.«

Sie setzte sich auf den Bettrand. Sie trug Shorts und ein ärmelloses T-Shirt. Stumm hielt sie mir eine Päonie an die Wange; die Blüte streifte meine Haut mit samtener Kühle.

»Die Sache war ein bißchen absurd, *ne?*« sagte ich.

Sie blieb, wie sie war, den Blick auf die Päonie gerichtet.

»Keita sagt, daß solche Dinge vorkommen.«

»Und du, hast du sie noch nie erlebt?«

»Nein, niemals.«

Sie drehte die Blume zwischen ihren Fingern. Ich betrachtete diese Hand, ausdrucksstark und zart, mit den purpurnen Nägeln. Sie waren weder spitz noch lang, sondern rund gefeilt und vollkommen. Ich entsann mich, wie sie die »Vogelfrau« tanzte, wie ihre Hand aus dem blutroten Kimonoärmel kroch, sich im Licht des Scheinwerfers hob, eine Botschaft verkündete. Und ich fand mich in meiner Idee bestätigt, daß sie selbst diese Botschaft nicht entschlüsseln konnte. Das machte mich unruhig. Ich fragte, geistesabwesend:

»Auch im Traum nicht?«

Sie fuhr fort, mit der Blume zu spielen.

»Da sehe ich oft Menschen, die gestorben sind. Meine Großeltern und auch meinen Vater, der ja eigentlich ein böser Mann war. Im Traum spricht er sehr freundlich zu mir.«

Ich schluckte, blickte aus dem Fenster und dann wieder auf ihr ruhiges Profil.

»Was sagt er denn?«

»Er ruft mich beim Namen: Naomi, Naomi! Dann sagt er, daß er Seiji nicht sehen will. Das finde ich merkwürdig, denn er war ja schon lange tot, als Seiji auf die Welt kam.«

Ich schwieg. Plötzlich stand sie auf, füllte ein Wasserglas und stellte die Päonie hinein. Ich teilte ihr mit, daß ich am nächsten Tag aus dem Krankenhaus entlassen würde.

»Kommst du zu mir?« fragte sie.

»Ja, aber nur für ein paar Tage. Kunio möchte, daß ich zu ihm nach Nara ziehe.«

Naomi fuhr mit der Hand durch ihr Haar, wie Frauen es manchmal tun, anmutig und selbstvergessen. Ihre Hand war so schön. Ich kam von ihrem Anblick nicht los.

»Ich habe das Studio noch für eine Woche. Der Architekt war schon da.«

»Gut. Sobald ich ganz gesund bin, bringen wir dich nach Kobe.«

»Ich habe nicht viel Gepäck«, sagte sie. »Bloß Requisiten. Aber wenn es euch Mühe macht ...«

»Keineswegs. Bei der Gelegenheit werde ich das Grab meiner Großmutter besuchen. Ist immer noch keine Post für mich da?«

Sie verneinte kopfschüttelnd. Ich seufzte. Wo steckte Lea nur? Sie sollte sich doch bemühen, ein bißchen Interesse zu zeigen, wie es sich für eine Mutter gehört.

Am nächsten Tag verließ ich mit Kunio das Krankenhaus. Ich konnte nicht ausdrücken, wie ich mich fühlte. Nicht eigentlich schlecht, aber schwach auf den Beinen. Ich ging ins Bad, machte Licht, sah mich im Spiegel, der sich zu drehen schien. Ich hatte trockene Lippen und blaue Ringe unter den Augen. Um den Mund zwei Falten, noch fein und fast unsichtbar. Während ich mich anstarrte, fühlte ich wieder ein innerliches Flattern, diese Unruhe, die grundlos, beständig wuchs. Exzentrisch war ich schon immer gewesen; jetzt fehlte bloß noch, daß ich hysterisch wurde. Kein gutes Zeichen, Lea! Ich wäre lieber ein bißchen affig, wie du, und dafür ausgeglichen. Aber deswegen würde ich nicht beim Therapeuten heulen. Mein Verstand war ziemlich gut ausgebildet. Vielleicht genügten ein paar Tage, um alles wieder ins Lot zu bringen.

»Du siehst gar nicht übel aus«, stellte Naomi fest.

Ich griff nach meinem Gesicht, verzerrte es.

»Ein bißchen abgemagert, was?«

»Ein bißchen blaß.«

Wir tauschten ein Lächeln. Ich sagte:

»Ich muß mir einen Lippenstift kaufen.«

Ich rief bei Daisuke Kumano an. Machte mit ihm ein Treffen für den nächsten Tag aus. Er fragte, wie es mir ging. Noch etwas schwach auf den Beinen, sagte ich. Ob Kunio mich begleiten könnte? Daisuke war sofort einverstanden; mir entging nicht eine gewisse Erleichterung in seiner Stimme. Gleichwohl, gestand ich mir, waren seine Worte von derselben emotionalen Wärme wie zuvor. Wenn ich wirklich Chinesisch gesprochen hatte, war das eine ulkige Sache. Wahrscheinlich hatte ich bei Lea ein paar Brocken aufgeschnappt und im Unterbewußtsein gespeichert. Sie hatte acht Jahre in Hongkong gelebt.

Trotzdem schlief ich schlecht, sah wieder komplizierte Formen und Farbmuster, wie unscharfe Vergrößerungen. Sinnlose Bilder schwebten ganz dicht hinter dem Rand der Erinnerung, machten mich nervös und weckten mich auf. Ich widerstand der Versuchung, eine Schlaftablette zu schlucken. Schluß mit dem Zeug! Erst in den Morgenstunden schlief ich eine Weile. Es war ein natürlicher Schlaf, und als ich erwachte, fühlte ich mich ausgeruht.

Beim Frühstück fragte ich Naomi, ob sie kürzlich bei ihrem Onkel gewesen sei. Sie sagte, ja, zweimal sogar; beide Male hatten sie von Keita gesprochen. Ich hob erwartungsvoll die Brauen. Über den Becher, aus dem sie Tee trank, erwiderte sie ausdruckslos meinen Blick. Ihr Gesicht war herb und verschlossen. Sie sah mich an und sah durch mich hindurch. Sie lehnte es ab, daß jemand sich an ihr inneres Selbst heranmachte, und sie hatte sogar recht damit, mir hätte das ebensowenig gefallen. Doch ihre Hand, die den Becher hielt, zitterte so stark, daß sie ihn auf den Tisch stellen mußte. Was hatte der Priester ihr wohl gesagt?

Ich glaube nicht, daß ich deine Geschichte richtig verstanden habe, Naomi. Und ich hätte auch nicht gedacht, daß sie so in mir weiterleben würde, in Stimmen, Empfindungen, diffusen Bildern. Die Phantasie gaukelt vor, die Wirklichkeit antwortet. Vielleicht ist die Geschichte ganz anders, als du sie mir erzählt hast. Aber ich frage nichts mehr. Ich kann dich nicht fragen, ohne dich zu verletzen.

Meine Unruhe wuchs, je näher das Treffen mit Daisuke kam. Ich war froh, daß Kunio da war. Denn auf dem Weg zum Schrein erfaßte mich ein neuer Schwindel. Meine Knie zitterten ganz von selbst. Ich hielt mich an Kunio fest, tastete mich vorsichtig mit den Füßen weiter. Ich war plötzlich so müde, daß ich die Augen schloß. Er drückte meinen Arm sehr fest.

»Ruth, du solltest dir nicht zuviel zumuten.«

Ich blinzelte, schüttelte den Kopf.

»Ich muß weitergehen.«

»Du bist noch nicht ganz wiederhergestellt.«

Ich sah mich selbst wie in einer komischen Szene: Kunio, das ist jetzt deine Rolle bei mir, mich festzuhalten, bevor ich mich auf den Allerwertesten setzte. Und wie sollte ich in diesem Zustand auf einer Bühne stehen und tanzen?

»Macht nichts, ich bin nur etwas aufgeregt.«

Gibt es dafür einen Grund, Ruth? Es gibt sogar mehrere, mein Kind, würde Lea sagen. Und wir wollen der Sache mal nachspüren, ehe du dir noch etwas Dümmeres ausdenkst. Ich sagte:

»Ich möchte das alles lieber hinter mir haben.«

Der Hohepriester erwartete uns in seinem Büro. Kunio empfing er so freudig, als habe er ihn erst gestern gesehen. Sein scharfer Blick sprühte kurz über ihn hinweg, schweifte zu mir, um sogleich wieder Kunio anzusehen. Ein Lächeln hob seine Mundwinkel. »Viele Jahre sind vergangen, Kunio-San. Aber du bist der gleiche geblieben.«

Kunio bewegte etwas befangen die Schultern.

»Meine Familie dachte, daß ich ihr viel Kopfzerbrechen machen würde, nach so vielen Jahren in Amerika.«

Das schwarze Feuer tanzte in den Augen des Priesters.

»Du hast ein anderes Benehmen, nicht eine andere Denkart. Sonst wärst du jetzt nicht hier.«

Er wandte sich mir zu. Die Art, wie er mich begrüßte, verwirrte mich, entsprach seine tiefe, feierliche Verbeugung doch genau jener, die er im Heiligtum auszuführen pflegte. Sein Gesicht blieb ernst dabei. Seine Stirn war blaß, und über den kohleschwarzen Augen hingen schwer die Lider. Er bot uns Sitze an. Ein kleines Schweigen folgte. Daisuke lächelte wieder, aber in seinem Lächeln zeigte sich Überdruß. Die Schiebetür zum Garten stand halb offen. Die Sonne sank; Büsche und Bäume schimmerten wie Perlmutt. Frieden war hier. Nach einer Weile erkundigte sich der Priester nach meinem Befinden. Ich dankte ihm für die Orangen – die besten, die ich je gekostet hatte, sagte ich. Er zwinkerte mir zu.

»Sie sind aus unserem Garten. Wir haben nur wenige Früchte, ein paar Dutzend vielleicht, aber sie sind wirklich groß. Ich habe die reifsten für dich ausgesucht.«

Er fragte Kunio, wie es seinem Vater und der Ehrwürdigen Großmutter ginge. Während wir sprachen, kam der scheue junge Priester, brachte Tee und zog sich zurück, wobei er sich auf der Schwelle verneigte. Geräuschlos schloß er die Tür hinter sich. Im Sonnenlicht flatterten Krähen. Ihre heiseren Rufe waren wie die Stimmen der Bäume, in deren Ästen sie hausten. Daisuke bot uns eine Zigarette an, die wir ablehnten. Er bat uns um die Erlaubnis, eine anzuzünden. Sein Gesichtsausdruck war schwer zu deuten, denn er saß im Gegenlicht; die Sonne leuchtete hinter ihm wie eine kupferne Aura. Wir warteten still, bis er endlich das Schweigen brach.

»Es tut mir leid, Ruth. Es war schwer für dich, *ne?*«

Ich rieb mir die Stirn.

»Ja, das kann man wohl sagen.«

Er wandte den Kopf zur Seite, blickte durch die offene Tür in den Garten, blickte teilnahmslos darüber hinweg. Schließlich sagte er:

»Ich zog es vor, dich nicht in der Klinik zu besuchen. Du solltest erst wieder bei Kräften sein.«

»Ich bin wieder in Ordnung«, sagte ich.

Seine vollen Lippen kräuselten sich.

»Das Undenkbare, das vor unseren Augen geschieht, sollte kein Hindernis für eine Reflexion sein. Und gleichwohl müssen wir zugeben, daß unsere Einsicht begrenzt ist.«

Eine Krähe segelte vor der Fenstertür, so nahe, daß ich den dunkelgrünen Glanz auf ihrer Brust sehen konnte.

»Denkst du, daß der Ranryô-ô bösartig ist?« fragte Daisuke.

Ich verneinte mit dem Kopf.

»Er ist mächtig.«

Er hob die Brauen, als hätte meine Antwort ihn gefreut.

»Seit Jahrhunderten saugt er die Erdkraft auf. Er nährt sich von ihr, durch Steine und Asphalt, durch den Schutt der Vergangenheit. Nun hat er eine Warnung ausgesprochen. Sie gilt nicht dir. Sie gilt einer Stadt.«

Ich zuckte zusammen. Mein Herz hämmerte. Auf einmal kreisten Flecken vor meinen Augen, aus der Luft geboren und eigenartig herabschwebend – wie Farbtupfer.

»Welcher Stadt?«

Er sank in seinen Stuhl zurück, rauchend.

»Siehst du, Ruth, da sind unsere Grenzen. Wir verhalten uns in vieler Beziehung wie Blinde, deren Gemütsruhe anhält, während sie am Rande eines Abgrundes dahintappen. Du hast die Warnung empfangen. Deine Aufgabe ist beendet. Die meine beginnt, und ich bin schon wieder unzureichend. Nicht einmal zornig kann ich sein, es sei denn, gegen meine eigene Borniertheit.«

Ich schluckte schwer.

»Was habe ich gesagt?«

»Du hast eine Katastrophe angekündigt. Zusätzlich in klassischem Chinesisch. Eine Sprache, die du nicht kennst, oder? Auch das gehört dazu. Der Ranryô-ô lieh dir seine Stimme – die überaus angenehm war. Er sprach mit den Worten seiner Zeit. Sehr schön anzuhören, muß ich sagen. Er hat ein Erdbeben vorausgesagt. Diese Drohung ist nicht neu, Ruth. Sie verfolgt uns wie eine Krankheit der Vorzeit, eine nie überwundene, die uns stets von neuem befällt. Wir geben astronomische Summen aus, um erdbebenfest zu bauen. Wir tun so, als ob wir in Sicherheit wären. Aber wir haben Angst.«

Ich rieb mir die Stirn; die Kopfschmerzen waren wieder da, pulsierten in beiden Stirnhälften.

»Ein Erdbeben? Ja, vermutlich! Es war grauenhaft, einfach grauenhaft.«

»Du hast von Häusern gesprochen, die in den Himmel ragen, von rauchenden Schiffen und von Straßen, auf Brücken gebaut. Mit anderen Worten: von Wolkenkratzern, Dampfschiffen und Autobahnen. Eine Hafenstadt. Nagasaki? Kobe? Tokio? Niigata? Es kann überall sein ...«

Ich knetete nervös die Hände.

»Vielleicht fällt mir der Name wieder ein. Mit Hypnose vielleicht? Ich wäre sofort dazu bereit. Wenn bloß ...«

Daisuke saß sehr still da.

»Es würde zu nichts führen, Ruth. Der Ranryô-ô hat keinen Namen genannt. Es war für ihn eine ›anderswo‹ erlebte Szene. Denn als er sein Heer anführte, besiedelten nur Pfahlbauten die japanischen Küstengebiete ...«

Die Sonne sank tiefer; die Bäume leuchteten golden und rot. Ich hatte einen schalen Geschmack im Mund und nahm einen langen Schluck Tee.

»Und was nun?« Daisuke sprach, als ob er sich selbst befragte. »Wollen wir deine Vision vermarkten? Urängste schüren? Im Fernsehen auftreten und Massenhysterien auslösen? Das auslaufende Jahrtausend weckt Konfusionen. Unsere Schrecken sind ansteckend und urtümlich. Wir bekämpfen sie mit Rationalismus. Satellitenbilder zeigen das Nahen der Taifune; Computer belauschen Meere und Erdtiefen. Und gleichzeitig wissen wir, daß die Natur nicht nur auf der Ebene unserer Fähigkeiten existiert, sondern auch auf einer höheren Ebene, die nur Fähigkeiten zugänglich ist, welche wir nicht beherrschen.«

»Und betrügen uns dafür mit virtuellen Bildern«, sagte Kunio.

»Als Exhibition unserer Alpträume. Als ein Ausweichen, als ein Selbstverrat.«

Meine Hände zitterten nicht mehr.

»Wissen Sie«, sagte ich zu Daisuke, »ich stelle mir vor, daß ich eines Tages von mir aus davon geredet hätte. Aber ich werde es nicht tun. Ich werde nicht darüber sprechen.«

»Wozu auch?« erwiderte er sanft. »Du kannst es ja doch nicht ändern.«

Er drückte seine Zigarette aus, erhob sich, stellte sich an die offene Tür. Wir traten zu ihm. Eine Weile herrschte Schweigen. Die Augen des Priesters schimmerten, schließlich seufzte er. Wir hörten das Rascheln seiner Gewänder, als er sich straffte. Er sagte, in einer Art Selbstvergessenheit:

»Wir brauchen keine virtuellen Bilder. Wir brauchen Mysterien. Wenn wir den Zauber der Erde verleugnen, aus dem Wahn des Tanzes nicht mehr wahrsagen können, werden wir selbst zu Schemen und Schatten ...«

# 44. Kapitel

Vier Tage später zogen wir um. Die Arbeiter hatten schon Material herbeigeschafft, im Garten stand eine Leiter. Das Telefon war gekündigt, die Adressenänderung bei der Post angegeben. Am letzten Abend hatte Naomi Schränke und Schubladen ausgeräumt – Kleider, die nach Mottenpulver rochen, Masken, verbeult und verblichen schon, Trockenblumen, Fächer, Spitzenkragen, altmodische Strohhüte, mit Schleier und kleinen Kügelchen geschmückt, alle auf dem Flohmarkt erstanden. Im Laufe der Jahre entwickeln Tänzer eine seltsame Zuneigung zu ihren Requisiten. Auch ich konnte auf eine alte Stoffblume oder einen zerknüllten Seidenschal starren, und aus dieser Betrachtung einen ganzen Bewegungsablauf entwickeln. Ich half Naomi, die Sachen in ihren Rucksack, in zwei große Koffer und in ein halbes Dutzend Plastiktaschen zu verstauen. Die Futons und die Decken wurden zusammengerollt und festgebunden. So gut es ging, verstauten wir das Gepäck in Kunios Wagen. Ich nahm Abschied von dem Studio und dem Viertel, das mir vertraut geworden war. Ein bißchen Melancholie gehörte dazu, aber ich bin nie stark an Orte gebunden gewesen. Und meine Gedanken waren schon fort, in einem neuen Lebensabschnitt.

Kobe liegt an der Ostküste von Honshu, etwa siebzig Kilometer von Kyoto entfernt. Über die Autobahn dauerte die Fahrt – bei günstiger Verkehrslage – kaum eine Stunde. Es war noch Spätsommer. Der Tag war sehr heiß, machte uns müde und schlapp. Im Wagen surrte die Klimaanlage. In den Nachrichten wurde gesagt, ein Taifun sei im Kommen. Das Nahen des großen Windwirbels brachte die Luft zum Kochen. Wir fuhren über die hohe, auf Pfeilern gebaute Autobahn fast auf gleicher Höhe wie die kleinen, sehr nahe aneinandergebauten Häuser der Vororte. Das lange Band der Autobahn zog eine weite Schleife über die Stadt. Die Hitze schwebte über dem Asphalt wie in einer sonderbaren Folge von Spiegeln. Von dem funkelnden Flimmern ging eine Betäubung aus. Ich wandte lieber die Augen ab, sah auf die Straßenschluchten, die Hochhäuser, die grünen Flecken der Gärten. Kobe dehnt sich zwischen der struppig bewaldeten, abgeflachten Rokkô-Bergkette und dem Inlandsee aus. Um das Vorgebirge schimmerte der Himmel besonders hell, wie mit einem perlrosa Dunstschleier umgeben. Parallel zur Autobahn lagen Fabriken und Docks. Dahinter, in der blauen Lücke des Hafens, die Schiffe: Frachter, Fischerboote, Fährboote, Jachten. Ein großer Passagierdampfer glitt über die spiegelglatte Oberfläche des Meeres.

»Er fährt zur Insel Awaji«, sagte Kunio.

In den Hauptstraßen staute sich der Verkehr. Zwischen Wohnblöcken und Warenhäusern fuhren Vorortbahnen und Schnellzüge auf vielspurigen Gleisen. Kobe war heiß und geschäftig, zeigte die Eleganz und Nachlässigkeit der Hafenstädte, mit Bürohäusern aus Marmor und rauchenden Bratküchen unter Bahndämmen, mit Warenhäusern, erlesenen Boutiquen, Sex- und Peep-Shows und lärmenden *Pachinko*-Hallen. Unter den Arkaden der Bürgersteige fluteten die Passanten. Die Gesichter griechischer oder russischer Matrosen schienen über den Köpfen der meist kleineren Japaner zu schweben. An ihren Armen hingen Prostituierte in Mini-Jupes. Der Wind wirbelte Staubwolken durch die Luft, ließ Haare und Kleider flattern. Ich merkte plötzlich, daß ich Kopfschmerzen hatte. Die kurze Fahrt hatte mich bereits ermüdet. Eine seltsame Bedrücktheit lähmte mich. Ich hatte nur den einen Gedanken: schnell weg von hier! Das war eigentlich nicht das Gefühl, daß ich in Kobe erwartet hätte. Mit einem leichten Ziehen in der Brust dachte ich an meine Großmutter, die hier begraben lag. Aber dies war nicht mehr die Stadt, die Lea in ihrem Tagebuch beschrieben hatte.

Naomis Mutter wohnte am Fuß der ersten Ausläufer des

Rokkô-Berges. Das ganze Viertel war im Umbruch begriffen. Die alten Häuser aus Holz und Kunststoff, mit Mattscheiben an den Fenstern, wurden abgebrochen, durch moderne Einfamilienhäuser ersetzt. Man hatte begonnen, die Elektrizitätsmasten mit ihren zentnerschweren Transformatoren und Stromkabeln zu entfernen, so daß die Straßen breiter und luftiger wirkten. Alle Grundstücke waren klein, zumeist viereckig, mit winzigen Gärten versehen. Naomis Mutter lebte in einem Holzhaus oberhalb einer schmalen Steintreppe. Die Häusergruppe wurde von den hohen Pfeilern der Autobahn überragt, aber nach Süden hin gab es eine schöne Aussicht über den Hafen. Ein kleines Tor führte zu einem Garten mit einer Hecke aus Buchsbäumchen. Dutzende von Topfpflanzen, alle kräftig und grün und liebevoll gepflegt, säumten die Trittsteine zur Tür.

Naomis Mutter hatte gesehen, wie der Wagen hielt, und kam die Treppe herunter. Sie war kleingewachsen, weißhaarig und leicht zusammengesunken, mit starken Backenknochen und einer kräftigen Nase. Sie trug eine unmoderne Hose, eine fusselige Strickjacke über einer zerknitterten Bluse. Hinter ihr watschelte ein fetter kleiner Hund undefinierbarer Rasse die Stufen hinunter. Naomi stellte uns vor. Wir verbeugten uns. Naomis Mutter, die Keiko hieß, lächelte verhalten und entschuldigte sich: seit ein paar Jahren lebe sie sehr zurückgezogen. Der Hund bellte, als wir das Gepäck ausluden.

»Mari, sei freundlich!« rief Naomi. Kunio legte seine Hand auf Maris Kopf, was zur Wirkung hatte, daß der Hund sofort still wurde und freudig wedelte.

»Sie lieben Tiere«, meinte Keiko, mit einem anerkennenden Kopfnicken. Kunio lächelte.

»Ja, mit Tieren verstehe ich mich auf Anhieb.«

Naomi fragte nach Seiji. Die alte Dame sah auf ihre winzige Armbanduhr. Er käme gleich aus der Schule, sagte sie. Wir brachten die Sachen ins Haus. Das Wohnzimmer war modern eingerichtet, mit einem Eßtisch, vier Stühlen und einem großen Buffet. Die Klimaanlage surrte, und alle Gegenstände standen in größter Unordnung, wie das bei alten Leuten oft vorkommt.

»Heute haben wir viel Wind«, sagte Keiko. »Ich lasse die Fenstertür lieber zu.«

Die Küche war vollgestopft mit Haushaltsgeräten. Es roch nach Essen, Kampfer und eingeschlossener Luft. Wir schleppten Naomis Gepäck in die erste Etage; dort waren zwei Räume japanisch ausgestattet, mit abgenutzten Binsenmatten. Kleider hingen an Drahtbügeln, und in den verstaubten Ziernischen stapelten sich Schachteln. In Seijis Zimmer herrschte ein Chaos: Jeans, alte Socken, zusammengeknüllte T-Shirts, Coladosen, ein Stapel Kassetten, eine Stereoanlage. Der Futon lag am Boden, und daneben stand ein Fernseher. Poster von Rockmusikern und absurd verkleideten Ringkämpfern bildeten einen seltsamen Gegensatz zu den Batikstoffen, die draußen im Gang an den Wänden hingen.

»Die macht meine Mutter«, erwiderte Naomi, auf meinen fragenden Blick hin.

Kunio berührte behutsam die leinenartige Struktur der Stoffe.

»Das ist eine sehr alte Technik. Die Muster werden mit natürlichen Pflanzenfarben hergestellt.«

Ich war fasziniert: Die überdimensionalen Ornamente zeugten von einer urtümlichen, nahezu ungezähmten Gestaltungskraft.

»Hat deine Mutter nie ausgestellt?«

Naomi schüttelte den Kopf.

»Sie ist nie mit sich selbst zufrieden. Und sie wechselt ständig die Hängebilder aus, weil ihr die alten nicht mehr gefallen. Oder sie wirft sie in den Müll.«

»Wie wuchtig diese Muster sind!« sagte ich. »Und dabei ist deine Mutter doch so zierlich.«

Ein Funke von Heiterkeit tanzte in Naomis Augen.

»Sie entsprechen ihrer inneren Welt, nehme ich an.«

Keiko hatte inzwischen Kaffee gemacht. Wir sprachen über den nahenden Taifun, dann über die Bodenpreise.

»Vor dreißig Jahren wuchs hier nur Gestrüpp«, erzählte Keiko. »Die Autobahn war noch nicht gebaut, es gab kaum eine Straße, die hier hinauf führte. Die Bauern zogen in die Stadt, das Land war billig zu haben.«

Das Gespräch blieb steif, trotz aller Herzlichkeit. Auf dem Gesicht der alten Dame lag ein ferner, resignierter Kummer. Ich hatte das Gefühl, daß sie sich mit gewissen Dingen abgefunden hatte, sie nicht mehr zergrübelte, sondern annahm, weil sie zu ihrem Leben gehörten, unabänderlich. Aber ich verstand Naomi jetzt besser. Die starke Geisteswelt ihrer Mutter, die sich in Farben und Formen explosiv Luft machte, hatte Naomi mit ihrem Körper umgesetzt. Beim Tanzen zeigte sie die gleiche Lebenskraft. Ich sagte Keiko, daß meine Großmutter in Kobe bestattet war, und daß ich sie zum ersten Mal auf dem Friedhof besuchen würde. Das interessierte die alte Dame. Ich erzählte ihr kurz die Geschichte, zeigte ihr die Goldkette mit dem Medaillon. Keiko holte die Brille, um das Blumenmotiv auf dem Anhänger näher zu betrachten. Sie war wie verwandelt, stieß Laute der Überraschung und des Mitgefühls aus. Die Empfindungen, die sich auf ihrem Gesicht spiegelten, waren so stark, daß ich in den abgezehrten Zügen die Spontanität des Mädchens erkannte, das sie einst gewesen war – und die Ähnlichkeit mit Naomi wurde plötzlich unverkennbar.

Naomi selbst beteiligte sich wenig an der Unterhaltung. Ihr Ausdruck war herb und abwesend, ein Zeichen, daß sie unruhig war. Ich wußte, sie wartete auf Seiji, und die bevorstehende Begegnung mit ihrem Sohn bereitete ihr offenbar Sorgen. Vielleicht sollten wir uns lieber verabschieden, dachte ich, und merkte an Kunios Blick, daß er der gleichen Meinung war. Gerade schickten wir uns an zu gehen, als Schritte durch den Garten stapften. Die Tür wurde aufgestoßen.

»*Tadaima* – ich bin zurück,« brummte eine mürrische Stimme.

»*Okaerinasai!*« Keiko rief heiter die übliche Willkommensformel. »Komm schnell, Sei-chan, deine Mutter ist da!«

»Das weiß ich schon längst.«

Die Stimme des Jungen hatte bereits die Tiefe eines Mannes, der er noch nicht war. Im Gegenlicht schien er hochgewachsen und schlacksig. Als er die Tür zuwarf, sahen wir ihn deutlicher. Ich hörte, wie Naomi kurz und heftig die Luft einsog. Dieser Junge war fast mädchenhaft geschmeidig, mit den langen Muskeln der neuen Generation. Die Haut war olivfarbig das Profil war flach, der sinnliche Mund war verächtlich gekrümmt. Eine rot gefärbte Haarsträhne fiel ihm in die Stirn. Er trug hautenge Jeans, eine schwarze Lederjacke und Schaftstiefel, die er noch nicht ausgezogen hatte. Ein bildhübscher Halbwüchsiger, launisch, verwöhnt, und offenbar stark verhaltensgestört.

»Setz dich zu uns, Sei-chan!« rief Keiko mit gekünstelter Fröhlichkeit. »Trinkst du Kaffee oder lieber eine Cola?«

Doch der Junge machte keine Anstalten zu kommen. Er legte sich auf den Rücken, sein Oberkörper ruhte auf der Matte, während er seine Beine auf den Steinfußboden im Eingang baumeln ließ.

Naomi hatte sich nicht gerührt; sie betrachtete ihn, streng und ruhig, den Kopf hoch aufgerichtet.

»Die Schule ist um halb vier aus«, sagte sie. »Warum hast du so getrödelt?«

Er starrte zur Decke.

»Habe den Zug verpaßt.«

»Wie war's denn im Unterricht?«

»Es geht. Ganz normal.«

»Bist du nicht froh, daß die Mutter gekommen ist?« fragte Keiko.

Schweigen. Naomi zündete sich eine Zigarette an.

»Nun?« sagte die alte Dame, mit etwas zitternder Stimme.

»Von mir aus«, knurrte Seiji. Er stieg aus den Stiefeln, die auf den Boden polterten, richtete sich auf und schüttelte sein Haar aus der Stirn. Kunio und mich ins Auge fassend, deutete er etwas verwirrt einen Gruß an. Dann stapfte er mit schweren Schritten am Wohnzimmer vorbei und trampelte die Treppe hinauf. Das Haus war so leicht gebaut, daß die Wände zitterten.

»Sei-chan, willst du nicht mit deiner Mutter reden?« rief Keiko hinter ihm her.

»... Baseball-Meisterschaft um fünf«, tönte die Antwort von oben.

Die alte Dame lachte verlegen und seufzte im gleichen Atemzug.

»Ich nenne ihn ›das Gespenst in der ersten Etage‹, weil ich ihn oft stundenlang nicht höre. Ach, ich habe es schwer mit diesem Jungen, das muß ich schon sagen.«

Naomi rauchte mit ausdruckslosem Gesicht.

»Und die Schularbeiten?«

»Also, die macht er irgendwie. Weißt du, was er am liebsten hat? Physik! Und er versteht was davon. Er liegt vor dem Fernseher, ich denke, er sieht sich eine Sendung an. In Wirklichkeit will er nur seine Ruhe haben.«

Naomi nickte kühl.

»Die werde ich ihm lassen.«

»Er sieht aus, als wäre er zwanzig, *ne?*« seufzte Keiko. »Er wird vierzehn, er ist ja noch ein Kind. Man darf ihm nichts aufzwingen.«

Beim Abschied sagte die alte Dame zu uns:

»Bitte, warten Sie einen Augenblick.«

Wir hörten, wie sie im Nebenzimmer ein paar Schubladen aufzog. Nach einer Weile kam sie zurück mit einer Stoffrolle, die sie vor uns ausbreitete: es war eine ihrer Batikarbeiten, violettblau auf weißem Grund. Das hineingedruckte Muster war urtümlich und wild; kein sichtbares Bild, eher eine Kaskade von Blättern und Blüten, mit dem Leinen wie verwachsen.

»Ich bin alt«, sagte Keiko zu mir, mit wehmütigem Lächeln. »Wer weiß, wie lange ich noch die Stoffdrucke fertigbringe. Eines Tages werden meine Arbeiten verschwinden. Und es ist mir lieb, daß eine Ausländerin, deren Großmutter in japanischer Erde ruht, dieses bescheidene Werk als Erinnerung bewahrt.«

Meine Augen wurden feucht, als ich ihr dankte. Mein Kopf schmerzte, und jede Kleinigkeit brachte mich zum Weinen.

Kunio half ihr, den Stoff wieder einzurollen. Was das Muster denn darstellte, wollte er wissen.

»Ach, irgendein Bild in meinem Kopf«, erwiderte Keiko heiter. »Wenn man sich darüber Gedanken macht, wird man auf dumme Art ehrgeizig. Und dann kommt nichts Gutes zustande, *ne?*«

»Es sieht wie eine Schwertlilie aus«, sagte ich mit rauher Stimme. Sie warf mir einen raschen, funkelnden Blick zu.

»Ach, finden Sie? Ja, vielleicht haben Sie recht. Es war im Mai, als ich diesen Stoff druckte. Da blühen die Schwertlilien in jedem Garten.«

Wir schlüpften in unsere Turnschuhe. Draußen vor der Tür verbeugten wir uns vor der alten Dame. Sie erwiderte die Verbeugung, wieder ganz zurückhaltend. Der Wind heulte, und sie hielt ihre Strickjacke mit beiden Händen über der Brust zusammen. Seiji hatte sich nicht blicken lassen; doch als wir durch den Garten gingen, schaute ich kurz hinauf. Ich sah ein Gesicht am Fenster, das sofort wieder verschwand. Naomi sah es ebenfalls und preßte die Lippen zusammen. Sie begleitete uns bis zu dem Wagen und lächelte uns geistesabwesend an.

»Danke fürs Mitnehmen.«

Kunio sagte, was die Höflichkeit erforderte. Ich blicke Naomi an, und tiefer Schmerz ergriff mich. Das Sonnenlicht funkelte auf ihrem kastanienbraunen, kräftigen Haar. Sie stand vor mir, lebendig und warm, und schien gleichzeitig von mir wegzustreben. Ein leichter Schwindel erfaßte mich. Ich sagte:

»Mach dir keine Sorgen um Seiji. Du wirst ihm schon gewachsen sein.«

Sie blinzelte; ihre Augen waren gerötet.

»Er sieht Keita immer ähnlicher«, sagte sie tonlos.

Der Wind fegte glitzernd über die Straße. Mir war, als sammle ich mit jedem Atemzug etwas ein, das ich nicht sehen konnte, etwas, das in der Luft lag. Ich kniff die Augen zusammen und blickte nach innen, auf der Suche nach einem Bild. Aber das Bild war verschwunden. Ich wischte mir den Schweiß von der Stirn.

»Ein zu heißes Wetter ist das, *ne?*« seufzte Naomi.

Ich ertappte mich bei dem Gedanken, daß sie vielleicht das gleiche fühlte wie ich, daß sie aber wenigstens nicht diesen schrecklichen Druck ums Herz fühlen konnte, der mich beben ließ. Ich öffnete die Augen wieder, sah sie mit aller Kraft an, bis zur Sinnlosigkeit. Ich dachte, ihren Duft werde ich nie vergessen. Und dann umarmten wir uns wortlos, und ich spürte ihren Herzschlag.

»*Kiotsukete* – tragt Sorge füreinander!« sagte Naomi. Ihre Stimme klang müde und abwesend; sie blickte an mir vorbei ins Leere.

Kunio verbeugte sich zum Abschied, setzte sich ans Steuer. Ich warf mein Haar aus dem Gesicht, ging auf den Wagen zu. Naomi hob die Hand, bewegte sie leicht hin und her, in der kindlichen Abschiedsgeste der Japanerinnen. Die Luft schien lautlos zu explodieren. Ich starrte auf diese Hand, auf die schmalen Finger, die rotlackierten Nägel. Der Anblick rief eine Erinnerung in mir wach – eine jener Erinnerungen, von denen man plötzlich weiß, daß sie kommen werden. Alle Kraft entzog sich mir. Rückwärts gehend tastete ich mich am Wagen entlang und stieg ein. Der Lärm der zugeschlagenen Tür schmerzte in meiner Brust. Kunio setzte den Wagen in Bewegung, wendete geschickt, fuhr die Straße entlang, talabwärts. Als ich mich umdrehte, sah ich Naomi an der gleichen Stelle stehen. Hoch über ihr schwebte die Autobahn, mit dem Leuchten ihrer hellen Zementmassen und ihrem fernen Getöse. Die Riesenpfeiler erhoben sich wie Tore und hielten die kleine Gestalt in Jeans und weißem T-Shirt in bedrückender Umarmung. Sie spannten eine Brücke zum Ungewissen, bevor sie über einen Punkt hinaus zu unsichtbaren Ufern schossen. Dann machte die Straße einen Bogen; das Bild entschwand meiner Sicht. Ich lehnte mich zurück, am ganzen Körper klamm.

»Ich habe da etwas vergessen«, murmelte ich, »das mir gleich wieder einfallen wird.«

Kunio sah mich an; eine ferne Besorgnis war in seinen Augen. Ich seufzte, rieb mir die Schläfen.

»Ich weiß es nicht mehr.«

»Du bist müde«, sagte Kunio.

Für ein paar Atemzüge schloß ich die Augen.

»Ja, sehr.«

Wir tauchten in die Stadt ein, in ein Gewirr von breiten Straßen, Einkaufspassagen, Cafés und Springbrunnen. Kobe gilt als die Stadt der Ausländer, die Heimat zahlreicher Firmen aus Übersee, die sich schon um die Jahrhundertwende hier niedergelassen hatten. Wir fuhren den Kitano-dôri entlang, wo die reich gewordenen Händler ihre Residenzen gebaut hatten, eine umwerfende Mischung aus europäischem und amerikanischem Kitsch. Kunio kannte die Strecke gut. Wir fuhren in östlicher Richtung weiter. Der Okusaido-Driveway führte bergauf, dem botanischen Garten und dem Nationalpark entgegen. Hier wurde die Luft klar; das bedrückende Gefühl wich, ich atmete freier.

»Es ist nicht mehr sehr weit jetzt«, sagte Kunio.

Die Straße schlängelte sich durch Wälder und Hügel. Bald kündigte ein Schild den Nationalpark »Saido Kôen« an, und gleich gegenüber befand sich der Friedhof.

Wir stellten den Wagen auf den Parkplatz, stiegen aus. Das Gelände war von einer schrägen Steinwand, ähnlich einem kleinen Schloßwall, umgeben. Der Friedhof war nicht öffentlich. Der Wächter, ein kahlköpfiger älterer Mann, schloß das Tor auf, reichte uns einen kleinen Eimer aus Weidenholz, in dem ein dünner Schöpflöffel aus Bambus schwang. Das Wasser für die »Erinnerungs-Besprengung« wurde aus einem Brunnentrog geschöpft, neben einer kleinen, weißgetünchten Kapelle. Vom nahen Wald wirbelte Wind, duftend nach Harz und Kräutern. Ein paar steinerne Stufen führten zu dem Friedhof. Der Wächter erklärte uns, daß sich hier fast dreitausend Gräber befanden, die letzte Ruhestätte von Industriebaronen, wohlhabenden Händlern oder Künstlern, die in Japan ihre Wahlheimat gefunden hatten. Er hatte in seinem Register nachgesehen; ja, der Name meiner Großmutter war dort vermerkt und auch, daß die angemessene Summe für die Erhaltung des Grabes jährlich überwiesen wurde. Anonym, sagte er, aber das sei keine Seltenheit. Er führte uns an die richtige Stelle. Wir kamen an Steingräbern vorbei, an Marmortafeln und Familiengruften mit überladenen Ornamenten, wie man sie auch in Italien findet. Doch die meisten Gräber waren schmucklos. Die Wege waren sorgfältig geharkt, die Pflanzen gepflegt. Friedhöfe sind für mich nie Orte des Unbehagens gewesen. Die Beklemmung, die manche Menschen an solchen Orten befällt, entspricht nur der Unruhe ihrer eigenen Seele.

Die Sonne zog über die Steinquader ihre langsame, rötliche Bahn. Wie die Stille, so war auch dieses Licht ehrerbietig. Das Grab meiner Großmutter befand sich ganz dicht an der Mauer. Ein kleiner Grabstein aus Marmor, schlicht und leuchtend wie schwarzes Wasser, trug ihren Namen: Iris von Steinhof-Linder. Und zwei Daten: 1916–1941. Mehr nicht. Der Wächter entfernte sich. Kunio stand neben mir, als ich in kurze Andacht versank und lautlos zu der Verstorbenen sprach. Ich war plötzlich sehr zufrieden mit mir selbst, fast fröhlich.

»Sieh nur, Iris, ich bin da. Ich habe Hanako gefunden und trage jetzt die Goldkette mit deinem Namen. Ich weiß nicht, wo du bist, Iris. Unter diesem Stein ruht deine Asche, aber dein Geist lebt in mir, ebenso wie der Geist meiner Ur-Großeltern und Vorfahren. Und es ist durchaus denkbar, Iris, ja sogar wahrscheinlich, daß du durch mich wieder auf die Welt gekommen bist. Ich glaube das ganz fest, Iris. Die Trennung zwischen den Lebenden und den Toten ist nur eine Illusion. In den Friedhöfen, da fühlt man das. Alles wird transparent. Und noch etwas, Iris: Ich bin zurückgekommen, um zu bleiben.«

Ich machte einen Schritt rückwärts, lächelte Kunio an.

»Beinahe ist alles so, wie es sein soll. Bis auf ganz wenige Dinge. Glaube ich jedenfalls.«

Kunio nickte.

»Ich weiß, was du sagen willst.«

»Nicht wahr?«

»Also …«

Ich streckte die Hand aus. Er reichte mir den kleinen Eimer

aus Weidenholz. Ich füllte den Schöpflöffel mit Wasser, besprengte den blanken Stein. Die Tropfen sprühten regenbogenfarbig auf dem Marmor. Dann reichte ich Kunio den Schöpflöffel. Wortlos vollführte er die gleiche rituelle Handlung.

Die Erde duftete herb und frisch. Die Geräusche der Stadt, vom Wind getragen, schienen plötzlich viel näher. Am Hafen stieß ein Dampfer einen kurzen, traurigen Heulton aus. Ich zuckte zusammen, aber nur ganz leicht. Ein Schiff trug die Seelen dahin, wo Meer und Himmel sich vereinigen. Und manchmal werden sie wiedergeboren. Nichts bringt ihre Kraft zum Erlöschen. Der Wächter war wieder da, hüstelte und entschuldigte sich: Der Friedhof schloß um sechs. Wir machten uns langsam auf den Weg. Der Himmel leuchtete wie ein Saphir, und die Gräber lagen schon im Schatten. Wir gaben dem Wächter eine Spende für die Friedhofspflege. Der alte Mann verbeugte sich; sein Gesicht sah sanft und müde aus, und ebenso blaß wie sein kahler Schädel.

»Jetzt ist es hier oben sehr ruhig«, meinte er. »Aber im Frühling kommen viele Besucher. Touristen aus aller Welt, aber auch Japaner. Ja, vielleicht sollten Sie im Frühling wiederkommen. Da bleibt es länger hell, und die Gräber sind mit frischen Blumen geschmückt.«

»Vielen Dank«, sagte ich. »Vielleicht machen wir das sogar.«

# 45. Kapitel

Ich zog mit zwei Taschen und einem Rucksack in Kunios Wohnung ein. Ich war keine Frau, die sich breitmachte. Ich lebte anspruchslos; an meiner Daseinsweise änderte das im Augenblick nichts. Meine Welt setzte sich aus Bruchstücken zusammen, zwischen Ordnung und Unordnung lose geheftet. Ich war von der Realität abgeschnitten – besser gesagt, sie hatte mich nie besonders interessiert. Nichts faszinierte mich wirklich – außer den Kulissen, der Bühne, dem Zuschauerraum und dem Applaus am Ende. Kunio war auch nicht der erste Mann, bei dem ich wohnte. Ich hatte eine gewisse Übung; aber diesmal waren die Dinge anders. Mein Denken wurde in neue Bahnen gelenkt; merkwürdige Empfindungen machten mein Herz weich und schwer.

Vor Kunios Tür ließ ich meine staubigen Sandalen stehen, trat mit bloßen Füßen auf die Matte, die nach Gräsern duftete. Ich flüsterte: »Da bin ich«, und schon legte er beide Arme um mich. Wir würden niemals die Einsamkeit fürchten, nicht den Schmerz, auch nicht den Tod, denn so denken alle Liebenden, obwohl dies alles nur Illusion ist. Die Sonne würde in unserer Dunkelheit scheinen, die Früchte für uns reifen und die Blumen für uns blühen, weil wir unser Paradies in die Welt brachten. In der Liebe entsteht diese Diskrepanz; sie ist sehr verlockend. Die Konfrontation zur bestehenden Wirklichkeit ergibt sich zwangsläufig. Vielleicht aber würde unsere Liebe, die mit der Hingabe des Körpers begann, in uns zähe Wurzeln pflanzen. Ich, die ich auf vieles gefaßt war, beobachtete dieses Wachsen etwas ungläubig und mit großer Neugierde.

Ein paar Tage später rief ich bei Chiyo Sakamoto an. Ich nannte meinen Namen und bezog mich auf unsere Begegnung im *Onjôkan*. Ich war darauf gefaßt, daß sie mich vergessen hatte, doch sie wußte sofort, wer ich war.

»Ruth Cohen? Ja, natürlich! Sie haben den Kindern ein Seilspiel aus Israel gezeigt. Ich habe oft an Sie gedacht und gehofft, daß Sie sich melden würden.«

Wir machten ein Treffen in ihrem Büro ab. Ich freute mich, die kleine, ruhige Straße zu sehen, das weiß getünchte Haus. Klavierspiel durchflutete die Räume, helle Kinderstimmen übten die Tonleiter. Eine junge Frau führte mich in die erste Etage. Das Büro war klein, die Möbel schlicht, aber formvollkommen. Mein Blick fiel auf ein Ölgemälde, das eine Frauengestalt aus dem *Nô*-Spiel darstellte. Ein dunkelblaues Gewand umwehte sie wie eine starke, sich kräuselnde Welle. Unter einem goldenen Kopfputz in Form eines Kranichs zeigte die Maske ein leichtes, verführerisches Lächeln. Frau Sakamoto trat ein, während ich das Bild versunken betrachtete. Wir verbeugten uns; ich verharrte einen Atemzug länger, mit gesenktem Kopf. Mir war, als ob Frau Sakamoto es mit versteckter Belustigung zur Kenntnis nahm. Doch als ich mich aufrichtete, wanderten meine Augen sofort zu dem Gemälde zurück. Sie bemerkte es und lächelte.

»Gefällt Ihnen das Bild?«

»Es ist wunderschön«, sagte ich.

»Ein Freund von mir hat es gemalt. Es stellt die Himmelsfee aus dem *Nô*-Spiel *Hagoromo* – das Federkleid – dar. Die Fee hat beim Baden ihr Federkleid an eine Kiefer gehängt. Ein Fischer findet es und freut sich, weil er einen Schatz gefunden hat. Doch ohne Federkleid ist der Fee die Rückkehr in die himmlischen Gefilde verwehrt. Ihre Tränen rühren den Fischer, der ihr das Kleid zurückgibt. Aus Dankbarkeit tanzt sie für ihn den heiligen Reigen, der das Universum in Bewegung hält.«

Lächelnd zitierte sie:

»Den Tanz werde ich tanzen, der den Palast des Mondes kreisen läßt, den Palast, mit einem Beil aus Jade, für ewige Zeiten erbaut …«

Mit eleganter Geste bot sie mir einen Stuhl an. In ihrem dunkelblauen Kostüm und der Bluse mit der damenhaften Schleife wirkte sie sehr förmlich. Es war keine falsche Wahl; ihr kühnes, selbstbewußtes Wesen wurde dadurch hervorgehoben.

»Ihre Fortschritte in Japanisch sind bemerkenswert«, stellte sie fest. »In so kurzer Zeit!«

»Fremdsprachen waren nie ein Problem für mich, obwohl ich mich in anderen Dingen ziemlich borniert zeigen kann.«

Sie lachte mit einem warmen Schimmer in den Augen.

»Ach, das glaube ich nicht.«

Eine junge Mitarbeiterin brachte zwei Schalen Tee. Als sie gegangen war, sagte Frau Sakamoto:

»Daß Sie im *Onjôkan* arbeiten wollen, freut mich. Sie müssen nun beim ›Imigration Office‹ in Kyoto ein besonderes Langzeitvisum besorgen. Inzwischen werde ich für Sie die Bewilligung für eine Teilzeitbeschäftigung beantragen. Das sollte ohne große Schwierigkeiten möglich sein. Ausländern ist es eigentlich nicht gestattet, eine Stelle anzunehmen. Aber man macht Ausnahmen für Leute, die auf einem bestimmten Gebiet besondere Kenntnisse mitbringen. Was in Ihrem Fall ja zutrifft«, setzte Chiyo Sakamoto amüsiert blinzelnd hinzu.

Aus Budgetgründen konnte sie mich nur für drei Tage in der Woche beschäftigen. Das anfängliche Stundengehalt entsprach ungefähr dem, was ich im »Wacholderheim« verdient hatte. Ich war zufrieden. An Geld hatte ich nie große Ansprüche gestellt. Mir war es egal, wieviel ich besaß. Tänzerinnen lernen früh, sich einzuschränken, ihre Phantasie zu entwickeln, aus dem Nichts etwas zu machen. So dachte ich eben; Lea respektierte das, wenn sie auch für meine genügsame Lebensweise nichts übrig hatte. Was mich interessierte, war, mit den Kindern zu arbeiten.

»Ich habe nie geglaubt«, sagte Chiyo Sakamoto, »daß wir imstande sind, die Welt zu ändern. Um die Welt zu ändern, sind wir alle nicht vollkommen genug. Vielleicht können wir etwas bewirken, aus dem Wissen heraus, daß etwas getan werden muß. Aber ändern können wir nur uns selbst.«

»Nur mit Hilfe der anderen«, sagte ich.

Sie nickte. Wir verstanden uns. Es gibt Menschen von faszinierender Ausstrahlung, kühl und gleichzeitig magisch anziehend. Chiyo Sakamoto gehörte zu ihnen.

»Die Zukunft sind nicht nur die nächsten fünf Minuten«, sagte sie. »Die nächsten fünfzig Jahre sind durch das Werden unserer Kinder bestimmt. Wir suchen eine neue Art, die Kinder durch Spiel, Tanz und Gesang zu bilden. Leider fördert die Spielzeugindustrie, wie sie Amerika und auch Japan heutzutage entwickelt, viel zu oft Konkurrenzdenken und Aggression. Der Zeitgeist ist negativ, und die Seelen unserer Kinder sind porös. Sie nehmen diesen Zeitgeist auf und erliegen ihm schließlich.«

»Er ist ja auch nicht ohne Anziehungskraft.«

Wir schwiegen kurz. In diesem Schweigen ertönten die fröhlichen Stimmen der Kinder, die ein Lied sangen. Wieder glitt ein Lächeln über Frau Sakamotos perfekt zurechtgemachtes Gesicht.

»Jedes japanische Spiel hat sein besonderes Lied. Früher hatten die Kinder Spiele für die feuchten Tage des Frühlings, für den heißen Sommer, für die kalte, klare Winterzeit. Das gab ihnen gleichzeitig ein Gefühl für den Wechsel der Jahreszeiten. Viele dieser alten Spiele waren in Vergessenheit geraten. Nun haben sie die Kinder mit Begeisterung wiederentdeckt.«

»Sie beziehen auch die ältere Generation mit ein, nicht wahr?«

»O ja«, rief Chiyo Sakamoto lebhaft. »Sie hat den Kindern so viel zu sagen. Die Generationen müssen füreinander dasein. Denn woher wissen die Jungen, wie sie leben sollen, wenn sie nicht jene anhören, die gelebt haben?«

Sie hoffte, daß meine Arbeitsbewilligung bald eintraf.

»Ich muß Sie um etwas Geduld bitten. Die Behörden haben eine lange Leitung. Inzwischen sind Sie jederzeit bei uns willkommen. Harada-San wird Sie gerne mit Ihren zukünftigen

Arbeitskollegen bekanntmachen«, setzte sie hinzu und zeigte auf die beiläufigste Art, daß sie über unsere Situation unterrichtet war.

»Woher wußte sie so gut über uns Bescheid?« fragte ich Kunio, als ich ihm von dem Gespräch erzählte. Er goß mir ein Glas Bier ein, wobei er herzlich lachte.

»Als hochvornehme Kaiserstadt ist Nara gleichwohl ein Nest – ein Klatschnest. Das hast du doch selbst erlebt. Ich kann keinen Schritt tun, ohne daß die Leute wissen, wer ich bin.«

»Kann man es ihnen übelnehmen?«

»Kein Recht auf Anonymität, früher hat mich das wütend gemacht«, gestand er.

»Die Situation hat auch Vorteile, sieh das doch ein!«

»Ich habe mich damit abgefunden. Sie hat, wie du ganz richtig sagst, ihre Vorteile. Aber die sind durch die Personen bedingt, nicht durch die Umstände.«

»Einverstanden. Du machst etwas daraus oder läßt es bleiben.«

»Ich bin froh, daß diese Sache mit dem *Onjôkan* jetzt klar ist«. Kunio lächelte. »Ehrlich gesagt, war ich etwas nervös. Jetzt hat uns Chiyo Sakamoto ihren Segen gegeben. Weißt du, die Dame ist sehr eigenwillig. Offenbar hat sie dich unwiderstehlich gefunden.«

Ich trank langsam einen Schluck und sah ihm in die Augen.

»Ein Glück, *ne?*«

Er nickte, plötzlich wieder sehr ernst.

»Ein Glück auch für mich, ja.«

# 46. Kapitel

Kunio unterrichtete nur noch drei Stunden am Tag. Die restliche Zeit verbrachte er bei seinem Vater in der Werkstatt. Ab dem ersten Januar hatte er gekündigt und sich Chiyo Sakamoto für einen zusätzlichen Tag als Volontär zur Verfügung gestellt. Die Arbeit mit den Kleinen machte ihm Spaß, er brauchte das als Ausgleich, und auf Geld war er nicht angewiesen. Wir beide – als Einzelgänger – waren uns so nahegekommen, wie überhaupt möglich; wir lebten ein klares, unverwischtes Traumbild. Die unzähligen Paradoxe der Selbsttäuschung bewegten uns nicht länger. Unsere Liebe konnte nicht mehr in Frage gestellt werden – und noch viel weniger versagen. Vielleicht waren wir nicht sehr praktisch, was alltägliche Dinge betraf; das Gefühl für Ordnung oder Abstraktion lag uns wenig. Dafür lebten wir still in einem Zustand der Erfülltheit, des Kräftesammelns. Und selbst in unseren Verschiedenheiten sahen wir hoffnungsvolle Zeichen.

Training gehörte zu meiner täglichen Routine; ich achtete stets darauf, einen festgelegten Zeitplan einzuhalten. In Kyoto hatte ich wenig Platz gehabt, weil Naomis Studio so winzig war. Immerhin hatte ich gelernt, auf beschränktem Raum möglichst intensive Bewegungsabläufe auszuführen. In Kunios Wohnung konnte ich das Training besser gestalten, Tanzsequenzen und neue Kombinationen ausprobieren. Auf Hüpf- und Laufsprünge allerdings verzichtete ich, mit Rücksicht auf die beiden alten Leute im Erdgeschoß.

Ich übte in Strumpfhosen und Trikot, bei offener Fenstertür, als der Briefträger Post in den Kasten neben dem Tor schob. Hastig zog ich einen Pullover über, lief die Treppe hinunter. Eine Minute später hielt ich Leas Brief in den Händen. Mein

Atem flog. Langsam und schwerfällig stieg ich die Stufen hinauf. Die Tür schlug hinter mir zu. Ich setzte mich auf ein Kissen, mit untergeschlagenen Beinen, drehte und wendete den Umschlag zwei abscheuliche Minuten lang, bis sich mein Atem beruhigt hatte. Dann öffnete ich den Brief.

»Ich bin kein religiöser Mensch«, schrieb Lea, »weil ich früh feststellen mußte, daß religiöse Menschen nicht besser als andere sind. Ich bleibe bei dem, was mir Amos damals klargemacht hat: Es gibt auf dieser Welt nur eine einzige moralische Grundregel: niemandem Leid zufügen, niemandem schaden. Das ist alles, jedes Kind kann das lernen. Der Rest ist Dekoration, und das Leben ist bunt genug.

Als dein Brief eintraf, war ich in Lyon, wo Twyla Tharp gastierte. Dann ging ich für drei Wochen nach Paris, wo ich mitten im schönsten Urlaubswetter Stunden im Tanzarchiv der Opéra de Paris verbrachte. Dabei entdeckte ich einige wichtige Aufzeichnungen von Emile Jacques-Dalcroze aus seiner St. Petersburger Zeit sowie das Fragment einer unveröffentlichten Partitur von Strawinsky, nur ein paar Sätze zwar, aber in ihnen zeigt sich bereits die Rohfassung von »Petrouchka«. Faszinierend, wirklich! Du siehst schon, my dear, ich schreibe mir einen Stuß zusammen, weil ich so verstört bin. Zur Sache also. Ich kehrte nach Nizza zurück, wo ich deinen Brief fand. Es war ein Schock, ich kann es nicht anders beschreiben. Ich hätte weinen mögen. Ich hätte tanzen mögen. Ich hätte sterben und doch leben mögen. Geburt und Tod, Liebe und Leid, Trauer und Freude, alles war in einem großen Gefühl vereint, und ich fühlte mich unendlich glücklich. Ich sah Hanako in Gedanken vor mir, mit der Libelle auf ihrer versengten Hand, erkannte sie in meiner Erinnerung so deutlich, als wäre ich nachts zuvor neben ihr eingeschlafen. Sie hat Iris und mir die Treue gehalten, fünfzig Jahre lang. Ihr Bild ist stets in mir gewesen, in meinem Herzen, unvergeßlich. Mein Tagebuch, damals, ich hatte es ihr anvertraut, wie man einen Liebesbrief verbrennt, aus Furcht, er könnte entdeckt werden. Wir sind so schrecklich nach außen verlagert, daß unsere

Geheimnisse gehütet werden müssen – von Menschen, die stärker sind.

Wohlgemerkt, ich hätte Dir sofort zurückschreiben sollen. Sorry, ich konnte nicht. Ich brauchte Zeit, um mich zu beruhigen. Vergeblich, wie du siehst. Die Dinge lassen sich auf hunderterlei Arten sagen, ich bringe nur kitschige, sentimentale und pathetische Formulierungen zustande. Was hast du nur für eine Mutter! Nimm es mir nicht übel, es wird nicht wieder vorkommen.

Du fragst mich, was aus Yukiko und Chiune Sugihara geworden ist. Nun, das kann ich dir sagen. Die Wirnisse des Krieges verschlugen die Familie zuerst nach Berlin, dann nach Prag und Bukarest und schließlich in ein sowjetisches Arbeitslager. Krank und notleidend kehrte Sugihara 1947 nach Tokio zurück, wo man ihn eisig empfing. Er lebte noch vierundzwanzig Jahre lang, in aller Stille. Er war ein Held. Aber weder Sieger noch Besiegte sahen einen Nutzen darin, daß sein Name bekannt wurde. Die Scheinheiligkeit der Nationen verlangt, Ungehorsam zu bestrafen oder totzuschweigen. 1986 starb er. Ein Jahr vor seinem Tod wurde er in Israel als ›Gerechter der Nationen‹ mit dem Yad-Vashem-Preis geehrt. In Jerusalem hat man ihm ein Denkmal errichtet, eine Stiftung in New York trägt seinen Namen. Und als Litauen 1990 seine Unabhängigkeit erlangte, wurde eine Straße nach ihm benannt. In Japan selbst erfolgte seine Rehabilitation posthum. Und Yukiko hat ein Buch über ihn geschrieben.

›Und ich wußte von alldem nichts!‹ wirst du sagen. Tja, mein Kind, das gehörte dazu. Zu meiner Neurose, meine ich. Ich mogelte zeitlebens, wenn von der Vergangenheit die Rede war. Jetzt weißt du auch, warum. Aber Amos war immer da und sah zu, wenn ich tanzte. Jetzt hat er wahrscheinlich weniger Freude an der fetten alten Ziege, die ich geworden bin. Er – er ist immer noch wunderschön, wie früher.

Immerhin habe ich den Brief jetzt fertig und fühle mich besser. Erleichtert, würde ich sagen. Ob ich Hanako treffen will? Dumme Frage! Ich komme, sobald die Sache hier gelaufen ist.

Im Augenblick kann ich Agnes nicht im Stich lassen. Es wird März oder April werden, nicht später. Inzwischen werde ich mir einen japanischen Sprachführer besorgen. Hanako und ich haben fünfzig Jahre gewartet; in unserem Alter lernt man die Vorfreude schätzen. Was deine persönlichen Probleme betrifft, Hanakos Enkel scheint sich mit deinen Besonderheiten abzufinden – deiner Neigung zum Paradoxen, deiner Unbesonnenheit, deiner Eigenbrötelei. Das spricht für ihn. Viele Männer sind Spielverderber oder verlangen Konzessionen, die jede vernünftige Frau später bereut. Andere – noch schlimmer – sitzen da und lassen sich bedienen. Wieder andere verwechseln Ukase mit beruflicher Kompetenz und machen zu Hause weiter. Solche Männer sind pure Zeitverschwendung. Wenn er aber – wie du es andeutest – von Hanako geformt und erzogen wurde, wird er die Welt durch sie entdeckt haben und nicht mit Tricks aus der Mottenkiste auftrumpfen. Tu also, was du für richtig hältst. Vielleicht erfüllt sich hiermit jene Zweckmäßigkeit, von der wir nichts wissen. Ach ja, noch etwas: Die Kette gehört selbstverständlich dir. Trage sie zum Gedenken an Iris.

P.S. Hast du jetzt endlich ihr Grab besucht?«

»Was für eine schöne Schrift Lea hat!«

Hanako setzte sich die große Hornbrille zurecht und studierte den Brief sehr eingehend.

»Sie hat in Israel Hebräisch gelernt«, erklärte ich. »Zuerst aus ästhetischer Begeisterung. Sie fand die Schrift so schön! Es heißt, daß die zweiundzwanzig Schriftzeichen den Windungen der Gehirnrinden nachempfunden wurden. Wer Hebräisch lernt, begreift gleichzeitig den Mechanismus des Geistes. So sagt man wenigstens.«

Hanako nickte gedankenverloren.

»Ach ja, der Geist! Wie entsteht er, wohin entwickelt er sich? Wie kommt es, daß Ereignisse, die irgendwo in unserem Gedächtnis gespeichert sind, plötzlich wieder in Erinnerung kommen? Ständig stehen Ereignisse der Vergangenheit der

Gegenwart zur Verfügung, das ist sehr rätselhaft und großartig, *ne?*«

Ich blickte in Hanakos Augen, die nicht schwarz, sondern rauchgrau waren, und entdeckte darin den Lerneifer, der sich oft bei älteren Menschen zeigt, deren Lebensjahre gezählt sind.

»Würdest du mir Hebräisch beibringen?«

Die Frage verwunderte mich kaum. Sie paßte zu Hanako. In ihr irrlichterte die Freude an der Entdeckung, die Lust am Experimentieren. Hanako war nicht weltmüde. Sie wollte jedesmal von vorn beginnen, etwas lernen, Neues versuchen.

»Es tut mir leid«, sagte ich, etwas beschämt, »das bringe ich nicht fertig. Aber Lea wird es Ihnen beibringen, ganz bestimmt.«

»Nun«, sagte Hanako in zufriedenem Tonfall, »sie wird ja bald da sein.«

Sie werden reden, dachte ich, viel reden und heiter reden. Und manchmal auch weinen, aber das gehört dazu. Es waren nicht nur Worte, die sie verbanden, sondern das, was aus fernen Erinnerungen kam. Sie würden ihre Freundschaft wiederfinden, frisch und ungetrübt. Sie würden glücklich sein in ihren ganz privaten Träumen, zurückversetzt in jenes andere Zeitalter, in dem es weder Kunio noch mich gab.

Es war ein kalter, sonniger Tag. Wir saßen am Rande der Vorhalle. Hanako hatte alle Schiebetüren weit geöffnet. Das Sonnenlicht war noch so hell, daß die Räume dunkel erschienen und die Holztäfelung wie Honig glänzte. Ich trug meinen Parka, einen Schal und Wollsocken; die Stiefel hatte ich ausgezogen. Hanakos dickwattierte blaue Kimonojacke ließ sie noch graziler und feenhafter erscheinen. Der Wind brachte den Geruch des feuchten Waldbodens. Im Kakibaum hingen vereinzelte Früchte, wie gelbe Laternen. Taro, der Hund, lag vor seiner Hütte und genoß die Wärme. Neben dem Schuppen stand Kunio und hackte Holz. Die Axt sauste immer wieder im hohen Bogen auf das Holz herunter, das sie in zwei Teile spaltete. Die Schneide funkelte in der Wintersonne; jedesmal, wenn sie das Scheit traf, ertönte ein »Klack«, das auf besondere Art der Zeit ihren Rhythmus verlieh, wie ein schwingendes Pendel. Irgendwann wurde auch im Nebenhaus die Schiebetür aufgestoßen; Kunihiko trat auf hölzernen *Getas* hinaus. Er hatte eine Stunde geschlafen; jetzt zog er tief die klare, kalte Luft ein. Über seiner weißen *Hakama* trug er eine dicke Steppjacke, dazu eine Wollmütze. Er stapfte auf uns zu, ließ zur Begrüßung einen freundlichen Grunzton hören. Hanako und ich verbeugten uns lächelnd. Der alte Mann nahm schwerfällig Platz. Sein elfenbeinfarbenes Gesicht kam mir eingefallen und müde vor. Es war, als ob die Falten, mit den braunen Flecken verschmolzen, sich im Schlaf noch tiefer in die Haut gegraben hätten. Mein Herz krampfte sich schmerzhaft zusammen.

»Tee?« fragte Hanako heiter.

Er machte ein zustimmendes Zeichen. Hanako glitt geschmeidig auf die Fersen zurück und goß Tee, den sie in einer Thermoskanne warm hielt, in einen Keramikbecher. Kunihiko ließ sich ächzend neben mir nieder. Er deutete auf den Brief in meiner Hand.

»Gute Nachrichten?«

»Ja, danke. Sehr gute Nachrichten. Meine Mutter wird Hanako-San im Frühling besuchen.«

»*Sodesuka?* – Wirklich?« In den braunen Augen blitzte Schalk auf. Er nickte mir bedeutungsvoll zu.

»Beide Frauen haben sich mächtig verändert, *ne?* Sie müssen ein Schild auf der Brust tragen, *ne?* Damit sie sich wiedererkennen.«

»Kunihiko, du bist unverschämt!« Hanako machte – zum Schein – ein empörtes Gesicht. Kunihiko zwinkerte mir zu; ich verbiß mir ein Lachen, aber so, daß er es merkte. Er freute sich auf eine fast kindliche Art, daß ich auf seinen Scherz einging.

»Hanako-San weiß Dinge über meine Mutter, die sogar ich nicht wußte.«

»Aha«, schmunzelte der Alte. »Geheimnisse also?«

»Kunihiko, das ist nicht deine Sache«, sagte Hanako, in gespielt entrüstetem Ton.

»Sie hat ja Leas Tagebücher fünfzig Jahre lang aufgehoben«, sagte ich. »Und auch diesen Anhänger, der meiner Großmutter gehörte.«

Ich zog das Medaillon aus meinem Pullover. Er neigte sich blinzelnd vor, betrachtete die Gravur mit Kennerblick.

»Eine Lilie, nicht wahr? Hübsche Arbeit! Früher war man sehr genau in diesen Dingen.«

Ich ließ den Anhänger wieder in meinem Pullover verschwinden. Kunihiko trank seinen Tee, die Augen ins Leere gerichtet. Der alte Mann war plötzlich still geworden; er hatte, von einem Atemzug zum anderen, die Außenseite herausgekehrt, war in einem statuarischen Zustand des Nichtsehens, des Nichthörens versunken. Wie anders er auch aussehen oder sein mochte, er besaß doch im Grunde seines Wesens das, was liebenswert an Kunio war. Und trotz der unbestimmten Scheu vor seiner Würde ruhte tief in meinem Innersten das Bewußtsein, daß auch er mit jedem Tag mehr ein Teil meines Ichs geworden war.

Er sieht wirklich sehr krank aus, dachte ich traurig. Sein baldiges Ende mußte es sein, was selbst dem Licht dieses Nachmittags eine so merkwürdige Melancholie verlieh, wie es vor dem Frost geschieht, wenn die Landschaft kristallklar und blau schimmert. Auf einmal konnte ich seine Entrücktheit nicht mehr ertragen. Ich fragte das erste, was mir in den Sinn kam: ob er mit seiner Arbeit zufrieden war. Da reagierte er wie auf ein Stichwort. Er straffte den Rücken, sein Gesicht belebte sich. Schlagartig wurde er übertrieben gesprächig, fast schwatzhaft. Ich versuchte nicht, seinen Redefluß einzudämmen, und Hanako, wachsam und bekümmert, ließ die Augen nicht von ihm ab.

»Ob ich mit meiner Arbeit zufrieden bin? Das bin ich nie, Ruth-San, das ist nicht möglich. Ich messe mich nicht an meiner Arbeit, sondern an meinen Träumen. Träume sind die Quellen, aus denen wir leben. Meine Schwerter sind meine Träume. Gute Träume, böse Träume? Das hängt von mir selbst ab. Der Weg zur Meisterschaft besteht nicht darin, klüger oder tüchtiger zu werden, nein, sondern den inneren Frieden zu erreichen, die Harmonie. Manche glauben, sie werden es nie lernen. Das Geheimnis, meine ich. Das Geheimnis des Schwertes. Ist die Seele des Schmiedes rein, ist das Schwert rein. Oft sitze ich wach in der Nacht, beschäftige mich mit diesen Gedanken.«

Seine Augen, für gewöhnlich wie mit matter Glasur überzogen, waren plötzlich glänzend und hell. Ich hatte noch nie erlebt, wie in einem verbrauchten Körper das Feuer der Überzeugung solch eine Veränderung hervorrufen konnte. Seine Stimme hatte sich nicht gehoben, aber sie war kräftig und um zehn Jahre jünger. Er sagte, daß für eine gute Klinge an die hundert hauchdünne Stahlschichten immer wieder geglättet werden mußten, um dem Schwert seinen einzigartigen samtigen Glanz zu verleihen. Daß jede Stahlschicht nur mit mildtätigen, barmherzigen Gedanken befrachtet sein müßte. Hier wurde ein heiliges Gelübde erfüllt, daß der Schmied allmorgendlich im Gebet erneuerte. Denn der Gesang des Eisens, das Brausen des Feuers zogen die Geister an, die Guten und die Bösen. Und der Schmied hatte die Wahl, diesem oder jenem zu huldigen. »Hier liegt die Ambivalenz«, sagte der alte Mann, bevor ihm ein Hustenreiz das Wort abschnitt.

»Kunihiko, du redest zuviel«, Hanako schraubte die Thermoskanne auf. Kunihiko hielt ihr den Becher hin, den sie füllte. Er trank laut und schlürfend, kam wieder zu Atem und lächelte mich an; das Lächeln seiner vollen Lippen war jugendlich.

»Der Schmied muß das Feuer lieben wie sein Kind. Wenn ein junger Schmied das Erbe seines Vaters antritt, darf er niemals das gleiche Feuer benutzen. Er muß das alte Feuer töten und ein junges Feuer ins Leben rufen.«

Er schwitzte beim Sprechen, doch die kalte Luft trocknete den Schweiß sofort.

»Ja, die Schmiedearbeit ist eine Geburtshilfe: Wir helfen den Metallen, auf die Welt zu kommen, ihre Form zu finden, ihre Bestimmung. So wie wir alle dem Mutterschoß entstammen, dem Heiligsten auf Erden. Die Mutter trägt ihr Kind in ihrem Leib, wie die Erde die Metalle. Der Mensch kommt zur Welt, wird vom Leben geschmiedet. Und wenn seine Zeit gekommen ist, kehrt er zur Mutter zurück. So gleichen sich Menschen und Metalle, Ruth-San. Wasser und Feuer gestalten das Eisen, Mann und Frau kopulieren und formen den Embryo.«

Die Bewegung seiner schmalen Finger wurde plötzlich sehr eindeutig. Die Geste war so unerwartet, daß ich in Lachen ausbrach.

»Aber, aber, Kunihiko, in deinem Alter!« sagte Hanako, um deren Mund ein Lächeln huschte. Kunihikos Lippen kräuselten sich. Seine Augen, auf mich gerichtet, erschienen voll Unschuld und Schalk, wäre nicht ein tieferes Feuer gewesen, das in ihnen brannte.

»Ruth-San ist kein Kind mehr, *ne*? Sie weiß über diese Dinge Bescheid.«

Mein Lächeln erlosch. Er wußte ja, wie es mit Kunio und mir stand. Und er spürte auch, ich hatte das kräftigere Leben. Der Geist in ihm rief den Geist in mir an; sie erkannten sich; zwischen uns lag eine starke Anziehungskraft. Er zweifelte nicht an mir, und er sprach von seinem Vermächtnis.

Ich fröstelte plötzlich, zog meinen Parka enger um die Schultern.

»Ich verstehe.«

»*Yoshi!*« brummte der Alte zufrieden. »Gut so!«

Seine Stimme war plötzlich heiser. Das Licht fiel voll auf sein Gesicht, das naß von Schweiß war. Die Sonne verschwand hinter den Bäumen. Das Geräusch der Schneide auf dem Holzklotz setzte aus. Kunio brachte die Axt in den Schuppen und stapelte die Holzstücke sorgfältig und genau auf. Neben dem Schuppen war eine kleine Pumpe, die Wasser aus dem Bach schöpfte. Kunio wusch sich die Hände unter dem Schlauch, mit dem die Büsche abgespritzt und der Sandboden benetzt wurden. Dann schlenderte er gelassen über den Hof; er trug einen schwarzen Pullover mit Rollkragen; seine Jeans steckten in Gummistiefeln. Ich errötete wie ein Schulmädchen, als er sich lächelnd neben mich setzte, wobei er sorgfältig vermied, daß er mit den Stiefeln die Bodenlatten berührte. Er war etwas erhitzt, roch nach Harz, Holzkohle und feuchter Wolle. Hanako reichte ihm Tee.

»Danke für das Holzhacken! Du bist ein guter Junge, Kunio-chan.«

Er grinste zerknirscht.

»Mir fehlt die Übung.«

»Seit wann hast du keine Axt mehr in die Hand genommen?« brummte sein Vater.

Kunio nahm einen Schluck Tee. Sein Atem bildete eine kleine weiße Wolke vor seinen Lippen.

»Seit Jahren nicht mehr.«

Kunihiko schnalzte mit der Zunge. Die goldbraunen Augen blickten halb amüsiert, halb anerkennend.

»Heute abend wirst du deine Knochen spüren.«

Kunio verzog das Gesicht.

»Ich spüre sie jetzt schon.«

»Erwarte nicht zu viel von dir«, sagte Kunihiko. »Wozu soll das gut sein?«

»Es wärmt«, sagte Kunio.

Hanako wandte sich ihm zu, betont freudig und leichthin:

»Dein Vater sieht heute so aus, wie er in einer glücklichen Zeit aussah, meinst du nicht auch, Kunio-chan?«

Er nickte langsam, die Augen auf den alten Mann gerichtet. Seine Stimme klang sanft.

»Ja, ich denke schon. Etwas müde vielleicht?«

Kunihiko ließ wieder ein ungeduldiges Zungenschnalzen hören. Sein Haar, silberweiß auf dem Kopf und struppig im Nacken, sah unter seiner Mütze hervor.

»Ich bin weniger müde als du, Junge. Und ich habe keinen Muskelkater.«

Er lehnte sich zurück, lachend, wobei sein Atem rasselte. Als er wieder ruhig wurde, zwinkerte er mir zu; ich lachte auch, als ob wir ein Geheimnis teilten. Unsere Blicke hielten einander für kurze Zeit fest. Dann wurde sein Gesicht plötzlich starr wie

Granit. Laut und eigensinnig klangen seine Worte durch die Stille:

»Und hört auf, so zu tun, als ob ich krank wäre. Ich bin noch nicht fertig mit den Dingen hier. Zugegeben, eine Zeitlang fühlte ich mich nicht wohl. Jetzt geht es mir besser. Viel besser sogar. Findest du das nicht auch, Ruth?«

# 47. Kapitel

Meine Arbeitsbewilligung traf ein. Chiyo Sakamoto legte mir einen Vertrag für drei Arbeitstage in der Woche vor. Die Arbeitszeit konzentrierte sich auf das Wochenende, weil die Kinder ja Schule hatten. Dazu mußte ich die Zeit für die Beschaffung des Materials, die Gestaltung der Unterrichtsstunden rechnen. Bevor ich mit Kunio im *Onjôkan* arbeitete, hatte ich mir wenig Gedanken über seine Arbeitsweise mit den Kindern gemacht. Plötzlich sah ich ihn in einem neuen Licht; ich wußte bereits, er war ein Mensch, der seine Handlungen nicht nach bestehenden Regeln einrichtete. Es lag etwas so Echtes in seiner Verbundenheit mit den Kindern. Männer waren oft befangen; sie hatten die Fähigkeit verloren, jenem reinen Impuls der kindlichen Gefühle zu folgen. Aber Kunio zeigte seine Gefühle ohne Vorbehalt, als ob er nie auf den Gedanken kam, daß die Kleinen ebenso unzuverlässig und enttäuschend sein konnten wie die Erwachsenen. Er hatte mit den Kindern die liebevoll-witzige Art, die genau richtig war. Ich sah das mit großer Rührung. In seiner Zuneigung zu den Kindern lag eine starke seelische Unabhängigkeit. Er zeigte rückhaltlos jenen frei spielenden Geist, der allen angeboren ist, dem aber nur wenige seinen Lauf lassen, weil sie sich einbilden, ein solches Verhalten sei unter der Würde von Erwachsenen.

Künstler gehen diesen Weg, indem sie Schminke, Maske und Kostüme tragen. Auf einer Bühne zu spielen, bedeutet in gewissem Sinne, wieder zum Kind zu werden, wenn auch nicht in kindlicher Naivität. Kunio und ich waren uns ähnlich: Unser Handeln entsprach der gleichen Unbefangenheit. Schon möglich, daß wir naiv waren; blind waren wir nicht.

Unser Unterrichtskonzept begann mit der »Zauberflöte«

und entstand auf ganz natürliche Art, wie ein Stein ins Wasser fällt und nach allen Seiten Wellenringe aussendet. Wir hatten den Kindern die Ouvertüre vorgespielt und sie gefragt, was für Empfindungen die Musik in ihnen auslöste. Die Kinder beschrieben lebhaft ihre inneren Bilder. Ich begann, diese Bilder tänzerisch umzusetzen, erklärte den Kindern, daß sich sogar Pflanzen auf anmutige, rhythmische und geordnete Weise bewegten. Natürlich werden sie vom Wind hin und her geschüttelt, oder hängen im Regen herunter. Aber im Laufe des Tages wenden sie sich wieder der Sonne zu. Ich ließ die Kinder diese Vorstellung mimen. Nun war die Tierwelt nicht mehr weit: Die Kinder ahmten die Bewegungen der Vögel nach, die sich aufplustern, mit dem Kopf nicken, sich ducken und in kleinen Kreisen herumrennen. Der Übungssaal war von trippelnden Schritten, Gelächter und frohem Kreischen erfüllt. Ich zeigte den Kindern den Tanz der Schwäne, machte ihnen mit Armbewegungen vor, wie sich ihre Hälse zu einem Liebesknoten umschlingen. Die Kinder ihrerseits zeigten mir, wie japanische Kraniche hüpfen, sich verbeugen. Dann entspannten wir uns, indem wir die Arme vor- und rückwärts schwangen und die Köpfe auf dem Hals rundherum rollten. Nun setzten sich die Kinder im Kreis; ich erzählte ihnen, was ich in Israel gesehen hatte: Tausende von kleinen, schwarzen Vögeln, die sich über dem Boden zu einem riesigen, drehenden Kreisel formierten und wie ein schwarzer Wirbelwind in den Himmel stiegen. Die Kinder machten große Augen, nickten. Sie verstanden solche ungewöhnlichen Dinge. Wir mimten spielende Katzen, tapsende Elefanten und tänzelnde Pferde. Mit den dargestellten Figuren wurden mir die Kinder immer vertrauter; sie gaben ihnen Namen, erfanden für sie alle möglichen Abenteuer.

Kunio schlug ein Märchenspiel vor, das den Eltern zu Neujahr vorgeführt werden sollte. Wir begannen Masken zu entwerfen und zu formen. Manche dieser kindlichen Masken waren unbeholfen und naiv, andere von phantastischer Schönheit. Wir verbrachten Stunden vor Tischen, die ganz voll

Papier, Farbtuben, Plastilin, Pappmaché und einem wirren Haufen bunter Stoffe waren. Wir malten und schnitzten Papierblumen, Büsche und Bäume, um einen Wald darzustellen. Mit Aluminiumfolie bastelten wir einen Wasserfall. Wir malten Krokodile, Affen, Leoparden und Schmetterlinge. Die Farben leuchteten rosa, zitronengelb, dunkelrot, smaragdgrün. Draußen war es grau und regnerisch, aber mir schien, daß alle Farben und Formen immer bunter und leuchtender wurden.

Die Acht- bis Zehnjährigen, die den Spielunterricht besuchten, waren die Kinder überlegender Eltern. Sie ließen den Kindern ihre Freiheit, preßten sie nicht in das bestehende Pauksystem und machten auch nicht kleine Erwachsene aus ihnen. Darum waren die Kinder so unbefangen. Ihre poesievollen Vorstellungen waren nicht vorzeitig vernichtet worden. Kinder brauchen diese heile Welt; später tritt das Leben hart genug an sie heran.

Am Wochenende schlurften alte Frauen und Männer fröhlich kichernd durch die Räume. Ich beobachtete entzückt und gerührt, wie Großmütter mit den Kindern im Kreis kauerten und mit selbstgemachten Stoffbällen *Temari* spielten. Das Aufprallen des zumeist mit Hirse gefüllten Balls, das rhythmische Drehen der Hände und der Zusammenklang der Stimmen lehrte die Kinder, sich in der Gemeinschaft betagter Menschen froh zu fühlen. Es lag soviel bezaubernder Selbstbetrug in dieser Eintracht; gleichwohl mochte jedes Kind, jeder alte Mensch, aus dieser Erfahrung Kraft und Zuversicht schöpfen. Der *Onjôkan* war ein Experiment, eine Utopie. Eltern und Erzieher hatten sich mit grundsätzlichen Fragen befaßt und – im wahrsten Sinne des Wortes – eine Alternative geschaffen, wo das Ungewohnte vielleicht begann, zur Gewohnheit zu werden. Ich wollte glauben, daß ihre Wunschkraft eines Tages siegte, daß ihr Märchen heller wurde und über den mißklingenden Lärm der Massen leuchtete, bis in alle Länder und über die Dunkelheit hinweg. Es wäre ein köstliches Märchen, ein Traum; ich selbst fühlte mich sehr unvollkommen.

»Ich bin nicht sicher, ob ich genug tun kann«, sagte ich zu

Kunio. »Ich habe zu wenig Phantasie. Und im Grunde bin ich hilflos.«

Draußen war es finster und kalt; die Klimaanlage wirbelte warme Luft in den Raum. Kunio kam gerade aus dem Bad und lag neben mir, mit feuchten Haaren und völlig nackt. Seine langen feinen Muskeln schimmerten im Licht.

»Glaubst du das wirklich?« fragte er.

»Als Kind wollte ich, daß die Puppen mit mir sprechen. Aber es nützte nichts, daß ich sie küßte, sie schüttelte, ihnen die Augen ausstach, Arme und Beine ausriß. Die Puppen blieben stumm. Sie hatten keinen Willen, keine eigenen Wünsche. Entsetzlich!«

»Da hast du angefangen zu tanzen.«

»Ich machte mich selbst zum Spielzeug. Das gefiel mir besser.«

Er lächelte.

»Wie du weißt, blieb ich als Junge am liebsten für mich. Möglicherweise war ich ein wenig dumm. Mir kam es so vor, als liefen alle Erwachsenen in die falsche Richtung. Aber vielleicht lag es daran, daß ich ihnen nicht folgen wollte. Ich entsinne mich noch genau, wie befremdend das auf mich wirkte. Deswegen habe ich ein Herz für Kinder.«

Ich lehnte das Gesicht an seine Schulter, atmete den Geruch seiner Haut ein.

»Ich bin nicht immer sehr scharfsinnig.«

Er lachte, und ich lachte auch.

»Im Grunde sind wir uns sehr ähnlich.«

»Im Grunde, ja.«

Er streichelte mein Haar.

»Jemand hat mal gesagt, heirate nur die Frau, die du als Freund nehmen würdest, wenn sie ein Mann wäre.«

»Trifft das auf mich zu?«

»Nein. Männer unter sich sind nicht lustig. Und ich will ein bißchen Spaß im Leben haben.«

Ich hörte auf zu lachen.

»Würdest du mich heiraten?«

Die Frage war nicht geplant gewesen. Sie rutschte mir einfach so heraus. Auch er war plötzlich ernst geworden.

»Hättest du denn Lust?«

Ich kam mir plötzlich töricht vor.

»Ich ... ich weiß es nicht.«

»Sehr klar ist das nicht, was du da sagst.«

Ich sah ihm flüchtig in die Augen.

»Ich glaube, ich möchte schon. Oder hältst du mich für verrückt?«

Er streichelte meinen Handrücken mit dem Zeigefinger.

»Keineswegs.«

Ich seufzte.

»Ob du es glaubst oder nicht, es ist das erste Mal, daß ich einem Mann einen Antrag mache.«

Er kicherte leise.

»Eine Frau in deinem Alter sollte wissen, was sie sagt oder tut.«

»Du bringst mich ganz schön durcheinander. Vor allem, wenn du splitternackt bist.«

Er wälzte sich auf mich, sprach leise an meinem Mund.

»Du mich auch. Du magst mich vielleicht für naiv halten, aber ich wußte nicht, daß Liebe so sein kann.«

Sachte und lustvoll streckte ich mich unter seinem Körper aus, machte mich ganz flach, um soviel wie möglich von seiner Haut zu berühren.

»Und dein Vater, Kunio? Wird er das nicht merkwürdig finden, daß du eine Fremde ins Haus bringst?«

»Aber du bist doch keine Fremde!«

»Nein?«

Er lächelte; wenn er schwieg, sprachen seine Augen für ihn. Ich schmiegte meinen Kopf in die Beuge seiner Schulter.

»Das sehe ich wohl irgendwie ein.«

»Dazu vergißt du eine Kleinigkeit«, sagte er. »Ich hatte schon mal eine amerikanische Frau.«

Langsam und nachdrücklich preßte ich die Lippen auf seinen Hals, spürte die Zartheit seiner Haut, atmete ihren Geruch ein.

Ein lustvoller Schauer durchrann ihn. Ich flüsterte rauh: »Hat sie dich auch so geküßt?«

»Sie machte meistens die Augen zu.«

»Hat sie deinen Eltern gefallen?«

»*Eh?*«

Sekundenlang machte er ein betroffenes Gesicht, bevor er in Gelächter ausbrach.

»Sie haben sie nur auf einem Foto gesehen. Nein, nein, das wäre eine Katastrophe gewesen. So wie sie war ...«

Sein Lachen verschwand. Er beugte das Gesicht zu mir herunter und küßte mich.

»Jeder macht Fehler, das ist unvermeidlich. Aber wir sollten unser Leben nicht vergeuden. Ich glaube, wir bekommen nicht zweimal die gleiche Möglichkeit geboten.«

Ich hörte seinen Herzschlag und meinen Atem. Er sagte die Wahrheit, eine Fremde war ich nicht. Und in bezug auf alles andere hatte er auch recht.

»Und was meine Familie betrifft«, fuhr er fort, »Hanako mag in allem eine Bestimmung sehen, und Rie wird dir sagen, daß keine vernünftige Frau freiwillig in die Ehe geht.«

Ich zog eine Grimasse.

»Ich bin unvernünftig genug, daß ich dich will. Offen gesagt, ich würde es bei keinem anderen riskieren.«

»Da muß ich mich wohl geschmeichelt fühlen.«

Er nahm meine Hand, besah sich die Handfläche und legte sie auf seine: Unsere Hände waren fast gleich groß, von gleicher Farbe und gleicher Form. Er verglich beide Hände mit einer Art von Erstaunen, bevor er kindlich auflachte.

»Seltsam, daß wir uns so ähnlich sehen. Sogar die Hände, *ne?*«

Vielleicht bilden wir uns das nur ein, dachte ich. Aber das, ebendas, ist die Liebe. Unser Glück wurde ausgelöst durch die Worte heiterer Zärtlichkeit, die wir tauschten, durch das Aneinanderdrängen unserer Körper. Wir küßten uns, bis unsere Lippen pochten, tranken unsere Wärme, spürten sie durch alle Poren unserer Haut. Als er in mich eintauchte, öffnete sich mein Körper wie ein schwellender Wasserspiegel, warm, sicher und stark. In unseren Ohren wuchs das Rauschen; unsere Hüften bewegten sich im Gleichklang. Verborgen in unserem tiefsten Inneren war Traum und schwebendes Geheimnis, aber so natürlich, daß es sich kaum lohnte, darüber nachzudenken. Die Finsternis kreiste über uns, doch wir sahen unser Lächeln im Dunkeln, fühlten uns mit tastenden Händen, geübt und gierig. Jeder wußte, was der andere erwartete; wir bewegten uns sanft, fast lautlos, und aus unserer Umarmung wuchs, ganz allmählich, eine mächtige Kraft. Als das Blut in unseren Adern stürmte, schlossen wir die Augen, blickten nach innen, auf dem Höhepunkt der Lust, die uns im jähen Schwindelgefühl niederriß. Und die Benommenheit danach war so überwältigend, daß wir einen Augenblick lang wie ohnmächtig ruhten und dann erst wieder die Augen aufschlugen, als die Berührung unserer verschwitzten Körper uns in die Wirklichkeit zurückholte. Dann lagen wir dicht nebeneinander und sahen uns an, die Augen noch umwölkt von der Verzückung.

»Wir werden es immer wieder tun«, sagte er dumpf. »Wir können niemals aufhören, *ne?*«

Ich strich mit dem Finger über seinen Mund.

»Es fiele mir wirklich schwer, darauf zu verzichten.«

»Unsere Körper sind jetzt daran gewöhnt«, sagte er. »Sogar wenn wir schlafen, wissen wir es. In Japan gibt es ein Wort dafür.«

Er sagte es mir. Lachend verbarg ich das Gesicht an seiner Schulter. Er lachte auch, und es dauerte eine Weile, bis wir wieder zu Atem kamen. Dann wurde sein Ausdruck wieder ernst. »Ich werde mit meinem Vater reden. Ziemlich bald sogar.«

Die Selbstverständlichkeit, mit der er die neue Situation aufgriff, war typisch für ihn. Aber ich war doch etwas ängstlich.

»Laß das nicht völlig überraschend auf ihn los. Jetzt, wo er nur an das Schwert denkt.«

Er zögerte und nickte dann.

»Also gut. Vielleicht ist es besser, wir warten. Sonst hört er womöglich nicht zu.«

»Ich bin vielleicht nicht die Schwiegertochter, die er sich vorstellt.«

»Schon möglich, daß meine Mutter nach anderen Maßstäben geurteilt hätte. Oder vielleicht auch nicht, sie war sehr unberechenbar. Mein Vater analysiert nicht – das wäre ihm zu anstrengend. Daneben hat er für Bescheidenheit wenig übrig. Er mag es, wenn andere ihm imponieren – vorausgesetzt, daß sie etwas zum Imponieren haben. Du gefällst ihm.«

»Er gefällt mir auch«, sagte ich betrübt.

»Er ist stur.«

Stur ja, aber mit großer Eleganz und noch größerem Stolz. Ich erlag diesem Zauber, erkannte in ihm einen Adel, so alt wie das Blut, einen Hang zum Absoluten, die Verachtung jeder kleinlichen Knauserei. Ein lebender Anachronismus, der sich den Ereignissen beugte, gerade so viel, als nötig war, mit der widerstrebenden Biegsamkeit einer stählernen Schwertklinge.

»Du kannst ihn nicht ändern«, sagte ich.

»Nein, seine Kräfte schwinden. Zusehends.« Ein Seufzer hob Kunios Brust. »Immerhin werde ich ihm sagen, daß du dir Sorgen machst. Vielleicht verhält er sich dann etwas vernünftiger. Er weiß, daß seine Tage gezählt sind. Und er wird sich freuen, dich als Schwiegertochter zu haben.«

»Das ist ein ganz und gar anderes Thema, oder?«

Er ließ seine Finger durch mein Haar gleiten. Geistesabwesend.

»Manchmal habe ich wie Hanako das Gefühl, daß alles irgendwie zusammenhängt ...«

# 48. Kapitel

In der zweiten Dezemberhälfte fühlte sich Kunihiko gar nicht gut. Seine Erstickungsanfälle hatten sich seit einiger Zeit häufiger und stärker eingestellt. Das eiskalte Regenwetter war Gift für ihn; ein paar Tage lang konnte er nicht in der Werkstatt arbeiten.

»Er rechnet nicht damit, wie anstrengend das ist«, sagte Kunio. »Seit ein paar Nächten spürt er sein Herz, er schwitzt und liegt mit offenen Augen in der Dunkelheit. Zu mir sagte er: ›Das ist eine hergebrachte Vorschrift: Ein Auftrag muß ausgeführt werden.‹ Wird das Schwert nicht für die Ausstellung fertig, würde er sich selbst auf ewig für den größten aller Versager halten. Von diesem Gedanken ist er nicht abzubringen und wird unausstehlich. Ich muß ihn wieder in die Klinik schleppen.«

Kunihiko ließ sich nur – wenn überhaupt – vom Chefarzt einer bekannten Privatklinik untersuchen, mit dem er seit Jahren befreundet war.

»Dr. Takeuchi ist ein bekannter Herzspezialist. Leider ist er bald achtzig«, sagte Kunio.

Ich traute meinen Ohren nicht.

»So alt!«

»Japanische Ärzte praktizieren, bis sie senil werden«, Kunio seufzte. »Takeuchi ist eigentlich noch gut in Form. Aber er behandelt meinen Vater wie ein rohes Ei. Wenn er ihm nur zu widersprechen wagte!«

Er rief in der Klinik an, bekam einen Termin für den nächsten Tag. Während er frühmorgens nach Miwa fuhr, machte ich eine Stunde Grundtraining. Doch mein Körper fühlte sich ungelenk an, mein Denken war langsam. Das Üben fiel mir schwer. Ich brach vorzeitig ab, duschte, zog mich warm an und machte mich auf den Weg zum *Onjôkan*. In zwei Wochen war Neujahr, die Proben für unser Märchenspiel verlangten viel Vorbereitungen. Ich befaßte mich mit der Herstellung einer Maske aus Pappmaché für die Waldfee, die ich in der Aufführung darstellen würde. Während meine Hände arbeiteten, wanderten meine Gedanken ruhelos umher. Von einem Tag zum anderen war die Temperatur gesunken; es wehte ein eiskalter Wind. Auf den Steinen lag Rauhreif, und am Himmel zogen fahle Wolken. Irgend etwas beschäftigte mich, ich hätte nicht sagen können, was es war. Es hing mit Dingen zusammen, die tief in mir verschüttet lagen, in einem fernen Winkel meines Bewußtseins. Alle Geräusche, selbst das Rascheln des Papiers, verursachten mir ein Unbehagen. Ich hatte das Gefühl, daß die Erde unter meinen Füßen dichter und gespannter wurde, als ob sie im nächsten Augenblick zu zerspringen drohte, wie eine zu straff gespannte Kruste. Unruhig saß ich da, während meine Hände sich wie von selbst bewegten. Geschickt und methodisch formte und klebte ich das Pappmaché, bemalte es mit leuchtenden Farben. Nach einer Weile richtete ich mich auf, mit steifem Rücken. Ich hatte Schmerzen in den Gelenken und ein starkes Bedürfnis nach Schlaf. Gähnend betrachtete ich die Maske. Sie war perfekt gelungen: ebenmäßig, geheimnisvoll, genau wie ich sie mir vorgestellt hatte. Während die Farben trockneten, überlegte ich, daß eine Krone aus grünem Blattwerk die Maske wundervoll ergänzen würde. Es mußte ein helles, schönes Grün sein, die kräftige Farbe der Blätter im Frühling. Die Maske war inzwischen getrocknet. Ich ergriff sie behutsam und stand auf, wobei ich leicht stolperte. An der Wand war ein großer Spiegel angebracht. Ich trat auf ihn zu, hielt die Maske vor mein Gesicht. Und schlagartig entglitt und verschob sich die Zeit: Die Maske krallte sich fest, überzog mein Gesicht, wie eine Haut aus Eis. Die Kälte umhüllte mich ganz, sie lag unmittelbar auf den Augäpfeln. Durch die Löcher der Maske wirkten alle Dinge fern, verschwommen und gleichzeitig gläsern klar. Ich sah das fremde

Antlitz vor mir, andersgeartet, als ich es gemacht hatte. Ich hatte für die Maske viel Zeit und Liebe aufgebracht, und jetzt entzog sie sich mir, besser gesagt, sie verwandelte sich. Etwas Unheimliches strömte in sie ein, das stärker war als ich und von mir Besitz ergriff. Erinnerungen zuckten und flackerten wie Blitzlichter. Vor meinen Augen schwebten die Bilder eines längst vergessenen Traumes: berstende Gebäude, einstürzende Pfeiler, explodierende Feuergarben und eine blutige Hand, aus der Erde ragend, die sich langsam, blütengleich bewegte. Ein Schauer erfaßte mich, meine Waden zitterten. Brechreiz stieg in mir auf. Diese Bilder wollte ich nicht sehen. Sie waren schrecklich, erschreckend. Ich hatte sie vergessen. Es war damals gewesen, als ich die Maske des Ranryô-ô trug und Zwiesprache mit ihm hielt. Was hatte der Ranryô-ô gesagt? Oder vielmehr, was hatte ich geglaubt, daß er gesagt hatte? Ich nahm hastig die Maske ab, starrte in den Spiegel. Mein Gesicht war wieder da, blaß, als ob es etwas von der grünlichen Farbe angenommen hätte. Ich schloß halb die Augen, mir schwindelte. Meine Haut war mit einem leichten Schweißfilm überzogen. Was ich jetzt brauchte, war eine Tasse Kaffee. Ich legte die Maske auf den Tisch und ging nach draußen; im Gang, neben dem Empfang, befand sich eine Kaffeemaschine. Miki Kawasaki, die neue Empfangsdame, lächelte mir zu. Mit ihrem Pferdeschwanz und ihrem roten Pullover sah sie wie ein Schulmädchen aus. Ich lächelte zurück und ließ mir eine Tasse einlaufen. Ich riß die winzige Papierhülle auf, schüttete Zucker in die Tasse und rührte um. Der Kaffee war nicht gut. Ich trank ihn zu schnell und verbrannte mir die Zunge. Nein, dachte ich, ich werde mit der Maske nicht auftreten. Alles machte mich nervös, nichts war logisch. Was war es denn nur, was mich so beunruhigte? Ich will es nicht wissen, dachte ich, ich will mit diesen Dingen nichts mehr zu tun haben. Sie passen nicht an diesen Ort. Wie soll ich mit Kindern arbeiten, wenn sich gefährliche Schatten in mir regen? Kinder haben ein feines Gefühl für diese Dinge; ich will sie nicht verunsichern.

Nein. Ich würde die Maske nicht tragen. Weder diese, noch

eine andere. Masken bekamen mir nicht. Weg damit, in den Papierkorb! Ich würde mein Gesicht mit einem Blattmuster bemalen, winzige Zweige andeuten, die Augen mit gelber Schminke in zwei große Blüten verwandeln. Ja, das würde hübsch sein. Ich wollte Ruhe für die Kinder, dachte ich, aber ich wollte sie für mich. Ich wollte an mein Spiel glauben, wie früher, als ich Kind war. Wie viele Puppen hast du damals zerbrochen, Ruth?

Kunio kam erst spät abends zurück; ich hörte, wie er den Wagen in den Hof fuhr. Das Licht der Scheinwerfer glitt über die Wände und erlosch. Ich atmete erleichtert auf; Schneeflocken wirbelten in der Dunkelheit, und die Straßen überzog Glatteis. Kunio stapfte schwerfällig die Treppen hinauf. Ich öffnete, während er draußen seine Stiefel abschüttelte; er roch nach Holzkohle, sein Gesicht war eingefallen, seine Haut grau vor Erschöpfung.

»Was ist passiert?« fragte ich. Er verzog unfroh die blassen Lippen.

»Das klingt, als wollte ich Eindruck schinden. Aber ich war den ganzen Tag in der Werkstatt.«

»Und dein Vater? Warst du nicht mit ihm in der Klinik?«

»Zunächst, ja. Und dann wollte er arbeiten.«

»Bei dieser Kälte?«

»Er wäre die ganze Nacht geblieben. Ich mußte ihn aus der Schmiede zerren. Alles wieder in Ordnung bringen.«

»Nimm sofort ein heißes Bad«, sagte ich. »Du bist ja total durchfroren.«

Kunio zog sich aus, langsam, mit steifen Bewegungen, und ging ins Bad. Ich hörte, wie er die Abdeckung der Wanne zurückrollte, sich mit heißem Wasser übergoß. Ich öffnete den Kühlschrank, holte eine Flasche Cognac heraus und nahm ein kleines Glas. Dann schob ich die Glastür zum Bad auf und ging hinein. Dampfschwaden hingen in der heißen Luft. Kunio saß mit angezogenen Knien in der Wanne und lehnte den Hinterkopf an den Rand, die Augen halb geschlossen. Sein Gesicht war wieder entspannt, und sein Atem ging ruhiger. Ich setzte mich auf den Rand, reichte ihm das Glas, in das ich nur wenig Cognac gegossen hatte. Kunio hatte keine besondere Vorliebe für Cognac, doch er trank ihn manchmal, wenn er müde oder aufgeregt war. Er richtete sich auf, blinzelte und nahm einen tiefen Schluck.

»Jetzt ist mir besser«, murmelte er.

Ich tupfte ihm mit dem kleinen weißen Waschlappen den Schweiß vom Gesicht.

»Und dein Vater?«

Er seufzte.

»Der alte Takeuchi hat ihn auskultiert und durchleuchtet und unter tausend Entschuldigungen gebeten, sein Leben ab sofort anders zu organisieren.«

»Was meinte er mit organisieren?«

»Nicht mehr in der Werkstatt arbeiten. Kein einziges Mal mehr.«

»Und?«

»Mein Vater war höflich. Und kalt wie ein Eisblock. Wenn ihm etwas nicht paßt, wird er herablassend. Zu Unrecht obendrein.«

»In seinem Alter hat man Narrenfreiheit.«

»Leider. Alle Ärzte sind gleich, sagte er zu mir, als wir aus dem Sprechzimmer kamen. Man braucht sie bloß anzusehen, und schon fühlt man sich krank. Sogar auf Takeuchi sei kein Verlaß mehr, der Trottel beharre auf ganz sinnlosen Dingen. Und er brauche noch lange keinen Katheter. Er bebte vor Zorn, ich habe ihn selten so aufgebracht gesehen. Er befahl mir, mit ihm in die Werkstatt zu gehen. Ich protestierte. Er schnauzte mich an, wieso ich es überhaupt wagte, ihm zu widersprechen. Also gut. Ich heizte den Schmiedeherd, und er zog den ganzen Arbeitsvorgang durch. Wie in Trance, als ob die Werkzeuge für ihn gewichtslos seien. Neun Stunden lang, kannst du dir das vorstellen? Die Klingenflachseite ist jetzt perfekt.«

»Fertig, endlich?«

»Fertig, ja. Die schönste, die ich bei ihm gesehen habe. Ich fragte ihn: ›Bist du jetzt endlich zufrieden?‹ Er sah mich böse an: ›Dazu ist noch kein Anlaß.‹ Er hatte glasige Augen, konnte kaum sprechen, sich nicht mehr auf den Beinen halten. Ich mußte ihn stützen, wie ein kleines Kind. Und dazu noch höflich sein, verdammt, wo ich ihn am liebsten angeschrien hätte. Rie hatte inzwischen das Badewasser für ihn erhitzt. Sie kochte ihm Reisschleim, das einzige, was er noch zu sich nimmt, und brachte ihn ins Bett.«

»Hoffentlich schläft er endlich.«

»Nein. Nachts liegt er stundenlang wach, beschäftigt sich mit der Frage nach dem *Horimono*, der Gravur. Er will da etwas ganz besonderes schnitzen, zerbricht sich seit Wochen den Kopf darüber. Und macht aus jedem Detail eine Geheimniskrämerei.«

»So ist er eben.«

»Er war schon früher wunderlich gewesen, aber nie so schlimm wie jetzt. Er weiß, daß ihm nur noch wenig Zeit bleibt.«

Ich hob die Flasche auf und schenkte ihm noch einmal Cognac ein. Kunio nahm einen tiefen Schluck.

»Dr. Takeuchi hat mich gewarnt. Sein Herz kann jeden Augenblick stehenbleiben.«

# 49. Kapitel

In dieser Nacht fand ich lange keinen Schlaf. Auch Kunio warf sich unruhig hin und her, bevor sein Atem regelmäßig ging. Hinter den gläsernen Schiebetüren fegte der Dezemberwind Wolken nach Süden; manchmal wurde der Halbmond sichtbar, eine phosphoreszierende Klinge. Dann glitten neue Wolken durch die Nacht. Am Himmel war ein ständiger Wechsel zwischen Hell und Dunkel. Vor der Fenstertür knisterten Zweige. Dann wurde es still; das Geräusch blieb gleich, aber es rückte in die Ferne, als ich einschlief. Im Traum sah ich ein Mädchen tanzen. Sie tanzte zu den Klängen eines Koffergrammophons, in einem kleinen Zimmer mit Holzwänden. Ein zweites Mädchen – eine Japanerin – kniete am Boden; sie hielt den Oberkörper sehr gerade, hoch aufgerichtet. Ihr Gesicht war ernst, doch schien es nur darauf zu warten, daß ein Lächeln darübergleiten durfte. Beide Mädchen trugen einen marineblauen Faltenrock, eine weiße Bluse. Das tanzende Mädchen hatte rostrotes Haar, lockig und kurz geschnitten; die Augen blickten träumerisch unter dichten Brauen. Die Musik war eine intensive, dramatische Opernarie. Ich hatte sie oft bei meiner Mutter gehört. Puccini: »Tosca«, ja natürlich. Ein Tenor sang. Ich sagte mir, das ist Enrico Caruso. Lea hatte ein Faible für ihn, obwohl er schon siebzig Jahre tot war und die alten Plattenaufnahmen die Stimme verfälschten. In meinem Traum sang er die Arie des Cavaradossi: *E lucevan gli Stelle*. Und jetzt tanzte das Mädchen nach dieser Musik. Es drehte sich im Kreis, langsam und mit großer Anmut. Ihre Augen waren weit geöffnet, aber blind, sie sahen nur nach innen. Ihr Körper war grazil, beispiellos poetisch, eine wehende Linie. In meinem Traum wußte ich, daß sie unterernährt war, am Rande ihrer Kräfte; länger als die Arie dauerte, würde sie nicht tanzen können. Sie hob sich auf die nackten Zehenspitzen, und die Ausgewogenheit ihrer Balance zeigte, daß sie eine Ballettschule besucht hatte. Immer noch tanzend näherte sie sich der knienden Japanerin, streckte die Arme nach ihr aus. Die Japanerin wippte auf die Fersen zurück, erhob sich geschmeidig. Jetzt tanzten sie beide, wobei das rotgelockte Mädchen ihre Freundin führte. Sie sahen sich dabei an, und auf ihren Gesichtern erwachte das gleiche Lächeln, sehr fern, so unbewußt, daß es entrückt wirkte. Sie hielten sich an den Händen, legten dann langsam die Arme umeinander. Und als Carusos Stimme mit einem letzten Schluchzen erstarb und nur noch die Nadel auf der Platte kratzte, da standen sie Schläfe an Schläfe, ihre erhitzten Gesichter berührten sich, und in ihren Augen war ein leichtes Erschrecken. Plötzlich, in meinem Traum, heulte eine Schiffssirene, mehrmals, langanhaltend. Die Gestalten der Mädchen verblaßten; ich nahm sie nur noch als sanfte Silhouetten wahr, wie im Nebel. Dann löste sich das Bild auf. Was blieb, war das Geräusch; keine Schiffssirene, nein, sondern das Klingeln des Telefons. Ein paar Sekunden lag ich benommen da, dann drehte ich mich auf den Rücken und öffnete die Augen, im selben Atemzug, da Kunio sich schlaftrunken aufrichtete und über mich hinweg nach dem Hörer griff. Ein Schauer überlief mich, mein Herz hämmerte. Instinktiv tastete ich nach dem Lichtschalter; der milchige Schein der kleinen Stehlampe traf schmerzhaft meine Augen. Ich lag so dicht neben Kunio, daß ich Ries Stimme vernahm, als er den Hörer an sein Ohr drückte.

»Kunio ... Vater geht es nicht gut. Ich habe den Krankenwagen bestellt.«

Unsere Blicke trafen sich; er richtete sich auf den Ellbogen auf. Jeder Rest von Schläfrigkeit war von ihm abgefallen.

»Ich komme.«

Er legte den Hörer auf. Ich sah auf die Uhr. Bald vier. In jenen frühen Stunden vor Tagesanbruch, in denen die Menschen am häufigsten sterben, war es im Zimmer eiskalt. Kunio stand auf, schaltete die Klimaanlage an, die wir in der Nacht abstellten. Er las seine Kleider auf, die verstreut am Boden lagen, und begann sich anzuziehen. Ich warf die Daunendecke zurück, wankte ans Fenster; draußen hing eine schwebende Schicht aus Nebel. Kunio griff nach dem Autoschlüssel.

»Ich habe das irgendwie erwartet.«

Ich nickte mit zugeschnürter Kehle. An der Tür legte er kurz beide Arme um mich, schmiegte sein Gesicht, noch warm vom Schlaf, an meines.

»Ich rufe dich an.«

Er zog seinen Parka an, stieg in seine Stiefel, die vor der Tür standen, und ging aus dem Zimmer. Die Tür fiel hinter ihm zu. Ein paar Augenblicke später hörte ich, wie er den Motor laufen ließ, um ihn zu erwärmen. Inzwischen stieß er das Gartentor auf. Vom Fenster aus sah ich, wie er einstieg, die Wagentür zuschlug. Das Licht der Scheinwerfer huschte durch die Nacht. Der Wagen fuhr die Straße entlang, und alles wurde still. Leise, behutsam legte ich mich auf den Futon, wo er gelegen hatte, umströmt noch von seiner Wärme. Ich dachte, was nützt es, wenn ich wach bleibe? Ich wollte schlafen, doch die Gedanken schwirrten wild und planlos umher, brachten das weite Feld der Erinnerung in Bewegung, weckten Trauer und Mitgefühl. Der Schmerz, der uns – für ein paar Stunden – voneinander trennte, riß mein Denken aus der Bahn. Kunio, wie ich dich liebe! Eine Zeitlang warst du ein verlorener Einzelgänger; der Ernüchterung aber, die auf dich zukam, konnte nur dein starkes Fühlen entgegenwirken. Jetzt hat dein Leben in der Schwebe ein Ende. Vor dem Bild eines Sterbenden wirst du in dir selbst versinken, fassungslos und still. Und gleichzeitig beginnen, in dir selbst ein neues Bild zu formen, ein Bild, in das du hineinwachsen wirst – für immer.

Ich schlief ein; doch nicht lange. Kurz nach acht klingelte das Telefon. In der milchigen Dämmerung griff ich nach dem Hörer. Es war Kunio, der anrief, um mir zu sagen, daß sein Vater gestorben war.

»Gegen Mitternacht hörte Rie, wie er aufstand und sich an seinen Schreibtisch setzte. Rie war es gewöhnt, daß er nachts manchmal arbeitete, und schlief wieder ein. Wir sahen heute morgen, daß er ein paar Skizzen für die Schnitzerei entworfen hatte, ein sonderbares, formloses Gekritzel. Plötzlich erwachte Rie. Irgend etwas war nicht in Ordnung. Sie spürte einen kalten Luftzug. Kunihiko war nicht in seinem Zimmer, die Haustür stand offen. Rie ergriff hastig einen Mantel, schlüpfte in ihre Stiefel. Sie sah Kunihikos Spuren im Schnee. Er war zu Hanako ins Nebenhaus gegangen – barfuß! Hanako verschloß nie die Haustür, Taro schlief ja in der Küche. Der Hund war still geblieben, als Kunihiko sich im Dunkeln durch den Gang tastete, die Schiebetür zu Hanakos Atelier aufzog. In diesem Augenblick erlitt er einen Schlaganfall. Hanako hörte einen heftigen Stoß, ein krachendes Splittern. Kunihiko hatte sich an der Schiebetür gehalten, sie fast aus der Schiene gerissen und dabei mit dem Arm das Reispapier durchstoßen. Er hing im Rahmen, die ganze linke Körperseite war schon gelähmt, als Rie atemlos angelaufen kam. Beide legten den Bewußtlosen behutsam auf die Matte. Rie bestellte die Unfallambulanz und rief Dr. Takeuchi an. Als Vater in die Intensivstation kam, war sein Gesicht blau verfärbt, er röchelte bereits.«

Ich versuchte, meine wirren Gedanken zu sammeln.

»Was suchte er bloß in Hanakos Atelier?«

»Das weiß kein Mensch. Dr. Takeuchi sagt, es käme oft vor, daß Kranke kurz vor dem Schlaganfall wieder besonders lebhaft werden. Sie reden vehement, entwickeln einen starken Bewegungsdrang. Als ob sich die Gehirnfunktion, bevor sie aussetzt, ein letztes Mal steigern würde.«

Manche Patienten, sagte Dr. Takeuchi, überleben noch wochenlang. Er reservierte für ihn ein Zimmer in der Klinik, und Rie fuhr nach Miwa zurück, um die nötigen Sachen für ihren Vater zu holen. Inzwischen saß Kunio in der Intensivstation am Bett des Sterbenden und hielt seine Hand, obwohl er kaum annahm, daß sein Vater es fühlen konnte. Die Monitore summten, er starrte auf die flimmernde Herzkurve, hörte das pulsierende Geräusch der Überdruckbeatmungsmaschine. Hinter dem Kontrollpult saß eine Schwester, mit ruhigem, geduldigem Gesicht. Die Geräusche in Kunios Wahrnehmung wurden zu einem Rauschen der Zeit-Augenblicke, die sich irgendwo in einer Tiefe verloren. Über Kunihikos Bett brannte ein grünes Lämpchen. Seine ganze übriggebliebene Kraft schien auf das Dehnen und Einziehen der Rippen gerichtet, einer Aufgabe, der er ununterbrochen, aber nur mit schwacher Kraft nachkam. Kunio, der die Augen nicht von dem Monitor ließ, sah die Herzkurve immer flacher werden. Kunihikos Atem war nur noch eine Sache des Mechanismus, der ihn in Gang hielt; er selbst entfernte sich mit jedem Augenblick weiter. Kunio spürte, wie das Leben sich aus seinem Vater zurückzog, in einer mächtigen, leise rauschenden Woge, wie zurückziehende Wasser, die jene Meerestiefen freigeben, die kein Lebender jemals erblicken wird.

Kunio sah genau die Sekunde, in der sein Vater starb. Kunihiko zuckte ein paarmal zusammen. Seine Hand tastete über die Decke, fand Kunios Hand, krallte sich um sie. Er öffnete die Augen. Kunio beugte sich über ihn, legte sein Gesicht an das seine. Kunihikos Augen blitzten, sprühten nahezu Funken. Er versuchte mit verzweifelter Kraft zu sprechen, doch vergeblich. Kunio sah, wie das Gesicht des alten Mannes sich verzerrte. Die letzten, keuchenden Atemzüge des Sterbenden strichen über seine Haut. Sein Atem ging pfeifend, wurde schwach, schwächer, versagte; dann rasselte er wieder, selbst Kunios Herzklopfen vermochte ihn nicht zu übertönen. Dann schüttelte den Sterbenden ein heftiger Krampf, er warf die Füße hoch, sein Mund verzog sich. Sein Herz schlug ein paarmal stürmisch. Sein Leben entfloh, die weit offenen Augen starr. Dann setzte sein Herz endgültig aus. Nach einer Weile legte Kunio sanft seine Hand auf das Gesicht des Vaters und schloß ihm die Lider.

Es war sieben Uhr; der Anbruch eines schneekalten Morgens im Dezember. Kunio verweilte noch eine Zeitlang am Bett des Verstorbenen. Er hatte gebeten, daß man ihn allein ließ.

»Ich dachte an das, was du mir so oft gesagt hast, Ruth: daß die Toten in uns weiterleben. Und genau das war es, was ich nun empfand. Ein Austausch hatte stattgefunden: Sein Atem war in meine Lungen gedrungen. Dieses Ende war gleichzeitig ein Anfang. Das Gefühl erfüllte mich mit Schmerz und Wehmut, aber auch mit Stolz. Vielleicht war Kunihiko bei Bewußtsein gewesen, als er meine Hand umklammerte. So, wie ich ihn in Erinnerung habe, möchte ich es glauben. Er hatte sein Leben gelebt; aber seine Aufgabe war nicht vollendet. Dieser Gedanke war für ihn sehr quälend. Irgend jemand muß es tun, das Werk für ihn zu Ende führen. Das Leben ist ein Kreis. Komisch, daß ich dachte, ich könnte entkommen. Eine Zeitlang wollte ich das Leben als gerade Linie ansehen, oder als Viereck. Dabei war für mich alles schon vorgeschrieben gewesen, von frühester Kindheit an durch Jahre und Jahre bis zu dieser Stunde – als mein Vater starb. Jetzt ziehe ich einen Kreis in Gedanken. Und alles wird rund.«

Kunio sprach stockend, wie unter schwerem Druck. Ich preßte mein Ohr an den Hörer, um ihn besser verstehen zu können.

»Und ich?« fragte ich leise. »Wo stehe ich in diesem Kreis?«

Ich hörte, wie er atmete.

»Du«, sagte er, »du stehst in der Mitte.«

Die Vorbereitungen zur Bestattung nahmen mehrere Tage in Anspruch. Der buddhistische Priester, der die Zeremonie leiten würde, gehörte – wie Kunios Familie – der *Shugendo*-Glaubensform an. Auch in den Medien war Kunihikos Tod nicht ohne Widerhall geblieben. Fernsehen und Presse schickten Reporter. Vertreter der Geschäfts- und Finanzwelt, Museumsleiter und Galeriebesitzer reisten für den Anlaß nach Miwa. Das Ganze hätte leicht zu einem Rummel ausarten können, aber Kunio bestand darauf, daß man dem Verstorbenen, seinem sozialen Rang entsprechend, die einfachsten Ehren erwies.

Wie es der Brauch war, wurde die *Otsuya* – die Totenwache – im Haus abgehalten. In einen weißen Kimono gehüllt, lag Kunihiko mit dem Kopf nach Norden in einem offenen Sarg.

Ich wunderte mich, wie klein und zart der Verstorbene wirkte; ich hatte ihn als die Verkörperung von Kraft und Energie in Erinnerung. Der Tod enthüllte den Adel dieses Gesichtes, die harmonische Strenge der Züge. Die blaue Färbung war verblaßt, die Haut war glatt und wachsgelb. Die Hände, die das Feuer gezähmt und die Eisenbarren gehämmert hatten, lagen zart um einen Sterberosenkranz aus weißen Holzperlen. Der Sarg stand vor einem Altar, auf beiden Seiten von dichten Blumengirlanden umrahmt. Er reichte vom Boden bis zur Zimmerdecke und wirkte wie ein Filigran aus verschlungenen Ornamenten. Große Kerzen brannten, und in silbernen Schalen schimmerte Wasser. Auf dem Altar stand ein großes Porträt von Kunihiko in seiner weißen Zeremonialkleidung mit dem traditionellen schwarzen *Eboshi*-Hut. Die Vergrößerung brachte die weichen Züge zur Geltung, dieses seltsam schwebende Lächeln, das auch Kunio eigen war.

Die Bestattung fand am nächsten Tag statt. Es war eiskalt. Der Schnee rieselte auf die Kiefern und Kakibäume. Vor dem Eingang waren schwarzweiße Stoffbahnen mit dem Familienwappen der Harada aufgehängt. Große Kränze aus Papierblumen, alle schwarzweiß und auf Holzständern befestigt, trugen die Namen der Kondolierenden. Rechts neben der Tür saß ein entfernter Verwandter hinter einem Tisch, der mit einem weißen Tuch bedeckt war. Die geladenen Gäste blieben dort stehen, um sich ins Gästebuch einzutragen und der trauernden Familie in einem schwarzweißen Umschlag einen Geldbetrag als Trauergeschenk zu überreichen. Später würde die Familie den Gebern ein Gegengeschenk senden, das etwa die Hälfte des erhaltenen Geldbetrages ausmachte. Unter den Trauergästen befanden sich auch Daisuke, Sagon und Aiko. Beide Männer trugen schwarze Anzüge, denn sie waren nicht als Priester, sondern als Freunde der Familie anwesend.

Bald war der Raum voller Menschen, die in Reihen vor dem Altar knieten. Der buddhistische Priester, ein rundlicher Mann, sang mit kraftvoll-dumpfer Stimme die Gebete, die um Hilfe und Führung des Wandernden auf dem jenseitigen Pfad baten. Die Kerzen brannten, der Weihrauch kräuselte sich durch das Schnitzwerk des Altars aus vergoldetem Pappelholz, füllte den Raum mit einem Geruch nach Rinden und Gräsern. Ab und zu tönte in der Stille das rhythmische Klopfen einer hölzernen Trommel, und zwei andere Priester erhoben kleine Zimbeln über ihre Köpfe, schlugen klingend und sanft die Begleitung. Dann kniete Hanako vor dem Altar, opferte Weihrauch und sprach ein Gebet. Sie wirkte sehr klein in ihrem schwarzen Kimono, das weiße Haar im Nacken zu einem Knoten gebunden. Ich beobachtete die ruhige Haltung, die geschickte Art, wie ihre verkrüppelte Hand die vorgeschriebenen Gesten ausführte. Ihr Gesicht war blaß und eingefallen. Sie mußte müde sein. Aber sie hatte schon viele Bestattungen miterlebt; ihre Erinnerungen waren lebenskräftig. Nach einer Weile half ihr Kunio wieder hoch, führte sie langsam an ihren Platz, bevor er gelassen die gleiche rituelle Handlung vollzog. Doch etwas an dieser Trauerfeier paßte nicht zu ihm; in seiner Ruhe lag etwas Abwesendes. Mir kam in den Sinn, daß Kunihiko die Riten mit der gleichen Distanziertheit vollzogen hätte. Als ob er dachte, daß solche Dinge nicht wirklich wichtig waren. Es waren bloß Spielregeln; widrig, aber sie mußten getan werden. Nun kam Rie an die Reihe. Sie war sehr modisch gekleidet, in ein schwarzes Kostüm aus Moiré, elegant und theatralisch. Ihr Gesicht war dezent geschminkt, die Augen kühl. Sie war die Tochter des Schmiedemeisters; sie wußte, was sie den Vorfahren schuldig war. Die Vergangenheit hatte ihren Charakter gebildet, äußere Konventionen berührten sie nicht. Kunihikos Blut war ihr Blut; sie zeigte nicht die Spur von bescheidener Demut.

Nacheinander standen nun die Trauergäste auf, gingen die kurze Entfernung bis zum Altar und knieten dort nieder. Der Raum war mit Geflüster und leisen Schritten angefüllt. Und dann war die Zeremonie vorbei; der Sarg war, dem Brauch entsprechend, von Kunio zugedeckt worden. Dann hatte er mit einem Stein die Nägel zugeschlagen; die Einäscherung würde zwei Tage später im Krematorium vorgenommen werden.

Das Abschiedsessen fand im großen Wohnraum statt, dessen Schiebewände ganz zurückgezogen wurden. Das fertige Mahl hatte ein Restaurant geliefert; das Geschirr wurde abgeholt und die Küche in Ordnung gebracht. Förmlichkeit und Andacht wurden jetzt nicht mehr verlangt. Der Saal war voller Eßgeräusche und Stimmen, es herrschte ein ständiges Kommen und Gehen. Die Fotografen, die sich bisher diskret verhalten hatten, verfielen in hektische Betriebsamkeit, schoben sich mit beharrlicher Ellbogenarbeit durch die Menge. Ein Techniker trug eine Kamera auf den Schultern, der Assistent zog Kabel hinter ihm her. Blitzlichter flammten auf. Prominente warfen sich in Positur.

»Mein Vater würde das alles abscheulich finden«, sagte Rie. »Er hat die sogenannte Elite nie ernst genommen. Er wollte sich nicht ihretwegen zum Narren machen. Kunio gleicht ihm sehr.«

Sie sah ungeduldig aus und rauchte nervös. Der Schnee hatte nachgelassen. Draußen schien etwas Sonne, aber sie brachte keine Wärme. Durch die offene Schiebetür beobachteten wir Kunio, der von zwei Reportern bedrängt wurde. Ganz ruhig stand er da, warf manchmal mit einer unbewußten Bewegung sein Haar aus dem Gesicht.

»Er hat viel Geduld,« sagte ich.

»Es ist das erste Mal, daß ich ihn im schwarzen Anzug sehe. Er steht ihm eigentlich nicht übel«, stellte Rie fest.

Wir tauschten einen Blick. Wir hatten keine Geheimnisse voreinander. Es war ein schönes Gefühl.

»Er spielt seine Rolle gut«, meinte ich.

Sie stieß den Rauch durch die Nase.

»Das sind Dinge, die man uns nicht sagen muß. Wir – die Harada – haben ein Gefühl, das man wohl empfinden, aber nicht zeigen sollte. Wir selbst nennen es Stolz, du kannst es ruhig Dünkel nennen, wenn du findest, daß es besser zutrifft. Aber vielleicht fehlt uns etwas von der Verrücktheit, die mein Vater noch hatte.«

»Kunio hat sie«, entgegnete ich.

Sie verzog die Lippen auf eine Art, die ihr kühles Gesicht plötzlich weich und schelmisch erscheinen ließ.

»Eine Zeitlang drückte er die Augen fest zu. Mein Vater hat immer darauf gewartet, daß er sie öffnet. Jetzt bringt er ein Opfer, aber er hat etwas dafür bekommen, *ne?*«

Wir sahen uns an. Und plötzlich lächelten wir beide.

Aiko und Sagon machten mir ein Zeichen. Ich ging auf sie zu; wir begrüßten uns. Aikos Gesicht war blaß gepudert, ihr Haar zu einem schlichten Knoten im Nacken geschlungen. Zu ihrem schwarzen Kimono trug sie eine schmale, aber sehr schöne Perlenkette.

»Der Anlaß ist sehr traurig, *ne?*« sagte sie. »Aber das Leben wird jeden Augenblick wiedergeboren.«

»Er war ein besonderer Mensch«, erwiderte ich.

Sagon betrachtete mich, unbefangen und prüfend. In seinen Augen lag soviel Lebenskraft, daß ich mich gestärkt fühlte.

»Du bist auch etwas Besonderes, Ruth. Das weißt du doch, oder?«

»So genau kann ich das nicht sagen.«

»Nein?« Ein Lächeln flackerte auf seinem Gesicht. »Menschen, die einander ähneln, treffen sich früher oder später.«

Aiko legte ihre leichten, kräftigen Finger auf meinen Arm.

»Vielleicht warst du gerade im richtigen Augenblick da.«

Vom *Bugaku* sprachen wir nicht; es war nicht angebracht an einer Trauerfeier. Erst nach 49 Tagen, glaubte man, würde sich die Seele, von den irdischen Banden befreit, auf den Weg des ewigen Friedens begeben. Bis dahin brannten Kerzen vor dem Hausaltar; das Leben ging weiter, leise, gelassen und gleichmäßig. Die schwebende Seele beruhigt die Trauernden, gibt ihnen Zeit, ihre eigene Welt wieder aufzubauen. Sie will Frieden, nicht Einsamkeit hinterlassen. Wer ein Gefühl dafür hat, spürt diese Dinge.

Auf der Terrasse war es kalt und leer. Die schattenerfüllte Stille beruhigte. Tief atmete ich die klare Winterluft ein. Im Hof war der Schnee zertreten und matschig. Jetzt, da die Sonne verschwand, wurde die braune Erde wieder hart. Die Gäste verabschiedeten sich. Motoren wurden angelassen, Wagen fuhren die Straße hinunter. Trotz der Kälte trug ich nur ein Sweatshirt und eine Wollstola. Nachdenklich saß ich da, beobachtete, wie die violetten Schatten dunkler wurden. Der Himmel war von einer gespannten gläsernen Härte; ein Winterhimmel.

»Du hast nicht einmal einen Mantel an, Ruth-San.«

Ich hatte Daisuke nicht kommen hören. Jetzt vernahm ich seine Stimme hinter mir, wie einen tiefen dunklen Glockenton, und wandte ihm das Gesicht zu. Er ließ sich neben mir auf die Knie nieder. Ich raffte mich zu einem Lächeln auf.

»Ich friere nie.«

»Dir geht viel im Kopf herum, *ne?*«

Ich antwortete leise, in bitterem Ton.

»Er ist zu früh gestorben. Er war noch nicht fertig mit den Dingen hier.«

»Nein. Das ist es, was der Tod beinhaltet: den endgültigen Abschluß unseres Tuns.«

»Vielleicht war sein Leben nicht das, was er glaubte?«

Er wiegte sinnend den Kopf.

»Wer kann es sagen? Wir glauben, daß die Seele eines Menschen so lange weiterlebt, wie die Erinnerung an ihn besteht. Und es liegt an uns, die Erinnerung weiterzugeben. Zum Beispiel, indem wir gute Menschen sind, denn böse Menschen will man so schnell wie möglich vergessen. Das ist doch ganz natürlich, *ne?* Deswegen plagen wir Japaner uns auch wenig mit Vergangenheitsbewältigung herum, was uns im Ausland gerne vorgeworfen wird. Aber das hieße, böse Seelen am Leben zu erhalten, und wer will ihnen schon diese Ehre erweisen?«

Die Schiebetür glitt zurück; ein junger Kellner kam mit einem Tablett und verneigte sich. Ich reichte dem Priester eine Schale dampfenden Tee. Er beugte sich vor, um die Schale in Empfang zu nehmen. Ich spürte, wie meine Hände leicht zitterten.

»Kunio wird das Schwert vollenden.«

Er hob die Schale an die Lippen.

»Ach, hat er das gesagt?«

»In gewisser Weise.«

Er trank einen Schluck. Dann sagte er:

»Eigentlich hatte ich von ihm nichts anderes erwartet.«

»Er hat viel Zeit gebraucht, um die Kraft, die sein Vater ihm gab, anwachsen zu lassen.«

Er schenkte mir sein schönes, ernstes Lächeln.

»Wenn du die Wahrheit hören willst: Diese Kraft hat er durch dich gefunden. Ich möchte, daß du es glaubst«, setzte er mit Nachdruck hinzu.

Ich umfaßte die Schale mit beiden Händen.

»Ich nehme ihn wichtig und ernst. Das ist neu für mich. Früher machte es mir nichts aus, mit einem Mann eine Nacht zu verbringen und am Tag darauf wieder zu gehen.«

Seine Mundwinkel zuckten.

»Ja, du bist eine Frau, die den Männern Lust macht, sie kennenzulernen.«

Ich blinzelte ihn an, über den Rand der Schale hinweg.

»Ohne es zu wissen, vielleicht ...«

»O nein«, sagte er in bestimmtem Tonfall, »vor allem in der Gegenwart von Männern.«

Jetzt lächelten wir beide. Ich sagte:

»Für gewöhnlich stimmt das. Aber heute nicht mehr. Etwas hält mich bei ihm fest. Wenn Sie mich fragen, was für eine Art Gefühl das ist, nun, das frage ich mich selber.«

Er unterdrückte ein Kichern.

»Das würde ich mir niemals anmaßen!«

Sein Gesicht wurde wieder ernst.

»Ein Bedürfnis in seiner Seele hat in dir das erkannt, was es suchte. Du bist sehr wichtig für ihn, Ruth. Er braucht dich.«

»Auf diesen Moment habe ich schon lange gewartet«, sagte ich. »Daß ein Mann mich braucht.«

»So kann man es wohl erklären«, meinte er.

Ich lächelte weiter, aber mein Lächeln erstarrte. Es war plötzlich still geworden. Zu still. Kein Lufthauch bewegte sich. Trotz der Ruhe des Himmels und der Bäume richteten sich meine Nackenhaare auf. Das Licht war blutrot, spielte in Purpur über. Ein Zauber lag über dem dunklen Berg, die Schatten von Jahrtausenden hoben sich schwebend aus der Erde. Es roch nach Schnee, nach faulendem Moos. Ich schüttelte den Kopf, um die Beklemmung loszuwerden, beugte mich vor, flüsterte die Worte in die kalte Luft.

»Ich werde diese Dinge nicht los, Daisuke-San. Das, was der Ranryô-ô mir zeigte, ist immer noch in mir. Und sehen Sie, ich kann nicht mehr ruhig schlafen. Ich habe Angst ...«

Er nickte, ohne mich aus den Augen zu lassen.

»Nur wenige Menschen wagen sich an den Rand der Dunkelheit. Die meisten verschließen lieber ihre Augen und Ohren. Auf diese Art leben sie bequemer.«

Ein Schauer schüttelte mich. Ich klapperte mit den Zähnen.

»Wenn ich das nur könnte!«

Der Berghang lag schon im Schatten. Ein seltsamer Hohlraum war in meinem Kopf, und darin schimmerte, gestochen scharf, die Kultstätte unter den Bäumen. Mein inneres Auge sah die vereisten Felsen, die schwärzlichen Moose und die Quelle, gefroren unter dem Atem des Schnees. Nur noch ein Funken Licht glühte auf dem alten Schwert; der Schatten zog eine gerade Linie über die Steine, bis zu jenem finsteren Spalt, in dem die Schlange im Winterschlaf lag. Und plötzlich wuchs eine kreisförmige Woge der Spannung aus dem tiefen Mark des Gesteins; die zusammengerollte Schlange bewegte sich. Eine ferne Erschütterung streifte ihre Wahrnehmung. Die Ringe kräuselten sich wie eine Welle, die langsam eine Wasserhaut hebt. Die Lider entblößten die glitzernden Augen. Dann sackten die Ringe wieder schlaff auf den Stein, und ebenso kam das überfeinerte Zellensystem meines Gehirns zur Ruhe. Das Bild schwand aus meinem Sinn. Ich zuckte leicht zusammen; meine Augen schweiften unruhig umher. Unwillkürlich blickte der Priester über seine Schulter hinweg, als ob ein fremdes Geräusch sein Gehör getroffen hätte. Doch nur ein Windstoß strich über die Zweige, Schnee brach zerstäubend wie eine kleine weiße Wolke zusammen.

»Haben Sie es auch gefühlt, Daisuke-San?«

Er nickte, tief atmend.

»Was war das?« stieß ich leise hervor.

Wir schauten uns an. Er sagte:

»Die Festigkeit des Bodens ist eine Täuschung. Viele Erdstöße sind so leicht, daß nur seismographische Instrumente sie registrieren. Wir sagen in Japan, Erdbeben entstehen, wenn der Katzenfisch in den tiefen Gewässern seine Flossen schüttelt. Das weist auf ihre Unberechenbarkeit hin. Und auch auf ihr Geheimnis. Du bist ein hochgradig sensibler Mensch, Ruth.«

»Ich wäre es lieber nicht«, erwiderte ich, schwer atmend.

»Erdbeben zu ahnen ist ein Instinkt, der Tieren und Vögeln zu eigen ist. Indessen, unsere Überlieferung weiß von Menschen zu berichten, die mit ihren Körpern die Schwingungen der Erde empfinden. Es ist eine Gabe. Und wie alle Gaben kann sie zu einer Bürde werden. Aber du mußt sie tragen.«

Ich strich mein Haar aus der klebrigen Stirn.

»Ich weiß nicht, ob ich stark genug bin.«

Unvermittelt seufzte er.

»Du kannst sagen, daß du geträumt hast. Wir müssen uns nicht schämen, wenn wir vor Traumbildern davonlaufen.«

Ich holte tief Atem. Nach einer Weile spürte ich eine neue Ruhe um mich. Und doch wehte ein eisiger Hauch durch die Luft. Wie seltsam, daß ich schwitzte, wo es doch plötzlich so kalt war. Daisuke schwieg. Ich starrte in seine Augen, diese Augen mit den unwahrscheinlich großen Pupillen, leuchtend wie warmer Samt.

»Ach, habe ich wirklich nur geträumt?«

Er neigte den Kopf, wandte nicht den Blick von mir ab. Seine Stimme klang sanft und voller Mitgefühl.

»Vielleicht solltest du es lieber glauben, Ruth.«

# 50. Kapitel

Es ging auf Neujahr zu, eine hektische Zeit in Japan; die Tradition verlangt, das neue Jahr nicht mit den Angelegenheiten des alten zu belasten. So kommt es, daß der letzte halbe Monat des Jahres *Shiwasu* (alle Welt rennt) genannt wird. Doch die Familie Harada war in Trauer. Neujahrskarten wurden nicht abgesandt, und Kunio hatte sich im *Onjôkan* entschuldigen lassen; es ziemte sich nicht, daß er an irgendeinem Unterhaltungsprogramm teilnahm. Rie und er verbrachten viel Zeit damit, die zahlreichen Beileidsbriefe pflichtgemäß zu beantworten. Inzwischen übte ich mit den Kindern das Märchenspiel ein, das am Silvesternachmittag aufgeführt werden sollte. Ich nähte Kostüme, regelte die Beleuchtung, malte Bühnenbilder. Es machte mir Spaß, mit Aquarell- und Acrylfarben zu experimentieren. Die Arbeit half mir, meine Unruhe zu bewältigen. Gleichwohl mied ich gewisse Farben; dunkle Rot- oder Grüntöne weckten unangenehme Gefühle in mir. So leuchtete mein Märchenwald in hellen, smaragdenen Farben, mit blauen, zitronengelben und perlrosa Fabelblumen durchwebt. Der edelsteinartige Glanz der Bühnendekoration entzückte Chiyo Sakamoto, die oft kam, wenn ich arbeitete, und interessiert zusah. Sie wollte wissen, wo ich das Malen gelernt hatte. Ich erzählte ihr, daß meine Mutter mich für ein Jahr auf die Kunstgewerbeschule geschickt hatte.

»Ich sah den Sinn nicht ein und sträubte mich dagegen. Aber sie sagte, eine Tänzerin muß auch bei der Bühnengestaltung mitreden können. Bei der Inszenierung eigener Choreographien merkte ich, wie wichtig das war. Und vor allem später, als ich mit Behinderten arbeitete.«

»Haben Sie immer diese Technik angewendet?«

Ich dachte über die Frage nach und nickte schließlich.

»Doch … ich denke schon.«

»Es ist seltsam«, sagte Chiyo Sakamoto in ihrer sachlichen Art. »Die Farben sind klar wie Kristall und zugleich unendlich geheimnisvoll. Genauso, wie die Kinder es lieben«, setzte sie mit einem kleinen Lachen hinzu. Es klang, als ob sie verlegen war und es sich nicht anmerken lassen wollte.

Silvester kam. An allen Haustüren hingen Dekorationen: in einem Korbgeflecht steckende Bambus- und Kieferzweige, *Kadomatsu* genannt, oder auch Strohgebinde, die mit einer Orange und Languste verziert waren. In Konditoreien und Reisgeschäften wurden *Kagami-Mochi* – Spiegelkuchen – angeboten. Ich wußte von Kunio, daß sich der Name auf den *Kami*, den Gott der Reisfelder, bezog. Jener Gott, der eine reiche Ernte sicherte und der, wie man glaubte, eine runde Form hatte, wurde durch den Spiegel der Schamanen, aber auch durch Reiskugeln und Reisscheiben versinnbildlicht. Die Japaner neigen nicht zur Gedankenlosigkeit, halten ihre Bräuche auch nicht für überholt, sondern pflegen sie mit viel Bewußtsein.

»Wir glauben«, sagte Kunio, »daß unsere Lebenskraft am Jahresende ihren tiefsten Punkt erreicht, ebenso, wie die Tage kürzer werden und die Sonne tief steht. Sie wächst wieder in uns mit der wachsenden Kraft der Natur. Riten und Symbole sind dazu da, sie neu anzuregen.«

Das Märchenspiel wurde aufgeführt. Im *Onjôkan* gab es einen kleinen Theaterraum mit perfekter Akustik. Eltern und Verwandte bildeten das Publikum. Die Großväter trugen seriöse Doppelreiher, strafften den Rücken und gaben sich wortkarg, während alle Großmütter unbefangen kicherten und plauderten. Junge Väter schleppten geduldig die Kleinsten herum. Viele Frauen waren im Kimono erschienen. Die starken Winterfarben, orangerot, glühend oder hell, fast silbrig glänzend, zauberten ein Licht im Saal, das sonnengleich die Schatten tilgte. Japanerinnen im Kimono riefen bei mir stets den

Eindruck strahlender Eleganz hervor. Es war weniger die Frau, die ich wahrnahm, sondern ein bis ins kleinste Detail vollendetes Kunstwerk. Denn zum Gewand und seiner wundervollen Gürtelschärpe gehörte stets das sorgfältig aufgesteckte Haar, mit kleinen Silberpfeilen oder perlmuttverzierten Hornkämmen geschmückt, das exquisite Zubehör: der *Haori*, ein seidengefütterter Mantel, das kleine Täschchen aus prächtigem Brokat. Die Gesichter waren gepudert, die Augen nachgezogen, die Lippen geschminkt. Die kleinen Mädchen mit ihren flatternden Ärmeln glichen lebhaften Vögeln. Das dunkle Haar wippte wie Gefieder. Winzige Glöckchen, an den zierlichen Sandalen befestigt, klingelten bei jedem Schritt. Der Anblick faszinierte mich, wie jede Schönheit mich gefangennahm, und rührte mich gleichzeitig zu Tränen.

Das Märchenspiel erzählte von zwei Kindern, die sich im Wald verirrten. Weil sie traurig waren, tanzten die Tiere, um sie zum Lachen zu bringen. Eine Affe, ein Hase und eine verschrobene Schildkröte führten die Kinder zu einer Waldfee. Sie rief einen Kranich; die Kinder schwangen sich auf seinen Rücken, flogen mit ihm durch die Nacht. Sie erwachten in ihrem Zimmer: Alles war nur ein Traum gewesen.

Das Publikum genoß das Stück; die Kinder im Zuschauerraum seufzten hörbar, als der Kranich seinen Abschiedsreigen tanzte. Der Beifall war einhellig. Die kleinen Schauspieler reihten sich an der Rampe auf, stolz und glücklich und mit erhitzten Gesichtern. Hiro, der pummelige Schildkröten-Darsteller, erhielt den meisten Applaus. Chiyo Sakamoto überreichte mir einen Blumenstrauß. Ich lächelte, verbeugte mich; und während ich das Wohlgefallen der Zuschauer empfing, sah ich mich selbst, wie mein Herzklopfen wuchs, grundlos, mächtig wuchs, unter der Schminke verborgen. Im Licht der Scheinwerfer empfand ich plötzlich einen grenzenlosen Schrecken. Die Bühne verdunkelte sich im Herannahen dieser Angst. Ich fühlte, daß sich die Erde tief unter meinen Füßen spannte, daß der Boden schwankte wie ein hoher Baum. Niemand außer mir spürte das. Ein Kribbeln kroch an mir hinauf, von den Füßen bis zum Herzen, den Lippen, der bleischweren Zunge. Meine Eingeweide zogen sich zusammen. Ich durfte weder schreien noch davonstürzen, während mich das Getöse in meinem Geist fast toll machte. In der Garderobe entfernte ich hastig die Farben aus meinem Gesicht, zog einen Jogginganzug an. Ich lobte die Kinder, verbeugte mich vor den Eltern, verabschiedete mich von Chiyo Sakamoto. Ich wünschte allen ein gutes Neues Jahr und entfloh. Draußen war es eiskalt und dunkel. Wolken zeigten sich nicht, aber es sah nach Schnee aus. Mein Herz hämmerte bei jedem Schritt. Die Proben, die Vorstellung am Nachmittag, hatten an meinen Kräften gezerrt. Die Bühne war ein Rahmen für die Träume, ein Land der Visionen. Die Grenzen zwischen Erleben und Gedankenwelt verschwanden; es dauerte nicht lange, und meine Wahrnehmung wurde intensiver. Die Angst kroch aus dem Unterbewußtsein in den banalen Tag.

»Das geht nicht so weiter, Kunio. Der Boden schaukelt mir unter den Füßen. Kommt dir das nicht absurd vor?«

Er antwortete sachkundig und vernünftig. Wenn die Schatten der Furcht sich erhoben, war seine Zärtlichkeit gegenwärtig. Bei ihm fand ich Frieden, wenn auch nur für eine Weile.

»Du besitzt einen natürlichen Instinkt, einen warnenden sechsten Sinn. Das sollte dich nicht beunruhigen. Die Erde zittert sowieso. Die Meßgeräte der Seismologen schlagen an die vierhunderttausend Mal im Jahr aus.«

Kunios Gelassenheit wirkte tröstend. Die Gelassenheit eines Menschen, der in einem erdbebenreichen Land geboren worden war. Er hatte schon viele erlebt, schwache und heftige. Wie alle Japaner akzeptierte er diese Tatsache, nüchtern und mit einer Art kühlem Fatalismus.

»Wir sagen *Shôganai* – das läßt sich nicht ändern. Unser Land liegt an einer Nahtstelle in der Erdkruste. Hier im Stillen Ozean stoßen die Kontinentalplatten zusammen. Das Gestein verhakt sich in der Tiefe, Druck baut sich auf, bis alles mit einem Ruck auseinanderreißt.«

»Kann man Erdbeben ahnen?«

»Das bestreiten nicht einmal die Forscher. Aber sie mißtrauen der Autosuggession. Mit gutem Grund; ein Fehlalarm hätte verheerende Folgen. Und sie fürchten die Kontroverse, die parapsychologische Theorien auslösen würden.«

»Das sehe ich ein.«

»Verdrängungen liegen uns nicht«, fuhr Kunio fort. »Wir sind in diesen Dingen sachlich. Mit meinen Schülern übe ich regelmäßig den Feuer- und Erdbebenernstfall. Das ist Pflicht für jeden Lehrer. Alle Firmen und Warenhäuser führen Schutzübungen durch. Polizei, Feuerwehr und Quartiersvereine proben einmal im Monat den Katastropheneinsatz. Wir haben sogar Erdbebensimulatoren, was viele sehr spannend und lustig finden. Geschmackssache. Aber solche Übungen bewirken, daß wir vorbereitet sind. Bei einem Beben bleibt die Zahl der Opfer und das Ausmaß der Schäden im Verhältnis zu anderen Ländern gering. Das war nicht immer so. Noch vor fünfzig Jahren forderten Erdbeben und ›Tsunami‹ – Flutwellen – Hunderttausende von Toten.«

»Wie kam das?«

»Weil wir überwiegend mit Kohle und Gas heizten und kochten. Die Hauptgefahr war das Feuer. Die offenen Herdflammen, die Bauweise unserer Holzhäuser, die Reisstrohmatten, die Trockenheit und der ständige Durchzug lösten Großbrände aus, die ganze Städte verwüsteten.«

»Entsetzlich!«

Ich suchte seine Schulter, um mich in seine Beuge zu schmiegen. Er schloß mich enger in die Arme.

»Das sollte nicht mehr passieren. Unsere Häuser sind so erdbebensicher gebaut, wie es beim heutigen Stand der Technik nur möglich ist. Es wird behauptet, daß sie Stöße bis Stärke Sieben oder Acht auf der Richterskala aushalten.«

»Schätzungsweise«, seufzte ich.

»Rein theoretisch. In Wirklichkeit weiß man es nicht. Wir haben schon lange kein solches Beben mehr gehabt.«

»Du hältst mich also nicht für hysterisch?«

»Ich wollte, ich wäre so ausgeglichen wie du.«

»Hast du auch Angst, Kunio?«

»Das ist unvermeidlich.«

Ich drückte das Gesicht an seinen Hals. Plötzlich lächelte er, ergriff meine Hand und zog mich hoch.

»Zu Neujahr sollten wir keine düsteren Gedanken haben. Komm! Laß uns zum Kôfukuji-Tempel gehen!«

Wir machten uns auf den Weg durch die klirrende Kälte. Es war Neumond. Die Sterne wirkten wie weißglühende Kohlen, die der Dezemberwind weit über den schwarzen Himmel verstreut hatte. Ihre funkelnden Myriaden schwärmten um die fünfstöckige Pagode, ein Wunderwerk aus Holz, schlank am Nachthimmel schwebend. Es war bald Mitternacht, die ganze Stadt schien auf den Beinen. Schon aus der Ferne war das Gemurmel der Stimmen zu hören. Die Masse der Besucher wanderte im flackernden Schattenspiel der erleuchteten Steinlaternen. Es schien fast unmöglich, durch das große Tor hindurchzukommen, doch wir ließen uns von der Menge tragen. Der Park war von großen Laternen erleuchtet; unter den Bäumen hatten Händler ihre Stände aufgestellt. Sie boten alle möglichen Naschereien an: Reisgebäck, Süßkartoffeln, Krapfen aus Tintenfischfleisch, an Spießchen auf Holzkohle gebacken. Die Besucher kauften jede Menge Talismane: glückbringende Neujahrspfeile, mit Kiefernzweigen und künstlichen Pflaumenblüten geschmückt – weil die Pflaumenbäume die ersten sind, die im neuen Jahr blühen –, kleine Drachen mit grellbunten Schauspielermasken bedruckt, Schlüsselanhänger, Fächer. Um uns herum erzeugten Tausende von Schritten ein beständiges Rascheln; so klingt es, wenn Regen auf dürre Blätter niederfällt. Ein unendliches, unbeschreibliches Befreundetsein hielt mich wie eine Lebensluft umfangen. Kunio erklärte mir, daß die Tempelanlage unter dem Schutz der berühmten Fujiwara-Familie gestanden hatte, die ab der Mitte des 7. Jahrhunderts 500 Jahre lang Japan regiert hatte.

»Die ursprüngliche Pagode wurde 730 gebaut, als Nara kaiserliche Hauptstadt war. Diese hier ist eine Kopie, immerhin schon alt, sie stammt aus dem dreizehnten Jahrhundert.«

Die Spiele von Licht und Schatten verliehen dem geschweiften Dachwerk, den riesigen schwarzen Bohlen etwas eigentümlich Bewegliches, als ob sie sich im Luftzug leicht hin und her schwangen. In ihrer Harmonie wirkten die Bauwerke wie phantastische Bühnenbilder, in einem für den Maßstab ganzer Welten errichteten Theater. Die wuchtigen Tore standen weit offen, ließen Statuen mit ernsten, schönen Gesichtern sehen. Von weitem sah es aus, als schwebten bronzene Riesen zwischen den Holzsäulen. Kerzen brannten in großen Leuchtern. Auf gewaltigen Sockeln schimmerten die Statuen – eine jede eine Emanation des Buddha. In vergoldeten Messingschalen häuften sich Opfergaben: rote und weiße Reiskugeln, Äpfel und Orangen, leuchtend wie Gold im rauchigen Kerzenlicht. Die Tempel und Pavillons, nach Weihrauch, Bienenwachs, frischen Früchten duftend, waren ein Reich der Schemen und Schatten, Welten außerhalb der Welt, wie auch die Bühne es sein kann.

Wir zogen unsere Schuhe aus, ließen sie auf den Steinstufen mit den Hunderten von Schuhpaaren stehen, die bereits dort warteten. Wir gingen durch das Tor, über die hohe Schwelle hinwegsteigend. Durch meine dicken Baumwollsocken fühlte ich den glatten, eiskalten Holzboden. Das Gebäude war angefüllt von Gläubigen, die sich vor den Statuen verneigten. Priester in prächtigen Gewändern, einen Rosenkranz aus Kristall um ihre gefalteten Hände gewunden, sangen die Sutras oder meditierten still. Außer dem Knirschen des Fußbodens, dem vielfältigen Gemurmel der Gebete, waren nur gedämpfte Geräusche zu hören.

Eine Statue zog meine wandernden Blicke an, ein Buddha, schlank, mit grazilen Umrissen wie ein Tänzer. Sein heiteres Antlitz sah auf mich herab, begleitete mich wie eine Vision, über mir schwebend. Die Flammen der Kerzen zitterten im Luftzug, erhellten die Deckenbalken, zauberten einen Blendschein um die Statue, die in einem Feuernebel glühte. Vor ihr standen wir einen Augenblick still, beugten den Kopf, falteten die Hände. Was anderes konnten wir tun, in dieser Nacht, da ein neues Jahr begann, als um Kraft zu bitten? Dann gingen wir weiter, Hand in Hand. Der Strom der Gläubigen wogte und ebbte und zog uns mit sich, zuerst im Kreis, an den anderen Statuen vorbei, dann unwiderstehlich dem Ausgang zu, wo sich zwischen den Säulen der schwarze Himmel zeigte. Wir fanden unsere Schuhe, dort, wo wir sie gelassen hatten, und zogen sie wieder an, als ein dumpfer, dröhnender Laut die Stille brach: Kunio drückte meine Hand.

»Mitternacht!«

Noch während das mächtige Echo langsam in der Nacht verhallte, folgte der zweite Schlag. Über den Köpfen der Menge war eine überdachte Holzbühne zu sehen, an deren Deckenbalken eine riesige Bronzeglocke hing. Ein Mönch stieß mit einem gewaltigen, waagrecht aufgehängten Holzschlegel an die Außenwand der Glocke. Bei jedem Stoß stieg ein gewaltiger Brummton auf, wirbelte über den Bäumen empor, höher noch, dem Nachthimmel entgegen. Immer wieder tönte die Glocke, langsam und stetig, wie der Schlag eines Riesenherzens. Die festlich gekleidete Menge drängte sich heiter lärmend um die Holzbühne. Überall flammten Blitzlichter auf, unruhige Lichtflecken in der Nacht, dunkel wie Obsidianstein.

»In ganz Japan läuten jetzt die Tempelglocken«, sagte Kunio. »Hundertundachtmal, wie es der buddhistischen Geheimlehre entspricht. Es geht darum, in drei Zeitformen – Vergangenheit, Gegenwart und Zukunft – alle bösen Gedanken und ungesunden Wünsche aus den sechs Grundwesen der sechs menschlichen Sinne herauszutreiben.«

»Wissen das die Menschen hier?« fragte ich.

»Einige schon. Die meisten empfinden lediglich ein Gefühl der Erleichterung. Das alte Jahr ist vorbei. Sie hoffen, daß das neue gut wird.«

Gut? Ich schluckte würgend. Und in diesem Augenblick spürte ich es wieder – ein Schwanken, das von unten kam, den Körper erfaßte. Nirgendwo konnte ich eine Gefahr entdecken, nicht die Spur eines Zeichens, und doch legte sich die Beklemmung feucht auf meine Haut. Mein Herz hämmerte schwer in meiner Brust. Es kam immer öfter jetzt, dieses Gefühl. Ich konnte mich nicht dagegen wehren. »Diese Gabe ist eine Bürde« hatte Daisuke gesagt. »Bin ich stark genug, um sie zu tragen?« rief ich ihm in Gedanken zu. Die Antwort blieb aus. Scheinbilder, die ich nicht sehen wollte, tanzten in der Welt hinter meinen Augen. Und ich wußte, nebelhaft und verzweifelt, daß diese Gefahr – welche auch immer – einen anderen Menschen betraf. Einen Menschen, der mir nahestand. Ich wußte es einfach aus dem Instinkt heraus. Das Gefühl war nicht neu; bloß hatte ich es bisher nicht genügend beachtet. Ja, es war immer dagewesen, diese tiefe, innere Angst, nie sich wirklich verdichtend, aber auch nie richtig vergehend, so daß mein Herz zitterte und fast zerriß. Wen betraf dieses Gefühl? Vielleicht im Traum, in der Entspannung des Bewußtseins, würde ich die Antwort erfahren. Ich begann verzweifelt an Schlaf zu denken.

»Du hast kalte Hände.«

Kunios Stimme brachte mich in die Wirklichkeit zurück.

»Ja«, flüsterte ich geistesabwesend. »Ich muß mir Handschuhe kaufen.«

Er rieb meine Hände, um das Blut wieder in Bewegung zu bringen, nahm sie unter seinen Parka und schloß mich eng in die Arme. Ich spürte seine Herzschläge wie etwas Tröstendes, das ich festhalten mußte, ganz eng, um nicht zu weinen. Sein Körper war mir vertraut, er gehörte zu mir. Er war verletzlich in seiner Vollkommenheit, vergänglich wie alle schönen Dinge es sind. Ich legte beide Arme um ihn, bergend und schützend. Ich fühlte unsere Liebe, so grenzenlos, wie man sie nicht zum Ausdruck bringen kann. Würden wir stark genug sein, um durch die Welt der Erscheinungen zu gehen? Diese Welt, die unter einem Schleier lag und manchmal schemenhaft vor mir auftauchte – diese Welt erfüllte mich mit Ehrfurcht und Schrecken. Sie war immer gegenwärtig, sie hing über uns, wie der Schatten eines Berges. Denn in Japan waren die Schleier nur dünn.

Die Sterne waren erloschen; der Himmel bezog sich; es

begann zu schneien. Ein fliegender Nebel von trockenen, fedrigen Flocken, glitzernd im Licht der Laternen, puderte die schwarzen Haare, schillerte auf Seide und Goldbrokat. Und wieder war ich dem Zauber dieses Anblicks so ausgeliefert, daß ich, wenn auch nur vorübergehend, meine Unruhe vergaß. Es war ein Anblick, dem man seine Aufmerksamkeit schenken mußte, hell, gottgeweiht und gefährdet. Mit den voll schwingenden Glockentönen starb das alte Jahr; das neue erwachte. Die nächtlichen Küstengewässer erwachten mit ihm. In phosphoreszierenden Fluten stoben Luftblasen aus Löchern, tief gespalten und messerscharf gezackt. Der Meeresboden hob sich kaum merklich, wie ein schlafender Körper, wirbelte Sand auf, und für eine Weile wurden die Wasser trübe. Dann sackte der Sand wieder auf den Grund, und alles kam zur Ruhe. Auf dem Berg Miwa jedoch blinzelte die Schlange; der grünlich fahle Kopf hob sich, die gespaltene Zunge flitzte hervor. Der Schnee fiel lautlos über Felsen und Bäume; Rauhreif klebte auf dem alten Schwert. Die Schlange rollte sich enger zusammen. Es würde in dieser Nacht sehr kalt werden.

# 51. Kapitel

Ab Januar unterrichtete Kunio nicht mehr. Wir verbrachten viel Zeit in Miwa, wo er die Sachen seines Vaters ordnete, alte Urkunden, Papiere und Museumskataloge durchsah. Kunihikos Schwerter galten nicht nur in Japan, sondern auch im Ausland als kostbare Sammelobjekte. Einige befanden sich in Privatbesitz, doch die meisten wurden in Museen ausgestellt. Kunihikos Werke konnte man im Victoria-und-Albert-Museum in London bewundern, im Fine Arts Museum in Boston, im Musée de Guimet in Paris, im Palacio Real in Madrid. Worte wie *Katana* – Langschwert – oder *Wakizahi* – kleines Begleitschwert – wurden mir geläufig.

Mich faszinierte die rein technische Meisterschaft ebenso wie die Ambivalenz des Schwertes: ein Kunstwerk, das einst als Waffe Schrecken verbreitet hatte, heute seiner Schönheit wegen bewundert wurde. Kunio erzählte mir, daß japanische Schwerter von Hand zu Hand und von Generation zu Generation als bedeutende Familienschätze weitergegeben wurden. Manche Besitzer verlangten, mit ihrem Schwert bestattet zu werden. »Aber das waren meistens Geizkragen«, bemerkte Kunio dazu, und wir lachten. »Du verstehst diese Dinge«, sagte er. »Viele würden sie nicht verstehen. Das Schwert ist ein Emblem, die Verkörperung des edelsten menschlichen Bemühens – der Suche nämlich nach Selbstbeherrschung. Es verkörpert das ewige Streben des Menschen, sich durch das, was er schafft, ebenso wie durch sein Verhalten immer höher zu entwickeln, persönlich und als Gemeinschaft, und das Böse in seiner Mitte zu bekämpfen und auszumerzen.«

Ich kniete neben ihm auf dem Holzboden in dem Zimmer, in welchem noch der Geist des großen alten Mannes schwebte.

»Ich habe noch viel zu lernen.«

»Und ich erst!« seufzte Kunio. »Bisher war ich Gehilfe. Jetzt muß ich Meister sein, selber Gehilfen ausbilden. Es gibt so viele Regeln, die es zu beachten gilt. Und mit Regeln konnte ich nie viel anfangen.«

»Du hast einen Weg eingeschlagen.«

»Ich hoffe, daß er nicht in eine Sackgasse führt!«

Er verzog das Gesicht zu einer Grimasse, in der gleichzeitig das Lächeln war, das ich so liebte. Er hatte so viel zu planen, so viel zu überdenken. Er mußte die Werkstatt und den Schmelzofen erneuern, wie es nach dem Tod eines Schmiedemeisters Sitte war, seine eigenen Werkzeuge herstellen, jedenfalls seine Zangen und Hämmer. Dann wurde die Schmiede eingeweiht – eine offizielle Feier, bei welcher der Priester die bösen Geister bannte, die das Gelingen des Werkes bedrohten. Erst dann wurden die neuen Erze zum Ofen gebracht und geschmolzen; der Tanz der Hammer würde im uralten Rhythmus beginnen.

Doch bevor das geschah, mußte Kunio mit den Werkzeugen seines Vaters das unvollendete Schwert fertigstellen. Das würde seine Prüfung sein, der Beweis, daß er bereit war, das Erbe der Harada-Schmiede anzutreten. Das Schwert, dessen Vollendung Kunihiko das Leben gekostet hatte, wies eine besonders feine, wunderschöne *Ayasugi*-Kornart auf dem Klingengrund auf, und die Schneide war rasiermesserscharf. Jedes Teil des Schwertes hatte seine Bezeichnung. Kunio brachte sie mir bei. Und da ich ein gutes Gedächtnis hatte, behielt ich alles im Kopf.

»Siehst du, die Klingenspitze *Kissaki* hat eine leichte Krümmung, die heute üblich ist. Das Schwert hat ein breites und abgewandeltes *Hamon*, die Klingenmal-Marke also, die kontinuierliche Linie hellen Stahls auf der Schneide. An der *Boshi*-Klingenspitze – hat mein Vater zwei Monate gearbeitet.«

Er sprach wie zu sich selbst; es war, als wollte er sich diese Dinge einprägen, sich mit ihnen vertraut machen, um seine eigenen Zweifel zu tilgen. Am meisten beschäftigte ihn die Schnitzerei auf der Klinge, denn erst in dieser Schnitzerei zeigte sich die spirituelle Welt des Meisters, enthüllte sich die wahre Bestimmung des Schwertes. Es bekümmerte Kunio zutiefst, daß sein Vater ihn nicht in seine Pläne eingeweiht hatte.

»Aber das war nicht seine Art. Was die Arbeit betraf, war er ein Despot. Ich hatte zu gehorchen, keine eigene Meinung zu haben, blind seinen Anweisungen zu folgen.«

Während er sprach, hob er nur wenig die Stimme, so daß man ihn kaum hören oder verstehen konnte; mich irritierte das nie. Es war eine geheimnisvolle Einsamkeit in ihm, doch darin lag nicht das Gefühl der Verlorenheit oder der Druck des Alleinseins, sondern das Ergriffensein von einem Geheimnis, das er zu ergründen versuchte.

Miwa war ein kleines Dorf, in seinen Traditionen verwurzelt. Mitte Januar feierten die Bewohner das »Kleine Neujahr«, wobei der Vollmond den Tag bestimmte. Der Mondumlauf regelte die Feldarbeit, und die Bauern machten sich die Konzentration der günstigen Mondkräfte zunutze. In der Winterzeit, sagte der Volksmund, schläft der Gott der Reisernte auf den Gipfeln der Berge; im Januar steigt er herab und hält mit den Naßfeldern Hochzeit. Da es sich nicht um einen offiziellen Anlaß handelte, sagte Kunio, wolle er mir das Fest zeigen. Die Mittagswärme hatte den Schnee geschmolzen, die Feldwege waren voller Pfützen und Schlamm. Sonnendunst lag über den Feldern wie ein Schleier. Wir schlenderten in Gummistiefeln umher. Die Bauern beachteten uns nicht. Stimmengewirr, Gelächter und Trommelschläge erfüllten die Luft. Der pochende Rhythmus umkreiste die Naßfelder, weckte die Erde, bis sie zitternd lebendig wurde, weich wie ein liebender Körper. Die Bauern feierten das Fest, wie sie es vor fünfhundert Jahren gefeiert hatten. Mit dem Tod der Alten wurde nichts vergessen; Kinder gingen aus ihnen hervor und traten an ihre Stelle. Im Wechsel der Jahreszeiten, im Erlebnis des Säens und Erntens erkannten sie die Urmächte, die ihre Existenz und Nachkommenschaft festigten. Rituelle Nachahmungen führten herbei, was sie darstellten: Gedeihen für Menschen, Tiere und Pflanzen. Die Erde war die Braut, die auf den Bräutigam wartete, stets fruchtbar und jung. Die Symbole waren überall und sehr eindeutig: Händler boten in Holzbuden kleine phallische Talismane und Süßigkeiten in Form von Geschlechtsteilen an. Vermummte Männer schwangen Ruten und verfolgten die Zuschauer, die kreischend und lachend auseinanderstoben. Ihre hölzernen Masken waren alt und abgenutzt, das Schnitzwerk jedoch vollendet. Sie waren die Dämonen der Vegetation, die Geister der Ernte; ihre Geißelung war Segen. Krähen lösten sich aus den Bäumen, als eine Reihe junger Männer die Böschungen entlang stapfte; gutgewachsene Burschen mit schmalen Hüften, die auf ihren erhobenen Armen einen Riesenphallus aus Pappmaché schleppten. Sie trugen dickwattierte Kimonojacken, Leggings aus Baumwolle und weiße Stirnbänder. Ihre nackten Füße steckten in Strohsandalen. Sie stießen im Chor unartikulierte Laute aus, schüttelten und schwenkten den Phallus rund um die Felder, die merkwürdigerweise nicht zugefroren waren. Einige, bereits angetrunken, taumelten und grölten unter dem Gelächter der Zuschauer. Kunio schmunzelte:

»Ich will dir die Poesie nicht verderben.«

Ich mußte lachen.

»Der ganze Anblick ist poetisch genug.«

Beim Dorfschrein war eine Holzbühne errichtet worden. Rote und weiße Stoffbahnen flatterten. Kleine und größere Sakefässer, mit Strohgeflecht umwickelt, waren als Opfergaben gespendet worden. Dicht gedrängt hatten sich die Zuschauer bereits dort versammelt. Die Dorfvorsteher, der Priester und die Ehrengäste nahmen auf der Bühne Platz. Dann ging eine Bewegung durch die Menge. Eine Gasse tat sich vor zwei Maskenträgern auf. Beide, als Mann und Frau verkleidet, stiegen mit allerlei Possen auf die Bühne. Sie trugen die winterliche Bauerntracht und hielten eine Pritsche in der Hand. Die männliche Maske bestand aus rotem Holz, mit wuchtigem Kinn und überlanger Nase. Die weibliche Maske aus Pappmaché hatte rosafarbene, freundliche Züge. Ihr Kopfputz war mit Mandarinen geschmückt. Nach einem Gebärdenspiel der Lockung und Verführung schlug der männliche Schauspieler sein Gewand zurück, entblößte einen armdicken Holzphallus, den er unter den Kimono seiner Partnerin schob. Zum Klang der Flöten und Trommeln mimten jetzt beide die verschiedenen Stellungen des Geschlechtsakts.

»Sie spielen ihre Wunschträume, das ist ausgezeichnet«, bemerkte ich. »Freud hätte hier nicht viel zu suchen.«

Kunio nickte.

»Pornographie ist stets mit Schuld und Angst verbunden. Die Gleichsetzung von Obszönität und Sünde ist den Bauern unbekannt. Sie pflegen ihre eigenen Werte.«

»Offenbar ist ihre Seele recht gesund.«

Die drastische Pantomime war ebenso ungekünstelt und offen wie das schallende Gelächter der Umstehenden. Ein Gebärdenspiel, so alt wie die Menschheit, ohne Heimlichkeit und von magischer Würde durchströmt.

Allmählich wurden die Schatten länger; die Reisfelder schimmerten kupfern. Die Sonne glitt hinter die schwarzen Berge; der jadeblaue Mond brachte eisigen Nachtwind. Laternen wurden angezündet. Die Bauern hatten die Neujahrsdekorationen von den Türen entfernt, sie auf einen großen Strohhaufen geworfen, der jetzt in Brand gesteckt wurde. Die Luft, in der sich das Feuer bewegte, war von rotem Glühen erfüllt. Es roch nach Rauch und brennendem Stroh, nach süßem Reiswein und Grillspießchen. Von allen Seiten dröhnten die Trommeln. Rotwangige, lachende Kinder hielten süße *Mochi*-Kugeln auf Stecken, um sie zu braten. Die Glut der Flammen schlug uns ins Gesicht, während unser Rücken kalt war. Der Atem gefror stoßweise zu weißen Wölkchen. Mit dem Einbruch der Nacht kehrte auch mein Kopfweh zurück. Mir war übel, ich schwitzte und fror gleichzeitig. Kunio legte die Hand auf meine Stirn, dann auf seine, um die Wärme zu vergleichen.

»Kein Fieber!« stellte er fest. »Aber du zitterst ja. Und du trägst noch immer keine Handschuhe«, setzte er vorwurfsvoll hinzu, während er kräftig meine Hände rieb.

»Das macht nichts. Ich habe nur Kopfweh.«

»Komm, wir gehen« sagte er besorgt. »Hanako wird dir einen Kaffee machen.«

Durch den Schneematsch stapften wir zu unserem Wagen zurück. Kunio setzte sich ans Steuer, der Motor startete. Nur der ferne Schein des Feuers schimmerte durch die Bäume, dann wurde alles stockfinster. Die Scheinwerfer tanzten über Baumstämme und schneegekrönte Hecken. Der Vollmond zog am Himmel eine silberhelle Bahn, als wir vor Kunihikos Haus parkten. Der Boden war hart gefroren, glatt wie eine Eisbahn. In Hanakos Haus brannte trübes Licht. Kunio stieß die Haustür auf, rief *Tadaima!*, um der alten Dame unsere Ankunft mitzuteilen. Taro sprang winselnd an uns hoch, als wir im Vorraum unsere Stiefel auszogen. Kunio kraulte ihn, wobei er seine Wange an den Kopf des Hundes legte. Nach einer Weile hörten wir ein Schlurfen: Hanako erschien in dem engen, spärlich erleuchteten Gang. Sie trug eine Winteryukata und eine dazugehörige Weste aus wattierter Baumwolle. Der dunkle Stoff hob das Silberweiß ihrer Haare noch deutlicher hervor. Sie, die sonst die Ruhe selbst war, schien ihre Fassung nur mühsam zu bewahren. Ein seltsamer Ausdruck lag auf ihrem Gesicht. Ich wußte nicht, ob dieser Ausdruck Betroffenheit, Freude oder Schmerz bedeutete. Er schien mir eine Mischung aus allen dreien zu sein.

»Wie gut, daß ihr da seid! Ich versuche euch schon seit ein paar Stunden zu erreichen. Aber da war immer nur der Anrufbeantworter.«

»Ich wollte Ruth unser Dorffest zeigen.« Kunio starrte sie an. »Warum? Was ist geschehen?«

Sie antwortete geistesabwesend:

»Schließ die Tür, Kunio-chan, es zieht! Ruth, du siehst ja ganz durchfroren aus.«

»Ich habe Kopfweh.«

»Seit wann denn?«

»Ach, seit ein paar Tagen schon. Ich denke, es ist die Kälte.«

»Dann wird vielleicht ein heißer Kaffee gut sein.«

»Ja, danke«, sagte ich.

Sie ging in die Küche, ließ Wasser in den Kessel laufen und drehte das Gas auf. Sie beeilte sich nicht im geringsten, es war ihr auch nicht zu umständlich, die Bohnen zuerst in einer Kaffeemühle zu mahlen. Bald kochte das Wasser, Hanako brühte den Kaffee auf; Kunio brachte Tassen, Kondensmilch und braunen Zucker auf den Tisch. Von Zeit zu Zeit warf er seiner Großmutter einen fragenden Blick zu. Sie sagte kein Wort. Ihre Lippen waren fest zusammengepreßt. Doch ihre Erregung flackerte zu uns herüber, deutlich spürbar und nur mühsam beherrscht. Endlich war der Kaffee fertig. Hanako goß ein. Ich kostete den Kaffee. Er war vorzüglich. Erschöpft und dankbar lächelte ich Hanako an.

»Wunderbar!«

Hanako nickte, doch mit ernstem Gesicht. Sie bat uns um ein paar Augenblicke Geduld, erhob sich mit der Geschmeidigkeit, die so wenig mit ihrem Alter im Einklang stand, und verließ lautlos das Zimmer. Kunio sah ihr gedankenvoll nach.

»Irgend etwas bekümmert sie.«

»Hat sie dir nicht gesagt, warum sie uns anrufen wollte?«

Er schüttelte den Kopf. Inzwischen kam Hanako zurück, ließ sich uns gegenüber auf dem Baumwollkissen nieder. Sie hielt ein altmodisches Dokumentenkästchen, schwarz lackiert, in den Händen. Die kleine Stehlampe brannte; sie beleuchtete von unten ihr ebenmäßiges Gesicht, hob die Wangenknochen und die sehr hohe Stirnfläche hervor. Das Gesicht, fast vollkommen in seiner Harmonie, erinnerte mich an jene blaugewandete *Nô*-Gestalt, die auf dem Gemälde in Chiyo Sakamotos Büro ihren goldenen Fächer schwang. Kerzengerade kniete Hanako vor dem alten, schönen Tisch. Das Dokumentenkästchen, das sich auf der glatten Holzfläche spiegelte, war ein Gegenstand kostbarster Arbeit, den man heutzutage nur noch selten außerhalb eines Museums sieht. Der Lack war, so alt er auch sein mochte, nirgends abgesplittert. Er hatte noch immer den tiefen, samtartigen Glanz. Das Familienwappen der Harada, mit echtem Gold aufgetragen, schimmerte unter der polierten Oberfläche wie eine Wasserpflanze in einem dunklen Strom. Die Atmosphäre hatte sich plötzlich verändert. Alles war still, andächtig fast, als habe die Zeit einen Stillstand bewirkt, voller Traumbilder aus einer anderen Welt. Sie waren nicht die unsrigen und erfüllten uns mit Staunen. Hanako brach als erste das Schweigen.

»Ich habe oft gedacht, daß wir eine Wand zwischen uns und dem Wesentlichen errichten. Aber manchmal kommt ein Echo zurück, leise und geheimnisvoll. Und dann geschehen seltsame Dinge.«

Sie holte tief Atem, biß sich auf die Lippen.

»Obaa-San, du hast geweint«, stellte Kunio sanft fest.

Zuerst schien Hanako ihn nicht zu hören, dann schüttelte sie den Kopf.

»Das kommt von der Kälte, deshalb sind meine Augen so rot. Vielleicht bin ich auch etwas müde.«

Sie seufzte und fuhr fort:

»In den letzten Wochen gab es viele Dinge, die getan werden mußten. Ich bemühte mich, alle Aufgaben so gut wie möglich zu erfüllen. Und heute, zum erstenmal seit vielen Tagen, beschloß ich, den Pinsel zu führen. Die Sonne schien, das Licht war perfekt. Also ging ich in mein Atelier. Kunihiko zum Gedenken zündete ich ein Weihrauchstäbchen vor dem *Tokonoma* an und begann mit der Vorbereitung des Schreibmaterials. Den staubigen Tuschkasten reinigte ich mit einem Seidentuch. Dann trat ich durch die Fenstertür nach draußen. Ich schlüpfte in meine *Zori* und watete durch den Schnee, bis zu einem Strauch. Von einem Zweig nahm ich eine Handvoll unberührten Schnee und schmolz ihn, um ihn mit der Tusche zu vermischen ...«

Der Kaffee hatte meine Übelkeit nur für kurze Zeit gelindert. Jetzt setzten die Kopfschmerzen von neuem und stärker ein. Hanako indessen sprach weiter; ich sah das Bild klar vor mir: das Zimmer mit seiner Täfelung, geschliffen wie Kristall, das Sonnenlicht hinter der Fenstertür, das die brokatgeränderten Matten vergoldete. Das Zimmer paßte zu Hanako, wie sie da in aufrechter Haltung vor dem Schreibpult kniete. Den Rand des Reispapiers hielt sie mit drei Fingern gespannt. Sie atmete tief ein und aus, um jene körperliche Gelockertheit beim Schreiben zu erreichen, die jede Schattierung zur Vollendung bringt. Kein lästiger Gedanke sollte ihr Herz beunruhigen. Doch es gelang ihr nicht, sich zu sammeln. Etwas stimmte ganz und gar nicht; die Harmonie im Raum war getrübt. Es war schon immer so gewesen, daß Hanako sich nur unter peinlichster Beachtung von Ordnung und Form konzentrieren konnte. Behutsam legte sie den Pinsel aus der Hand. Ihr Kopf war jetzt in eine ganz bestimmte Richtung gewandt; sie hatte eine kleine Papierrolle entdeckt, achtlos hingeworfen neben dem *Tokonoma*. Hanako hatte sie bisher nicht bemerkt, sie lag im Schatten der Pampagräser, die in der Steingutvase ein Winterbukett bildeten. Nun war das Licht weitergewandert; das Papier leuchtete in der Sonne. Es gehörte da nicht hin, der Anblick war störend. Hanako wippte ungeduldig auf ihre Fersen zurück, trat auf die Rolle zu und hob sie auf.

Hanako sprach mit ihrer klaren, melodischen Stimme, die Augen unverwandt auf mich gerichtet. Was ist nur, dachte ich, warum sieht sie mich so an? Jetzt neigte sie sich über das Lackkästchen, hob vorsichtig den Deckel in die Höhe. In dem Kästchen lag der zusammengerollte Bogen dünnen Reispapiers. Hanako zog ihn mit den behutsam tastenden Fingern ihrer unversehrten Hand heraus, hob ihn ehrfurchtsvoll an ihre Stirn. Dann rollte sie den Bogen langsam auf. Kunio und ich beugten uns vor, um besser zu sehen. Der Schock erfaßte uns im gleichen Atemzug.

Es war eine *Sumie* – eine Tuschzeichnung. Sie tanzte in harmonischer Pinselführung über den durchscheinenden Bogen und war mit Kunihikos rotem Siegel versehen. Sie zeigte eine Schwertlilie.

Eine Weile war es, als stocke alles in uns, Blut, Atem, das Leben selbst. Wir teilten dieses Gefühl einer vollkommenen Überraschung; wir konnten nichts tun, nichts sagen, so fassungslos waren wir. Meine Kehle wurde eng, meine Wangen glühten. Das war kein Zufall, ganz und gar nicht: Die Linie eines Pinselstrichs ist eine Analogie zum Schwung in der gebogenen Klinge, zu dem subtilen Spiel von Licht und Schatten auf der Oberfläche des Stahls. Und mit einem Mal war in diesem Zimmer etwas Geisterhaftes: Unsichtbare Augen richteten sich auf uns, eine Stimme sprach in der Stille. Auch wenn wir sie nicht hören konnten, spürten wir sie doch. Sie sandte uns ein Zeichen, deutlich und klar.

Eine Pause trat ein, bevor Kunio das Schweigen brach. Seine Stimme klang dunkel und rauh, ganz anders als sonst. Eine Stimme, die mir unbekannt war:

»Er will, daß ich eine Schwertlilie schnitze!«

Ein kleines Lächeln hob Hanakos Lippen.

»Du dachtest, du hättest die Wahl, Kunio-chan. Das machte dir Kummer, *ne?* Jetzt bist du von deinen Zweifeln erlöst ...«

Er hob den Kopf; ich sah sein Gesicht im Licht der Stehlampe. Der Stolz in seinen Augen, die Ruhe auf seinem Antlitz berührten mich ebenso wie seine Stimme.

»Ja. Nicht ich brauche jetzt zu entscheiden.«

Er nahm den dünnen Bogen, auch er hob ihn an seine Stirn, bevor er ihn lange betrachtete. Die Zeichnung war wundervoll, vollkommen: eine Wellenlinie, scharf und zart, biegsam und kraftdurchströmt.

»Er wußte im tiefsten Innern, daß sein Leben vorbei war«, sagte Hanako ruhig. »Es lag ihm viel daran, dir seinen Wunsch zu vermitteln.«

Kunio holte gepreßt Atem.

»Aber warum erst in dieser letzten Nacht? Warum nicht vorher, als wir genügend Zeit hatten, darüber zu reden?«

Sie lächelte; es war ein seltsames Lächeln, das ihre Mundwinkel herabzog und sie jünger erscheinen ließ, als sie war.

»Wahrscheinlich wußte er selbst nicht, was er machen wollte.«

Kunio nickte nachdenklich.

»Ja, das stimmt. Er plagte sich ständig mit dieser Frage herum.«

»Er war der Meister«, sagte Hanako. »Er hatte zu bestimmen. Das ist nicht einfach. Siehst du, Kunio-chan, wir Menschen sind ein großes Rätsel. Die Eingebung kommt blitzartig, unabhängig von Verstand oder Willen. Es ist ein anderer Teil unseres Selbst, der diese Dinge leitet. Kunihiko wußte genau, was er tat. Nach seinem Tod würde das Haus voller Trauergäste sein, er wollte nicht, daß die Skizze verlorenging. Mein Atelier würde niemand betreten. Vermutlich wollte er die Rolle in die *Tokonoma* legen, damit ich sie dort vorfand. Als er stürzte, fiel ihm der Bogen aus der Hand; der Luftzug wehte ihn durch den Raum. So ungefähr wird es gewesen sein. Ich erkenne jetzt, daß Kunihiko sehr überlegt gehandelt hat. Seine Gedanken waren logisch und klar. Wir jedoch hatten ein Brett vor dem Kopf.«

Ich beugte mich vor, um die Tuschzeichnung eingehender zu betrachten. Sie erschien mir voller Eleganz und sprühender Kraft. Plötzlich fiel mir ein, ich könnte sagen, daß ich diese Blume schon vorher gesehen hatte. Sie kam mir gleichzeitig fremd und vertraut vor. Sie erschien mir wie eine Einzelheit aus meinem Leben – das ja aus Tausenden von Einzelheiten bestand. Das immerhin könnte ich jetzt sagen, dachte ich. Doch lag es an den Kopfschmerzen? Ich konnte nicht. Meine Lippen wollten es einfach nicht. Sie öffneten sich, aber erstaunlicherweise kam kein Laut heraus. Mein Mund war trocken, meine Brust schmerzte ebenso wie mein Kopf. Ich fühlte mich elend, und gleichzeitig war dieses Sonderbare in mir, das Gefühl, daß ich ein Geheimnis kannte und keine Worte hatte, um es mitzuteilen.

Wahrhaftig, eine Faszination ging von der Tuschzeichnung aus. Etwas war an ihr, was mich betraf, nur fand ich nicht heraus, was es eigentlich war. Dabei schien es so einfach, zu sagen, komisch, die Lilie da kommt mir bekannt vor. Oder noch deutlicher: Ich habe den Eindruck, daß Kunihiko diese Blume irgendwo abgezeichnet hat. Aber aus irgendeinem Grund war dies nicht möglich. Und außerdem konnte ich mich nicht konzentrieren, der Schmerz raubte mir fast den Verstand. Ich starrte die Lilie an, starrte und starrte, doch ohne sie zu sehen, so sehr nahm mich das Suchen in Anspruch, das auf meine Entdeckung gefolgt war. Ich zeigte dabei viel Geduld. Wenn ich nur lange genug hinstarrte, konnte es gar nicht anders sein, ich würde schon herausfinden, wieso mir die Blume so vertraut war. Und in einem einzigen Atemzug schaffte ich es. In dem Atemzug nämlich, als Kunio sagte:

»Es ist schon ganz außergewöhnlich. Die Ausführung habe ich noch nie bei ihm gesehen. Vater blieb stets einer klassischen Linie treu. Diese Darstellung erinnert mich an ein Jugendstil-Motiv. Alfons Mucha hat solche Blumen gemalt ...«

Da zerriß der innere Schleier. Er sagte, nur mit anderen Worten, was ich vergeblich versucht hatte, zu sagen, und gab mir eine präzise Vorstellung von dieser Sache. Ich war nicht einmal erstaunt; bloß verstimmt, daß ich nicht schneller darauf gekommen war. Wahrscheinlich hätte ich noch mehr Zeit dazu gebraucht. Ich warf den Kapuzenkragen meines Pullovers zurück. Meine tastenden Finger fanden die Kette, knipsten den Verschluß auf. Ich nahm die Kette von meinem Hals; legte das Medaillon auf den Tisch neben die Zeichnung; verglich die beiden Figuren. Die muschelförmige Lilie, die Blüten, verborgen und kaum entfaltet, die Blätter, kraftvoll emporstrebend: Jede Einzelheit der Zeichnung auf dem milchweißen Reispapier entsprach der Gravur, die einst ein deutscher Goldschmied für eine junge Frau angefertigt hatte, die Iris hieß.

Kunio hatte es auch gesehen. Er holte kurz und zischend Atem, hob ruckartig den Kopf.

»Wie hat er das gemacht?« fragte er Hanako.

Sie kniete regungslos, die Hände im Schoß gefaltet. Nur ihre Augen blitzten.

»Es lag ihm wohl sehr am Herzen.«

Kunios Brauen, die weicher und heller waren als sein Haar, zogen sich schräg zusammen.

»Obaa-San, ich verstehe das nicht ...«

»Ich kann dir keine Erklärung geben.«

Sie hatte ihn nicht mißbilligend angeschaut, nicht die Spur, doch er biß sich auf die Lippen und schwieg. Sie war unerschütterlich. Eine Pause trat ein, während mir eine Gänsehaut über Hals und Arme lief. Das kann nicht wahr sein, dachte ich, solche Dinge gibt es einfach nicht. Sie sind unlogisch, widersinnig, unheimlich fast. Ich wollte kein Geheimnis; mein Verstand wehrte sich dagegen. Ich wollte herausfinden, wie diese Sache zustande gekommen war, sie hatte ja schließlich Folgen. Wann hatte er den Anhänger gesehen? Soviel ich mich entsinnen konnte, nur ein einziges Mal.

»Sie waren doch dabei, Hanako-San! Er hat einen Blick darauf geworfen und gesagt: ›Eine schöne Gravur, früher war man sehr genau in diesen Dingen.‹ Das Ganze hat keine halbe Minute gedauert. Wie konnte er das Motiv im Kopf behalten?«

In Hanakos Augen schimmerte ein winziger Funken Ironie, eine Spur von Fröhlichkeit, so daß ich kaum wagte, es überhaupt wahrzunehmen. Aber schließlich schien es mir nicht ganz unmöglich.

»Nein, das konnte er nicht.«

Die Antwort machte einen vernünftigen Eindruck. Das brauchte ich jetzt. Irgendwie mußte es für diese Sache eine einleuchtende Erklärung geben. Ich, zugegeben, hatte sie schon.

»Hanako-San, ich denke, er hat die Gravur fotografiert. Und dann nach einer Vergrößerung gearbeitet. So war es doch, oder?«

Ich holte befreit Luft und sah sie erwartungsvoll an. Doch sie sagte eine Zeitlang nichts. Außer meinem Atem gab es keinen anderen Laut im Zimmer. Ich dachte, endlich habe ich das Rätsel gelöst, dagegen kann sie nichts einwenden. Unvermutet wurde ihr Lächeln deutlicher; es war ein verschmitztes Lächeln, als mache sie sich über meine Gründlichkeit lustig. Und nicht nur das, es war auch, als setze sie voraus, daß ich mich mit ihr im Einverständnis befand und es bloß nicht wahrhaben wollte. Dann schüttelte sie langsam den Kopf.

»Nein, Ruth. Kunihiko hat den Anhänger nie gesehen. Keiner hat ihn jemals gesehen. Nicht einmal Akemi.«

Sie nickte uns zu, voller Einsicht, aber immer noch mit diesem Lächeln, das alle Tatsachen, auch die unbegreiflich wundersamen, als Teil ihrer Erfahrung akzeptierte und sich vielleicht – ein klein wenig – darüber amüsierte. In ihrem Alter stand es ihr zu.

»Alles hat seinen Sinn, auch wenn es uns wie ein Rätsel vorkommt.«

Sie zögerte kurz, bevor sie hinzufügte:

»Und manchmal sogar wie ein Scherz.«

Endlich konnten wir uns ansehen, Kunio und ich. Aus unseren Augen sprach das Schicksal, das uns zusammengeführt hatte, endgültig, unwiderruflich. Momente von gestern und Momente von heute, mit minutiöser Genauigkeit übertragen: Ein Eingriff von außen in unsere Existenz, ein Zeichen von jenseits, präzise wie eine Fotokopie. Ein Befehl also, der einer ganz bestimmten Sache diente, ein Akt der Liebe auch: Jener, der uns dieses Zeichen sandte, mußte unserer sicherer sein, als wir es selbst waren. Er zeigte Kunio, was er zu tun hatte und auch, daß ich in seiner Nähe sein sollte. Wir konnten nicht einmal mehr sagen, ob wir erschrocken waren oder nicht. Er – Kunihiko – vertraute uns. Es gab Dinge, die er gemacht haben wollte. Und jetzt hatten wir das Problem: Wir waren ihm ausgeliefert.

Wir tauschten ein schwaches Lächeln. Ich sagte matt:

»Dein Vater ist verflixt gerissen, oder?«

»Das war er schon immer«, seufzte Kunio. »Du kannst dir nicht vorstellen, wie sehr!«

# 52. Kapitel

Kunihiko hatte seinen Willen kundgegeben. Er konnte nicht mehr in Frage gestellt werden. Die Verantwortung erfüllte Kunio mit Genugtuung. Er hatte nicht gewußt, daß er so entschlossen sein konnte. Aber die Zeit drängte. Kunihiko war seit drei Wochen bestattet. Kunio mußte die Arbeit in den ersten neunundvierzig Tagen vollenden, »wenn die Seele noch um die Dachtraufen schwebt«. So verlangte es die Tradition. Kunihiko war ein Träumer gewesen, von einem wunderbaren und glühenden Wahnsinn besessen. In dieser Zeit spürte Kunio seine beständige Nähe. Er wußte nicht genau, was er tun mußte, daher tat er, was er für richtig hielt und ging sehr überlegt vor. Noch am gleichen Abend rief er Kunihikos Gehilfen an, die im Nachbardorf wohnten. Er bat sie, am nächsten Tag frühmorgens zur Schmiede zu kommen. Ich entsann mich, Noboru und Tadashi bei Kunihikos Bestattung gesehen zu haben. Sie waren schon da, als wir eintrafen, und verbeugten sich scheu. Kunio schloß die Schmiede auf. Die *Shimenawa*, die geweihte Schnur, umschloß alle vier Wände und erfüllte ihren Zweck, obschon die Votivbänder feucht und vergilbt waren. Wir schlüpften aus den Schuhen und verneigten uns, bevor wir die Werkstatt betraten. Der Zementboden war kalt unter meinen Füßen, die in Wollsocken steckten. Im Korb lag noch das Feuerholz. Die verschiedenen Geräte waren mit Klammern oder Eisenbarren an den Wänden aufgehängt. Es roch nach Holzkohle, nach kalter Asche. Kunihikos Geist war hier daheim, frei schwebend im Raum wie Nebel. Alle Gegenstände, die er berührt hatte, waren noch von seiner Kraft durchdrungen. Kunio besprach mit Noboru und Tadashi den Arbeitsvorgang. Eine exakte Zeichnung reichte nicht aus, um die Übertragung in Stahl perfekt zu machen. Die Figur mußte zuerst mit einer Knetmasse modelliert werden. Kunio meinte, daß er in zwei bis drei Tagen fertig sein könnte. Danach würde eine exakte Schablone angefertigt, um bei der Gravur die nötigen Korrekturen vorzunehmen. Erst danach würde die Spalt- und Gravurarbeit beginnen. Sie würde viel Zeit in Anspruch nehmen. Das Spalten war ein Vorgang, der aus Ausschmieden, Biegen und Einrollen bestand und so lange vorgenommen wurde, bis das ganze Motiv aus einem Stück entstand und als Teil der Klinge eingesetzt wurde. Jedes Detail mußte in minutiöser Kleinarbeit hergestellt sein und die Instrumente immer wieder im Wasser gekühlt werden. Kunio zeigte beiden jungen Männern die Skizze; sie stießen jene Zischlaute aus, mit denen Japaner in respektvoller Form ihre Bewunderung ausdrücken. Mich interessierten diese Dinge; ich empfand eine tiefe Beziehung zur Materie, war fasziniert vom Vorgang ihrer Vervollkommnung. Es war ein Eingreifen der Menschen in den Rhythmus, der den »lebendigen« mineralischen Stoffen eigen ist. Es besteht – dessen bin ich ganz sicher – eine Verbindung zwischen dem Ursprung des Tanzes, seiner formalen Vollendung und der Arbeit in der Schmiede. Wer tanzt, entwickelt eine Empfindsamkeit, welche die Betrachter in einen anderen Seinszustand versetzt; wer Metall formt, erreicht eine Transmutation. Beides sind reale Verfahren, beide dienen dazu, den Menschen mit einer Wandlung zu konfrontieren.

Meine Kopfschmerzen waren auch nach drei Tagen noch nicht besser. Meine Stimmung war gedrückt, jedes Geräusch war mir zuviel. Fieber hatte ich nicht, auch keinen Husten. Die Klimaanlagen liefen im Winter und Sommer auf vollen Touren, und der Temperaturwechsel zwischen draußen und drinnen führte häufig zu einer Erkältung. Doch meine Nase lief nicht, und meine Stirn war kühl, weder Brust noch Hals taten mir weh. Trotzdem fühlte ich mich elend. Ich sagte mir, es ist sicher nur Übermüdung. Jetzt, wo die Aufregung der letzten Tage vorbei ist, macht sie sich eben bemerkbar. Oft kamen mir die Tränen, nicht aus Wehleidigkeit, sondern aus Wut, weil mein Körper, dieser überfeinerte Apparat, schon morgens beim Training so schlapp reagierte und jede Bewegung wie ein Stoß durch mich hindurchging. Ich wollte nur noch liegen, und sonst nichts mehr. Ein Glück, dachte ich, daß der *Onjôkan* bis Mitte Januar geschlossen ist. Ich hätte Mühe gehabt, den Unterricht zu gestalten. So begnügte ich mich denn, still zu sitzen, und da gab es Stunden, die dreifach zählten. Das Problem ließ sich verschieden betrachten. Alles ließ sich verschieden betrachten. Auch die Möglichkeit, daß meine Müdigkeit mit ganz anderen Dingen zusammenhing, war vorhanden. Aber von alldem sagte ich Kunio nichts. Die Arbeit in der Schmiede strengte ihn an, weil er sie noch nicht gewohnt war, und er hatte ohnehin zuwenig Ruhe.

Auf der Rückfahrt nach Nara fiel uns der Himmel auf. Gläsern und düster, fast ohne einen Stern. Dieser Himmel ließ nichts Gutes ahnen. Der Halbmond hing matt und schwer über dem Horizont, mit einem sichelförmigen Schatten, verschwommen wie Rauch. Für Schönheit empfänglich, liebten wir den Mond; dieses stumpfe Purpur war uns unheimlich.

»Sieht sonderbar aus, nicht?«

»Ich möchte ein Bauer sein und wissen, was diese Farbe bedeutet«, sagte Kunio.

Unter dem Mond verliefen die Höhenzüge, schwarz wie bemaltes Papier in der farbenschluckenden Klarheit der Luft. Die Scheinwerfer huschten über die Straße. Alles um uns herum war abstrakt. Unwirkliche Linien, Flächen, Kanten, die im Strahl aufleuchteten und sich in der Dunkelheit verloren. Der Mond zog vorbei, glühend, als ob auf seiner Fläche ein Riesenbrand wütete. Ich seufzte.

»Eine seltsame Stimmung ist das heute abend.«

»Ein Wettersturz, vermutlich.«

»Regen?«

»Läßt sich schwer sagen.«

Endlich flackerte am Nachthimmel die Aura der Stadt. Wir fuhren durch die Vororte; der Gespenstermond verschwand hinter den Hochhäusern. Stoßzeit in Nara. Alles war wie sonst: Autoschlangen auf den Ringstraßen, Neongeflimmer, Schaufenster, überfüllte Cafés. Die Farben zuckten als Blitze durch meinen Kopf, und ich hatte ein unangenehmes Gefühl im Magen. Endlich waren wir am Ziel. Das Haus wartete mit dunklen Fenstern. Das Tor war offen. Kunio hielt an und stellte den Motor ab. Als ich aus dem Wagen stieg, wurde mir schwindelig und weich in den Knien. Kunio war sofort hinter mir, hielt mich fest.

»Was hast du?« frage er. »Was hast du?«

Ich klammerte mich an ihn.

»Kopfweh ... es tut mir leid!«

Er legte den Arm um mich, führte mich die Treppe hinauf, stützte mich, während ich die Füße aus meinen Stiefeln zerrte.

In der Wohnung war es dunkel und warm, wunderbar ruhig. Kunio machte Licht.

»Möchtest du ein Bad nehmen?«

Das Zimmer drehte sich und wurde schwarz. Meine Bauchmuskeln spannten sich. Ich hatte einen bitteren Geschmack im Mund und kämpfte gegen einen Brechreiz an.

»Ich ... ich glaube, ich werde mich hinlegen.«

Kunio zog den Futon aus dem Wandschrank. Ich ließ mich auf die Matratze sinken. Es war eine Erleichterung ohnegleichen, zu liegen. Mein Kopf schmerzte derart, daß ich mich wie in Trance hin und her wiegte. Ungestüm rauschte das Blut in meinen Adern. Ich preßte die Handflächen auf die Augen, bis sich rote und gelbe Flecken hinter meinen Lidern zu drehen begannen. Ein Bild löste sich aus dem flackernden Wirbel: Der rotglühende Mond, zur Seite geneigt mit seiner Schattenhaut. Etwas stieg in meiner Kehle auf, ich schluckte es hinunter. Der Mond war kein Mond; der Mond war eine Maske, die am Himmel hing und mich anglotzte. Sie hatte kugelförmige bewegliche Augen und ein Kinn, das an seidenen Schnüren schaukelte. Auf dem Schattensegment kauerte der Dämon in Gestalt eines Greifen. Seine Krallen waren spitz und hart und rötlich entzündet. Ich verfolgte ängstlich ihr Näherrücken, ihr drohendes

Spreizen. Mein Gehirn krümmte und hob sich vor Schmerz, als sich die Krallen in meinen Schädel bohrten. Klick, machte es in meinem Kopf. Die Knochendecke brach wie eine Schale. Ein seltsames Geräusch kam aus meinem Mund, eine Art Blubbern. Mein Magen krampfte sich zusammen. Ich wälzte mich auf die Seite und erbrach mich.

Irgendwann, im Laufe der Nacht, weckte mich Musik. Sie hörte sich schrill und mißtönend an, so daß ich mit den Zähnen knirschte. Die Nacht war nicht dunkel; es gab verschiedene Schattierungen von Lila über Grau nach kreidigem Weiß hin. Die Musik kam aus einem Nebel, der, während ich hinsah, feurig flackerte wie der obere Teil einer Kerze, viel größer natürlich und nahezu blendend. In dem Flammenvorhang bewegten sich Gestalten, sie schlugen und klirrten mit allerlei Instrumenten; ich sah, wie ihre Umrisse bar jeder festen Form auf mich zuschwebten. Die Nebel teilten sich. Ich trat näher und hatte auf einmal den verwirrten Gedanken, daß ich tanzte. Ich sah mich selbst, wie ich, purpurn gekleidet, auf einer Bühne den Ranryô-ô spielte. Ich trat in der Maske auf, ließ die Hellebarde rotieren. Ein dunkles Gehäuse, spinnwebenfein, klebte auf meinen Augäpfeln. Meine Füße schienen am Boden festzukleben. Ich bewegte sie mit einer Anstrengung, die mich taumeln ließ. An einem Ständer hing eine große, bronzene Scheibe. Die Helligkeit ließ auf ihrer Oberfläche silberne Wellen zittern. Im Hintergrund knieten Musiker, Frauen und Männer. Durch die kugelförmigen Maskenaugen sah ich sie klein, fern, aber in allen Einzelheiten: Sie waren unbekleidet, ihre Körper, weiß bemalt, schimmerten fast gläsern. Blut war an ihnen und Spuren von glitzerndem Schweiß. Auch sie trugen Masken – abstrakt und ohne Ausdruck, blank poliert wie Steine. Sie spielten auf ungewöhnlichen Instrumenten: Die Trommeln waren aus Totenschädeln geschnitzt, mit Menschenhaut überzogen, die Flöten aus Menschenknochen gefertigt. Der schreckliche Mißklang zuckte in meinen Nerven, pulsierte wie die Schlagader.

»Gegen mich ist nichts auszurichten«, kicherte der Ranryô-ô.

Ich überdachte das, während ich den Rhythmus suchte, der neu war.

»Diese Gefahr besteht.«

Die Stimme, kalt und hohl wie aus dem Grab, wisperte in meinen Ohren.

»Nimm dich in acht. Vor mir.«

»Ich tue, was ich will.«

»Du tust, was ich will«, sagte der Ranryô-ô. »Begreife das endlich.«

Die Musik war eine entsetzliche Kakophonie. Sie machte mich ganz benommen. Was war hier los? Ich tanzte mit schweren Gliedern und rasendem Herzschlag. Der Boden vibrierte unter mir, ein Erschauern, das mir in Bauch und Lenden drang, hin und her flackernd wie der Schmerz in meinem Gehirn. Die Töne kreischten und schwirrten, teils Geräusche, teils fühlbar als Funken und Licht. Ich tanzte, aufgewühlt und in tiefster Übelkeit, und schließlich schrie ich zornig auf, weil ich wankte und den Rhythmus verlor. Da erhob sich eine der Musikantinnen. Ihr weißgepuderter Körper war geschmeidig und jung. In der Hand hielt sie einen Schlegel. Nackt, mit blutleeren Lippen und dunklen Schatten als Augen, näherte sie sich der Bronzescheibe, schätzte den richtigen Abstand, während das lange schwarze Haar auf ihren Schultern schaukelte.

»Hörst du mich?« sagte der Ranryô-ô. »Die Erde schläft. Du wirst sie wecken!«

»Gänzlich ausgeschlossen.«

»Alles ist bereit, die Zeit, der Ort. Du wirst jetzt tanzen.«

»Nicht, wenn ich nein sage.«

Die Frau hob den rechten Arm. Die zärtliche, elegante Bewegung rief eine undeutliche Erinnerung in mir hervor. Der Körper stellte sich auf die Zehenspitzen, verlagerte seinen Schwerpunkt in einer langsamen Drehung. Das Haar wirbelte weich empor, die langen feinen Muskeln spielten unter der Haut, als das Holz die Scheibe berührte. Der Klang verursachte ein bebendes Brummen; ich konnte den Ton im Boden unter mir spüren. Wie ein Stein in stilles Wasser fällt und nach allen Seiten Wellenringe aussendet, so rührte sich der Ton in geheimnisvollen Tiefen, zögerte und summte und verklang.

»Jetzt!« flüsterte der Ranryô-ô.

»Ich will nicht.«

»O doch, du wirst schon wollen!«

Die Frau bewegte zum zweiten Mal den Arm. Einen Augenblick lang hob sich ihr schattenloses Weiß hoch in der blendenden Luft ab. Dann krachte der Schlegel auf die Scheibe. Der Schlag warf den Klang mit explosiver Wucht durch Holz und Beton, durch Staub und Erde, durch Fels und Gestein, bis hinab zu den finsteren Höhlen, wo Feuer und Wasser sich im urweltlichen Chaos bekämpften. Mein Schädel schien zu bersten, eine Sturmwoge schüttelte meinen Körper, als ob sich das Innere nach außen kehrte. Mein Mund füllte sich mit Speichel und Galle.

»Jetzt, jetzt, jetzt!« brüllte der Ranryô-ô.

Mein Fuß traf die Erde, und die Erde brach auf. Der Globus barst in einer Krampfwelle. Unter mir sackte der Boden ab, er schleuderte mich hoch, wie mit einem Hammerschlag. Jetzt gab es keine Musik im Hintergrund mehr, nur noch Tosen und Brausen und Splittern, das von allen Seiten kam. Da war auch kein Licht mehr, nur die Morgenröte. Im purpurnen Schein sah ich die Deckenlampe wie ein Pendel über meinem Kopf hin und her schwingen. Ein gespenstisches Grollen erfüllte die Luft, es schallte gleichzeitig vom Himmel herab und dröhnte aus den Tiefen der Erde. Die Wände ächzten und knirschten; wie in einem Alptraum schaukelte das ganze Haus langsam und mächtig hin und her. Eine Vase rollte über den Boden, Bücher fegten aus den Regalen, im Küchenschrank schepperten Tassen, Teller und Glas. Ich rang nach Luft, mein Trommelfell schien zu platzen.

»Kunio!«

Ich sah, wie er vergeblich versuchte, sich aufzurichten, immer wieder das Gleichgewicht verlor; eine blutende Schramme zog sich über seine Wange, dort, wo ihn eine Scherbe getroffen hatte. Wir lagen auf Händen und Knien, während die Erde sich schüttelte. Das dauerte. Das dauerte endlos. Das Getöse durchbohrte meinen Kopf wie heiße, schwarze Nadeln. Es war ein Schwanken und Schütteln und Vibrieren, wie auf einem Schiff bei Wellengang. Die Wogen zogen in endloser Prozession eine Bahn durch uns hindurch. Als sie verebbten, raffte Kunio sich hoch, kam schwankend auf die Beine. Ich wollte aufstehen.

»Warte!« Kunio bedeutete mir, unten zu bleiben. Er drehte Gas, Klimaanlage und Lichtschalter ab, riß Fenster und Tür auf. Er hatte mir erklärt, daß bei geschlossenen Fenstern die Scheiben bersten, geschlossene Türen durch eine Verschiebung des Rahmens sich nicht mehr öffnen lassen. In meiner Benommenheit hörte ich, daß die Nachbarn ebenso handelten. Überall sprangen Türen auf, von draußen schallten Rufe und aufgeregte Stimmen. Das Heulen von Hunden klang gespenstisch durch die Straßen. Ich klebte vor Schweiß, bitterer Speichel füllte meinen Mund. Irgendwo klirrte Geschirr, dann Stille. Die Lampe hing an der Decke, fast wieder ruhig; nur ein ganz leichtes Zittern bewegte sie. Die Erde war wieder zur Ruhe gekommen. Still. Fest. Als ob nichts geschehen wäre. Noch immer raste das Herz in meiner Brust. Wir starrten uns an, keuchend, wie gelähmt, das Entsetzen noch immer in den Gliedern.

»Es ist vorbei ...«

Kunios Stimme kam mir wunderbar hell vor. Der Wahn hatte seinen Griff um mich gelockert, Schwindel und Übelkeit waren verflogen. Ein seltsamer Friede erfüllte mich. Schwankend trat Kunio auf mich zu, ließ sich auf den Fersen nieder. Sekundenlang sprach keiner ein Wort. Dann fielen wir übereinander her, wie die Wahnsinnigen. Ich schlang meine Arme um seinen Hals, brachte ihn fast aus dem Gleichgewicht. Wir küßten uns so heftig, daß unsere Zähne aneinanderschlugen. Wir zerrten uns die *Yukata* vom Leib und fielen auf den Futon zurück, aufgelöst, keuchend. Ich riß ihn an den Haaren zu mir herunter, krallte mich an seinen Schultern fest. Meine Lenden schnellten gleichzeitig mit den seinen hoch. Er drang in mich ein, so heftig, daß wir im gleichen Augenblick stöhnten; sein Gesicht preßte sich an meinen Hals, seine Brust duckte sich an meine, sein Herz raste. Mein Leib bäumte sich auf, warf sich ihm entgegen, während er sich warm und hart in mir bewegte. Ich leckte die Schweißtropfen von seinem Gesicht, schlang die Beine um seine Hüften, um ihn noch näher und enger zu spüren. Nur sein Stöhnen, dem meinen gleich, war in der Stille zu hören. Er stieß tiefer in mich hinein, ich zog mich zusammen, schmerzhaft eng, um ihn in mir festzuhalten. Als ob es das Leben selbst war, stark und warm, das wir nun in vollen Zügen spürten, nachdem uns, ein paar Minuten zuvor, die Todesangst überwältigt hatte. Sie war noch nicht gebannt, diese Angst, sie hing über uns wie ein dunkler Schatten, doch jede unserer Bewegungen zog das Leben enger in uns hinein, bis es durch unsere Adern strömte wie das Blut. Auf dem Boden, der jetzt wieder ruhig und fest war, schüttelte uns die Raserei, brachte uns an den Rand der Bewußtlosigkeit. Dann lagen wir still, nach Luft ringend, mit klammer Haut. Neben dem Auf und Ab unserer Atemzüge, dem Klopfen unserer Herzen, hörten wir nur die Seufzer aus unseren Lungen. Ganz allmählich verklang das Brausen in uns. Durch das offene Fenster drangen Geräusche von draußen an unsere Wahrnehmung. Wir tauschten einen Blick, bevor wir uns taumelnd aufrichteten und nach unseren Kleidern griffen. Ein kalter Luftzug strömte durch die Tür. Kunio schloß sie. Erleichtert stellte er fest, daß sie in den Rahmen paßte. Immer noch zitternd, mit weichen Knien gingen wir zum Fenster und spähten nach draußen. Es gab nicht viel zu sehen: Menschen standen vor den Hauseingängen und führten erregte Gespräche. Manche waren noch im Morgenrock und schlotterten in der Kälte. Vögel flatterten durch die neblige Luft, schrien von einer Straße zur anderen, setzten sich wippend auf kahle Baumkronen. Auf dem Gehsteig lagen Glasscherben, und an einer Hauswand zeigte sich ein breiter Riß. Ein Feuerwehrauto raste mit heulenden Sirenen über die Ausfallstraße: In der Nähe mußte ein Brand ausgebrochen sein.

Wir sahen uns an, noch halb benommen.

»Möchtest du etwas trinken?« fragte Kunio.

Ich nickte atemlos, fuhr mit der Zunge über meine trockenen Lippen. Kunio öffnete behutsam die Tür des Geschirrschranks. Er wollte die umgefallenen Gläser wenigstens vor einem Sturz auf den Fußboden bewahren.

»Ist viel kaputt?« stammelte ich.

»Es könnte schlimmer sein.«

Meine Kopfschmerzen waren verflogen. Doch ich spürte immer noch diese Stumpfheit in mir, eine noch nicht ausgereifte Unruhe, ein schleichendes Grauen. Die vertraute Warnung, die Beklemmung, sie waren noch da; sie waren sogar stärker geworden. Ich konnte dieses Gefühl nicht erklären; Ausgangspunkt war die Angst und ihre Nachwirkungen. Teilnahmslos sah ich zu, wie Kunio einige Scherben aufsammelte, die Splitter zusammenfegte und alles in den Mülleimer beförderte. Dann holte er eine Colabüchse aus dem Eisschrank, füllte zwei Gläser. Wir tranken beide gierig.

»Wie lange hat das Beben gedauert?« fragte ich, als ich wieder sprechen konnte.

»Ungefähr eine Minute, nehme ich an.«

»Das kann entsetzlich lang sein.«

»Ja.«

Aus dem Hahn floß Wasser, kaltes und warmes; weder die Gas- noch die Stromversorgung waren unterbrochen.

»So schlimm habe ich es selten erlebt«, sagte Kunio. »Ich dachte, das Beben hätte größeren Schaden angerichtet. Ich rufe Hanako an. Hoffentlich ist in Miwa nichts passiert.«

Während er die Nummer wählte, ging ich ins Badezimmer. Ich putzte mir die Zähne, wusch mir das Gesicht. Beim Abtrocknen blinzelte ich ein paarmal, als ob ich so den Schrecken aus meinen Augen vertreiben könnte. Meine Lippen waren ebenso ausgedörrt wie das Innere meines Mundes. Gerade tupfte ich etwas Hautcreme auf meine Wangen, als ich Kunio im Wohnzimmer sprechen hörte. Seine Stimme klang erregt, anders als sonst. Mein Rückgrat kribbelte. Nichts war vorbei. Die Gefahr lag noch in der Luft, unüberhörbar, ausgeprägt. Ich kam ins Zimmer zurück, sah, wie Kunio den Hörer auflegte. Sein Gesicht war kreideweiß.

»Hanako geht es gut«, sagte er. »Das Erdbeben war in Kobe. Die Stadt ist zerstört.«

Ich starrte ihn an, als hätte ich kein Wort begriffen. Kunio schaltete den Fernseher an. Der Bildschirm zitterte und flackerte ein paarmal, dann wurde das Bild klar. Eben wurden Nachrichten gesendet. Die Moderatorin sprach mit ernstem Gesicht; das Erdbeben war das schwerste seit fünfundsiebzig Jahren gewesen. Niemand hatte gewarnt, nicht einmal eine Minute vorher. Der Erdbebenherd befand sich im Meer, nur ein paar Kilometer vom Festland entfernt, in der Bucht von Kobe. Schiffe waren gekentert, der Hafendamm zerstört, die Betonpfeiler der Autobahn eingeknickt. Die geplatzten Gasleitungen hatten riesige Flächenbrände verursacht, ganze Viertel standen in Flammen. Während die Frau sprach, flimmerten die ersten Aufnahmen über den Bildschirm: Private TV-Sender hatten Hubschrauber eingesetzt, die im Tiefflug über der Stadt kreisten; riesige Trümmerhaufen flackerten über den Bildschirm, eingestürzte Hochhäuser, ganze Stadtteile, dem Erdboden gleichgemacht. Einzelheiten waren nur unscharf zu erkennen. Dicke, schwarze Brandwolken türmten sich über der Stadt. Die Zahl der Toten und Verwundeten, sagte die Moderatorin mit ruhiger Stimme, werde auf über Tausend geschätzt, aber genaue Zahlen lägen noch nicht vor. Für die Obdachlosen seien Notunterkünfte vorgesehen.

Eine Zeitlang starrten wir auf den Bildschirm. Entsetzen lähmte uns. Wir konnten einfach nicht glauben, was wir sahen und hörten.

»Ungeheuerlich!« flüsterte Kunio.

Irgendwer schluchzte leise; das Schluchzen ging mir durch Mark und Bein; es war mein eigenes. Ich kann es nicht aushalten, dachte ich, es ist unerträglich, es erstickt mich. Mit dieser Katastrophe war ich schwanger gewesen, ich hatte sie im Blut gefühlt, jede Zelle meines Körpers hatte davon gebebt; ich mußte die unmerklichen Erschütterungen gespürt haben, die das Gestein knistern ließen, schon seit Monaten; Bewegungen, Energiewellen, die nur von empfindlichen Apparaten registriert wurden. Mein Organismus hatte gespürt, wie sich die Kräfte im Untergrund zusammenballten, ich hatte sie in geistigen Bildern, in Gefühle und schließlich in Schmerzen umgesetzt. Mit einem Mal war ich wie besessen; die Furcht stieg aus den tiefen Schichten des Unbewußten, wie dunkler Frost aus der winterlichen Erde. Es war eine himmelschreiende Ungerechtigkeit, daß ich diesen Horror spüren mußte, bevor er eintraf, eine alptraumhafte Widerwärtigkeit. Nur ruhig, dachte ich. Verliere die Nerven nicht, Ruth. Es nützt dir nichts, wenn du schreist oder tobst. Entweder siehst du die Dinge sachlich, oder du landest im »Wacholderhaus«. So bezwang ich mich, obwohl Panik mich schüttelte, und spürte endlich, daß ich reden konnte. Doch zuerst nahm ich Kunios Hände und hielt sie fest in den meinen; er schien mich wieder mit mir zu vereinen.

»Kunio, wir müssen nach Kobe.«

»Naomi?« stieß er hervor.

Ich nickte mit zugeschnürter Kehle. Es gab Gefühle und Gedanken, die ich verdrängte. Was ich sagen wollte, war entsetzlich. Ich sagte es lieber nicht. Sobald ich das Grauen mit Namen nannte, würde es Gestalt annehmen.

»Sie wird alles verloren haben.«

»Holzhäuser fallen in sich zusammen«, sagte er. »Aber die Bewohner kommen fast immer ohne schlimme Verletzungen davon.«

Er durchschaute meine Befürchtungen, war bestrebt, mich zu beruhigen. Ich widersprach ihm nicht, setzte meine Angst unter Narkose.

»Sie braucht Hilfe.«

»Am besten, wir holen sie zu uns. Sie kann mit ihrer Mutter und Seiji bei Hanako wohnen. Bis das Haus wieder steht, vergehen Monate.«

»Wir müssen ihr Sachen bringen: Verbandszeug, Decken, warme Kleider, Handschuhe.«

»Und Wasser«, sagte er. »Es gibt kein Wasser mehr in Kobe. Und auch keine Heizung, keinen Strom.«

»Und Schlafsäcke, für alle Fälle.«

»Und Taschenlampen.«

Wir hielten den Blick auf den Bildschirm gerichtet. Bilder des Grauens zogen vorbei: zugedeckte Leichen, in einer Halle aufgebahrt, zitternde Obdachlose. Rettungsmannschaften verteilten Decken. Alle Gesichter waren wie erstarrt. Kein Weinen, kein Schreien. Nur Stille und das gespenstische Knattern der Hubschrauber, das Heulen der Feuerwehrsirenen. Doch Kunios Hände, stark und fest, waren warm in meinen Händen, und seine Stimme klang ruhig:

»Die Hanshin-Autobahn ist eingestürzt, die Bahnlinien auch. Die Nationalstraße führt nur bis in die Vororte. Wir müssen zu Fuß gehen.«

»Das macht nichts«, flüsterte ich, schwer atmend.

Er stellte den Fernseher ab.

»Wir dürfen keine Zeit mehr verlieren.«

# 53. Kapitel

Die Luft war eiskalt, der Himmel hinter den Rauchschwaden blau; eine endlose Kolonne müder, verstörter Menschen bewegte sich entlang der Bahngleise: Tausende von Obdachlosen, mit Habseligkeiten bepackt, junge und ältere, Kinder und Greise. Verletzte, die noch gehen konnten, wurden von ihren Angehörigen gestützt. Sie flohen aus der zerstörten Stadt, suchten Unterkunft bei Freunden und Verwandten in den Vororten. Das gespenstische Heulen der Sirenen erfüllte das Talbecken. Knatternde Hubschrauber zogen ihre Runden, doch hier, am Bahngleis, brach nur das Geräusch der Schritte, verhaltenes Gemurmel oder gelegentliches Schluchzen die Stille. Die Flüchtlinge schonten ihre Kräfte: Vor ihnen lag eine Strecke von über zwanzig Kilometern zu Fuß. Der Weg aus der Stadt führte teilweise als Trampelpfad über Trümmer und Geröll. Fahrräder waren nur streckenweise zu gebrauchen. Die Flüchtlinge stapften an riesigen, noch knarrenden Schuttmassen vorbei, an Betonbrocken, an tropfenden Rohren und gefrorenen Wasserlachen. Sie wanderten an Fernsehapparaten, Schränken, Schubladen, Computern, zerfledderten Büchern, Bettwäsche, eingedrückten Autos vorbei. Leichen waren nicht zu sehen; vielleicht hatte man sie schon geborgen. Auf der Nationalstraße zwischen Osaka und Kobe stauten sich kilometerlang Privatwagen, Ambulanzen, LKWs, Busse und Motorräder. Sie gehörten Auswärtigen, die in entgegengesetzter Richtung wanderten. Die meisten hatten Freunde und Verwandte in Kobe, die auf ihre Hilfe angewiesen waren. In Rucksäcken und Taschen schleppten sie Kleider, Obst, Medikamente und Decken. Manche schoben unter großer Mühe Rollstühle oder Einkaufswagen vor sich her, die mit Medikamenten, Lebensmitteln, Getränken bepackt waren. Alle Telefonlinien waren zerstört, doch vielen war es gelungen, mit Angehörigen und Freunden durch Handys in Kontakt zu treten. Rettungsmannschaften waren an der Arbeit, machten sich durch Rufe und Klopfen bemerkbar. Da und dort wurde fieberhaft gegraben. Manchmal erschollen Warnschreie: Die Mannschaften brachten sich in Sicherheit, während Haufen von Trümmern und Betonbrocken mit ohrenbetäubendem Krachen einstürzten. Kunio und ich hatten Stunden im Verkehrsstau verbracht, bis die Polizei uns aufhielt. Ein paar hundert Meter weiter war die Stelzenautobahn zusammengebrochen. Die Betonpfeiler waren umgekippt, die Autobahn, eingedrückt wie Wellblech, lag streckenweise auf der Seite. Autowracks waren unter den Trümmern zermalmt. Die Polizei teilte Helme aus. Die Kontrollen waren auf ein Minimum reduziert, alle, die Lebensmittel und Kleider für die Notleidenden brachten, wurden durchgelassen. Tintenschwarzer oder gelblicher Rauch lag über der verwüsteten Stadt: Brände, die nicht gelöscht werden konnten, weil die Wasserleitungen geplatzt waren. Sieben- oder achtstöckige Betonklötze lagen auf der Straße, aus den Fundamenten gerissen, wie umgekippte Pappschachteln. Kein Fenster, das nicht sämtliche Scheiben verloren hatte. Wie eine berstende Kruste war der Boden mit Rissen durchzogen. Immer wieder traf man Gruppen von Menschen, in Decken gehüllt. Viele trugen noch Nachtkleider; ihre bloßen Füße steckten in Pantoffeln. Das Beben hatte um 5 Uhr 46 eingesetzt, und die Bewohner von Kobe im Schlaf überrascht. Die Obdachlosen standen unbeweglich in der beißenden Kälte, hauchten in ihre blaugefrorenen Hände und starrten vor sich hin, wie in etwas, das sie noch nicht gesehen hatten. Die Luft stank nach Gas, nach Qualm, nach verbranntem Plastik; ein ekelhafter Geruch, der zunahm, je näher wir dem Stadtzentrum kamen. Straßenteile waren abgesackt, Bäume entwurzelt, Eisenträger eingeknickt. Immer wieder wurden durch Lautsprecher Warnungen durchgegeben: kein Feuer anzünden, sich nicht unter überhängenden Betonbrocken aufhalten. Was mich am meisten verblüffte, mir fast das Herz brach, war die ungeheure Ruhe der Japaner. Die

Menschen halfen einander, höflich, geschickt, ohne Panik oder Hysterie. Wo Wasserrohre sprudelten, bildeten die Leute eine Kette und reichten sich Eimer voll Wasser weiter, andere brachten Schubkarren voller Sand herbei und bekämpften damit die Flammen. Der Rauch wirbelte in Schwaden hoch. Die Leute husteten und würgten. Viele hatten sich ein Tuch vor Mund und Nase gebunden. An freien Stellen waren die weißen Zelte der Erste-Hilfe-Stationen eingerichtet. Dort konnten sich Leichtverletzte verbinden lassen; man identifizierte Tote und gab die Namen der Vermißten an. Freiwillige verteilten Nahrungsmittel und Getränke. Manchmal legte sich eisige Erstarrung über die Menge: Das Rumpeln und Knirschen der Nachbeben hallte alptraumhaft bis an die Berghänge. Gelockerte Steinblöcke rumpelten und donnerten. Fassaden stürzten ein, Dächer gaben nach. Der Asphalt bewegte sich, platzte auf, als ob die Erde darunter etwas Lebendiges war. Einmal krachte ein paar Meter vor uns ein Klumpen Stahlbeton aus einem zerstörten Hochhaus. Der Luftdruck blies uns Staub und Ruß in die Augen. Man sah die aufgerissenen Zimmer und umgefallenen Möbel, Matratzen und Bettzeug, die über zerbrochenen Balkonen hingen. Wir warteten, angstgepeinigt, bis sich das Beben beruhigte. Dann machten wir uns wieder auf den Weg. Einmal sahen wir eine alte Frau, die mit einem kleinen Mädchen am Boden saß. Die Beine des Kindes waren bis zu den Knien verbunden und blutgetränkt. Ich gab dem kleinen Mädchen einen Apfel. Sie nahm ihn teilnahmslos, während die Großmutter einige Dankesworte murmelte.

»Ihre Eltern sind tot«, sagte sie mit dünner, zittriger Stimme. Ihre Augen starrten uns an, starrten durch uns hindurch. Kunio öffnete eine Flasche Mineralwasser. Er füllte einen Plastikbecher und reichte ihn der alten Frau. Sie trank in kleinen Schlucken. Das Kind drehte das Gesicht weg, als wir ihm Wasser anboten.

»Es ist wie im Krieg, ich entsinne mich gut.« Die alte Frau deutete auf die schwarzen Rauchwolken.

»Wind macht sich auf. Die Feuer verbreiten sich.«

Wir ließen der Frau das Mineralwasser und gingen weiter. Wir waren seit Stunden unterwegs, empfanden keine Müdigkeit, nur ein Ziehen in den Gelenken und das Gefühl, uns in einem Wachtraum zu bewegen. In den Schaufensterkästen lagen die Puppen wie Leichen am Boden oder lächelten gespenstisch in bunten Frühlingskleidern. Wir kamen an einem Tempel vorbei, das Holzgebäude war der Erde gleichgemacht worden. Das grüne Ziegeldach, in der Mitte eingeknickt und bis zum Boden gesenkt, glich einem gigantischen Falter mit ausgebreiteten Flügeln. Es wurde Abend; die Sonne schwebte wie eine rote Kugel hinter dem Rauch. Manchmal stob der Qualm auseinander, gab ein Stück kobaltblauen Himmel frei, in dem die Hubschrauber kreisten. Wir hielten mit Mühe die Richtung ein, kamen nur langsam vorwärts. Die Straßenkarte half uns kaum: Oft mußten wir lange Umwege in Kauf nehmen, weil die Straßen von herunterhängenden Gegenständen und Schuttmassen versperrt waren. Über unseren Köpfen hing ein wirres Netz von Telefon- und Elektrizitätskabeln. Manche schleiften wie dicke Knäule am Boden. Als es dunkel wurde, zuckten Tausende von Taschenlampen durch den Schutt, viele benutzten die Scheinwerfer der Wagen als Lichtquelle. Die hellen Strahlen grenzten die Rauchwolken ein, die im Flammenschein von unten selbst wie Feuer schimmerten. Die alte Frau hatte sich nicht getäuscht: Der Abendwind entfachte die Brände, ganze Häuserblocks standen in Flammen.

»Es sind geplatzte Gasleitungen, die brennen«, sagte Kunio.

»Weißt du überhaupt, wo wir sind?«

»Gleich unten am Hang. Es ist nicht mehr weit jetzt.«

Wie alle Menschen in dieser Stadt befanden wir uns in einem eigentümlichen Zustand der Angstgewöhnung. Wir dachten nüchtern und klar und sprachen sehr sachlich.

»Hier steht kein einziges Haus mehr, Kunio.«

Er nickte.

»Ja, es ist ...«, er verbesserte sich, ... »es war ein sehr altes Viertel.«

Die unstabilen Trümmer ließen knarrende Geräusche hören. Es stank nach Gas, nach geplatzten Kanalisationen, nach Verbranntem. Plötzlich wurden Stimmen laut, dunkle Gestalten kamen uns entgegen. Eine Frau schluchzte herzzerreißend. Sanitäter trugen eine Bahre, auf der ein Mann mit verbundenem Kopf lag. Auf den Schutthalden bewegten sich die Rettungsmannschaften, erkennbar an ihren roten Uniformen. Sie arbeiteten im Licht von Stablampen und Scheinwerfern. Das Erdbeben hatte die leicht gebauten Häuser aus den Grundfesten gerissen. Sie waren umgekippt, eins nach dem anderen, wie Kartenhäuser. Wieder kamen uns Sanitäter mit einer Trage entgegen. Ein Halbwüchsiger stützte eine alte Frau, die leise wimmerte. Ein junger Mann hielt ein kleines Kind in den Armen, dessen Kopf in einem seltsamen Winkel zurückgebogen lag. Ich schluckte würgend. Meine Kehle war voller Ruß und Staub.

»Sie wird nicht mehr da sein«, sagte ich.

Kunio rieb sich die Augen. Die Helme trugen wir nicht mehr. Sie schränkten unsere Sicht ein und verursachten uns Ohrenschmerzen.

»Sie ist in einer Notunterkunft, wahrscheinlich.«

Ich blieb plötzlich stehen; die Haut schien mir am Körper zu gefrieren.

»Kunio ... die Autobahn!«

Er folgte meinem Blick; dort, wo die Autobahn auf Betonpfeilern geruht hatte, gähnte ein riesiges Loch. Die tonnenschweren Säulen waren zerbrochen, hatten die Brücke in die Tiefe gerissen. Über den wenigen Pfeilern, die noch standen, schwebte ein Teil der Autobahn in der Luft. Ein Autobus hing in seltsamem Gleichgewicht über dem Rand. Ich schloß kurz die Augen, sah Naomi im roten T-Shirt unter der Brücke stehen und winken. Das heiße Licht fiel in Wirbeln vom Himmel, und ihr schönes, kräftiges Haar wehte im Wind. Damals hatte sich der Vorhang über etwas bewegt, was verborgen bleiben sollte, will der Mensch bei Verstand bleiben. Immer wieder, solange ich lebte, würde ich die Erinnerung bewahren. Vielleicht durfte ich diese Dinge nicht allzu genau nehmen. Es war besser, vernünftig zu sein. Nicht gesehen zu haben, was ich zu sehen glaubte. Wenn ich überall nur bemaltes Zeug sah, eine Szenerie, dann schaffte ich es vielleicht. Ich holte tief Luft. So war es besser, und es war entsetzlich genug. Die Betonpfeiler, in mehrere Stücke zerplatzt, hatten die Häuser am Berghang zermalmt. Nichts war mehr übrig als eingedrückte Balken, Mörtel, zerfetzte Matten und Schutthaufen. Zersplitterte Möbel, Bettmatratzen, Computer, Kochgeschirr, Eisschränke, ganze Hauseinrichtungen waren in ein unentwirrbares Durcheinander gepreßt. Ich streifte meinen Rucksack ab, stellte ihn neben mich, rieb mir die Schultern mit kreisenden Bewegungen.

»Das Haus hat hier gestanden«, murmelte Kunio.

Ich nickte.

»Ja, unter den Brückenpfeilern.«

Hinter der Autobahn war Feuer ausgebrochen. Es war zuerst nur ein rosafarbener Schimmer, der über der Kammlinie halbwegs sichtbar wurde. Dann strahlte das Licht heller. Weißer Rauch zog empor. Der Wind blies stärker. Durch Lautsprecher wurde eine Warnung durchgegeben. Die Gasleitungen waren geplatzt. Die Leute sollen sich nicht in den Trümmern aufhalten. Ein junges Ehepaar lief keuchend vorbei, der Mann trug zwei kleine Kinder, die junge Frau schleppte eine Tasche mit ihren Habseligkeiten. Unterhalb der Straße versperrten Schuttmassen den Weg, ein Gewirr aus Erde, Geröll, zermalmten Betonmassen, umgeworfenen Autos. Wassertropfen sickerten aus geplatzten Rohren. Scherben und Glassplitter funkelten blutrot. Wieder ertönte die Warnung aus dem Lautsprecher.

»Brandgefahr«, sagte Kunio. »Wir sollten lieber gehen.«

Wir beschlossen, in den Erste-Hilfe-Stationen nach Naomi zu fragen. Ächzend bückte ich mich nach meinem Rucksack. Kunio half mir, ihn über die Arme zu schieben. Bis dahin hatten Wirrnis und Aufregung unser Gefühl abgestumpft. Jetzt merkten wir, wie müde wir waren. Unsere Glieder waren bleischwer, Genick und Schultern schmerzten, wir hatten kaum noch Kraft in den Oberschenkeln. Wir drehten dem

Hang den Rücken zu, starrten in entgegengesetzter Richtung, auf andere Trümmerhaufen, auf eingeknickte Starkstromleitungen. Ein Schritt ... noch einer. Und blieben stehen. Unsere Ohren erfaßten ein Geräusch, ganz in der Nähe: ein leises, verzweifeltes Schluchzen. Es war eine seltsame gesteigerte Wahrnehmungsfähigkeit, ein von Angst geschärfter sechster Sinn, der unsere Augen von den Scheinwerfern und den Bränden ablenkte und sie auf die nahen Trümmerhaufen richtete.

»Ist da jemand?« rief Kunio.

Keine Antwort, nur dieses verzweifelte Schluchzen. Ich machte ein paar Schritte durch den Schutt. In kurzer Entfernung lag ein Haus auf der Seite, zur Hälfte eingedrückt von einer Betonmasse; ein Teil des Brückenpfeilers hatte sich über den Hang gewälzt, eine Anzahl Häuser niedergerissen und zermalmt. Hier, an diesem Haus, war die Betonmasse zum Stocken gekommen; sie lehnte schräg an der Wand, ein gigantischer Klotz, im Halbrund geschliffen, von verbogenen Stahlbändern durchzogen. Unmöglich und deshalb unwirklich wirkte diese Säule, gegen die eingeknickte Hauswand gepreßt, die sie meterhoch überragte. Neben der Betonmasse kauerte ein Kind, die Arme auf die Knie gelegt, und weinte. Wir verständigten uns mit einem Blick. Vorsichtig stiegen wir über Fliesen, Kabel, herabgestürzte Dachbalken.

»Komm«, sagte Kunio, »du kannst hier nicht bleiben.«

Die kleine Gestalt bewegte sich, hob den Kopf. Mein Körper wurde von einer Erregung geschüttelt, die ich wie einen Schmerz empfand, im Mund, hinter den Ohren, auf der Kopfhaut. Es war kein Kind, sondern ein Halbwüchsiger. Er trug einen Schlafanzug und war in eine der gelben Decken gewickelt, welche die Rettungsmannschaften verteilten. Rotgefärbte Strähnen, weiß von Staub, klebten an seinem aufgedunsenen Gesicht.

»Seiji!«

Wir waren schon bei ihm, knieten nieder. Er schluchzte mit offenem Mund.

»Sie ist ... sie sind irgendwo da unten.«

»Naomi?« keuchte ich.

»Ja, und Großmutter auch. Aber Großmutter ist tot.«

»Bist du sicher?« Die Frage kam von Kunio.

»Naomi sagt, ihr Kopf ist ganz eingedrückt. Sie kann es mit der Hand fühlen.«

»Naomi ist unverletzt?«

»Ja ... nein ... ich ... ich weiß es nicht.« Seiji flüsterte tränenerstickt. »Manchmal ist sie stundenlang still. Dann höre ich sie wieder. Sie ist eingeklemmt.«

»Waren die Rettungsleute nicht da?« Kunios Stimme rasselte.

»Doch, aber sie brauchen einen Kran.«

»Man kann doch die Hauswand aufbrechen!«

Seiji würgte die Worte heraus.

»Das geht nicht. Sonst kippt der Pfeiler auf Mama.«

Aus irgendeinem Grund hatte die Betonmasse das Mauerwerk nicht aufgerissen, sondern stemmte sich dagegen in labilem Gleichgewicht, solange die Wand den Druck zu tragen vermochte. Kunio und ich wechselten einen verzweifelten Blick. Die Leute von der Rettungsmannschaft hatten die Situation richtig eingeschätzt: Ohne Kran war hier nichts zu machen.

»Ein paarmal hat die Erde gebebt«, sagte Seiji. »Die Wand hat sich gesenkt. Aber sie hält noch.«

Er deutete auf einen wirren Haufen zerquetschter Holzhäuser.

»Da sind noch Leute begraben. Ein paar hat man herausgeholt, aber nicht alle. Vor ein paar Stunden hat ein Mann ganz furchtbar geschrien. Jetzt ist er still.«

Seiji starrte vor sich hin; auf der rechten Gesichtshälfte zogen sich, von roten Flecken umrahmt, zwei tiefe Schrammen hin. Unten an seinem Kinn klebte Blut.

»Wann bringen sie den Kran?« fragte Kunio.

»Morgen früh.« Seiji wischte sich mit dem Ärmel über die Nase.

»Erst morgen?« stammelte ich.

»Ja.« Seijis Stimme festigte sich allmählich. »Hier können sie nicht her. Sie müssen zuerst die Trümmer wegräumen. Sie haben gesagt, sie würden die ganze Nacht arbeiten. Inzwischen soll ich mit meiner Mama sprechen, damit sie den Mut nicht verliert. Sie sagen, morgen früh kommt der Kran ...«

In der Ferne heulten Sirenen. Das gespenstische Getöse überspülte uns wieder und immer wieder, bis es endlich zitternd verhallte. Seiji fuhr sich mit der Zunge über die trockenen Lippen.

»Haben Sie ... eine Cola?«

»Nein, nur Wasser.«

»Auch gut.«

Kunio zerrte eine Flasche aus seinem Rucksack, drehte den Stöpsel und reichte sie dem Jungen. Seiji trank in durstigen Zügen. Ich näherte mich behutsam dem Betonklotz.

»Naomi? Kannst du mich hören?«

»Vielleicht schläft sie«, sagte Seiji. »Vor ein paar Stunden war sie wach. Sie sagte, sie sei müde. Es ist besser, wenn sie schläft, *ne?*«

Kunio besah sich den Boden, ein undeutlicher Haufen Betonbrocken, gebrochene Holzsparren, Scherben, Schmutz, Fußbodenplatten. Er hob eine Eisenstange und wog sie in seiner Hand.

»Vielleicht könnte man graben ...«

Ein Beben lief über Seijis blutbeschmiertes Kinn.

»Die Rettungsleute haben es schon versucht. Sie sagen, es geht nicht, sonst bewegt sich der Klotz.«

Ich erstickte einen Aufschrei. Kunio wischte sich den Schweiß von der Stirn.

»Wie kann sie bloß überleben?«

»Sie sagt, da ist ein Loch. Sie kriegt Luft. Sie hat eine Zeitlang gekratzt, um das Loch größer zu machen.«

»Wo liegt sie denn?«

Krampfhaftes Schluchzen schüttelte Seijis Brust.

»Sie liegt nicht. Sie sitzt. Sie kann sich überhaupt nicht bewegen und auch nicht den Kopf heben. Sie sagt, am Anfang haben ihr die Beine sehr weh getan. Jetzt nicht mehr.«

Plötzlich sprudelten die Worte aus ihm hervor. Es war frühmorgens geschehen, gerade als es hell wurde. Seiji wachte auf, weil Keikos Hund unaufhaltsam heulte, winselte und an der Haustür kratzte. Die Großmutter hörte schlecht, und Naomi stand nie auf, wenn Mari nach draußen mußte. Verschlafen zog Seiji seine Socken an. Da fing die Erde an zu beben. Das Donnern kam von allen Seiten, umgab ihn, wurde mächtiger und mächtiger, bis sein Trommelfell zu platzen schien. Der Boden sackte unter Seijis Füßen weg. Er spürte einen heftigen Luftzug, ein berstendes Krachen. Das Haus wurde hochgehoben und stürzte über ihm zusammen. Als Seiji erwachte, lag er auf dem Bauch und versuchte sich zu bewegen. Dort, wo das Dach gewesen war, klaffte ein großes Loch. Kaskaden von Feuerkugeln sprühten in der Luft, sie kamen von beschädigten Starkstromleitungen. Seijis Körper war voller Schrammen und blauer Flecken, sein linker Arm tat ihm entsetzlich weh, schien aber nicht gebrochen. Er kroch zum Fenster, das halb offen stand, sah, daß das Zimmer sich nicht mehr im ersten Stock, sondern auf gleicher Höhe mit dem Garten befand. Er kletterte über das Fensterbrett und stand draußen. Er hörte Schreie und Hilferufe, das Rumpeln und Rollen der sich verschiebenden Trümmer, das Knallen des aufplatzenden Asphalts.

»Zuerst sah ich nur Staub«, sagte Seiji. »Dann wurde die Sicht klarer. Die Autobahn war in der Mitte geplatzt. Die Pfeiler standen nicht mehr. Oben hing ein Bus ... er hängt jetzt noch da. Als ich hinsah, fiel ein Körper hinunter. Rohre waren geplatzt, ich stand bis zu den Knöcheln im Wasser. Dann hörte ich, wie Mama mich rief. Sie war ganz in der Nähe, aber ich konnte sie nicht sehen. Ich suchte sie in den Trümmern, bis ich merkte, daß sie zwischen der Mauer und dem Betonklotz eingeklemmt war ...«

Seine Stimme brach. Er zog die Knie bis unter sein Kinn, vor Schmerzen geschüttelt. Ich sah den kindlichen Nacken, das verklebte, wirre Haar; meine Augen füllten sich mit Tränen. Ich öffnete meinen Rucksack, gab Seiji einen warmen Pullover und Wollsocken. Schokolade und Trockenobst brachten ihn wieder etwas zu Kräften. Inzwischen ging Kunio vorsichtig an den Pfeiler heran. Im Schein der Taschenlampe untersuchte er rund um die gewaltige Betonmasse den Boden. Die Hauswand gab manchmal ein sirrendes Geräusch von sich; dann rieselte Mörtel mit leisem Prasseln herab. Ich trat behutsam neben Kunio.

»Nun?« fragte ich matt.

Er holte gepreßt Luft.

»Der Block senkt sich. Ganz allmählich, zentimeterweise. Aber die Mauer wird dem Druck nicht mehr lange standhalten.«

»Wie lange noch, Kunio?«

Er rieb sich müde die Schläfen.

»Ein paar Stunden, nehme ich an.«

»Bis morgen früh?«

»Vielleicht.«

Eine plötzliche Schwäche, ein Grauen überfielen mich. Ich knirschte mit den Zähnen, unterdrückte das heftige Verlangen, mich an Kunio zu klammern und wie eine Wahnsinnige zu schreien. Wind und Feuer wirbelten leuchtende Flächen empor, die roten Schattierungen erstreckten sich endlos, endlos in alle vier Himmelsrichtungen. Endlich hatte ich mich wieder gefaßt. Leise genug, damit Seiji es nicht hören konnte, fragte ich:

»Gibt es nichts, was wir tun können?«

Er schüttelte wortlos den Kopf.

# 54. Kapitel

Der Wind blies stärker. Unter der eingestürzten Autobahn flackerten die Flammen, züngelten durch Laub und Unterholz und loderten gelb empor. Die Rauchsäulen verdichteten sich. Die Flammen fraßen sich über den Hang, im weiten Umkreis flimmerte die Hitze. Der Himmel unter den dunklen Wolken leuchtete wie Karmesin, die Steine, die Bäume lohten in roter Glut auf. Nur dort, wo die Feuer tagsüber gebrannt hatten, hielten Schneisen die Flammen eine Zeitlang auf.

»Warum setzen sie keine Hubschrauber ein?« fragte ich Kunio.

»Wegen der Hochspannungsleitungen. Sie können hier nachts nicht fliegen. Und die Wasserversorgung ist abgeschnitten.«

Aus dem gläsernroten Licht kam ein platzendes Geräusch: Ein Baum zersprühte in einer Funkengarbe. Es war nicht so, daß ich träumte. Die Welt stand in Flammen, zog uns in ihren erstickenden Kreis.

»Kunio, das Feuer kommt näher.«

»Ja«, erwiderte er und sah an mir vorbei in die Glut.

Seiji schlief, an meinen Rucksack gelehnt. Ich nahm die Decke und wickelte ihn behutsam darin ein. Mitten in der Bewegung hielt ich inne, mir war, als ob ich einen Ruf vernahm, aber so leise, daß ich für den Bruchteil einer Sekunde zweifelte, ob ich überhaupt etwas gehört hatte. Doch Kunio hatte ihn auch gehört. Wir blickten rasch umher, mit angehaltenem Atem. Im gleichen Augenblick wiederholte sich der Ruf: er kam aus einer vorspringenden Kante, hinter dem Betonpfeiler. Mein Mund war trocken, daß mir die Zunge am Gaumen klebenblieb. In der Magengrube hatte ich das Gefühl, daß ich kalt wurde, kalt wie die Luft. Die Beine gaben unter mir nach, ich fiel auf Hände und Knie. Der Boden war voller Glas und Holzsplitter, die kratzten und stachen.

»Naomi?«

»Ruth?« Ich legte mein Gesicht dicht an den Schutt, mit Beinen und Ellbogen das eigene Gewicht stützend.

»Naomi? Kannst du mich hören?«

»Bist du es, Ruth?«

Die Stimme drang aus dem Boden, während Holz und Steine kaum merklich schwankten. Irgendwo neben dem Betonklotz mußte die Höhlung sein, aus der sie Luft schöpfte.

In meinem ganzen Leben hatte ich mich noch nie so verzweifelt gefühlt. Ich zitterte am ganzen Körper, es wollte kein Ende nehmen. Ich preßte die Lippen zusammen, daß es schmerzte. Beherrschte mich. Sprach ruhig.

»Ja, ich bin da, mit Kunio.«

»Wo ist Seiji?«

»Er schläft. Wir warten auf die Rettungsleute. Sie kommen mit einem Kran.«

»Wann?«

Mein Blick begegnete Kunios Blick. Ich schüttelte den Kopf, unfähig, ein weiteres Wort über die Lippen zu bringen. Kunio antwortete an meiner Stelle.

»Naomi? Mach dir keine Sorgen. Sie werden bald da sein.«

»Ich kann nicht mehr lange warten.«

In mir war ein Klopfen, als ob mein Herz nicht in der Brust, sondern in beiden Schläfen pochte. Ich stieß die Worte hervor.

»Sei ruhig. Du wirst schon sehen, alles wird gut. Bist du verletzt?«

»Nichts schlimmes. Aber … der Pfeiler zerdrückt mich.«

»Die Wand steht fest. Sie wird den Druck aushalten.«

»Der Beton sackt ab, Ruth. Vorher konnte ich den Kopf heben. Jetzt nicht mehr …«

Nichts konnte unseren Schmerz, unsere Verzweiflung verringern. Sie starb. Sie starb in unserer Gegenwart und wir konnten ihr nicht helfen.

»Kannst du nicht … etwas tiefer rutschen?«

»Kaum noch.«

»Hast du Durst?« fragte Kunio, der mit der Taschenlampe leuchtete.

»Ja … großen Durst.« Naomis Worte kamen stockend. »Ich … ich versuche seit Stunden, das Loch größer zu machen. Vielleicht schaffe ich es, die Hand herauszustrecken.«

»Wir graben von außen«, sagte Kunio. »Wo?«

»Warte …«, ihre Stimme klang matt. »Ich muß … den Arm drehen … Es dauert … lange.«

Ein paar Atemzüge lang herrschte Stille. Ich spürte, wie sie sich zu bewegen versuchte, in ihrer entsetzlichen unmöglichen Lage den Ellbogen zu drehen. Dann hörten wir, in der Nähe unserer Knie, ein kratzendes Geräusch.

»Hier!« rief ich atemlos.

Kunio drückte mir die Taschenlampe in die Hand und begann mit der Eisenstange den Boden aufzuscharren. Er arbeitete mit der größten Vorsicht, ständig darauf bedacht, keine größeren Brocken zu bewegen. Ich hielt die Taschenlampe in beiden Händen.

»Hörst du uns?« fragte ich.

»Ja, ganz nahe!«

Nach einer Weile rief sie:

»Da kommt mehr Luft!«

Unsere Wortwechsel hatten Seiji geweckt, der jetzt heftig atmend neben uns kauerte. Etliche Minuten vergingen. Kunio kratzte ruhig und beständig weiter. Plötzlich senkte sich die Eisenstange in eine Höhlung; wir hörten das Sirren von kleinen Steinen und Schutt.

»Da!« rief Naomi.

»Kannst du tiefer graben?« fragte ich Kunio. Ein paar Atemzüge lang erfüllte uns die verzweifelte Hoffnung, daß wir es fertigbrachten, sie zu retten.

»Vielleicht …«, flüsterte er.

Noch während er sprach, richteten sich mir im Nacken die Haare auf. Ein Knirschen drang aus der Hauswand. Mörtel rieselte herab. Plötzlich kam ein klatschender Schlag. Kleine Steinstücke lösten sich von der Betonmasse, sprangen um uns herum. Und mit dem Stein kam noch etwas anderes: das langgezogene Knarren einer bis zum äußersten gespannten Belastung. Das Geräusch kam gleichsam aus der Hauswand und aus der Betonmasse, bohrte sich wie Nadelstiche in unsere Ohren. Und im gleichen Augenblick sagte Naomi:

»Der Pfeiler sackt tiefer!«

Behutsam zog Kunio die Stange zurück und legte sie aus der Hand.

Die kleinste Verlagerung des Gleichgewichts konnte verheerende Folgen haben.

»Zu gefährlich!« murmelte Kunio.

Da bewegte sich etwas vor meinen verklebten Augen. Im dünnen Lichtstrahl der Taschenlampe wurde ein gespenstisches Lebewesen sichtbar, eine Art Insekt, das langsam aus dem Schutt kroch. Und auch die Erde darunter rührte sich, drängte seitwärts, im langsamen Rekeln, gab eine Hand frei, die zerschunden und zerkratzt, mit rotlackierten Nägeln aus dem Schutt ragte. Ein Bild flackerte in meiner Erinnerung; die gleiche Hand, aus dem roten Futter eines Kimonos gleitend, im Scheinwerferlicht sich hebend, während der Duft weißer Lilien die Dunkelheit füllte ...

»Naomi!«

Schwere, heiße Tränen traten mir in die Augen. Aber ich konnte nicht weinen. Die Tränen trockneten sofort. Ich fühlte das hohe Fieber in ihrem Puls klopfen, als ich die Hand zwischen meine beiden nahm und an meine Wange drückte. Ihre Finger schlossen sich um meine, krallten sich daran fest. Eine Weile stöhnte ich leise, die Lippen in die klebrige Handfläche gepreßt. Naomis kleiner Finger mußte gebrochen sein, er war geschwollen und bewegungslos. Nach einer kurzen Zeit hörte ich ihre Stimme; sie klang zitternd und tränenerstickt.

»Wasser!«

Kunio schraubte die Flasche auf: Ich drehte vorsichtig ihre Hand, so daß wir das Wasser in die Handfläche gießen konnten.

Sehr langsam zog sie ihre Hand zurück. Das Wasser würde kaum reichen, um ihre Lippen zu benetzen. So zusammengekauert, kostete sie das bloße Einziehen der Schulter, das Drehen des Ellbogens unendliche Mühe. Und bei jeder Bewegung steigerte sich der verhängnisvolle Druck, ließ sie immer stärker die Härte und Rauheit des Betons spüren, der sie erstickte. Erst nach einer Weile hörten wir ihre Stimme: »Mehr!«

Und wieder schob sich die Hand durch den Schutt; Staub und Schmutz und Blut klebten an ihr, wir reinigten sie, bevor wir neues Wasser in die Handfläche gossen. Die Hand zog sich zurück, kam Minuten später wieder zum Vorschein, jedesmal aufgeschürfter, mit Hautfetzen, die sich von ihren Fingern lösten. Ich schluchzte, leise und tränenlos, so daß jeder Schluchzer nur ein halb ersticktes Zucken war.

»Naomi! Du tust dir ja weh.«

Die Antwort klang erstickt, kaum hörbar.

»Hier sind ... Eisendrähte! Wann kommen sie endlich ... mit dem Kran?«

»Bald ...«, rief Seiji. »Mama, du mußt durchhalten! Bitte!«

»Wasser!« stöhnte sie.

Überall waren jetzt knisternde, prasselnde Geräusche zu hören. Schlagartig war die Temperatur gestiegen, ich schwitzte in meinem Parka. Der heiße Wind wehte Funken und kleine schwärzliche Fetzen heran, Holzsplitter oder Mattenteilchen, die langsam um uns herum zu Boden rieselten. Kunio richtete sich auf, spähte unruhig nach allen Seiten. Auf einmal wußte ich, warum ich Naomis Hand so deutlich sah. Es war nicht der Schein der Taschenlampe, der sie beleuchtete, sondern das Flackern des Feuers. Aus der Ferne schallte die Stimme aus dem Lautsprecher, gab unentwegt ihre Warnung durch. Die Flammen krochen und hüpften durch die Trümmer, schwerer Rauch schwamm über den Boden, die Luft war zum ersticken heiß.

»Ich sehe etwas ... Licht?« hörte ich Naomi sagen. »Es wird Tag, nicht war?«

»Bald!« Mein Herz stürmte in meiner Brust. Ich hielt Naomis Hand, die zart und blutüberströmt aus dem Schutt ragte, streichelte und küßte sie. Ihre Hand klammerte sich an meine fest.

»Kein Tageslicht?« hörte ich sie sagen.

Ein Schrei brach aus Seijis Kehle. Er lag auf Händen und Knien, weinte und schrie.

»Mama! Das Feuer kommt!«

Kunio preßte die Zähne zusammen. Sein Ohr war geschult, die Geräusche des Feuers wahrzunehmen und zu deuten.

»Wir haben nicht mehr viel Zeit«, sagte er dumpf.

In der Ferne heulten Sirenen. Die Stimme aus dem Lautsprecher wurde scharf und dringend.

»Wir bitten inständig alle Personen, das Viertel unverzüglich zu verlassen. Explosionsgefahr. Ich wiederhole ...«

Dann wieder Stille. Das helle Donnern des Feuers schwoll an, übertönte Seijis verzweifeltes Schluchzen. Die Sekunden dehnten sich. Absurde Gebilde aus Schutt bewegten sich, Gegenstände krümmten sich in den Flammen: Mattenfetzen oder Kleider, Material, das sich in der Hitze zusammenzog und dehnte, ein Vorgang, der Muskelbewegungen gleichkam. Dann, plötzlich, durch das Brausen und Knistern, erklang Naomis Stimme; sie drang aus der Erde, leicht und kindlich, fast ein Flüstern nur. Wir hielten den Atem an; zuerst konnten wir die Worte nicht verstehen, doch als Seiji plötzlich schwieg, hörten wir sie deutlicher. Naomi sang vor sich hin, und sie sang auf Französisch.

»Mon amour, mon cher amour, ma déchirure, je te porte en moi comme un oiseau blessé. Le temps d'apprendre à vivre, il est déjà trop tard, je pleure dans la nuit oh mon amour perdu ...«

Kurze Stille; Seiji hatte Naomis Hand gepackt. Sie fuhr ihm mit den blutenden Fingern über die Wangen, die Lider, streichelte seine Lippen, den Rand seiner Zähne entlang. Dann erklang erneut ihre Stimme, lauter jetzt, doch ruhig und klar:

»Ruth, Kunio ... Bringt ihn weg von hier! Mein Vater hat ihn nicht gerufen.«

Und dann, ein paar Atemzüge später:
»Geh, Seiji ... ich verzeihe dir!«
Wieder Stille; dann schrie Seiji wild und schluchzend auf; Naomis Hand war plötzlich nicht mehr da, verschwunden, als ob sie die Erde verschluckt hätte. Er warf sich der Länge nach auf den Boden, krallte sich in dem Schutt fest, schrie, schrie in die Erde hinein. Das Brausen des Feuers schwoll zu Donner an; die Flammen schlugen uns wie eine Flutwelle entgegen. Auf halber Entfernung zum Hang explodierte eine Gasleitung, in der sich noch etwas Gas befand. Der Feuerball fegte Trümmer empor. Eine Mauer, die noch stand, stürzte in einem Stück nieder; Holz splitterte, eine tiefe Erschütterung bewegte den Boden. Im blutroten Flammenlicht packte Kunio den wild um sich schlagenden Jungen, stellte ihn mit einem Ruck auf die Beine. Ich raffte unsere Rucksäcke, trug beide, während Kunio Seiji mit sich zerrte. Wir rannten die Straße hinunter, stolperten im Schutt, husteten uns fast die Lungen aus dem Leib. Flecken tanzten vor unseren Augen, wirbelten in roten Kreisen. Durch den Rauchnebel sahen wir Scheinwerfer, Männer vom Rettungsdienst schwenkten Leuchtstäbe. Wir rannten weiter, bis klare, kühle Luft unsere Lungen füllte. Dann blieben wir röchelnd stehen, drehten uns von den Scheinwerfern weg, sahen in entgegengesetzter Richtung, gerade als die zweite Explosion den Boden erschütterte. Das Autobuswrack, das auf der zerstückelten Autobahn über dem Abgrund hing, löste sich vom abgebrochenen Rand und stürzte in die Tiefe, hinein in das Flammenmeer.

# 55. Kapitel

Am Bahnhof von Nara hatten der Mann und der Junge ihr Gepäck in ein Schließfach gestellt und den Autobus nach Miwa genommen. Die Fahrt dauerte zwanzig Minuten. Im Dorfzentrum waren sie ausgestiegen und wanderten jetzt entlang der Reisfelder dem Berg entgegen. Der Mann, hochgewachsen und überschlank, war blaß, mit eingefallenen Wangen. Das kurzgeschnittene Haar betonte seine schöne Kopfform. Die Augen waren mandelförmig und groß, mit einem Hauch von Schwermut. Er trug ein Stirnband, blau und weiß gemustert, und einen Jogginganzug mit einer Gürteltasche. Der Junge neben ihm sah düster und verschlossen aus. Zwischen den dunklen Augen, die aller Lebendigkeit beraubt schienen, zeigte sich eine strenge Falte. Sein zerzaustes Haar war mit rotgefärbten Strähnen durchzogen, die langsam herauswuchsen. Der Reißverschluß seiner Lederjacke blinkte im fahlen Sonnenschein, und die klobigen Schuhe, die in diesem Frühjahr modern waren, zwangen ihn zu einem schwerfälligen Stapfen. Sie kamen durch eine Landschaft aus Feldern und Obstgärten, in denen das erste Laub schon Knospen zeigte. Die Pflaumenblüte hatte begonnen. Die schneeweiße, zarte Pracht trotzte dem scharfen Frühlingswind. Am Ende der Straße leuchtete das Dach des Schreins, und gleich davor standen zwei Häuser, ein altes und ein neues. Der Hund, der vor seiner Hütte döste, zerrte bellend an der Leine. Ich öffnete das Tor, während Kunio den Hund beruhigte.

»Haben Sie eine gute Reise gehabt, Keita-San?«

Der Mann deutete eine Verbeugung an.

»Ja, danke. Es ist noch etwas kalt, *ne?*«

»Wie geht es dir?« fragte ich Seiji, mit schwachem Lächeln.

»Ach, ganz gut«, erwiderte er, meinem Blick ausweichend.

Sie zogen ihre Schuhe aus, betraten den großen Raum mit der glänzenden Holztäfelung, den prachtvollen alten Schwertern auf den lackierten Ständern. Still ließen beide ihre Blicke umherwandern. Neben der Tür, in Augenhöhe, hing ein grober, leinenartiger Stoff, mit einer violetten Ranke bedruckt. Das emporschwingende, wuchtige Muster strahlte eine seltsame Kraft aus. Seiji wandte sich mit schroffer Bewegung an seinen Vater.

»Das hat meine Großmutter gemacht. Die anderen sind alle weg. Und ich habe nichts mehr von ihr.«

Seine Lippen waren fest zusammengepreßt, doch gelang es ihm nicht, ein Zittern zu verbergen. Dies zu sehen tat mir weh. Der Thermoskrug mit dem Tee stand schon auf dem Tisch. Ich brachte die Becher und stellte einen Teller mit Süßigkeiten vor Seiji, der mit finsterem Gesicht ein Dankeswort murmelte. Kunio schraubte den Thermoskrug auf und füllte die Becher.

»Wie steht es mit Ihrer Gesundheit, Keita-San?«

Er saß kerzengerade und räusperte sich.

»Danke, es geht mir gut. Ich ... ich wurde vor zehn Tagen aus der Klinik entlassen. Wir gehen nach Osaka. Ich werde dort ein Tanzstudio leiten. Und Seiji muß wieder in die Schule. Wir wollten nur kurz vorbeikommen, um uns zu bedanken. Seiji schuldet Ihnen sein Leben.«

Ich biß mir auf die Lippen, und Kunio sagte voller Bitterkeit:

»Aber für Naomi konnten wir nichts tun. Wir mußten sie dem Tod überlassen. Das bedrückt uns sehr.«

Keita schüttelte heftig den Kopf.

»Sie dürfen sich keine Vorwürfe machen. Niemals! Sie haben sich in größte Gefahr gebracht, um bei ihr zu sein, bis zum Schluß. Sie hat Ihnen Seiji anvertraut. Der unendliche Trost, den sie von Ihnen erbeten und erhalten hat, half ihr, in Frieden zu sterben ...«

Ein tiefer Seufzer hob seine Brust. Er warf einen Blick auf seinen Sohn, der unbehaglich hin und her rückte.

»Seiji sagte mir, daß Naomi ... als es zu Ende ging ... gesungen hat. Er hat die Worte nicht verstanden. Und er möchte gerne wissen …«

»Es war ein Gedicht von Louis Aragon«, sagte ich.

Leise formte mein Mund die Worte:

»Meine Liebe, meine schöne Liebe, meine Wunde, ich trage dich in mir, wie ein verletzter Vogel. Zeit, das Leben zu lernen, und es ist schon zu spät, jetzt beweine ich im Dunkeln meine verlorene Liebe …«

Keita saß ganz still, undurchdringliche Ruhe lag auf seinem Gesicht. Dann rann eine Träne über seine Wange, hinterließ auf der blassen Haut eine glitzernde Spur. Die mandelförmigen Augen hoben sich.

»Ich trage die Schuld, daß alles so gekommen ist. Sehen Sie … ich wußte es.«

Ein Schauer überlief mich.

»Sie wußten es? Das kann nicht sein!«

»Doch, es ist so.«

Sein Kopf war gesenkt, sein Gesicht dunkelrot. Er sprach leise und schnell, während er zu Boden sah.

»Es war damals in London, als sie zum ersten Mal die ›Vogelfrau‹ tanzte. Der Vogel ist ein Bote des Todes. Der Hochzeitskimono, die Blumen stellten die Freuden des Lebens dar, denen der Mensch entsagt, bevor er, schlank wie ein Kranich, in die jenseitige Welt eingeht. Ich war es, der für Naomi dieses Stück inszeniert hatte. Und als sie die ›Vogelfrau‹ tanzte, da sah ich ganz deutlich die Schattenhaut, die sie umgab: die schwarze Aura des Todes. Sie glauben mir nicht?« Er lächelte voller Trauer.

»O doch, Tänzer sehen diese Dinge.«

Ich flüsterte rauh:

»Ja, ich weiß …«

Er beugte sich vorwärts, als wollte er mir ein Geheimnis anvertrauen.

»Ich verbot ihr, die ›Vogelfrau‹ zu tanzen; wir zerstritten uns. Sie dachte, daß ich ihr den Erfolg nicht gönnte. Damals verlor ich beinahe den Verstand. Schuldgefühle und Grauen verfolgten mich. Ich mußte den Todesfluch von ihr abwenden. Und so tanzte ich die ›Vogelfrau‹, an ihrer Stelle, um das Unheil auf mich zu nehmen. Es gelang mir nicht; mitten in der Vorstellung brach ich mir den Fuß. Da wußte ich, daß ihr Schicksal besiegelt war ...«

Jetzt schaute er auf; ich sah das dumpfe Elend in seinem Gesicht, den Schatten des Schmerzes, der seine Augen verdunkelte.

»Meine Nerven hielten die Belastung nicht aus. Das war die Ursache meiner Krankheit. Mit ihr konnte ich nicht darüber sprechen. Sie hätte es nicht verstanden. Und so mußte ich das Geheimnis bewahren ...«

Ein langes Schweigen folgte. Seiji wippte auf seinen gekreuzten Beinen leicht hin und her. Er schien völlig unbeteiligt an dem, was hier gesprochen wurde. Seine Augen, schwarz, stumpf und trotzig, waren unverwandt auf den Wandbehang gerichtet. Schließlich straffte sich Keita.

»Nun, das alles wollte ich Ihnen eigentlich nicht erzählen. Aber Sie machen sich Gewissensbisse. Das sollen Sie nicht.«

Er sagte nichts mehr, bis Kunio das Wort ergriff.

»Wir danken Ihnen, Keita-San. Naomis Mut war bewundernswert. Wenn die Zeit für mich gekommen ist, das Eisen zu hämmern, werde ich auf ihren Beistand vertrauen. Ihre Seele soll es sein, die mir Kraft gibt.«

Keita machte eine Bewegung, so leicht, daß es kaum ein Schauer war, bevor er sich tief und feierlich verbeugte. Er sprach wieder ganz heiter, obwohl seine Lippen zitterten.

»Es ist eine große Ehre auch für mich. Ihr Herz war, wenn sie tanzte, in vollkommenem Einklang mit dem Prinzip des Lebens.«

Beim Abschied hielt ich Seiji mit einer Handbewegung zurück.

»Warte bitte einen Augenblick.«

Behutsam löste ich den Wandbehang.

»Er soll für dich sein. Als Erinnerung an deine Großmutter.«
Er blieb stumm. Doch sein Gesicht hatte eine dunkle Färbung

angenommen. Der gleichgültige Trotz wich einer zögernden Freude. Kunio half mir, den Stoff in ein Papier zu rollen. Seijis Augen blitzten, als er ihn in Empfang nahm.

»Ich danke Ihnen«, sagte er, und zum erstenmal klang seine Stimme wie die eines Mannes, fest und ruhig. »Es ist das einzige, was ich von ihr noch habe.«

»Ich glaube, der Druck stellt eine Blume dar«, sagte Kunio, betont leichthin. »Wirklich eindrucksvoll, nicht wahr?«

Seijis Verbeugung fiel unbeholfen und verkrampft aus. Doch sein finsteres Gesicht zeigte durch den Anflug eines Lächelns soviel Dankbarkeit und Vertrauen, daß ich in den Zügen des verdrossenen Halbwüchsigen den Ausdruck der Zärtlichkeit erkannte, den Naomis Gesicht in glücklichen Augenblicken getragen hatte.

»Die Lilie«, sagte er, »die hat mir immer am besten gefallen.«

Lea,

Es tut mir leid, daß ich am Telefon nur wenig gesagt habe. Du hast Fragen gestellt; meine Antworten waren verworren. Aber du kommst ja bald. Ich rede lieber, wenn du da bist.

Mir geht es wieder gut. Ich nehme an, daß die Einwirkung des Ranryô-ô mit der Zeit in mir verblaßt. Er kann nur wiederkommen, wenn ich ihn rufe, und dazu bin ich nicht vermessen genug. Nicht einmal deswegen, weil die Angst so groß war. Nein. Wer die Kraft hat zu sehen, ist lieber blind. Du hast mir kein leichtes Los aufgeladen, Lea. Aber gleichzeitig auch den nüchternen Verstand geschenkt, der mich vor manchem bewahrt. Ich meine wirklich, daß ich Dir viel verdanke. Und noch etwas hast du mir beigebracht: Jeder Mensch hört eine innere Stimme, die ihm den Weg weist, selbst wenn er in Chaos und Tod führt. Sie sprach zu Naomi ebenso deutlich und klar, wie sie auch mich erreichte. Das ist etwas, das Keita nicht weiß. Ich habe ihm in die Augen gesehen, von ganz nah, und verstanden, daß ich es ihm nicht sagen durfte. Wozu ihm seinen Frieden rauben, jetzt, da es zu Ende ist? Er wollte seine Liebe vernichten, sich selbst töten. Nichts hatte mehr gezählt, nicht einmal mehr sein Sohn. Das muß er jetzt verantworten. Er wird zurück auf die Bühne gehen, wie in ein fremdes Land von unwiderstehlichem Geheimnis. Auf den von ihm geschaffenen Trümmern wird er neue Landschaften bauen, weil noch ein Mensch da ist, der ihn braucht.

In Miwa ist der Frühling gekommen. Kirschblüten wehen dahin, wie schwebende Seelen. Der Himmel, unendlich weit und doch so nahe, scheint aus mehreren Schichten zu bestehen. Ein und derselbe Wind streift über die Kiefern am Berg und die Reisfelder im Tal. Hier in der Landschaft ist jeder Strauch, jeder Stein, wo er sein muß: alles steht da, für nichts, für sich, weil die Natur es so will. Immer wieder versuchen die Menschen, die Natur zu unterwerfen. Die Japaner denken anders. Sie wissen, die Erde kann niemals ihr Eigentum sein. Wir alle neigen zu Hochmut und Eigennutz. Zeigt uns die Natur ihren Zorn, erwachen in uns Hilfsbereitschaft, Mitgefühl und Nächstenliebe. Tiefe, bedeutungsvolle Bindungen entstehen, wenn die Menschen in Gefahren zusammenfinden. Die Natur zieht uns zur Rechenschaft, sie ist eine harte Lehrmeisterin. Und doch müssen wir ihr dankbar sein.

Die Schmiede ist geschlossen. Kunio hat das Schwert seines Vaters vollendet. Entlang der Klinge ringelt sich das Lilienmuster, kraftvoll und harmonisch, sprühend von Leben und Licht: ein Geschenk, das Iris ihm machte. Sind wir – du und ich und alle, die wir lieben – im Kreis gegangen? Wie denkst du darüber, Lea darling? Ich für meinen Teil möchte es glauben. Der Kreis ist zeitlos, steht nie still. Kunios Zuversicht ist jetzt unerschütterlich. Nach abgelaufener Frist wird er die Schmiede wieder betreten. Er wird die Riten einhalten, die geweihten Seile durch neue ersetzen. Ich werde den Feuerstein schlagen, den Funken auslösen, das weiße Papier anzünden. Die Kerze wird leuchten, die Holzkohle glühen. Und wenn die blauen Flammen brausen, werden wir Naomis Stimme hören:

»Ich bin da!«